國家社會科學基金後期資助項目成果（批准號：16FZW010）

教育部人文社會科學重點研究基地山東師範大學齊魯文化研究院、齊魯文化傳承與山東文化强省建設協同創新中心資助項目

任昉集笺注

Notes And Commentary of Ren Fang Collection

李兆禄　笺注

人民出版社

責任編輯:劉　暢

封面設計:毛　淳　徐　暉

圖書在版編目(CIP)數據

任昉集箋注/(南朝)任昉 著;李兆禄 箋注. —北京:人民出版社,2022.12
(國家社科基金後期資助項目)
ISBN 978－7－01－022529－6

Ⅰ.①任…　Ⅱ.①任…②李…　Ⅲ.①中國文學–古典文學–作品綜合集–
南朝時代　Ⅳ.①I213.912

中國版本圖書館 CIP 數據核字(2020)第 188316 號

任昉集箋注

RENFANG JI JIANZHU

李兆禄　箋注

人民出版社 出版發行

(100706　北京市東城區隆福寺街 99 號)

北京中科印刷有限公司印刷　新華書店經銷

2022 年 12 月第 1 版　2022 年 12 月北京第 1 次印刷
開本:710 毫米×1000 毫米 1/16　印張:29.75
字數:530 千字

ISBN 978－7－01－022529－6　定價:138.00 元

郵購地址 100706　北京市東城區隆福寺街 99 號
人民東方圖書銷售中心　電話 (010)65250042　65289539

國家社科基金後期資助項目
出版説明

後期資助項目是國家社科基金設立的一類重要項目，旨在鼓勵廣大社科研究者潛心治學，支持基礎研究多出優秀成果。它是經過嚴格評審，從接近完成的科研成果中遴選立項的。為擴大後期資助項目的影響，更好地推動學術發展，促進成果轉化，全國哲學社會科學規劃辦公室按照"統一設計、統一標識、統一版式、形成系列"的總體要求，組織出版國家社科基金後期資助項目成果。

全國哲學社會科學規劃辦公室

目　　録

前　言

　　南北朝時，南北分裂，南方政權更替頻繁，皇室内部殘酷爭鬥殺戮的同時，皇權也在一定程度上得到加强，士族高門地位與影響有所下降，儒、道、釋三教逐漸融合，文學則進一步發展。"竟陵八友"之一、"蘭臺聚"領袖任昉一生行事充分展現了當時思想界的變化，其文學思想與創作達到了很高的水平，對駢文與詩歌的發展，皆起到了相當大的推動作用。

一

　　任昉（四六〇—五〇八），字彦昇，樂安博昌（今山東廣饒，一説博興）人，一生歷經南朝之宋、齊、梁三朝。樂安任氏世爲著姓。任昉伯父任遐少敦學業，家行甚謹，素得齊高帝蕭道成親愛，位御史中丞、金紫光禄大夫。任昉之父任遥爲齊中散大夫，從叔任昙有知人之量。母家爲河東聞喜裴氏。任昉天賦異稟，自幼聰敏神悟，勤奮好學，八歲能文，受到太宰褚淵的贊譽，從叔任昙期之爲"吾家千里駒"（《南史·任昉傳》）。宋後廢帝元徽三年（四七五），年僅十六歲的任昉被劉宋宗室、丹陽尹劉秉徵辟爲主簿，然因"以氣忤秉子"（《梁書·任昉傳》），而轉爲奉朝請。此後，舉兖州秀才，拜太常博士（據《梁書》本傳。《南史》本傳作"太學博士"）、征北行參軍。

　　南齊建立後，任昉"以筆劄見知"（任昉《王文憲集序》）於丹陽尹王儉，復被辟爲主簿。蕭衍、蕭琛、徐勉、庾杲之等皆曾游於王儉門下，年輕的任昉在王儉府有機會與當時才俊共游結交，爲以後的發展創造了有利條件。王儉解丹陽尹後，任昉遷司徒刑獄參軍，入爲尚書殿中郎，轉爲竟陵王蕭子良記室參軍。永明五年（四八七），蕭子良正位司徒，移居雞籠山，開西邸，一時文學之士皆游於其府，任昉成爲當時最著名的文人集團"竟陵八友"之一。任昉與這些文學之士談詩論文，飲酒賦詩，相互酬答，既提升了人氣，使自己聲名遠播，又增長了閱歷才幹，對以後的發展產生了很大影響。

　　蕭鸞廢掉鬱林王，另立蕭昭文爲帝，因輔佐之功封宣城郡公，任昉代爲讓表，蕭鸞惡其辭斥，甚愠。范雲與任昉感念舊主，罔顧蕭鸞與蕭子良曾是政敵之事實，建武中請求爲蕭子良立碑。這都成爲任昉"終建武中，位不過列校"（《梁書·任昉傳》）的重要原因。東昏侯永元年間，任昉通關佞臣梅蟲兒,被任命爲中書郎。任昉爲此去拜謝尚書令王亮,遭到王亮的嘲諷奚落。齊和帝中興元年(五〇一)十二月,蕭衍攻克建康,初開霸府,任命任昉爲驃騎記室參軍,專主文翰,禪讓文誥多出其手。任昉爲蕭衍代齊登上帝位,發揮了一定作用。任昉的人生晚期柳暗花明,進入一生最輝煌的時期。

蕭衍踐祚以後,任昉爲黄門侍郎,遷吏部郎中,參掌選官。天監二年(五〇三),出爲義興太守,接著重回京師,又任吏部郎中,參掌大選,但因居職不稱,轉爲御史中丞、秘書監,領前軍將軍。任昉利用得到蕭衍寵信、前後兩次任吏部郎中的機會,對游於自己門下士友,不吝賞譽,加以舉薦,這些人也多因此得以升遷。一時"衣冠貴游,莫不爭與交好,坐上賓客,恒有數十。時人慕之,號曰任君,言如漢之三君也"(《梁書·任昉傳》),號"龍門之游""蘭臺聚",任昉自是領袖①。天監二年,出爲義興太守。到任後,邀請友人彭城到溉、到洽兄弟到義興,共爲"山澤之游"。爲救護因災荒而流離失所的百姓,任昉用私奉米豆做粥賑災濟民,救活三千餘人。當地百姓因經濟匱乏,有生下孩子不加育養者,任昉知曉後下令,以生子不養罪同殺人,又給懷孕家庭提供物質錢財,作爲撫養費用,受到資助者達千家,自己則在任清廉②。天監六年(五〇七)春,出爲寧朔將軍、新安太守。在郡不事邊幅,率然曳杖,步行邑郭,處理郡事,隨處可辦,儼然名士作派。在官仍舊清廉,爲政清省,郡府官吏、百姓皆深受其惠。天監七年(五〇八),卒,年四十九。百姓聞知,闔境痛惜,共立祠堂於城南,每年按時祭祀以致懷念。

綜觀任昉一生遭際,遇與不遇,幸與不幸,聲譽名望,皆與其文筆頗爲有關。

二

門閥士族制度在東晋達到鼎盛,南朝宋時漸有衰頹趨勢,呈現士庶混雜之態,如謝朓娶王敬則之女、王源嫁女與富陽滿氏等,致使士庶莫辨。又如,任昉既擔任過曾被士族壟斷了的著作佐郎、黄門散騎、吏部郎中、驃騎記室

---

① 《南史》卷四十八《陸慧曉傳附倕》:"及昉爲中丞,簪裾輻湊,預其讌者,殷芸、到溉、劉苞、劉孺、劉顯、劉孝綽與倕而已,號曰'龍門之游'。雖貴公子孫不得預也。"《南史》卷二十五《到彦之傳附溉》:"昉還爲御史中丞,後進皆宗之。時有彭城劉孝綽、劉苞、劉孺,吳郡陸倕、張率,陳郡殷芸,沛國劉顯及溉、洽,車軌日至,號曰蘭臺聚。"
② 《梁書》卷十四《任昉傳》:"在任清潔,兒妾食麥而已。……及被代登舟,止有米五斛。既至無衣……"

參軍等清要官,也擔任過高門士族不願擔任的御史中丞,并兩次外任地方官①。這些現象都表明士族勢力的進一步衰頹。然而士族仍享有政治上的特權和文化上的優勢,因此,統治者一方面拉攏依靠利用上層士族,一方面又打壓其氣焰,如梁武帝蕭衍建梁後,對琅邪王亮、陳留謝朏及范縝的態度與處置任用即可見其端倪。出身"世爲著姓"②樂安任氏的任昉,身處這一歷史環境中,有著明確的維護士族權益和社會地位、嚴別士庶之分的自覺意識,這種意識體現在其行事及詩文創作中。

（一）從行事看任昉士庶之辨意識

高門士族要保持門第長盛不衰,必賴有好子弟,好子弟必遵行孝道,崇尚孝行③。士族子弟既以不親政務爲尚,没有實際治事的能力,也就只有在文化修養方面顯示其優越與特權。因此,他們認爲,"世冑清華,羽儀著族,或文史足用,或孝德可稱",即可"登之朝序,擢以不次"(陳文帝《進賢詔》),亦即所看重者,一在孝德孝行,一在經籍文史學業之修養,以此顯別於庶族寒門之士。崇尚清談,也是門第中人有別于庶族的標誌之一。任昉於此三節目都躬身踐履,堪稱其中翹楚。

首先,任昉侍親守喪皆盡其心力,展現出濃厚的孝親意識。孝,主要表現爲侍養雙親和守喪,任昉於此二端皆堪稱典範。任昉事親盡心盡力,克盡人子之禮:"昉孝友純至,每侍親疾,衣不解帶,言與淚並,湯藥飲食必先經口。"(《南史·任昉傳》)丁父母憂時嚴守喪禮:

> 以父喪去官,泣血三年,杖而後起。齊武帝謂昉伯退曰:"聞昉哀瘠過禮,使人憂之,非直亡卿之寶,亦時才可惜。宜深相全譬。"退使進飲食,當時勉勵,回即歐出。昉父遥本性重檳榔,以爲常餌,臨終嘗求之,剖百許口,不得好者,昉亦所嗜好,深以爲恨,遂終身不嘗檳榔。遭繼母憂,昉先以毀瘠,每一慟絶,良久乃蘇,因廬於墓側,以終喪禮。哭泣之地,草爲不生。昉素强壯,腰帶甚充,服闋後不復可識。(《南史·任昉傳》)

---

① 　關於士族壟斷官職情況,可參見蒙思明:《魏晉南北朝的社會》,上海人民出版社二〇〇七年版,第五四—五七頁。
② 　《三國志·魏書·王昶傳》裴松之注引《任嘏别傳》,中華書局一九八二年版,第七四八頁。
③ 　士族門閥賴有好子弟維持之論述,可參見錢穆:《中國學術思想史論叢》卷三《略論魏晉南北朝學術文化與當時門第之關係》,安徽教育出版社二〇〇四年版,第一五〇—一五三頁。

對世叔父母像對待親生父母般恭敬，對兄嫂恭謹有禮，對母家也盡力供養："奉世叔父母不異嚴親，事兄嫂恭謹。""外氏貧闕，恒營奉供養。"(《南史·任昉傳》)任昉之孝行，與《南齊書·孝義傳》《梁書·孝行傳》中記載的專以孝聞名的人物相比也毫不遜色。對違背儒家倫理的言行，任昉痛加貶斥，要求依法懲治。如劉整侵奪寡嫂財産、奴僕，辱打孤侄，其言其行與儒家倫理扞格不入，任昉對此甚是憤恨，借自己任御史中丞職務之便，上疏彈劾。這些都體現了任昉彰顯自己出身名門的士族意識。

其次，任昉幼而好學，博覽群書，擅長爲筆，有深厚的文史修養。文化世家大族憑藉良好的經濟基礎，掌握了豐富的文化知識，以文化作爲士人身份與名門大族的重要標誌。要獲得此種經籍文史學業修養，即使天性聰穎，也需後天刻苦勤奮。再進一步發展，刻苦攻讀成爲士族風氣。任昉自幼聰敏神悟，受風氣薰染，"幼而好學"(《梁書·任昉傳》)，"四歲誦詩數十篇，八歲能屬文，自製《月儀》，辭義甚美"(《南史·任昉傳》)。成年後，任昉則有意識地聚藏書籍，雖不置産業，猶致書一萬餘卷，博覽群書，終使自己"博學，於書無所不見"(《梁書·任昉傳》)。并且他所聚覽之書大都是珍異版本，世所罕見，有些甚至官府中也沒有："昉卒後，高祖使學士賀縱共沈約勘其書目，官所無者，就昉家取之。"(《梁書·任昉傳》)由於讀書勤奮，任昉終成學問大家，尤善談經籍，被稱爲"五經笥"。

除掌握豐富的文史知識外，作詩爲文是文化修養的另一重要表現，任昉擅長爲筆，傾慕名門之後傅亮才思無窮，尤其是公牘等應用文，在當時享有盛譽：

> 昉雅善屬文，尤長載筆，才思無窮，當世王公表奏，莫不請焉。昉起草即成，不加點竄。沈約一代詞宗，深所推挹。(《梁書·任昉傳》)
> 昉尤長爲筆，頗慕傅亮才思無窮，當時王公表奏無不請焉。昉起草即成，不加點竄。沈約一代辭宗，深所推挹。(《南史·任昉傳》)

再次，任昉頗善清談，評鑒人物，極具名士風流。魏晉以來，清談成爲高門大族顯示出身身份的標誌之一。任昉《爲蕭揚州作薦士表》曰"勢門上品，猶當格以清談"，可見，清談已成爲門第中人一種品格標記，是考驗門第中人夠格與否的一種標準①。任昉擅長清談，虞世南曰："昔任彥昇美談經

---

① 錢穆：《略論魏晉南北朝學術文化與當時門第之關係》，《中國學術思想史論叢》卷三，安徽教育出版社二〇〇四年版，第一七八—一七九頁。

籍,梁代稱爲'五經笥'。"(《舊唐書·李守素傳》)用"美談"評説,足見任昉在這方面確實表現突出。除談經籍外,還評論人物。任昉是"竟陵八友"之一,入梁後又爲"蘭臺聚""龍門之游"領袖,廣交士人,稱賞薦舉。檢視《南齊書》《梁書》《南史》,摘録任昉清談、品藻人物言行如下:

　　溉少孤貧,與弟洽俱聰敏有才學,早爲任昉所知,由是聲名益廣。(《梁書·到溉傳》)

　　樂安任昉有知人之鑒,與洽兄沼、溉並善。嘗訪洽於田舍,見之歎曰:"此子日下無雙。"遂申拜親之禮。(《梁書·到洽傳》,《南史·到彦之傳附到洽》所記與此同)

　　溉少孤貧,與兄沼弟洽俱知名,起家王國左常侍。樂安任昉大相賞好,恒提攜溉、洽二人,廣爲聲價。所生母魏本寒家,悉越中之資,爲二兒推奉昉。(《南史·到彦之傳附到溉》)

　　(殷鈞)善隸書,爲當時楷法,南鄉范雲、樂安任昉並稱賞之。(《梁書·殷鈞傳》)

　　籍七歲能屬文,及長好學,博涉有才氣,樂安任昉見而稱之。(《梁書·文學傳下王籍》)

　　伏挺……及長,有才思,好屬文,爲五言詩,善效謝康樂體。父友人樂安任昉深相歎異,常曰:"此子日下無雙。"(《梁書·文學傳下伏挺》)

　　司馬褧……少與樂安任昉善,昉亦推重焉。(《梁書·司馬褧傳》)

　　清貧自業,食唯有韭菹、瀹韭、生韭雜菜。任昉嘗戲之曰:"誰謂庾郎貧,食鮭嘗有二十七種。"(《南史·庾杲之傳》)

　　(梁)高祖嘗問吏部尚書徐勉曰:"今帝業初基,須一人有學藝解朝儀者,爲尚書儀曹郎。爲朕思之,誰堪其選?"勉對曰:"孔休源識具清通,諳練故實,自晋、宋《起居注》誦略上口。"高祖亦素聞之,即日除兼尚書儀曹郎中。是時多所改作,每逮訪前事,休源即以所誦記隨機斷決,曾無疑滯。吏部郎任昉常謂之爲"孔獨誦"。(《梁書·孔休源傳》)

　　任昉又愛其才,常言曰:"周興嗣若無疾,旬日當至御史中丞。"(《梁書·文學傳上周興嗣》)

　　從叔未甄爲江夏郡,攜嚴之官,於塗作《屯游賦》,任昉見而稱之。(《梁書·文學傳下臧嚴》)

　　天監初,御史中丞任昉尋其兄履之,欲造而不敢,望而歎曰:"其室雖邇,其人甚遠。"爲名流所欽尚如此。(《梁書·處士傳阮孝緒》)

　　年十五,舉茂才,明經對策,沈約、任昉見而異之。吏部尚書王瞻嘗候任昉，遇之遴在坐，昉謂瞻曰："此南陽劉之遴，學優未仕，水鏡所宜甄擢。"即辟爲太學博士。昉曰："爲之美談，不如面試。"時張稷新除尚書僕射，托昉爲讓表，昉令之遴代作，操筆立成。昉曰："荆南秀氣，果有異才，後仕必當過僕。"（《南史·劉虬傳附劉之遴》）

品藻人物，要抓住人物最根本的長處，以三言兩語表達出賞識期許；點評要高屋建瓴，預示人物的未來前景；同時力求語言生動有味。這些都要求領袖具備非凡的識鑒眼光與言語表達能力。從以上所引來看，任昉都做到了，如對庾杲之的戲評，詼諧中透出機智，很好地展現了庾杲之清貧自樂的性格。

任昉人品方正，又以文名享譽當世，并且從其作《爲蕭揚州作薦士表》中可以看出他深諳薦士標準，在竟陵王府游歷多年，也是他有意識地效仿士族前輩風流人物的行爲，因此積累了豐富的清談品藻經驗。有一點值得注意，游於任昉之門者多是次級士族出身，這與任昉任吏部郎只是掌管小選，即五品以下官員的選舉任用是一致的。由此可以推斷，梁武帝是以任昉作爲聯繫次級士族與皇權的一座橋梁。

（二）從爲文看任昉士庶之辨意識

任昉所作公牘，或下傳之詔令册教，或上達之表啓彈奏，一般應用文則如書序碑銘，因這類文章的特性，其中所表現出來的思想意識，代表了當時社會主流的共識。可以從中一窺任昉推崇揄揚士族風流之情，明辨士族庶族界限之意。

首先，任昉在文章中表現出明顯的重文輕武意識，這是對士族文化特權的肯定與張揚。劉躍進先生指出，宋齊以來，大多數士族"常惡武事"，逐漸走上文化士族之路，至齊梁之際，這種轉變大體完成①。這一轉變雖然使得士族的實際政治權力受到嚴重削弱，但也使他們有更多的精力時間投入文化事業活動，進而以享有文化資源、擁有文化才能而成爲區分士族庶族的一個重要標準。帝王如宋武帝、梁武帝，以博學多識、富文才、能文藝爲炫耀，這既是皇族同士族爭奪文化領導權的征迹②，也實際上承認了士族在文化上的特權。

任昉明瞭洞察這一歷史變遷，《梁書·到洽傳》所記其回答梁武帝的言

① 劉躍進：《門閥士族與永明文學》，生活·讀書·新知三聯書店一九九六年版，第六四—六五頁。
② 蘇利海：《"文"的自覺與"士"的自覺——以〈詩品〉爲例》，載《文學評論》二〇一八年第二期。

論可印證此點：

> 天監初……御華光殿，詔洽及沆、蕭琛、任昉侍讌，賦二十韻詩，以
> 洽辭爲工，賜絹二十四。高祖謂昉曰："諸到可謂才子。"昉對曰："臣常
> 竊議，宋得其武，梁得其文。"

任昉與梁武帝相交多年，深得其信任，洞曉其心理，在梁、宋對比中，貶抑宋朝之賴武力，褒贊新朝之仰文治，抑彼揚此，既投合了武帝口味，也凸顯了士族在文化才藝方面的專長。

梁武帝自幼文武雙修，躋身"竟陵八友"，本是依靠文才，能從"八友"中脫穎而出，最終代齊建梁，登上帝位，更多依靠軍事才華、武功韜略。這在《梁書》本紀及其他傳記中多有所述。任昉代作的詔、令、策文等，極力宣揚其於文史方面用功之深與才華出衆，而於軍事才能卻鮮有提及：

> 在昔晦明，隱鱗戢翼，博通群籍，而讓齒乎一卷之師；劍氣凌雲，而
> 屈迹於萬夫之下。辯折天口，而似不能言；文擅雕龍，而成輒削稟。
> （任昉《宣德太后再敦勸梁王令》）
> 且明公本自諸生，取樂名教，道風素論，坐鎮雅俗，不習《孫》《吳》，
> 邁茲神武。（任昉《府僚重請牋》）
> 朕本自諸生，弱齡有志，閉户自精，開卷獨得，九流《七略》，頗常觀
> 覽；六藝百家，庶非牆面。雖一日萬幾，早朝晏罷，聽覽之暇，三餘靡失。
> （任昉《天監三年策秀才文三首》其二）

蕭氏是過江四大士族之一[①]，武帝在文史方面表現卓越，本是其作爲士族旗幟人物的題中應有之義，任昉有意突出這點，乃是爲了證明武帝具有領袖士族的資格，是對士族應具文史素養這一品格的肯定與彰顯。相反，任昉對僅有武功而缺乏文史修養的武將，如曹景宗，突出其武人出身，以顯示與士族的區別："景宗擢自行間，邁茲多幸，指縱非擬，獲獸何勤。……自頂至踵，功歸造化。"（任昉《奏彈曹景宗》）雖然爲彈奏曹景宗張本，但不至於特意拈出其行伍出身，這背後正是任昉嚴明的士族、庶族之辨意識。

其次，爲文多突出士族人物華貴出身及其名士風流。士族門第高貴，祖

---

① 《新唐書》卷一百九十九《儒學傳中柳沖》記柳沖論氏族曰："過江則爲'僑姓'，王、謝、袁、蕭爲大……"此處所謂"氏族"，即當爲"士族"。

上業績風流,且連續幾代都有風流人物出現。而庶族多是新興的家族,或因軍功,或因外戚,没有士族引以爲傲的源遠流長的家世家風。因此,標榜門户出身以顯示華貴,并藉以與庶族區分開來,是魏晋以來的社會風尚,是士族高自標置的慣用手段。如面對當時"士庶不分"的情况,沈約建議梁武帝校勘家譜,通過清源正流,將士、庶階層的身份界定清楚①。任昉則通過文章寫作,對涉及的人物,追溯其家族起源、祖上風流業績,以崇顯該人物的華貴,進而與庶族區分開來。

琅琊王氏是過江大族,任昉爲文寫到王儉及其子王暕時,特別突出王氏顯赫的門第、祖上的風流:

> 公諱儉,字仲寶,琅邪臨沂人也。其先自秦至宋,國史家牒詳焉。晋中興以來,六世名德,爲海内冠冕。古語云"仁人之利""天道運行",故吕虔歸其佩刀,郭璞誓以淮水。若離、蔿之止殺,吉、駿之誠感,蓋有助焉。(任昉《王文憲集序》)
>
> 秘書丞琅琊臣王暕……七葉重光,海内冠冕……(任昉《爲蕭揚州作薦士表》)

甚乃王氏出嫁之女,也要强調其門第出身,以突出士族之間的婚姻講求門當户對。如評處士劉瓛與其妻王氏:"稟訓丹陽,弘風丞相。藉甚二門,風流遠尚。"(任昉《劉先生夫人墓誌銘》)《南齊書·劉瓛傳》:"瓛……晋丹陽尹悛六世孫也。……建元中,太祖與司徒褚淵爲瓛娶王氏女。"《文選·劉先生夫人墓誌》題下李善注引王僧孺《劉氏譜》曰:"瓛取王法施女也。""弘風丞相"李善注:"然其妻王氏,丞相導之後也。"其他如述范雲、褚賁家世云:

> 臣本自諸生,家承素業,門無富貴,易農而仕。乃祖玄平,道風秀世,爰在中興,儀刑多士,位裁元凱,任止牧伯。高祖少連,夙秉高尚,所富者義,所乏者時,薄宦東朝,謝病下邑。(任昉《爲范尚書讓吏部封侯表》)
>
> 臣賁載世承家,兄居長德……(任昉《爲褚諮議蓁讓代兄襲封表一》)

王儉和蕭子良,一出身名門望族,一爲齊朝著名藩王,二人以相王之尊,

---

① 蘇利海:《"文"的自覺與"士"的自覺——以〈詩品〉爲例》,載《文學評論》二〇一八年第二期。

都曾提倡學術文化,雅接文士,獎掖後進,以文采風流自負。任昉《王文憲集序》《齊竟陵文宣王行狀》分別突出了二人的名士風流。寫王儉曰:

> 公在物斯厚,居身以約。玩好絕於耳目,布素表於造次。室無姬姜,門多長者。立言必雅,未嘗顯其所長;持論從容,未嘗言人所短。弘長風流,許與氣類;雖單門後進,必加善誘,勗以丹霄之價,弘以青冥之期。公銓品人倫,各盡其用,居厚者不矜其多,處薄者不怨其少。窮涯而反,盈量知歸。(任昉《王文憲集序》)

王儉常以“江左風流宰相”自詡,任昉這段文字形象生動地刻畫出王儉類似東晉名相謝安那樣的名士風度與雅量。寫蕭子良也是突出其名士風度:

> 公道識虛遠,表裏融通,淵然萬頃,直上千仞。僕妾不覩其喜慍,近侍莫見其傾弛。他人之善,若己有之;民之不臧,公實貽恥。誘接恂恂,降以顏色,方於事上,好下規己,而廉於殖財,施人不倦。(任昉《齊竟陵文宣王行狀》)

這兩篇文章中,類似這種描寫二人名士風度的文字還有幾處。

對於因外戚而爲宦做官者,任昉不吝鄙薄之情。如劉整本是布衣,由於是齊高昭劉皇后(名智容,齊高帝蕭道成正妻,齊武帝蕭賾生母)兄興道子,因此步入仕途,任昉對其出身極爲鄙薄:“新除中軍參軍臣劉整,閭閻閻茸,名教所絕。”(任昉《奏彈劉整》)任昉看到當時士庶混雜現狀,如士族像商賈一樣爭利謀財、市井工商這些庶族效仿士族生活,非常氣憤,“市井之家,貂狐在御;工商之子,緹繡是襲”(任昉《爲梁武帝斷華侈令》)、“況乎伐冰之家,爭雞豚之利;衣繡之士,受賈人之服”(任昉《奏彈蕭穎達》)的描述中,透露出明確的士庶之辨意識。

庶族中的優秀人物雖然通過自己的努力得以進入仕途,不僅所擔任官職與士族不同,選拔標準也嚴格區別於士族,即“勢門上品,猶當格以清譚;英俊下僚,不可限以位貌”(任昉《爲蕭揚州作薦士表》)。可見對於選官標準,任昉非常清楚士族、庶族之間的界限,明確認識到二者之別,其心中士庶之分的觀念是非常強烈的。

由上述可見,任昉在爲文叙述人物事迹、描寫人物性格時,著眼於其性格行事是否合乎士族標準,是否具備名士風流,是否爲士人樹立典範。這應該是基於任昉內心的士庶之辨意識。當社會上士庶混雜莫辨時,沈約主張通過編撰家族譜牒以辨別，任昉則是企圖通過詩歌創作，開創一種不同流俗的、合乎士族標準的詩風予以糾正這種社會風氣。

（三）從詩歌創作看任昉士庶之辨意識

鍾嶸《詩品》、李延壽《南史》都認爲，任昉晚年之所以致力於詩歌創作，乃是意欲超過沈約：

> 彥昇少年爲詩不工，故世稱沈詩任筆，昉深恨之。晚節愛好既篤……（鍾嶸《詩品》）
>
> 晚節轉好著詩，欲以傾沈，用事過多，屬辭不得流便，自爾都下士子慕之，轉爲穿鑿，於是有才盡之談矣。（《南史·任昉傳》）

此後即有任昉詩與沈約詩孰優孰劣之論爭①。這些論爭大多僅限於詩歌領域，即使超出詩歌領域，也僅從人際關係立論，如李延壽認爲鍾嶸列沈約於中品是出於以公報私："嶸嘗求譽於沈約，約拒之。及約卒，嶸品古今詩爲評，言其優劣，云'觀休文衆製，五言最優。齊永明中，相王愛文，王元長等皆宗附約。于時謝朓未遒，江淹才盡，范雲名級又微，故稱獨步。故當辭密於范，意淺於江'。蓋追宿憾，以此報約也。"（《南史·鍾嶸傳》）古直則認爲鍾嶸置任昉中品乃是迫于傾慕任昉者太多之情勢："當時傾慕彥昇者多，仲偉擢昉中品，殆不得已。故抑揚之際，微文寓焉。"②這些論爭似乎各有其理，但難以説明任昉爲什麼晚節轉而好詩，鍾嶸評價任昉之語到底有什麼深意。蘇利海《"文"的自覺與"士"的自覺——以〈詩品〉爲例》一文，從南朝政治視角下重新審視南朝的文學創作，認爲南朝士族身份的"自覺"與詩學的"自覺"相互依存、互爲一體，《詩品》不僅在標榜一種文學趣味，更有排斥庶族、維護士族特權利益的考慮，是南朝士族制度的產物③。如果從政治角度考慮，亦即承認鍾嶸擢置任昉於中品，有士庶之辨意味在其中，再結合任昉行事與文章中的士庶之辨意識，可以推論，任昉寫作不同於當時流行的永明體詩歌，也是基於這種士庶之辨意識。

首先，任昉詩"得國士之風"，呈現出士族風神氣象。鍾嶸與任昉同時

---

① 可參見拙作《任昉研究》第六章第一節《清初诗论中的"扬任抑沈"倾向——以王夫之、陈祚明、王士禎为例》，中國社會科學出版社二〇一四年版。

② 王叔岷：《鍾嶸詩品箋證稿》，中華書局二〇〇七年版，第三〇七頁。

③ 蘇利海：《"文"的自覺與"士"的自覺——以〈詩品〉爲例》，載《文學評論》二〇一八年第二期。

而稍晚，一是王儉門生，一是王儉僚屬，二人如果在某些領域有共同認識和行動，固不足爲奇。現存任昉詩大多作於梁朝，入梁時任昉四十三歲，六年後去世，按《詩品》《南史》所記任昉"晚節愛好既篤""晚節轉好著詩"，當於入梁後愛好作詩。晚年致力於自己並不擅長的詩歌創作，難道僅是在詩藝上"欲以傾沈"？任昉没有明確闡述自己寫作詩歌的目的、審美標準、藝術技巧等，但可以從鍾嶸的評述和任昉的具體詩歌推論得知。

觀古今勝語，多非補假，皆由直尋。顔延、謝莊，尤爲繁密。于時化之。故大明、泰始中，文章殆同書抄。近任昉、王元長等，辭不貴奇，競須新事。爾來作者，寖以成俗。遂乃句無虚語，語無虚字，拘攣補衲，蠹文已甚。但自然英旨，罕值其人。詞既失高，則宜加事義，雖謝天才，且表學問，亦一理乎！

彦昇少年爲詩不工，故世稱沈詩任筆，昉深恨之。晚節愛好既篤，文亦遒變，善銓事理，拓體淵雅，得國士之風。故擢居中品。但昉既博物，動輒用事，所以詩不得奇。少年士子，效其如此，弊矣。

丘詩點綴映媚，似落花依草。故當淺於江淹，而秀於任昉。（鍾嶸《詩品》）

綜合上引評論，可知任昉詩歌有以下幾個特點：一是多用典故，這種詩風源于顔延之、謝莊。二是"得國士之風"。相較於當時流行的永明體詩，任昉詩雖華麗不足，但也不像謝朓、沈約等人之詩稍入綺豔，而是勁挺有力，擅長評述事理，深刻雅正，可以説開闢了新的風格路數。任昉現存詩歌，如《厲吏人講學》激勵屬吏講習儒家經業，《答劉孝綽》鼓勵後進，《出郡傳舍哭范僕射三首》將哀悼老友之情與痛惜國家棟梁之悲挽合爲一，等等，大多内容充實，風格質健。因此，雖然任昉"詩不得奇"，甚乃産生了一些不良後果，鍾嶸還是因其"得國士之風"而擢居中品。如果僅認爲這是鍾嶸出於當時仰慕任昉的人很多的不得已之舉，實屬只囿于文學場域的片面之見。

鍾嶸還以類似"得國士之風"之語評謝超宗、齊高帝、王儉：

檀、謝七君，並祖襲顔延，欣欣不倦，得士大夫之雅致乎！余從祖正員嘗云："大明、泰始中，鮑、休美文，殊已動俗；惟此諸人，傳顔、陸體用，固執不如顔諸暨，最荷家聲。"

齊高帝詩，詞藻意深，無所云少。張景雲雖謝文體，頗有古意。至如王師文憲，既經國圖遠，或忽是雕蟲。（鍾嶸《詩品》）

鍾嶸列謝超宗、齊高帝、王儉於下品，可見對他們的詩評價是不高的，但論謝超宗"得士大夫之雅致"，這與評任昉"得國士之風"是相同的。又引其從祖鍾正員的話説謝超宗"最荷家聲"，亦即繼承謝家家傳的聲譽，很明顯，鍾嶸在此突出的是士族風尚和士族門風。評齊高帝"詞藻意深"、張永"頗有古意"、王儉"經國圖遠"，與評任昉"善銓事理，拓體淵雅"有相通之處。可以看出，鍾嶸將任昉和顏延之、齊高帝、王儉、謝超宗等同於一類，不僅注目於文學場域，而且注目於政治場域，即他們的詩風體現了士族本該具有的風神。

其次，這種"國士之風"，是任昉有意而爲，意在爲"少年士子"提供彰顯士族風神的詩歌典範。作詩需要入門詩路，任昉晚年轉節好詩，傾力作詩，他所面臨的詩路，或者説要效仿的詩風，按《南齊書·文學傳論》所記有三派：

> 今之文章，作者雖衆，總而爲論，略有三體。一則啓心閑繹，託辭華曠，雖存巧綺，終致迂回。宜登公宴，本非准的。而疎慢闡緩，膏肓之病，典正可採，酷不入情。此體之源，出靈運而成也。次則緝事比類，非對不發，博物可嘉，職成拘制。或全借古語，用申今情，崎嶇牽引，直爲偶説。唯覩事例，頓失清采。此則傅咸五經，應璩指事，雖不全似，可以類從。次則發唱驚挺，操調險急，雕藻淫豔，傾炫心魂。亦猶五色之有紅紫，八音之有鄭、衛。斯鮑照之遺烈也。

學習鮑照的一派屬於險俗，非正音，任昉自然不學。取法謝靈運的一派，主要優點是"託辭華曠"，即辭藻華麗，極富文采，但很大的一個缺點是"酷不入情"。任昉提倡節儉，并身體力行，也許是擔心華麗文風導致生活奢靡，因此沒有走上華麗詩風之路。博學多識是士族風流的一個重要表現，如果能將學識用於詩歌創作，雖不能展現詩才，但"且表學問，亦一理乎"！而且還可以"全借古語，用申今情"，即運用典故以抒情，這避免了謝靈運一派"酷不入情"之弊。從任昉現存《出郡傳舍哭范僕射三首》來看，充分體現了這點。其一"一朝萬化盡，猶我故人情。待時屬興運，王佐俟民英。結懽三十載，生死一交情。攜手遁衰孽，接景事休明。運阻衡言革，時泰玉階平。澝冲得茂彥，夫子值狂生。伊人有涇渭，非余揚濁清"，寫自己與范雲之間的交情，句句用典，以典寫情，尤其是"結懽三十載，生死一交情"，典似口出，使人不覺用典，妥貼自然。《答到建安餉杖》"勞君尚齒意，矜此杖鄉辰。復資後坐彥，候余方欠伸"，運用儒家經典《禮記》《儀禮》中的典故，貼合任昉晚年身份,全詩文雅沉穩。任昉的寫景詩,如《落日泛舟東溪》《濟浙江》等,講求對偶,但不注意聲律。二十多年前曹道衡刊文評論任昉詩好用典、不注重聲律這一特點道:"任昉詩歌所以會出現這種情況,是否和他想獨闢一條蹊徑有關,根據現有的史料,尚難得出這結論。"①曹先生早就注意到任昉詩不同於當時其他詩人的風格,只是尚不能確定任昉是否有意獨闢蹊徑。從任昉行事講究士族風神、作文突出士庶之辨看,任昉有明確的區分士庶的意識,因此可以推定,當社會上流行由沈約等發起、謝朓等推揚,但其影響卻在庶族中最爲廣泛以講求四聲之美的詩風時②,任昉覺得有責任以自己的地位和影響力,開闢新路,爲士子樹立一種彰顯士族風神面貌的新詩。於是,他發揮自己博學多識的長處,祖襲顏延之、謝莊等,創作出"文亦遒變,善銓事理,拓體淵雅,得國士之風"的詩歌,鍾嶸也許明白任昉的用意,所以不論其"詩不得奇",將之"擢居中品"。而"少年士子"也可能明白,深得梁武帝信任的任昉樹立的這種新詩風,代表了士族風神,因此紛紛效仿,以顯示自己屬於士族之列。然而他們僅學得任昉用典之皮毛,卻沒有任昉的那種儒家典正精神與情感世界,只能寫出"句無虛語,語無虛字,拘攣補衲,蠹文已甚"的劣詩。這種局面,自非任昉初衷,亦非任昉之過。

目睹齊梁日趨明顯的士庶混雜現狀,任昉意識到局面的糟糕,因而盡己之力,試圖通過自己的行爲處事、爲文作詩以糾正逐漸衰頹的士風,庶幾之願,又能實現多少?

三

任昉自幼聰穎警悟,博覽群書,勤於撰述,一生著作頗豐。《梁書》《南史·任昉傳》均載:"昉所著文章數十萬言,盛行於世。……昉撰《雜傳》二百四十七卷,《地記》二百五十二卷,文章三十三卷。"《隋書·經籍志》載:"梁太常卿《任昉集》三十四卷。"又載:"梁有《文章始》一卷,任昉撰。"《文選》任昉《上蕭太傅固辭奪禮啓》"昉啓"呂延濟注:"昉家集諱其名,但云君,撰者因而録之。"《爲褚諮議蓁讓代兄襲封表》題下李善注:"然此表與集詳略不同,疑是藁本,辭多冗長。"《爲蕭揚州作薦士表》"王言"呂延濟注:"任昉爲始安王作表,故本集云'王言',撰集者因隨舊文而録之。"《奉答敕

---

①　曹道衡:《論任昉在文學史上的地位》,載《齊魯學刊》一九九三年第四期。
②　蘇利海:《"文"的自覺與"士"的自覺——以〈詩品〉爲例》,載《文學評論》二〇一八年第二期。

示〈七夕詩〉啓》題下李善注:"《任昉集》,詔曰……"由此可見,六臣注《文選》時尚得見《任昉集》。《舊唐書·經籍志》《新唐書·藝文志》皆録作三十四卷。宋代最推崇任昉的洪适知新安州時,搜集、刊刻任昉《文章緣起》,作跋云:"後公六百年,而适爲州,嘗欲薈梓遺文,刻識木石,以慰邦人無窮之思而不可得。"《任昉集》北宋時尚存,至南宋洪适時已散佚。元代修成的《宋史·藝文志》,僅著録爲六卷。

　　明代興起搜集佚書之風,先有新安汪士賢輯《漢魏六朝二十一名家集》本《任彦升集》。是書六卷,輯任昉文五十二首(《天監三年策秀才文》作三首),詩二十三首(《出郡傳舍哭范僕射》作三首)。是書爲河東吕兆禧校,卷尾有吕兆禧跋一則。現存明萬曆刻本。繼有閩漳張燮輯《七十二家集》本《任中丞集》。是書六卷,輯任昉文六十首(《天監三年策秀才文》作三首),較汪士賢本多出《爲齊帝禪位梁王詔》《禪梁璽書》《禪梁册》《爲褚諮議蓁讓代兄襲封表》《文章緣起序》與《弔劉文範文》六首,詩二十三首(《出郡傳舍哭范僕射》作三首),聯句一首。是書前有引一則,後附《梁書》《南史·任昉傳》、劉峻《廣絕交論》、梁沈約《太常卿任昉墓銘》、梁王僧孺《太常卿敬子任府君傳》、梁陸倕《贈任昉詩》、梁吴均《贈任黄門》二首、遺事三則與集評四則。現存明末刻本。後有婁東張溥輯《漢魏六朝百三家集》本《任中丞集》。是書不分卷,一改汪士賢本與張燮本先列賦、次列詩、後列文之序,先列賦,次列文,後列詩。是書所輯任昉詩文一同張燮本。是書前有張溥題辭,後附《南史》本傳。是書版本較多,重要者有摛藻堂《四庫全書薈要》本、彭懋謙信述堂清光緒己卯(五年,一八七九)重刻本,壽考堂清光緒五年(一八七九)刻本、長沙謝氏翰墨山房清光緒十八年(一八九二)刻本、掃葉山房民國刻本等。清人嚴可均校輯《全梁文》收任昉文四卷,計六十四首(《天監三年策秀才文》作一首)。《爲褚諮議蓁讓代兄襲封表一》繫於《爲褚諮議蓁讓代兄襲封表》後,然無題目,并案曰:"此表較《文選》所載多出百餘字。"故此二文計一首),實較張燮本與張溥本多出《封梁公詔》《進梁公爵爲王詔》《册梁公九錫文》《爲齊宣德皇后令》《爲梁武帝集墳籍令》《爲梁武帝斷華侈令》《朝堂諱榜議》等七首。趙翼《廿二史劄記》卷七《三國志　晋書》"九錫文"條:"蕭衍九錫文,據《任昉傳》,梁臺建,禪讓文誥多昉所作;又《沈約傳》,武帝與約謀禪代,命約草其事,約即出懷中詔書,帝初無所改;又《丘遲傳》梁初勸進及殊禮皆遲文,則九錫文總不外此三人。""每制書草,沈約輒求同署。嘗被急召,昉出而約在,是後文筆,約參製焉。"(《南史·任昉傳》)嚴可均於《封梁公詔》後曰:"案《任昉傳》,梁臺建,禪讓文誥多昉所具。《丘遲傳》,時勸進梁王及殊禮,皆遲文也。《沈約傳》,高祖命草其事,約乃出懷中詔書,並諸選置,高祖初無所改。今據之,以禪讓文誥編入昉集中。"嚴可均明知其時"禪讓文誥"出自任昉、沈約、丘遲三人之手,任昉所作爲多,仍將此類文皆歸入任昉集中,應是避免重複之權宜之計。據此,本書則將張燮本與張溥本所不收之《封梁公詔》《進梁公爵爲王詔》《册梁公九錫文》三首歸入附録"存疑"。《爲梁武帝集墳籍令》《爲梁武帝斷華侈令》二首乃嚴可均據《粤雅堂叢書》本《文館詞林》輯録,《朝堂諱榜議》乃據《南齊書・王慈傳》輯録,皆有根據。因此,本書繫此三首於"補編"。據日藏弘仁館《文館詞林》輯得任昉文《爲梁武帝設榜達枉令》《爲梁武帝掩骼埋胔令》《爲梁武帝葬戰亡者令》《轉送亡軍士教》四首,據宋吴曾《能改齋漫録》輯得《小桂郡刺史鄧阿魯記》一首,據《文鏡秘府論》《南史》分别輯得佚句四句、二句,一并歸入"補編"。《桂陽王墓誌銘》一首,汪士賢本、張燮本、張溥本與《全梁文》皆據《藝文類聚》所存殘篇收録。一九八〇年九月,桂陽王蕭融與其妻王慕韶夫婦合葬墓於南京被發現,并出土《墓誌銘》一首,署爲任昉作。《文物》一九八一年第十二期刊登阮國林撰《南京梁桂陽王蕭融夫婦合葬墓》一文《附録一》即爲《桂陽王墓誌銘并序》。其中文字雖有磨損難以辨認者,然爲完篇,本书據以補各本之闕,以成完璧。

近人逯欽立輯校《先秦漢魏晋南北朝詩・梁詩》卷五收任昉詩二十一首(《出郡傳舍哭范僕射》作一首三章),并加以校對。所收詩歌,除不收聯句外,實與張燮本及張溥本同。

任昉生時即以能文名世,與一代辭宗沈約號"沈詩任筆"。又與永明體另一代表詩人謝朓並舉,"謝玄暉善爲詩,任彦昇工於文章"(《梁書・沈約傳》),梁簡文帝則説:"至如近世謝朓、沈約之詩,任昉、陸倕之筆,斯實文章之冠冕,述作之楷模。"(蕭綱《與湘東王書》)其文遠紹《左傳》風神,近承傅亮文風,終成駢文之宗,在駢文史上占據舉足輕重的地位。蕭統編選《文選》,選録任昉令、表、牋、啓、序、策文、彈事、墓誌、行狀共九類十七首,任昉是入選作品類别與數量都最多的作家。任昉雖不善詩,然而"晚節愛好既篤,文亦遒變,若銓事理,拓體淵雅,得國士之風。故擢居中品"(鍾嶸《詩品》),與沈約同居中品。并在他的帶動下,形成一股作詩之風:"昉既博物,動輒用事,所以詩不得奇。少年士子,效其如此。"任昉詩歌創作爲當時"三體"中博物用事一派,較永明體遒勁質健,影響甚重。《文選》選録其詩二首,雖遠低於沈約的十三首,但任昉詩歌創作在梁朝時的影響卻不容忽視。沈詩優於任詩之論調,直到清初才有所改變。如王夫之認爲任昉"高於休文者數十輩以上。'沈詩''任筆'之云,賣菜求益者之言也"(王夫之《古詩評選》卷五),陳祚明更是高唱"千秋而下,惟少陵與相競爽。……奇敻奇於彦昇""此詩風味開少陵之先"（陳祚明《采菽堂古詩選》卷二十五）之論調，王士禛晚年評曰"實勝休文遠甚，當時惟玄暉足相匹敵耳，休文不足道也"（王士禛《分甘餘話》卷二）。此高倡任詩優於沈詩、"揚任抑沈"現象，自有其詩學背景，也可見出任昉詩水準之高，越來越受到詩學界重視。

對任昉詩文的注釋主要是六臣對《文選》選錄作品所作注釋，清光緒年間吳縣蔣清翊撰《任彦昇集箋注》，俞樾爲之作序。惜其書不存。任昉詩文之讎校，則主要有明州本《文選》對任昉詩文李善本與五臣本不同文字的簡要說明，《四庫全書》有疏證數十則。任昉詩文繫年則較多，較著者有羅國威《任昉年譜》，曹道衡、劉躍進《南北朝文學編年》有關任昉部分，熊清元《任昉詩文繫年考證》，楊賽《任昉與南朝士風》、張金平《南朝學者任昉研究》二著中的《任昉年譜》等。

余箋注任昉詩文始於二〇一〇年撰寫《任昉研究》時，至今已勷力十載有餘，然才植素乏，功底淺陋，疏漏不達難免，誠望諸賢雅正。

凡　例

一、本书以信述堂清光緒己卯(一八七九)刊本《漢魏六朝百三家集·任中丞集》爲底本(簡稱信述堂本),以清乾隆四十三年(一七七八)修《摛藻堂四庫全書薈要·漢魏六朝百三家集·任昉集》(簡稱薈要本)、明(天啓、崇禎年間)漳浦張燮輯《漢魏六朝七十二家集·任中丞集》(簡稱張燮本)、清嚴可均校輯《全梁文》中之《任昉文》(簡稱《全梁文》)、逯欽立輯校《先秦漢魏晋南北朝詩·梁詩》中之《任昉詩》(簡稱《梁詩》)爲通校本。又以宋紹興刻本《藝文類聚》、日本足利學校藏宋刊明州本六臣注《文選》(簡稱明州本)、上海古籍出版社李善注《文選》(簡稱李善本)、《梁書》等爲參校本。

二、明州本《爲范尚書讓吏部封侯表》"心顏無措臣雲"下注:"中謝,五臣本無'臣雲'字。"然遍檢該本對《文選》任昉文文字校勘,惟有"善本作""善本有""善本無"等,而無"五臣本"異文説明,可見,明州本正文文字應與五臣本同。因此,就任昉文言,《文選》本子有二:明州本與李善本。若上述二種《文選》相同,則統稱《文選》;若明州本與李善本有異,則分稱明州本、李善本。

三、本書名爲"任昉集箋注",實則融題解、校記與箋注爲一。任昉詩文向以用典繁密偏僻著稱,而文字經前賢心力,已無大礙,故本書重在箋注,而略於校勘。每首體例含題解、校記與箋注。題解,交待本篇寫作緣由、時間,兼釋題中之名物,如有異文,並作校勘。校勘對不同本子異文作簡要辨析,作出取舍。若皆通,則僅標明"某本作某",不作辨釋。箋注偏於釋事,亦不廢釋義。本書預期受衆,除專業研究者外,尚有一般讀者,因此箋注、徵引原文不嫌其詳,出注不煩其冗,以使讀者更全面了解文義,獲得翔實出處。

四、詩文編排順序一仍信述堂本,分卷則以張燮本爲基礎而有變動。

五、若單篇文字過長,則結合文意適當分段。每首校記、箋注編號全篇一貫,并不間斷。

六、避諱字径直復原,不出校。信述堂本所用異體字、古今字、俗字等一般保持原貌,不作改動;其他本子中的異體字、古今字、俗字等不出校。

七、同僚友朋聯吟唱酬之作,自張燮本即予附録,因由此可見作者相互關係、同詠者高下及各人發語之由、兩心相照之處,有助於理解、鑒賞、比較,又可以睹一時風會,故一遵張燮本而更益之,然不加校注。

卷一　賦

答陸倕《感知己賦》^{(一)①}

【題　解】

《梁書·陸倕傳》："天監初,(陸倕)爲右軍安成王外兵參軍,轉主簿。倕與樂安任昉友善,爲《感知己賦》以贈昉,昉因此名以報之。"又《梁書·太祖五王傳·安成康王秀》："(天監)三年,進號右將軍。"據此知此賦作於梁武帝天監三年(五〇四)。

陸倕:字佐公,吴郡吴人。少勤學,善屬文。年十七,舉本州秀才。"竟陵八友"之一。辟議曹從事參軍、廬陵王法曹行參軍。天監初,爲右軍安成王外兵參軍,轉主簿。遷驃騎臨川王東曹掾。遷太子中舍人,管東宮書記。遷太子庶子、國子博士,母憂去職。服闋,爲中書侍郎,給事黄門侍郎,揚州別駕從事史,以疾陳解,遷鴻臚卿,入爲吏部郎,參選事。出爲雲麾晋安王長史、尋陽太守、行江州府州事。以公事免,左遷中書侍郎,司徒司馬,太子中庶子,廷尉卿。又爲中庶子,加給事中,揚州大中正。復除國子博士,中庶子、中正並如故。守太常卿,中正如故。梁武帝普通七年(五二六)卒,年五十七。文集二十卷。

原知己之時義,故相知之信然^[一]。乃貪廉之異貫,奈勇怯之相懸^[二]。貪在物而成累,怯在我而可甄^[三]。既自得於爲御,復甘心於執鞭②^[四]。矧相知其如此,獨攬涕而潺湲^[五]。雖有望於己知,更非

(一)賦:是我國文學史上產生得頗早的一種文體,創始於周末,繁盛於漢代,此後經歷代作家的創作實踐,在體制上不斷有所變化,明代徐師曾在其《文體明辨》中將賦劃分爲古賦、俳賦(駢賦)、律賦和文賦四類。賦一直是我國古代文學創作中重要的文體之一。晋代摯虞《文章流別論》曰:"賦者,敷陳之稱,古詩之流也。古之作者,發乎情,止乎禮義。情之發,因辭以形;禮義之旨,須事以明之。故有賦焉,所以假象盡辭,敷陳其志。前世爲賦者,有孫卿、屈原,尚頗有古詩之義,至宋玉則多淫浮之病矣。《楚辭》之賦,賦之善者也。……古詩之賦,以情義爲主,以事類爲佐。今之賦,以事形爲本,以義正爲助。"現存任昉《答陸倕〈感知己賦〉》《静思堂秋竹賦》《賦體》皆字句對仗工整、音節輕重協調,屬於俳賦(駢賦)。

謂其知己[六]。信偉人之世篤，本侯服於陸鄉[七]。緬風流於道素③，襲袞衣與繡裳[八]。逮伊人而世載，並三駿而龍光[九]。過龍津而一息，望鳳條而載翔[一〇]。彼白玉之雖潔，此幽蘭之信芳[一一]。思在物之取譬，非升斛而能量④[一二]。匹聳峙於東嶽⑤，比凝厲於秋霜[一三]。不一飯以妄過⑥，每三錢以投渭[一四]。匪蒙袂之敢嗟，豈溝壑之能衣[一五]。既蘊藉其有餘，又澹然而無味[一六]。得意同乎卷懷，違方似乎仗氣[一七]。類平叔而靡雕，似子臺而不朴[一八]。冠衆善而胎操⑦，綜群言而名學[一九]。折高、戴於《后臺》，異鄒、顏乎董幄[二〇]。探三《詩》於河間，訪九師於淮曲[二一]。術兼口傳之書，藝廣鏗鏘之樂[二二]。時坐睡而懸梁⑧，裁據梧而錐握⑨[二三]。既文過而意深，又理勝而辭縟[二四]。

【校　記】

①答陸倕《感知己賦》：信述堂本與薈要本作"答陸倕知己賦"，《藝文類聚》作"答陸倕感知己賦"。據《梁書·陸倕傳》"（陸倕）爲《感知己賦》贈昉，昉因此名以報之"，此賦題應爲"答陸倕感知己賦"。

②復：《藝文類聚》與《全梁文》作"又"。

③於：《藝文類聚》與《梁書》作"與"。

④升斛：《全梁文》作"斗斛"。

⑤聳：《艺文类聚》與《全梁文》作"方"。

⑥妄：信述堂本、張燮本、薈要本與《全梁文》作"忘"，《梁書》作"妄"。從此句用典情況看，當以"妄"爲確。

⑦胎操：信述堂本、張燮本、薈要本與《梁書》作"貽操"，《藝文類聚》作"胎操"。此句應是貫通各種善舉以培養、養育情操、品行之意，而"貽操"不知所謂，故以"胎操"爲是。

⑧懸梁：《全梁文》作"梁懸"，以與後面"錐握"相對。

⑨據：《梁書》作"枝"，非。握：信述堂本、《藝文類聚》與張燮本作"幄"，今據《全梁文》改。

【箋　注】

[一]原：推究。《漢書·薛宣傳》"原心定罪"顏師古注："原，謂尋其本也。"時義：出自《周易·隨》："隨時之義大矣哉。"相知：互相瞭解，知心。《楚辭·九歌·少司命》："悲莫悲兮生別離，樂莫樂兮新相知。"信然：誠然，確實。《後漢書·段熲傳》："熲於道僞退，潛於還路設伏。虜以爲信然，乃

入追潁。”

［二］貪廉：愛財與廉潔。異貫：異事。貫，事。《莊子·德充符》：“老聃曰：‘胡不直使彼以死生爲一條，以可不可爲一貫者？’”奈：如何，奈何。勇怯：勇敢與膽怯。《太白陰經·人無勇怯篇》：“勇怯有性，强弱有地。”懸：差別大，相去懸殊。《荀子·修身》：“彼人之才性之相縣也，豈若跛鼈之與六驥足哉？”縣，通“懸”。“乃貪”二句，用管子與鮑叔牙相知典故。《史記·管晏列傳》：“管仲夷吾……少時常與鮑叔牙游，鮑叔知其賢。管仲貧困，常欺鮑叔，鮑叔終善遇之，不以爲言。已而鮑叔事齊公子小白，管仲事公子糾。及小白立，爲桓公，公子糾死，管仲囚焉。鮑叔遂進管仲。管仲既用，任政於齊……管仲曰：‘吾始困時，嘗與鮑叔賈，分財利多自與，鮑叔不以我爲貪，知我貧也。……吾嘗三戰三走，鮑叔不以我爲怯，知我有老母也。……生我者父母，知我者鮑子也。’”

［三］甄：造就，培養。

［四］自得於爲御，復甘心於執鞭：《史記·管晏列傳》：“太史公曰：‘……假令晏子而在，余雖爲之執鞭，所忻慕焉。’”執鞭，舉鞭爲人駕車，表示景仰追隨。

［五］矧：況且，何況。相知：見注［一］。攬涕：即“擥涕”。揮淚。《楚辭·九章·思美人》：“思美人兮，擥涕而竚眙。”王夫之通釋：“擥涕，揮淚也。”潺湲：流淚貌。《楚辭·九歌·湘君》：“橫流涕兮潺湲，隱思君兮陫側。”

［六］有望：寄希望。己知：《論語·憲問》：“子曰：‘不患人之不己知，患不知人也。’”

［七］信：確實，的確。世篤：世厚。《尚書·君牙》：“惟乃祖乃父，世篤忠貞，服勞王家。”本侯服於陸鄉：《新唐書·宰相世系表三下》：“陸氏出自嬀姓。田完裔孫齊宣王少子通，字季達，封於平原般縣陸鄉，即陸終故地，因以氏焉。”《德平縣誌·官師誌》：“陸通，宣王少子，字季達，封於陸鄉，即陸終故地，漢平原般縣境，謚元侯。”侯服：王侯之服。《漢書·叙傳下》：“侯服玉食，敗俗傷化。”

［八］緬：思貌。《國語·楚語上》：“彼懼而奔鄭，緬然引領而望，曰：‘庶幾赦吾罪。’”風流：猶遺風，流風餘韻。《漢書·趙充國辛慶忌傳贊》：“其風聲氣俗自古而然，今之歌謠慷慨，風流猶存耳。”道素：指純樸的德行。《抱朴子·行品》：“履道素而無欲，時雖移而不變者，樸人也。”襲：加衣，穿衣。袞衣：古代帝王及上公穿的繪有卷龍的禮服。《詩·豳風·九罭》：“我覯之子，袞衣繡裳。”毛傳：“袞衣，卷龍也。”陸德明《釋文》：“天子畫升龍於

衣上，公但畫降龍。”繡裳：彩色下衣。古代官員的禮服。《詩·秦風·終南》：“君子至止，黻衣繡裳。”毛傳：“黑與青謂之黻，五色備謂之繡。”“信偉”四句，言陸倕祖上之風流。

　　[九]逮：及。《論語·里仁》：“子曰：‘古者言之不出，恥躬之不逮也。’”伊人：此處指陸倕。世載：指世代有德。《國語·周語上》：“祭公謀父諫曰：‘……亦世載德。’”並：同時。三駿：指陸倕弟兄三人皆爲才能出衆之人。《南史·陸慧曉傳》：“三子：僚、任、倕並有美名，時人謂之三陸。初授慧曉兗州，三子依次第各作一讓表，辭並雅麗，時人歎伏。僚學涉子史，長於微言。美姿容，鬚眉如畫。位西昌侯長史、蜀郡太守。”龍光：指文采、才華。《三國志·蜀書·諸葛亮傳》“惟博陵崔州平、潁川徐庶元直與亮友善”裴松之注：“若使游步中華，騁其龍光，豈夫多士所能沉翳哉！”

　　[一〇]龍津：猶言龍門。此處喻高德碩望。鳳條：指梧桐枝。傳説鳳非梧桐不棲，因稱。陸機《吳王郎中時從梁陳作詩》：“假翼鳴鳳條，濯足升龍淵。”載翔：陶潛《歸鳥》之二：“翼翼歸鳥，載翔載飛。”

　　[一一]彼白玉之雖潔：《詩·小雅·白駒》：“生芻一束，其人如玉。”鄭玄箋：“主人之餼雖薄，要就賢人，其德如玉然。”幽蘭：《楚辭·離騷》：“戶服艾以盈要兮，謂幽蘭其不可佩。”信芳：《楚辭·離騷》：“不吾知其亦已兮，苟余情之信芳。”

　　[一二]取譬：取作譬喻。《詩·大雅·抑》：“取譬不遠，昊天不忒。”升斛：兩種量器，升與斛的合稱。《孔子家語·五帝德》“設五量”王肅注：“五量：權衡、升斛、尺丈、里步、十百。”

　　[一三]匹：匹敵，相當。《詩·大雅·文王有聲》：“作豐伊匹。”毛傳：“匹，配也。”聳峙：高聳矗立。凝厲：冷凍寒涼。喻莊重嚴厲。“匹聳”二句，言陸倕人格高峻莊穆。

　　[一四]不一飯以妄過：《東觀漢記·第五倫傳》：“上問第五倫曰：‘聞卿爲吏擿妻父，不過從兄飯，寧有之也？’倫對曰：‘臣三娶妻皆無父。臣生遭飢擾攘，米石萬錢，不敢妄過人飯。’”每三錢以投渭：趙岐《三輔決》：“安陵清者有項仲山，飲馬渭水，每投三錢。”後用爲清介、不妄取的典故。“不一”二句，言陸倕之廉潔。

　　[一五]匪蒙袂之敢嗟：《禮記·檀弓下》：“齊大饑，黔敖爲食於路以待餓者而食之。有餓者蒙袂輯屨，貿貿然來。黔敖左奉食，右執飲，曰：‘嗟，來食！’揚其目而視之，曰：‘予唯不食嗟來之食，以至於斯也。’從而謝焉。終不食而死。”蒙袂，用袖子蒙住臉。鄭玄注：“蒙袂，不欲見人也。”豈溝壑之能衣：《列子·楊朱篇》：“（晏）平仲曰：‘既死，豈在我哉？焚之亦可，沈

之亦可,瘞之亦可,露之亦可,衣薪而棄諸溝壑亦可,袞衣繡裳而納諸石槨亦可,唯所遇焉。'"此處反用其意。"匪蒙"二句,意謂陸倕雖然貧窮,但自有操守,不可侮慢,非隨便無所謂之人。

[一六]蘊藉:含蓄寬容。《史記·酷吏列傳》:"(義縱)補上黨郡中令。治敢行,少蘊藉。"澹然而無味:《老子》三十五章:"'道'之出口,淡乎其無味。"澹然,恬淡貌。《韓非子·大體》:"澹然閒靜,因天命,持大體。"無味,謂平淡無奇,不含深致。

[一七]得意:領會旨趣。《莊子·外物》:"言者所以在意,得意而忘言。"卷懷:語本《論語·衛靈公》:"邦無道,則可卷而懷之。"包咸注:"卷而懷,謂不與時政,柔順不忤於人也。"後以"卷懷"謂藏身隱退,收心息慮。違方:違背法則。謝瞻《於安城答謝靈運詩》:"豈不識高遠,違方往有吝。"仗氣:任性使氣。

[一八]類平叔而靡雕:《三國志·魏書·何晏傳》:"晏,何進孫也。母尹氏,爲太祖夫人。晏長于宮省,又尚公主,少以才秀知名,好老莊言,作《道德論》及諸文賦著述凡數十篇。"裴松之注:"晏字平叔。"又引《魏略》曰:"晏前以尚主,得賜爵爲列侯,又其母在内,晏性自喜,動靜粉白不去手,行步顧影。"《世説新語·容止》:"何平叔美姿儀,面至白;魏明帝疑其傅粉。正夏月,與熱湯餅既噉,大汗出,以朱衣自拭,色轉皎然。"似子臺而不朴:《三國志·魏書·邴原傳》:"永寧太僕東郡張閣以簡質聞。"裴松之注:"杜恕著《家戒》稱閣曰:'張子臺,視之似鄙樸人,然其心中不知天地間何者爲美,何者爲好,敦然似如與陰陽合德者。'"臺,《全梁文》:"臺,當作雲。"以子臺爲揚子雲,非。

[一九]冠:貫通。衆善:謂各種善舉。《吕氏春秋·有始覽·應同》:"堯爲善而衆善至,桀爲非而衆非來。"胎操:見校記⑦。綜:總集,聚合。《易·繫辭上》:"錯綜其數。"群言:謂各家著述。《後漢書·蔡邕傳》:"乃斟酌群言,韙其是而矯其非,作《釋誨》以戒厲云爾。"

[二〇]折高、戴於《后臺》:高、戴:西漢經學家高堂生、戴德與戴聖,均擅長禮學。《史記·儒林列傳》:"言禮自魯高堂生。"《漢書·儒林傳·孟卿》:"(后)倉説《禮》數萬言,號曰《后氏曲臺記》,授沛聞人通漢子方、梁戴德延君、戴聖次君、沛慶普孝公。"顏師古注引服虔曰:"在曲臺校書著記,因以爲名。"師古曰:"曲臺殿在未央宫。"又,《漢書·鄒陽傳》"臣聞秦倚曲臺之宫"顏師古注引應劭曰:"始皇帝所治處也,若漢家未央宫。"漢時作天子射宫,又立爲署,置太常博士弟子。故自秦漢以來,有關禮制的著作,常以曲臺爲名。《后臺》,在此借指禮學。"折高、戴於《后臺》",意謂陸倕在禮學

方面的造詣超過高堂生、戴德與戴聖。異鄒、顏乎董幄:鄒、顏,西漢擅長春秋學的經學家鄒氏與顏安樂。《漢書・王吉傳》:"吉兼通《五經》,能爲《騶氏春秋》。"《漢書・藝文志》"《春秋》分爲五"顏師古注引韋昭曰:"謂《左氏》《公羊》《穀梁》《鄒氏》《夾氏》也。"《藝文志》又曰:"《春秋古經》十二篇,《經》十一卷。……《鄒氏傳》十一卷。……故有《公羊》《穀梁》《鄒》《夾》之《傳》。四家之中,《公羊》《穀梁》立於學官,鄒氏無師,夾氏未有書。"顏安樂是西漢今文春秋學家。《漢書・儒林傳・顏安樂》:"嚴彭祖……與顏安樂俱事眭孟。……孟曰:'《春秋》之意,在二子矣!'孟死,彭祖、安樂各顓門教授。由是《公羊春秋》有顏、嚴之學。"董幄:用董仲舒下帷講學之典。因董仲舒擅長春秋學,因此此處用以借指春秋學。《史記・儒林列傳》:"下帷講誦,弟子傳以久次相受業,或莫見其面,蓋三年董仲舒不觀於舍園,其精如此。""異鄒、顏乎董幄",意謂陸倕在春秋學方面的成就高過鄒氏與顏安樂。

[二一]探:探求。三《詩》:秦焚書後,漢興而有三家《詩》,齊人轅固傳《齊詩》,魯人申培傳《魯詩》,燕人韓嬰傳《韓詩》,皆屬今文經學,並立學官。河間:《漢書・景十三王傳・河間獻王劉德》:"河間獻王德以孝景前二年立,修學好古,實事求是。從民得善書,必爲好寫與之,留其真,加金帛賜以招之。緐是四方道術之人不遠千里,或有先祖舊書,多奉以奏獻王者,故得書多,與漢朝等。……獻王所得書皆古文先秦舊書,《周官》《尚書》《禮》《禮記》《孟子》《老子》之屬,皆經傳説記,七十子之徒所論。其學舉六藝,立《毛氏詩》《左氏春秋》博士。"據此可知,河間獻王立爲學官的是《毛詩》,而非三家《詩》。"探三《詩》於河間"極言陸倕四處求學。訪九師於淮曲:《漢書・藝文志》:"《淮南道訓》二篇。淮南王安聘明《易》者九人,號九師説。"淮曲,劉安都城壽春在淮水南岸,故稱其封地爲"淮曲"。

[二二]口傳之書:《史記・儒林列傳》:"伏生者,濟南人也。故爲秦博士。孝文帝時,欲求能治《尚書》者,天下無有,乃聞伏生能治,欲召之。是時伏生年九十餘,老,不能行,於是乃詔太常使掌故朝錯往受之。秦時焚書,伏生壁藏之。其後兵大起,流亡,漢定,伏生求其書,亡數十篇,獨得二十九篇,即以教于齊魯之間。"孔安國《尚書序》:"及秦始皇滅先代典籍,焚書坑儒,天下學士逃難解散,我先人用藏其家書於屋壁。漢室龍興,開設學校,旁求儒雅,以闡大猷。濟南伏生,年過九十,失其本經,口以傳授,裁二十餘篇。以其上古之書,謂之《尚書》。"鏗鏘之樂:《論語・先進》:"鼓瑟希,鏗爾,舍瑟而作。"邢昺疏:"投置其瑟,而聲鏗然也。"

[二三]時坐睡而懸梁:《太平御覽》卷三六三《人事部四》引《漢書》曰:

"孫敬字文寶,好學,晨夕不休。及至眠睡疲寢,以繩繫頭,懸屋梁。後爲當世大儒。"據梧:《莊子·齊物論》:"昭文之鼓琴也,師曠之枝策也,惠子之據梧也,三子之知幾乎。"郭象注:"夫三子者,皆欲辯非己所明以明之,故知盡慮窮,形勞神倦,或枝策假寐,或據梧而瞑。"成玄英疏:"梧,琴也。"又釋爲"几"。錐握:《戰國策·秦一》:"(蘇秦)讀書欲睡,引錐自刺其股。"此二句形容陸倕勤奮好學。

[二四]文過:《後漢書·馮衍傳下》:"顯宗即位,又多短衍以文過其實,遂廢於家。"此處指文辭華麗。意深:含意深刻。理勝:道理超出一般。辭縟:辭藻華麗。

　　咨余生之荏苒,追歲暮而傷情⑩[二五]。測徂陰於堂下,聽鳴鐘於洛城⑪[二六]。惟忘年之陸子,定一遇於班荆[二七]。余獲田蘇之價,爾得海上之名[二八]。信落魄而無產,終長勤於短生⑫[二九]。饑虛表於徐步,逃責顯於疾行[三〇]。子比我於叔則,又方余於耀卿[三一]。心照情交,流言靡惑[三二]。萬類闇求,千里懸渴⑬[三三]。言象可廢,筌蹄自默[三四]。居非連棟,行則同車⑭[三五]。冬夜不足⑮,夏日靡餘[三六]。肴核非餌,絲竹豈娛[三七]。我未捨駕,子已迴輿[三八]。中飲相顧,悵然動色[三九]。邦壤雖殊,離會難測[四〇]。存異山陽之居,没非要離之側[四一]。以膠投漆中,離妻豈能識[四二]?

【校　記】
⑩追:《梁書》作"迫",亦通。
⑪《藝文類聚》無"既文"以下六句。
⑫勤:《梁書》作"對"。
⑬渴:《全梁文》作"得"。
⑭行則同車:《藝文類聚》作"行待舟車",《全梁文》作"行待同車"。
⑮足:信述堂本、張爕本與薈要本作"長",今據文意從《藝文類聚》與《全梁文》。

【箋　注】
[二五]咨:歎息。《吕氏春秋·恃君覽·行論》:"文王流涕而咨之。"余生:猶殘生。指晚年、暮年。余,同"餘"。謝靈運《君子有所思行》:"餘生不歡娛,何以竟暮歸。"荏苒:(時間)漸漸過去。常形容時光易逝。丁廙妻《寡婦賦》:"時荏苒而不留,將遷靈以大行。"歲暮:一年將盡時。比喻年老。

《漢書·楚元王傳附劉向》："今(周)堪年衰歲暮,恐不得自信。"傷情:傷感。班彪《北征賦》:"瘙曠怨之傷情兮,哀詩人之歎時。"

[二六]徂陰:移動的日影。徂,往。堂下:廳堂階下。《春秋公羊傳·宣公六年》:"伀然從乎趙盾而入,放乎堂下而立。"聽鳴鐘於洛城:《文選》鮑照《樂府詩八首·放歌行》"鍾鳴猶未歸"張銑注:"鍾鳴,謂暮也。"李善注引崔寔《正論》曰:"永寧詔曰:鍾鳴漏盡,洛陽城中不得有行者。"又,《三國志·魏書·田豫傳》:"年過七十而以居位,譬猶鐘鳴漏盡而夜行不休,是罪人也。"以"鐘鳴漏盡"比喻人到晚年,年老力衰。"測徂"二句,意謂自己漸近暮年。

[二七]忘年:不拘年齡、行輩、以德才相敬慕。《初學記·人部中·交友二》引晉張隱《文士傳》曰:"禰衡有逸才,少與孔融交。時衡未滿二十,而融已五十,敬衡才秀,忘年殷勤。"定一遇於班荊:謂知心朋友相遇,共坐談心。《左傳·襄公二十六年》:"初,楚伍參與蔡太師子朝友,其子伍舉與聲子相善也。伍舉娶於王子牟,王子牟爲申公而亡,楚人曰:'伍舉實送之。'伍舉奔鄭。將遂奔晉,聲子將如晉,遇之於鄭郊,班荊相與食,而言復故。"杜預注:"班,布也。布荆坐地,共議歸楚事。"楊伯峻注:"布今俗作佈,即今鋪字。"

[二八]田蘇:春秋時晉國賢人。《左傳·襄公七年》:"無忌不才,讓其可乎?請立起也! 與田蘇游,而曰好仁。"杜預注:"無忌,穆子名。起,無忌弟宣子也。田蘇,晉賢人。蘇言起好仁。"後借指賢德長者。海上之名:《呂氏春秋·孝行覽·遇合》:"人有大臭者,其親戚兄弟妻妾知識無能與居者,自苦而居海上。海上人有説其臭者,晝夜隨之而弗能去。""爾得"句謂,任昉求人財貨,散之他人,受人譏評;而陸倕不顧流俗之見,樂與任昉交往,被世人目爲海上逐臭之夫。本賦前面贊陸倕"此幽蘭之信芳",正與任昉之"臭"相對。

[二九]信:見注[七]。落魄:窮困失意。《史記·酈生陸賈列傳》:"(酈食其)好讀書,家貧落魄,無以爲衣食業,爲里監門吏。"裴駰集解:"徐廣曰:'落魄,志行衰惡之貌也。'"無産:沒有家産。長勤:《楚辭·遠游》:"惟天地之無窮兮,哀人生之長勤。"短生:短促的生命。謝靈運《豫章行》:"短生旅長世,恒覺白日欹。"

[三〇]饑虛:猶饑荒。謂腹中空虛而饑餓。《後漢書·左雄傳》:"今青州饑虛,盜賊未息,民有乏絶,上求稟貸。"引《原别傳》曰:"太祖……遠出迎原曰:'……誠副饑虛之心。'"表:表徵。徐步:緩慢步行。宋玉《神女賦》:"動霧縠以徐步兮,拂墀聲之珊珊。"逃責:逃避債務。責,古同"債"。《漢

書·諸侯王表序》：“自幽、平之後，日以陵夷，至虖陝隔河洛之間，分爲二周，有逃責之臺，被竊鈇之言。”疾行：快步行走。《孟子·告子下》：“疾行先長者，謂之不弟。”

“信落”四句，乃任昉自言。信落魄而無産：《梁書》《南史》本傳均記載任昉不事生産，家貧短衣少食。詳見本書《前言》。終長勤於短生：《南史》本傳記載：梁武帝聽聞任昉去世後，屈指曰：“昉少時嘗恐不滿五十，今四十九，可謂知命。”饑虛表於徐步，逃責顯於疾行：言自己不事生産，常受飢餓之苦，舉步徐緩；又常借債於人，爲躲避追債而疾走。詳見本書《前言》。

[三一]叔則：晉裴楷字。《晉書·裴楷傳》：裴楷字叔則，河東聞喜人。不持儉素，每游榮貴，輒取其珍玩。雖車馬器服，宿昔之間，便以施諸窮乏。嘗營別宅，其從兄衍見而悦之，即以宅與衍。梁、趙二王，國之近屬，貴重當時，楷歲請二國租錢百萬，以散親族。人或譏之，楷曰：“損有餘以補不足，天之道也。”安於毁譽，其行己任率，皆此類也。耀卿：耀，爲“曜”之誤。曜卿，袁涣字。《三國志·魏書·袁涣傳》：袁涣字曜卿，陳郡扶樂人。歸曹操後，拜爲沛南部都尉。遷爲梁相。爲政崇教訓，恕思而後行，外温柔而内能斷。以病去官，百姓思之。後徵爲諫議大夫、丞相軍祭酒。前後得賜甚多，皆散盡之，家無所儲，終不問産業，乏則取之於人，不爲皦察之行，然時人服其清。魏國初建，爲郎中令，行御史大夫事。“子比”二句，意謂任昉同王戎、袁涣一樣，皆不事生産，且多周濟他人。詳見本書《前言》。任昉亦自云：“知我亦以叔則，不知我亦以叔則。”（《梁書·任昉傳》）

[三二]心照：兩心對照，相知默契。潘岳《夏侯常侍誄》：“心照神交，唯我與子。”情交：謂以情相交。流言：没有根據的話。多指背後議論、誣衊或挑撥的話。《荀子·大略》：“流丸止於甌、臾，流言止於知者。”靡惑：即“不惑”。謂遇事能明辨不疑。《論語·子罕》：“知者不惑。”靡，無。

[三三]萬類：猶萬物。《鬼谷子·捭闔》：“籌策萬類之終始，達人心之理，見變化之朕焉。”

[三四]言象：指語言文字符號。《易·繫辭上》：“子曰：‘書不盡言，言不盡意。’”又曰：“聖人立象以盡意。”《鶡子·大道文王問》：“夫道者，覆天地，廓四方，斥八極，高而無際，深不可測，綿六合，横四維，不可以言象盡。”筌蹄：《莊子·外物》：“筌者所以在魚，得魚而忘筌；蹄者所以在兔，得兔而忘蹄；言者所以在意，得意而忘言。”筌，捕魚竹器；蹄，捕兔網。後以“筌蹄”比喻達到目的的手段或工具。《尚書序》孔穎達疏：“故《易》曰：‘書不盡言，言不盡意。’是言者，意之筌蹄，書言相生者也。”自默：向秀《難嵇叔夜養

生論》：“不病而自災，無憂而自默。”

　　[三五]連棟：一幢接一幢的房屋。仲長統《昌言上·理亂》：“豪人之室，連棟數百。”此處指近鄰。同車：同乘一車。用以形容同心、同志。《詩·邶風·北風》：“惠而好我，攜手同車。”

　　[三六]冬夜不足，夏日靡餘：《詩·唐風·葛生》：“冬之夜，夏之日，百歲之後，歸於其室。”夏日，夏晝。謝靈運《道路憶山中》：“不怨秋夕長，常苦夏日短。”靡餘：無餘。

　　[三七]肴核：肉類和果類食品。《詩·小雅·賓之初筵》：“籩豆有楚，殽核維旅。”鄭玄箋：“豆實，菹醢也。籩實，有桃梅之屬。凡非穀而食之曰殽。”餌：《説文》：“粉餅也。”絲竹：絃樂器和管樂器。《禮記·樂記》：“金石絲竹，樂之器也。”

　　“冬夜”四句，意謂自己與陸倕相交相處，冬夜、夏日雖長，猶嫌不足，不關肴核之美食、絲竹之悦耳。

　　[三八]捨：置。駕：車。迴輿：猶迴車。《孔叢子·記問》：“趙簡子使聘夫子，夫子將至焉，及河，聞鳴犢與竇犨之見殺也，迴輿而旋，之衛，息鄹。”

　　[三九]中飲：猶半酣。《國語·晉語二》：“驪姬……使優施飲里克酒。中飲，優施起舞。”悵然：失意不樂貌。宋玉《神女賦序》：“罔兮不樂，悵然失志。”動色：面色改變。班固《典引》：“君臣動色，左右相趨。”

　　[四〇]邦壤：鄉邦，鄉土。《晉書·郗鑒傳》：“邑人張寔先求交於鑒，不許。至是，寔於(陳)午營來省鑒疾，既而卿鑒。鑒謂寔曰：‘相與邦壤，義不及通，何可怙亂至此邪！’寔大慙而退。”離會：離與合。鮑照《懷遠人》：“哀樂生有端，離會起無因。”

　　[四一]存異山陽之居：《三國志·魏書·嵇康傳》裴松之注引《魏氏春秋》曰：“康寓居河內之山陽縣，與之游者，未嘗見其喜愠之色。與陳留阮籍、河內山濤、河南向秀、籍兄子咸、琅邪王戎、沛人劉伶相與友善，游於竹林，號爲七賢。”没非要離之側：《後漢書·逸民傳·梁鴻》：“及卒，(皋)伯通等爲求葬地於吳要離塚傍。咸曰：‘要離烈士，而伯鸞清高，可令相近。’”

　　[四二]以膠投漆：比喻相合而密不可分。《古詩十九首·客從遠方來》：“以膠投漆中，誰能別離此？”離婁：《孟子·離婁上》：“孟子曰：‘離婁之明，公輸子之巧，不以規矩，不能成方員。’”趙岐注：“離婁者，古之明目者，蓋以爲黃帝之時人也。黃帝亡其玄珠，使離朱索之。離朱，即離婁也，能視於百步之外，見秋毫之末。”

　　“存異”四句，意謂自己和陸倕雖不能常生活於一起，死不同葬在一塊，但二人情義相投，難分你我。

附：感知己賦贈任昉

陸　倕

夜申旦而不寐，獨匡坐而怨咨。命僕夫而夙駕，指南館而爲期。學窮書府，文究辭林。既耳聞而存口，又目見而登心。似臨淄之借書，類東武之飛翰。軫工遲於長卿，踰巧速於王粲。固乃度平子而越孟堅，何論孔璋而與公幹。或欲涉其涯涘，求其界畔，則浩浩港港，彪彪洰洰。譬長鋏於鞘中，若龍淵與蜀漢。濟濟冠蓋，祁祁儁逸。有竊風以味道，咸交臂而屈膝。或望路以窺門，罕升堂而入室。彼春蘭及秋菊，尚無絶於衆芳。矧重仁與襲義，信遼遼兮未央。言追意而不逮，辭欲書而復忘。竊仰高而希驥，忽脂車而秣馬。既一顧之我隆，亦東壁之余假。似延州之如舊，同伯喈之倒屣。附蒼蠅於驥尾，託明鏡於朝光。謂虛無而爲有，布籍甚於游揚。於是柔條颯其成勁，白露變而爲霜。歲忽忽而遒盡，憂與愛兮未忘。聚落莖於虛室，聽鸝雀於枯楊。忳鬱悒其誰語，獨撫抱而增傷。託異人以蠲憂，類其文而愈疾。索黃瓊之寄居，造安仁之狹室。車出門其已歡，無論銜杯與促膝。譬鄒子之吟松，故未寒而能慄。徒納壤以作高，陋吞舟而爲罔。值墨子之愛兼，逢太丘之道廣。陪九萬以齊征，激三千而同上。識公沙於杵臼，拔孝相於無名。非夫人之爲惑，孰云感於余情。指北芒以作誓，期欝欝於佳城。（《藝文類聚》卷三十一《人部十五·贈答》）

靜思堂秋竹賦[①]

【題　解】

《梁書·文學傳上》記載梁武帝雅愛文學，常命群臣賦詩作賦："高祖……每所御幸，輒命群臣賦詩。……其在位者，則沈約、江淹、任昉，並以文采，妙絶當時。"不知該賦是否作於梁武帝天監初。

　　靜思堂，連洞房[一]。臨曲沼，夾脩篁[二]。竹宮豐麗于甘泉之右，竹殿弘敞于神嘉之傍[三]。綠條發丹檻[②]，翠葉映雕梁[四]。入房掃文石，傍簷拂象牀[五]。常生偶蘭桂，結實值鴛鳳[六]。逢性與之至道，偶斯文之在茲[七]。歡柏梁之有賦，恨相如之異時[八]。

【校　記】

①靜思堂秋竹賦：《藝文類聚》作"靜思堂秋竹應詔"，并歸入詔類。然

此文爲應詔而作之賦,並非詔。

②檻:《全梁文》作"楹"。

【箋　注】

[一]洞房:幽深的内室。《文選》宋玉《招魂》:"姱容修態,絙洞房些。"劉良注:"洞,深也。"

[二]曲沼:曲池,曲折迂回的池塘。脩篁:長竹。

[三]竹宫豐麗于甘泉之右:漢武帝曾在甘泉祠旁營造竹宫(此宫又名甘泉祠宫)。《三輔黄圖》卷三《甘泉宫》:"竹宫,甘泉祠宫也,以竹爲宫,天子居中。"竹殿:《藝文類聚》卷六二引《洛陽故諸宫名》曰:"洛陽南宫有卻非殿、銅馬殿、敬法殿、清涼殿、鳳皇殿、嘉德殿、黄龍殿、竹殿。"弘敞,高大明亮。《文選》謝朓《齊敬皇后哀策文》"弘敞"吕延濟注:"弘,大;敞,明也。"神嘉:應爲宫殿名,具體未詳。

[四]丹檻:赤色的欄杆。雕梁:飾有浮雕、彩繪的梁,裝飾華美的梁。

[五]文石:有紋理的石頭。《山海經·北山經》:"又東北二百里,曰馬成之山,其上多文石,其陰多金玉。"象牀:象牙裝飾的牀。《戰國策·齊三》:"孟嘗君出行國,至楚,獻象牀。"鮑彪注:"象齒爲牀。"

[六]"常生"二句:意謂秋竹常年青翠,與蘭桂爲伴;結實恰引鵷鳳來食。鵷鳳,鵷鶵與鳳凰。鵷,當作"鵷"。鵷鶵,《山海經·南山經》:"(南禺之山)佐水出焉,而東南流注於海,有鳳皇、鵷鶵。"郭璞注:"亦鳳屬。"傳説鳳凰非竹子之實不食。《莊子·秋水》:"夫鵷鶵,發於南海而飛於北海,非梧桐不止,非練實不食,非醴泉不飲。"

[七]性與之至道:《論語·公冶長》:"子貢曰:'夫子之文章,可得而聞也。夫子之言性與天道,不可得而聞也已矣。'"何晏注:"性者,人之所受以生也。天道者,元亨日新之道。深微,故不可得而聞也。"至道,即天道。斯文:指禮樂教化、典章制度。《論語·子罕》:"子畏於匡。曰:'……天之將喪斯文也,後死者不得與於斯文也。'"

[八]柏梁:指柏梁臺。《史記·孝武本紀》:"其後則又作柏梁、銅柱、承露僊人掌之屬矣。"《三輔黄圖》卷五《臺榭》:"柏梁臺,武帝元鼎二年春起,此臺在長安城北闕内。《三輔舊事》云:'以香柏爲梁也。帝嘗置酒其上,詔群臣和詩,能七言詩者乃得上。太初中臺災。'"相如:司馬相如。《史記·司馬相如列傳》:司馬相如者,蜀郡成都人,字長卿。著《子虚之賦》。漢武帝讀《子虚賦》而善之,曰:"朕獨不得與此人同時哉!"乃召問相如。相如曰:"此乃諸侯之事,未足觀也。請爲天子游獵賦,賦成奏之。"其卒章歸之

於節儉，因以風諫。奏之武帝，武帝大説，以爲郎。“歡柏”二句，意謂此時猶如漢武帝時，君臣雅集，吟詩作賦，遺憾司馬相如没有生活在此時而參加此次盛會。

賦　　體

【題　解】

該賦當作於天監二年(五○三)以後、任昉任義興太守回京後參加梁武帝宴會雅集時。原因有二：其一，《藝文類聚》卷五十六《雜文部二》存梁武帝蕭衍、任昉、王僧孺、陸倕、柳憕五人同名賦《賦體》各一篇。這五篇“賦體”都是由四韻八句組成，都以化、夜、舍、駕四字爲韻，應是君臣雅集時的同題共作産品。《梁書·文學傳上》記載梁武帝雅愛文學，常命群臣賦詩作賦：“高祖……每所御幸，輒命群臣賦詩。……其在位者，則沈約、江淹、任昉，並以文采，妙絶當時。”則此賦應作於梁武帝即位不久。其二，此賦題目爲“賦體”，結合其他四人同名作内容推斷，這次同題命作，應是要求賦寫自己的體性。任昉該賦正是寫其義興太守任上之事與心情。首二句寫其受到武帝詔令整理行裝回京，三、四句贊美武帝，五、六句寫自己任義興太守時，不能禁止郡民産子不舉而慙愧自責(一)，七、八句寫奉上玉檢，等待武帝賞酒施恩。

　　傲征侣兮艤行舟，奉君命兮不俟駕[一]。屬軒軌之易循，值堯民之可化[二]。慙孺雉之聲朝，惡鰥魚之在夜①[三]。奉玉檢之陸離，待金罍之云舍[四]。

【校　記】

①鰥：信述堂本、張燮本、薈要本、《藝文類聚》與《全梁文》皆作“細”，唯獨《緯略》作“鰥”。《釋名·釋親屬》：“無妻曰鰥。鰥，昆也。昆，明也。愁悁不寐，目恒鰥鰥然也。故其字從魚，魚目恒不閉者也。”後因以“鰥魚”謂鬱悁不寐。“惡鰥魚之在夜”，比“惡細魚之在夜”文義要通。

【箋　注】

[一]傲：音觸。整理。征侣：征途上的伴侶。即行李。艤：停船靠岸。左思《蜀都賦》：“試水客，艤輕舟。”奉君命兮不俟駕：《論語·鄉黨》：“君命

(一)時義興郡有産子不癢惡俗，任昉到任後曾加以整治。詳見本書《前言》。

召,不俟駕行矣。"謂國君召喚,不等車輛駕好馬,即先步行。後以"不俟駕"指急於應召。"俶征"二句,意謂接到梁武帝回京詔令,急忙收拾行李,備船回京。

[二]軒軌:車道。《晋書·賀循傳》:"常願棄結駟之軒軌,策柴篳而造門,徒有其懷,而無從賢之實者何?"堯民之可化:皇甫謐《高士傳》:"帝堯之時,天下太和,百姓無事。壤父年五十而擊壤於道中。觀者曰:'大哉帝之德也。'壤父曰:'吾日出而作,日入而息,鑿井爲飲,耕田而食。帝何德於我哉?'""屬軒"二句,意謂此時帝王治世之道容易遵循,百姓如堯時之民容易接受教化。

[三]慙孺雉之聲朝:言義興郡民産子不舉,被抛棄的嬰兒在清晨啼哭,自己不能移此惡俗而慙愧。鰥魚:見校記①。"慙孺"二句,謙言自己在義興太守任上之不足。

[四]玉檢:玉牒書的封籤。《漢書·武帝紀》"登封泰山"顏師古注引三國魏孟康曰:"王者功成治定,告成功於天。……刻石紀號,有金策石函金泥玉檢之封焉。"此處借指玉牒文。《玉海》卷八十七:"《後漢·郡國志》注:'《湘中記》曰:衡山有玉牒,禹案其文以治水,遥望衡山如陣雲。'"陸離:光彩絢麗貌。《楚辭·招魂》:"長髮曼鬋,豔陸離些。"金罍:飾金的大型酒器。《詩·周南·卷耳》:"我姑酌彼金罍,維以不永懷。"朱熹《詩集傳》:"罍,酒器。刻爲雲雷之象,以黃金飾之。"泛指酒盞。罍,音雷。舍:施也。《左傳·昭公十三年》:"施舍不倦。"杜預註:"施舍,猶言布恩德。""奉玉"二句,意謂自己奉上治理義興之水的奏疏,等待武帝賞酒施恩。

附:賦　體

蕭　衍

草迴風以照春,木承雲以含化。芳競飛於陽和,花爭開於日夜。樂萬類之得所,豈此心之云舍。欣分竹其屬精,慙戎車之屢駕。

賦　體

王僧孺

雜沓兮翠旌,容與兮龍駕。新桐兮始華,乳雀兮初化。思治兮終朝,求人兮反夜。竟大德之未誧,何飛光之徒舍。

賦　體

陸　倕

奉欽明之睿后,沐隆平之玄化。參振鷺之充庭,侍長徒之曾舍。冀無恨於終南,豫告成於芝駕。雖就列而陳力,終胡顏於長夜。

賦　體

柳　惲

飛轡辣兮不停陰,徂川逝兮無暫舍。白日出兮爍晚辰,春雷奮兮動蘭夜。竊匪服於儲闈,叨鴻恩於良駕。何眇身之多幸,濯微纓於唐化。(《藝文類聚》卷五十六《雜文部二》)

卷二 詔 璽書 册 令 教^(一)

爲武帝初封功臣詔^①

【題 解】

《梁書·武帝紀中》："天監元年夏四月丙寅,高祖即皇帝位於南郊。……是日,詔封文武功臣新除車騎將軍夏侯詳等十五人爲公侯,食邑各有差。"據此,此表作於天監元年(五○二)四月丙寅日。

詔令主要是天子布告天下的文書,"響盈四表",又因"王言之大,動入史策,其出如綍,不反若汗","王言崇秘,大觀在上,所以百辟其刑,萬邦作孚",因此,爲了不引起臣下的輕斥,詔令要求典雅,以"取美當時""敬慎來世"。劉勰認爲詔令應"雅":"明章崇學,雅詔間出。"

　　草昧權輿,事深締搆[一],康俗成務,義在庇民[二]。自非群才並軌,文武宣翼,將何以啓茲景祚,弘此帝圖[三]? 或運籌帷帳,經啓王業[四];或攻城略埊,殉義忘生[五];或腹心爪牙,折衝禦侮[六]。忠勤茂德,夷險一致[七],並宜建國開宇,蕃屏王室[八],山河之誓,永永無窮[九]。

(一)這五類文體都是上告下的公牘。詔令是朝廷下令給臣民或告示天下的公文。璽書是古代以泥封加印的文書。古代長途遞送的文書易於破損,所以書於竹簡木牘,兩片合一,縛以繩,在繩結上用泥封固,鈐以璽,故稱璽書。秦以後專指皇帝的詔書。吳訥《文章辨體序説》曰:"漢初有三璽,天子用玉璽以封,故曰璽書。……夫制、詔、璽書皆曰王言,然書之文,尤覺陳義委曲,命辭懇到者,蓋書中能盡褒勸警飭之意也。"册,本作"策"。《後漢書·光武帝紀上》"辛未,詔曰"李賢注引《漢制度》曰:"帝之下書有四:一曰策書,二曰制書,三曰詔書,四曰誡敕。策書者,編簡也,其制長二尺,短者半之,篆書,起年月日,稱皇帝,以命諸侯王。三公以罪免亦賜策,而以隸書,用尺一木,兩行,唯此爲異也。"如漢武帝《封齊王策》《封燕王策》等。從漢代起,策又指選拔人才時的試題,又名策問、策文,如漢武帝《賢良策》、陸機爲晉武帝寫的《策秀才文》,以及任昉替梁武帝寫的《天監三年策秀才文三首》等。後代策字專用於策問,封贈的文書則用册字,如任昉《禪梁册》。教,諸侯王公下達的命令告示。《説文》:"上所施下所效也。"《白虎通·三教》:"教者,效也。上爲之,下效之。"《文選》卷三十六"教"類下李善注引蔡邕《獨斷》曰:"諸侯言曰教。"《文心雕龍·詔策》:"教者,效也,言出而民效也。契敷五教,故王侯稱教。"

【校　記】

①爲武帝初封功臣詔:《藝文類聚》作"初封諸功臣詔",《全梁文》作"梁武帝初封諸功臣詔"。

【箋　注】

[一]草昧:謂天地初開時的混沌狀態,蒙昧。《易·屯》:"天造草昧,宜建侯而不寧。"王弼注:"屯者,天地造始之時也。造物之始,始於冥昧,故曰草昧也。"後引申爲創始,草創。荀勖《食舉樂東西廂歌·時邕》:"爰造草昧,應乾順民。"權輿:起始。《詩·秦風·權輿》:"今也每食無餘,于嗟乎!不承權輿。"朱熹《詩集傳》:"權輿,始也。"締構:猶締造。謂經營開創。左思《魏都賦》:"有魏開國之日,締構之初,萬邑譬焉。"構,同"構"。

[二]康俗:使百姓安康。《宋書·自序》記沈亮曰:"故能殷邦康俗,禮節用成。"俗,百姓。《史記·管晏列傳》:"俗之所欲,因而予之。"成務:成就事業。《易·繫辭上》:"夫易,開物成務,冒天下之道,如斯而已者也。"韓康伯注:"言易通萬物之志,成天下之務,其道可以覆冒天下也。"庇民:《禮記·表記》:"子曰:下之事上也,雖有庇民之大德,不敢有君民之心,仁之厚也。"

[三]群才:《列子·仲尼》:"大夫不聞齊魯之多機乎?有善治土木者,有善治金革者,有善治聲樂者,有善治書數者,有善治軍旅者,有善治宗廟者,群才備也。"並軌:同迹。《文選·陸士衡演連珠》:"五侯並軌,西京有陵夷之運。"李善注引《廣雅》曰:"軌,迹也。"宣翼:輔佐。《國語·楚語上》:"誦詩以輔相之,威儀以先後之,體貌以左右之,明行以宣翼之。"景祚:帝業。帝圖:帝王治國的謀略。顏延之《三月三日曲水詩序》:"有宋函夏,帝圖弘遠。"引申爲帝業。

[四]運籌帷帳:《史記·高祖本紀》:"夫運籌策帷帳之中,決勝於千里之外,吾不如子房。"經啓王業:謂統一天下,建立王朝。王業,帝王之事業。《荀子·王霸》:"舜、禹還至,王業還起。"

[五]攻城略垄:義同"攻城略地"。攻占城池,奪取土地。指征戰。《淮南子·兵畧訓》:"攻城略地,莫不降下。"殉義:遵從道義。嵇康《管蔡論》:"管、蔡皆服教殉義,忠誠自然。"忘生:忘卻性命。

[六]腹心:指親信。《漢書·張湯傳》:"伍被本造反謀,而(嚴)助親幸出入禁闥腹心之臣,乃交私諸侯,如此弗誅,後不可治。"爪牙:喻勇士,衛士。《詩·小雅·祈父》"予王之爪牙"鄭玄箋:"此勇力之士。"折衝:使敵人的戰車後撤,即制敵取勝。衝,衝車,戰車的一種。《呂氏春秋·恃君覽·召類》"夫修之於廟堂之上,而折衝乎千里之外者,其司城子罕之謂

乎?”高誘注:“所以衝突敵之軍,能陷破之也。有道之國,不可攻伐,使欲攻己者折還其衝車於千里之外,不敢來也。”禦侮:《詩·大雅·緜》“予曰有禦侮”毛傳:“武臣折衝曰禦侮。”後用以謂抗擊敵人。

[七]忠勤:忠心勤勞。《後漢書·公孫瓚傳》:“長沙太守孫堅,前領豫州刺史,遂能驅走董卓,埽除陵廟,忠勤王室,其功莫大。”茂德:盛德。《左傳·宣公十五年》:“怙其儁才而不以茂德,茲益罪也。”夷險:指國運的平順與艱險。陶潛《五月旦作和戴主簿》:“遷化或夷險,肆志無窊隆。”

[八]建國:指天子封立諸侯王國。《左傳·桓公二年》:“故天子建國,諸侯立家,卿置側室,大夫有貳宗,士有隸子弟,庶人工商各有分親,皆有等衰。”杜預注:“立諸侯也。”開宇:開闢封地。《文選》王延壽《魯靈光殿賦》:“錫珪珪以作瑞,宅附庸而開宇。”劉良注:“居其附庸之國,開我皇家之土宇,以作藩援。”蕃屏:屏障。此處用作動詞,捍衛。《左傳·僖公二十四年》:“昔周公弔二叔之不咸,故封建親戚,以蕃屏周。”孔穎達疏:“故封立親戚爲諸侯之君,以爲蕃籬,屏蔽周室。”

[九]山河之誓:《史記·高祖功臣侯者年表》:“封爵之誓曰:‘使河如帶,泰山若厲。國以永寧,爰及苗裔。’”裴駰集解引應劭曰:“封爵之誓,國家欲使功臣傳祚無窮。帶,衣帶也;厲,砥石也。河當何時如衣帶,山當何時如厲石,言如帶厲,國乃絶耳。”永永:謂長遠,長久。《大戴禮記·公符》:“六合之內靡不息,陛下永永與天無極。”

求　薦　士　詔

【題　解】

《南齊書·明帝紀》:“(建武元年)十一月癸酉,以西中郎長史始安王遥光爲揚州刺史。”《宗室傳·始安貞王道生附遥光》:“建武元年,以爲持節、都督揚南徐二州諸軍事、前將軍、揚州刺史。……永元元年……八月十二日……於暗中牽出斬首,時年三十二。……詔殯葬遥光屍,原其諸子。”《文選》任昉《爲蕭揚州作薦士表》題下李善注引劉璠《梁典》曰:“齊建武初,有詔舉士,始安王表薦琅玡王暕及王僧孺。”《梁書·王暕傳》:“明帝詔求異士,始安王遥光表薦暕及東海王僧孺。”《王僧孺傳》:“建武初,有詔舉士,揚州刺史始安王遥光表薦秘書丞王暕及僧孺。”據此,此表與《爲蕭揚州作薦士表》同作於建武初。

夫進賢茂賞,蔽善明罰[一],前王盛則,咸必由之[二]。朕纂統鴻業,寅畏大寶[三],思求俊異,協贊雍熙[四],歷聽九工①,物色輿皂[五],而白駒盈谷,萇楚未刈[六],是以臨朝永歎②,日昃伊佇[七]。便可博詢卿士,各舉所知[八],將量才授能,擢以不次[九]。庶同則哲之明,稱朕急賢之旨[一○]。

【校　記】

①九工:信述堂本、薈要本、張燮本作"九功",今據《藝文類聚》與《全梁文》改。

②是以:《藝文類聚》與《全梁文》作"所以"。

【箋　注】

[一]進賢:謂進薦賢能之士。《周禮·春官·大司馬》:"進賢興功,以作邦國。"賈公彥疏:"進賢,諸臣舊在位有德行者並草萊有德行未遇爵命者,進之,使稱才仕用。"茂賞:厚重賞賜。蔽善:蔽人之善。《韓非子·有度》:"勢在郎中,不敢蔽善飾非。"明罰:嚴明的刑罰或處罰。

[二]前王:已故帝王,先王。《詩·周頌·烈文》:"於乎! 前王不忘。"毛傳:"前王,武王也。"盛則:美好的法則。《宋書·江夏王義恭傳》:"此誠弘茲遠風,敦闡盛則。"

[三]纂統:謂帝王繼承統緒。習鑿齒《漢晉春秋》:"纂統之主,必速建以係衆心。"鴻業:大業。古時多指帝王之業。《漢書·成帝紀》:"朕承鴻業十有餘年,數遭水旱疾疫之災,黎民妻困於飢寒,而望禮義之興,豈不難哉!"寅畏:敬畏,恭敬戒懼。《尚書·無逸》:"嚴恭寅畏,天命自度。"大寶:《易·繫辭下》:"聖人之大寶曰位。"孔穎達疏:"言聖人大可寶愛者在於位耳。位是有用之地,寶是有用之物,若以居盛位能廣用無疆,故稱大寶也。"後因以指皇帝之位。

[四]俊異:傑出異常之人。諸葛亮《論光武》:"吾以此言誠欲美大光武之德,而有誣一代之俊異。"協贊:協助,輔佐。《三國志·蜀書·來敏傳》:"(來忠)與尚書向充等並能協贊大將軍姜維。"雍熙:謂和樂昇平。《文選》張衡《東京賦》:"百姓同於饒衍,上下共其雍熙。"劉良注:"雍,和;熙,盛也。"

[五]歷聽:遍聽。歷,同"歷"。邯鄲淳《上受命述表》:"自民主肇建,歷聽風聲,陶唐爲盛,虞夏受終。"九工:即九官。《文選》王融《永明十一年策秀才文》:"九工開於黃序,庶績其凝。"劉良注:"工,官也。"李善注引應劭曰:"《尚書》:禹作司空,弃作后稷,契作司徒,咎繇作士,垂作共工,益作虞,伯夷作秩宗,夔作典樂,龍作納言。凡九官。"此處泛指九卿六部的中央官

員。物色:按一定標準去訪求。《後漢書·嚴光傳》:"乃令以物色訪之。"輿
皂:輿人與皂隸。謂地位低微之人。《左傳·昭公七年》:"天有十日,人有
十等。下所以事上,上所以共神也。故王臣公,公臣大夫,大夫臣士,士臣
皂,皂臣輿,輿臣隸,隸臣僚,僚臣僕,僕臣臺。"《宋書·竟陵王誕傳》:"驅迫
士族,役同輿皂。"

[六]白駒:白色駿馬。比喻賢人、隱士。《詩·小雅·白駒》:"皎皎白
駒,食我場苗。縶之維之,以永今朝。"毛傳:"宣王之末,不能用賢,賢者有乘
白駒而去者。""皎皎白駒,在彼空谷。"孔穎達疏:"言有乘皎皎然白駒而去之
賢人,今在彼大谷之中矣。"後用"白駒盈谷"比喻賢人在野而不仕。崔篆《慰
志賦》:"懿氓蚩之悟悔兮,慕白駒之所從。"萇楚:《本草》云:"一名羊腸,一名
羊桃。"野生,開紫紅花,實如小桃,可食。《詩·檜風·隰有萇楚》:"隰有萇
楚,猗儺其枝。"此作雜草的代稱,以喻乏才之人,與《隰有萇楚》取意不同。

[七]臨朝:臨御朝廷(處理政事)。《史記·魯周公世家》:"成王長,能
聽政。於是周公乃還政於成王,成王臨朝。"日昃:太陽偏西,約下午二時左
右。《易·離》:"日昃之離,何可久也?"伊佇:企盼,等待。王粲《贈蔡子
篤》:"瞻望遐路,允企伊佇。"

[八]博詢:廣泛咨詢。卿士:指卿、大夫。後用以泛指官吏。《尚書·牧
誓》:"是信是使,是以爲大夫、卿士。"所知:相識之人。《儀禮·既夕禮》:
"所知,則賵而不奠。"

[九]量才:衡量才能。陳忠《薦劉愷疏》:"協和陰陽,調訓五品,考功量
才,以序庶僚。"授能:任用有才能的人。《楚辭·離騷》:"舉賢而授能兮,循
繩墨而不頗。"擢以不次:猶言超擢,破格提升。擢,提拔、提升。不次,不依
尋常次序。《漢書·東方朔傳》:"武帝初即位,徵天下舉方正賢良文學材力
之士,待以不次之位。"顏師古注:"不拘常次,言超擢也。"

[一○]庶同:希望與……相同。范曄《臨終詩》:"雖無稷生琴,庶同夏
侯色。"則哲:《尚書·皋陶謨》:"知人則哲,能官人。"後以"則哲"謂知人。
《後漢書·孝明八王傳·樂成靖王黨》載安帝詔曰:"朕無'則哲'之明,致簡
統失序,罔以尉承大姬,增懷永歎。"急賢:重賢,急於求賢。曹丕《典論》:
"急賢甚於饑渴,用人速於順流。"

爲武帝追封丞相長沙王詔①

【題　解】

《梁書·武帝紀中》:"天監元年夏四月丙寅,高祖即皇帝位於南

郊。……追封兄太傅懿爲長沙郡王,謚曰宣武;齊後軍諮議敷爲永陽郡王,謚曰昭;弟齊太常暢爲衡陽郡王,謚曰宣;齊給事黃門侍郎融爲桂陽郡王,謚曰簡。是日……以弟中護軍宏爲揚州刺史,封爲臨川郡王;南徐州刺史秀安成郡王;雍州刺史偉建安郡王;左衞將軍恢鄱陽郡王;荆州刺史憺始興郡王。"據此可知該詔及《爲武帝追封永陽王詔》《追封衡陽王桂陽王詔》《封臨川安興建安等五王詔》均作於此時,即天監元年(五〇一)夏四月。

丞相長沙王:梁武帝長兄,名懿,字元達。永明季,授持節、都督梁南北秦沙四州諸軍事、西戎校尉、梁南梁二州刺史,加冠軍將軍。是歲,魏人入漢中,遂圍南鄭。懿隨機拒擊,傷殺甚多,乃解圍遁去。懿又遣氏帥楊元秀攻魏歷城、皋蘭、駱谷、坑池等六戍,剋之,魏人震懼,邊境遂寧。後因平定崔慧景叛亂被東昏侯授侍中、尚書右僕射,未拜,仍遷尚書令、都督征討水陸諸軍事,持節、將軍如故,增邑二千五百户。受東昏侯及其幸臣茹法珍等猜忌,遂遇害。天監元年,追崇丞相,封長沙郡王,謚曰宣武。生平載《梁書》卷二十三《長沙嗣王業傳》。

　　夫襃崇名器,率由舊章[一];光昭德祀,永世作則[二]。亡兄道被如仁,功深微管[三],懸諸日月,久而彌新[四],故能拯龜玉於已毀,導洄源於將塞[五]。今理運維新,賢戚並建[六],感惟永遠,觸目崩心[七]。可追封長沙郡王[八]。

【校　記】

①爲武帝追封丞相長沙王詔:《藝文類聚》與《全梁文》作"追封丞相長沙王詔"。

【箋　注】

[一]襃崇:贊揚推崇。《後漢書·陳忠傳》:"忠意常在襃崇大臣,待下以禮。"名器:猶大器。喻國家的棟梁。《魏書·崔衡傳》:"衡舉李沖、李元愷、程駿等,終爲名器,世以是稱之。"率由舊章:完全依循舊規辦事。《詩·大雅·假樂》:"不愆不忘,率由舊章。"舊章,昔日的典章。《尚書·蔡仲之命》:"無作聰明亂舊章。"孔安國傳:"無敢爲小聰明,作異辯,以變亂舊典文章。"

[二]光昭:彰明顯揚,發揚光大。《左傳·隱公三年》:"光昭先君之令德,可不務乎?"德祀:因有德而祭祀之。永世:世世代代,永遠。《尚書·微子之命》:"作賓于王家,與國咸休,永世無窮。"作則:本謂統治者的言行爲

百姓所效法。後指作榜樣。《禮記·哀公問》:"君子過言,則民作辭;過動,則民作則。"鄭玄注:"君之行雖過,民猶以爲法。"

[三]亡兄:蕭懿。如仁:《論語·憲問》:"子曰:'桓公九合諸侯,不以兵車,管仲之力也。如其仁? 如其仁?'"孔安國曰:"誰如管仲之仁?"微管:《論語·憲問》:"子曰:管仲相桓公,霸諸侯,一匡天下,民到于今受其賜。微管仲,吾其被髮左衽矣。"後遂用爲頌揚功勳卓著的大臣的典故。傅亮《爲宋公修張良廟教》:"夫盛德不泯,義存祀典。微管之歎,撫事彌深。"

[四]懸諸日月:揚雄《答劉歆書》:"(張)伯松曰:'是懸諸日月不刊之書也。'"

[五]拯龜玉於已毀:《論語·季氏》:"孔子曰:'虎兕出於柙,龜玉毀於櫝中,是誰之過與?'"龜玉:指龜甲和寶玉。古代認爲是國家的重器,也用以比喻國運。《禮記·玉藻》:"執龜玉,舉前曳踵,蹜蹜如也。"導涸源於將塞:《國語·周語上》:"伯陽父曰:'陽失而在陰,川源必塞,源塞,國必亡。'"

[六]理運:天運,氣運。桓玄《受禪告天文》:"屬當理運之會,猥集樂推之數。"維新:謂乃始更新。《詩·大雅·文王》:"周雖舊邦,其命維新。"毛傳:"乃新在文王也。"賢戚並建:《尚書·武成》:"建官惟賢。"孔安國傳:"立官,以官賢才。"

[七]觸目崩心:看到某種情況而心中極度悲傷。樂藹《與右率沈約書請撰豫章文獻王碑文》:"緬尋遺烈,觸目崩心。"觸目,目光所及。《晋書·習鑿齒傳》:"鑿齒既罷郡歸,與祕書曰:'吾以去五月三日來達襄陽,觸目悲感,略無歡情。'"

[八]追封:死後封爵。《吳越春秋·吳太伯傳》:"追謚古公爲大王,追封太伯於吳。"

爲武帝追封永陽王詔①

　　亡兄德履沖粹,識業深通[一],徽聲善譽,風流籍甚[二]。道長世短,清塵緬邈[三],感惟既往,永慕慟心[四]。可追封永陽郡王。

【校　記】

①爲武帝追封永陽王詔:《藝文類聚》與《全梁文》作"武帝追封永陽王詔"。

【箋　注】

[一]亡兄:梁武帝蕭衍次兄敷,字仲達。建武四年(四九七)薨,梁武帝即位,追贈侍中、司空,封永陽郡王,諡曰昭。《梁書》卷二十三有傳。德履:猶德行。江淹《王光禄爲征南湘州詔》:“德履淹邃,識局詳正,沖素之品,朝望攸歸。”沖粹:中和純正。嵇康《答向子期難養生論》:“令尹之尊,不若德義之貴;三黜之賤,不傷沖粹之美。”識業:見識與學業。深通:精通。

[二]徽聲:義同“徽音”。指令聞美譽。《詩·大雅·思齊》:“大姒嗣徽音,則百斯男。”鄭玄箋:“徽,美也。”《隸續·漢平輿令薛君碑》:“料揀真實,好此徽聲。”善譽:王褒《四子講德論》:“嫫姆倭傀,善譽者不能掩其醜。”風流:風操,品格。《後漢書·王暢傳》:“士女沾教化,黔首仰風流,自中興以來,功臣將相,繼世而隆。”籍甚:盛大,盛多。《漢書·陸賈傳》:“賈以此游漢廷公卿間,名聲籍甚。”王先謙補注引周壽昌曰:“籍甚,《史記》作‘藉盛’,蓋籍即藉,用白茅之藉,言聲名得所藉而益盛也。”《文選》王儉《褚淵碑文》:“光照諸侯,風流籍甚。”劉良注:“言其風美之聲流於天下甚多也。籍甚,言多也。”

[三]清塵:比喻清靜無爲的境界,清高的遺風,高尚的品質。《楚辭·遠游》:“聞赤松之清塵兮,願承風乎遺則。”緬邈:久遠,遥遠。《文選》潘岳《寡婦賦》:“遥逝兮逾遠,緬邈兮長乖。”吕延濟注:“緬邈,長遠貌。”

[四]既往:以往,過去。《尚書·太甲中》:“既往背師保之訓,弗克于厥初,尚賴匡救之德,圖惟厥終。”永慕:長久思念。曹植《洛神賦》:“超長吟以永慕兮,聲哀厲而彌長。”

追封衡陽王桂陽王詔①

亡弟暢[一],風摽秀物,器體淹弘[二],朱方之役,盡勤王事[三],策出無方,物惟不賞[四]。亡弟融[五],業行清簡,風度閒緽[六],蚤優名輩,夙廣令聞[七]。朕應天紹命,君臨萬寓[八],祚啓郇滕,感興魯衛[九],事往運來,永懷傷切[一〇]。暢可追封衡陽郡王,融可桂陽郡王②。

【校　記】

①衡:薈要本作“汝”。誤。

②“可”下,《全梁文》有“追封”字。桂:《藝文類聚》與《全梁文》作“南”。

【箋 注】

[一]亡弟暢:梁武帝蕭衍第四弟。有美名,仕齊位太常,封江陵縣侯,齊和帝永元二年(五○二)十月,暢時任衛尉,與其兄尚書令臨湘侯蕭懿見害。梁武帝天監元年(五○二),追贈侍中、驃騎大將軍、開府儀同三司。封衡陽郡王。諡曰宣。《梁書》卷二十三、《南史》卷五十一有傳。

[二]風摽:風度,品格。摽,古同"標"。《世説新語·賞譽》:"王丞相云:'刁玄亮之察察,戴若思之巖巖。'"劉孝標注引虞預《晉書》曰:"戴儼字若思,廣陵人。才義辯濟,有風標鋒穎。"器體:《論語·爲政》:"君子不器。"淹弘:淵深廣大。

[三]朱方之役:《左傳·襄公二十八年》:"(慶封)奔吳。吳句餘予之朱方。"杜預注:"朱方,吳邑也。"楊伯峻注:"朱方,今江蘇鎮江市東丹徒鎮南。"丹徒鎮,現爲鎮江市丹徒區。《太平寰宇記》:"潤州,《禹貢》揚州之域,春秋時屬吳,謂其地爲朱方。"王事:王命差遣的公事。《詩·小雅·北山》:"四牡彭彭,王事傍傍。""朱方之役,盡勤王事",指蕭暢反對蕭遥光叛亂和參加平定崔慧景叛亂。《南齊書·宗室傳·始安貞王道生附子遥光》:"初,遥光起兵,問諮議參軍蕭暢,暢正色拒折不從,十五日,暢與撫軍長史沈昭略潛自南出,濟淮還臺,人情大沮。"同書《崔慧景傳》:永元二年四月,崔慧景反,兵圍宮城,"宮中遣兵出盪,不剋。慧景燒蘭臺府署爲戰場,守衛尉蕭暢屯南掖門處分城内,隨方應擊,衆心以此稍安"。

[四]策出無方:謂計謀策略變化無窮。陸機《漢高祖功臣頌》:"灼灼淮陰,靈武冠世,策出無方,思入神契。"不賞:指不賞之功。《史記·淮陰侯列傳》載蒯通説韓信曰:"臣聞勇略震主者身危,而功蓋天下者不賞。"

[五]亡弟融:梁文帝蕭順之第五子,梁武帝蕭衍異母弟。東昏侯永元二年(五○○),與長兄長沙宣武王懿同被東昏侯殺害。蕭衍平京邑,贈給事黃門侍郎。天監元年(五○二),加散騎常侍、撫軍大將軍,封桂陽郡王,諡曰簡。《梁書》卷二十三、《南史》卷五十一有傳。

[六]業行:學業和德行。《後漢書·張霸傳》:"(霸)永元中爲會稽太守,表用郡人處士顧奉、公孫松等。……其餘有業行者,皆見擢用。"清簡:清新簡練。風度:指人的言談舉止和儀態。《後漢書·竇融傳論》:"嘗獨詳味此子之風度,雖經國之術無足多談,而進退之禮良可言矣。"閒綽:安閒柔美。

[七]畚:通"早"。名輩:名望與行輩。《三國志·魏書·傅嘏傳評》"傅嘏用才達顯"裴松之注:"傅嘏識量名輩,寔當時高流。"令聞:美好的聲譽。《尚書·微子之命》:"爾惟踐修厥猷,舊有令聞。"孔安國傳:"言能踐湯德,久有善譽,昭聞遠近。"

[八]應天：順應天命。董仲舒《春秋繁露·三代改制質文》：“湯受命而正，應天變夏作殷號，時正白統。”紹命：繼承天命。君臨：爲君而主宰。《左傳·襄公十三年》：“子囊曰：‘赫赫楚國，而君臨之。’”萬寓：猶言萬國，天下。寓，古同“宇”。謝朓《元會曲》：“天儀穆藻殿，萬宇壽皇基。”

[九]郇：姬姓，周文王子封於此，春秋時爲晋地。《詩·曹風·下泉》：“四國有王，郇伯勞之。”毛傳：“郇伯，郇侯也。諸侯有事，二伯述職。”鄭玄箋：“郇侯，文王之子，爲州伯，有治諸侯之功。”滕：姬姓。周文王子叔繡之後封於此。朱駿聲《説文通訓定聲》：“春秋滕侯，文王子叔繡之後。國在今山東兗州府滕縣。”魯：周公封地，今曲阜一帶。衛：周武王弟康叔封地。魯衛：《論語·子路》：“魯、衛之政，兄弟也。”包咸注：“魯，周公之封。衛，康叔之封。周公、康叔既爲兄弟，康叔睦於周公，其國之政亦如兄弟。”後以“魯衛”代稱兄弟。

[一〇]永懷：長久思念。《詩·周南·卷耳》：“我姑酌彼金罍，維以不永懷。”傷切：傷悲哀痛。

封臨川安興建安等五王詔①

神州帝城，冠冕列岳[一]，渚宮、樊、鄧，形勝是歸[二]，居中作衛，翼宣戎重[三]，隆兹寵號，寔允舊章[四]，並非親勿居，惟賢斯授[五]。宏，朕之介弟，早富德譽[六]，董一蕃政，緝是嘉庸[七]，國禮家情，瞻寄隆重[八]。秀②，風穎儁邁，誠業摽簡[九]，任居蕃翰，政以化成[一〇]。偉，體韻淹穆，神寓凝正[一一]，經綸夷險，參贊王業[一二]。

【校　記】

①信述堂本作“封臨川安興建安三王詔”，《藝文類聚》作“封臨川安興建安等五王詔”。《梁書·武帝紀上》曰：“是日……以弟中護軍宏爲揚州刺史，封爲臨川郡王；南徐州刺史秀安成郡王；雍州刺史偉建安郡王；左衛將軍恢鄱陽郡王；荆州刺史憺始興郡王。”故從《藝文類聚》。

②秀：信述堂本作“季”，誤，今據《藝文類聚》、張燮本、薈要本與《全梁文》改。

【箋　注】

[一]神州：指揚州。中華書局點校本《南齊書》卷二十二《豫章文獻王傳》《校勘記》〔一四〕“神牧總司王畿”：“按時巘爲揚州刺史，揚州帝畿，所

謂‘京輦神皋’者,故稱揚州刺史爲‘神牧’。同卷有‘非止於帶神州者’、‘總牧神甸’等語,‘神州’、‘神甸’,皆指揚州。《文選》任昉《齊竟陵文宣王行狀》‘舊唯淮海,今則神牧’,義並同此。”帝城:京都,皇城。《漢書·陳咸傳》:“即蒙子公力,得入帝城,死不恨。”冠冕:蓋過,居於首位。庾冰《出鎮武昌臨發上疏》:“臣因循家寵,冠冕當世。”列岳:高大的山岳。喻位高名重者。任昉《爲齊明帝讓宣城郡公表》:“驃騎,上將之元勳;神州,儀刑之列岳。”“神州”二句,意含封蕭宏爲揚州刺史。

[二]渚宮:春秋楚國宮名,故址在今湖北省江陵縣。《左傳·文公十年》:“(子西)沿漢泝江,將入郢。王在渚宮,下,見之。”樊、鄧:古地區名,爲春秋樊國、鄧國的遺址。在今湖北省襄樊市及河南省鄧縣一帶,自古爲兵家必爭之地。《文選》任昉《宣德皇后令》(本書題名爲“宣德太后再敦勸梁王令”)“推轂樊、鄧”李善注引何之元《梁典》曰:“虜主拓跋宏既退,高祖據樊城。”《梁書·武帝紀上》:“(建武)四年,魏帝自率大衆寇雍州,明帝令高祖赴援。十月,至襄陽,詔又遣左民尚書崔慧景總督諸軍,高祖及雍州刺史曹虎等並受節度。明年三月,慧景與高祖進行鄧城,魏主帥十萬余騎奄至。慧景失色,欲引退,高祖固止之,不從,乃狼狽自拔。魏騎乘之,於是大敗。高祖獨帥衆距戰,殺數十百人,魏騎稍却,因得結陣斷後,至夕得下船。慧景軍死傷略盡,惟高祖全師而歸。”形勝:謂地理位置優越,地勢險要。《荀子·強國》:“其固塞險,形埶便,山林川谷美,天材之利多,是形勝也。”渚宮、樊、鄧,時屬雍州,意含封蕭偉爲雍州刺史。

[三]居中:謂居軍中。《文選》傅亮《爲宋公求加贈劉前軍表》:“頃戎車遠役,居中作捍。”李善注引鄭玄曰:“居軍中。”翼宣:輔佐宣揚。潘勗《册魏公九錫文》:“君翼宣風化,爰發四方。”戎重:軍事重任。《宋書·謝瞻傳》:“(謝)晦聞疾奔往,瞻見之曰:‘汝爲國大臣,又總戎重,萬里遠出,必生疑謗。’”“居中”二句,當意含封蕭恢爲左衛將軍。

[四]寵號:帝王給予的封號。《三國志·魏書·武帝紀》“天子命公承制封拜諸侯守相”裴松之注引孔衍《漢魏春秋》曰:“自今已後,臨事所甄,當加寵號者,其便刻印章假授,咸使忠義得相獎勵,勿有疑焉。”允:符合。舊章:見《爲武帝追封丞相長沙王詔》注[一]。

[五]非親勿居:張載《劍閣銘》:“一夫荷戟,萬夫趑趄。形勝之地,匪親勿居。”

[六]宏:蕭衍第六弟,字宣達。天監元年(五〇二),封臨川郡王,邑二千户。普通七年(五二六)四月薨。《梁書》卷二十二、《南史》卷五十一有傳。介弟:對自己弟弟的愛稱。《左傳·襄公二十六年》:“夫子爲王子圍,

寡君之貴介弟也。”杜預注:“介,大也。”德譽:美好的聲譽。《三國志·魏書·王昶傳》“甘露四年薨,謚曰穆侯,子渾嗣”裴松之注:“昶諸子中,湛最有德譽。”《梁書·太祖五王傳·臨川王宏》:“長八尺,美鬚眉,容止可觀。”

　　[七]董一:統一主持,一統。宋文帝《北伐詔》:“東西齊舉,宜有董一。”緝:同“輯”,收集。嘉庸:嘉績。《文選》任昉《宣德皇后令》(本書題名爲“宣德太后再敦勸梁王令”)“功隆賞薄,嘉庸莫疇”劉良注:“嘉,善;庸,功;莫,無;疇,報也。”

　　[八]隆重:尊崇,器重。

　　[九]秀:蕭衍第七弟,字彥達。天監元年(五○二),進號征虜將軍,封安成郡王,邑二千户。天監十七年(五一八)春,薨。謚曰康。《梁書》卷二十二有傳。風穎:《世説新語·德行》“顧榮在洛陽條”劉孝標註引《文士傳》曰:“榮少朗俊機警,風穎標徹,歷廷尉正。”儁邁:優異卓越,雄健豪邁。《世説新語·任誕》:“陳郡袁耽,俊邁多能。”誠業:佛教用語。摽簡:清標簡貴。摽,古同“標”。

　　[一〇]蕃翰:即藩翰。《詩·大雅·板》:“價人維藩,大師維垣,大邦維屏,大宗維翰。”毛傳:“藩,屏也;翰,幹也。”鄭玄箋:“王當用公卿諸侯及宗室之貴者爲藩屏垣幹,爲輔弼,無疏遠之。”此處喻指藩國。化成:教化成功。《易·賁》:“觀乎人文,以化成天下。”又,《易·恒》:“聖人久於其道,而天下化成。”

　　[一一]偉:蕭衍第八弟,字文達。天監元年(五○二),封建安郡王,食邑二千户,十七年(五一八),改封南平郡王。中大通五年(五三三),薨,謚曰元襄。《梁書》卷二十二有傳。體韻:體態韻致。王坦之《答謝安書》:“意者以爲人之體韻猶器之方圓,方圓不可錯用,體韻豈可易處!”淹穆:深沉温和。神寅:神情氣宇。寅,古同“宇”。《世説新語·雅量》:“王子猷、子敬曾俱坐一室,上忽發火。子猷遽走避,不惶取屐;子敬神色恬然,徐唤左右,扶憑而出,不異平常。世以此定二王神宇。”凝正:穩重端莊。《北齊書·趙郡王琛清河王岳傳贊》:“趙郡英偉,風範凝正。”

　　[一二]經綸:整理絲縷、理出絲緒和編絲成繩,統稱經綸。引申爲籌畫治理國家大事。《易·屯》之《象》辭曰:“雲雷屯,君子以經綸。”王弼注:“君子經綸之時。”孔穎達疏:“經謂經緯,綸謂綱綸。言君子法此屯象有爲之時,以經綸天下,約束於物。”夷險:見《爲武帝初封功臣詔》注[七]。參贊:協助謀劃。《晉書·姚泓載記》:“君等參贊朝化,弘昭政軌。”王業:見《爲武帝初封功臣詔》注[四]。

爲齊帝禪位梁王詔①

【題　解】

《梁書·武帝紀上》：“（齊和帝中興二年三月）丙辰，齊帝禪位于梁王。詔曰：……”即此詔。

齊帝：齊和帝蕭寶融。齊明帝蕭鸞第八子。中興元年（五〇一）春三月乙巳即皇帝位，二年夏四月辛酉退位。丁卯，梁王蕭衍奉帝爲巴陵王，宮於姑熟。戊辰，薨，年十五。追尊爲齊和帝。《南齊書》卷八有傳。

　　夫五德更始，三正迭興[一]，馭物資賢，登庸啓聖[二]，故帝跡所以代昌，王度所以改耀[三]，革晦以明，由來尚矣[四]。齊德淪微，危亡荐襲[五]，隆昌凶虐，寔違天地[六]；永元昬暴，取紊人神[七]。三光再沈，七廟如綴[八]，鼎業幾移，含識知泯[九]，我高、明之祚，眇焉將墜[一〇]。永惟屯難，冰谷載懷[一一]。相國梁王，天誕睿哲，神縱靈武[一二]，德格玄祇，功均造物[一三]，止宗社之橫流，反生民之塗炭[一四]，扶傾頹構之下，拯溺逝川之中[一五]。九區重緝，四維更紐[一六]，絶禮還紀，崩樂復張[一七]，文館盈紳，戎亭息警[一八]。浹海寓以馳風②，罄輪裳而稟朔[一九]。八表呈祥，五靈效社[二〇]。豈止鱗羽禎奇，雲星瑞色而已哉[二一]。勳茂於百王，道昭乎萬代[二二]，固以明配上天，光華日月者也[二三]。河嶽表革命之符，圖讖紀代終之運[二四]，樂推之心，幽顯共積[二五]，謳頌之誠③，華裔同著[二六]。昔水政既微，木德升緒[二七]，天之曆數，實有所歸[二八]，握鏡琁樞，允集明哲[二九]。朕雖庸蔽，闇於大道[三〇]，永鑒崇替，爲日已久[三一]，敢忘列代之高義，人祇之至願乎[三二]？今便敬禪于梁，即安姑熟，依唐虞晉宋故事[三三]。

【校　記】

①爲齊帝禪位梁王詔：《全梁文》作“禪位詔”。
②寓：張燮本與薈要本作“寓”。
③謳：《梁書》與《全梁文》作“謌”。

【箋　注】

[一]五德更始：即五德終始。戰國末期陰陽家鄒衍的學說。指水、火、

木、金、土五種物質德性相生相克和終而復始的循環變化,論者並用以推斷自然的命運和王朝興亡的原因。五德:古代陰陽家把水、火、木、金、土五行看成五德,認爲歷代王朝各代表一德,按照五行相克或相生的順序,交互更替,周而復始。《史記・張丞相列傳》:"推五德之運,以爲漢當水德之時,尚黑如故。"更始:重新開始,除舊布新。《逸周書・月令》:"數將幾終,歲將更始。"三正:亦稱三統。夏正建寅,殷正建丑,周正建子,合稱三正。《尚書・甘誓》:"有扈氏威侮五行,怠棄三正。"陸德明《釋文》引馬融曰:"建子、建丑、建寅,三正也。"《史記・周本紀》:"今殷王紂乃用其婦人之言,自絶于天,毀壞其三正。"張守節正義:"按:三正,三統也。周以建子爲天統,殷以建丑爲地統,夏以建寅爲人統也。"一説指天、地、人之正道。《尚書・甘誓》:"有扈氏威侮五行,怠棄三正。"孔安國傳:"怠惰棄廢天、地、人之正道。"迭興:交替興起,相繼興起。《大戴禮記・誥志》:"虞史伯夷曰:'明,孟也。幽,幼也。明幽,雌雄也。雌雄迭興而順至正之統也。'"

[二]馭物:義同御物。駕馭萬物。干寶《晋紀總論》:"行任數以御物,而知人善采拔。"資賢:《史記・秦楚之際月表》:"然王迹之興,起於閭巷,合從討伐,軼於三代,鄉秦之禁,適足以資賢者爲驅除難耳。"司馬貞索隱:"謂秦前時之禁兵及不封樹諸侯,適足以資後之賢者,即高帝也。"登庸:選拔任用。《尚書・堯典》:"帝曰:'疇咨若時登庸。'"孔安國傳:"庸,用也。"

[三]帝跡:帝王的功業。跡,同"迹"。《文選》顏延之《應詔讌曲水作詩》:"帝迹懸衡,皇流共貫。"李善注:"《春秋合誠圖》曰:'黄帝有迹,必稽功務法。'宋均曰:'迹,行迹。謂功績也。'"王度:王者的德行器度。《左傳・昭公十二年》:"思我王度,式如玉,式如金。"孔穎達疏:"思使我王之德度,用如玉然,用如金然,使之堅而且重,可寶愛也。"改耀:齊高帝《即位改元大赦詔》:"五德更紹,帝迹所以代昌;三正迭隆,王度所以改耀。"

[四]革晦以明:《易・明夷》:"君子以莅衆,用晦而明。"由來尚矣:《晋書・王羲之傳》:"羲之遂報書曰:'吾素自無廊廟志,直王丞相時果欲内吾,誓不許之,手迹猶存,由來尚矣,不於足下參政而方進退。'"

[五]齊德淪微:齊朝國運没落衰微。褚淵《爲宋順帝禪位齊王詔》:"昔金政既淪,水德締構。"齊爲水德。荐:又,再,接連。

[六]隆昌:齊鬱林王蕭昭業年號(四九四年正月—七月),用以指鬱林王。凶虐:凶惡暴虐。

[七]永元:齊東昏侯蕭寶卷年號(四九九—五〇一),用以指東昏侯。昏暴:昏亂暴虐。昏,古同"昏"。取紊:王導《遷丹陽太守上牋》:"饕竊名位,取紊彝典。"人神:人與神。班固《東都賦》:"人神之和允洽,群臣之序

既肅。”

[八]三光:指日、月、星。《莊子·説劍》:“上法圓天,以順三光;下法方地,以順四時,中和民意,以安四鄉。”《白虎通·封公侯》:“天道莫不成於三:天有三光,日、月、星;地有三形,高、下、平;人有三等,君、父、師。”或指日、月、五星。《史記·天官書》:“衡,太微,三光之廷。”司馬貞索隱引宋均曰:“三光,日、月、五星也。”七廟:《禮記·王制》:“天子七廟,三昭三穆,與太祖之廟而七。”後以“七廟”泛指帝王供奉祖先的宗廟,用以王朝的代稱。賈誼《過秦論上》:“一夫作難而七廟墮。”如綴:比喻國勢垂危。綴,綴旒之省稱。《文選》潘勗《册魏公九錫文》:“當此之時,若綴旒然。”張銑注:“旒,冠上垂珠而綴於冠者,言帝室之危如旒之懸。”

[九]鼎業:帝王之大業。《南史·齊紀下》:“先是武帝立禪靈寺於都下,當世以爲壯觀,天意若曰‘禪’者禪也,‘靈’者神明之目也,武帝晏駕而鼎業傾移也。”含識知泯:褚淵《爲宋順帝禪位齊王詔》:“三光再霾,七廟將墜,璇極委馭,含識知泯,我文、武之祚,眇焉如綴。”含識,佛教語,謂有意識、有感情的生物,即衆生。泯,古同“泯”。混亂。陸機《答賈謐詩》之二:“王室之亂,靡邦不泯。”

[一○]高、明:齊高帝與齊明帝。祚:福,福運。眇焉:久遠的樣子。

[一一]屯難:艱難。《易·屯》:“屯,剛柔始交而難生,動乎險中大亨貞。”《易·解》“解之時大矣哉”王弼注:“屯難盤結,於是乎解也。”謝靈運《撰征賦》:“民志應而願税,國屯難而思撫。”冰谷:《詩·小雅·小宛》:“惴惴小心,如臨于谷。戰戰兢兢,如履薄冰。”後用“冰谷”比喻危險的境地。《宋書·明帝紀》:“業業矜矜,若履冰谷。”載懷:滿懷。華茂《蘭亭詩》:“泛泛輕觴,載欣載懷。”

[一二]相國梁王:中興二年(五○二)正月戊戌,宣德皇后下詔、册,封蕭衍爲相國梁公,二月辛酉,蕭衍受命。丙戌,下詔進蕭衍爵爲梁王,三月癸巳,蕭衍受命。天誕:上天所賦。《宋書·范曄傳》:“大行皇帝天誕英姿,聰明叡哲。”叡哲:聖明,明智。張衡《東京賦》:“叡哲玄覽,都茲洛宮。”神縱:義同“天誕”。靈武:威靈,威武。《後漢書·王常傳》:“幸賴靈武,輒成斷金。”

[一三]格:至。《尚書·堯典》:“允恭克讓,光被四表,格于上下。”孔安國傳:“格,至也。”玄祇:猶神祇。天神、地神。祇、祇形近,古籍中常混用。支遁《詠八日詩》:“玄祇獻萬舞,般遮奏伶倫。”功均造物:褚淵《爲宋順帝禪位齊王詔》:“匡濟艱難,功均造物。”均,等同。造物:即造物者,特指創造萬物的神。《莊子·大宗師》:“偉哉,夫造物者將以予爲此拘拘也。”

[一四]宗社:宗廟和社稷。借指國家。孔融《論盛孝章書》:"惟公匡扶漢室,宗社將絶,又能正之。"横流:原意爲大水不循道而泛濫。《孟子·滕文公上》:"當堯之時,天下猶未平,洪水横流,泛濫於天下。"比喻動亂,災禍。《文選》謝靈運《述祖德詩》其二:"萬邦咸震懾,横流賴君子。"李善注引謝靈運《山居賦》自注曰:"余祖車騎,建大功,淮肥左右得免横流之禍。"生民:猶人民,民衆。《尚書·畢命》:"道洽政治,澤潤生民。"塗炭:比喻極困苦的境遇。《尚書·仲虺之誥》:"有夏昏德,民墜塗炭。"孔安國傳:"夏桀昏亂,不恤下民,民之危險,若陷泥墜火,無救之者。"

[一五]扶傾:把傾倒的扶起來。比喻挽救危局。漢光武帝《手書報隗囂》:"將軍操執款款,扶傾救危。"頽構:坍塌的房屋。拯溺:救援溺水的人。引申指解救危難。《鄧析子·無厚篇》:"不治其本而務其末,譬如拯溺錘之以石,救火投之以薪。"《淮南子·説林訓》:"予拯溺者,金玉不若尋常之纏索。"逝川:指一去不返的江河之水。語本《論語·子罕》:"子在川上曰:'逝者如斯夫! 不舍晝夜。'"此指洪水。

[一六]九區:九州。劉駰駼《郡太守箴》:"大漢遵周,化洽九區。"《文選》陸機《皇太子讌玄圃宣猷堂有令賦詩》:"九區克咸,讌歌以詠。"劉良注:"言九州能和,謳歌以詠我王之德。"重緝:重新和睦。四維:舊時以禮、義、廉、恥爲治國之四綱,稱爲"四維"。《管子·牧民》:"國有四維。……何謂四維? 一曰禮,二曰義,三曰廉,四曰恥。"《鶡冠子·道端》:"與天與地,建立四維,以輔國政。"陸佃注:"禮、義、廉、恥,謂之四維。"更紐:《南齊書·海陵王紀》:"俾三后之業,絶而更紐,七百之慶,危而復安。"紐,紐襻。器物上用以提攜的部分。比喻事物之本、根據。

[一七]絶禮崩樂:指遭到極大破壞的維護君臣上下等級秩序的典章制度、禮儀教化。《論語·陽貨》:"君子三年不爲禮,禮必壞;三年不爲樂,樂必崩。"《漢書·武帝紀》:"今禮壞樂崩,朕甚閔焉。"張:《莊子·天運》"帝張《咸池》之樂於洞庭之野"成玄英疏:"張,施也。"

[一八]文館盈紳:朝廷充滿縉紳大夫。意謂恢復禮樂。戎亭:邊境哨所。《後漢書·章帝紀贊》:"儒館獻歌,戎亭虚候。"引申爲邊防。息警:不再告警。謂平静無戰事。《宋書·孝武帝紀》載宋孝武帝詔曰:"今息警夷嶂,恬波河渚,棧山航海,嚮風慕義,化民成俗,兹焉時矣。"

[一九]浹:整個的。海寓:猶海内,宇内。謂國境以内之地。馳風:傳播教化。罄:滿,全。輪裳:古代車上的帷裳。代指車子。亦借指車迹所至之地。禀朔:奉行正朔。喻臣服。

[二〇]八表:八方之外,指極遠的地方。魏明帝《苦寒行》:"遺化布四

海,八表以肅清。”呈祥:呈現祥瑞。《晉書·元帝紀》:“星斗呈祥,金陵表慶。”五靈:謂麟、鳳、龜、龍、白虎,古代傳説中的五種靈異鳥獸。杜預《春秋序》:“麟、鳳五靈,王者之嘉瑞也。”孔穎達疏:“麟、鳳與龜、龍、白虎五者,神靈之鳥獸,王者之嘉瑞也。”效祉:呈現福祉。效,同“効”。《南史·梁紀上·武帝上》:“而晷緯呈祥,川岳効祉。”

[二一]鱗羽:代稱魚和鳥。段承根《贈李寶詩》:“自昔涼季,林焚淵涸。矯矯公子,鱗羽靡托。”此處泛指鳥獸。禎奇:禎祥奇異。瑞色:猶瑞氣。

[二二]百王:歷代帝王。《荀子·不苟》:“百王之道,後王是也。”萬代:猶萬世。

[二三]明配上天:即配祀上天。光華日月:“光華”用作動詞。《尚書大傳·虞夏傳》:“百工相和而歌《卿雲》,帝(舜)倡之曰:‘卿雲爛兮,糺縵縵兮,日月光華,旦復旦兮。’”

[二四]河嶽:黃河和五嶽的並稱。《詩·周頌·時邁》:“懷柔百神,及河喬嶽。”毛傳:“喬,高也。高岳,岱宗也。”孔穎達疏:“言高岳岱宗者,以巡守之禮必始於東方,故以岱宗言之,其實理兼四岳。”後泛指山川。革命:謂實施變革以應天命。古代認爲王者受命於天,改朝換代是天命變更,因稱“革命”。《易·革》:“天地革而四時成,湯武革命,順乎天而應乎人。”孔穎達疏:“夏桀、殷紂,凶狂無度,天既震怒,人亦叛主,殷湯、周武,聰明睿智,上順天命,下應人心,放桀鳴條,誅紂牧野,革其王命,改其惡俗,故曰湯武革命,順乎天而應乎人。”符:祥瑞的徵兆。《禮記·仲尼燕居》“萬物服體”鄭玄注:“謂萬物之符長,皆來爲瑞應也。”圖讖:古代方士或儒生編造的關於帝王受命徵驗一類的書,多爲隱語、預言。始於秦,盛於東漢。《漢書·王莽傳上》:“徵天下通一藝教授十一人以上,及有逸《禮》、古《書》、《毛詩》、《周官》、《爾雅》、天文、圖讖、鍾律、月令、兵法、《史篇》文字,通知其意者,皆詣公車。”《後漢書·光武帝紀上》:“宛人李通等以圖讖説光武云:‘劉氏復起,李氏爲輔。’”李賢注:“圖,河圖也。讖,符命之書。讖,驗也。言爲王者受命之徵驗也。”代終:謂取代舊王朝。

[二五]樂推:《老子》六十六章:“是以聖人處上而民不重,處前而民不害。是以天下樂推而不厭。”後來王朝更迭,常用“樂推”爲詞,言得衆人之擁戴。《宋書·武帝紀中》載晉恭帝《禪位册》:“自非百姓樂推,天命攸集,豈伊在予,所得獨專。”幽顯:猶陰陽。指陰間與陽間。謝靈運《武帝誄》:“今之所應,幽顯一心。”

[二六]謳頌:歌頌。謝靈運《武帝誄》:“昔之所感,謳頌同音。”華裔:古指我國中原和邊遠地區。《左傳·定公十年》:“裔不謀夏,夷不亂華。”劉

琨《勸進表》:"天地之際既交,華裔之情允洽。"

　　[二七]水政、木德:褚淵《爲宋順帝禪位齊王詔》:"昔金政既淪,水德締構。"以五行相生理論推算,齊朝爲水德,水生木,則梁朝爲木德。任昉《禪梁璽書》曰:"在日天禄云謝,亦以木德而傳於梁。"升緒:猶開端,開始。

　　[二八]曆數:同"曆數""厤數"。古謂帝王代天理民的順序。《論語·堯曰》:"咨,爾舜,天之厤數在爾躬。"何晏集解:"厤數,謂列次也。"邢昺疏:"孔注《尚書》云:謂天道,謂天厤運之數。帝王易姓而興,故言厤數謂天道。"

　　[二九]握鏡:執持明鏡。喻帝王受天命,懷明道。《南齊書·明帝紀》載其《即位大赦詔》曰:"皇齊受終建極,握鏡臨宸。"《文選》劉孝標《廣絶交論》:"蓋聖人握金鏡,闡風烈。"李善注:"《春秋孔録法》曰:'有人卯金刀,握天鏡。'《雒書》曰:'秦失金鏡。'鄭玄曰:'金鏡,喻明道也。'"琁樞:亦作"璇樞""璿樞"。星名。北斗第一星爲樞,第二星爲琁。泛指北斗星。允集:聚集,會合。《後漢書·孝順帝紀贊》:"孝順初立,時氂允集。"明哲:明智。《尚書·説命上》:"知之曰明哲,明哲實作則。"孔安國傳:"知事則爲明智,明智則能製作法則。"

　　[三〇]庸蔽:猶庸暗。《宋書·王僧達傳》:"上表解職曰:'……臣誠庸蔽,心過草木,奉諱之日,不覺捐身。'"大道:正道,常理。指最高的治世原則,包括倫理綱常等。《禮記·禮運》:"孔子曰:'大道之行也與? 三代之英,丘未之逮也,而有志焉。'"

　　[三一]永鑒崇替:《文選》王儉《褚淵碑文》:"自非坦懷至公,永鑒崇替,孰能光輔五君,寅亮二代者哉!"張銑注:"崇,興也。替,廢也。"《國語·楚語下》:"吾聞君子唯獨居思念前世之崇替,與哀殯喪,於是有歎,其餘則否。"

　　[三二]列代:猶歷代。高義:正大的道理。人祇:即人祇,人神。祇,地神。《論語·述而》:"禱爾于上下神祇。"泛指神。至願:懇切的願望,最大的願望。杜詩《乞退郡書》:"臣詩蒙恩尤深,義不敢苟冒虛請,誠不勝至願,願退大郡,受小職。"

　　[三三]即安姑熟:《南齊書·和帝紀》:"(中興二年)夏四月……丁卯,梁王奉帝爲巴陵王,宫于姑熟,行齊正朔,一如故事。"姑熟,今安徽當塗縣。唐虞晋宋故事:唐堯禪位於虞舜、晋恭帝禪位於宋武帝之先例。故事:先例,舊日的典章制度。《漢書·劉向傳》:"是時,宣帝循武帝故事,招選名儒俊材置左右。"

禪梁璽書①

【題　解】

《梁書·武帝紀上》：“（齊和帝中興二年）四月辛酉，宣德皇后令曰：‘西詔至，帝憲章前代，敬禪神器于梁。明可臨軒遣使，恭授璽綬，未亡人便歸于別宮。’壬戌，策曰：……又璽書曰：……”據此，該璽書作於中興二年四月。

　　夫生者，天地之大德[一]；人者，含生之通稱[二]，並首同本，未知所以異也[三]。而稟靈造化，賢愚之情不一②[四]；託性五常，強柔之分或殊[五]。群后靡一，爭犯交興[六]，是故建君立長，用相司牧，非謂尊驕在上，以天下爲私者也[七]。兼以三正迭改，五運相遷[八]，緑文赤字，徵河表洛[九]。在昔勛華，深達茲義[一〇]，睠求明哲，授以蒸人[一一]。遷虞事夏，本因心於百姓[一二]；殷化爲周，實受命於蒼昊[一三]。爰自漢魏，罔不率由；降及晋宋，亦遵斯典[一四]。我高皇所以格文祖而撫歸運，畏上天而恭寶曆者也[一五]。

【校　記】

①禪梁璽書：《全梁文》作“禪位梁王璽書”。
②賢愚：《全梁文》作“愚賢”。

【箋　注】

[一]生者，天地之大德：《易·繫辭下》：“天地之大德曰生，聖人之大寶曰位。”

[二]含生：一切有生命者。此處指人類。《傅子·仁論》：“推己之不忍於飢寒，以及天下之心，含生無凍餒之憂矣。”

[三]並首同本，未知所以異也：意謂人同爲天地之生，在這點上是相同的。

[四]稟靈：秉受靈秀之氣。顏延之《赭白馬賦》：“稟靈月駟，祖雲螭兮。”造化：自然界的創造者。亦指自然。《莊子·大宗師》：“今一以天地爲大鑪，以造化爲大冶，惡乎往而不可哉？”賢愚：賢良與愚暗。

[五]託性：賦性，稟性。蕭子良《游後園》：“託性本禽魚，棲情閒物外。”五常：謂仁、義、禮、智、信。董仲舒《對賢良策一》：“夫仁、義、禮、智、信

五常之道,王者所當修飭也。"强柔之分:指人生下來所具有的强柔之不同性格。

[六]群后:四方諸侯及九州牧伯。《尚書·舜典》:"乃日覲四岳群牧,班瑞于群后。"孔安國傳:"后,君也。"《漢書·韋賢傳》:"庶尹群后,靡扶靡衛。"顏師古注:"群后,諸侯也。"靡一:不一。

[七]"建君"四句:《荀子·大略》:"天之生民,非爲君也。天之立君,以爲民也。故古者列地建國,非以貴諸侯而已;列官職,差爵禄,非以尊大夫而已。"司牧:管理,統治。《左傳·襄公十四年》:"天生民而立之君,使司牧之,勿使失性。"尊驕:恃尊而驕。天下爲私:猶天下爲家,與"天下爲公"相對。《禮記·禮運》:"大道之行也,天下爲公。……今大道既隱,天下爲家。"

[八]三正叠改:義同"三正叠興",見《爲齊帝禪位梁王詔》注[一]。五運:古代據五行生克説推算出的王朝興替的氣運。《東觀漢記·光武紀》:"自上即位,案圖讖,推五運,漢爲火德。"

[九]緑文:即緑圖,篆圖。頗似漢代之讖緯書,預言人世禍福。《河圖挺佐輔》:"黄帝至于翠嬀之川,鱸魚折溜而至。蘭葉朱文,以授黄帝,名曰緑圖。"《北堂書鈔》卷九六"河出緑圖"引《隨巢子》曰:"殷滅,周人受之,河出緑圖。"赤字:即赤文。古代讖緯家謂帝王受命的祥瑞。《尚書中候》:"堯修壇河洛,仲月辛日禮備,至於日稷,榮光出河,休氣四塞,白雲起,風回摇,龍馬銜甲,赤文緑地,臨壇止霽,吐甲圖而蹕。"又曰:"河出龍圖,赤文像字,以授軒轅。"又曰:"舜沉璧,黄龍負卷舒圖出水壇畔,赤文緑字也。"《竹書紀年·帝堯陶唐氏》:"七十年春正月,帝使四嶽錫虞舜命。"沈約注:"二月辛丑,昧,明禮備。至於日昃,榮光出河,休氣四塞,白雲起,回風摇,乃有龍馬銜甲,赤文緑色,緣壇而上,吐甲圖而去。甲似龜背,廣九尺,其圖以白玉爲檢,赤土爲泥,似黄金,約以青繩,檢文曰:'闓色授帝舜。'言虞夏當授天命。帝乃寫其言藏於東序。後二年二月仲辛,率群臣沈璧于洛,禮畢,退俟至于下昃,赤光起,玄龜負書而出,背甲赤文成字,止壇,其書言'當禪舜',遂讓舜。"徵河表洛:《易·繫辭上》:"河出圖,洛出書,聖人則之。"古時認爲是盛世瑞兆。

[一〇]勛華:堯、舜的並稱。《尚書·堯典》:"帝堯曰放勛。"《尚書·舜典》:"帝舜曰重華。"馬融《忠經序》:"今皇上含庖軒之姿,韞勛華之德。"深達茲義:深切明了天運改換、五德終始之義。

[一一]眷求:殷切尋求。《尚書·咸有一德》:"眷求一德,俾作神主。"明哲:見《爲齊帝禪位梁王詔》注[二九]。蒸人:即蒸民。民衆,百姓。杜篤

《論都賦》：“濟蒸人於塗炭，成兆庶之亹亹。”《尚書·益稷》：“烝民乃粒，萬邦作乂。”

[一二]遷虞事夏：帝舜禪位於夏禹。《竹書紀年·帝舜有虞氏》：“十四年，卿雲見，命禹代虞事，在位十有四年。”沈約注：“遷虞而事夏，舜乃設壇於河，依堯故事，至于下昃。”因心：謂親善仁愛之心。《詩·大雅·皇矣》：“維此王季，因心則友。”毛傳：“因，親也。”陳奐傳疏：“因訓親。親心即仁心。”百姓：人民，民衆。《尚書·泰誓中》：“百姓有過，在予一人。”孔穎達疏：“此‘百姓’與下‘百姓懍懍’，皆謂天下衆民也。”《論語·顏淵》：“百姓足，君孰與不足？百姓不足，君孰與足？”

[一三]殷化爲周：殷被周所代。受命：受天之命。《尚書·召誥》：“惟王受命，無疆惟休，亦無疆惟恤。”蒼昊：蒼天。《文選》王延壽《魯靈光殿賦》：“據坤靈之寶勢，承蒼昊之純殷。”張銑注：“蒼昊，天也。”

[一四]罔不：《尚書·武成》：“華夏蠻貊，罔不率俾，恭天成命。”率由：遵循，沿用。《尚書·微子之命》：“率由典常，以蕃王室。”

[一五]高皇：指齊朝開國皇帝太祖高皇帝蕭道成。文祖：帝堯始祖之廟。《尚書·舜典》：“正月上日，受終於文祖。”孔傳：“文祖者，堯文德之祖廟。”後泛指太祖之廟。歸運：指順時而至的天運。班固《典引》：“蓋以膺當天之正統，受克讓之歸運。”《宋書·武帝紀中》：“我世祖所以撫歸運而順人事，乘利見而定天保者也。”畏上天：《三國志·魏書·高堂隆傳》：“是以古先哲王，畏上天之明命，循陰陽之逆順，矜矜業業，惟恐有違。”恭：奉行。寶歷：亦作“寶曆”“寶歷”。指國祚，皇位。《樂府詩集·燕射歌辭三·晉朝饗樂章·再舉酒》：“椒觴再獻，寶歷萬年。”

　　至於季世，禍亂荐臻③[一六]，王度紛糾，姦回熾積[一七]，億兆夷人，刀俎爲命[一八]，已然之逼，若綫之危[一九]，跼天蹐地，逃形無所[二〇]。群凶挾煽，志逞殘戮[二一]，將欲先殄衣冠，次移龜鼎[二二]，衡保周召，並列宵人[二三]，巢幕累卵，方此非切[二四]。自非英聖遠圖，仁爲己任[二五]，則鴟梟厲吻，翦焉已及[二六]。

【校　記】

③荐：《全梁文》作“薦”。《墨子·尚同中》“荐臻而至者”孫詒讓注：“荐、薦同。”

【箋 注】

［一六］季世：末代，衰敗時期。《左傳・昭公三年》："叔向曰：'齊其何如？'晏子曰：'此季世也，吾弗知。齊其爲陳氏矣！'"禍亂：禍害變亂。《左傳・襄公十一年》："救災患，恤禍亂。"荐臻：接連而至。《國語・楚語下》："嘉生不降，無物以享。禍災荐臻，莫盡其氣。"

［一七］王度：先王的法度。《文選》張衡《東京賦》："規遵王度，動中得趣。"薛綜注："度，先王之法度。"紛糾：糾紛，紛擾，禍亂。《史記・陳丞相世家》："常出奇計，救紛糾之難，振國家之患。"姦回：指奸惡邪僻的人或事。《尚書・泰誓下》："崇信姦回，放黜師保。"孔安國傳："回，邪也。姦邪之人，反尊信之。"熾積：凶猛聚集。

［一八］億兆夷人：指庶民百姓，猶言衆庶萬民。《尚書・泰誓中》："受有億兆夷人，離心離德。"孔安國傳："平人，凡人也。"孔穎達疏："昭二十四年《左傳》此文，服虔、杜預以'夷人'爲'夷狄之人'。即如彼言，惟云'億兆夷人'，則受率其旅若林，即曾無華夏人矣。故《傳》訓'夷'爲'平'，'平人'爲'凡人'，言其智慮齊，識見同。"刀俎：刀和砧板，宰割的工具。《史記・項羽本紀》："如今人方爲刀俎，我爲魚肉，何辭爲。"

［一九］已然之逼，若綫之危：形容局勢極度危急，像快要燒斷了的綫一樣。《春秋公羊傳・僖公四年》："南夷與北狄交，中國不絶若綫。"何休注："綫，縫帛縷，以喻微也。"

［二〇］跼天蹐地：跼，彎腰。蹐，前脚接後脚地小步走。天雖高，卻不得不彎著腰；地雖厚，卻不得不小步走。形容處境困窘，戒慎、恐懼之至。《詩・小雅・正月》："謂天蓋高，不敢不局；謂地蓋厚，不敢不蹐。"逃形：猶藏身。

［二一］群凶：衆奸，衆凶逆。張衡《東京賦》："欃槍旬始，群凶靡餘。"挾煽：挾持煽動。殘戮：殘殺，殺害。襄楷《詣闕上疏》："杜衆乞死，諒以感悟聖朝，曾無赦宥，而並被殘戮，天下之人，咸知其冤。"

［二二］殄：斷絶，竭盡。衣冠：衣和冠。古代士以上戴冠，因用以指士以上的服裝。借指文明禮教。龜鼎：元龜與九鼎。古時爲國之重器。因以比喻帝位。《後漢書・宦者傳序》："自曹騰説梁冀，竟立昏弱。魏武因之，遂遷龜鼎。"李賢注："龜鼎，國之守器，以諭帝位也。《尚書》曰：'寧王遺我大寶龜。'《左傳》曰'鼎遷于商也'。"

［二三］衡保周召：衡，阿衡。指伊尹。《詩・商頌・長發》："實維阿衡，實左右商王。"毛傳："阿衡，伊尹也。"鄭玄箋："阿，倚；衡，平也。伊尹，湯所倚而取平，故以爲官名。"保：師保，古時輔弼帝王和教導王室子弟的官員，

有師有保,統稱"師保"。《尚書·太甲中》:"既往背師保之訓,弗克于厥初,尚賴匡救之德,圖惟厥終。"周召:周公、召公,周朝輔佐大臣。衡、保、周、召,用以指朝廷棟梁忠臣。宵人:小人,壞人。《莊子·列御寇》:"宵人之離外刑者,金木訊之;離內刑者,陰陽食之。"郭象注:"不由明坦之塗者,謂之宵人。"《史記·三王世家》:"於戲!悉爾心,戰戰兢兢,乃惠乃順,毋侗好軼,毋邇宵人,維法維則。"司馬貞索隱引褚先生解云:"宵人,小人也。"

[二四]巢幕:築巢於帷幕之上。《左傳·襄公二十九年》:"夫子之在此也,猶燕之巢于幕上。"楊伯峻注:"幕即帳幕,隨時可撤。燕巢于其上,至爲危險。"累卵:《韓非子·十過》:"故曹小國也。而迫於晋、楚之間。其君之危猶累卵也。"巢幕累卵,均喻處境極其危險。切:急切,急迫。

[二五]英聖:英特聖明。《宋書·二凶傳·元凶劭》:"今主上天從英聖,靈武宏發。"《晋書·慕容皝載記》載封裕諫曰:"殿下以英聖之資,克廣先業,南摧强趙,東滅句麗。"遠圖:深遠的謀劃。《左傳·襄公二十八年》:"榮成伯曰:'遠圖者,忠也。'"《後漢書·章帝紀》:"追惟先帝勤人之德,厎績遠圖,復禹弘業,聖迹滂流,至于海表。"李賢注:"遠圖猶長筭也。"仁爲己任:《論語·泰伯》:"曾子曰:'士不可以不弘毅,任重而道遠。仁以爲己任,不亦重乎?死而後已,不亦遠乎?'"

[二六]鴟梟:同"鴟鴞"。貓頭鷹。常用以比喻貪惡之人。《詩·豳風·鴟鴞》:"鴟鴞鴟鴞,既取我子,無毀我室。"厲吻:《文選》鮑照《蕪城賦》:"饑鷹厲吻,寒鴟嚇雛。"李周翰注:"厲,猛厲也。吻,嘴也。"剿:割截,殺戮。《禮記·文王世子》:"公族無宫刑,不剿其類也。"鄭玄注:"剿,割截也。"

　　惟王崇高則天,博厚儀地[二七],鎔鑄六合,陶甄萬有[二八]。鋒驛交馳④,振靈武以退略[二九];雲雷方扇,鞠義旅以勤王[三〇]。揚旆旃於遠路,戮姦宄於魏闕[三一]。德冠往初,功無與二[三二],弘濟艱難,緝熙王道[三三],懷柔萬姓,經營四方[三四],舉直措枉,較如畫一[三五]。待旦同乎殷后,日昃過於周文[三六]。風化肅穆,禮樂交暢[三七]。加以赦過宥罪,神武不殺[三八],盛德昭於景緯,至義感於鬼神[三九]。若夫納彼大麓,膺此歸運[四〇],烈風不迷,樂推攸在[四一]。治五鷙於已亂,重九鼎於既輕[四二]。自聲教所及,車書所至[四三],革面回首,謳吟德澤[四四]。九山滌浸,四瀆安流[四五],祥風扇起,淫雨靜息[四六],玄甲游於芳荃,素文馴於郊苑[四七],躍九川於清漢,鳴六象於高崗⑤[四八],靈瑞雜沓,玄符昭著[四九]。至於星孛紫宫,水効孟月[五〇]，飛鴻滿埜，長彗橫天[五一]，取新之應既昭⑥，革故之徵必顯[五二]。加以天表秀特，軒狀堯姿[五三]，君臨之符，諒非一揆[五四]。《書》云：“天監厥德，用集大命。”[五五]《詩》云：“文王在上，於昭于天。”[五六]所以二儀乃眷，幽明允叶[五七]，豈惟宅是萬邦，緝茲謳訟而已哉[五八]。

【校　記】
④驛：《梁書》與《全梁文》作“馹”。
⑤崗：《全梁文》作“冈”。
⑥新：信述堂本作“星”，今據張燮本、薈要本、《梁書》與《全梁文》改。

【箋　注】
[二七]惟王崇高則天，博厚儀地：言梁王蕭衍貫通天地，以通其道。《春秋繁露·王道通三》凌曙注“王道通三”曰：“《説文通論》：‘王者則天之明，因地之義，通人之情，一以貫之，故于文貫三爲王。王者，居中也，皇極之道也。三者，天地人也。’”則天：謂以天爲法，治理天下。《論語·泰伯》：“巍巍乎！唯天爲大，唯堯則之。”何晏注：“孔曰：‘則，法也。美堯能法天而行化。’”博厚：《禮記·中庸》：“故至誠無息。不息則久，久則徵，徵則悠遠，悠遠則博厚，博厚則高明。博厚，所以載物也。”儀地：謂以地爲準則治理天下。

[二八]鎔鑄：猶取法。《文心雕龍·風骨》：“鎔鑄經典之範，翔集子史之術。”六合：天地四方。《莊子·齊物論》：“六合之外，聖人存而不論；六合之內，聖人論而不議。”成玄英疏：“六合者，謂天地四方也。”陶甄：比喻陶冶、教化。《文選》張華《女史箴》：“茫茫造化，二儀既分。散氣流形，既陶既甄。”李善注：“《漢書》董仲舒曰：‘泥之在鈞，唯甄者之所爲。’如淳曰：‘陶人作瓦器，謂之甄也。’”張華《正德舞歌》：“弘濟區夏，陶甄萬方。”萬有：猶萬物。《子華子·陽城胥渠問》：“太初胚胎，萬有權輿。”

[二九]鋒驛：指向朝廷報告戰爭的消息。交馳：紛至沓來。吳質《答魏太子牋》：“軍書輻至，羽檄交馳。”靈武：見《爲齊帝禪位梁王詔》注[一二]。遐略：遠大的謀略。劉義恭《與南郡王義宣書》：“魯宗父子，世爲國冤，太祖方弘遐略，故爽等均雍齒之封。”

[三〇]雲雷：《易·屯》：“屯，剛柔始交而難生，動乎險中，大亨貞。”按，《屯》之卦象爲《震》下《坎》上，《震》之象爲雷，《坎》之象爲雲，因以“雲雷”喻險難環境，又指不吉利的徵兆。扇：泛指興起、發生。鞠：誓告，告誡。

《詩·小雅·采芑》:“鉦人伐鼓,陳師鞠旅。”義旅:猶義師。《晋書·苻丕載記》載苻丕告苻堅神主曰:“今合義旅,衆餘五萬,精甲勁兵,足以立功,年穀豐穰,足以資贍。”勤王:勤於王室之事。《左傳·僖公二十五年》:“狐偃言於晋侯曰:‘求諸侯莫如勤王。’”

[三一]旂旆:即旌旆。旗幟。旂,古同“旌”。旆,古同“旆”。遠路:《韓非子·大體》:“車馬不疲弊於遠路,旌旗不亂於大澤。”姦宄:指違法作亂之人。《尚書·舜典》:“帝曰:‘皋陶,蠻夷猾夏,寇賊姦宄。’”孔安國傳:“在外曰姦,在内曰宄。”魏闕:古代宮門外兩邊高聳的樓觀,樓觀下常爲懸布法令之所。借指朝廷。《莊子·讓王》:“身在江海之上,心居乎魏闕之下,奈何?”

[三二]德冠往初,功無與二:馮衍《計説鮑永》:“繼高祖之休烈,修文、武之絶業,社稷復存,炎精更輝,德冠往初,功無與二。”往初,往古。司馬相如《封禪文》:“德侔往初,功無與二。”

[三三]弘濟艱難:《尚書·顧命》:“今天降疾殆,弗興弗悟。爾尚明時朕言,用敬保元子釗,弘濟于艱難。”宋武帝劉裕《封佐命功臣徐羨之等詔》:“或肆勤樹績,弘濟艱難。”弘濟,廣爲救助。艱難,危難、禍亂。緝熙:《詩·大雅·文王》:“穆穆文王,於緝熙敬止。”毛傳:“緝熙,光明也。”後因以“緝熙”指光明,又引申爲光輝。王道:儒家提出的以仁義治天下的政治主張,與霸道相對。《尚書·洪範》:“無偏無黨,王道蕩蕩。”

[三四]懷柔:招來並使之安寧。語本《禮記·中庸》:“送往迎來,嘉善而矜不能,所以柔遠人也。繼絶世,舉廢國,治亂持危,朝聘以時,厚往而薄來,所以懷諸侯也。”《新書·無蓄》:“懷柔附遠,何招而不至?”萬姓:萬民。《尚書·立政》:“式商受命,奄甸萬姓。”經營四方:《詩·大雅·江漢》:“江漢湯湯,武夫洸洸。經營四方,告成于王。”經營,規劃營治。

[三五]舉直措枉:選用賢者,罷黜奸邪。《論語·爲政》:“舉直錯諸枉,則民服;舉枉錯諸直,則民不服。”舉,選拔、任用。直,筆直,比喻正直之人。枉,彎曲,比喻邪枉之人。措,通“錯”。廢置,罷黜。較如畫一:指規章法令一致。《漢紀·孝惠皇帝紀》:“蕭何爲法,較若畫一;曹參代之,守而勿失。”

[三六]待旦:《尚書·太甲上》:“先王昧爽丕顯,坐以待旦。”待旦,等待天明。殷后:商湯。日昃過於周文:《尚書·無逸》:“文王卑服,即康功田功。……自朝至于日中昃,不遑暇食,用咸和萬民。”孔安國傳:“從朝至日昃不暇食,思慮政事,用皆和萬民。”日昃,見《求薦士詔》注[七]。

[三七]風化:猶風教,風氣。《詩·豳風·七月》《毛詩序》:“周公遭變,故陳后稷先公風化之所由,致王業之艱難也。”肅穆:嚴肅恭敬。漢安帝

《詔貶樂成王萇》：“（劉萇）不惟致敬之節，肅穆之慎，乃敢擅損犧牲，不備苾芬。”禮樂：禮節和音樂。《禮記·樂記》：“先王之制禮樂，人爲之節。”交暢：交互暢達。《三國志·蜀書·後主傳》：“上下交暢，然後萬物協和，庶類獲乂。”

[三八]赦過宥罪：指赦免過錯，寬恕罪行。《易·解》：“雷雨作，解，君子以赦過宥罪。”神武不殺：以吉凶禍福威服天下而不用刑殺。《易·繫辭上》：“古之聰明睿知，神武而不殺者夫。”孔穎達疏：“夫《易》道深遠，以吉凶禍福威服萬物，故古之聰明睿知神武之君，謂伏犧等，用此《易》道，能威服天下，而不用刑殺，而畏服之也。”後沿用爲英明威武之意，多用以稱頌帝王將相。《漢書·叙傳下》：“皇矣漢祖，纂堯之緒，實天生德，聰明神武。”

[三九]盛德：高尚的品德。《易·繫辭上》：“盛德大業至矣哉！富有之謂大業，日新之謂盛德。”景緯：日與星。《文選》王融《三月三日曲水詩序》：“求中和而經處，揆景緯以裁基。”李善注：“景，日也；緯，星也。”至義：《後漢紀》卷第二十八記沮授曰：“今迎朝廷，至義也，又於時宜大計也。”感於鬼神：《毛詩序》：“故正得失，動天地，感鬼神，莫近於詩。”孔穎達疏：“感致鬼神之意。”

[四〇]大麓：猶總領，謂領録天子之事。《尚書·舜典》：“納于大麓，烈風雷雨弗迷。”孔安國傳：“麓，録也。納舜使大録萬機之政，陰陽和，風雨時，各以其節，不有迷錯愆伏。”一説廣大的山林。《淮南子·泰族訓》：“既入大麓，烈風雷雨而不迷。”高誘注：“林屬於山曰麓，堯使舜入林麓之中，遭大風雨不迷也。”膺：擔當，接受重任。歸運：見注[一五]。

[四一]烈風不迷：見上注。樂推：見《爲齊帝禪位梁王詔》注[二五]。攸在：所在。

[四二]五韙：指雨、暘、燠、寒、風五種氣候。《尚書·洪範》：“庶徵：曰雨，曰暘，曰燠，曰寒，曰風，曰時。五者來備，各以其叙，庶草蕃廡。”荀爽《延熹九年舉至孝對策陳便宜》：“人事如此，則嘉瑞降天，吉符出地，五韙咸備，各以其叙矣。”九鼎：相傳夏禹鑄九鼎，象徵九州，夏商周三代奉爲象徵國家政權的傳國之寶。《史記·封禪書》：“禹收九牧之金，鑄九鼎。皆嘗亨鬺上帝鬼神。遭聖則興，鼎遷于夏商。周德衰，宋之社亡，鼎乃淪没，伏而不見。”

[四三]聲教：聲威教化。《尚書·禹貢》：“東漸于海，西被于流沙，朔南暨聲教，訖于四海。”車書：《禮記·中庸》：“今天下車同軌，書同文，形同倫。”謂車乘的軌轍相同，書牘的文字相同，表示文物制度劃一，天下一統。後因以“車書”泛指國家的文物制度。《後漢書·光武帝紀贊》：“金湯失險，

車書共道。”

[四四]革面:謂改變臉色或態度。《易·革》:“君子豹變,小人革面。”王弼注:“小人樂成,則變面以順上也。”回首:謂歸順。《東觀漢記·伏湛傳》:“武公、莊公,所以砥礪蕃屏,勸進忠信,令四方諸侯咸樂回首,仰望京師。”謳吟:歌唱吟詠。《管子·侈靡》:“安鄉樂宅享祭,而謳吟稱號者皆誅,所以留民俗也。”德澤:恩德,恩惠。《韓非子·解老》:“有道之君,外無怨讎於鄰敵,而内有德澤於人民。”

[四五]九山:《吕氏春秋·有始覽》:“何謂九山?會稽、太山、王屋、首山、太華、岐山、太行、羊腸、孟門。”滅祲:祲,日旁雲氣。古時認爲此由陰陽二氣相互作用而發生,能預示吉凶。常指不祥之氣。《左傳·昭公十五年》:“禘之日,其有咎乎?吾見赤黑之祲,非祭祥也,喪氛也。”杜預注:“祲,妖氛也。”四瀆:長江、黃河、淮河、濟水的合稱。《爾雅·釋水》:“江、河、淮、濟爲四瀆。四瀆者,發源注海者也。”安流:舒緩平穩地流動。《楚辭·九歌·湘君》:“令沅湘兮無波,使江水兮安流!”

[四六]祥風:預兆吉祥之風。《白虎通·致仕》:“德至八方,則祥風至。”淫雨:持續過久之雨。《禮記·月令》:“(季春),行秋令,則天多沈陰,淫雨蚤降。”鄭玄注:“淫,霖也,雨三日以上爲霖。”

[四七]玄甲:即玄龜。《藝文類聚》卷九十九《祥瑞部》引《尚書中候》曰:“堯沉璧於雒,玄龜負書出,背甲赤文成字,止壇。”素文:《文選》班固《幽通賦》:“素文信而底麟兮,漢賓祚于異代。”李周翰注:“孔子作《春秋》素王之文,以明示禮度之信,故能致麟見也。”則“素文”應代指麟。擾:《文選》左思《魏都賦》:“莫赤匪狐,九尾而自擾。”李善注引應劭曰:《漢書》曰:擾音擾,馴也。”

[四八]九川:九州的大河。《尚書·益稷》:“予決九川,距四海。”孔安國傳:“決九州名川,通之至海。”清漢:即天河。陸機《擬迢迢牽牛星》:“昭昭清漢暉,粲粲光天步。”六象:即“六像”。指鳳的形象。《初學記》卷三十《鳥部》引《論語摘衰聖》曰:“鳳有六像、九苞。六像者,一曰頭像天,二曰目像日,三曰背像月,四曰翼像風,五曰足像地,六曰尾像緯。”鳴六象於高崗:語出《詩·大雅·卷阿》:“鳳凰鳴矣,于彼高崗;梧桐生矣,于彼朝陽。”鳳凰在早晨的陽光中鳴叫,比喻有高才的人得到發揮的機會。

[四九]靈瑞:上天所顯示的祥瑞。班彪《王命論》:“若乃靈瑞符應,又可略聞矣。”雜沓:紛雜繁多貌。揚雄《甘泉賦》:“駢羅列布,鱗以雜沓兮。”玄符:天符,符命。謂上天顯示的瑞徵。《文選》揚雄《劇秦美新》:“玄符靈契,黃瑞湧出。”李善注:“玄符,天符也。”昭著:彰明,明顯。揚雄《劇秦美

新》：“臣誠樂昭著新德，光之罔極。”

[五〇]星孛紫宫：《晋書·天文志下》：“（咸寧三年）七月，星孛紫宫。占曰：‘天下易主。’”孛，光芒强盛的彗星。《晋書·天文志中》：“二曰孛星，彗之屬也。偏指曰彗，芒氣四出曰孛。”紫宫，星官名，指紫微垣。《吴越春秋·勾踐歸國外傳》：“於是范蠡乃觀天文，擬法於紫宫，築作小城，周千一百二十二步，一圓三方。”水効孟月：因齊朝爲水德，故曰“水効孟月”。効，同“效”。盡。孟月，四季的第一個月，即農曆正月、四月、七月、十月。此處指四月。《周禮·地官·黨正》：“黨正，各掌其黨之政令教治。及四時之孟月吉日，則屬民而讀邦灋以糾戒之。”

[五一]飛鴻滿塾：《史記·周本紀》：“維天不饗殷，自發未生於今六十年，糜鹿在牧，蜚鴻滿野。天不享殷，乃今有成。”張守節正義：“蜚音飛，古‘飛’字也。……飛鴻滿野，喻忠賢君子見放棄也。”長彗橫天：谷永《災異對》：“三朝之會，四月丁酉四方衆星白晝流隕，七月辛未彗星橫天。”長彗，即彗星。橫天，橫越天空。

[五二]取新、革故：《易·雜卦》：“革，去故也。鼎，取新也。”後因以“取新”指創立新的，“革故”指革除舊的。革故取新，義同“革故鼎新”，多指改朝換代或重大變革等。

[五三]天表：指帝王的儀容。《晋書·裴秀傳》：“秀後言於文帝曰：‘中撫軍人望既茂，天表如此，固非人臣之相也。’”秀特：優異特出。軒狀堯姿：《論衡·骨相篇》：“傳言黄帝龍顏，顓頊戴午，帝嚳駢齒，堯眉八采，舜目重瞳。”軒，軒轅氏黄帝。《史記·五帝本紀》曰：“黄帝者，少典之子，姓公孫，名曰軒轅。”

[五四]君臨：見《追封衡陽王桂陽王詔》注[八]。符：祥瑞的徵兆。諒：確實。揆：尺度，準則。《孟子·離婁下》：“先聖後聖，其揆一也。”

[五五]天監厥德，用集大命：《尚書·太甲上》：“天監厥德，用集大命，撫綏萬方。”天監，上天的監視。大命，天命。《文選》陸機《弔魏武帝文》：“當建安之三八，實大命之所艱。”李善注：“大命，謂天命也。”

[五六]文王在上，於昭于天：《詩·大雅·文王》語。《文王》《毛詩序》：“《文王》，文王受命作周也。”鄭玄箋：“受天命而王天下，制立周邦。”

[五七]二儀：指天地。《易·繫辭上》：“易有太極，是生兩儀。”曹植《惟漢行》：“太極定二儀，清濁始以形。”乃眷：眷顧。《詩·大雅·皇矣》：“上帝耆之，憎其式廓，乃眷西顧，此維與宅。”鄭玄箋：“乃眷然運視西顧。”幽明：人與鬼神。允叶：和洽。叶，音協。

[五八]宅：順應，歸順。《尚書·康誥》：“亦惟助王宅天命，作新民。”

萬邦:所有諸侯封國。後引申爲天下,全國。《尚書·堯典》:“百姓昭和,協
和萬邦,黎民於變時雍。”《詩·大雅·文王》:“儀刑文王,萬邦作孚。”鄭玄
箋:“儀法文王之事,則天下咸信而順之。”謳訟:《孟子·萬章上》:“訟獄者
不之堯之子而之舜,謳歌者不謳歌堯之子而謳歌舜。”後因以“謳訟”指謳歌
者與訟獄者。

　　朕是用擁琁沈首,屬懷聖哲[五九]。昔水行告厭,我太祖既受
命[六〇],代終在日,天禄云謝,亦以木德而傳於梁[六一]。遠尋前典,
降惟近代[六二],百辟退逡,莫達朕心[六三]。今遣使持節、兼太保、侍
中、中書監兼尚書令、汝南縣開國侯亮[六四],兼太尉、散騎常侍、中書
令、新吳縣開國侯志[六五],奉皇帝璽綬,受終之禮,一依唐虞故
事[六六]。王其陟茲元后,君臨萬方[六七],式傳弘烈,以答上天之
休命[六八]。

【箋　注】

[五九]擁琁:《宋書·符瑞志上》:“舜乃擁璿持衡而笑曰:‘明哉!夫
天下非一人之天下也,亦乃見于鍾石笙筦乎。’”琁、璇、璿,音義同。北斗星
的第二星,泛指北斗星,比喻樞紐、關鍵。擁琁,比喻掌握國家政權。沈首:
猶斬首。《楚辭·九歎·怨思》:“若龍逢之沈首兮,王子比干之逢醢。”屬
懷:猶緬懷。聖哲:指超人的道德才智。亦指具有這種道德才智的人。亦以
稱帝王。《左傳·文公六年》:“古之王者,知命之不長,是以並建聖哲。”孔
穎達疏:“聖哲,是人之儁者。”

[六〇]水行告厭:《文選》王儉《褚淵碑文》:“天厭宋德,水運告謝。”水
行,即水運。李善注:“水運,宋也。”告,宣告。厭,堵塞。《荀子·修身》:
“厭其源,開其瀆,江河可竭。”楊倞注:“厭,塞也。”太祖:南齊開國皇帝蕭道
成。受命:見注[一三]。

[六一]代終:謂取代舊王朝。《後漢書·孔融傳論》:“故使移鼎之迹,
事隔於人存;代終之規,啓機於身後也。”李賢注:“代終謂代漢祚之終也。”
天禄:天賜的福禄。《尚書·大禹謨》:“四海困窮,天禄永終。”後常指帝位。
《後漢書·桓帝紀》:“贊曰:桓自宗支,越躋天禄。”李賢注:“天禄,天位
也。”木德:《南齊書·高帝紀上》載《再命璽書》曰:“昔金德既淪,而傳祚于
我有宋,曆數告終,寔在茲日,亦以水德而傳于齊。”齊朝爲水德,水生木,梁
朝爲木德。

[六二]遠尋:張淵《觀象賦》:“遠尋終古,悠然獨詠。”前典:前代的典

則。《後漢書·郎顗傳》：“今陛下聖德中興，宜遵前典，惟節惟約，天下幸甚。”惟：思。近代：指過去不遠之時代。《抱朴子·漢過》：“歷覽前載，逮乎近代，道微俗弊，莫劇漢末也。”

［六三］百辟：百官。《尚書·洛誥》：“汝其敬識百辟。”邇遐：遠近。《鹽鐵論·備胡》：“故人主得其道，則邇遐偕行而歸之，文王是也。”

［六四］使持節：官名。兼太保、侍中、中書監兼尚書令、汝南縣開國侯亮：王亮，字奉叔，琅邪臨沂人，晉丞相王導之六世孫。梁臺建，授侍中、尚書令，固讓不拜，乃爲侍中、中書監，兼尚書令。《梁書》卷十六有傳。侍中，《通典·職官三》：“侍中者，周公戒成王《立政》之篇所云‘常伯’、‘常任’以爲左右，即其任也。秦爲侍中，本丞相史也，使五人往來殿內東廂奏事，故謂之侍中。漢侍中爲加官。……侍中、中常侍得入禁中……便繁左右，與帝升降。……直侍左右，分掌乘輿服物，下至褻器虎子之屬。……後選侍中，皆舊儒高德，學識淵懿，仰瞻俯視，切問近對，喻旨公卿，上殿稱制，秉笏陪見。舊在尚書令、僕射下，尚書上。……侍中舊與中官俱止禁中，因武帝時侍中馬何羅挾刃謀逆，由是出禁外，有事乃召之，畢即出。王莽秉政，侍中復入，與中官共止禁中。章帝元和中，郭舉與後宮通，拔佩刀驚上，舉伏誅，侍中由是復出外。秦漢無定員，魏晉以來置四人，別加官者則非數。御登樓，與散騎常侍扶，侍中居左，常侍居右，備切問近對，拾遺補闕。及江左興寧四年，桓溫奏省二人。後復舊。侍中，漢代爲親近之職，魏晉選用，稍增華重，而大意不異。……齊侍中高功者，稱侍中祭酒。其朝會，多以美姿容者兼官。永元三年，東昏南郊，不欲親朝士，以主璽陪乘，前代未嘗有。”

［六五］兼太尉、散騎常侍、中書令、新吳縣開國侯志：王志，字次道，琅邪臨沂人。梁臺建，遷散騎常侍、中書令。《梁書》卷二十一有傳。

［六六］璽紱：璽綬。王莽《下詔更太后爲新室文母》：“謹以令月吉日，親率群公諸侯卿士，奉上皇太后璽紱，以當順天心，光于四海焉。”受終：承受帝位。《尚書·舜典》：“正月上日，受終于文祖。”孔穎達疏：“受終者，堯爲天子，於此事終而授與舜。故知終謂堯終帝位之事，終言堯終舜始也。”唐虞故事：指唐堯禪位於虞舜之事。故事，見《爲齊帝禪位梁王詔》注［三三］。

［六七］陟茲元后：《尚書·大禹謨》：“天之歷數在汝躬，汝終陟元后。”孔安國傳：“元，大也。大君，天子。言天道在汝身，汝終當升爲天子。”君臨：見《追封衡陽王桂陽王詔》注［八］。萬方：萬邦，各方諸侯。《尚書·湯誥》：“王歸自克夏，至于亳，誕告萬方。”引申指天下，全國各地。《漢書·張安世傳》載御史大夫魏相上封事曰：“聖王褒有德以懷萬方，顯有功以勸百寮，是以朝廷尊榮，天下鄉風。”

[六八]弘烈:偉大的功業。漢章帝《議定禮樂詔》:“朕以不德,膺祖宗弘烈。”休命:美善的命令。多指天子或神明的旨意。《易·大有》:“君子以遏惡揚善,順天休命。”

禪　梁　册①

【題　解】

《梁書·武帝紀上》:“(中興二年)四月辛酉,宣德皇后令曰:‘西詔至,帝憲章前代,敬禪神器于梁。明可臨軒遣使,恭授璽紱,未亡人便歸于別宮。’壬戌,策曰……”云云。據此可知,此篇作於中興二年(五〇二)四月。

　　咨爾梁王[一]:惟昔邃古之載,肇有生人[二],皇雄、大庭之辟,赫胥、尊盧之后[三],斯並龍圖鳥跡以前,慌忽杳冥之世,固無得而詳焉[四]。洎乎農軒炎皞之代,放勳、重華之主[五],莫不以大道君萬姓,公器御八紘[六],居之如執朽索,去之若捐重負[七]。一駕汾陽,便有窅然之志[八];蹔適箕嶺,即動讓王之心[九]。故知戴黃屋,服玉璽,非所以示貴稱尊[一〇];乘大輅,建旆旌②,蓋欲令歸趣有地[一一]。是故忘己而字兆人,殉物而君四海[一二]。及於精華内竭,奮橇外勞[一三],則撫茲歸運,惟能是與[一四]。況兼乎笙管革文,威圖啓瑞,攝提夜朗,熒光晝發者哉[一五]?

【校　記】

①禪梁册:《全梁文》作“禪位梁王策”。
②旆:張燮本與《全梁文》作“旗”。

【箋　注】

[一]咨爾梁王:《論語·堯曰》:“堯曰:‘咨,爾舜!天之曆數在爾躬。’”邢昺疏:“咨,咨嗟也。爾,女也。……故先咨嗟,歎而命之。”後常以“咨爾”用於句首,表示贊歎或祈使。潘岳《爲賈謐作贈陸機詩》:“長離云誰,咨爾陸生。”

[二]邃古:遠古。《後漢書·班固傳下》:“伊考自邃古,乃降戾爰茲,作者七十有四人。”李賢注:“邃古猶遠古也。《楚詞》曰:‘邃古之初。’”肇:開始,最初。《尚書·舜典》:“肇十有二州。”孔安國傳:“肇,始也。”生人:即“生民”。《東觀漢記·馮衍傳》:“今生人之命懸於將軍,將軍所仗必須良

才,宜改易非任,更選賢能。"

[三]皇雄:即皇雄氏,傳說古帝伏羲氏的別稱。《易·繫辭下》"包犧氏没"孔穎達疏:"號曰包犧者。……一號皇雄氏。"大庭、赫胥、尊盧:皆傳說中的古代帝王。《帝王世紀》:"女媧氏没,大庭氏王有天下,次有柏皇氏、中央氏、栗陸氏、驪連氏、赫胥氏、尊盧氏、祝融氏、混沌氏、昊英氏、有巢氏、葛天氏、陰康氏、朱襄氏、無懷氏,皆襲庖犧之號。"辟:《詩·大雅·文王有聲》:"四方攸同,皇王維辟。"鄭玄箋:"辟,君也。"后:君主,帝王。《詩·商頌·玄鳥》:"商之先后,受命不殆。"鄭玄箋:"后,君也。"

[四]龍圖:即河圖。《尚書·顧命》:"大玉、夷玉、天球、河圖,在東序。"孔安國傳:"河圖,八卦。伏犧王天下,龍馬出河,遂則其文以畫八卦,謂之河圖。"鳥跡:鳥的爪印。許慎《説文解字叙》:"黄帝之史官倉頡,見鳥獸蹏远之迹,知分理可相別異也,初造書契。"慌忽:不分明之貌。《楚辭·九歌·湘夫人》:"荒忽兮遠望,觀流水兮潺湲。"王逸注:"荒,一作慌。"杳冥:猶渺茫。

[五]洎乎:等到,待及。農軒:神農氏和軒轅氏的並稱。炎皥:炎帝神農氏與太皥伏羲氏的並稱。放勳:帝堯名。《尚書·堯典》:"曰若稽古,帝堯曰放勳。"陸德明《釋文》引馬融云:"放勳,堯名。"蔡沈集傳:"放,至也。勳,功也。言堯之功大而無所不至也。"重華:虞舜。《尚書·舜典》:"曰若稽古,帝舜曰重華,協于帝。"孔安國傳:"華,謂文德。言其光文重合於堯,俱聖明。"一説,舜目重瞳,故名。《史記·五帝本紀》:"虞舜者,名曰重華。"張守節正義:"(舜)目重瞳子,故曰重華。"

[六]大道:見《爲齊帝禪位梁王詔》注[三〇]。君:主宰,統治。《詩·大雅·公劉》:"君之宗之。"萬姓:見《禪梁璽書》注[三四]。公器:共用之器。《莊子·天運》:"名者,公器也,不可多取。"御:統治,治理。賈誼《過秦論》:"振長策而御宇内,吞二周而亡諸侯。"八紘:八方極遠之地。《淮南子·墜形訓》:"八殥之外,而有八紘,亦方千里。"高誘注:"紘,維也。維落天地而爲之表,故曰紘也。"

[七]朽索:朽腐的繩索。《尚書·五子之歌》:"予臨兆民,懍乎若朽索之馭六馬。"後因以爲典,比喻臨事慮危,時存戒懼。重負:《春秋穀梁傳·昭公二十九年》:"昭公出奔,民如釋重負。"捐:舍棄。

[八]一駕汾陽,便有窅然之志:《莊子·逍遥游》:"堯治天下之民,平海内之政,往見四子藐姑射之山汾水之陽,窅然喪其天下焉。"郭象注:"夫堯之無用天下爲,亦猶越人之無所用章甫耳。然遺天下者,固天下之所宗。天下雖宗堯,而堯未嘗有天下也,故窅然喪之。"窅然,悵然。

［九］蹔適箕嶺，即動讓王之心：《吕氏春秋·慎行論·求人》：“昔者堯朝許由於沛澤之中，曰：‘十日出而焦火不息，不亦勞乎？夫子爲天子，而天下已治矣，請屬天下於夫子。’許由辭曰：‘爲天下之不治與？而既已治矣。自爲與？鷦鷯巢於林，不過一枝；偃鼠飲於河，不過滿腹。歸已君乎！惡用天下？’遂之箕山之下，潁水之陽，耕而食，終身無經天下之色。”蹔，同“暫”。

［一〇］黄屋：帝王車蓋，以黄繒爲蓋裏，故名。《史記·秦始皇本紀》：“子嬰度次得嗣，冠玉冠，佩華紱，車黄屋，從百司，謁七廟。”裴駰集解引蔡邕曰：“黄屋者，蓋以黄爲裏。”玉璽：專指皇帝的玉印。始於秦。蔡邕《獨斷》：“璽者，印也。印者，信也。天子璽以玉螭虎紐。古者尊卑共之。……秦以來，天子獨以印稱璽，又獨以玉，群臣莫敢用也。”示貴：《春秋繁露·度制》：“使富者足以示貴而不至於驕，貧者足以養生而不至於憂。”

［一一］大輅：玉輅，古時天子所乘之車。《尚書·顧命》：“大輅在賓階面。”孔安國傳：“大輅，玉綴輅金，面前皆南向。”孔穎達疏：“《周禮》：巾車掌王之五輅：玉輅、金輅、象輅、革輅、木輅，是爲五輅也。……大輅，輅之最大，故知大輅玉輅也。”《禮記·樂記》：“所謂大輅者天子之車也。”建：樹立，豎起。《詩·小雅·出車》：“設此旐矣，建彼旄矣。”斾旌：旌旗。斾，古同“旆”。歸趣：指歸，旨趣。杜預《春秋序》：“其經無義例，因行事而言，則傳直言其歸趣而已，非例也。”

［一二］忘己：指不識不知，順乎自然的處世態度。《莊子·天地》：“忘乎物，忘乎天，其名爲忘己。忘己之人，是之謂入於天。”字：治理。《逸周書·本典》：“字民之道，禮樂所生。”兆人：兆民。《後漢書·光武帝紀上》：“漢遭王莽，宗廟廢絕，兆人塗炭。”殉物：《莊子·讓王》：“今世俗之君子，多危身棄生以殉物，豈不悲哉！”四海：猶言天下，全國各處。《尚書·大禹謨》：“文命敷於四海，祗承于帝。”

［一三］精華：指精神元氣。《論衡·書虚》：“蓋以精神不能若孔子，彊力自極，精華竭盡，故早夭死。”畚：用草繩或竹篾編織的盛物器具。《周禮·夏官·絜壺氏》：“掌絜畚以令糧。”橇：泥行之具。《史記·夏本紀》：“陸行乘車，水行乘船，泥行乘橇，山行乘檋。”張守節正義：“按：橇形如船而短小，兩頭微起，人曲一脚，泥上擿進，用拾泥上之物。”外勞：在外勞苦。

［一四］撫茲歸運：王韶之《璽書禪位》：“我世祖所以撫歸運而順人事，乘利見而定天保者也。”歸運，見《禪梁璽書》注［一五］。

［一五］笙管：即笙。笙有十三管，屬管樂器，故稱。革文：改變繁文縟節。《後漢書·郎顗傳》：“修禮遵約，蓋惟上興，革文變薄，事不在下。”威圖：《藝文類聚》卷九十八《祥瑞部》引《尚書中候》曰：“河龍圖出，雒龜書

威。赤文像字,以授軒轅。"則"威"當指《洛書》,"圖"指《河圖》。皆是祥瑞。攝提:星名。《白虎通·聖人》:"舜重瞳子,是謂滋涼,上應攝提,以象三光。"熒光晝發:未詳。

　　四百告終,有漢所以高揖[一六];黄德既謝,魏氏所以樂推[一七]。爰及晋宋,亦弘斯典[一八]。我太祖握河受曆,應符啓運③[一九],二葉重光,三聖係軌[二〇],嗣君喪德,昏棄紀度[二一],毁紊天綱,凋絶地紐[二二]。茫茫九域,颙爲仇讎[二三],溥天相顧,命懸晷刻[二四]。斯涉刲孕,於事已輕[二五];求雞徵杖,曾何足譬[二六]。是以谷滿川枯,山飛鬼哭[二七],七廟已危,人神無主[二八]。惟王體茲上哲,明聖在躬[二九],稟靈五緯,明並日月[三〇]。彝倫攸序,則端冕而協邕熙[三一];時難孔棘,則推鋒而拯塗炭[三二]。功踰造物,德濟蒼生[三三],澤無不漸,仁無不被[三四],上達蒼昊,下及川泉[三五]。文教與鵬翼齊舉,武功與日車並運[三六]。固以幽顯宅心,謳訟斯屬[三七],豈徒桴鼓播地,卿雲叢天而已哉[三八]!至如晝覿爭明,夜飛杜矢[三九],土淪彗刺,日既星亡[四〇],除舊之徵必顯,更姓之符允集[四一]。是以義師初踐,芳露凝甘[四二],仁風既被,素文自擾[四三],北闕藁街之使,風車火燧之民④[四四],膜拜稽首,願爲臣妾[四五]。鍾石畢變,事表於遷虞;蛟魚並出,義彰於事夏[四六]。

【校　記】
③啓:信述堂本與薈要本作"起",今從張燮本、《梁書》與《全梁文》。
④燧:薈要本作"徼"。

【箋　注】
[一六]四百:漢朝享祚四百餘年,因此用四百指代漢朝。告終:宣告結束。高揖:辭謝告退。謝靈運《述祖德詩》之二:"高揖七州外,拂衣五湖裏。"
[一七]黄德:五行中的土德。《漢郊祀歌·朝隴首》:"爰五止,顯黄德,圖匈虐,熏鬻殛。"謝:衰敗,衰落。魏氏:曹丕所建魏朝。樂推:見《爲齊帝禪位梁王詔》注[二五]。
[一八]爰及晋宋,亦弘斯典:指晋宋亦效仿漢魏、魏晋禪代故事。
[一九]我太祖:齊朝開國皇帝太祖高皇帝蕭道成。握河:《文選》王融《三月三日曲水詩序》"方握河沈璧"李善注:"《帝王世紀》曰:'堯與群臣沉

璧於河,乃爲《握河記》,今《尚書候》是也。'"後以"握河"指帝王祭祀河神。
受曆:干寶《搜神記》卷八:"虞舜耕於歷山,得玉曆於河際之巖。舜知天命在
己,體道不倦。"曆、曆、歷,三字古常通用。應符:應驗符命。《後漢書·蘇竟
傳》:"太白、辰星自亡新之末,失行籌度,以至于今……皆大運蕩除之祥,聖
帝應符之兆也。"啓運:謂皇帝開啓世運。陸機《皇太子宴玄圃宣猷堂有令
賦詩》:"三正迭紹,洪聖啓運。"

[二〇]二葉:兩世,兩代。指齊朝兩代三位有作爲的帝王:高帝蕭道成
(四七九—四八二年在位)與其子武帝蕭賾(四八二—四九三年在位)、其姪
明帝蕭鸞(四九四—四九八年在位)。重光:比喻累世盛德,輝光相承。《尚
書·顧命》:"昔君文王、武王,宣重光。"孔安國傳:"言昔先君文武,布其重
光累聖之德。"三聖:指齊朝三位聖明帝王高帝、武帝、明帝。係軌:王韶之
《禪位璽書》:"昔在上世,三聖係軌。"

[二一]嗣君:繼位的國君。此處指東昏侯蕭寶卷。《左傳·昭公十二
年》:"夏,宋華定來聘,通嗣君也。"杜預注:"宋元公新即位。"喪德:喪失德
行。《尚書·旅獒》:"玩人喪德。"昏棄:昏亂棄絕。《尚書·牧誓》:"今商
王受惟婦言是用,昏棄厥肆,祀弗答。"紀度:法度,法則。

[二二]毀紊:毀弃擾亂。天綱:天之綱維。阮籍《詠懷》之二三:"六龍
服氣興,雲蓋切天綱。"凋絕:凋敝斷絕。地紐:地紀,地維。謝莊《宋明堂
歌·迎神歌詩》:"地紐謐,乾樞回。"

[二三]茫茫:廣大而遼闊。《關尹子·一宇篇》:"道茫茫而無知乎,心
儻儻而無羈乎。"九域:九州。《文選》潘勖《册魏公九錫文》:"綏爰九域,罔
不率俾。"李善注:"《韓詩》:方命厥后,奄有九域。薛君曰:九域,九州也。"
翦爲仇讐:《左傳·襄公二十二年》:"若不恤其患,而以爲口實,其無乃不堪
任命,而翦爲仇讐。"杜預注:"翦,削也。謂見剥削不堪命,則成仇讐。"仇
讐,仇人、冤家對頭。

[二四]溥天:遍天下。《詩·小雅·北山》:"溥天之下,莫非王土。"相
顧:相視。晷刻:片刻。謂時間短暫。《西京雜記》卷四:"成帝時,交趾、越
雋獻長鳴雞、伺晨雞,即下漏驗之,晷刻無差。"

[二五]斮涉剖孕:《白虎通·禮樂》:"殷紂爲惡日久,其惡最甚,斮涉剖
胎,殘賊天下。"斮涉,《尚書·泰誓下》:"斮朝涉之脛,剖賢人之心。"孔安國
傳:"冬月,見朝涉水者,謂其脛耐寒,斬而視之。……酷虐之甚。"孔穎達
疏:"樊光云:'斮,斫也。'《説文》云:'斮,斬也。'斬朝涉水之脛,必有所由。
知冬月見朝涉水者,謂其脛耐寒,疑其骨髓有異,斬而視之。其事或當有所
出也。"剖孕,《尚書·泰誓上》:"焚炙忠良,刳剔孕婦。"孔安國傳:"懷子之

婦,刳剔視之。言暴虐。"

[二六]求雞徽杖:看到雞蛋,就拿棍杖將蛋打爛,希求蛋化爲雞。比喻慾望過多而手段殘忍,不計後果。求雞,語出《莊子·齊物論》:"汝亦大早計,見卵而求時夜,見彈而求鴞炙。"

[二七]谷满:《説苑·君道》:"宋大水,魯人弔之曰:'天降淫雨,谿谷満盈,延及君地,以憂執政,使臣敬弔。'"川枯:《易·困》:"澤无水,困,君子以致命遂志。"孔穎達疏:"'澤无水,困'者,謂水在澤下,則澤上枯槁,萬物皆困。"《大易通解》:"故暴虐甚則恒暘若而大旱,聚斂甚則民逃散而川枯,此時,天災人害,雜然並至。"山飛:《易緯是類謀》:"石飛山崩,天拔刀,蛇馬怪出,天下甚危。"又,任昉《述異記》:"桀時,泰山山走石泣。先儒説:'桀之將亡,泰山三日泣。今泰山山石,遠望之若人泣。'蓋是也。周武謂周公曰:'桀爲不道,走山泣石。'"鬼哭:《尚書璇璣鈐》:"鬼哭山鳴。"鄭玄注:"鬼哭,誅无辜也。"

[二八]七廟:見《爲齊帝禪位梁王詔》注[八]。人神:先祖的神靈。《後漢書·隗囂傳》載方望曰:"宜急立高廟,稱臣奉祠,所謂'神道設教',求助人神者也。"無主:指宗廟無木主。《禮記·曾子問》:"孔子曰:'天子巡守,以遷廟主行,載于齊車,言必有尊也。今也取七廟之主以行,則失之矣。當七廟、五廟無虛主。虛主者,唯天子崩,諸侯薨,與去其國,與祫祭於祖,爲無主耳。'"

[二九]上哲:具有超凡道德才智之人。崔駰《達旨賦》:"固將因天質之自然,誦上哲之高訓。"明聖:明達聖哲。《管子·霸言》:"國在危亡,而能壽者,明聖也。"

[三〇]禀靈:見《禪梁璽書》注[四]。五緯:金、木、水、火、土五星。《周禮·春官·大宗伯》"以實柴祀日月星辰"鄭玄注:"星謂五緯。"賈公彦疏:"五緯,即五星:東方歲星,南方熒惑,西方大白,北方辰星,中央鎮星。言緯者,二十八宿隨天左轉爲經,五星右旋爲緯。"

[三一]彝倫攸序:《尚書·洪範》:"王乃言曰:'嗚呼,箕子!惟天陰騭下民,相協厥居,我不知其彝倫攸叙。'"孔安國傳:"言我不知天所以定民之常,道理次叙。"彝倫,常理、常道。彝,同"彝"。端冕:玄衣和大冠。古代帝王、貴族的禮服。《禮記·樂記》:"魏文侯問於子夏曰:'吾端冕而聽古樂,則唯恐卧。'"鄭玄注:"端,玄衣也。"孔穎達疏:"云'端,玄衣也'者,謂玄冕也。凡冕服,皆其制正幅,袂二尺二寸,袪尺二寸,故稱端也。"協:協和,調和。《禮記·孔子閒居》:"弛其文德,協此四國,此大王之德也。"邕熙:和洽興盛,亦指和平盛世。荀勗《舞曲歌辭·大豫舞歌》:"時邁其仁,世載

邕熙。”

[三二]時難:時世的厄難。《漢書·敘傳上》:“(班彪)愍狂狡之不息,乃著《王命論》以救時難。”孔棘:《詩·小雅·采薇》:“豈不日戒,玁狁孔棘。”鄭玄箋:“孔,甚也;棘,急也。”推鋒:摧挫敵人的兵刃。謂沖鋒。泛指用兵、進兵。《史記·秦本紀》:“三百人者聞秦擊晉,皆求從,從而見繆公窘,亦皆推鋒爭死,以報食馬之德。”塗炭:見《爲齊帝禪位梁王詔》注[一四]。

[三三]造物:見《爲齊帝禪位梁王詔》注[一三]。蒼生:指百姓。《文選》史岑《出師頌》:“蒼生更始,朔風變楚。”劉良注:“蒼生,百姓也。”

[三四]漸:滋潤,潤澤。《墨子·尚賢下》:“日月之所照,舟車之所及,雨露之所漸,粒食之所養。”衛覬《大饗碑》:“皇恩所漸,無遠不至。”被:及。

[三五]蒼昊:見《禪梁璽書》注[一三]。川泉:《初學記》卷六《地部中》引沈約《宋書》曰:“王者德至川泉,則洛出龜書。”

[三六]文教:指禮樂法度,文章教化。《尚書·禹貢》:“三百里揆文教。”鵬翼:語出《莊子·逍遥游》:“鵬之背,不知其幾千里也。怒而飛,其翼若垂天之雲。”武功:指武事。《詩·豳風·七月》:“二之日其同,載纘武功。”又,《禮記·祭法》:“湯以寬治民而除其虐,文王以文治,武王以武功,去民之菑,此皆有功烈於民者也。”日車:太陽。太陽每天運行不息,故以“日車”喻之。亦指神話中太陽所乘的六龍駕的車。《莊子·徐無鬼》:“有長者教予曰:‘若乘日之車而游於襄城之野。’”

[三七]幽顯:見《爲齊帝禪位梁王詔》注[二五]。宅心:歸心,心悦誠服而歸附。《漢書·敘傳下》:“項氏畔換,黜我巴、漢,西土宅心,戰士憤怨。”顏師古注:“劉德曰:‘宅,居也。西方人皆居心於高祖,猶係心也。《書》曰“惟衆宅心”。’”謳訟:見《禪梁璽書》注[五八]。屬:歸屬,隸屬。

[三八]豈徒:何止。《孟子·公孫丑下》:“今之君子,豈徒順之,又從爲之辭。”桴鼓播地,卿雲叢天:禪位之天象。《竹書紀年·帝舜有虞氏》:“十四年,卿雲見,命禹代虞事。”沈約注:“在位十有四年,奏鐘石笙管,未罷,而天大雷雨疾風,登屋拔木,桴鼓播地,鐘□亂行,舞人頓伏,樂正狂走。舜乃磬堵持衡而笑曰:‘明哉,天下非一人之天下也,亦乃見于鐘石笙筦乎。’乃薦禹於天,使行天子事也。于時和氣普應,慶雲興焉,若煙非煙,若雲非雲,郁郁紛紛,蕭索輪囷,百工相和而歌《卿雲》。帝乃倡之曰:‘慶雲爛兮,禮縵縵兮,日月光華,旦復旦兮。’”卿雲:即慶雲,一種彩雲,古人視爲祥瑞。

[三九]爭明:《春秋公羊傳·哀公十三年》:“冬,十有一月,有星孛于東方。孛者何?彗星也。其言于東方何?見于旦也。何以書?記異也。”徐彥疏:“周十一月,夏九月,日在房心。房心,天子明堂布政之庭。於此旦見

與日爭明者,諸侯代王治,典法滅絶之象。是後周室遂微,諸侯相兼,爲秦所滅,燔書道絶。"據此可知,爭明即彗星。枉矢:星名。《史記·天官書》:"枉矢,類大流星,虵行而倉黑,望之如有毛羽然。"《漢紀·高祖紀一》:"是時枉矢西流如火流星虵行,若有首尾,廣長如一匹布著天。矢星墜至地,即石也。枉矢所觸,天下所共伐也。"

[四〇]土淪:土星沉淪。彗刺:彗星刺空。《左傳·昭公十七年》:"申須曰:'彗,所以除舊布新也。'"日既星亡:日食時不見星宿。《漢書·京房傳》:"九年不改,必有星亡之異。"顔師古注引孟康曰:"晝食爲既,夜食爲盡,而星亡爲星不見也。"

[四一]除舊之徵必顯:《左傳·昭公十七年》:"彗,所以除舊布新也。"更姓:謂王朝更迭。《國語·周語中》:"叔父若能光裕大德,更姓改物,以創制天下,自顯庸也。"韋昭注:"更姓,易姓也。"允集:見《爲齊帝禪位梁王詔》注[二九]。

[四二]義師:爲正義而戰的軍隊。此指蕭衍討伐東昏侯的部隊。《後漢書·列女傳·董祀妻》:"海内興義師,欲共討不祥。"芳露:香露。

[四三]仁風:形容恩澤如風之流布。舊時多用以頌揚帝王或地方長官的德政。班固《典引》:"仁風翔于海表,威靈行乎鬼區。"素文、擾:見《禪梁璽書》注[四七]。

[四四]北闕:古代宮殿北面的門樓,是大臣等候朝見或上書奏事之處。用爲宮禁或朝廷的别稱。《漢書·高帝紀》:"二月,至長安。蕭何治未央宮,立東闕、北闕、前殿、武庫、大倉。"顔師古注:"未央殿雖南嚮,而上書奏事謁見之徒皆詣北闕,公車司馬亦在北焉。是則以北闕爲正門,而又有東門、東闕。"藁街:漢時長安街名。當時屬國邸第皆在此街。藁,同"稾"。《漢書·陳湯傳》:"斬郅支首及名王以下,宜縣頭稾街蠻夷邸間,以示萬里,明犯彊漢者,雖遠必誅。"顔師古注:"稾街,街名,蠻夷邸在此街也。"風車:傳説中駕風而行的車子。《山海經·海外西經》"奇肱之國"郭璞注:"其人善爲機巧,以取百禽;能作飛車,從風遠行。"火獥:亦作"火徼"。南方邊遠之地。

[四五]膜拜:合掌加額,長跪而拜。表示尊敬或畏服的禮式。《穆天子傳》卷二:"吾乃膜拜而受。"郭璞注:"今之胡人禮佛,舉手加頭,稱南膜拜者,即此類也。"稽首:古時一種跪拜禮,叩頭至地,是九拜中最恭敬者。《尚書·舜典》:"禹拜稽首,讓于稷契暨皋陶。"孔安國傳:"稽首,首至地。"陸德明《釋文》:"稽首,首至地,臣事君之禮。"《周禮·春官·大祝》:"一曰稽首……"賈公彦疏:"一曰稽首,其稽,稽留之字。頭至地多時,則爲稽首

也。”願爲臣妾:《史記·留侯世家》:“陛下誠能復立六國後世,畢已受印,此
其君臣百姓必皆戴陛下之德,莫不鄉風慕義,願爲臣妾。”臣妾,古時對奴隸
的稱謂。男曰臣,女曰妾,後亦泛指統治者所役使的民衆和藩屬。

　　[四六]鍾石畢變,事表於遷虞;蛟魚並出,義彰於事夏:《尚書大傳·虞
夏傳》:“維五祀,奏鍾石,論人聲,乃及鳥獸,咸變於前。故更著四時,推六
律、六吕,詢十有二變而道宏廣。五作十道,孝力爲右。秋養耆老,而春食孤
子,乃浡然《招》樂興於大鹿之野。報事還歸,二年談然,乃作《大唐之
歌》。……歌者三年,昭然乃知乎王世,明有不世之義。《招》爲賓客而《雍》
爲主人。始奏《肆夏》,納以《孝成》。舜爲賓客,而禹爲主人。樂正進贊曰:
‘尚考大室之義,唐爲虞賓,至今衍於四海。成禹之變,垂於萬世之
後。’……於時,俊义百工相和而歌《卿雲》。帝乃倡之曰:‘卿雲爛兮,紃縵
縵兮。日月光華,旦復旦兮。’八伯咸進稽首曰:‘明明上天,爛然星陳。日
月光華,宏於一人。’帝乃載歌,琁持衡曰:‘日月有常,星辰有行。四時從
經,萬姓允誠。於予論樂,配天之靈。遷於賢聖,莫不咸聽。鼟乎鼓之,軒乎
舞之。精華已竭,褰裳去之。’於時八風循通,卿雲蕞蕞。蟠龍賁信於其藏,
蛟魚踴躍於其淵,龜鼈咸出於其穴,遷虞而事夏也。”鍾石,鍾和磬,古代
樂器。

　　若夫長人御衆,爲之司牧[四七],本同己於萬物,乃因心於百
姓[四八],寶命無常主,帝王非一族[四九]。今仰祗乾象,俯藉人
願[五〇],敬禪神器,授帝位於爾躬[五一]。大祚告窮,天祿永終[五二]。
於戲! 王允執其中,式遵前典,以副昊天之望[五三],禋上帝而臨億兆,
格文祖而膺大業[五四],以傳無疆之祚,豈不盛歟[五五]。

【箋　注】

　　[四七]長人:爲人君長。《易·乾》:“君子體仁,足以長人。”御衆:治
理百姓。司牧:君主。《左傳·襄公十四年》:“天生民而立之君,使司牧之,
勿使失性。”

　　[四八]萬物:猶衆人。《宋書·沈文秀傳》:“(文秀)説(沈)慶之曰:
‘主上狂暴如此,土崩將至,而一門受其寵任,萬物皆謂與之同心。’”因心:
見《禪梁璽書》注[一二]。

　　[四九]寶命:對天命的美稱。《尚書·金縢》:“嗚呼! 無墜天之降寶
命,我先王亦永有依歸。”蔡沈集傳:“寶命,即帝庭之命也。謂之寶者,重其
事也。”常主:指固定的君主。潘尼《乘輿箴》:“故禪代非一姓,社稷無常

主。”一族：一個宗族、家族。亦指同一宗族、家族。《國語·周語上》：“王田
不取群，公行下衆，王御不參一族。”韋昭注：“一族，父子也。”

　　［五〇］祇：恭敬。乾象：《乾》卦象天，故稱天象爲乾象。劉毅《上書請
著太后注紀》：“仰觀乾象，參之人譽。”藉：依靠。人願：百姓的意願。

　　［五一］敬禪神器：王韶之《禪策》：“是用仰祇皇靈，俯順群議，敬禪神
器，授帝位於爾躬。”神器，代表國家政權的實物，如玉璽、寶鼎之類。借指
帝位、政權。《漢書·叙傳上》：“世俗見高祖興於布衣，不達其故，以爲適遭
暴亂，得奮其劍，游説之士至比天下於逐鹿，幸捷而得之，不知神器有命，不
可以智力求也。”顔師古注引劉德曰：“神器，璽也。”《文選》左思《魏都賦》：
“劉宗委馭，巽其神器。”吕延濟注：“神器，帝位。”爾躬：《論語·堯曰》：“堯
曰：‘咨爾舜！天之厤數在爾躬，允執其中。四海困窮，天禄永終。’”

　　［五二］大祚告窮，天禄永終：王韶之《禪策》：“是用仰祇皇靈，俯順群
議，敬禪神器，授帝位於爾躬。大祚告窮，天禄永終。”天禄：見《禪梁璽書》
注［六一］。永終：永遠終止。《尚書·大禹謨》：“欽哉！慎乃有位，敬修其
可願，四海困窮，天禄永終。”

　　［五三］於戲：猶“於乎”。《禮記·大學》：“《詩》云：‘於戲！前王不
忘。’”允執其中：真誠地堅持中庸之道。比喻真正做到恰到好處。《論語·堯
曰》：“天之厤數在爾躬，允執其中。”包咸注曰：“允，信也。”《尚書·大禹
謨》：“人心惟危，道心惟微，惟精惟一，允執厥中。”允，誠信。執，持。中，不
偏不倚。前典：見《禪梁璽書》注［六二］。副：相稱，符合。昊天：蒼天。昊，
元氣博大貌。《尚書·堯典》：“乃命羲和，欽若昊天，厤象日月星辰，敬授
人時。”

　　［五四］禋：祭名。升煙祭天以求福。《詩·大雅·生民》：“生民如何？
克禋克祀，以弗無子。”億兆：見《禪梁璽書》注［一八］。文祖：見《禪梁璽
書》注［一五］。膺：見《禪梁璽書》注［四〇］。大業：謂帝業。《尚書·盤庚
上》：“天其永我命于兹新邑，紹復先王之大業，底綏四方。”

　　［五五］無疆：無窮，永遠。《尚書·大誥》：“延洪惟我幼沖人，嗣無疆大
厤服。”

爲齊宣德皇后答梁王令①

【題　解】

　　此令及《宣德太后再敦勸梁王令》《爲宣德太后重敦勸梁王令》《爲齊宣
德皇后令》作於齊和帝中興二年（五〇二）蕭衍稱帝前。

宣德皇后：即文安皇后王寶明，琅邪臨沂人。文惠太子妃，鬱林王即位，尊爲皇太后，稱宣德宫。齊明帝即位，出居鄱陽王故第，爲宣德宫。永元三年（五〇一），蕭衍定京邑，迎其入宫稱制，至禪位。天監十一年（五一二），薨。葬崇安陵。諡曰安后。《南齊書》卷二十有傳。因其與齊明帝同輩，則稱"宣德皇后"，於鬱林王、海陵王、東昏侯與齊和帝爲母輩，則稱"宣德太后"。

承固兹謙揖，未膺大典[一]，敬復雅旨，良有憮然[二]。夫至寂難原，言象所絶[三]，教思有律，感通斯在[四]，所以異人者神明，同人者用舍[五]。王誕兹上睿，對越天行[六]，德冠二儀，化周群動②[七]，生民以來，一人而已[八]。但達節弘道，每濡跡於中庸[九]；神照惟幾，不抑心於鑽仰[一〇]。范宣既讓，其下取則[一一]；况聖圖睿範，歌思是歸[一二]。廉約雖弘，慶賞遂替[一三]，誠賢者悦義，長難進之風[一四]；不肖者矜功，阻竭力之效③[一五]。勸阻之間，所差已遠[一六]。王何得不暫紆雅尚，允答天人[一七]，使朕夜艾以安，早朝有豫[一八]。今遣率兹百辟，申薦誠欵[一九]，萬致一塗，煩言可略[二〇]。

【校　記】
①爲齊宣德皇后答梁王令：《藝文類聚》作"齊宣德皇后臨朝答梁王令"。
②"動"上，《藝文類聚》脱"群"字。
③"阻"，與下句"勸阻之間"之"阻"：《藝文類聚》與《全梁文》皆作"沮"。

【箋　注】
[一]謙揖：謙虛遜讓。膺：受。《尚書·武成》："誕膺天命，以撫方夏。"大典：盛大隆重的典禮。《南齊書·王儉傳》："時大典將行，儉爲佐命，禮儀詔策，皆出於儉。"未膺大典，言蕭衍没有接受代齊稱帝之大禮。

[二]雅旨：雅正的意旨。憮然：悵然失意貌。《論語·微子》："夫子憮然曰：'鳥獸不可與同群，吾非斯人之徒與而誰與？'"

[三]至寂：《莊子》："純素之道，唯神是守。"郭象注："常以純素守乎至寂，而不蕩於外，則冥也。"據此可知，"至寂"當指"純素之道"。言象：見《答陸倕〈感知己賦〉》注[三四]。

[四]教思：教化思慮。《易·臨》："《臨》，君子以教思无窮容，保民無疆。"感通：謂此有所感而通於彼。語本《易·繫辭上》："《易》，無思也，無爲也，寂然不動，感而遂通天下之故，非天下之至神，其孰能與於此。"

[五]神明：明智如神。《易·繫辭上》："聖人以此齊戒，以神明其德。"《韓非子·內儲説上》："周主亡玉簪，令吏求之，三日不能得也。周主令人求而得之家人之屋間。……於是吏皆聳懼，以爲君神明也。"《淮南子·兵畧訓》："見人所不見，謂之明；知人所不知，謂之神。神明者，先勝者也。"用舍：即用行舍藏。《論語·述而》："子謂顏淵曰：'用之則行，舍之則藏，唯我與爾有是夫。'"

"夫至"六句，意謂雖因没有文字記載而難以推究上古純素之道，但君子之教化思慮有律可循，即神明異於常人，同於常人者用行舍藏。

[六]誕茲上睿：天生聖睿。睿：古時臣下對君王、后妃等所用的敬詞。對越天行：《詩·周頌·清廟》："濟濟多士，秉文之德，對越在天。"鄭玄箋："對，配；越，於也。"天行，猶天命。

[七]二儀：見《襌梁璽書》注[五七]。化周：謂教化普及。張協《雜詩》："時至萬實成，化周天地移。"群動：泛指衆人。

[八]生民：猶言人類誕生。《詩·大雅·生民》："厥初生民，時維姜嫄。"

[九]達節：謂不拘常規而合於節義。《左傳·成公十五年》："聖達節，次守節，下失節。"杜預注："聖人應天命，不拘常禮。"弘道：弘揚大道、正道。《論語·衛靈公》："人能弘道，非道弘人。"濡跡：停留。引申爲投身問世。《後漢書·荀爽傳論》："意者疑其乖趣舍，余竊商其情，以爲出處君子之大致也，平運則弘道以求志，陵夷則濡跡以匡時。"中庸：儒家的政治、哲學思想。主張待人、處事不偏不倚，無過無不及。《論語·雍也》："中庸之爲德也，其至矣乎。民鮮久矣。"何晏注："庸，常也，中和可常行之德。"

[一〇]神照：精神的察照能力。宗炳《又答何衡陽書》："若誠信之賢，獨朗神照，足下復何由知之。"惟幾：《易·繫辭上》："夫易，聖人之所以極深而研幾也。唯深也，故能通天下之志；唯幾也，故能成天下之務。唯神也，故不疾而速，不行而至。"抑心：迫使自己專心於做某事。鑽仰：深入研求。《論語·子罕》："顏淵喟然歎曰：'仰之彌高，鑽之彌堅。'"邢昺疏："言夫子之道高堅，不可窮盡。……故仰而求之則益高，鑽研求之則益堅。"

[一一]范宣既讓，其下取則：《左傳·襄公十三年》："荀罃、士魴卒，晉侯蒐于緜上以治兵，使士匄將中軍，辭曰：'伯游長，昔臣習於知伯，是以佐之，非能賢也。請從伯游。'荀偃將中軍，士匄佐之。使韓起將上軍，辭以趙武。又使欒黶，辭曰：'臣不如韓起，韓起願上趙武，君其聽之！'使趙武將上軍，韓起佐之。欒黶將下軍，魏絳佐之。……晉國之民，是以大和，諸侯遂

睦。君子曰：‘讓，禮之主也。范宣子讓，其下皆讓，欒黶爲汰，弗敢違也。晉國以平，數世賴之，刑善也夫。一人刑善，百姓休和，可不務乎?’”范宣，即范宣子士匄。取則，取作準則、規範或榜樣。《文選》任昉《王文憲集序》“前良取則”李善注引趙岐《三輔決録》曰：“長安劉氏，唯有孟公，談者取則。”

[一二]聖圖：天子的宏圖。劉休若《移檄東土討孔覬等》：“聖圖霆發，神威四臨。”睿範：聖明的規範。宋前廢帝《即位詔》：“思宣睿範，引茲簡恤，可具詢執事，詳訪民隱。”歌思：歌頌思慕。《列子·仲尼》：“堯治天下五十年，不知天下治歟，不治歟，不知億兆之願戴己歟，不願戴己歟。顧問左右，左右不知。問外朝，外朝不知。問在野，在野不知。堯乃微服游於康衢，聞兒童謠曰：‘立我蒸民，莫匪爾極。不識不知，順帝之則。’”鮑照《從過舊宮》：“宮陛留前制，歌思溢今衢。”

[一三]廉約：廉潔儉約。《後漢書·祭遵傳》：“遵爲人廉約小心，克己奉公，賞賜輒盡與士卒。”慶賞：賞賜。《周禮·地官·族師》：“刑罰慶賞，相及相共。”替：廢。

[一四]悦義：愛慕道義。難進之風：難進，即“難進易退”。謂慎於進取，勇於退讓。《禮記·儒行》：“儒有衣冠中，動作慎；其大讓如慢，小讓如僞；大則如威，小則如愧；其難進而易退也，粥粥若無能也。其容貌有如此者。”孫希旦集解引吕大臨曰：“非義不就，所以難進。”

[一五]不肖：不成材，不正派。《禮記·射義》：“發而不失正鵠者，其唯賢者乎？若夫不肖之人，則彼將安能以中。”孔穎達疏：“不肖，謂小人也。”矜功：恃功。《戰國策·齊四》：“矜功不立，虛願不至。”阻：阻止，阻遏。竭力：竭盡力量。《禮記·燕義》：“臣下竭力盡能以立功於國，君必報之以爵禄。”

“范宣”十句，言范宣遜讓可以爲下屬效仿，蕭衍如果不受封爲王，以其聖明，效仿者會更多。如此，雖然弘揚了廉約之風，但是慶賞有功者的做法就會衰頽，賢者紛紛效慕謙讓而難獲賞賜，會致使其慎於進取；不肖者矜功受賞，這樣會阻遏人們盡力報國。

[一六]勸阻：即“勸沮”。鼓勵和禁止。《墨子·非命中》：“發憲布令以教誨，明賞罰以勸沮。”

[一七]紆：屈抑。雅尚：風雅高尚。《三國志·魏書·徐邈傳》：“比來天下奢靡，轉相倣效，而徐公雅尚自若，不與俗同。”允答：即答允。同意，應允。天人：上天與百姓。《後漢書·班彪傳下》：“往者王莽作逆，漢祚中缺，天人致誅，六合相滅。”

[一八]夜艾:夜深。江淹《爲蕭驃騎録尚書事到省表》:“臣自妄蒙異寵,輕荷殊爵。晝晷猶聳,夜艾方驚。”早朝:早晨。豫:假借爲“娱”。快樂。《爾雅》:“豫,樂也。”

[一九]因此文是草具之令,故“遣”下缺官員名字,待正式下發時補全。百辟:見《禪梁璽書》注[六三]。申薦:推薦。《魏書·張烈傳》:“高祖詔侍臣各舉所知,互有申薦者。”誠欵:忠誠,真誠。欵,古同“款”。《三國志·蜀書·鄧芝傳》:“(孫)權大笑曰:‘君之誠款,乃當爾邪!’”

[二〇]萬致一塗:《易·繫辭下》:“天下同歸而殊塗,一致而百慮。”煩言:絮煩無用、於事無補的話。《商君書·農戰》:“説者成伍,煩言飾辭而無實用。”

宣德太后再敦勸梁王令①

宣德皇后敬問具位②[一]:夫功在不賞③,故庸勳之典蓋闕[二];施侔造物,則謝德之途已寡④[三]。要不得不强爲之名⑤,使荃宰有寄⑥[四]。公實天生德⑦,齊聖廣淵[五],不改參辰⑧,而九星仰止;不易日月,而二儀貞觀[六]。在昔晦明,隱鱗戢翼[七],博通群籍,而讓齒乎一卷之師[八];劍氣凌雲,而屈迹於萬夫之下[九]。辯析天口⑨,而似不能言[一〇];文擅雕龍,而成輒削稾⑩[一一]。

【校　記】

①宣德太后再敦勸梁王令:信述堂本作“宣德太后再敦勸梁王令”,《文選》作“宣德皇后令”,《藝文類聚》作“又敦勸梁王令”,《全梁文》作“宣德皇后敦勸梁王令”,薈要本作“宣德太后再敦勸梁王令”。該令及《爲齊宣德皇后答梁王令》《爲宣德太后重敦勸梁王令》是任昉代宣德皇后的系列之作,“再”字、“重”字可以顯示出其次序。因此,文題以信述堂本爲佳。

②宣德皇后敬問具位:《藝文類聚》無此句。

③功在不賞:明州本作“功不在賞”。

④寡:《藝文類聚》作“冥”。“寡”下,李善本有“也”字。

⑤“得”下,明州本無“不”字。

⑥荃:《藝文類聚》作“銓”。

⑦公:《藝文類聚》作“王”。

⑧不改:《藝文類聚》作“重搆”。

⑨析:《藝文類聚》、薈要本與《全梁文》作“折”。

⑩“槀”上，明州本有“其”字。

【箋　注】

[一]具位：具瞻之位。指三公宰相。語本《詩·小雅·節南山》：“赫赫師尹，民具爾瞻。”此處指蕭衍。《文選》李善注：“言梁武，故曰具也。”吕延濟注：“具位，謂在位百官也。”

[二]庸勳：酬賞有功者。《左傳·僖公二十四年》：“庸勳、親親、暱近、尊賢，德之大者也。”

[三]施：施功。侔：《説文·人部》：“侔，齊等也。”造物：見《爲齊帝禪位梁王詔》注[一三]。謝德：感謝恩德。《魏書·裴安祖傳》：“感君前日見放，故來謝德。”

[四]强爲之名：《老子》：“吾不知其名，强字之曰‘道’，强爲之名曰‘大’。”荃宰：指君臣。荃，《離騷》：“荃不察余之中情兮，反信讒以齋怒。”王逸注：“荃，香草，以喻君也。”宰，《文選》吕向注：“宰，臣也。”有寄：李善注引《晋中興書》孝武詔曰：“誠存匪懈，治道有寄也。”“要不”二句：《文選》李善注：“言德顯功高，雖無酬謝之理，要不强爲酬謝之名，庶使君主之情微有所寄也。”

[五]實天生德：《漢書·叙傳下》：“皇矣漢祖，纂堯之緒，實天生德，聰明神武。”齊聖廣淵：聰明睿智，聰明聖哲。《尚書·微子之命》：“乃祖成湯，克齊聖廣淵。”《左傳·文公十八年》“齊聖廣淵”孔穎達疏：“齊者，中也，率心由道，舉措皆中也。聖者，通也，博達衆務，庶事盡通也。廣也，寬也，器宇宏大，度量寬弘也。淵者，深也，知能周備，思慮深遠也。”

[六]不改參辰：《文選》劉良注：“不改參辰，不易日月。謂定天下不經久時也。”九星仰止：劉良注：“九星，謂九州也。仰止，謂九州之長皆仰望而至止也。”仰止，仰慕、向往。止，語助詞。語出《詩·小雅·車舝》：“高山仰止，景行行止。”不易日月，而二儀貞觀：《新語·明誡》：“堯、舜不易日月而興，桀、紂不異星辰而亡，天道不改而人道易也。”參辰：參星與辰星。二儀，見《禪梁璽書》注[五七]。貞觀，劉良注：“貞，正；觀，視也。暴亂既除，則正視於天下也。”

[七]晦明：《易·明夷》：“利艱貞，晦其明也。”孔穎達疏：“既處明夷之世，外晦其明，恐陷於邪道，故利在艱固其貞，不失其正。”後遂以“晦明”謂韜晦隱迹。隱鱗：神龍隱匿其鱗，比喻賢者待時而動。曹植《矯志詩》：“仁虎匿爪，神龍隱鱗。”《文選》任昉《爲蕭揚州作薦士表》：“猶懼隱鱗卜祝，藏器屠保。”張銑注：“隱鱗，謂君子如龍之隱也。”戢翼：《詩·小雅·鴛鴦》：

"鴛鴦在梁,戢其左翼。"喻歸隱或謙卑自處。"在昔"二句,《文選》呂延濟注:"曰梁王在昔微時,暗潛其明,如龍鳳隱鱗翼也。"

[八]博通群籍:《文選》李善注:"謝承《後漢書》曰:'范丹博通群藝。'范曄《後漢書》曰:'馬續博觀群籍。'"讓齒:推尊。潘尼《釋奠頌》:"遵道讓齒,降心下問。"一卷之師:《法言·學行》:"一卷之書,必立之師。"

[九]劒氣:《文選》李周翰注:"劍氣,謂勇氣也。"劒,古同"劍""劎""劍"。凌雲:《三國志·魏書·鄧艾傳》:"議郎段灼上疏理艾曰:'勇氣凌雲,士衆乘勢。'"屈迹於萬夫之下:《漢書·蕭何傳》:"夫能詘於一人之下,而信於萬乘之上者,湯武是也。"屈迹,猶屈身。

[一〇]辯析:分別事理。天口:形容人能言善辯。《文選》李善注:"《七略》曰:齊田駢好談論,故齊人爲語曰:天口駢。天口者,言田駢子不可窮,其口若事天。"似不能言:《論語·鄉黨》:"孔子於鄉黨,恂恂如也,似不能言者。"

[一一]擅:《說文》:"擅,專也。"雕龍:《史記·荀卿列傳》:"騶衍之術迂大而閎辯,奭也文具難施;淳于髠久與處,時有得善言。故齊人頌曰:'談天衍,雕龍奭。'"裴駰集解引劉向《別錄》曰:"騶奭修衍之文,飾若雕鏤龍文,故曰'雕龍'。"喻文辭博大恢弘,不同凡響。削槀:槀,同"稾"。《漢書·孔光傳》:"時有所言,輒削草稾。"《梁書·武帝紀上》:"生而有奇異,兩骻駢骨,頂上隆起,有文在右手曰'武'。帝及長,博學多通,好籌略,有文武才幹,時流名輩咸推許焉。所居室常若雲氣,人或過者,體輒肅然。"

> 爰在弱冠,首應弓旌[一二]。客游梁朝,則聲華籍甚[一三];薦名宰府,則延譽自高⑪[一四]。隆昌季年,勤王始著[一五];建武維新,締構斯在[一六]。功隆賞薄,嘉庸莫疇[一七]。一馬之田,介山之志愈屬[一八];六百之秩,大樹之號斯存[一九]。及擁旄司部,代馬不敢南牧[二〇];推轂樊、鄧,胡塵罕嘗夕起[二一]。惟彼狡童,窮凶極虐⑫[二二],衣冠泯絕,禮樂崩喪[二三]。

【校　記】

⑪《藝文類聚》無"薦名"二句。

⑫窮凶極虐:明州本作"窮極凶虐"。

【箋　注】

[一二]弱冠:古時以男子二十歲爲成人,初加冠,因體猶未壯,故稱弱

冠。《禮記·曲禮上》：“二十曰弱，冠。”孔穎達疏：“二十成人，初加冠，體猶未壯，故曰弱也。至二十九，通得名弱冠，以其血氣未定故也。”弓旌：弓和旌。古代徵聘之禮，用弓招士，用旌招大夫。《左傳·昭公二十年》：“昔我先君之田也，旌以招大夫，弓以招士。”

[一三]客游梁朝：《史記·司馬相如列傳》：“會景帝不好辭賦，是時梁孝王來朝，從游說之士齊人鄒陽、淮陰枚乘、吳莊忌夫子之徒，相如見而說之，因病免，客游梁。”《梁書·武帝紀上》：“起家（齊）巴陵王南中郎法曹行參軍。”聲華：聲譽榮耀。《淮南子·俶真訓》：“今夫積惠重厚，累愛襲恩，以聲華嘔符嫗掩萬民百姓，使知之訴訴然人樂其性者仁也。”籍甚：見《爲武帝追封永陽王詔》注[二]。《梁書·武帝紀上》：“起家巴陵王南中郎法曹行參軍，遷衛將軍王儉東閣祭酒。儉一見深相器異，謂廬江何憲曰：‘此蕭郎三十內當作侍中，出此則貴不可言。’”“客游”二句：張銑注：“謂比漢朝司馬相如、枚乘之徒游於梁孝王門，聲名籍甚於天下。”

[一四]薦名宰府：指永明年間游於竟陵王蕭子良府。宰府，宰相辦公之所。蕭子良時任侍中，相當於宰相。《後漢書·馬嚴傳》：“舊丞相、御史親治職事，唯丙吉以年老優游，不案吏罪，於是宰府習爲常俗。”延譽：播揚聲譽。語出《國語·晉語七》：“使張老延君譽於四方，且觀道逆者。”《梁書·武帝紀上》：“竟陵王子良開西邸，招文學，高祖與沈約、謝朓、王融、蕭琛、范雲、任昉、陸倕等並游焉，號曰八友。融俊爽，識鑒過人，尤敬異高祖。每謂所親曰：‘宰制天下，必在此人。’”

[一五]隆昌：南齊鬱林王蕭昭業年號，歷四九四年正月至七月。季年：末年。《左傳·文公元年》：“晋文公之季年，諸侯朝晋。”勤王：見《禪梁璽書》注[三〇]。《梁書·武帝紀上》：“隆昌初，明帝輔政，起高祖爲寧朔將軍，鎮壽春。”《資治通鑒·齊紀五》：“西昌侯將謀廢立，引前鎮西諮議參軍蕭衍與同謀。”即爲勤王之事。

[一六]建武：齊明帝蕭鸞年號，歷四九四年十月—四九八年三月。維新：更新。《尚書·胤征》：“殲厥渠魁，脅從罔治，舊染汙俗，咸與惟新。”締構：見《爲武帝初封功臣詔》注[一]。《梁書·武帝紀上》：“服闋，除太子庶子、給事黃門侍郎，入直殿省。預蕭諶等定策勳，封建陽縣男，邑三百戶。”

[一七]嘉庸：猶嘉績。疇：通“酬”。報酬，酬答。陸機《高祖功臣頌》：“帝疇爾庸，後嗣是膺。”

[一八]一馬之田，介山之志愈厲：《文選》呂延濟注：“田十井爲通，通十爲城。一馬，言少也。介山，介之推也。謂介之推不受晋侯禄也。言齊以梁王功多，禪之帝位以報功，猶如封一馬之田，未爲多也。然執志固辭，益高於

介推也。"介山之志,指隱退之志。《史記·晉世家》:"晉初定,欲發兵,恐他亂起,是以賞從亡。未至隱者介子推。推亦不言禄,禄亦不及。推曰:'獻公子九人,唯君在矣。惠、懷無親,外内棄之;天未絶晉,必將有主,主晉祀者,非君而誰?天實開之,二三子以爲己力,不亦誣乎?竊人之財,猶曰是盗,況貪天之功以爲己力乎?下冒其罪,上賞其姦,上下相蒙,難與處矣!'……其母曰:'能如此乎?與女偕隱。'至死不復見。……(文公)使人召之,則亡。遂求所在,聞其入緜上山中,於是文公環緜上山中而封之,以爲介推田,號曰介山。"厲,高。

[一九]六百之秩:《漢書·龔勝傳》:"(邴)漢兄子曼容亦養志自修,爲官不肯過六百石,輒自免去,其名過出於漢。"以此比梁王辭爵禄也。大樹之號斯存:《後漢書·馮異傳》:"異爲人謙退不伐,行與諸將相逢,輒引車避道。進止皆有表識,軍中號爲整齊。每所止舍,諸將並坐論功,異常獨屏樹下,軍中號曰'大樹將軍'。"以此比梁王不受功號也。

[二〇]擁旄:持旄。借指統率軍隊。班固《涿邪山祝文》:"杖節擁旄,鉦人伐鼓。"司部:《文選》李周翰注:"司部,司州也。代謂北胡也。"《資治通鑒·齊紀十》:"爲質於衍,司部悉平。"胡三省注:"司部,謂司州所部領諸郡。"《宋書·州郡志二》:"明帝復於南豫州之義陽郡立司州,漸成實土焉。"《南齊書·州郡志下》:"司州,鎮義陽。宋景平初,失河南地,元嘉末,僑立州於汝南縣瓠,尋罷。泰始中,立州於義陽郡。有三關之隘,北接陳、汝,控帶許、洛。自此以來,常爲邊鎮。泰始既遷,領義陽,僑立汝南,領三郡。元徽四年,又領安陸、隨、安蠻三郡。"代馬不敢南牧:賈誼《過秦論》:"胡人不敢南下而牧馬。"《韓詩外傳》卷九第十三章:"《詩》曰:'代馬依北風,飛鳥揚故巢。'"《南齊書·蕭諶傳》:建武二年,齊明帝誅司州刺史蕭諶。《梁書·武帝紀上》:"建武二年,魏遣將劉昶、王肅帥衆寇司州,以高祖爲冠軍將軍、軍主,隸江州刺史王廣爲援。距義陽百餘里,衆以魏軍盛,趑趄莫敢前。高祖請爲先啓,廣即分麾下精兵配高祖。爾夜便進,去魏軍數里,逕上賢首山。魏軍不測多少,未敢逼。黎明,城内見援至,因出軍攻魏柵,高祖帥所領自外進戰。魏軍表裏受敵,乃棄重圍退走。"

[二一]推轂:推車前進。古代帝王任命將帥時的隆重禮遇。《史記·馮唐列傳》:"唐對曰:'臣聞上古王者之遣將也,跪而推轂,曰閫以内者,寡人制之;閫以外者,將軍制之。'"後因以稱任命將帥之禮。樊、鄧:見《封臨川安興建安等五王詔》注[二]。《梁書·武帝紀上》:"(建武)四年,魏帝自率大衆寇雍州,明帝令高祖赴援。十月,至襄陽,詔又遣左民尚書崔慧景總督諸軍,高祖及雍州刺史曹虎等並受節度。明年三月,慧景與高祖進行鄧城,魏

主帥十萬余騎奄至。慧景失色,欲引退,高祖固止之,不從,乃狼狽自拔。魏騎乘之,於是大敗。高祖獨帥衆距戰,殺數十百人,魏騎稍却,因得結陣斷後,至夕得下船。慧景軍死傷略盡,惟高祖全師而歸。”胡塵:胡人兵馬揚起的沙塵。《文選》李善注:“鄒陽《上書》曰:‘今胡數涉河北,上覆飛鳥。’蘇林曰:‘言胡來人馬之盛,揚塵上覆飛鳥也。’”

[二二]狡童:《詩·鄭風》有《狡童》篇,譏刺公子忽。後以“狡童”借指壯狡昏亂的國君。《史記·宋微子世家》:“(箕子)乃作《麥秀之詩》以歌詠之。其詩曰:‘麥秀漸漸兮,禾黍油油。彼狡童兮,不與我好兮!’所謂狡童者,紂也。”此處指東昏侯蕭寶卷(四九八—五〇一年在位)。窮凶極虐:極端凶惡暴虐。《南齊書·東昏侯紀》:“帝……委任群小,誅諸宰臣,無不如意。”

[二三]衣冠泯絶:文明制度消泯殆盡。衣冠,見《禪梁璽書》注[二二]。泯絶,完全消滅或消失。泯,古同“泯”。班固《東都賦》:“生人幾亡,鬼神泯絶。”禮樂崩喪:揚雄《劇秦美新》:“弛禮崩樂,塗民耳目。”崩喪,敗壞、喪亡。

　　既而鞠旅誓衆,言謀王室[二四],白羽一麾,黄鳥底定[二五],甲既鱗下,車亦瓦裂⑬[二六],致天之屆,拱揖群后[二七],豐功厚利,無得而稱[二八]。是以祥光總至,休氣四塞[二九],五老游河,飛星入昴[三〇],元功茂勲,若斯之盛[三一]。而地狹乎四履⑭,勢卑乎九伯[三二],帝有恧焉。軒軒萃止[三三],今遣某位某甲等,率兹百辟,人致其誠[三四],庶匪席之旨,不遠而復[三五]。

【校　記】

⑬亦:《全梁文》作“以”。

⑭乎:明州本作“于”。

【箋　注】

[二四]鞠旅:猶誓師。向軍隊發出出征號令。《詩·小雅·采芑》:“鉦人伐鼓,陳師鞠旅。”毛傳:“鞠,告也。”鄭玄箋:“二千五百人爲師,五百人爲旅。此言將戰之日,陳列其師旅,誓告之也。”誓衆:《尚書·泰誓下》:“王乃大巡六師,明誓衆士。”《孔叢子·儒服》:“君親素服,誓衆於太廟。”言謀王室:《左傳·僖公八年》:“八年春,盟于洮,謀王室也。”陸機《答賈謐詩》之二:“釋位揮戈,言謀王室。”《梁書·武帝紀上》:“永元二年冬,(蕭)懿被害

信至,高祖密召長史王茂、中兵呂僧珍、別駕柳慶遠、功曹史吉士瞻等謀之。既定,以十一月乙巳召僚佐集於廳事,謂曰:'昔武王會孟津,皆曰"紂可伐"。今昏主惡稔,窮虐極暴,誅戮朝賢,罕有遺育,生民塗炭,天命殛之。卿等同心疾惡,共興義舉,公侯將相,良在茲日,各盡勳效,我不食言。'"

[二五]白羽一麾,黃鳥底定:《文選》李善注引《鶡子》曰:"武王率兵車以伐紂,紂虎旅百萬陣于商郊,起自黃鳥,至于赤斧。三軍之士,靡不失色。武王乃命太公把白旄以麾之,紂軍反走。"白羽:又稱白旄。古代軍中主帥所執的指揮旗。亦泛指軍旗。《呂氏春秋・不苟論》:"武王至殷郊,係墮。五人御於前,莫肯之爲,曰:'吾所以事君者,非係也。'武王左釋白羽,右釋黃鉞,勉而自爲係。"黃鳥,《文選》李周翰注:"黃鳥,地名。"底定:平定,安定。底,同"厎",致。《尚書・禹貢》:"三江既入,震澤厎定。"

[二六]甲既鱗下,車亦瓦裂:《尚書大傳・周傳》:"武王與紂戰於牧之野,紂之卒輻分紂之車,瓦裂紂之甲,魚鱗下,賀乎武王。"

[二七]致天之屆,拱揖群后:《文選》張銑注:"屆,誅也。言致天之誅,但拱手以揖百官公卿而已。群后,謂百官。"致天之屆,《詩・魯頌・閟宮》:"致天之屆,于牧之野。"拱揖群后,班固《典引》:"欽若上下,恭揖群后。"拱揖,拱手作揖以示敬意。《周禮・夏官・小臣》"小臣掌王之小命,詔相王之小法儀"鄭玄注:"小法儀,趨行拱揖之容。"群后,見《禪梁璽書》注[六]。

[二八]豐功厚利:指巨大的功利。班彪《王命論》:"帝王之祚,必有明聖顯懿之德,豐功厚利積累之業。"無得而稱:《論語・泰伯》:"子曰:'泰伯其可謂至德也已矣!三以天下讓,民無得而稱焉。'"此言功之多,不可盡説。

[二九]祥光總至,休氣四塞:《文選》李善注:"《尚書中候》曰:'帝堯文明,榮光出河,休氣四塞。'鄭玄曰:'休,美也。四塞,炫燿四方也。'"祥光,祥瑞之光。休氣,祥瑞之氣。《白虎通・符瑞之義》:"天下太平,符瑞所以來至者,以爲王者承天統理,調和陰陽,陰陽和,萬物序,休氣充塞,故符瑞並臻,皆應德而至。"

[三〇]五老游河,飛星入昴:《論語比考讖》記仲尼曰:"吾聞帝堯率舜等游首山,觀河渚,乃有五老游河渚,一老曰:'《河圖》將來告帝期。'二老曰:'《河圖》將來告帝謀。'三老曰:'《河圖》將來告帝書。'四老曰:'《河圖》將來告帝圖。'五老曰:'《河圖》將來告帝符。'有頃,赤龍銜玉苞舒圖,刻版題命,可卷,金泥玉檢封。盛威曰:'知我者重童也。'五老乃爲流星,上入昴。"飛星,流星。"五老"二句:《文選》李周翰注:"言梁王亦有此瑞,蓋美言之,其實無也。"

［三一］元功：大功，首功。《史記·太史公自序》：“維高祖元功，輔臣股肱，剖符而爵，澤流苗裔，忘其昭穆，或殺身隕國。”茂勳：豐功。劉琨《勸進表》：“茂勳格於皇天，清暉光於四海。”

［三二］地狹乎四履：謂梁王封地狹於齊太公。四履，四境的界限。《左傳·僖公四年》記管仲曰：“昔召康公命我先君太公，曰：‘五侯九伯，女實征之，以夾輔周室。’賜我先君履：東至于海，西至于河，南至于穆陵，北至于無棣。”杜預注：“履，所踐履之界。”九伯：九州方伯。方伯，諸侯之長。

［三三］帝：齊和帝蕭寶融（四八八—五〇二年在位）。女：音女去聲。《説文》：“女，憨也。”軺軒：古代使臣乘坐的一種輕車，代稱使臣。揚雄《答劉歆書》：“常聞先代軺軒之使。”萃止：聚集。止，語尾助詞。《詩·陳風·墓門》：“墓門有梅，有鴞萃止。”毛傳：“萃，集也。”

［三四］某位某甲：因此文是草具之令，故所遣官員不定，待正式下發時補全。百辟：見《禪梁璽書》注［六三］。某官某甲：《文選》劉良注：“曰某官某甲者，謂百官名不可具載於此，故略不言也。”人致其誠：謂百官致其誠懇之情。

［三五］匪席：不像席子可以卷曲。比喻心志堅不可屈。《詩·邶風·柏舟》：“我心匪席，不可卷也。”孔穎達疏：“我心又非如席然：席雖平，尚可卷；我心平，不可卷也。”不遠而復：謂改變原來的心意。《易·復》：“初九：不遠復，無祇悔，元吉。”“庶匪”二句：《文選》李善注：“梁王固讓，同乎匪席之旨；百辟固請，庶乎不遠而復之義也。”

爲宣德太后重敦勸梁王令①

朕聞匹夫好仁，義在摩踵②［一］；君子行道，達斯兼濟［二］。未有盡器窮神，蘊徽章乎天植［三］；高莫中樽，覩傾罍而弗拯③［四］。惟王德冠往初，功無與二［五］，四時等契，兩曜齊明［六］，擬度天行，取則乾健［七］，而運距艱季④，道極百王［八］，援義而起，一戎大定［九］，羅山革草，罔不率從［一〇］。用使商庭産蒸，周闕樹梓［一一］，傾宮既散，鹿臺靡蓄［一二］，盛德大業，巍巍若此［一三］。日者事岐之號，爰發帝言［一四］，殊物備禮，率由寡昧［一五］。雖復雲罕載路⑤，清蹕啟行，昭德報功，未臻其極［一六］。而高揖天休，遠存克讓［一七］，俾予未亡⑥，興懃日昃⑦［一八］。今遣率茲百辟，人致誠情⑧［一九］，庶有感睿心，霈然降志［二〇］。

【校　記】

①爲宣德太后重敦勸梁王令:《藝文類聚》作"重敦勸梁王令",《全梁文》作"又重敦勸梁王令"。

②摩:《藝文類聚》、張燮本、薈要本與《全梁文》作"磨"。

③拯:《全梁文》作"極"。

④艱:《全梁文》作"難"。

⑤罕:各本原皆作"竿",今據中華書局點校本《通典》《三國志·魏書·少帝紀》與《宋書·武帝紀中》等改。《通典·嘉禮九·天子車輅》"副車":"魏因漢制,五時副車,置髦頭雲罕。""罕",原作"竿",中華書局校點本《通典》改"竿"爲"罕"。《校勘記》曰:"'罕'原訛'竿',據《文選·東京賦》改。按:《宋書·禮制五》亦有'置髦頭雲罕'一語。"按:《文選》張衡《東京賦》:"雲罕九斿,闟戟轇輵。"薛綜注:"雲罕,旌旗之別名也。"除此與《宋書·禮制五》"置髦頭雲罕"外,《三國志·魏書·少帝紀》有"置髦頭雲罕"一語,《宋書·武帝紀中》有"置旄頭雲罕"一語、《西京雜記》卷一有"雲罕車駕四中道"一語、《文選》潘安《藉田賦》有"雲罕晻藹"一語,呂向注:"雲罕,幡也。"雲罕,旌旗也。且《三國志》與《宋書》所記都與禪讓有關,文字基本相同。《三國志》:"又命晉王冕十有二旒,建天子旌旗,出警入蹕,乘金根車、六馬,備五時副車,置旄頭雲罕,樂舞八佾,設鐘虡宮縣。"《宋書》:"天子命王冕十有二旒,建天子旌旗,出警入蹕,乘金根車,駕六馬,備五時副車,置旄頭雲罕,樂舞八佾,設鐘虡宮縣。"《爲宣德太后重敦勸梁王令》是爲勸梁王蕭衍禪代齊朝而作,因此文中"復雲竿載路,清蹕啓行"與上述所引二書文字意思一致,指皇帝車駕,"雲竿"自當爲"雲罕"之誤。如訓"雲竿"爲"高入雲端之旗杆",用以借指旌旗,則顯得迂迴牽強,遠不如"雲罕"顯豁易明。

⑥亡:信述堂本與薈要本作"忘"。今從《藝文類聚》、張燮本與《全梁文》。

⑦興:《全梁文》作"與"。

⑧情:《藝文類聚》、張燮本、《全梁文》作"請"。

【箋　注】

[一]匹夫:古代指平民男子。亦泛指平民百姓。《左傳·昭公六年》:"匹夫爲善,民猶則之,況國君乎?"好仁:《論語·陽貨》:"好仁不好學,其蔽也愚。"摩踵:即摩頂放踵。從頭頂到腳跟都摩傷。形容不辭辛苦,舍己爲人。《孟子·盡心上》:"墨子兼愛,摩頂放踵,利天下爲之。"趙岐注:"摩突其頂,下至於踵。"

[二]行道:實踐自己的主張或所學。《孝經·開宗明義》:"立身行道,

揚名於後世,以顯父母,孝之終也。"兼濟:謂使天下民衆、萬物咸受惠益。《莊子·列御寇》:"小夫之知,不離苞苴竿牘,敝精神乎蹇淺,而欲兼濟導物,太一形虛。"

[三]盡器:竭盡才器。窮神:用盡精神。徽章:指褒崇封贈的策命。天植:猶心志,心意。《管子·版法解》:"故曰凡將立事,正彼天植。天植者,心也。天植正,則不私近親,不孽疏遠。"

[四]奠:安放,放置。《儀禮·内則》:"奠之,而後取之。"中樽:亦作中尊。古代中等容量的酒器。《周禮·春官·鬯人》"廟用脩"鄭玄注:"脩讀曰卣。卣,中尊,謂獻象之屬。"罍:酒樽。《詩·周南·卷耳》:"我姑酌彼金罍。"拯:舉。《易·艮》:"艮其腓,不拯其隨,其心不快。"

[五]德冠往初,功無與二:見《禪梁璽書》注[三二]。

[六]四時:四季。《易·恒》:"四時變化而能久成。"等契:相合,符合。《三國志·吴書·張温傳》:"今陛下以聰明之姿,等契往古,總百揆於良佐,參列精之炳燿,遐邇望風,莫不欣賴。"兩曜:日月。

[七]擬度:揣度,推測。《禮記·學記》"發慮憲"鄭玄注:"憲,法也。言發計慮當擬度於法式也。"天行:天命。取則,見《爲齊宣德皇后答梁王令》注[一一]。乾健:謂天德剛健。《易·乾》:"天行健,君子以自强不息。"

[八]運距艱季:意謂國運時至艱難之時。距,至。《宋書·文帝紀》載侍中琇等《上表》曰:"乃者運距陵夷,王室艱晦。"艱季:艱難時世,亂世。齊高帝《即位改元大赦詔》:"朕以寡昧,屬值艱季。"道極:治道之極致。《史記·吴太伯世家》"德至矣哉"裴駰集解引服虔曰:"至,帝王之道極於《韶》也。盡美盡善也。"百王:見《爲齊帝禪位梁王詔》注[二二]。

[九]一戎:即"一戎衣"。謂一穿上戎裝。或云,"衣"當作"殷",謂以用兵而勝殷。《尚書·武成》:"一戎衣,天下大定。"孔安國傳:"衣,服也。一著戎服而滅紂。言與衆同心,動有成功。"《禮記·中庸》:"武王纘大王、王季、文王之緒,壹戎衣而有天下。"鄭玄注:"戎,兵也。衣讀如殷,聲之誤也,齊人言殷聲如衣。……壹戎殷者,壹用兵伐殷也。"孔穎達疏:"鄭必以衣爲殷者,以十一年觀兵于孟津,十三年滅紂,是再著戎服,不得稱一戎衣,故以衣爲殷。"後泛稱用兵作戰爲"一戎衣"。

[一〇]羅山,在今廣東省。《羅浮山記》:"羅浮者,蓋總稱也,羅,羅山也;浮,浮山也。二山合體,謂之羅浮。羅浮高三千丈,有七十石室,七十二長溪,神明神禽,玉樹朱草。"革草:未詳。罔不率從:《尚書·武成》:"華夏蠻貊,罔不率俾,恭天成命。"

[一一]商庭産蒸,周闕樹梓:蒸,疑爲"棘"之誤。《逸周書·程寤解》:"文王去商在程,正月既生魄,太姒夢見商之庭産棘,小子發取周庭之梓樹于闕閒,化爲松柏棫柞,寤驚,以告文王,文王乃召太子發占之于明堂,王及太子發並拜吉夢,受商之大命于皇天上帝。"另見《册府元龜》卷八九二。

[一二]傾宮:廣大之宮。《列子·楊朱》:"紂亦藉累世之資,居南面之尊,威無不行,志無不從,肆情於傾宮,縱欲於長夜。"《文選》張協《七命》:"應門八襲,旋臺九重。"李善注:"《汲古文》曰:桀作傾宮,飾瑤臺。"高誘曰:"傾宮,筑作宮墙,滿一傾田中,言博大也。"《後漢書·陳蕃傳》記陳蕃上疏曰:"是以傾宮嫁而天下化,楚女悲而西官災。"李賢注:"《帝王紀》曰'紂作傾宮,多采美女以充之。武王伐殷,乃歸傾宮之女於諸侯'也。"鹿臺:古臺名。别稱南單之臺。殷紂王貯藏珠玉錢帛的地方。故址在今河南省湯陰縣朝歌鎮南。《尚書·武成》:"散鹿臺之財,發鉅橋之粟。"孔穎達疏:"《新序》云:鹿臺,其大三里,其高千尺。則容物多矣。"

[一三]盛德大業:語出《易·繫辭上》:"盛德大業,至矣哉!富有之謂大業,日新之謂盛德。"盛德,見《襌梁璽書》注[三九]。大業,大功業,大事業。巍巍:崇高偉大。《論語·泰伯》:"子曰:'巍巍乎!舜禹之有天下也而不與焉。'"何晏集解:"巍巍,高大之稱。"

[一四]日者:古時以占候卜筮爲業的人。《墨子·貴義》:"子墨子北之齊,遇日者。"《史記·日者列傳》裴駰題解:"古人占候卜筮,通謂之'日者'。"事岐:敬事岐山之神。《易·升》:"六四:王用亨于岐山,吉,無咎。"王弼注:"(文王)岐山之會,順事之情,無不納也。"《象》曰:"王用亨于岐山,順事也。"

[一五]殊物:指奇珍異物。備禮:《詩·小雅·魚麗》《毛詩序》:"美萬物盛多,能備禮也。"備,古同"備"。寡昧:謂知識淺陋,不明事理。

[一六]雲罕:旌旗。見校記⑤。載路:滿路。《詩·大雅·生民》:"實覃實訏,厥聲載路。"清蹕啓行:舊時帝王出行,清除道路,禁止行人。借指帝王的車輦。昭德報功:宣揚美德,陳述功績。報功,酬報有功者,報答功德。《尚書·武成》:"崇德報功。"孔安國傳:"有德尊以爵,有功報以禄。"

[一七]高揖:見《襌梁册》注[一六]。天休:天賜福祐。《尚書·湯誥》:"凡我造邦,無從匪彝,無即慆淫,各守爾典,以承天休。"《左傳·宣公三年》:"用能協于上下,以承天休。"杜預注:"民無災害,則上下和而受天祐。"克讓:能謙讓。《尚書·堯典》:"允恭克讓。"孔安國傳:"克,能。"孔穎達疏:"善能謙讓。"

[一八]未亡:即未亡人。《資治通鑒·梁紀一》“未亡人歸于別宮”胡三省注:“古者君薨,其夫人在者自稱未亡人。”《左傳·成公九年》:“穆姜出于房,再拜曰:‘大夫勤辱,不忘先君以及嗣君,施及未亡人。先君猶有望也!’”杜預注:“婦人夫死,自稱未亡人。”此處爲宣德太后自稱。日昃:見《求薦士詔》注[七]。

[一九]今遣率茲百辟,人致誠情:因此爲任昉所擬草稿,故“今遣”後暫空官員人名。百辟:見《禪梁璽書》注[六三]。

[二〇]庶:但願,希冀。《左傳·襄公二十六年》:“(伍舉)懼而奔鄭,引領南望曰:‘庶幾赦余,亦弗圖也。’”睿心:《尚書·洪範》:“貌曰恭,言曰從,視曰明,聽曰聰,思曰睿。”霈然:迅疾貌。霈,通“沛”。《漢書·禮樂志》:“靈之來,神哉沛,先以雨,般裔裔。”顔師古注:“沛,疾貌。”降志:猶降心。班固《答賓戲》:“伯夷抗行於首陽,柳惠降志而辱仕。”

爲齊竟陵王世子臨會稽郡教

【題　解】

竟陵王世子指蕭昭胄。《南齊書·武十七王傳·竟陵文宣王子良》:“永明八年,(昭胄)自竟陵王世子爲寧朔將軍、會稽太守。”則此教作於齊武帝永明八年(四九〇)。

　　　　富室兼并①,前史共矗[一];大姓侵威,往哲攸嫉[二]。而權豪之族,擅割林池[三];勢富之家,專利山海[四],至乃水稱峻②。

【校　記】

①室:信述堂本與薈要本作“人”,今從《藝文類聚》與《全梁文》。

②《全梁文》嚴可均案:“‘水稱峻’下舊有‘巖巖我君’十句,當是碑頌之文,誤跳在此耳,今別歸不知時代文中。”今從之。(十句爲:巍巖我君后,崇墉增仞,内通神明,出符大順。火炎崐崗,神嶽崩潰,蘭艾同爐,玉石俱碎。哲人遭命,哀有餘慨。)

【箋　注】

[一]富室:猶富家,富户。《漢書·諸侯王表》:“至於哀、平之際,皆繼體苗裔,親屬疏遠,生於帷牆之中,不爲士民所尊,勢與富室亡異。”前史:從前的史籍。嵇康《養生論》:“夫神仙雖不目見,然記籍所載,前史所傳,較而

論之,其有必矣。"蠹:蛀蟲。此處名詞活用作動詞,意動用法,即"以……爲蛀蟲"。前史共蠹,指前代史書記載兼并之事,以之爲蠹。如《漢書·武帝紀》:"又禁兼并之塗。"顏師古注:"李奇曰:'謂大家兼役小民,富者兼役貧民,欲平之也。'文穎曰:'兼并者,食禄之家不得治産,兼取小民之利;商人雖富,不得復兼畜田宅,作客耕農也。'師古曰:'李説是。'"

[二]大姓:世家,大族。《漢書·陳咸傳》:"所居以殺伐立威,豪猾吏及大姓犯法,輒論輸府。"侵威:侵凌,威凌。往哲:先哲,前賢。嫉:憎恨。"大姓侵威,往哲攸嫉",如陳咸嚴懲犯法的大姓。

[三]權豪:權貴豪强。擅割:占有割取。林池:樹林池塘。《國語·周語中》:"藪有圃草,囿有林池。"

[四]勢富:權勢富有。專利山海:《史記·吴王濞列傳論》:"(吴王)能薄賦斂,使其衆,以擅山海利。"專利,壟斷某種生産或流通以掠取厚利。《鹽鐵論·復古》:"古者,名山大澤不以封,爲天下之專利也。"

卷三　表^(一)

爲齊明帝讓宣城郡公表^①

【題　解】

《南齊書·海陵王紀》："延興元年秋七月丁酉，即皇帝位。以尚書令鎮軍大將軍西昌侯鸞爲驃騎大將軍、録尚書事、揚州刺史、宣城郡公。"《梁書·任昉傳》："齊明帝既廢鬱林王，始爲侍中、中書監、驃騎大將軍、開府儀同三司、揚州刺史、録尚書事，封宣城郡公，加兵五千，使昉具表草。其辭曰：……帝惡其辭斥，甚慍，昉由是終建武中，位不過列校。"據此可知，此表作於延興元年(四九四)秋七月。

齊明帝蕭鸞爲齊高帝蕭道成次兄始安貞王道生之子。高帝踐祚，封西昌侯。先後廢鬱林王、海陵王，稱帝。《南齊書》卷六有傳。

　　明帝作相，令昉草讓封表，沿故事也^[一]。昉濡瀉懇迫，情事太露^[二]，故帝慍之。

　　臣鸞言：被臺司召^{②[三]}，以臣爲侍中、中書監、驃騎大將軍、開府儀同三司、揚州刺史^③、録尚書事^[四]，封宣城郡開國公，食邑三千户，加兵五千人^[五]。臣本庸才，智力淺短^[六]，太祖高皇帝篤猶子之愛，降家人之慈^[七]；世祖武皇帝情等布衣^④，寄深同氣^[八]。武皇大漸，實奉詒言^[九]，雖自見之明，庸近所蔽^[一〇]，愚夫一至，偶識量己^{⑤[一一]}，實不忍自固於綴衣之辰，拒違於玉几之側^{⑥[一二]}，遂荷顧託，導揚末命^[一三]。雖嗣君棄常，獲罪宣德^[一四]，王室不造，職臣之由^[一五]。何者？親則東牟，任惟博陸^[一六]，徒懷子孟社稷之對，何救昌邑爭臣之譏^[一七]，四海之議，於何逃責^[一八]？陵土未乾^⑦，訓誓在

（一）表：又稱奏表、表文，是臣屬給君王上書之一種。《文心雕龍·章表》："章以謝恩，奏以按劾，表以陳情，議以執異。"表是用來陳述衷情的。表一般開端作"臣某言"，結尾作"拜表以聞""臣某謹奉表以聞"，或"臣某頓首頓首""臣某誠惶誠恐"等。任昉現存表，除《請祀郊廟備六代樂表》《爲梁公請刊改律令表》《爲蕭揚州作薦士表》外，其餘十首均合乎劉勰所論。

耳[一九]，家國之事，一至於斯[二〇]，非臣之尤，誰任其咎[二一]？將何以蕭拜高寢，虔奉武園[二二]？悼心失圖，泣血待旦[二三]，寧容復徼榮於家恥⑧，宴安於國危[二四]？

【校　記】

①爲齊明帝讓宣城郡公表：李善本、《全梁文》作“爲齊明帝讓宣城郡公第一表”，明州本作“爲齊明皇帝作相讓宣城郡公第一表”。《文選》《藝文類聚》與《全梁文》無序。

②鷥：明州本作“公”。《日知錄》卷二十六“史家誤承舊文”條：“《文選》任昉《爲齊明帝讓宣城郡公表》稱‘臣公言’，《爲蕭揚州薦士表》稱‘臣王言’。表辭本合稱名，而改爲公、王，亦其臣子之辭也。”“臺”下，信述堂本、明州本無“司”字，今據李善本、薈要本與《全梁文》補。

③刺：明州本、信述堂本、張燮本、薈要本作“長”，今據《南齊書·海陵王紀》《明帝紀》、《梁書·任昉傳》、李善本與《全梁文》改。

④“武”下，李善本無“皇”字。

⑤“一至偶識量”：《藝文類聚》作“至此”。如此，則“己”屬下讀。偶：明州本作“偏”。

⑥拒：薈要本作“推”。

⑦“陵”上，《藝文類聚》與《文選》有“且”字。

⑧家：《藝文類聚》作“愧”。

【箋　注】

[一]沿：遵循，因襲。故事：見《爲齊帝禪位梁王詔》注[三三]。

[二]濡瀉：原意是病名，指濕盛傷脾的泄瀉。《素問·陰陽應象大論》：“濕勝則濡瀉。”此處比喻宣洩情感。懇迫：懇切。情事：情意。太露：過於直露。

[三]臺司：指三公等宰輔大臣。《文選》羊祜《讓開府表》：“臣昨出，伏聞恩詔，拔臣使同臺司。”李善注：“臺司，三公也。”

[四]侍中：見《禪梁璽書》注[六四]。《南齊書·百官志》：“漢世爲親近之職。魏、晉選用，稍增華重，而大意不異。……齊世朝會，多以美姿容者兼官。……侍中呼中書爲門下。亦置令史。”中書監：《南齊書·百官志》：“中書省職，置主書、令史、正書以下。”《通典·職官三》“中書令”：“魏武帝爲魏王，置祕書令，典尚書奏事，又其任也。文帝黄初初，改爲中書令，又置監，以祕書左丞劉放爲中書監，右丞孫資爲中書令，並掌機密。中書監、令，

始於此也。及明帝時,中書監、令,號爲專任,其權重矣。……魏晉以來,中書監、令掌贊詔命,記會時事,典作文書。以其地在樞近,多承寵任,是以人固其位,謂之‘鳳凰池’焉。”驃騎大將軍:《南齊書·百官志》:“凡諸將軍加‘大’字,位從公。開府儀同如公。”《通典·職官十一》“大將軍”:“齊有大將軍,爲贈官,無僚屬。”開府儀同三司:《通典·職官十六》“文散官·開府儀同三司”:“漢文帝元年,始用宋昌爲衛將軍,位亞三司。後漢章帝建初三年,始使車騎將軍馬防班同三司。同三司之名,自此始也。殤帝延平元年,鄧騭爲車騎將軍,儀同三司。儀同之名,自此始也。魏黄權以車騎將軍開府儀同三司。開府之名,自此始也。漢末奮威將軍,晋江右伏波、輔國將軍,並加大,而儀同三司。江左以來,將軍則中、鎮、撫、四鎮以上或加大,餘官則左右光禄大夫以上,並得儀同三司。齊開府儀同三司如公。梁開府儀同三司,位次三公。”開府,開建府署,辟置僚屬。三司,三公。中國古代朝廷中最尊顯的三個官職的合稱。三公具體爲何官職,歷代不同。《通典·職官一》“三公”:“魏、晋、宋、齊、梁、陳、後魏、北齊皆以太尉、司徒、司空爲三公。”揚州刺史:揚州刺史部的行政長官。東晉、南朝時,因揚州爲帝畿,望實隆重,揚州刺史常由重臣領之。刺史,官名。秦時設刺史,監督各郡。漢武帝時設部(州)刺史,督察郡國,官階低於郡守。成帝時改爲州牧,光武帝時復爲刺史。漢靈帝時,復改爲州牧,居郡守之上,掌一州的軍政大權。魏晋重要的州、郡,由都督兼任刺史,權力更大。隋以後,刺史爲一州的行政長官,以後刺史成爲太守的別稱。録尚書事:《通典·職官四》“録尚書事”:“漢武帝時,左右曹諸吏分平尚書奏事,知樞要者始領尚書事。……後漢章帝以太傅趙熹、太尉牟融並録尚書事。尚書有録名,蓋自熹、融始,亦西京領尚書之任,猶唐虞大麓之職也。……自魏晋以後,亦公卿權重者爲之,職無不總。……宋孝武孝建中,不欲威權外假,省録。大明末復置,此後或置或省。齊世録尚書及尚書令,並總領尚書臺二十曹,爲内臺主,行遇諸王以下皆禁駐,號爲‘録公’。”

　　[五]食邑:君主賜予臣下作爲世禄的封地。《史記·曹相國世家》:“參將兵守景陵二十日,三秦使章平等攻參,參出擊,大破之。賜食邑於寧秦。”

　　[六]庸才:才能平庸低下之人。《文選》李善注引三國魏毌丘儉《表》曰:“禹卨之朝,不畜庸才。”智力:智謀,才能。《韓非子·八經》:“故聽言不參則權分乎姦,智力不用則君窮乎臣。”淺短:淺陋,狹隘膚淺。《漢書·孔光傳》記孔光上封事曰:“臣光智謀淺短。”

　　[七]太祖高皇帝:南齊開國皇帝蕭道成,字紹伯,南蘭陵蘭陵人。建元元年(四七九)即皇帝位,建元四年(四八二)三月崩,四月,謚曰太祖高皇

帝。篤：厚。猶子：《禮記·檀弓上》："喪服，兄弟之子，猶子也，蓋引而進之也。"《論語·先進》："子曰：'回也視予猶父也，予不得視猶子也。'"降家人之慈：當家人之愛。《漢書·高五王傳》："齊悼惠王肥……孝惠二年，入朝，帝與齊王燕飲太后前，置齊王上坐，如家人禮。"顏師古注："以兄弟齒列，不從君臣之禮，故曰家人也。"《南齊書·明帝紀》記載：蕭鸞為齊太祖蕭道成次兄"始安貞王道生子，少孤，太祖撫育，恩過諸子。太祖踐阼，遷侍中，封西昌侯，邑千戶。建元二年，為持節、督郢州司州之義陽諸軍事、冠軍將軍、郢州刺史，進號征虜將軍"。

[八]世祖武皇帝：蕭道成長子蕭賾，字宣遠。建元元年（四七九）立為太子，建元四年即帝位，永明十一年（四九三）崩。情等布衣：庾亮《上疏乞骸骨》："先帝謬顧，情同布衣。"布衣，布制的衣服。《大戴禮記·曾子制言中》："布衣不完，疏食不飽，蓬戶穴牖，日孜孜上仁。"借指平民。古代平民不能衣錦繡，故稱。《鹽鐵論·散不足》："古者，庶人耋老而後衣絲，其餘則麻枲而已，故命曰布衣。"同氣：有血統關係的親屬。《後漢書·東平憲王蒼傳》："凡匹夫一介，尚不忘簞食之惠，況臣居宰相之位，同氣之親哉！"《南齊書·明帝紀》："世祖即位，轉度支尚書，領右軍將軍。永明元年，遷侍中，領驍騎將軍。……轉為散騎常侍、左衛將軍，清道而行，上甚悅。二年，出為征虜將軍、吳興太守。四年，遷中領軍，常侍並如故。五年，為持節、監豫州郢州之西陽司州之汝南二郡軍事、右將軍、豫州刺史。七年，為尚書右僕射。八年，加領衛尉。十年，轉左僕射。十一年，領右衛將軍。世祖遺詔為侍中、尚書令，尋加鎮軍將軍，給班劍二十人。"

[九]大漸：謂病危。《文選》劉良注："大漸，言病進將死也。"《尚書·顧命》："王曰：嗚呼！疾大漸，惟幾。"孔安國傳："自嘆其疾大進篤，惟危殆。"實奉話言：謂蕭鸞受齊武帝蕭賾遺託，輔佐皇太孫蕭昭業。《南齊書·武帝紀》："（永明十一年秋七月）戊寅，大漸。詔曰：'……太孫進德日茂，社稷有寄。子良善相毗輔，思弘治道；內外眾事無大小，悉與鸞參懷共下意。'"話言，指話語。

[一〇]自見之明，庸近所蔽：《文選》李周翰注："自見者為明，庸人近暗此事。"《韓非子·喻老》："楚莊王欲伐越，杜子諫曰：'王之伐越何也？'曰：'政亂兵弱。'杜子曰：'臣愚患之。智如目也，能見百步之外而不能自見其睫。'故曰：'自見之謂明。'"庸近，見識短淺。

[一一]愚夫：愚昧的人。此處是謙詞自謂。一至：猶言小善，偏材。劉劭《人物志·九徵》："一至謂之偏材。偏材，小雅之質也。"劉昞注："徒仁而無義，徒義而無仁，未能兼濟，各守一行，是以名不及大雅也。"偶：《爾雅》：

"遇也。"量己:度量自己的學識才能。庾亮《讓中書令表》:"實仰覽殷鑒,量己知弊,身不足惜,爲國取悔。"

[一二]綴衣:帳幄。古君王臨終所用。借指帝王臨終之際。《尚書·顧命》:"茲既受命還,出綴衣于庭,越翼日,乙丑,王崩。"孔安國傳:"綴衣,幄帳。"孔穎達疏:"綴衣者,連綴衣物,出之於庭。……綴衣是施張於王坐之上,故以爲幄帳也。"玉几:玉飾的矮桌。《尚書·顧命》:"相被冕服,憑玉几。""不忍"二句,《文選》張銑注:"言不忍固違拒此時受託之言。"

[一三]荷:肩負。顧託:皇帝臨終前囑託重要的大臣輔佐新皇帝,稱爲顧託。袁宏《三國名臣序贊》:"及其臨終顧託,受遺作相,劉后授之無疑心,武侯處之無懼色。"導揚末命:《尚書·顧命》:"皇后憑玉几,道揚末命,命汝嗣訓。"導揚,引導宣揚。《漢書·敘傳下》:"博陸堂堂,受遺武皇,擁毓孝昭,末命導揚。"顏師古注引劉德曰:"武帝臨終之命,霍光能導達顯揚也。"末命,帝王臨終時的遺命。

[一四]嗣君:見《禪梁册》注[二一]。此處指鬱林王蕭昭業。棄常:失常,丟棄常道。《左傳·莊公十四年》:"人棄常,則妖興,故有妖。"宣德:宣德皇后。

[一五]王室:國家,朝廷。《尚書·微子之命》:"率由典常,以蕃王室。"不造:家道未成。《詩·周頌·閔予小子》:"閔予小子,遭家不造。"鄭玄箋:"造,猶成也。……遭武王崩,家道未成。"職臣之由:《左傳·襄公十四年》:"言語漏洩,則職女之由也。"杜預注:"職,主也。""王室"二句,《文選》劉良注:"鸞輔佐天子不成功,是我之罪也。"

[一六]東牟:指西漢東牟侯劉興居,劉邦長庶男齊悼惠王劉肥子。《史記·齊悼惠王世家》:"濟北王興居,齊悼惠王子,以東牟侯助大臣誅諸呂,功少。及文帝從代來,興居曰:'請與太僕嬰入清宮。'廢少帝,共與大臣尊立孝文帝。"《史記·孝文本紀》:"方今内有朱虚、東牟之親。"博陸:指西漢博陸侯霍光。《漢書·霍光傳》:霍光字子孟,票騎將軍去病弟也。武帝崩,受遺詔輔少主。昭帝遺詔封光爲博陸侯。立昌邑王賀,賀行淫亂,以太后命廢賀。立武帝曾孫病已,是爲宣帝。

[一七]徒懷子孟社稷之對,何救昌邑爭臣之譏:《漢書·霍光傳》:昭帝崩,輔佐昌邑王劉賀。劉賀無道,霍光憂懣,集大臣奏請太后當廢賀,詔可。"光令王(昌邑王賀)起拜受詔,王曰:'聞天子有爭臣七人,雖無道不失天下。'光曰:'皇太后詔廢,安得天子!'乃即持其手,解脱其璽組,奉上太后,扶王下殿,出金馬門,群臣隨送。王西面拜,曰:'愚戇不任漢事。'起就乘輿副車。大將軍光送至昌邑邸,光謝曰:'王行自絕於天,臣等駑怯,不能殺身

報德。臣寧負王，不敢負社稷。願王自愛，臣長不復見左右。'"徒懷"二句，《文選》李周翰注："自發問，言：'何因由我？正以我親任之篤雖與彼同，今空懷此無救王譏之言。'"意謂自己像霍光那樣，雖然心懷社稷，但不能進諫幼主，使其不失天下。救，止。《論語·八佾》："季氏旅于泰山。子謂冉有曰：'女弗能救與？'"爭臣，能直言諍諫的大臣。《孝經·諫爭》："昔者天子有爭臣七人，雖無道，不失其天下。"

［一八］四海之議，於何逃責：《文選》張銑注："四海聞廢王，皆歸咎責於我。"四海：猶言天下，全國各處。《尚書·大禹謨》："文命敷於四海，祇承于帝。"逃責：逃避罪責。《晉書·惠帝紀》："赦王逃責。"

［一九］陵土未乾，訓誓在耳：《文選》張銑注："言帝崩在近，約束之言未離於耳。"陵土未乾，曹植《求自試表》："墳土未乾，而身名並滅。"訓誓，訓指教導之辭，誓指告誡之辭。在耳，《左傳·文公七年》記晉穆嬴曰："今君雖終，言猶在耳。"

［二〇］家國之事，一至於斯：《文選》呂向注："言家者，語其親；言國者，謂天下。一至於斯，謂廢鬱林王也。"李善注："謂鬱林猖蹶顛躓也。"又引孫盛《晉陽秋》曰："郗超假還東，簡文帝謂之曰：'致意尊公，家國之事，遂至於此也。'"

［二一］尤：過失，罪過。《詩·小雅·四月》："廢爲殘賊，莫知其尤。"誰任其咎：《詩·小雅·小旻》："發言盈庭，誰敢執其咎？"任，當。咎，過失、罪過。

［二二］肅拜：古代九拜之一。《禮記·少儀》："婦人吉事，雖有君賜，肅拜。"鄭玄注："肅拜，拜低頭也。"高寢：齊高帝寢廟。古代宗廟的正殿稱廟，後殿稱寢，合稱寢廟。《史記·叔孫通列傳》："陛下何自築複道高寢，衣冠月出游高廟？"虔奉：恭敬地供奉。武園：齊武帝園陵。《後漢書·光武帝紀上》："赤眉焚西京宮室，發掘園陵。"李賢注："園謂塋域，陵謂山墳。"

［二三］悼心失圖：謂心中傷痛，失卻圖謀。《左傳·昭公七年》："孤與其二三臣悼心失圖。"泣血：無聲痛哭，淚如血湧。一說，淚盡血出。指因極度悲痛而無聲哭泣時流出的眼淚，形容極度悲傷。《易·屯》："乘馬班如，泣血漣如。"《禮記·檀弓上》："高子皋之執親之喪也，泣血三年，未嘗見齒。君子以爲難。"鄭玄注："言泣無聲如血出。"待旦：見《禪梁璽書》注［三六］。

［二四］徼榮：求榮。《文選》李善注引《晉中興書》載卞壺《表》曰："豈敢干祿位以徼時榮乎？"家恥：指"嗣君棄常"。宴安：謂逸樂。《左傳·閔公元年》："宴安酖毒，不可懷也。"國危：指鬱林王廢後之形勢。"徼榮"二句互文，意謂豈能於家恥國危之時求榮宴安。指封宣城郡公事。

　　驃騎,上將之元勳;神州,儀刑之列岳[二五];尚書,古稱司會;中書,實管王言[二六]。且虛飾寵章,委成禦侮[二七],臣知不愜,物誰謂宜⑨[二八]?但命輕鴻毛⑩,責重山嶽⑪[二九],存沒同歸,毀譽一貫[三〇],辭一官不減身累,增一職已黷朝經[三一],便當自同體國,不爲飾讓[三二]。至於功均一匡,賞同千室⑫[三三],光宅近甸,奄有全邦[三四],殞越爲期,不敢聞命⑬[三五];亦願曲留降鑒,即垂聽許⑭[三六]。鉅平之懇誠必固⑮,永昌之丹慊獲申[三七],乃知君臣之道,綽有餘裕[三八]。苟日易昭⑯,敢守難奪[三九],故可庶心弘議,酌己親物者矣[四〇]。不勝荷懼屛營之誠[四一],謹附某官某甲奉表以聞⑰。臣諱誠惶誠恐[四二]。

【校　記】

⑨"宜"上,《藝文類聚》有"攸"字。

⑩"命"上,《藝文類聚》無"但"字。

⑪責:《文選》作"貴"。

⑫室:《藝文類聚》作"里"。

⑬不敢:《藝文類聚》作"弗敢";薈要本作"不故"。

⑭聽:明州本、《藝文類聚》與《全梁文》作"順"。

⑮必:明州本作"彌"。

⑯昭:《藝文類聚》與張燮本作"照"。

⑰"聞"下,明州本、張燮本、信述堂本與薈要本無"臣諱誠惶誠恐"字,據李善本、《全梁文》補。

【箋　注】

　　[二五]驃騎:《漢書·霍去病傳》:霍去病征匈奴,有絕漠之功,始置驃騎上將軍,位在三公上。上將之元勳:《漢書·敘傳下》:"長平桓桓,上將之元。"顏師古注:"元,首也。"神州:謂揚州。詳見《封臨川安興建安等五王詔》注[一]。儀刑:法式,作爲模範。《詩·大雅·文王》:"儀刑文王,萬邦作孚。"列岳:見《封臨川安興建安等五王詔》注[一]。

　　[二六]司會:古官名。《周禮·天官》:"司會,掌邦之六典、八灋、八則之貳,以逆邦國、都鄙、官府之治。"《文選》李善注引鄭玄曰:"司會主天下之事,若今之尚書耳。"中書:官名,掌出納王言。《文選》李善注引沈約《宋書》曰:"置秘書令,典尚書奏事。文帝黃初初,改爲中書令。"王言:君王的言語、詔誥。《尚書·咸有一德》:"大哉王言。"

　　[二七]虚飾:過分褒奬。飾,奬飾。《文選》李善注引王隱《晋書》曰:"武帝詔山濤曰:勿復爲虚飾也。"寵章:表示高官顯爵的章服。此處指封侯。《文選》潘勗《册魏公九錫文》:"朕聞先王並建明德,胙之以土,分之以民,崇其寵章,備其禮物,所以蕃衛王室,左右厥世也。"李善注:"《禮記》曰:以爲旗章,以别貴賤。鄭玄曰:章,識也。"委成:委任而責成。《後漢書·皇后紀序》:"自古雖主幼時艱,王家多釁,必委成冢宰,簡求忠賢,未有專任婦人,斷割重器。"禦侮:指武臣。此處指驃騎大將軍。《詩·大雅·緜》:"予曰有禦侮。"毛傳:"武臣折衝曰禦侮。"孔穎達疏:"禦侮者,有武力之臣,能折止敵人之衝突者,是能扞禦侵侮,故曰禦侮也。"

　　[二八]臣知不愜,物誰謂宜:《文選》吕延濟注:"言自知不可,誰以爲得。"愜,可。物,指自己以外的人。

　　[二九]命輕鴻毛,責重山嶽:《文選》劉良注:"言命有可輕如鴻毛,可重如山岳。言我不能輔王,其命如鴻毛矣。"司馬遷《報任少卿書》:"人固有一死,或重於泰山,或輕於鴻毛,用之所趨異也。"《文選》李善注引《戰國策》唐雎謂楚王曰:"國權輕於鴻毛,而積禍重於山岳。"又引陽泉《養性賦》曰:"況性命之幾微,如鴻毛之漂輕。"又引毋丘儉《之遼東詩》曰:"憂責重山岳,誰能爲我檐。"

　　[三〇]存没:生者和死者。周魴《與曹休書》:"志行雖微,存没一節。"同歸:《易·繫辭下》:"天下同歸而殊塗,一致而百慮。"貫:事。見《答陸倕〈感知己賦〉》注[二]。

　　[三一]身累:劉歆《七略》:"位累我躬。"黷朝經:賈逵《國語注》:"黷慢朝經也。"黷,汙辱。經,法。《孔子家語·哀公問政》:"治天下國家有九經,其所以行之者一也。"

　　[三二]體國:即國體。《春秋穀梁傳·昭公十五年》:"大夫,國體也。"范甯集解曰:"君之卿佐,是謂股肱,故曰國體。"不爲飾讓:《文選》李周翰注:"不爲假飾而求讓名也。"飾讓,僞讓、故爲推讓。《文選》李善注引孫皓《詔紀陟》曰:"故特任使,莫復飾讓。"

　　[三三]均:同。一匡:《論語·憲問》:"管仲相桓公,霸諸侯,一匡天下。"匡,正。千室:千家,千户。謂諸侯之封。《左傳·宣公十五年》:"晋侯賞桓子狄臣千室。"

　　[三四]光宅:《尚書·堯典序》:"昔在帝堯,聰明文思,光宅天下。"光,大。宅,居。近甸:都城近郊。言宣城離國都近。《文選》李善注引謝承《後漢書》曰:"周防及守近甸,嘉瑞表應。"奄有:全部占有。多用於疆土。《詩·魯頌·閟宮》:"奄有下國。"鄭玄箋:"奄,猶覆也。"全邦:猶"全國"。

［三五］殞越：同“隕越”。《左傳·僖公九年》：“小白余敢貪天子之命？無下拜，恐隕越于下。”杜預注：“隕越，顛墜也。”後因以指死亡。《文選》曹植《王仲宣誄》：“此驪之人，孰先殞越？”李周翰注：“誰先隕越者，謂前戲言此會之中，誰當先没也。”聞命：接受命令或教導。《左傳·昭公十三年》：“寡君聞命矣。”爲期：《詩·小雅·采緑》：“五日爲期，六日不詹。”

［三六］曲：表敬之辭。降鑒：猶俯察。《詩·王風·黍離》“悠悠蒼天”毛傳：“自上降鑒，則稱上天；據遠視之蒼蒼然，則稱蒼天。”聽許：《漢書·終軍傳》：“軍遂往説越王，越王聽許，請舉國内屬。”

［三七］鉅平之懇誠必固：用晋朝羊祜讓封郡公典。《晋書·羊祜傳》：“羊祜字叔子，泰山南城人也。……及五等建，封鉅平子，邑六百户。……武帝受禪，以佐命之勳，進號中軍將軍，加散騎常侍，改封郡公，邑三千户。固讓封不受。”懇誠，猶誠懇。王褒《四子講德論》：“陳懇誠於本朝之上，行話談於公卿之門。”永昌之丹慊獲申：用晋朝庾亮讓封永昌公典。《晋書·庾亮傳》：“庾亮字元規，明穆皇后之兄也。及（王）敦舉兵，加亮左衛將軍，與諸將距錢鳳。及沈充之走吳興也，又假亮節、都督東征諸軍事，追充。事平，以功封永昌縣開國公，賜絹五千四百匹，固讓不受。”丹慊，丹誠。

［三八］君臣之道：《孟子·離婁上》：“欲爲君，盡君道；欲爲臣，盡臣道。”綽有餘裕：《孟子·公孫丑下》：“我無官守，我無言責也，則吾進退豈不綽綽然有餘裕哉？”趙岐注：“進退自由，豈不綽綽然舒緩有餘裕乎？綽、裕，皆寬也。”

［三九］苟曰易昭，敢守難奪：《文選》劉良注：“苟，且也。且以我情淺近，易昭察，然我匹夫之志難奪也。”難奪，語本《論語·子罕》：“三軍可奪帥也，匹夫不可奪志也。”

［四〇］“故可”二句，意謂因此可以使衆心廣議，度己知人。庶心，衆心。弘議，廣議。酌己，度己。親物，親人，意即了解他人之心。

［四一］荷懼：感荷惶恐。屏營：驚懼，驚惶。屏，音兵。《國語·吳語》：“王親獨行，屏營仿偟於山林之中。”

［四二］諱：因是任昉代草，故書“諱”，蕭鸞上表時改爲“鸞”。

爲范尚書讓吏部封侯表[①]

【題　解】

《梁書·武帝紀中》：“天監元年夏四月……丁卯……（以）長兼侍中范

雲爲散騎常侍、吏部尚書。”同書《范雲傳》：“天監元年，高祖受禪，柴燎於南郊，雲以侍中參乘。禮畢，高祖升輦，謂雲曰：‘朕之今日，所謂懍乎若朽索之馭六馬。’雲對曰：‘願陛下日慎一日。’高祖善之。是日，遷散騎常侍、吏部尚書；以佐命功封霄城縣侯，邑千户。雲以舊恩見拔，超居佐命。”據此，此表作於天監元年（五〇二）夏四月。

范尚書：范雲，字彦龍，南鄉舞陰人，晋平北將軍汪六世孫。起家郢州西曹書佐，轉法曹行參軍。與梁武帝遇於齊竟陵王子良邸，又嘗接里閈，武帝深器之。輔佐翊贊武帝代齊建梁，并多進諫言。武帝即位后，遷散騎常侍、吏部尚書，以佐命功封霄城縣侯，邑千户。范雲以爲封賞太重，不敢受，請任昉代表辭讓。天監元年，東宮建，范雲以本官領太子中庶子，尋遷尚書右僕射，猶領吏部。頃之，坐違詔用人，免吏部，猶爲僕射。二年，卒，時年五十三。《梁書》卷十三有傳。

　　臣雲言：被尚書召，以臣爲散騎常侍、吏部尚書，封霄城縣開國侯，食邑千户[一]。奉命震驚，心顔無措[二]。臣雲頓首頓首、死罪死辠②。臣素門凡流，輪翮無取[三]，進謝中庸，退慚狂狷[四]。固嘗鑽厲求學，而一經不治[五]；篆刻爲文，而三冬靡就[六]。負書燕魏，空殫菽粟[七]；躡屩齊楚，徒知貧賤③[八]。既而分虎出守，以囊被見嗤[九]；持斧作牧，以薏苡興謗[一〇]。赭衣爲虜，見獄吏之尊[一一]；除名爲民，知井白之逸[一二]。百年上壽，既曰徒然，如其誠説，亦以過半[一三]，亂離斯瘼，欲以安歸[一四]。閉門荒郊，再離寒暑[一五]。兼以東皋數畝，控帶潮汐[一六]，關外一區，悵望鍾阜[一七]，雖室無趙女，而門多好事[一八]；禄微賜金，而歡同娛老[一九]。折芰燔枯，此爲自足[二〇]。

【校　記】

①爲范尚書讓吏部封侯表：《文選》作“爲范尚書讓吏部封侯第一表”，《藝文類聚》作“爲范雲讓散騎常侍吏部尚書霄城侯”，然表中只提及吏部尚書與封侯之事，並未涉及散騎常侍，可知范雲並未辭讓散騎常侍之職，因此以“爲范雲讓散騎常侍吏部尚書霄城侯”爲題，超出該表内容。

②臣雲頓首頓首死罪死辠：明州本作“臣雲”，又曰：“中謝，五臣本無‘臣雲’字。”辠，同“罪”。

③知：《全梁文》作“失”。

【箋　注】

［一］散騎常侍：《通典·職官三》：“自秦置散騎，又置中常侍，散騎並乘輿。後，中常侍得入禁中，皆無員。漢因之，並加官。散騎有常侍侍郎與侍中黃門侍郎。後漢中，初省散騎，而中常侍改用宦者。魏文帝黃初初，置散騎，合於中常侍，謂之散騎常侍。後用士人，始以孟達補之，久次者爲祭酒。散騎常侍掌規諫，不典事。貂璫插右，騎而散從。……自魏至晉，共平尚書奏事，東晉乃罷之，而以中書職入散騎省，故散騎亦掌表詔焉。宋置四人，屬集書省。齊散騎侍郎、通直散騎侍郎、員外散騎侍郎並爲集書省職，而散騎常侍爲東省官。散騎常侍、通直散騎常侍、員外散騎常侍舊爲顯職，與侍中通官。其通直員外，用衰老人士，故其官漸替。宋大明中，雖革選比侍中，而人情久習，終不見重，尋復如初。梁謂之散騎省，天監六年，詔又革之，自是散騎視中丞，通直視侍中，員外視黃門郎。然而常侍終非華胄所悦。常侍亦四人，功高者一人爲祭酒，與侍中高功者一人對掌禁令，糾諸遹違。”吏部尚書：《通典·職官五》：“《周禮·天官》，太宰掌建邦之六典，以佐王理邦國。又夏官之屬有司士下大夫二人，掌群臣之版，歲登下其損益之數，辨其年歲與其貴賤，周知邦國都家縣鄙之數，卿、大夫、士、庶子之數，以詔王理，以德詔爵，以功詔禄，以能詔事，以久奠食。漢成帝初置尚書，有常侍曹，主公卿事。後漢改爲吏曹，主選舉、祠祀，後又爲選部。魏改選部爲吏部，主選事。晉與魏同。宋時吏部尚書領吏部、删定、三公、比部四曹。孝武不欲威權在下，大明二年，分吏部尚書，置二人以輕其任，而省五兵，後還置一吏部尚書。順帝昇明元年，又置五兵尚書。晉宋以來，吏部尚書資位尤重。梁陳亦然。”霄城縣：屬郢州竟陵郡。今屬湖北省天門市。開國侯：《通典·職官一》：晋朝因前代，爵位有王、公、侯、伯、子、男，又有開國郡公、縣公、郡侯、縣侯、伯、子、男及鄉亭、關内等侯，凡十五等。齊因之。梁因前代。食邑：見《爲齊明帝讓宣城郡公表》注［五］。

［二］奉命：接受使命。《三國志·蜀書·諸葛亮傳》：“亮曰：‘事急矣，請奉命求救於孫將軍。’”震驚：震動驚懼。《詩·大雅·常武》：“如雷如霆，徐方震驚。”心顏：心情和面色。無措：無法對付，不知如何應付。形容極其惶恐。《吳子·料敵》：“一可擊十，必使無措。”

［三］頓首：與稽首皆爲舊時所行跪拜禮，皆爲頭叩地而拜，但又有區別：《周禮·春官·大祝》：“一曰稽首，二曰頓首……”賈公彦疏：“頓首者，爲空首之時引頭至地，首頓地即舉，故名頓首。一曰稽首，其稽，稽留之字。頭至地多時，則爲稽首也。”素門：寒素門第。魏晉六朝常與士族豪門對稱。《宋書·后妃傳》記孝懿蕭皇后遺令曰：“孝皇陵墳本用素門之禮，與王者制

度奢儉不同。”凡流：平凡之人，庸俗之輩。《晉書·劉頌傳》記劉頌在郡上疏曰：“臣以期運，幸遇無諱之朝。雖嘗抗疏陳辭，泛論政體，猶未悉所見，指言得失，徒荷恩寵，不異凡流。”輪翮無取：《文選》張銑注：“輪有輪運之功，翮有轉翼之用。言我無此能。”輪翮，車上的輪和鳥翼上的莖羽。比喻輔佐的才能。張載《贈棗子琰詩》：“輈車運在輪，飛骨須六翮。”

〔四〕謝：不如。中庸：才德平凡，指常人。賈誼《過秦論》：“材能不及中庸。”憗：不及。狂狷：指志向高遠的人與拘謹自守的人。此處爲複義偏指，專指狷者。《論語·子路》：“子曰：‘不得中行而與之，必也狂狷乎！狂者進取，狷者有所不爲也。’”何晏集解引包咸曰：“狂者，進取於善道。狷者，守節無爲。欲得此二人者，以時多進退，取其恒一。”“進謝”二句，意謂進取做官，才能不如常人；退而爲民，又有愧狷者之自守。

〔五〕鑽厲求學，而一經不治：《文選》呂延濟注：“鑽先王之道，勉厲於學，不能精治一經也。”鑽厲，鑽研琢磨。一經，《漢書·韋賢傳》：“（韋賢）少子玄成，復以明經歷位至丞相。故鄒、魯諺曰：‘遺子黃金滿籯，不如一經。’”

〔六〕篆：篆書。刻：雕刻文章。《法言·吾子》：“或問‘夫子少而好賦’。曰：‘然。童子雕蟲篆刻。’俄而，曰：‘壯夫不爲也。’”三冬：三年。猶言三春三秋。《漢書·東方朔傳》記東方朔上書曰：“年十三學書，三冬文史足用。”靡：無。就：成。

〔七〕負書燕魏，空殫菽粟：《文選》劉良注：“蘇秦負書游說於燕魏二國也。”《戰國策·秦一》：“（蘇秦）説秦王書十上而説不行，黑貂之裘獘，黃金百斤盡，資用乏絶，去秦而歸。嬴縢履蹻，負書擔橐，形容枯槁，面目犁黑，狀有歸色。”

〔八〕蹻厲齊楚，徒知貧賤：《史記·平原君虞卿列傳》：“虞卿者，游説之士也。蹋蹻檐簦説趙孝成王。一見，賜黃金百鎰，白璧一雙；再見，爲趙上卿，故號爲虞卿。”裴駰集解引徐廣曰：“蹻，草履也。”厲，音崛。貧賤，《史記·魏世家》：“子擊因問曰：‘富貴者驕人乎？且貧賤者驕人乎？’”“負書”四句，意謂不能像蘇秦、虞卿那樣通過苦讀以取高位。

〔九〕分虎出守，以囊被見嗤；持斧作牧，以薏苡興謗：《漢書·吳祐傳》記吳祐諫其父曰：“昔馬援以薏苡興謗，王陽以衣囊徼名。嫌疑之間，誠先賢所慎也。”分虎出守，以囊被見嗤：《漢書·王吉傳》：“王吉字子陽，琅邪皋虞人也。……子駿……駿子崇……自吉至崇，世名清廉，然材器名稱稍不能及父，而禄位彌隆。皆好車馬衣服，其自奉養極爲鮮明，而亡金銀錦繡之物。及遷徙去處，所載不過囊衣，不畜積餘財。去位家居，亦布衣疏食。天下服其廉而怪其奢,故俗傳'王陽能作黃金'。"分虎,將虎狀符節的一半給受封者作爲信物,謂授與官爵。《後漢書·宦者傳序》:"苴茅分虎,南面臣人者,蓋以十數。"李賢注:"封諸侯各以其方色土,苴以白茅,而分銅虎符也。"出守,由京官出爲太守。囊,衣袋。

[一〇]持斧作牧,以薏苡興謗:《後漢書·馬援傳》:"初,援在交阯,常餌薏苡實,用能輕身省慾,以勝瘴氣。南方薏苡實大,援欲以爲種,軍還,載之一車。時人以爲南土珍怪,權貴皆望之。援時方有寵,故莫以聞。及卒後,有上書譖之者,以爲前所載還,皆明珠文犀。"持斧,《文選》李周翰注:"謂諸侯有功,賜以斧鉞,得專征伐也。"作牧,周代,侯伯有功德者,加命爲州長,得專征伐諸侯,謂"作牧"。《周禮·春官·大宗伯》:"七命賜國,八命作牧。"後泛指擔任州郡地方長官。薏苡,植物名。禾本科薏苡屬,一年生草本。葉狹長,有平行脈,實橢圓,仁白色,可作粥飯,並可入藥。興謗,引起毀謗。"既而"四句,謂齊明帝時范雲爲廣州刺史而被解落入獄事。《南齊書·東昏侯紀》:"(永元元年六月)癸亥,以始興内史范雲爲廣州刺史。"《梁書·范雲傳》:"(范雲)仍遷假節、建武將軍、平越中郎將、廣州刺史。初,雲與尚書僕射江祐善,祐姨弟徐藝爲曲江令,深以託雲。有譚儼者,縣之豪族,藝鞭之,儼以爲恥,詣京訴雲,雲坐徵還下獄,會赦免。"

[一一]赭衣爲虜,見獄吏之尊:《文選》張銑注:"虜,獲也。言其執法者所獲也。下獄之時,畏其執法之吏而尊之。"此二句用漢周勃典。《漢書·周勃傳》:"其後人有上書告勃欲反,下廷尉,逮捕勃治之。勃恐,不知置辭。吏稍侵辱之。勃以千金與獄吏,獄吏乃書牘背示之,曰'以公主爲證'。公主者,孝文帝女也,勃太子勝之尚之,故獄吏教引爲證。初,勃之益封,盡以予薄昭。及繫急,薄昭五爲言薄太后,太后亦以爲無反事。文帝朝,太后以冒絮提文帝,曰:'絳侯綰皇帝璽,將兵於北軍,不以此時反,今居一小縣,顧欲反邪!'文帝既見勃獄辭,乃謝曰:'吏方驗而出之。'于是使使持節赦勃,復爵邑。勃既出,曰:'吾嘗將百萬軍,安知獄吏之貴也!'"赭衣,古代囚衣,因以赤土染成赭色,故稱。《荀子·正論》:"殺,赭衣而不純。"楊倞注:"以赤土染衣,故曰'赭衣'。……殺之,所以異於常人之服也。"賈山《至言》:"赭衣半道,群盜滿山。"

[一二]除名爲民:除去官爵以爲平民。《文選》李善注引孫盛《晉陽秋》曰:"劉弘顧望,除名爲民。"《三國志·魏書·華佗傳》:"軍吏梅平得病,除名還家。"知井臼之逸:《文選》張銑注:"謂操舂汲之事而以爲逸樂。"井臼:汲水舂米,泛指操持家務。《文選》李善注引《東觀漢記》曰:"馮敬通廢於家,娶北地任氏女爲妻,忌,不得畜媵妾,兒女常自操井臼也。""赭衣"

四句,指范雲因受人譖誣下獄、被削官爲民之事。

[一三]百年上壽,既曰徒然,如其誠説,亦以過半:《文選》吕向注:"雲以上壽百年爲空言,縱是信説,亦年已過半矣。"按:天監元年(五〇二),范雲五十二歲。上壽:三壽中之上者。《莊子·盜跖》:"人上壽百歲,中壽八十,下壽六十。"徒然:空言。誠:信。

[一四]亂離斯瘼:政治混亂,給國家帶來憂患。此處指東昏侯蕭寶卷作亂。《詩·小雅·四月》:"亂離瘼矣,爰其適歸。"毛傳:"離,憂。"鄭玄箋:"今政亂,國將有憂病者矣。"瘼,疾苦、苦難。安歸:不仕。四皓《采芝操》:"唐虞往矣,吾當安歸。"

[一五]閉門:《文選》江淹《恨賦》"閉關卻掃,寒門不仕"李善注引司馬彪《續漢書》曰:"趙壹閉門卻掃,非德不交。"離:經歷。寒暑:冬夏。《詩·小雅·小明》:"二月初吉,載離寒暑。"

[一六]東皋:水邊向陽高地。也泛指田園、原野。阮籍《奏記詣蔣公》:"方將耕於東皋之陽,輸黍稷之税,以避當塗者之路。"控:引。帶:繞。潮汐:通"朝夕"。謂海也。《漢書·枚乘傳》記枚乘上書復説吳王曰:"游曲臺,臨上路,不如朝夕之池。"顔師古注引蘇林曰:"吳以海水朝夕爲池也。"左思《吳都賦》:"造姑蘇之高臺,臨四遠而特建,帶朝夕之濬池,佩長洲之茂苑。"

[一七]關外:京城以外的地區。《漢書·武帝紀》"徙函谷關於新安"顔師古注引應劭曰:"時樓船將軍楊僕數有大功,恥爲關外民,上書乞徙東關。"一區:指范雲宅第。《漢書·揚雄傳上》:"有宅一區。"悵望:失志貌。蔡邕《詩序》:"暮宿河南悵望。"鍾阜:鍾山。《文選》李善注引許慎曰:"鍾山北陸,無日之地。"

[一八]趙女:戰國時,趙地美女精通音律,後世因以"趙女"指美女。楊惲《與孫會宗書》:"婦,趙女也,雅善鼓瑟。"好事:相知者。《漢書·揚雄傳下》:"家素貧,耆酒,人希至其門。時有好事者載酒肴從游學。"

[一九]禄微賜金,而歡同娱老:用西漢疏廣典。《漢書·疏廣傳》記載:疏廣字仲翁,東海蘭陵人也。地節三年,立皇太子,選廣爲少傅。數月,徙爲太傅。廣兄子受,亦以賢良舉爲太子家令。宣帝幸太子宫,受迎謁應對,及置酒宴,奉觴上壽,辭禮閑雅,上甚歡説。頃之,拜受爲少傅。太子每朝,太傅在前,少傅在後。父子並爲師傅,朝廷以爲榮。廣謂受曰:"吾聞'知足不辱,知止不殆','功遂身退,天之道'也。今仕官至二千石,宦成名立,如此不去,懼有後悔,豈如父子相隨出關,歸老故鄉,以壽命終,不亦善乎?"受叩頭曰:"從大人議。"廣遂稱篤,上疏乞骸骨。上以其年篤老,皆許之,加賜黄

金二十斤,皇太子贈以五十斤。廣既歸鄉里,日令家共具設酒食,請族人故舊賓客,與相娛樂。數問其家金餘尚有幾所,趣買以共具。"禄微"二句,《文選》李周翰注:"疏廣得賜金,歸,與鄉人曰:'同歡娛。'言我禄則微薄賜金,然歡娛同之。"

[二〇]折芰燔枯,此焉自足:用東漢鄭敬典。《文選》李善注引謝承《後漢書》曰:"鄭敬,字次都,釣魚大澤,折芰而坐,以蒲薦肉,瓠瓢盈酒,琴書自樂。"芰,音計。菱,出水的荷葉。燔枯,蔡邕《與表公書》:"酌麥醴,燔乾魚,欣然樂在其中矣。"應璩《百一詩》:"田家無所有,酌醴焚枯魚。"燔,烤肉使熟。枯,乾魚。自足,自覺滿意,不侈求。王羲之《三月三日蘭亭詩序》:"當其欣於所遇,暫得於己,快然自足,曾不知老之將至。"

　　陛下應期萬世,接統千祀[二一],三千景附,八百不謀[二二]。臣釁等離心④,功懃同德[二三],泥首在顏,輿棺未毀[二四]。締搆草昧,敢叨天功[二五],獄訟謳歌,示同民志⑤[二六]。而隆器大名,一朝總集[二七],顧己反躬⑥,何以臻此[二八]。政當以接閈白水,列宅舊豐[二九],忘捨講之尤,存諸公之費[三〇],俯拾青紫,豈待明經[三一]?

按,此段言范雲原是投誠之人,並未建立什麼功績,如今平步青雲,只是因與梁武帝乃舊交相識。言取之有愧。

【校　記】

④釁:明州本作"疊"。《文選》呂向注:"疊,隙也。"但如釋爲"罪過",原文之意似更爲順妥,且與"功"相對。疊,訓"罪過",有例可循:袁宏《後漢紀·桓帝紀下》:"罪深疊重,人鬼同疾。"荀綽《晋后略》:"父兄以之罪疊,非正形之謂,局禁以之攢聚,實耽穢之甚。"又,釁也有"罪過"意。《文心雕龍·奏啓》:"路粹之奏孔融,則誣其釁惡。"

⑤同民:《全梁文》作"民同"。

⑥反:明州本作"及"。

【箋　注】

[二一]陛下:謂梁武帝蕭衍。應期:順應期運。曹植《制命宗聖侯孔羨奉家祀碑》:"於赫四聖,運世應期。"萬世:形容時代久遠。《莊子·齊物論》:"萬世之後而一遇大聖知其解者,是旦暮遇之也。"接統千祀:《史記·太史公自序》記司馬談曰:"今天子接千歲之統,封泰山。"祀,年。

〔二二〕三千:《逸周書·殷祝篇》:"湯放桀而復薄,三千諸侯大會。……然後湯即天子之位。"景附:天下之人如影之附於身。景,影。八百不謀:《文選》李善注引《周書》曰:"武王將渡河,中流,白魚入于王舟,王俯取出,俟以祭。不謀同辭,不期同時,一朝會武王於郊下者八百諸侯。"不謀,不商量。《尚書·盤庚中》:"汝不謀長,以思乃災,汝誕勸憂。"

〔二三〕臣釁等離心,功愍同德:《文選》呂向注:"謂如紂臣離心離德也。等,謂己爲齊臣,武王有臣同心同德,言不能爲梁王立功,故愍之。"釁,罪過。離心、同德,《尚書·泰誓中》:"受有億兆夷人,離心離德;予有亂臣十人,同心同德。"

〔二四〕泥首:降者以泥塗首,表示自辱服罪。《後漢書·隗囂公孫述傳論》:"及其謝臣屬,審廢興之命,與夫泥首銜玉者異日談也。"李賢注引干寶《晋紀》曰:"吳王孫皓將其子瑾等,泥首面縛降王濬。"顔,面。輿棺:即輿櫬。降者載棺以隨,以明必死。《左傳·昭公四年》:"賴子面縛銜璧,士袒,輿櫬從之,造於中軍。"

按,蕭衍進攻建康城時,范雲任齊朝國子博士,受侍中張稷之命出迎,故有"臣釁等離心,功愍同德,泥首在顔,輿棺未毁"云云。《梁書·范雲傳》:"及義兵至京邑,雲時在城内。東昏既誅,侍中張稷使雲銜命出城,高祖因留之,便參帷幄,仍拜黄門侍郎,與沈約同心翊贊。"《資治通鑒·齊紀十》:"(張)稷召尚書右僕射王亮等列坐殿前西鍾下,令百僚署牋,以黄油裹東昏首,遣國子博士范雲等送詣石頭。……衍與范雲有舊,即留參帷幄。"

〔二五〕締構、草昧:見《爲武帝初封諸功臣詔》注〔一〕。叨:貪婪。天功:天子之功。《左傳·僖公二十四年》記介之推曰:"竊人之財,猶謂之盜;況貪天之功,以爲己力乎。"

〔二六〕獄訟謳歌:《孟子·萬章上》:"諸侯朝覲者不之堯之子而之舜,獄訟者不之堯之子而之舜,謳歌者不謳歌堯之子而謳歌舜,故曰天也。"獄訟,訴訟。《周禮·地官·大司徒》:"凡萬民之不服教而有獄訟者,與有地治者聽而斷之,其附于刑者歸于士。"鄭玄注:"爭罪曰獄,爭財曰訟。"謳歌,歌頌。民志:民意,民心。《易·履》:"君子以辯上下,定民志。"《文選》呂延濟注釋此二句曰:"獄訟之事與歌謠,皆歸於梁武,所望亦同一人之例爾。"

〔二七〕隆器大名:《左傳·成公二年》:"仲尼聞之曰:'惟器與名,不可以假人。'"器,珪璋。玉制禮器。古代用於朝聘、祭祀。比喻傑出的人才。隆器,比喻才局宏大的人。大名,《莊子·刻意》:"語大功,立大名,禮君臣,正上下,爲治而已矣。"總集:《文選》呂延濟注:"總集,謂集於身,言見任用也。"

[二八]顧己反躬,何以臻此:《文選》呂延濟注:"自顧其身,不堪至此大官。"躬,身。臻,至。

[二九]接閈白水,列宅舊豐:《文選》劉良注:"吳漢與光武同居白水鄉,盧綰與高祖同居酆邑。雲與梁武居止相近,故云也。"《梁書·范雲傳》:"雲與(梁)高祖遇於齊竟陵王子良邸,又嘗接里閈,高祖深器之。"接閈白水,用東漢吳漢典。《東觀漢記·世祖光武皇帝紀》:"世祖光武皇帝,高祖九世孫,承文、景之統,出自長沙定王發,定王生舂陵節侯。舂陵本在零陵郡,節侯孫考侯以土地下濕,元帝時,求封南陽蔡陽白水鄉,因故國名曰舂陵。"《後漢書·光武帝紀》"因置酒舊宅"李賢注:"光武舊宅在今隨州棗阳县東南。宅南二里有白水焉,即張衡所謂'龍飛白水'也。"《東觀漢記·吳漢傳》:"吳漢,字子顏,南陽人。……上亦以其南陽人,漸親之。"閈,音旱。牆垣。張衡《西京賦》:"閈庭詭異,門千戶萬。"列宅舊豐,用西漢盧綰典。《漢書·盧綰傳》:"盧綰,豐人也,與高祖同里。綰親與高祖太上皇相愛,及生男,高祖、綰同日生,里中持羊酒賀兩家。及高祖、綰壯,學書又相愛也。里中嘉兩家親相愛,生子同日,壯又相愛,復賀羊酒。高祖爲布衣時,有吏事避宅,綰常隨上下。及高祖初起沛,綰以客從,入漢爲將軍,常侍中。從東擊項籍,以太尉常從,出入臥內,衣被食飲賞賜,群臣莫敢望。雖蕭、曹等,特以事見禮,至其親幸,莫及綰者。封爲長安侯。"列宅,建置邸宅。左思《詠史》之五:"列宅紫宮裏,飛宇若雲浮。"豐,秦沛縣之豐邑,漢置縣。今江蘇省徐州市豐縣。

[三〇]忘捨講之尤:《後漢書·朱祐傳》:"祐初學長安,帝往候之,祐不時相勞苦,而先升講舍。後車駕幸其第,帝因笑曰:'主人得無捨我講乎?'"後因以"捨講"爲不禮敬客人的典故。存諸公之費:《東觀漢記·世祖光武皇帝紀》:"(光武帝)後之長安,受《尚書》於中大夫廬江許子威。資用乏,與同舍生韓子合錢買驢,令從者僦,以給諸公費。"

[三一]俯拾青紫,豈待明經:《漢書·夏侯勝傳》:"勝每講授,常謂諸生曰:'士病不明經術;經術苟明,其取青紫如俛拾地芥耳。'"此處反其意而言之,指范雲不用明通經術,只因受梁武帝親暱而獲封升官。青紫,卿大夫之服,借指高官顯爵。

臣雲頓首頓首,死罪死皋。夫銓衡之重⑦,關諸隆替⑧[三二],遠惟則哲,在帝猶難⑨[三三]。漢魏以降,達識繼軌⑩[三四],雅俗所歸,唯稱許、郭[三五],拔十得五,尚曰比肩[三六],其餘得失未聞。偶察童幼,天機暫發,顧無足算[三七]。在魏則毛玠公方,居晉則山濤識量[三八],以臣況之,一何遼落[三九]。齊季陵遲⑪,官方淆亂[四〇],鴻都不綱,西園成市[四一]。金章有盈笥之談,華貂深不足之嘆[四二]。草創惟始⑫,義存改作⑬[四三],恭己南面,責成斯在[四四],豈宜妄加寵私,以乏王事[四五]?附蟬之飾,空成寵章[四六],求之公私,授受交失[四七]。

按,此段言辭吏部尚書。吏部尚書權位至重,自古以來難得其人,與前代著名的吏部尚書毛玠、山濤相比,自己能力相差深遠。況且,齊朝末年以來,官場混亂,冗官冗員,梁朝新建,需要整頓官場,自己不堪此重任。

【校　記】

⑦"夫"上文字,《藝文類聚》全無。之:《藝文類聚》作"務"。

⑧闕諸:《藝文類聚》作"闕語",薈要本脫"諸"字。

⑨難:《藝文類聚》作"輕"。

⑩繼:《藝文類聚》作"經"。

⑪"齊"上,《藝文類聚》無"拔十……遼落"四十八字。

⑫"草"上,《藝文類聚》無"鴻都……之嘆"二十二字。

⑬義:《藝文類聚》作"議"。

【箋　注】

[三二]銓衡:考核、選拔(人才)。《三國志·魏書·夏侯玄傳》:"夫官才用人,國之柄也,故銓衡專於臺閣,上之分也。"隆替:盛衰,興廢。潘岳《西征賦》:"人之升降,與政隆替。"

[三三]則哲:見《求薦士詔》注[一〇]。

[三四]達識:指富於才幹、識見者。繼軌:接繼前人之軌迹。李康《運命論》:"前監不遠,覆車繼軌。"

[三五]雅俗:《文選》李善注引《孫綽子》曰:"或問雅俗,曰:'判風流,正位分,涇渭殊流,《雅》《鄭》異調,題帖分明,標榜可觀,斯謂之雅俗矣。'"許、郭:東漢許邵、郭太。《後漢書·郭太傳》:"郭太字林宗,太原界休人也。……性明知人,好獎訓士類。……其獎拔士人,皆如所鑒。"《後漢書·許邵傳》:"許劭字子將,汝南平輿人也。少峻名節,好人倫,多所賞識。……故天下言拔士者,咸稱許、郭。"

[三六]拔十得五:《文選》李善注引習鑿齒《襄陽耆舊傳》曰:"龐統爲郡功曹,性好人倫,每所稱述,多過其中。時人怪,問之,統曰:'方欲興長道

業,不美其談,即聲名不足慕企,不足慕企,即爲善者少。今拔十失五,猶得其半,而可以崇邁世教,使有志自屬。不亦可乎!'"拔,選拔、提拔。諸葛亮《出師表》:"是以先帝簡拔以遺陛下。"比肩:肩挨肩。形容衆多。《戰國策·齊三》:"淳于髡一日而見七人於宣王。王曰:'子來,寡人聞之,千里而一士,是比肩而立。……今子一朝而見七士,則士不亦衆乎!'"

[三七]其餘得失未聞。偶察童幼,天機暫發,顧無足算:《文選》劉良注:"謂許、郭之外,未聞得失也。偶有鑒察童幼之異,天然自知,無足稱數也。"偶,偶然。察,鑒察。天機,猶靈性。謂天賦靈機。《莊子·大宗師》:"其耆欲深者,其天機淺。"顧:表示輕微的轉折,相當於"而""不過"。《戰國策·燕三》:"吾每念,常痛於骨髓,顧計不知所出耳!"足算,意謂足可稱道。《論語·子路》:"斗筲之人,何足算也?"

[三八]在魏則毛玠公方:《三國志·魏書·毛玠傳》:"毛玠字孝先,陳留平丘人也。……太祖爲司空丞相,玠嘗爲東曹掾,與崔琰並典選舉。其所舉用,皆清正之士,雖於時有盛名而行不由本者,終莫得進。務以儉率人,由是天下之士莫不以廉節自勵,雖貴寵之臣,輿服不敢過度。太祖歎曰:'用人如此,使天下人自治,吾復何爲哉!'……魏國初建,爲尚書僕射,復典選舉。"裴松之注引《先賢行狀》曰:"玠雅亮公正,在官清恪。其典選舉,拔貞實,斥華僞,進遜行,抑阿黨。諸宰官治民功績不著而私財豐足者,皆免黜停廢,久不選用。于時四海翕然,莫不勵行。至乃長吏還者,垢面羸衣,常乘柴車。軍吏入府,朝服徒行。人擬壺飧之絜,家象濯纓之操,貴者無穢欲之累,賤者絕姦貨之求,吏絜于上,俗移乎下,民到于今稱之。"公方,公正方直。《漢書·杜周傳》:"近諂諛之人而遠公方,信讒賊之臣以誅忠良。"居晉則山濤識量:《晉書·山濤傳》:"山濤字巨源,河內懷人也。……逼迫詔命,自力就職(吏部尚書)。前後選舉,周徧內外,而並得其才。……濤再居選職十有餘年,每一官缺,輒啓擬數人,詔旨有所向,然後顯奏,隨帝意所欲爲先。故帝之所用,或非舉首,衆情不察,以濤輕重任意。或譖之於帝,故帝手詔戒濤曰:'夫用人惟才,不遺疏遠單賤,天下便化矣。'而濤行之自若,一年之後衆情乃寢。濤所奏甄拔人物,各爲題目,時稱《山公啓事》。"識量,識見度量。《晉書·阮咸傳》:"太原郭奕高爽有識量,知名於時。"

[三九]況:比擬。況,同"況"。《論衡·論死》:"案火滅不能復燃以況之,死人不能復爲鬼,明矣。"一何:何其,多麼。《陌上桑》:"使君一何愚。"遼落:差別很大,懸殊。

"在魏"四句,《文選》李周翰注:"毛玠,魏尚書,典選舉用公方清正之士;山濤,晉吏部尚書,亦取正直之人。以我比二賢,一何遼落而不相及也。"

[四〇]季：末也。《國語·晋語》"雖當三季之王"韋昭注："季，末也。"
陵遲：零落，衰敗。《毛詩序》："禮義陵遲。"《史記·張釋之馮唐列傳》："以
故不聞其過，陵遲而至於二世，天下土崩。"官方：作官應守的常道。《國
語·晋語四》："舉善授能，官方定物。"殽亂：混亂，混淆。《莊子·齊物論》：
"自我觀之，仁義之端，是非之塗，樊然殽亂，吾惡能知其辯！"賈誼《治安
策》："天下殽亂，高皇帝與諸公並起，非有仄室之勢以豫席之也。"

[四一]鴻都：《文選》李善注引華嶠《後漢書》曰："元和元年，置鴻都門
學，其諸生皆敕州、郡、三公舉用辟召，或出爲刺史、太守，入爲尚書、侍中，乃
有封侯賜爵者，士君子皆恥與爲列焉。"《後漢書·靈帝紀》："（光和元年）
始置鴻都門學生。"李賢注："鴻都，門名也，於内置學。時其中諸生，皆敕
州、郡、三公舉召能爲尺牘辭賦及工書鳥篆者相課試，至千人焉。"不綱：《論
語·述而》："子釣而不綱。"後以"不綱"謂朝廷失去綱紀，政治混亂。《漢
書·叙傳下》："秦人不綱，罔漏於楚。"《後漢書·崔寔傳》："靈帝時，開鴻
都門榜賣官爵，公卿州郡下至黄綬各有差。其富者則先入錢，貧者到官而後
倍輸，或因常侍、阿保別自通達。"西園成市：《文選》李善注引《漢記》曰："靈帝
即位，太后臨朝，於西園賣官，自關内侯以下入錢各有差。"《後漢書·皇后
紀》："及竇太后崩，（董皇后）始與朝政，使（靈）帝賣官求貨，自納金幣，盈
滿堂室。"任昉《爲梁武帝檢尚書衆曹昏朝滯事令》《爲梁武帝斷華侈令》分
别記東昏侯販官曰："鬻獄販官。""販官鬻爵。"《南齊書·東昏侯紀》記東
昏侯曾於芳林苑立集市："又於（芳林）苑中立市，太官每旦進酒肉雜肴，使
宫人屠酤，潘氏爲市令，帝爲市魁，執罰，爭者就潘氏決判。"

[四二]金章有盈笥之談：《文選》李善注："未詳。"《晋趙王倫爲亂時
謡》："金章滿箱，尚不可長。"序曰："趙王倫爲亂，謡曰云云。言小人在位者
衆。"金章，銅印。鮑照《建除詩》："開壞襲朱紱，左右佩金章。"笥，盛衣器。
華貂深不足之嘆：《文選》李善注引虞預《晋録》曰："趙王倫篡位，時侍中常
侍九十七人。每朝，小人滿庭，貂蟬半座。時人謡曰：貂不足，狗尾續。"《晋
書·趙王倫傳》："倫……乃僭即帝位……是歲，賢良方正、直言、秀才、孝
廉、良將皆不試；計吏及四方使命之在京邑者，太學生年十六以上及在學二
十年，皆署吏；郡縣二千石令長赦日在職者，皆封侯；郡綱紀並爲孝廉，縣綱
紀爲廉吏。以世子荂爲太子，馥爲侍中、大司農、領護軍、京兆王，虔爲侍中、
大將軍領軍、廣平王，詡爲侍中、撫軍將軍、霸城王，孫秀爲侍中、中書監、驃
騎將軍、儀同三司，張林等諸黨皆登卿將，並列大封。其餘同謀者咸超階越
次，不可勝紀，至於奴卒廝役亦加以爵位。每朝會，貂蟬盈坐，時人爲之諺

曰：‘貂不足，狗尾續。’”華貂，侍中、常侍等貴近之臣的冠飾。《後漢書·輿服志下》：“侍中、中常侍加黃金璫，附蟬爲文，貂尾爲飾，謂之‘趙惠文冠’。”

“鴻都”四句，言東昏侯時朝綱紊亂，賣官鬻爵，致使冗員雜陳。

［四三］草創：開始興辦，創建。《漢書·律曆志上》：“漢興，方綱紀大基，庶事草創，襲秦正朔。”改作：更改，變更。《論語·先進》：“魯人爲長府。閔子騫曰：‘仍舊貫，如之何？何必改作！’”

［四四］恭己南面：《論語·衛靈公》：“子曰：‘無爲而治者，其舜也與？夫何爲哉？恭己正南面而已矣。’”恭己，謂恭謹以律己。南面，古代以坐北朝南爲尊位，故帝王諸侯見群臣，或卿大夫見僚屬，皆面向南而坐，因用以指居帝王或諸侯、卿大夫之位。《易·説卦》：“聖人南面而聽天下，嚮明而治。”責成：《淮南子·主術訓》：“人主之術，處無爲之事，而行不言之教：清靜而不動，一度而不搖，因循而任下，責成而不勞。”

“草創”四句，《文選》劉良注：“言初造國政，當存改敝風，天子南面恭己而已，選任賢能，責成於此尚書。”

［四五］妄加寵私：以私恩而加尊寵。乏：荒廢，耽誤。《莊子·天地》：“子往矣，無乏吾事。”王事：《詩·小雅·北山》：“四牡彭彭，王事傍傍。”

［四六］附蟬之飾：漢侍中、中常侍冠飾，金質，蟬形。金取堅剛，蟬取居高飲潔義。《漢書·燕刺王旦傳》：“郎中侍從者著貂羽，黃金附蟬，皆號侍中。”顏師古注：“附蟬，爲金蟬以附冠前也。”借指尊官。寵章：見《爲齊明帝讓宣城郡公表》注［二七］。

［四七］求之公私，授受交失：《文選》李周翰注：“無材而蒙此者，於公則失授，於私則失受。”

　　　近世侯者，功緒參差［四八］：或足食關中，或成軍河内⑭［四九］，或制勝帷幄，或門人加親［五〇］，或與時抑揚，或隱若敵國［五一］，或策定禁中，或功成埶戰［五二］，或盛德如卓茂，或師道如桓榮［五三］，或四姓侍祠⑮，已無足紀⑯［五四］，五侯外戚，且非舊章［五五］。而臣之所附，唯在恩澤⑰［五六］，既義異疇庸，實榮乖儒者，雖小人貪幸，豈獨無心［五七］。

按，此段言範雲封侯不合慣例，唯在恩澤。

【校　記】

⑭“内”下，《藝文類聚》無“或制勝……埶戰”三十字。

⑮“四”上，《藝文類聚》無“或”字。祠：信述堂本、明州本、張燮本與薈

要本作“祀”,今從《藝文類聚》與《全梁文》。

　　⑯足:《藝文類聚》作“定”。

　　⑰“澤”下,《藝文類聚》無“既義……無心”一十九字。

【箋　注】

　　[四八]功緒:功業,功績。《周禮·天官·宮正》:“稽其功緒。”鄭玄注:“功,吏職也;緒,其志業。”

　　[四九]足食關中:《史記·蕭相國世家》:“漢王引兵東定三秦,何以丞相留收巴蜀,填撫諭告,使給軍食。漢二年,漢王與諸侯擊楚,何守關中……關中事計户口轉漕給軍,漢王數失軍遁去,何常興關中卒,輒補缺。上以此專屬任何關中事。……漢五年,既殺項羽,定天下,論功行封。群臣爭功,歲餘功不決。高祖以蕭何功最盛,封爲鄷侯,所食邑多。”足食,食糧豐足。《孫子兵法·九地篇》:“掠於饒野,三軍足食。”成軍河内:《後漢書·寇恂傳》:“乃拜恂河内太守,行大將軍事。光武謂恂曰:‘河内完富,吾將因是而起。昔高祖留蕭何鎮關中,吾今委公以河内,堅守轉運,給足軍糧,率屬士馬,防遏它兵,勿令北度而已。’光武於是復北征燕、代。恂移書屬縣,講兵肄射,伐淇園之竹,爲矢百餘萬,養馬二千匹,收租四百萬斛,轉以給軍。……封恂雍奴侯,邑萬户。”

　　[五〇]制勝帷幄:《史記·留侯世家》:“漢六年正月,封功臣。良未嘗有戰鬬功,高帝曰:‘運籌策帷帳中,決勝千里外,子房功也。自擇齊三萬户。’……乃封張良爲留侯。”門人加親:《後漢書·鄧禹傳》:“光武即位於鄗,使使者持節拜禹爲大司徒。策曰:‘制詔前將軍禹:深執忠孝,與朕謀謨帷幄,決勝千里。孔子曰:“自吾有回,門人日親。”斬將破軍,平定山西,功效尤著。百姓不親,五品不訓,汝作司徒,敬敷五教,五教在寬。今遣奉車都尉授印綬,封爲鄷侯,食邑萬户。敬之哉!’”

　　[五一]與時抑揚:《漢書·叙傳下》:“叔孫奉常,與時抑揚。税介免胄,禮義是創。”《文選》吕延濟注:“漢叔孫通以抑揚禮教,拜稷嗣君。”此説非是。劉邦拜叔孫通爲博士、號稷嗣君,是因爲叔孫通向其進薦“諸故群盜壯士”。“與時抑揚”,是指叔孫通能隨形勢的變化而向劉邦舉薦不同人才,提出不同建議。《史記·叔孫通列傳》:“漢二年,漢王從五諸侯入彭城,叔孫通降漢王。漢王敗而西,因竟從漢。叔孫通儒服,漢王憎之;迺變其服,服短衣,楚製,漢王喜。叔孫通之降漢,從儒生弟子百餘人,然通無所言進,專言諸故群盜壯士進之。弟子皆竊罵曰:‘事先生數歲,幸得從降漢,今不能進臣等,專言大猾,何也?’叔孫通聞之,迺謂曰:‘漢王方蒙矢石争天下,諸生

寧能鬭乎？故先言斬將搴旗之士。諸生且待我，我不忘矣。'漢王拜叔孫通爲博士，號稷嗣君。漢五年，已并天下，諸侯共尊漢王爲皇帝於定陶，叔孫通就其儀號。高帝悉去秦苛儀法，爲簡易。群臣飲酒爭功，醉或妄呼，拔劍擊柱，高帝患之。叔孫通知上益厭之也，説上曰：'夫儒者難與進取，可與守成。臣願徵魯諸生，與臣弟子共起朝儀。'高帝曰：'得無難乎？'叔孫通曰：'五帝異樂，三王不同禮。禮者，因時世人情爲之節文者也。故夏、殷、周之禮所因損益可知者，謂不相復也。臣願頗采古禮與秦儀雜就之。'上曰：'可試爲之，令易知，度吾所能行爲之。'於是叔孫通使徵魯諸生三十餘人。魯有兩生不肯行，曰：'公所事者且十主，皆面諛以得親貴。今天下初定，死者未葬，傷者未起，又欲起禮樂。禮樂所由起，積德百年而後可興也。吾不忍爲公所爲。公所爲不合古，吾不行。公往矣，無汙我！'叔孫通笑曰：'若真鄙儒也，不知時變。'遂與所徵三十人西，及上左右爲學者與其弟子百餘人爲緜蕝野外。習之月餘，叔孫通曰：'上可試觀。'上既觀，使行禮，曰：'吾能爲此。'迺令群臣習肄，會十月。漢七年，長樂宮成，諸侯群臣皆朝十月。儀……御史執法舉不如儀者輒引去。竟朝置酒，無敢讙譁失禮者。於是高帝曰：'吾乃今日知爲皇帝之貴也。'迺拜叔孫通爲太常，賜金五百斤。叔孫通因進曰：'諸弟子儒生隨臣久矣，與臣共爲儀，願陛下官之。'高帝悉以爲郎。叔孫通出，皆以五百斤金賜諸生。諸生迺皆喜曰：'叔孫生誠聖人也，知當世之要務。'"隱若敵國：《東觀漢記·吳漢傳》："吳漢性忠厚，篤於事上，自初從征伐，常在左右，上未安，則側足屏息，上安然後退舍。兵有不利，軍營不完，漢常獨繕檠其弓戟，閱其兵馬，激揚吏士。上時令人視吳公何爲，還言方作戰攻具，上常曰：'吳公差強人意，隱若一敵國矣。'封漢廣平侯。"隱若一敵國矣，《漢書·吳漢傳》"隱若一敵國矣"李賢注："隱，威重之貌。言其威重若敵國。《前書》周亞夫謂劇孟曰：'大將得之，若一敵國矣。'"

[五二]策定禁中：《文選》李善注引《東觀漢記·鄧隲傳》曰："殤帝崩，惟安帝宜承大統。車騎將軍鄧隲定策禁中，封隲爲上蔡侯。"功成埜戰：《史記·曹相國世家》："以高祖六年賜爵列侯，與諸侯剖符，世世勿絕。食邑平陽萬六百三十户，號曰平陽侯，除前所食邑。……太史公曰：'曹相國參攻城野戰之功所以能多若此者，以與淮陰侯俱。'"

[五三]盛德如卓茂：《後漢書·卓茂傳》："卓茂字子康，南陽宛人也。……性寬仁恭愛。鄉黨故舊，雖行能與茂不同，而皆愛慕欣欣焉。初辟丞相府史，事孔光，光稱爲長者。……後以儒術舉爲侍郎，給事黃門，遷密令。勞心諄諄，視人如子，舉善而教，口無惡言，吏人親愛而不忍欺之。……茂到縣，有所廢置，吏人笑之，鄰城聞者皆蚩其不能。河南郡爲置守令，茂不

爲嫌，理事自若。數年，教化大行，道不拾遺。平帝時，天下大蝗，河南二十
餘縣皆被其災，獨不入密縣界。……光武初即位，先訪求茂，茂詣河陽謁見。
乃下詔曰：‘前密令卓茂，束身自修，執節淳固，誠能爲人所不能爲。夫名冠
天下，當受天下重賞，故武王誅紂，封比干之墓，表商容之閭。今以茂爲太
傅，封襃德侯，食邑二千户，賜几杖車馬，衣一襲，絮五百斤。’”盛德，見《禪
梁甀書》注[三九]。師道如桓榮：《後漢書・桓榮傳》：“桓榮字春卿，沛郡
龍亢人也。少學長安，習《歐陽尚書》，事博士九江朱普。……建武十九年，
年六十餘，始辟大司徒府。時顯宗始立爲皇太子，選求明經……帝即召榮，
令説《尚書》，甚善之。拜爲議郎，賜錢十萬，入使授太子。……二十八
年……以榮爲少傅……榮以太子經學成畢，上疏謝曰：‘……臣師道已盡，
皆在太子，謹使掾臣汜再拜歸道。’……顯宗即位，尊以師禮，甚見親重……
永平二年……乃封榮爲關内侯，食邑五千户。”《東觀漢記・桓榮傳》：“明帝
詔曰：‘五更沛國桓榮，以《尚書》輔朕十有餘年。詩云：“日就月將，示我顯
德行。”其賜爵關内侯，食邑五千户。’”師道，求師從師之道。

　　[五四]四姓侍祠：《文選》李善注引應劭《漢官典職》曰：“四姓侍祠
侯。”《顏氏家訓・書證》：“《漢明帝紀》：‘爲四姓小侯立學。’按……明帝
時，外戚有樊氏、郭氏、陰氏、馬氏爲四姓。謂之小侯者，或以年小獲封，故須
立學耳。或以侍祠猥朝，侯非列侯，故曰小侯。”足紀：《史記・漢興以來諸
侯王年表・索隱述贊》：“仁賢足紀，忠烈斯彰。”

　　[五五]五侯外戚：《漢書・元后傳》：“河平二年，上（漢成帝）悉封舅
（王）譚爲平阿侯，商成都侯，立紅陽侯，根曲陽侯，逢時高平侯。五人同日
封，故世謂之‘五侯’”。外戚，帝王的母族、妻族。《史記・外戚世家》：“自
古受命帝王及繼體守文之君，非獨内德茂也，蓋亦有外戚之助焉。”且非舊
章：《文選》劉良注：“言此非漢本約，故云非舊本約，故云非舊章。”舊章，見
《爲武帝追封丞相長沙王詔》注[一]。

　　[五六]臣之所附，唯在恩澤：《文選》劉良注：“漢有恩澤侯，無功勳但以
恩澤而封侯。言我今封在於此。”《漢書・外戚恩澤侯表》：“公孫弘自海瀕
而登宰相，於是寵以列侯之爵。”恩澤，帝王或朝廷給予臣民的恩惠。言其
如雨露之澤及萬物，故云。《逸周書・時訓》：“大雨不時行，國無恩澤。”

　　[五七]既義異疇庸，實榮乖儒者，雖小人貪幸，豈獨無心：《文選》李周
翰注：“疇，酬；庸，功也。言我無功可酬，又非儒德，雖小人之性貪幸爵禄，
豈獨無愧於心者哉?”疇庸，酬報功勞。陸機《高祖功臣頌》：“帝疇爾庸，後
嗣是膺。”小人，舊時男子對地位高於己者自稱的謙詞。《左傳・隱公元
年》：“小人有母，皆嘗小人之食矣，未嘗君之羹。”貪幸：貪求寵幸。豈獨：難

道只是,何止。《左傳·成公十六年》:"君唯不遺德刑,以伯諸侯,豈獨遺諸敝邑,敢私布之。"無心:無有愧心。

臣本自諸生,家承素業[五八],門無富貴,易農而仕[五九]。乃祖玄平,道風秀世,爰在中興,儀刑多士,位裁元凱,任止牧伯[六〇]。高祖少連,夙秉高尚,所富者義,所乏者時⑱,薄宦東朝,謝病下邑[六一]。先志不忘,愚臣是庶[六二]。且去歲冬初⑲,國學之老博士耳[六三],今茲首夏,將亞冢司[六四],雖千秋之一月九遷⑳,荀爽之十旬遠至[六五],方之微臣,未爲速達㉑[六六]。臣雖無識,唯利是視[六七],至於虧名損實,爲國爲身,知其不可,不敢妄冒[六八]。

按,此段從范雲祖上家風方面言其不堪吏部尚書與霄城縣開國侯之封。

【校　記】

⑱者:明州本作"非"。

⑲"且"上,《藝文類聚》無"臣本……是庶"七十三字。

⑳月:明州本、李善本、《藝文類聚》與《全梁文》作"日"。《文選》李善注:"然日當爲月字之誤也。"

㉑"達"下,《藝文類聚》無"臣雖……妄冒"二十六字。

【箋　注】

[五八]諸生:書生。《後漢書·班超傳》:"行詣相者,曰:'祭酒,布衣諸生耳,而當封侯萬里之外。'"素業:先世所遺之業。舊時多指儒業。《文選》張銑注:"謂朴素之業也。"董仲舒《士不遇賦》:"孰若反身於素業,莫隨世而輪轉。"

[五九]易農而仕:《漢書·東方朔傳》記其戒子曰:"飽食安步,以仕易農。"

[六〇]乃祖玄平,道風秀世,爰在中興,儀刑多士,位裁元凱,任止牧伯:《文選》李善注引《晉中興書》曰:"范汪,字玄平。善言玄理。爲吏部郎,徙吏部尚書、徐兗二州刺史也。"《文選》呂向注:"玄平,范雲高祖之父也。"《梁書·范雲傳》:"范雲……晉平北將軍汪六世孫也。"乃祖,先祖。道風,謂妙達玄理。秀世,秀異超世。中興,《詩·大雅·烝民》《毛詩序》:"任賢使能,周室中興焉。"此處指東晉。儀刑:見《爲齊明帝讓宣城郡公表》注[二五]。多士:眾士。《尚書·多士》:"爾殷遺多士。"裁,同"才"。元凱,"八

元八凱"的省稱。《左傳·文公十八年》："昔高陽氏有才子八人……天下之民謂之八愷。高辛氏有才子八人……天下之民謂之八元。"《文選》李善注："尚書,即古元凱也。"牧伯,州郡長官。《漢書·朱博傳》："今部刺史居牧伯之位,秉一州之統,選第大吏,所薦位高至九卿,所惡立退,任重職大。"

[六一]少連:《文選》李善注引王僧孺《范氏譜》曰："汪生少連。"凤秉:天性,本心。高尚:《文選》吕延濟注："高尚,不仕也。"《易·蠱》:"不事王侯,高尚其事。"所富者義:皇甫謐《高士傳·段干木》:"段干木者,晋人也。……守道不仕。魏文侯……曰:'……干木富乎義,寡人富乎財。勢不若德貴,財不若義高。'"所乏者時:指生不逢時。《史記·李將軍列傳》:"文帝曰:'惜乎,子不遇時!'"薄宦東朝:《文選》吕延濟注:"謂經任宋太子諮議郎也。"李善注引王僧孺《范氏譜》曰:"少連,太子舍人、餘杭令。"薄宦,陶潛《尚長禽慶贊》:"尚子昔薄宦,妻孥共早晚。"逯欽立注:"薄宦,作下吏。"東朝,即東宮,太子所居。《文選》顏延之《應詔宴曲水作詩》:"君彼東朝,金昭玉粹。"李善注:"東朝,東宮也。"謝病:托病引退或謝絕賓客。《戰國策·秦三》:"應侯因謝病,請歸相印。"下邑:國都以外的城邑。《春秋·莊公二十八年》"冬,築郿"杜預注:"郿,魯下邑。"孔穎達疏:"國都爲上,邑爲下,故云魯下邑。"

[六二]先志不忘,愚臣是庶:《文選》劉良注:"先祖隱逸之志,將庶幾不忘之。"愚臣,大臣對君主自稱的謙詞。《韓非子·存韓》:"願陛下幸察愚臣之計,無忽。"庶,希冀。

[六三]去歲冬初,國學之老博士:《梁書·范雲傳》:"永元二年,起爲國子博士。"國學,古代指國家設立的學校。《周禮·春官·樂師》:"樂師掌國學之政,以教國子小舞。"博士,古代學官名。

[六四]今茲首夏,將亞冢司:《梁書·武帝紀中》:"天監元年夏四月丙寅,高祖即皇帝位於南郊。"《梁書·范雲傳》:"天監元年,高祖受禪……是日,遷散騎常侍、吏部尚書。"今茲,今年。《左傳·僖公十六年》:"今茲魯多大喪,明年齊有亂。"杜預注:"今茲,此歲。"首夏,初夏。指農曆四月。曹丕《槐賦》:"伊暮春之既替,即首夏之初期。"亞,次。冢司,丞相的別稱。

[六五]千秋之一月九遷:《漢書·車千秋傳》:"車千秋,本姓田氏,其先齊諸田徙長陵。千秋爲高寢郎。會衛太子爲江充所譖敗,久之,千秋上急變訟太子冤……是時,上頗知太子惶恐無他意,乃大感寤,召見千秋。至前,千秋長八尺餘,體貌甚麗,武帝見而說之,謂曰:'父子之間,人所難言也,公獨明其不然。此高廟神靈使公教我,公當遂爲吾輔佐。'立拜千秋爲大鴻臚。數月,遂代劉屈氂爲丞相,封富民侯。千秋無他材能術學,又無伐閱功勞,特

以一言寤意,旬月取宰相封侯,世未嘗有也。"《文選》李善注引《東觀漢記·馬援傳》曰:"馬援《與揚廣書》曰:車丞相高寢郎,一月九遷爲丞相者,知武帝恨誅衛太子,上書訟之。"荀爽之十旬遠至:《後漢書·荀爽傳》:"爽字慈明……獻帝即位,董卓輔政,復徵之。爽欲遁命,吏持之急,不得去,因復就拜平原相。行至宛陵,復追爲光禄勳。視事三日,進拜司空。爽自被徵命及登臺司,九十五日。"旬,十日。《尚書·堯典》:"三百有六旬有六日。"

　　[六六]方:比擬。《禮記·檀弓上》:"方喪三年。"孔穎達疏:"方,謂比方也。"微臣:卑賤之臣。常用作謙詞。《後漢書·文苑傳上·崔琦》:"微臣司戚,敢告在斯。"速達:迅速得志顯貴,升官快。《抱朴子·刺驕》:"恣驕放者樂且易,而爲者皆速達焉。"

　　[六七]無識:無知。《孫子兵法·九地篇》:"易其事,革其謀,使人無識。"唯利是視:《晉書·溫嶠傳》:"蘇峻小子,惟利是視。"

　　[六八]虧名損實:名和實都受到損失。妄冒:欺冒。

　　　陛下不棄菅蒯㉒,愛同絲麻[六九]。儻平生之言,猶在聽覽㉓[七〇],宿心素志,無復貳辭[七一],矜臣所乞㉔,特廻寵命[七二],則彝章載穆,微物知免㉕[七三]。臣今在假,不容詣省㉖[七四],不任荷懼之至,謹奉表以聞㉗[七五]。臣雲誠惶以下。

【校　記】

㉒菅:信述堂本與張燮本作"管",誤。今據明州本、《藝文類聚》、薈要本與《全梁文》改。

㉓"覽"下,《藝文類聚》無"宿心素志無復貳辭"八字。

㉔矜:明州本作"徵"。

㉕免:李善本作"表"。

㉖詣:信述堂本與薈要本作"請",誤。今據明州本、張燮本與《全梁文》改。

㉗"聞"下,信述堂本、明州本、張燮本、薈要本無"臣雲誠惶以下"六字,今據李善本、《初學記》與《全梁文》補。

【箋　注】

　　[六九]不棄菅蒯:《左傳·成公九年》:"《詩》曰:'雖有絲麻,無棄菅蒯。'"此詩爲逸詩。菅蒯,茅草之類。比喻微賤人物。絲麻:比喻賢良。

　　[七〇]儻:表示假設,相當於"倘若""如果"。平生之言:《文選》呂延

濟注：“謂與帝相知之時，有隱逸之言。”聽覽：猶耳目也。

　　［七一］宿心：《文選》嵇康《幽憤詩》：“内負宿心，外惡良朋。”吕向注：“宿心，謂宿昔本心也。”素志：平素的志願。《三國志·魏書·荀彧傳》：“雖禦難于外，乃心無不在王室，是將軍匡天下之素志也。”無復貳辭：《文選》吕延濟注：“謂將不移平生之言也。”貳辭，謂改變過去的話。

　　［七二］矜：憐憫，同情。《詩·小雅·鴻雁》：“爰及矜人。”乞：請。寵命：尊崇之命，加恩特賜的任命。李密《陳情表》：“今臣亡國賤俘，至微至陋，過蒙拔擢，寵命優渥。”

　　［七三］彝章：常典，舊典。彝，同“彝”。載穆：和穆。微物：自稱之謙詞。免：謂免於咎責也。

　　［七四］在假：在假期中。不容：不允許。《左傳·昭公元年》：“五降之後，不容彈矣。”省：王宫禁署，禁中。蔡邕《獨斷》：“禁中者，門户有禁，非侍御者不得入，故曰禁中。孝元皇后父大司馬陽平侯名禁，當時避之，故曰省中。”

　　［七五］不任：猶不勝。沈約《謝賜甘露啓》：“慈旨曲洽，頒此祥賚，不任欣賀。”荷懼：見《爲齊明帝讓宣城郡公表》注［四一］。

爲褚諮議蓁讓代兄襲封表一①

【題　解】

　　《文選·爲褚諮議蓁讓代兄襲封表》題下吕向注：“蓁，南康郡公褚淵嫡子，少出外繼。有庶兄賁襲爵，蓁既長大，賁上表請歸封於蓁，天子許焉，而蓁上此表讓於賁也。”《南齊書·褚淵傳》：“蓁字茂緒。永明中，解褐爲員外郎，出爲義興太守。八年，改封巴東郡侯⁽一⁾。明年，表讓封還賁子霽，詔許之。建武末，爲太子詹事，度支尚書，領軍將軍。永元元年，卒，贈太常，諡穆。”《南齊書·褚淵傳》：“（永明）六年，（賁）上表稱疾，讓封與弟蓁，世以爲賁恨淵失節於宋室，故不復仕。”《南史·褚裕之傳附彦回子賁》：“長子賁字蔚先，少耿介。父輩袁粲等附高帝，賁深執不同，終身愧恨之，有棲退之志。位侍中。彦回薨，服闋，見武帝，賁流涕不自勝。上甚嘉之，以爲侍中、領步兵校尉、左户尚書。常謝病在外，上以此責之，遂諷令辭爵，讓與弟蓁，

　　───────────────

（一）《南齊書·武十七王傳·南康王子琳》：“永明七年，封宣城王。明年，上改南康公褚蓁以封子琳。”錢大昕《廿二史考異》云：“彦回本封南康郡公，蓁初襲父爵，至是以南康爲王國，而改蓁爲巴東公，見《齊武帝諸子傳》。此云郡侯，恐誤。”

仍居墓下。”綜合二史記載及《爲褚諮議蓁讓代兄襲封表一》褚蓁明知此因，反復强調自己出繼傍統，以爲讓封藉口。《文選·爲褚諮議蓁讓代兄襲封表》題下李善注：“然此表與集詳略不同，疑是藁本，辭多冗長。”

《文選·爲褚諮議蓁讓代兄襲封表》題下李善注：“蕭子顯《齊書》曰：‘褚蓁，字茂緒，爲義興太守，改封巴東郡，表讓封賁子霄，詔許之。’”實誤。從此表内容看，是讓“南康郡公”與褚賁無疑，且褚賁永明七年卒（四八九），則此表與《爲褚諮議蓁讓代兄襲封表二》《爲褚諮議蓁讓代兄襲封表》皆作於永明六年（四八八）。從此表“一昨被司徒符，稱詔旨許臣兄賁所請，以臣紹封南康郡公”，與《爲褚諮議蓁讓代兄襲封表》“昨被司徒符印，仰稱詔旨，許臣兄賁所請，以臣襲封南康郡公”推斷，這兩首表，都是在褚賁出於武帝“諷令辭爵”之意讓爵位與弟蓁后，蓁請任昉代作讓封（至於兩表文字有差異，有可能如李善所言“此表與集詳略不同，疑是藁本”），武帝自然不會允許，因此才有第二次上表，即《爲褚諮議蓁讓代兄襲封表二》，由第二次上表中所言“近冒披歔，庶蒙哀亮，奉被還詔，未垂矜允，伏讀周遑，罔寘心誠”可證。這兩次讓封，無論是讓與褚賁，還是褚賁之子霄，武帝都没有允許，因此才有永明八年（四九〇）褚蓁改封巴東公後、永明九年（四九一）“讓封與賁子霄，詔許之”之事，讓的是巴東公爵，當另有讓表。《南史·齊武帝諸子傳》：“子琳以母寵故最見愛。……及應封，而好郡已盡，乃以宣城封之。既而以宣城屬揚州，不欲爲王國，改封南康公褚蓁爲巴東公，以南康爲王國封子琳。”

襲封：子孫承襲先代的封爵。《東觀漢記·丁鴻傳》：“丁鴻父綝從征伐，鴻獨與弟盛居，憐盛幼小而共寒苦。及綝卒，鴻當襲封，上書讓國於盛。”

　　一昨被司徒符印②[一]，稱詔旨許臣兄賁所請③，以臣紹封南康郡公[二]。臣世屬啓聖，運偶時來[三]，尚德疇庸，先錫土宇[四]。臣賁載世承家，兄居長德[五]，而量己夙退，内事園蔬[六]，以臣行達幽明，早酷荼苦[七]。賁天倫冥至④，友愛淊深，非直引瘠推温⑤[八]，故能逃迹讓位⑥，鞠育提養，以及人次[九]，事死讓生，尚均脱屣[一〇]，取信十室，本若錙銖[一一]。乃遠謬推恩，近霑庸薄[一二]，能以國讓，弘義有歸[一三]，匹夫難奪，守以弗二⑦[一四]。昔武始迫家臣之策，陵陽感鮑子之言⑧，張以誠請，丁爲理屈[一五]。且大宗絶緒，命臣出繼傍統[一六]，稟承在昔，理絶終天[一七]，永懷情事，觸感崩裂[一八]。伏惟陛下俯權孤門哀榮之重，爰奪臣賁一至之輕[一九]，察其丹欵，特賜停絶[二〇]。至公允穆,微臣克幸[二一]。

【校 記】

①爲褚諮議蓁讓代兄襲封表一:《藝文類聚》作"爲褚蓁代兄襲封表"。《全梁文》此文繫於《爲褚諮議蓁讓代兄襲封表》後,然無題目,并案曰:"此表較《文選》所載多出百餘字。"

②昨:《藝文類聚》與《全梁文》作"日"。

③旨:《藝文類聚》作"二日",疑是"旨"字之誤。

④冥:《藝文類聚》與《全梁文》作"契"。

⑤瘠:《藝文類聚》與《全梁文》作"堉"。

⑥"逃"上,《全梁文》無"能"字。

⑦弗:《藝文類聚》與《全梁文》作"勿"。

⑧子:《全梁文》作"生"。

【箋 注】

[一]一昨:前些日子。《淳化閣帖八》王羲之帖:"多日不知君問,得一昨書,知君安善爲慰。"司徒:《通典·職官二》:"司徒,古官。……周時,司徒爲地官,掌邦教。秦置丞相,省司徒。漢初因之。至哀帝元壽二年,罷丞相,置大司徒。後漢大司徒主徒衆,教以禮義。凡國有大疑大事,與太尉同。建武二十七年,去'大',爲司徒公。建安末爲相國。魏黄初元年,改爲司徒。晋司徒與丞相通職,更置迭廢,未嘗並立。至永嘉元年,始兩置焉。宋制:司徒金章紫綬,進賢三梁冠,佩山玄玉。掌治民事,郊祀則省牲,視滌濯,大喪安梓宫。凡四方功課,歲盡則奏其殿最而行賞罰,亦與丞相並置。齊司徒之府,領天下州郡名數,户口簿籍。梁罷丞相,置司徒,歷代皆有。至後周,以司徒爲地官,謂之大司徒卿,掌邦教,職如《周禮》。隋及大唐復爲三公。"符印:符節印信等憑證物的統稱。

[二]詔旨:詔書,聖旨。《後漢書·周舉傳》:"群臣議者多謂宜如詔旨。"紹封:由庶子孫或其他親族子弟襲爵。由此表"大宗絶緒,命臣出續傍統"可知,褚蓁早已出繼,故云"紹封"。《晋書·宣五王傳·廣漢王廣德》:"廣漢殤王廣德,年二歲薨。咸寧初追加封謚,齊王攸以第五子贊紹封。"《宋書·朱齡石傳》:"子景符嗣。景符卒,子祖宣嗣,坐輒之封,八年不反,及不分姑國秩,奪爵。更以祖宣弟隆紹封。齊受禪,國除。"

[三]啓聖:《宋書·禮志四》:"太傅江夏王以爲:'……章皇太后誕神啓聖,禮備中興。'"運偶:幸運,遇合。

　　[四]疇庸：見《爲范尚書讓吏部封侯表》注[五七]。先錫土宇：謂封褚淵南康郡公。潘岳《楊荆州誄》：“用錫土宇，膺茲顯秩。”錫，賞賜、賜給。《詩·大雅·既醉》：“孝子不匱，永錫爾類。”

　　[五]載世承家：《後漢書·張曹鄭傳贊》：“富平之緒，承家載世。”載世，歷代、累世。承家，承繼家業。《易·師》：“開國承家，小人勿用。”長德：年長而有德。《左傳·昭公二十六年》：“昔先王之命曰：‘王后無適，則擇立長。年鈞以德，德鈞以卜。’”

　　[六]量己：見《爲齊明帝讓宣城郡公表》注[一一]。夙退：早退。《詩·衛風·碩人》：“大夫夙退，無使君勞。”内事園蔬：在家園種菜。

　　[七]幽明：見《禪梁璽書》注[五七]。荼苦：艱苦，苦楚。

　　[八]天倫：天然倫次。指兄弟。《春秋穀梁傳·隱公元年》：“兄弟，天倫也。”范甯集解：“兄先弟後，天之倫次。”友愛：友好親愛。《後漢書·第五倫傳》上疏曰：“近代光烈皇后，雖友愛天至，而卒使陰就歸國，徙廢陰興賓客。”涫深：敦厚。涫，同“淳”。潘岳《西征賦》：“秏侯之忠孝淳深，陸賈之優游宴喜。”引瘠：用孫叔敖請封貧瘠之地典。《韓非子·喻老》：“楚莊王既勝狩於河雍，歸而賞孫叔敖。孫叔敖請漢間之地，沙石之處。楚邦之法，禄臣再世而收地，唯孫叔敖獨在。此不以其邦爲收者，瘠也，故九世而祀不絶。”推温：未詳。

　　[九]逃迹讓位：《史記·周本紀》：“古公有長子曰太伯，次曰虞仲。太姜生少子季歷，季歷娶太任，皆賢婦人，生昌，有聖瑞。古公曰：‘我世當有興者，其在昌乎？’長子太伯、虞仲知古公欲立季歷以傳昌，乃二人亡如荆蠻，文身斷髮，以讓季歷。”逃迹，避世，使人不知蹤迹。讓位，讓出官位或職位。《史記·太史公自序》：“能忍訽於魏齊，而信威於彊秦，推賢讓位，二子有之。”鞠育提養：撫養，養育。《詩·小雅·蓼莪》：“父兮生我，母兮鞠我。拊我畜我，長我育我。”毛傳：“鞠，養也。”鄭玄箋：“育，覆育也。”蔡邕《議郎胡公夫人哀贊》：“嚴考殞没，我在齠年。母氏鞠育，載矜載憐。”提養：《詩·大雅·抑》：“匪面命之，言提其耳。”人次：人類之列。《晋書·庾亮傳》載庾亮上疏曰：“朝廷復何理齒臣於人次，臣亦何顔自次於人理！”

　　[一〇]事死：《禮記·中庸》：“踐其位，行其禮，奏其樂，敬其所尊，愛其所親，事死如事生，事亡如事存，孝之至也。”讓生：指褚賁讓封於己。均：等同。《荀子·君子》：“德雖如舜，不免形均。”脱屣：比喻看得很輕，無所顧戀，猶如脱掉鞋子。《漢書·郊祀志上》：“嗟乎！誠得如黄帝，吾視去妻子如脱屣耳。”顔師古注：“屣，小履。脱屣者，言其便易，無所顧也。”

　　[一一]取信十室：《論語·公冶長》：“子曰：‘十室之邑，必有忠信如丘

者焉，不如丘之好學也。'"錙銖：錙和銖。比喻輕微、細小。錙，《説文解字》："六銖也。"又曰："權十分黍之重也。"又曰："二十四銖爲兩。"《韓非子·功名》："千鈞得船則浮，錙銖失船則沈，非千鈞輕錙銖重也，有勢之與無勢也。"

[一二]遠謬推恩：《文選》任昉《爲褚諮議蓁讓代兄襲封表》李周翰注："言推此恩，疎遠而誤。"推恩，施恩惠於他人。《孟子·梁惠王上》："推恩足以保四海，不推恩無以保妻子。"《史記·主父偃列傳》："偃説上曰：'……願陛下令諸侯得推恩分子弟，以地侯之。'"霑：雨水浸濕。比喻恩澤霑潤。揚雄《長楊賦》："蓋聞聖主之養民也，仁霑而恩洽。"庸薄：平庸淺薄。自謙之詞。顏延之《謝子竣封建城侯表》："豈竣庸薄，所能奉服。"

[一三]能以國讓：《左傳》："公子魚曰：'能以國讓，仁孰大焉！'"弘義有歸：大義應歸於兄褚貴。弘義，大義。《後漢書·荀彧傳》："扶弘義以致英俊，大德也。"

[一四]匹夫難奪，守以弗貳：言自己執守匹夫之志，終無二心。匹夫難奪，《論語·子罕》："子曰：'三軍可奪帥也，匹夫不可奪志也。'"

[一五]武始迫家臣之策：《後漢書·張純傳》："張純字伯仁，京兆杜陵人也。……光武曰：'張純宿衛十有餘年，其勿廢，更封武始侯，食富平之半。'（建武）二十三年，代杜林爲大司空。……中元元年……薨，謚曰節侯。子奮嗣。……（純）臨終敕家丞曰：'司空無功於時，猥蒙爵土，身死之後，勿議傳國。'奮兄根，少被病，光武詔奮嗣爵，奮稱純遺敕，固不肯受。帝以奮違詔，敕收下獄，奮惶怖，乃襲封。"《文選》李善注引《東觀漢記》與《後漢書》所記小異："張純，字伯仁，建武初先詣闕，封武始侯。子奮，字稚通。兄根，常被病。純病困，敕家丞翕：'司空無功，爵不當傳嗣。'純薨，大行移書問嗣，翕上書奪，詔封奮，奮上書曰：'根不病，哀臣小稱病。今翕移臣。'"武始迫家臣之策，意謂張奮本欲從父遺言不受封，但家丞翕上奏光武帝襲封張奮，張奮被迫受封。陵陽感鮑子之言：《後漢書·丁鴻傳》："丁鴻字孝公，潁川定陵人也。父綝……封定陵新安鄉侯，食邑五千户，後徙封陵陽侯。……初，綝從世祖征伐，鴻獨與弟盛居，憐盛幼小而共寒苦。及綝卒，鴻當襲封，上書讓國於盛，不報。既葬，乃掛縗絰於家廬而逃去，留書與盛曰：'鴻貪經書，不顧恩義，弱而隨師，生不供養，死不飯唅，皇天先祖，並不祐助，身被大病，不任茅土。前上疾狀，願辭爵仲公，章寢不報，迫且當襲封。謹自放弃，逐求良醫。如遂不瘳，永歸溝壑。'鴻初與九江人鮑駿同事桓榮，甚相友善，及鴻亡封，與駿遇於東海，陽狂不識駿。駿乃止而讓之曰：'昔伯夷、吴札亂世權行，故得申其志耳。《春秋》之義，不以家事廢王事。今子以兄弟私恩

而絕父不滅之基,可謂智乎?'鴻感悟,垂涕歎息,乃還就國。”“張以誠請,丁
爲理屈”:言張奮雖誠心請求光武帝允許自己遵從父親遺言而不受封,丁鴻
雖誠心讓與弟丁盛,但張奮因光武帝所迫、丁鴻被鮑駿之理所感,最終皆屈
服就封。

[一六]大宗:周代宗法以始祖的嫡長子爲大宗,其他爲小宗。《詩·大
雅·板》:“大邦維屏,大宗維翰。”絕緒:絕嗣。《後漢書·張衡傳》載張衡
《思玄賦》:“王肆侈於漢庭兮,卒衒恤而絕緒。”李賢注:“絕緒言無後也。”
出續:出繼。封建宗法制度下,把自己的兒子給没有兒子的親屬作過繼子。
《晋書·元四王傳》:“武陵威王晞字道叔,出繼武陵王喆後,太興元年受
封。”傍統:封建宗法制度下,始祖的嫡長子孫爲大宗,大宗無後,以旁支入
承統系,稱傍統。

[一七]禀承:聽命。終天:久遠。謂如天之久遠無窮。徐廣《赴謝車騎
葬還詩》:“潛壤既掩扉,終天隔幽壤。”潘岳《哀永逝文》:“今奈何兮一舉,
邈終天兮不反。”

[一八]永懷:長久思念。《詩·周南·卷耳》:“我姑酌彼金罍,維以不
永懷。”情事:事實,情形。《莊子·天地》:“畢見其情事而行其所爲,行言自
爲而天下化。”觸感:因接觸而引起反應。郭璞《山海經圖贊·九鍾》:“九鍾
將鳴,凌霜乃落,氣之相應,觸感而作。”崩裂:破裂,迸裂。

[一九]伏惟:俯伏思惟,下對上的敬辭,多用於奏疏或信函。揚雄《劇
秦美新》:“臣伏惟陛下以至聖之德,龍興登庸,欽明尚古,作民父母,爲天下
主。”俯:舊時公文及書信對上級或尊長的敬辭。權:權衡。孤門:孤寒門
第。《論衡·自紀》:“充細族孤門。”哀榮:《論語·子張》:“其生也榮,其死
也哀。”何晏集解:“故能生則榮顯,死則哀痛。”後因指生前死後皆蒙受
榮寵。

[二〇]丹欵:赤誠之心。欵,同“款”。曹大家《蟬賦》:“復丹款之未
足,留滯恨乎天際也。”特賜:皇帝的特別賞賜。《宋書·明帝紀》:“上即皇
帝位,詔曰:‘……長徒之身,特賜原遣。’”停絕:停止。

[二一]至公:極公正。《管子·形勢解》:“風雨至公而無私,所行無常
鄉,人雖遇漂濡而莫之怨也。”《吕氏春秋·慎大覽》:“湯立爲天子,夏民大
説,如得慈親,朝不易位,農不去疇,商不變肆,親郼如夏。此之謂至公。”允
穆:淳和。《文選》謝朓《齊敬皇后哀策文》“徽音允穆”張銑注:“允,信;穆,
和也。”微臣:卑賤之臣。常用作謙詞。《後漢書·文苑傳上·崔琦》:“乃作
《外戚箴》。其辭曰:‘……微臣司戚,敢告在斯。’”

爲褚諮議蓁讓代兄襲封表二①

近冒披歀,庶蒙哀亮[一],奉被還詔,未垂矜允[二],伏讀周遑,罔眞心誠[三]。臣本凡劣,身名不限[四],標一善不足以驗風流,存小讓不足以弘進止②[五]。若乃富埒千駟,貴有邦家[六],二者之來,不期而至③[七],中人猶其趑趄,凡近固宜勉勖[八]。直以門緒有歸,長德無二[九],若使貴高延陵之風,臣忘子臧之節[一〇],是廢德舉,豈曰能賢[一一]?陛下留心孤門,特深追遠[一二],故臣窮必呼天,憑威咫尺[一三]。貴嬰疾沉固,公私廢禮[一四],逢不世之恩,遂良已之志[一五],確然難奪,有理存焉[一六]。臣既承先旨,出繼傍統[一七],受命有資,反身何奉[一八],敘心感悼,免義迫躬④[一九]。臣貴息霽⑤,年將志學,禮及趨拜[二〇],且私門世適,二三攸序[二一]。若天眷無已,必降殊私[二二],乞以臣霽奉膺珪社⑥[二三]。伏願陛下聖慈,曲垂矜慎[二四],如蒙哀允,施重含育[二五]。

【校　記】

①爲褚諮議蓁讓代兄襲封表二:《藝文類聚》與《全梁文》作"又表"。

②小讓:《全梁文》作"一"。

③至:信述堂本與薈要本作"止"。今據《藝文類聚》、張燮本與《全梁文》改。

④免義迫躬:信述堂本、張燮本與薈要本作"義迫窮誠",今從《藝文類聚》與《全梁文》。

⑤"貴"上,信述堂本、張燮本與薈要本無"臣"字,今據《藝文類聚》與《全梁文》補。

⑥"臣"上,信述堂本、張燮本與薈要本無"以"字,今據《藝文類聚》與《全梁文》補。

【箋　注】

[一]冒:不密慎。猶言冒失,冒昧。《尚書·顧命》:"爾無以釗冒貢于非幾。"披歀:敞開誠意。歀,同"款"。《晉書·姚興載記上》載涼州別駕宗敞等上疏理王尚曰:"主辱臣憂,故重繭披款,惟陛下亮之。"哀亮:哀憫諒解。江淹《蕭拜太尉揚州牧表》:"寢寐矜戰,曲垂哀亮。"

[二]未垂矜允:指讓封之請未被恩准。矜允,憐憫准許。

[三]伏讀:恭敬地閱讀。伏爲表敬之詞。《孔叢子·雜訓》:"子思在魯,使以書如衛問子上。子上北面再拜,受書伏讀。"周違:彷徨,猶疑不定。董仲舒《士不遇賦》:"使彼聖賢其縣周違兮,矧舉世而同迷。"罔實:沈約《爲長城公主謝表》:"奉策書封妾長城縣公主,徽命降臨,慙忝罔實。"心誠:即誠心。

[四]凡劣:平庸低劣。《晋書·劉隗傳》載劉波上疏曰:"及臣凡劣,復蒙罔極之眷。"身名:聲譽,名望。江淹《雜體·謝臨川游山靈運》:"身名竟誰辨,圖史終磨滅。"

[五]摽:標榜,稱揚。摽,古同"標"。《後漢書·黨錮傳》:"自是正直廢放,邪枉熾結,海内希風之流,遂共相摽榜。"一善:一種善行,一種美德。《禮記·中庸》:"得一善,則拳拳服膺而弗失之矣。"風流:風操,品格。《後漢書·王暢傳》:"士女沾教化,黔首仰風流,自中興以來,功臣將相,繼世而隆。"小讓:細小的禮讓。《禮記·儒行》:"其大讓如慢,小讓如僞。"進止:進退。《吳子·治兵》:"武侯問曰:'三軍進止,豈有道乎?'"

[六]富埒:《史記·平準書》:"故吳,諸侯也,以即山鑄錢,富埒天子。"埒,等同。千駟:四千匹馬,言馬多。《論語·季氏》:"齊景公有馬千駟,死之日,民無德而稱焉。"何晏集解:"孔曰:'千駟,四千匹。'"《世説新語·言語》:"雖有竊秦之爵,千駟之富,不足貴也。"邦家:《詩·小雅·南山有臺》:"樂只君子,邦家之基。"

[七]不期而至:没有約定而意外到來。

[八]中人:指有權勢的朝臣。曹植《當牆欲高行》:"龍欲升天須浮雲,人之仕進待中人。"趑趄:同"趑趄"。欲進不前。凡近:平庸淺薄。《晋書·王敦傳》:"敦上疏曰:'……天下事大,盡理實難,導雖凡近,未有穢濁之累。'"勉勖:勉勵。《後漢書·馬援傳》:"陛下既已得之自然,猶宜加以勉勖,法太宗之隆德,戒成、哀之不終。"

[九]門緒:家門的世系。長德:見《爲褚諮議蓁讓代兄襲封表一》注[五]。

[一〇]高延陵之風,臣忘子臧之節:《左傳·襄公十四年》:"吳子諸樊既除喪,將立季札。季札辭曰:'曹宣公之卒也,諸侯與曹人不義曹君,將立子臧。子臧去之,遂弗爲也,以成曹君。君子曰:"能守節。"君,義嗣也。誰敢奸君? 有國,非吾節也。札雖不才,願附於子臧,以無失節。'固立之,棄其室而耕,乃舍之。"《史記·吳太伯世家》:"二十五年,王壽夢卒。壽夢有子四人,長曰諸樊,次曰餘祭,次曰餘眛,次曰季札。季札賢,而壽夢欲立之,季札讓不可,於是乃立長子諸樊,攝行事當國。王諸樊元年,諸樊已除喪,讓

位季札。季札謝曰：‘曹宣公之卒也，諸侯與曹人不義曹君，將立子臧，子臧去之，以成曹君，君子曰“能守節矣”。君義嗣，誰敢干君！有國，非吾節也。札雖不材，願附於子臧之義。’吳人固立季札，季札棄其室而耕，乃舍之。十三年，王諸樊卒。有命授弟餘祭，欲傳以次，必致國於季札而止，以稱先王壽夢之意，且嘉季札之義，兄弟皆欲致國，令以漸至焉。季札封於延陵，故號曰延陵季子。”子臧之節：《左傳·成公十五年》：“十五年春，會于戚，討曹成公也。執而歸諸京師。書曰：‘晋侯執曹伯。’不及其民也。凡君不道於其民，諸侯討而執之，則曰某人執某侯。不然，則否。諸侯將見子臧於王而立之，子臧辭曰：‘《前志》有之，曰：“聖達節，次守節，下失節。”爲君，非吾節也。雖不能聖，敢失守乎？’遂逃，奔宋。”

[一一]是廢德舉，豈曰能賢：《左傳·隱公三年》：“宋穆公疾，召大司馬孔父而屬殤公焉，曰：‘先君舍與夷而立寡人，寡人弗敢忘。若以大夫之靈，得保首領以没，先君若問與夷，其將何辭以對？請子奉之，以主社稷。寡人雖死亦無悔焉。’對曰：‘群臣願奉馮也。’公曰：‘不可。先君以寡人爲賢，使主社稷。若棄德不讓，是廢先君之舉也，豈曰能賢？’”德舉，謂以賢德爲標準薦舉人才。《晋書·后妃傳上》：“自曹劉内主，位以色登，甄衛之家，榮非德舉。”能賢，楊伯峻《春秋左傳注》：“能賢，蓋當時常語，猶今之言賢能也。”

[一二]留心：關注，關心。《文子·微明》：“聖人常從事於無形之外，而不留心於已成之内。”孤門：見《爲褚諮議蔡讓代兄襲封表一》注[一九]。特深：追遠：追念前賢。曹大家《東征賦》：“入匡郭而追遠兮，念夫子之厄勤。”

[一三]窮必呼天：《史記·屈原列傳》：“勞苦倦極，未嘗不呼天也。”憑威咫尺：意謂上天可鑒察我心。《左傳·僖公九年》：“天威不違顏咫尺。”杜預注：“言天鑒察不遠，威顏常在顏面之前。”

[一四]嬰疾沉固：劉楨《贈五官中郎將》之二：“余嬰沈痼疾，竄身清漳濱。”嬰疾，纏綿疾病，患病。《後漢書·黨錮傳·李膺》：“道近路夷，當即聘問，無狀嬰疾，闕於所仰。”沉固：即“沈痼”。積久難治的病。《南齊書·褚淵傳》：“（永明）六年，（賁）上表稱疾。”《南史·褚裕之傳附彦回子賁》：“（賁）常謝病在外……會疾篤，其子霽載以歸。疾小間，知非故處，大怒，不肯復飲食，内外閤悉釘塞之，不與人相聞，數日裁餘氣息。”公私廢禮：指褚賁稱疾不朝與讓封於弟。廢禮，不遵守禮制。劉向《列女傳·衛靈夫人》：“此其人必不以暗昧廢禮，是以知之。”

[一五]不世：非一世所能有，罕有。多謂非凡。《後漢書·隗囂傳》：“（方）望以書辭謝而去，曰：‘足下將建伊、吕之業，弘不世之功。’”李賢注：“不世者，言非代之所常有也。”良已：痊愈。《史記·孝武本紀》：“（武帝）

於是病愈,遂幸甘泉,病良已。"裴駰集解引孟康曰:"良已,善已,謂愈也。"

　　[一六]確然難奪:《晋書‧賈充傳》:"(賈)模字思範,少有志尚。頗覽載籍,而沈深有智算,確然難奪。"確然,剛強、堅定。《易‧繫辭下》:"夫乾,確然示人易矣。"韓康伯注:"確,剛貌也。"

　　[一七]先旨:先父遺旨。出纘傍統:見《爲褚諮議蓁讓代兄襲封表一》[一六]注。

　　[一八]受命:指接受先父命令。反身:反過來要求自己,自我檢束。《易‧蹇》:"君子以反身修德。"

　　[一九]叙心:抒懷。曹丕《與吳質書》:"東望於邑,裁書叙心。"感悼:感傷哀悼,傷感。《三國志‧吳書‧闞澤傳》:"六年冬卒,(孫)權痛惜感悼,食不進者數日。"免義迫躬:意謂如果不讓封,自己會感到窘迫。

　　[二〇]息:子息。《戰國策‧趙四》:"老臣賤息舒祺最少,不肖,而臣衰,竊愛憐之。"志學:《論語‧爲政》:"子曰:'吾十有五而志于学。'"借指十五歲。曹植《武帝誄》:"年在志學,謀過老成。"趨拜:趨走拜謁。亦泛指請安、問候時所行禮節。《史記‧三王世家》:"大司馬(霍)去病上疏曰:'……皇子賴天,能勝衣趨拜。'"

　　[二一]私門:猶家門。《後漢書‧何進傳》:"(張)讓向子婦叩頭曰:'老臣得罪,當與新婦俱歸私門。'"世適:嫡嗣。《漢書‧元后傳》:"甘露三年,生成帝於甲館畫堂,爲世適皇孫。"顔師古注:"適讀曰嫡。"

　　[二二]天眷:上天的關愛,恩眷。《尚書‧大禹謨》:"皇天眷命,奄有四海,爲天下君。"後多指帝王對臣下的恩寵、信賴。《晋書‧庾冰傳》:"冰臨發,上疏曰:'……非天眷之隆,將何以至此!'"殊私:謂帝王對臣下的特別恩寵。李密《陳情表》:"今臣亡國賤俘,至微至陋,猥蒙拔擢,寵命殊私,豈敢盤桓有所希冀!"

　　[二三]奉脣:恭敬地接受重任。珪社:官爵和封地。江淹《封江冠軍等詔》:"宜各分珪社,以酬厥勞謐。"胡之驥注:"古者,國家平定,封功臣,賜之以珪以社。"《陳書‧始興王伯茂傳》:"尚書八座奏曰:'……雖珪社是脣,而戎章未襲。'"

　　[二四]伏願:表示願望的敬辭,多作奏疏用語。《宋書‧王敬弘傳》:"(敬弘)又詣京師上表曰:'……伏願陛下矜臣西夕,愍臣一至,特迴聖恩,賜反其所,則天道下濟,愚心盡矣。'"聖慈:聖明慈祥。舊時對皇帝或皇太后的諛稱。《後漢書‧孔融傳》:"臣愚以爲諸在沖齔,聖慈哀悼,禮同成人,加以號謐者,宜稱上恩,祭祀禮畢,而後絶之。"曲垂:敬詞。用於稱君上的頒賜。猶言俯賜、俯降。《南齊書‧豫章文獻王傳》:"(永明)四年,唐寓之

賊起,啓上曰:'⋯⋯陛下曲垂流愛,每存優旨。'"矜慎:謹嚴慎重。

[二五]哀允:《宋書·謝莊傳》:"則苦誠至心,庶獲哀允。"施重:陸機《謝平原内史表》:"施重山岳,義足灰没。"含育:包容化育。

爲褚諮議蓁讓代兄襲封表①

臣蓁言:昨被司徒符②,仰稱詔旨,許臣兄賁所請,以臣襲封南康郡公[一]。臣門籍勳蔭,光錫土宇[二];臣賁世載承家③,允膺長德[三],而深鑒止足,脱屣千乘[四],遂乃遠謬推恩,近萃庸薄[五],能以國讓,弘義有歸[六],匹夫難奪,守以勿貳[七]。昔武始迫家臣之策④,陵陽感鮑生之言⑤,張以誠請,丁爲理屈[八]。且先臣以大宗絶緒,命臣出纂傍統[九],禀承在昔,理絶終天,永惟情事,觸目崩隕[一〇]。若使賁高延陵之風,臣忘子臧之節[一一],是廢德舉,豈曰能賢[一二]。陛下察其丹欵,特賜停絶[一三],不然,投身草澤,苟遂愚誠耳[一四]。不任丹慊之至⑥,謹詣闕拜表以聞[一五]。臣誠惶誠恐以下⑦[一六]。

【校　記】

①爲褚諮議蓁讓代兄襲封表:明州本作"爲褚諮議蓁代兄襲封表"。

②"昨"上,明州本有"一"字。

③世載承家:明州本作"載世以家"。

④昔:信述堂本作"皆",誤,今據《文選》、張燮本、薈要本與《全梁文》改。

⑤生:《全梁文》作"矛",誤。

⑥任:李善本作"勝"。

⑦"恐"下,明州本無"以下"字。

【箋　注】

[一]司徒:見《爲褚諮議蓁讓代兄襲封表一》注[一]。符:即"符印"。見《爲褚諮議蓁讓代兄襲封表一》注[一]。詔旨:見《爲褚諮議蓁讓代兄襲封表一》注[二]。

[二]門籍:古代懸掛在宫殿門前的記名牌。長二尺,竹制,各書官員姓名、年齡、身份等。後改竹籍爲簿册。册籍上有名方可出入。《史記·魏其武安侯列傳》:"太后除竇嬰門籍,不得入朝請。"《漢書·元帝紀》"得爲大父母父母兄弟通籍"顏師古注引應劭曰:"籍者,爲二尺竹牒,記其年紀名字

物色,縣之宮門,案省相應,乃得入也。"《資治通鑑·漢紀八·景帝前三年》"太后除嬰門籍"胡三省注:"門籍,出入宮殿門之籍也。"勳蔭:子孫借先輩功業而獲得的官爵。《南齊書·王僧虔傳》:"高平檀珪……訴僧虔求禄不得,與僧虔書曰:'二子勳蔭人才,有何見勝。'"光錫土宇:曹操《讓九錫令》:"夫受九錫,廣開土宇,周公其人也。"光,通"廣"。《尚書·堯典》:"光被四表,格于上下。"錫,見《爲褚諮議蓁讓代兄襲封表一》注[四]。土宇,疆土、國土。

[三]世載:見《答陸倕〈感知己賦〉》注[九]。承家:見《爲褚諮議蓁讓代兄襲封表一》注[五]。允膺:猶承當。《宋書·王弘傳》:"其年,詔曰:'……國恥既雪,允膺茅土。'"長德:見《爲褚諮議蓁讓代兄襲封表一》注[五]。

[四]深鑒:細加體察。止足:謂凡事知止知足,不要貪得無厭。語出《老子》:"知足不辱,知止不殆,可以長久。"《漢書·雋疏于薛平彭傳贊》:"疏廣行止足之計,免辱殆之累。"脱屣千乘:《文選》左思《吳都賦》"輕脱屣於千乘"吕延濟注:"讓千乘之重,如脱履棄之。屣,履也。"脱屣,見《爲褚諮議蓁讓代兄襲封表一》注[一〇]。千乘:戰國時期諸侯國,小者稱千乘,大者稱萬乘。《韓非子·孤憤》:"萬乘之患,大臣太重,千乘之患,左右太信,此人主之所公患也。"

[五]遠謬推恩:見《爲褚諮議蓁讓代兄襲封表一》注[一二]。萃:聚。庸薄:見《爲褚諮議蓁讓代兄襲封表一》注[一二]。

[六]能以國讓,弘義有歸:見《爲褚諮議蓁讓代兄襲封表一》注[一三]。

[七]匹夫難奪,守以勿貳:見《爲褚諮議蓁讓代兄襲封表一》注[一四]。

[八]武始迫家臣之策,陵陽感鮑生之言:見《爲褚諮議蓁讓代兄襲封表一》注[一五]。

[九]先臣:古代臣於君前稱自己已死的祖先、父親爲先臣。《左傳·文公十五年》:"宋華耦來盟……公與之宴,辭曰:'君之先臣督得罪於宋殤公,名在諸侯之策,臣承其祀,其敢辱君?'"杜預注:"耦,華督曾孫也。"大宗絶緒,出纂傍統:見《爲褚諮議蓁讓代兄襲封表一》注[一六]。

[一〇]稟承在昔,理絶終天,永惟情事,觸目崩隕:《文選》吕向注:"稟父在昔之命,則理絶終天之哀。長思此情,觸目則心摧墜矣。"稟承在昔、理絶終天,見《爲褚諮議蓁讓代兄襲封表一》注[一七]。永惟,永懷、長思。情事,見《爲褚諮議蓁讓代兄襲封表一》注[一八]。觸目,見《爲武帝追封丞相長沙王詔》注[七]。崩隕,猶痛心。

[一一]賁高延陵之風,臣忘子臧之節:見《爲褚諮議蓁讓代兄襲封表二》注[一〇]。

［一二］是廢德舉，豈曰能賢：見《爲褚諮議蓁讓代兄襲封表二》注［一一］。

［一三］察其丹欵，特賜停絶：見《爲褚諮議蓁讓代兄襲封表一》注［二〇］。

［一四］不然：否則。《國語・周語中》：“一合諸侯而有再逆政，余懼其無後。不然，余何私於衛侯。”投身草澤：《文選》李善注引謝承《後漢書》曰：“朱寵隱身草澤。”投身，置身。《後漢書・黨錮傳》：“今膺等投身彊禦，畢力致罪。”草澤，草野，民間。《史記・仲尼弟子列傳》：“孔子卒，原憲遂亡在草澤中。”愚誠：謙指己之誠意、衷情。《漢書・劉向傳》：“（劉向）上封事諫曰欲竭愚誠，又恐越職。”

［一五］不任：見《爲范尚書讓吏部封侯表》注［七五］。丹慊：見《爲齊明帝讓宣城郡公表》注。詣闕：赴皇帝的宮殿。《漢書・朱買臣傳》：“後數歲，買臣隨上計吏爲卒，將重車至長安，詣闕上書，書久不報。”拜表以聞：李密《陳情表》：“臣不勝犬馬怖懼之情，謹拜表以聞。”拜表，上奏章。古代臣子上呈奏章，必先跪拜於地，以示尊敬，故上表稱爲“拜表”。曹植《上責躬應詔詩表》：“謹拜表，並獻詩二篇。”

［一六］誠惶誠恐：封建社會中臣子向皇帝上奏章時所用的套語，形容非常小心謹慎以至於害怕不安的樣子。表示敬畏而又惶恐不安。許沖《上書進説文》：“臣沖誠惶誠恐，頓首頓首，死罪死罪。”

爲王思遠讓侍中表

【題　解】

王思遠：琅邪臨沂人。尚書令晏從弟。東昏侯永元二年（五〇〇），遷度支尚書。未拜，卒，年四十九。贈太常，謚貞子。《南齊書・王思遠傳》：“上（齊高宗）既誅（王）晏，遷爲侍中，掌優策及起居注。”《南齊書・明帝紀》：“（建武）四年春正月……丙辰，尚書令王晏伏誅。”據此，此表作於建武四年（四九六）。按：此篇語意不相連屬，似有闕文。

侍中：見《禪梁璽書》注［六四］。

行則六尺之内，陪接天光[一]；語則親璽申命①，誠信區宇[二]。獻可替否，出納惟幾②[三]。敷奏於金華之上③，進讓於玉堂之下[四]。金遷七貴之茂，王粲二公之孫④[五]，雖復仲蔚孤緒，元卿末裔⑤[六]，未有不階民譽⑥，妄承曲私者也⑦[七]。

【校　記】

①語：《初學記》作“上”。親：《初學記》作“服”。

②幾：《初學記》作“宜”。

③奏：《藝文類聚》作“表曰”。金：信述堂本、《藝文類聚》、張燮本與薈要本作“聲”，因“金”與下句“玉”相對，故從《初學記》與《全梁文》。

④王：《初學記》與《藝文類聚》作“玉”。二，《初學記》作“三”。

⑤裔：《初學記》與《藝文類聚》作“名”。

⑥“不”上，《藝文類聚》與《全梁文》無“未有”字。

⑦曲：信述堂本爲白丁，《初學記》作“曲”，《藝文類聚》作“典”。今從《初學記》。

【箋　注】

［一］陪接：陪奉近接。天光：自然的智慧之光。《莊子·庚桑楚》：“宇泰定者，發乎天光。”成玄英疏：“其發心照物，由乎自然之智光。”喻君主。

［二］親璽：指接近皇帝。《説文》：“璽，王者印也。”申命：命令。潘岳《關中詩》：“申命群司，保爾封疆。”區宇：天地。《文選》張衡《東京賦》“區宇乂寧”薛綜注：“天地之内稱寓。”寓，古同“宇”。

［三］獻可替否：進獻可行者，除去不可行者，即諍言進諫之意。獻，進；替，廢。語出《左傳·昭公二十年》：“君所謂可而有否焉，臣獻其否以成其可。君所謂否而有可焉，臣獻其可以去其否。”《後漢書·胡廣傳》：“臣聞君以兼覽博照爲德，臣以獻可替否爲忠。”出納：把帝王詔命向下宣告，把下面意見向帝王報告。《尚書·舜典》：“帝曰：‘龍……命汝作納言，夙夜出納朕命，惟允。’”惟幾：謀慮隱微。《尚書·益稷》：“禹曰：‘安汝止，惟幾惟康。’”

［四］敷奏：陳述奏進。《尚書·舜典》：“敷奏以言，明試以功，車服以庸。”孔安國傳：“敷，陳；奏，進也。”金華：即金華殿，古殿名。在西漢未央宮内。《三輔黃圖》卷二《漢宮》：“未央宮有宣室、麒麟、金華……等殿。”後作爲宮殿的通名。《漢書·叙傳上》：“時上（成帝）方鄉學，鄭寬中、張禹朝夕入説《尚書》《論語》於金華殿中，詔伯受焉。”顔師古注：“金華殿在未央宮。”《世説新語·言語》：“劉尹與桓宣武共聽講《禮記》。桓云：‘時有入心處，便覺咫尺玄門。’劉曰：‘此未關至極，自是金華殿之語。’”借指内庭。進讓：謂向上表示謙讓。《陳書·姚察傳》：“又詔授秘書監，領著作如故，乃累進讓，並優答不許。”玉堂：宮殿的美稱。《韓非子·守道》：“人主甘服於玉堂之中。”又，即玉堂殿，古殿名。在西漢未央宮内。《三輔黃圖》卷二《漢

宫》:"又有殿閣三十有二:有壽成……玉堂……等殿。"

　　[五]金遷:《後漢書·竇融傳》"因侍中金遷口達至誠"李賢注:"金遷,安上之曾孫。安上,日磾弟倫之子。"七貴之茂:指自金安上起七人貴爲侍中。《漢書·金日磾傳》:"安上字子侯,少爲侍中,惇篤有智,宣帝愛之。……(安上)四子,常、敞、岑、明。元帝爲太子時,敞爲中庶子,幸有寵,帝即位,爲騎都尉光禄大夫,中郎將侍中。……敞子涉本爲左曹,上拜涉爲侍中,使待幸緑車載送衛尉舍。……敞三子,涉、參、饒。涉明經儉節,諸儒稱之。成帝時爲侍中騎都尉,領三輔胡越騎。……涉兩子,湯、融,皆侍中諸曹將大夫。而涉之從父弟欽舉明經……平帝即位……徙光禄大夫侍中。"王粲二公之孫:《三國志·魏書·王粲傳》:"王粲字仲宣,山陽高平人也。曾祖父龔,祖父暢,皆爲漢三公。……魏國既建,拜侍中。"

　　[六]仲蔚:《高士傳·張仲蔚》:"張仲蔚者,平陵人也。與同郡魏景卿俱修道德,隱身不仕。明天官博物,善屬文,好詩賦。常居窮素,所處蓬蒿没人,閉門養性,不治榮名。時人莫識,惟劉龔知之。"元卿:疑即魏景卿。孤緒:世系單薄。末裔:後代子孫。

　　[七]不階:不憑借。班固《東都賦》:"不階尺土一人之柄,同符乎高祖。"民譽:民衆的稱譽。《左傳·成公十八年》:"凡六官之長,皆民譽也。"盧諶《贈崔温詩》:"苟云免罪戾,何暇收民譽。"曲私:偏私。《荀子·儒效》:"志不免於曲私而冀人之以己爲公也。"

　　"金遷"六句,意謂無論祖上貴如金遷、王粲,還是家世單薄如仲蔚、元卿,他們之所以官居侍中,都是憑藉聲譽,而非出於帝王偏私。爲下面辭讓侍中張本。

爲皇太子求一日一入朝表

【題　解】

　　《梁書·昭明太子傳》:"昭明太子統字德施,高祖長子也。母曰丁貴嬪。初,高祖未有男,義師起,太子以齊中興元年九月生于襄陽。高祖既受禪……天監元年十一月,立爲皇太子。時太子年幼,依舊居於内,拜東宫官屬,文武皆入直永福省。……五年六月庚戌,始出居東宫。太子性仁孝,自出宫,恒思戀不樂。高祖知之,每五日一朝,多便留永福省,或五日三日乃還宫。"梁武帝知道蕭統因出宫後不能常見父母而不樂,當緣於任昉此表。因此,此表當作於天監五年(五〇六)六月。

　　臣聞内豎告安,姬昌怡色^[一];鳴雞戒旦,周發冠履^[二]。或以涼燠之候,晨昏異宜^[三];膳羞之和,鼎飪殊節^[四]。一辰三朝,稱情猶簡^[五];終日承顏,在理斯愜^[六]。且長壽之對,撫循無已^[七];馳道未窮,顧懷不輟^[八]。豈直下動天至①,固亦上結慈衷^[九]。自頃半旬乃朝,遂爲通制^[一〇],事踰信次②,義乖晨省^[一一],一日萬機,不敢三塵御省^[一二],每旦改宿,特乞一至寢門^[一三]。

【校　記】

①至:信述堂本、薈要本、張燮本作"性",今從《藝文類聚》與《全梁文》。
②踰:信述堂本與薈要本作"諭",今從《藝文類聚》、張燮本與《全梁文》。

【箋　注】

[一]内豎告安,姬昌怡色:《禮記·文王世子》:"文王之爲世子,朝於王季日三。雞初鳴而衣服,至於寢門外,問内豎之御者曰:'今日安否?何如?'内豎曰:'安。'文王乃喜。及日中又至,亦如之。及莫又至,亦如之。"鄭玄注:"内豎,小臣之屬,掌外内之通命者。"姬昌,周文王。怡色,面色和悦。《禮記·内則》:"父母有過,下氣怡色,柔聲以諫。"

[二]鳴雞戒旦:趙至《與嵇茂齊書》:"鳴雞戒旦,則飄爾晨征。"戒旦,告戒天將明。陳琳《武庫車賦》:"啓明戒旦,長庚告昏。"周發冠履:《禮記·文王世子》:"文王有疾,武王不説,冠帶而養。"周發,周武王姬發。

[三]涼燠之候,晨昏異宜:《禮記·曲禮上》:"凡爲人子之禮,冬温而夏清,昏定而晨省。"涼燠,涼熱。指寒暑。涼,同"凉"。謝朓《雩祭歌·黄帝歌》:"涼燠資成化,群方載厚德。"

[四]膳羞之和,鼎飪殊節:《禮記·文王世子》:"食上,必在視寒暖之節;食下,問所膳。命膳宰曰:'末有原。'應曰:'諾。'然後退。"孔穎達疏:"'食上',謂獻饌;'食下',謂食畢徹饌而下。文王問進食之人,其父所膳何食,膳宰答畢,文王又命戒膳宰云:'末有原。'末,無也。原,再也。言在後進食之時,皆須新好,無得使前進之物而有再進。"膳羞,美味的食品。《周禮·天官·膳夫》:"膳夫掌王之食飲膳羞。"鄭玄注:"膳,牲肉也;羞,有滋味者。"和,調和。鼎飪:調鼎烹飪。殊節:因節氣而異。

[五]一辰三朝:《禮記·文王世子》:"文王之爲世子,朝於王季日三。"辰,似應爲"日"。顏真卿《天下放生池碑》:"一日三朝,大明天子之孝。"稱情:衡量人情。《禮記·三年問》:"三年之喪,何也?曰:稱情而立文,因以飾群,別親疏貴賤之節,而弗可損益也。"鄭玄注:"稱情而立文,稱人之情輕

重,而制其禮也。”

[六]終日:整天。《易·乾》:“君子終日乾乾。”承顏:順承尊長的顏色。謂侍奉尊長。《漢書·雋不疑傳》:“聞暴公子威名舊矣,今乃承顏接辭。”愜:恰當。

[七]長壽之對,撫循無已:《禮記·文王世子》:“文王謂武王曰:‘女何夢矣?’武王對曰:‘夢帝與我九齡。’文王曰:‘女以爲何也。’武王曰:‘西方有九國焉,君王其終撫諸。’文王曰:‘非也。古者謂年齡,齒亦齡也。我百,爾九十,吾與爾三焉。’文王九十七乃終,武王九十三而終。”撫循,安撫存恤。《墨子·尚同中》:“助之言談者衆,則其德音之所撫循者博矣。”

[八]馳道:古代供君王行駛車馬的道路。《禮記·曲禮下》:“歲凶,年穀不登,君膳不祭肺,馬不食穀,馳道不除,祭事不縣。”孔穎達疏:“馳道,正道,如今御路也,是君馳走車馬之處,故曰馳道也。”顧懷:眷顧懷念。《楚辭·九歌·東君》:“長太息兮將上,心低徊兮顧懷。”王逸注:“徘徊太息,顧念其居也。”

[九]天至:天真的誠摯。《後漢書·皇后紀上·明德馬皇后》:“肅宗亦孝性淳篤,恩性天至,母子慈愛,始終無纖介之閒。”《梁書·昭明太子傳》:“太子孝謹天至,每入朝,未五鼓便守城門開。”慈衷:仁愛之心。

[一〇]自頃半旬乃朝,遂爲通制:《宋書·百官志下》:“漢世太子五日一朝。”自頃,近來。《後漢書·李固傳》:“乃復與光禄勳劉宣上言:‘自頃選舉牧守,多非其人,至行無道,侵害百姓。’”半旬,十日爲一旬,半旬則爲五日。通制:共同的典制。《後漢書·張敏傳》:“臣愚以爲天地之性,唯人爲貴,殺人者死,三代通制。”

[一一]踰:超過。信次:《左傳·莊公三年》:“凡師一宿爲舍,再宿爲信,過信爲次。”孔穎達疏:“過信以上,雖多日,亦爲次,不復別立名也。”後因稱連宿三夜以上或三天左右時間爲“信次”。謝靈運《作離合詩》:“古人怨信次,十日眇未央。”晨省:早晨向父母問安。亦指昏定晨省之禮。《禮記·曲禮上》:“凡爲人子之禮,冬溫而夏清,昏定而晨省。”鄭玄注:“省,問其安否何如。”

[一二]一日萬機:《尚書·皋陶謨》:“兢兢業業,一日二日萬幾。”孔安國傳:“幾,微也,言當戒懼萬事之微。”後以“萬幾”指帝王日常處理的紛繁的政務。《孔叢子·論書》:“孔子曰:‘……堯既得舜,歷試諸難,已而納之於尊顯之官,使大録萬機之政。’”機,同“幾”。三塵御省:謂一天三次朝覲皇上。塵,謙辭。玷污。御省:謂帝王過目。《後漢書·李雲傳》記李雲露布上書,移副三府曰:“尺一拜用,不經御省,是帝欲不諦乎?”《資治通鑒·漢紀四十六·孝桓皇

帝上之下》“不經御省”胡三省注:“御,進也。省,悉井翻,猶今言省審也。”

[一三]每旦改宿:謂由每天早晨朝覲改爲晚上朝覲。特乞:《後漢書·黨錮傳》:“(李)膺對曰:‘……誠自知釁責,死不旋踵,特乞留五日,剋殄元惡,退就鼎鑊,始生之願也。’”寢門:古禮天子五門,諸侯三門,大夫二門。最内之門曰寢門,即路門。後泛指内室之門。《儀禮·士喪禮》:“君使人弔,徹帷,主人迎于寢門外,見賓不哭。”鄭玄注:“寢門,内門也。”

請祀郊廟備六代樂表①

【題　解】

《通典·樂七》:“梁武帝時,太常任昉奏:……”《隋書·音樂志上》載:梁氏之初,樂緣齊舊。武帝思弘古樂,天監元年,遂下詔訪百僚曰:……是時對樂者七十八家,咸多引流略,浩蕩其詞,皆言樂之宜改,不言改樂之法。……又太常任昉,亦據王肅議云:“《周官》‘以六律、五聲、八音、六舞大合樂,以致鬼神,以和邦國,以諧兆庶,以安賓客,以悦遠人’。是謂六同,一時皆作。今六代舞,獨分用之,不厭人心。”遂依肅議,祀祭郊廟,備六代樂。據此可知,此表是天監元年(五〇二)任昉應梁武帝詔訪所作。《通典·樂七》《隋書·音樂志上》皆載有武帝答任昉之文。

又,此表“《周禮》,賓客皆作備樂……不厭人心”,爲檃栝王肅奏議而成。《宋書·樂志一》載有王肅原文:肅又議曰:“説者以爲周家祀天,唯舞《雲門》,祭地,唯舞《咸池》,宗廟,唯舞《大武》,似失其義矣。周禮賓客皆作備樂。《左傳》:‘王子頹享五大夫,樂及徧舞。’六代之樂也。然則一會之日,具作六代樂矣。天地宗廟,事之大者,賓客燕會,比之爲細。《王制》曰:‘庶羞不踰牲,燕衣不踰祭服。’可以燕樂而踰天地宗廟之樂乎?《周官》:‘以六律、六吕、五聲、八音、六舞大合樂,以致鬼神,以和邦國,以諧萬民,以安賓客,以説遠人。’夫六律、六吕、五聲、八音,皆一時而作之,至於六舞獨分擘而用之,所以不厭人心也。又《周官》:‘韎師掌教韎樂,祭祀則帥其屬而舞之,大享亦如之。’韎,東夷之樂也。又:‘鞮鞻氏掌四夷之樂與其聲哥,祭祀則吹而哥之,燕亦如之。’四夷之樂,乃入宗廟;先代之典,獨不得用。大享及燕日如之者,明古今夷、夏之樂,皆主之於宗廟,而後播及其餘也。夫作先王樂者,貴能包而用之,納四夷之樂者,美德廣之所及也。高皇帝、太皇帝、太祖、高祖、文昭廟,皆宜兼用先代及《武始》、《太鈞》之舞。”

　　據魏王肅議[一];周禮,賓客皆作備樂[二]。況天地宗廟,事之大者[三]。《周官》“以六律②、六呂、五聲、八音、六舞大合樂,以致鬼神③,以和邦國,以諧兆庶,以安賓客,以悦遠人”[四]。是謂六同,一時皆作[五]。今六代舞,獨分用之,不厭人心[六]。請依王肅,祀祭郊廟備六代樂[七]。

【校　記】

①請祀郊廟備六代樂表:《全梁文》作“奏請郊廟備六代樂”。

②“以”下,信述堂本、張燮本、薈要本與《全梁文》有“下”字,今從《通典》刪去。

③“致”上,信述堂本、張燮本、薈要本與《全梁文》無“以”字,今據《周禮》《隋書·音樂志上》《通典·樂七》補。“神”下,信述堂本、張燮本、薈要本與《全梁文》無“以諧兆庶以安賓客以悦遠人是謂六同一時皆作今六代舞獨分用之不厭人心”三十二字,今據《隋書·音樂志上》補。

【箋　注】

[一]王肅:字子雍,東海郡郯人。三國魏司徒王朗子,晋武帝司馬炎外祖父。年十八,從宋忠讀《太玄》,而更爲之解。黄初中,爲散騎黄門侍郎。太和三年,拜散騎常侍。後肅以常侍領祕書監,兼崇文觀祭酒。正始元年,出爲廣平太守。公事徵還,拜議郎。頃之,爲侍中,遷太常。後遷中領軍,加散騎常侍。甘露元年薨,門生縗絰者以百數。追贈衛將軍,謚曰景侯。肅善賈、馬之學,而不好鄭氏,采會同異,爲《尚書》《詩》《論語》《三禮》《左氏》解,及撰定父朗所作《易傳》,皆列於學官。其所論駁朝廷典制、郊祀、宗廟、喪紀、輕重,凡百餘篇。《三國志》卷十三有傳。

[二]備樂:指具備文德、盡善盡美的音樂。《左傳·成公十二年》:“既之以大禮,重之以備樂。”《禮記·樂記》:“干戚之舞,非備樂也。”鄭玄注:“樂以文德爲備,若《咸池》者。孔子曰:‘《韶》,盡美矣,又盡善也。’謂‘《武》,盡美矣,未盡善也’。”

[三]天地宗廟,事之大者:《左傳·成公十三年》:“劉子曰:‘國之大事,在祀與戎。’”祀,指祭祀天地宗廟。

[四]《周官》:即《周禮》。《四庫全書總目·(方苞撰)周官集註》:“謂其書皆六官程式,非記禮之文,後儒因《漢志》《周官》五篇列於禮家,相沿誤稱‘周禮’。故改題本號,以復其初。”

六律、六呂:相傳黄帝時伶倫截竹爲管,以管之長短分别聲音的高低清濁,樂器的音調,皆以此爲準。樂律有十二,陰陽各六,陽爲律,陰爲呂。

六呂，即“六同”。《周禮·春官·大師》：“大師掌六律、六同，以合陰陽之聲。陽聲：黄鍾、大蔟、姑洗、蕤賓、夷則、無射。陰聲：大呂、應鍾、南呂、函鍾、小呂、夾鍾。”《漢書·律曆志》：“律十有二，陽六爲律，陰六爲呂。律以統氣類物，一曰黄鍾，二曰太族，三曰姑洗，四曰蕤賓，五曰夷則，六曰亡射。呂以旅陽宣氣，一曰林鍾，二曰南呂，三曰應鍾，四曰大呂，五曰夾鍾，六曰中呂。”

五聲：指宫、商、角、徵、羽五音。八音：我國古代八種不同質材所製的樂器，通常用作樂器的統稱。《周禮·春官·大師》：“皆文之以五聲：宫、商、角、徵、羽。皆播之以八音：金、石、土、革、絲、木、匏、竹。”鄭玄注：“金，鍾鎛也；石，磬也；土，塤也；革，鼓鼗也；絲，琴瑟也；木，柷敔也；匏，笙也；竹，管簫也。”

六舞：六種樂舞。一謂黄帝之《雲門》、堯之《咸池》、舜之《大韶》、禹之《大夏》、湯之《大濩》、武王之《大武》。《漢書·郊祀志下》：“以六律、六鍾、五聲、八音、六舞大合樂。”顏師古注：“六舞，《雲門》《咸池》《大韶》《大夏》《大護》《大武》也。”一謂帗舞、羽舞、皇舞、旄舞、干舞、人舞。《周禮·春官·樂師》：“凡舞有帗舞，有羽舞，有皇舞，有旄舞，有干舞，有人舞。”鄭玄注引鄭司農曰：“帗舞者，全羽；羽舞者，析羽；皇舞者，以羽冒覆頭上，衣飾翡翠之羽；旄舞者，氂牛之尾；干舞者，兵舞；人舞者，手舞。社稷以帗，宗廟以羽，四方以皇，辟雍以旄，兵事以干，星辰以人舞。”大合樂：《周禮·春官·大司樂》“大合樂”鄭玄注：“大合樂者，謂徧作六代之樂，以冬日至作之，致天神人鬼；以夏日至作之，致地祇物魅。”

以致鬼神：《禮記·祭義》：“天下之禮，致反始也，致鬼神也，致和用也，致義也，致讓也。”以和邦國：《周禮·天官·大宰》：“三曰禮典，以和邦國，以統百官，以諧萬民。”

兆庶：猶言兆民。賓客：別國來的使者。《論語·公冶長》：“子曰：‘赤也，束帶立於朝，可使與賓客言也。’”遠人：遠方之人，關係疏遠之人。指外族人或外國人。《論語·季氏》：“故遠人不服，則脩文德以來之。”

［五］六同：即六呂。陰律六，以銅爲管，故名。《周禮·春官·典同》：“典同，掌六律、六同之和，以辨天地四方陰陽之聲，以爲樂器。”鄭玄注：“故書‘同’作‘銅’。鄭司農云：陽律以竹爲管，陰律以銅爲管。竹，陽也；銅，陰也，各順其性，凡十二律。”

［六］不厭人心：《晋書·刑法志》載梁統上疏曰：“丞相王嘉等猥以數年之間，虧除先帝舊約，穿令斷律，凡百餘事，或不便於政，或不厭人心。”

［七］祀祭：即祭祀。郊廟：古代祭祀天地和祖廟的音樂。六代：指黄

帝、唐、虞、夏、殷、周。《晉書·樂志上》：“周始二《南》，《風》兼六代。昔黃帝作《雲門》，堯作《咸池》，舜作《大韶》，禹作《大夏》，殷作《大濩》，周作《大武》，所謂因前王之禮，設俯仰之容，和順積中，英華發外。”

附：答任昉奏郊廟備六代樂

蕭　衍

《周官》分樂饗祀，《虞書》止鳴兩懸，求之於古，無宮懸之議。何？事人禮縟，事神禮簡也。天子襲袞，而至敬不文，觀天下之物，無可以稱其德者，則以少爲貴矣。大合樂者，是使六律與五聲克諧，八音與萬舞合節耳。豈謂致鬼神祇用六代樂也？其後即言“分樂序之，以祭以享”。此乃曉然可明，蕭則失其旨矣。推檢載籍，初無郊禋宗廟徧舞六代之文。唯《明堂位》曰：“禘祀周公於太廟，朱干玉戚，冕而舞《大武》，皮弁素積，裼而舞《大夏》。納夷蠻之樂於太廟，言廣魯於天下也。”夫祭尚於敬，無使樂繁禮黷。是以季氏逮闇而祭，繼之以燭，有司跛倚。其爲不敬大矣。他日祭，子路與焉，質明而始，晏朝而退。孔子聞之，曰：“誰謂由也不知禮乎？”若依蕭議，郊既有迎送之樂，又有登歌，各頌功德，徧以六代，繼之出入，方待樂終。此則乖於仲尼躓晏朝之意矣。（《隋書·音樂志上》）

按言“大合樂”者，是使六律與五聲克諧，八音與舞蹈合節耳，豈謂致鬼神祇用六代樂也。其後即言“乃分樂而序之，以祭以享以祀”，此則曉然已明，蕭則失其旨矣。推檢記載，初無宗廟郊禋徧舞之文。唯《明堂位》云：“以禘禮祀周公於太廟，朱干玉戚，冕而舞《大武》，皮弁素積，裼而舞《大夏》。納夷蠻之樂於太廟，言廣魯於天下也。”按所以舞《大武》《大夏》者，止欲備其文武二舞耳，非兼用六代也。夏以文受，周以武功，所以兼之。而不用《護》者，《護》，武舞也。周監於二代，質文乃備。納蠻夷樂者，此明功德所須，蓋止施禘祭，不及四時也。今四時之祭而不徧舞者何？夫祭尚於敬，不欲使樂繁禮縟。故季氏逮闇而祭，日不足繼之以燭，雖有強力之容，蕭敬之心，皆倦怠矣。有司跛倚以臨祭，其爲不敬大矣。他日祭，子路與焉，質明而始行事，晏朝而退。孔子聞之，曰：“誰謂由也而不知禮乎！”儒者知子頹宴享猶舞六代，不知有司跛倚，不敬已大。若依蕭議，用六代樂者，郊堂既有迎神之樂，又登歌各頌功德，徧以六律，繼以出入，方待樂終，然後罷祭者，此則乖仲尼躓晏朝之旨。若三獻禮畢，即便卒事，則無勞於徧舞也。（《通典·樂七》）

爲范始興求爲太宰立碑表①

【題　解】

《南齊書・武十七王傳・竟陵文宣王子良》:“建武中,故吏范雲上表爲子良立碑,事不行。”據此可知,此表當作於齊明帝建武(四九四—四九八)年間。《梁書・武帝紀上》載:“(南齊)竟陵王子良開西邸,招文學,高祖(蕭衍)與沈約、謝朓、王融、蕭琛、范雲、任昉、陸倕等並游焉,號曰八友。”同書《范雲傳》:“齊建元初,竟陵王子良爲會稽太守,雲始隨王,王未之知也。會游秦望,使人視刻石文,時莫能識,雲獨誦之,王悦,自是寵冠府朝。王爲丹陽尹,召爲主簿,深相親任。……子良爲司徒,又補記室參軍事。”據同書《任昉傳》,永明年間,任昉“轉司徒竟陵王記室參軍”。

范始興:即范雲,見《爲范尚書讓吏部封侯表》題解。太宰:齊竟陵王蕭子良薨後追崇太宰。子良字雲英,齊武帝第二子。板寧朔將軍。遷安南長史。宋順帝昇明三年(四七九),爲使持節、都督會稽東陽臨海永嘉新安五郡、輔國將軍、會稽太守。齊武帝即位,封竟陵郡王,邑二千户。爲使持節、都督南徐兖二州諸軍事、鎮北將軍、南徐州刺史。永明五年(四八七),正位司徒,侍中如故。受世祖遺詔輔佐皇太孫。鬱林王即位,進位太傅。薨,有詔追崇假黄鉞、侍中、都督中外諸軍事、太宰、領大將軍、揚州牧。所著内外文筆數十卷,雖無文采,多是勸戒。

　　臣雲言:原夫存樹風猷,没著徽烈[一],既絕故老之口,必資不刊之書[二]。而藏諸名山,則陵谷遷貿[三];府之延閣,則青編落簡[四]。然則配天之迹,存乎泗水之上[五];素王之道,紀於沂川之側[六]。由是崇師之義,擬迹於西河[七];尊主之情,致之於堯禹[八]。故精廬妄啟,必窮鑴勒之盛[九];君長一城,亦盡刊刻之美[一〇]。況乎甄陶周召,孕育伊顔[一一]。

【校　記】

①爲范始興求爲太宰立碑表:《文選》與《全梁文》作“爲范始興作求立太宰碑表”。

【箋　注】

[一]存:生存。樹風猷:《尚書・畢命》:“彰善癉惡,樹之風聲。”樹,樹

立。風猷,風教德化。《晋書·傅玄傳論》:"傅祗名父之子,早樹風猷。"没:通"殁"。死。《易·繫辭下》:"庖犧氏没。"徽烈:宏業,偉業。應璩《與王將軍書》:"雀鼠雖愚,猶知徽烈。"

[二]故老:年高而多閱歷之人。《詩·小雅·正月》:"召彼故老,訊之占夢。"不刊之書:劉歆《答揚雄書》:"是縣諸日月,不刊之書也。"不刊,古代文書書於竹簡,有誤,即削除,謂之刊。不刊謂不容更動和改變。引申爲不可磨滅。曹植《怨歌行》:"周公佐成王,《金縢》功不刊。"

[三]藏諸名山:把著作藏於名山,傳給志趣相投的人。司馬遷《報任少卿書》:"仆誠以著此書,藏諸名山,傳之其人。"陵谷遷貿:《詩·小雅·十月之交》:"高岸爲谷,深谷爲陵。"遷貿,變遷、變易。庾信《擬連珠》之十:"蓋聞市朝遷貿,山川悠遠。是以狐兔所處,由來建始之宫;荆棘參天,昔日長洲之苑。"

[四]府之延閣:置之書府。延閣,古代帝王藏書之所。《漢書·藝文志》"於是建藏書之策"顔師古注引如淳曰:"劉歆《七略》曰'外則有太常、太史、博士之藏,内則有延閣、廣内、祕室之府'。"青編:劉歆《七略》:"《尚書》有青絲編目録。"後以青編泛指古代記事之書。落簡:編簡殘毁。

[五]配天之迹,存乎泗水之上:《漢書·平帝紀》:"郊祀高祖以配天。"《水經注》:"泗水南有泗水亭,漢高祖廟前有碑,延熹十年立。"配天,古帝王祭天時以先祖配祭。《詩·大雅·生民》《毛詩序》:"《生民》,尊祖也。后稷生於姜嫄,文武之功起於后稷,故推以配天焉。"

[六]素王之道,紀於沂川之側:《孔子家語·本姓解》:"孔子生于衰周,先王典籍錯亂無紀,而乃論百家之遺記,考正其義,祖述堯舜,憲章文武,刪《詩》述《書》,定禮理樂,制作《春秋》,讚明易道,垂訓後嗣,以爲法式。其文德著矣,然凡所教誨,束脩已上三千餘人,或者天將欲與素王之乎?夫何其盛也!"《文選》李善注:"沂水南有孔子舊廟,漢魏以來列七碑,二碑無字。"素王,猶空王。謂具有帝王之德而未居帝王之位者。此處指孔子。《莊子·天道》:"以此處下,玄聖素王之道也。"郭象注:"有其道爲天下所歸而無其爵者,所謂素王自貴也。"

[七]崇師之義,擬迹於西河:《文選》李周翰注:"子夏事夫子於洙泗之間,是崇師;退居西河,西河之人皆疑之,以爲夫子,是擬迹也。"《禮記·檀弓上》:"曾子怒曰:'商,女何無罪也?吾與女事夫子於洙泗之間,退而老於西河之上,使西河之民疑女於夫子,爾罪一也。'"鄭玄注:"洙、泗,魯水名。"擬迹,仿效。張衡《西京賦》:"齊志無忌,擬迹田文。"

[八]尊主之情,致之於堯禹:《文選》張銑注:"伊尹恥其君不如堯舜,是

尊主。今言禹者，變文也。”李善注：“尊主，謂伊尹也。……禹亦聖帝，故連言之。”《尚書·説命下》：“昔先正保衡作我先王，乃曰：‘予弗克俾厥后惟堯舜，其心愧恥，若撻于市。’”

[九]精廬：亦稱精舍。集生徒講學之所。《東觀漢記·王阜傳》：“王阜……少好經學，年十一，辭父母，欲出精廬。”又，《文選》呂向注：“精廬，寺觀也。”鐫勒：在金石上雕刻文字。多用於表彰人物的功業、事迹。《文選》李善注引《荆州圖》曰：“陰令劉喜，魏時宰縣，雅好博古，教學立碑。”

[一〇]君長一城，亦盡刊刻之美：《文選》李善注：“《陳寔別傳》曰：‘寔卒，蔡邕爲立碑刻銘。’然寔爲太丘宰，故曰一城也。”君長一城，作牧宰。刊刻，刻石。謝靈運《佛影銘》：“命余製銘，以充刊刻。”

[一一]況：同“況”。甄陶周召，孕育伊顏：《後漢書·班固傳》載班固《典引》：“孕虞育夏，甄殷陶周。”李賢注：“孕，懷也。育，養也。甄、陶謂造成也。”甄陶，化育、培養造就。《文選》何晏《景福殿賦》“甄陶國風”李周翰注：“甄陶，謂燒土爲器。言欲政化純厚，亦如甄陶乃成。”《法言·先知》：“甄陶天下者，其在和乎？”李軌注：“李聃曰：‘埏埴爲器曰甄陶。王者亦甄陶其民也。’”孕育，養育、滋養。《三國志·蜀書·後主傳》：“故孕育群生者，君人之道也；乃順承天者，坤元之義也。”周召伊顏：周公、召公、伊尹、顏回。

“精廬”六句：《文選》呂向注：“精廬，謂寺觀也。一城，謂牧宰。言寺觀之開，牧宰之美，猶尚刊勒碑頌，況竟陵王有周公、召公之化，伊尹、顏回之德，而不立銘記也。”

　　故太宰竟陵文宣王臣某，與存與亡，則義形社稷②[一二]；嚴天配帝，則周公其人[一三]。體國端朝，出藩入守，進思必告之道，退無苟利之專[一四]，五教以倫，百揆時序[一五]。若夫一言一行，盛德之風[一六]，琴書藝業，述作之茂③[一七]，道非兼濟，事止樂善[一八]，亦無得而稱焉[一九]。

【校　記】
②形：《文選》與《全梁文》作“刑”。
③茂：明州本作“義”。

【箋　注】
[一二]與存與亡，則義形社稷：《文選》呂延濟注：“社稷之臣，主在共理

其事,主亡則行其政令,言義理形見,是社稷臣也。”《漢書·爰盎傳》:“絳侯爲丞相,朝罷趨出,意得甚。上禮之恭,常目送之。盎進曰:‘丞相何如人也?’上曰:‘社稷臣。’盎曰:‘絳侯所謂功臣,非社稷臣。社稷臣主在與在,主亡與亡。’”

[一三]嚴天配帝,則周公其人:《文選》吕延濟注:“嚴,尊也。然尊主配天,則與周公同功也。”《孝經·聖治》:“子曰:‘……孝莫大於嚴父,嚴父莫大於配天,則周公其人也。昔者周公郊祀后稷以配天,宗祀文王於明堂以配上帝。’”唐玄宗注:“以父配天之禮始自周公,故曰其人也。”

[一四]體國端朝,出藩入守,進思必告之道,退無苟利之專:《文選》劉良注:“體國,謂爲政化之體以正朝廷。出藩,謂爲刺史也。入守,謂爲司徒也。進用忠以告君之美道,退不苟且於利以專擅其事。”體國,此處意爲治理國家。出藩,出任地方長官。此處指蕭子良出爲刺史。入守,指蕭子良爲司徒。進思必告之道,《尚書·君陳》:“爾有嘉謀嘉猷,則入告爾后于内,爾乃順之于外。”孔安國傳:“汝有善謀善道,則入告汝君於内,汝乃順行之於外。”退無苟利之專,《春秋公羊傳·莊公十九年》:“出竟,有可以安社稷利國家者,則專之可也。”《左傳·昭公四年》:“子產曰:‘何害?苟利社稷,死生以之。’”

[一五]五教:五常之教。指父義、母慈、兄友、弟恭、子孝五種倫理道德的教育。《尚書·舜典》:“汝作司徒,敬敷五教。”孔安國傳:“布五常之教。”百揆時序:《尚書·舜典》:“納于百揆,百揆時叙。”孔安國傳:“揆,度也。度百事,揔百官。”百揆,各種政務。時序,各有次序。

[一六]一言一行:《孟子·盡心上》:“及其聞一善言,見一善行,若決江河,沛然莫之能禦也。”盛德:見《禪梁璽書》注[三九]。

[一七]琴書:謝承《後漢書》:“鄭敬字次都……琴書自樂。”陶潛《歸去來辭》:“悦親戚之情話,樂琴書以消憂。”藝業:技藝學業。《晉書·慕容儁載記》:“英姿邁古,藝業超時,此其六也。”述作:《禮記·樂記》:“作者之謂聖,述者之謂明。明聖者,述作之謂也。”述,傳承。作,創新。後用以指撰寫著作。仲長統《昌言》:“子長、班固,述作之士。”

[一八]道非兼濟:《易·繫辭上》:“知周乎萬物,而道濟天下,故不過。”事止樂善:《東觀漢記·東平憲王蒼傳》:“上嘗問東平王蒼曰:‘在家何業最樂?’蒼對曰:‘爲善最樂。’上嗟歎之。”

[一九]無得而稱:見《宣德太后再敦勸梁王令》注[二八]。

人之云亡,忽移歲序[二〇],鴟鴞東徙,松檟成行[二一]。六府臣僚，三藩士女[二二]，人蓄油素，家懷鉛筆[二三]，瞻彼景山，徒然望慕[二四]。昔晉氏初禁立碑，魏舒之亡，亦從班列④[二五]，而阮略既泯，故首冒嚴科[二六]，爲之者竟免刑戮，置之者反蒙嘉歎⑤[二七]。至於道被如仁，功參微管，本宜在常均之外[二八]。故太宰淵、丞相嶷，親賢並軌，即爲成規，乞依二公前例，賜許刊立[二九]。寧容使長想九原，樵蘇罔識其禁[三〇]；駐蹕長陵，輀軒不知所適[三一]。

【校　記】

④列：明州本作“例”。

⑤置：李善本與《全梁文》作“致”。

【箋　注】

[二〇]人之云亡：《詩·大雅·瞻卬》：“人之云亡，邦國殄瘁。”歲序：猶言時令。序，時序、季節。王僧達《答顏延年》：“聿來歲序暄，輕雲出東岑。”

[二一]鴟鴞東徙：《文選》呂延濟注：“周公東征管、蔡，作《鴟鴞》詩以遺成王。今子良有代宗之義，而帝亦嫌焉。故假鴟鴞之東徙以喻焉。”李善注：“言成王未知周公之意，類鬱林之嫌子良。而周公有居攝之情，由子良有代宗之議，故假鴟鴞以喻焉。吳均《齊春秋》曰：‘鬱林王即位，子良謝疾不視事，帝嫌之。又潘敞以仗防。子良既有代宗議，憂懼不敢朝事，而子良薨。’”《南齊書·武十七王傳·竟陵文宣王子良》：“帝（鬱林王）常慮子良有異志，及薨，甚悅。”《鴟鴞》，《詩·豳風》篇名。《毛詩序》曰：“《鴟鴞》，周公救亂也。成王未知周公之志，乃爲詩以遺王，名之曰《鴟鴞》焉。”東徙，《說苑·談叢》：“梟逢鳩，鳩曰：‘子將安之！’梟曰：‘我將東徙。’鳩曰：‘何故？’梟曰：‘鄉人皆惡我鳴，以故東徙。’鳩曰：‘子能更鳴可矣；不能更鳴，東徙，猶惡子之聲。’”松檟：松樹與檟樹。常被栽植墓前。《左傳·哀公十一年》：“（伍子胥）將死，曰：‘樹吾墓檟，檟可材也，吳其亡乎。’”成行：《文選》呂延濟注：“言成行者，明年月深遠也。”

[二二]六府、三藩：《文選》李善注：“蕭子顯《齊書》曰：子良爲輔國將軍、征虜將軍、竟陵王、鎮北將軍、征北將軍、護軍將軍，斯謂六府。子良又爲會稽太守、南徐州刺史、又南兗州刺史，斯謂之三藩也。”臣僚：群臣百官。《後漢書·宦者傳序》：“和帝即祚幼弱，而竇憲兄弟專總權威，内外臣僚，莫由親接，所與居者，惟閹官而已。”士女：成年男女。《尚書·武成》：“肆予東征，綏厥士女。”

　　［二三］蓄：積也。油素：絹也。揚雄《答劉歆書》曰："齎油素四尺，以問其異語。"家懷鉛筆：《文選》李善注引葛龔《與梁相牋》曰："曹褒寢懷鉛筆，行誦文書。"鉛，粉筆也。

　　［二四］瞻彼景山，徒然望慕：《文選》李周翰注："景，謂景行，謂高山仰止也。言藩府士女皆積懷素筆，瞻望王之景行，空然思慕，願欲立碑。"景山，謂墳也。《詩·商頌·殷武》："陟彼景山，松柏丸丸。"望慕：仰慕。劉楨《贈五官中郎將》之二："望慕結不解，貽爾新詩文。"

　　［二五］晋氏初禁立碑：《宋書·禮志二》："晋武帝咸寧四年，又詔曰：'此石獸碑表，既私褒美，興長虛僞，傷財害人，莫大於此。一禁斷之。其犯者雖會赦令，皆當毀壞。'至元帝太興元年，有司奏：'故驃騎府主簿故恩營葬舊君顧榮，求立碑。'詔特聽立。自是後，禁又漸頹。大臣長吏，人皆私立。義熙中，尚書祠部郎中裴松之又議禁斷，於是至今。"又，《太平御覽》卷五百八十九《文部五·碑》引《晋令》曰："諸葬者皆不得立祠堂、石碑、石表、石獸。"魏舒之亡，亦從班列：《文選》張銑注："晋時令諸墓者不得作碑，而司徒魏舒死，特賜之碑。"魏舒，字陽元，任城樊人也。年四十餘，郡上計掾察孝廉。轉相國參軍，封劇陽子。遷宜陽、滎陽二郡太守，甚有聲稱。徵拜散騎常侍。出爲冀州刺史，在州三年，以簡惠稱。入爲侍中。遷尚書，以公事當免官，詔以贖論。太康初，拜右僕射。加右光禄大夫、儀同三司。及山濤薨，以舒領司徒，有頃即真。太熙元年（二九〇）薨。晋武帝甚傷悼，賵賻優厚，謚曰康。班列，猶言位次。潘岳《夏侯常侍誄序》："天子以爲散騎常侍，從班列也。"

　　［二六］阮略既泯，故首冒嚴科：李善注："《陳留志》曰：阮略，字德規，爲齊國內史。爲政表賢黜惡，化風大行。卒於郡，齊人欲爲立碑。時官制嚴峻，自司徒魏舒已下，皆不得立。齊人思略不已，遂共冒禁樹碑，然後詣闕待罪。朝廷聞之，尤歎其惠。"《晋書·阮放傳》："放字思度。祖略，齊郡太守。"泯，古同"泯"。冒，侵犯、違犯。《漢書·禮樂志》："董仲舒對策言：'習俗薄惡，民人抵冒。'"顏師古注："冒，犯也。"嚴科，嚴厲的法律。《宋書·隱逸傳·翟法賜》："尋陽太守鄧子文表曰：'逼以王憲，束以嚴科。'"

　　［二七］爲之者：作碑文者。刑戮：刑罰或誅戮。《論語·公冶長》："子謂南容：'邦有道，不廢；邦無道，免於刑戮。'"置之者：立碑者。嘉歎：贊歎。郭璞《爾雅圖贊·釋木·柚》："屈生嘉歎，以爲美談。"

　　"昔晋"六句，《文選》張銑注："晋時令諸墓者不得作碑，而司徒魏舒死，特賜之碑。阮德規爲齊國內史，風化大行，卒於郡，郡人欲爲立碑。時官制嚴峻，不許立。齊人思之，因與冒禁立碑，詣闕請罪。朝廷聞之，尤歎美其惠。泯，滅也。爲，謂作文者。置，立也。”

[二八]道被如仁，功參微管，本宜在常均之外：《文選》吕向注：“言人有大功如管仲者，則宜在尋常均禁之外。”道被如仁，《論語·憲問》：“子曰：‘桓公九合諸侯，不以兵車，管仲之力也。如其仁！如其仁！’”被，及也。功參微管，見《爲武帝追封丞相長沙王詔》注[三]。常均，猶常法。

[二九]太宰淵，丞相嶷，親賢並軌，即爲成規，乞依二公前例，賜許刊立：《文選》吕延濟注：“言竟陵王賢與褚同迹，親與嶷同規，請爲立碑，以依二公之例。”太宰淵，褚淵。字彦回，河南陽翟人。拜駙馬都尉，除著作佐郎，太子舍人，太宰參軍，太子洗馬，祕書丞。宋明帝即位，轉侍中，領右衛將軍，尋遷散騎常侍，丹陽尹。出爲吴興太守，常侍如故。明帝崩，遺詔以爲中書令、護軍將軍，加散騎常侍，與尚書令袁粲受顧命，輔幼主。元徽三年（四七五），進爵爲侯，增邑千户。服闋，改授中書監，侍中、護軍如故。齊建元元年（四七九），進位司徒，侍中、中書監如故。封南康郡公，邑三千户。太祖崩，遺詔以淵爲録尚書事。薨，有詔贈太宰。丞相嶷：蕭嶷。《南齊書·豫章文獻王傳》：豫章文獻王嶷字宣儼，太祖第三子。薨，有詔贈丞相。故吏南陽樂藹與竟陵王蕭子良、右率沈約箋書，請爲立碑。建武中，第二子恪，托沈約及太子詹事孔稚珪爲文。今《文選》存王儉《褚淵碑文》。李善注：“褚淵碑即王儉所制。”並軌，同迹。陸機《演連珠》：“五侯並軌，西京有陵夷之運。”成規，前人制定的規章制度。《三國志·蜀書·蔣琬費褘姜維傳評》：“蔣琬方整有威重，費褘寬濟而博愛，咸承諸葛之成規，因循而不革。”前例，以往的事例。賜許，允許的敬辭。刊立，刻石立碑。

[三〇]長想：遐想，追思。傅毅《舞賦》：“游心無垠，遠思長想。”九原：山名。《禮記·檀弓下》：“趙文子與叔譽觀乎九原。”又曰：“文子曰：‘是全要領以從先大夫於九京也。’”鄭玄注：“晋卿大夫之墓地在九原。京，蓋字之誤，當爲原。”後世因稱墓地爲九原。《新序·雜事四》：“晋平公過九原而嘆曰：‘嗟乎！此地之蘊吾良臣多矣。若使死者起也，吾將誰與歸乎！’”樵蘇罔識其禁：《戰國策·齊四》：“（顔）蠋曰：‘昔者秦攻齊，令曰：敢有去柳下季壟五十步而樵采者，罪死不赦。’”樵蘇，打柴砍草之人。左思《魏都賦》：“樵蘇往而無忌，即鹿縱而匪禁。”罔識，不知、不識。

[三一]駐蹕：帝王出行，途中停留暫住。左思《吴都賦》：“弭節頓轡，齊鑣駐蹕。”蹕，指帝王車駕。長陵：《文選》劉良注：“長陵，蕭何、曹參陪葬之所。和帝詔曰：‘朕望長陵，見二臣之隴，每有感焉。’”輶軒：古代使臣乘坐的一種輕車。揚雄《答劉歆書》：“嘗聞先代輶軒之使，奏籍之書，皆藏於周秦之室。”

　　臣里閭孤賤，才無可甄[三二]，值齊網之弘，弛賓客之禁，策名委質，忽焉二紀[三三]。慮先犬馬，厚恩不答[三四]，而弊帷毀蓋⑥，未蔭螻蟻[三五]；珠襦玉匣，遠飾幽泉[三六]。陛下弘獎名教，不隔微物[三七]，使臣得駿奔南浦，長號北陵[三八]，既曲逢前施，實仰覬後澤[三九]。儻驗杜預山頂之言⑦，庶存馬駿必拜之感[四〇]。臨表悲恩，言不自宣[四一]。臣誠惶以下⑧。

【校　記】

⑥弊：明州本《文選》作“敝”。

⑦山頂：明州本作“立峴”。

⑧臣誠惶以下：明州本、信述堂本與薈要本無此四字。今據李善本與《全梁文》補。

【箋　注】

[三二]里閭：里巷，鄉里。《古詩十九首·去者日以疏》：“思還故里閭，欲歸道無因。”孤賤：孤苦低賤。鮑照《拜侍郎上疏》：“臣北州衰淪，身地孤賤。”甄：彰明。潘岳《西征賦》：“甄大義以明責，反初服於私門。”

[三三]值齊網之弘，弛賓客之禁，策名委質，忽焉二紀：《文選》李周翰注：“弘，大；弛，廢也。言我逢齊網之寬，廢禁賓客游王門之法，得委質事太宰已經二十四年。”賓客之禁，具體記載未詳，僅見《南齊書·庾杲之傳》有記：“永明中，諸王年少，不得妄與人接。”策名，謂出仕。委質，人臣拜見人君時，屈膝而委體於地。《左傳·僖公二十三年》：“策名委質，貳乃辟也。”杜預注：“名書於所臣之策，屈膝而君事之，則不可以貳辟罪也。”孔穎達疏曰：“策，簡策也。質，形體也。古之仕者於所臣之人書己名於策，以明繫屬之也。拜則屈膝而委身體於地，以明敬奉之也。名繫於彼所事之君，則不可以貳心辟罪。”《國語·晋語九》：“臣聞之，委質為臣，無有二心。委質而策死，古之法也。”韋昭注：“言委質於君，書名於策，示必死也。”忽焉，快速貌。《左傳·莊公十一年》：“禹湯罪己，其興也悖焉。桀紂罪人，其亡也忽焉。”紀，古代紀年的單位。十二年為一紀。《尚書·畢命》：“既歷三紀。”孔安國傳：“十二年曰紀。”

[三四]慮先犬馬，厚恩不答：《史記·平津侯主父列傳》：“臣（公孫）弘行能不足以稱，素有負薪之病，恐先狗馬填溝壑，終無以報德塞責。”《列女傳·貞順傳·梁寡高行》：“高行曰：‘妾夫不幸早死，先犬馬填溝壑。’”《文選》李善注引虞貞節曰：“人受命於天而命長，犬馬受命於天而命短，妾之夫

反先犬馬死矣。"厚恩,《漢書·金日磾傳》:"(甄邯)劾奏曰:'(金)欽幸得以通經術,超擢侍帷幄,重蒙厚恩。'"

[三五]弊帷毁蓋:《禮記·檀弓下》:"仲尼之畜狗死,使子貢埋之,曰:'吾聞之也,弊帷不棄,爲埋馬也;弊蓋不棄,爲埋狗也。'"未蓐螻蟻:《戰國策·楚一》:"安陵君泣數行而進曰:'臣入則編席,出則陪乘,大王萬歲千秋之後,願得以身試黃泉,蓐螻蟻,又何如得此樂而樂之。'"《文選》李善注引延叔堅(漢京兆尹延篤)《戰國策論》曰:"爲王先用填黃泉,爲王作蓐,以御螻蟻。"蓐,音入。草席,草墊。此處用作动詞。

[三六]珠襦玉匣:《西京雜記》卷一:"漢帝送死皆珠襦玉匣。匣形如鎧甲,連以金縷。"幽泉:指陰間地府。江淹《傷愛子賦》:"傷弱子之冥冥,獨幽泉兮而永閟。"襦,音如。

"而弊"四句:《文選》張銑注:"言我常恐先死,不得報恩,誰知我未藉螻蟻而太宰已在幽泉。"

[三七]弘獎:大力勸勉、獎勵。名教:指以正名定分爲主的封建禮教。《後漢紀·獻帝紀》:"夫君臣父子,名教之本也。"隔:蔽塞。微物:細小的東西,小的生物。《韓非子·外儲説左上》:"臣爲削者也,諸微物必以削削之,而所削必大於削。"喻指卑下者。

[三八]駿奔:急速奔走。《尚書·武成》:"邦甸侯衛,駿奔走,執豆籩。"《詩·周頌·清廟》:"對越在天,駿奔走在廟。"後多截用"駿奔"二字。《後漢書·章帝紀》:"駿奔郊畤,咸來助祭。"南浦:《文選》劉良注:"迎喪處也。"長號:大聲號哭。盧諶《與司空劉琨書》:"奚必臨路而後長號,覩絲而後歔欷哉!"北陵:《文選》劉良注:"謂竟陵王葬處。"

[三九]既曲逢前施,實仰覬後澤:《文選》吕延濟注:"前施,謂先許送葬也。覬,幸也。後澤者,望許立碑也。"曲,表敬之辭。

[四〇]儻:表示假設,相當於"倘若""如果"。《史記·伯夷列傳》:"儻所謂天道,是邪非邪?"杜預山頂之言:《晉書·杜預傳》:"預好爲後世名,常言'高岸爲谷,深谷爲陵',刻石爲二碑,紀其勳績,一沈萬山之下,一立峴山之上,曰:'焉知此後不爲陵谷乎!'"馬駿必拜之感:用司馬懿第七子司馬駿典。《晉書·宣五王傳·扶風王駿》:"西土聞其薨也,泣者盈路,百姓爲之樹碑,長老見碑無不下拜,其遺愛如此。"

[四一]悲思:悲憤憂懼。思,古同"偲"。自宣:表達自己的情意。繁欽《與魏太子書》:"近屢奉牋,不足自宣。"

爲梁公請刊改律令表

【題　解】

齊和帝中興二年(五〇二)正月戊戌,詔封蕭衍爲梁公,加九錫,蕭衍固辭,府僚勸進,不許。二月辛酉,府僚重請,始受相國梁公之命。癸巳,受梁王之命。又題目有"爲梁公",則此令作於中興二年正月戊戌至癸巳間。

臣聞:涫源既遠,天討是因[一],畫衣象服,以致刑厝[二];草纓、艾韠,民不能犯[三]。及涫德下衰,運距澆季[四],《湯刑》《禹政》,不足禁姦[五];九法三章,無以息訟[六],所以赭衣塞路,圉狴成市[七],凝脂已疎,秋荼未苦①[八],姦吏爲市,生殺並用[九],可爲慟哭②,豈徒一緒[一〇]!夫肖貌天地,稟靈川岳[一一],受體愛敬,髮膚爲重[一二],流矢影風,顧有憂色[一三],而當妄加劁斲,金木爲伍③[一四]。且夫刻木不對,畫地不入,畏避若是[一五],而動貽非命,王道爲虧,良在於此[一六]。法開二門,爲政之蠹[一七],生殺多緒,誰其適從④[一八]。

【校　記】

①未:《藝文類聚》與《全梁文》作"非"。
②爲:《全梁文》作"謂"。
③木:信述堂本與薈要本作"衣"。今從《藝文類聚》、張燮本與《全梁文》。
④從:《藝文類聚》作"政"。

【箋　注】

[一]涫源。淳樸風俗的源流。涫,古同"淳"。《文選》王中《頭陀寺碑文》:"淳源上派,澆風下黷。"呂延濟注:"淳和之源自上流派,而澆薄之風垢濁於下。"天討:上天的懲治。《尚書·臯陶謨》:"天討有罪,五刑五用哉。"後以王師征伐爲"天討",意謂稟承天意而行。《後漢書·光武帝紀贊》:"神旌乃顧,遞行天討。"

[二]畫衣象服:傳說上古有象刑,即以異常的衣著象徵五刑(墨、劓、剕、宮、大辟)表示懲誡。以有特殊標誌的衣冠代替死刑稱爲畫衣冠。《慎子·逸文》:"有虞之誅,以幪巾當墨,以草纓當劓,以菲履當剕,以艾韠當宮,布衣無領當大辟,此有虞之誅也。斬人肢體,鑿其肌膚,謂之刑;畫衣冠,異章服,謂之戮。上世用戮而民不犯也,當世用刑而民不從。"《尚書·堯

典》:"象以典刑。"刑厝:即"刑措""刑錯"。無人犯法,置刑法而不用。《荀子·議兵》:"傳曰:'威厲而不試,刑錯而不用。'"

[三]草纓、艾韠,民不能犯:見上注。草纓,罪人冠上加草帶,以示羞辱,用以代替劓刑。上古象刑之一。艾韠,謂割去罪人之韠以代替宮刑。韠,古代官服上的蔽膝。艾,通"刈"。

[四]淳德:淳厚的德行。淳,古同"淳"。《史記·秦本紀》:"上含淳德以遇其下,下懷忠信以事其上。"運距:見《爲宣德太后重敦勸梁王令》注[八]。澆季:道德風俗浮薄的末世。南朝宋孝武帝《通下情詔》:"世弊教淺,歲月澆季。"

[五]《湯刑》《禹政》:《左傳·昭公六年》:"夏有亂政而作《禹刑》,商有亂政而作《湯刑》,周有亂政而作《九刑》。"杜預注:"夏商之亂,著禹湯之法。……周之衰,亦爲刑書。"禁姦:懲治奸邪。《韓非子·備內》:"今夫治之禁姦又明於此,然守法之臣爲釜鬵之行,則法獨明於胸中,而已失其所以禁姦者矣。"

[六]九法:周代治理邦國的九項措施。《周禮·夏官·大司馬》:"大司馬之職,掌建邦國之九法,以佐王平邦國:制畿封國,以正邦國;設儀辨位,以等邦國;進賢興功,以作邦國;建牧立監,以維邦國;制軍詰禁,以糾邦國;施貢分職,以任邦國;簡稽鄉民,以用邦國;均守平則,以安邦國;以小事大,以和邦國。"後泛指治理天下的各種大法。韓愈《與孟尚書書》:"楊墨交亂,而聖賢之道不明,則三綱淪而九法斁,禮樂崩而夷狄橫。"三章:三條法律。《史記·高祖本紀》記載:漢高祖劉邦率兵進入咸陽時,與父老約法三章:"殺人者死,傷人及盜抵罪。"泛指簡單明確的法律或規章。《南史·袁昂傳》:"莫嚴五辟於明君之朝,峻三章於聖主之日。"息訟:平息爭訟。

[七]赭衣塞路,圄犴成市:《漢書·刑法志》:"而姦邪並生,赭衣塞路,囹圄成市,天下愁怨,潰而叛之。"赭衣塞路,穿囚服的人擠滿了道路。形容罪犯很多。赭衣,見《爲范尚書讓吏部封侯表》注[一一]。塞路,充塞道路。言其多。《法言·吾子》:"古者楊、墨塞路,孟子辭而闢之,廓如也。"圄犴,牢獄。犴,音岸。《後漢書·皇后紀序》:"身犯霧露於雲臺之上,家嬰縲紲於圄犴之下。"李賢注:"囹圄,周獄名也。鄉亭之獄曰犴。"成市,像市場一樣。比喻眾多。《漢書·鄒陽傳》:"陽奏書諫。其辭曰:'……夫全趙之時,武力鼎士袨服叢臺之下者一旦成市,而不能止幽王之湛患。'"

[八]凝脂:凝凍的油脂,因無間隙,比喻嚴密。多指法網。秋荼:荼至秋而繁密,以喻刑法苛細。《鹽鐵論·刑德》:"昔秦法繁於秋荼,而網密於凝脂。"

[九]姦吏爲市,生殺並用:《漢書·刑法志》:"姦吏因緣爲市,所欲活則傅生議,所欲陷則予死比,議者咸寃傷之。"姦吏:枉法營私的官吏。《管子·七法》:"姦吏傷官法,姦民傷俗教。"爲市,交易、做買賣。《孟子·公孫丑下》:"古之爲市也,以其所有易其所無者,有司者治之耳。"《漢書·刑法志》"姦吏因緣爲市"顏師古注:"弄法而受財,若市買之交易。"生殺,決定生與死。指生殺之權。《春秋繁露·王道通三》:"人主立於生殺之位,與天共持變化之勢,物莫不應天化。"

[一〇]可爲慟哭,豈徒一緒:賈誼《陳政事疏》:"臣竊惟事勢,可爲慟哭者一,可爲流涕者二,可爲長太息者六。"慟哭,痛哭。干寶《搜神記》卷十一:"(盛)彥見之,抱母慟哭,絕而復蘇。"一緒:一端。

[一一]肖貌天地:《漢書·刑法志》"夫人宵天地之貌"顏師古注引應劭曰:"宵,類也。頭圜象天,足方象地。"又注曰:"宵義與肖同,應説是也。故庸妄之人謂之不肖,言其狀貌無所象似也。貌,古貌字。"稟靈:見《禪梁璽書》注[四]。

[一二]受體愛敬,髮膚爲重:《孝經·開宗明義》:"身體髮膚,受之父母,不敢毀傷,孝之始也。"愛敬,親愛恭敬。《孝經·天子》:"愛敬盡於事親,而德教加於百姓,刑于四海。"

[一三]流矢:無端飛來的亂箭。《禮記·檀弓上》:"圉人浴馬,有流矢在白肉。"

[一四]刳斲:見《禪梁册》注[二五]"斲涉刳孕"。金木爲伍:古代拘繫犯人用木質和鐵質枷鎖,故云"金木爲伍"。

"夫肖"八句,意謂人爲天地所生,身體髮膚受之父母,當倍加愛惜,以防受損,即使看到風影中的流矢,也會擔心傷到身體,因此,不可隨意損傷他人身體,施以刑具。

[一五]刻木不對,畫地不入:極言獄吏之嚴酷苛刻。司馬遷《報任少卿書》:"故有畫地爲牢,勢不可入,削木爲吏,議不可對,定計於鮮也。"《漢書·路溫舒傳》:"俗語曰:'畫地爲獄,議不入;刻木爲吏,期不對。'此皆疾吏之風,悲痛之辭也。"顏師古注:"畫獄木吏,尚不入對,況真實乎。"刻木,謂將木雕成人像。畫地,相傳上古時,於地上畫圈,令犯罪者立圈中,以示懲罰,如後代的牢獄。畏避:因畏懼而躲避。《漢書·酷吏傳·嚴延年》:"大姓西高氏、東高氏,自郡吏以下皆畏避之,莫敢與忤。"

[一六]動貽非命:一動就招致橫死。極言法律之酷嚴。動貽,《魏書·儒林傳序》:"其餘涉獵典章,關歷詞翰,莫不縻以好爵,動貽賞眷。"非命,橫死。謂不以正道而死。《孟子·盡心上》:"盡其道而死者,正命也;桎梏死

者,非正命也。"後稱因意外災禍而死爲非命。《後漢書·荀彧傳》:"(彧)阻董昭之議,以致非命,豈數也夫!"王道爲虧:《後漢書·魯恭傳》:"一夫吁嗟,王道爲虧,況於衆乎?"王道,見《禪梁璽書》注[三三]。

[一七]法開二門:兩種途徑,兩樣結局。《後漢書·桓譚傳》:"又見法令決事,輕重不齊,或一事殊法,同罪異論,姦吏得因緣爲市,所欲活則出生議,所欲陷則與死比,是爲刑開二門也。"爲政:治理國家,執掌國政。《詩·小雅·節南山》:"不自爲政,卒勞百姓。"蠱:害。

[一八]多緒:多端。梁武帝蕭衍《申飭選人表》:"且夫譜諜訛誤,詐僞多緒。"誰其適從:《左傳·僖公五年》:"(士蔿)退而賦曰:狐裘尨茸,一國三公,吾誰適從?"

爲蕭揚州作薦士表①

【題　解】

《南齊書·明帝紀》:"(建武元年)十一月癸酉,以西中郎長史始安王遥光爲揚州刺史。"《宗室傳·始安貞王道生附遥光》:"建武元年,以爲持節、都督揚南徐二州諸軍事、前將軍、揚州刺史。……永元元年……八月十二日……於暗中牽出斬首,時年三十二。……詔殮葬遥光屍,追贈桑天愛輔國將軍、梁州刺史。"《文選》李善注引劉璠《梁典》曰:"齊建武初,有詔舉士,始安王表薦琅玡王暕及王僧孺。"《梁書·王暕傳》:"明帝詔求異士,始安王遥光表薦暕及東海王僧孺。"《王僧孺傳》:"建武初,有詔舉士,揚州刺史始安王遥光表薦秘書丞王暕及僧孺。"據此,此表作於建武初。

臣王言:臣聞求賢暫勞,垂拱永逸[一],方之疏壤,取類導川[二]。伏惟陛下,道隱疏纊,信充符璽[三],六飛同塵,五讓高世[四],白駒空谷,振鷺在庭[五],猶思隱鱗卜祝,藏器屠保[六]。物色巖下,委裘河上[七],非取製於一狐,諒求味於兼采②[八],而五聲俟響③,九工是詢[九],寢議廟堂④,借聽輿皂[一○]。臣位任隆重,義兼家邦[一一],實欲使名實不違,徼倖路絶[一二]。勢門上品,猶當格以清譚[一三];英俊下僚,不可限以位貌[一四]。

【校　記】

①爲蕭揚州作薦士表:《全梁文》作"爲蕭揚州薦士表"。
②兼:信述堂本、薈要本作"乘",今據《文選》、張燮本與《全梁文》改。

③"五"上,李善本與《全梁文》無"而"字。

④議:明州本作"義"。

【箋　注】

[一]王言:《文選》吕延濟注:"任昉爲始安王作表,故本集云'王言',撰集者因隨舊文而録之。"求賢暫勞,垂拱永逸:《吕氏春秋·季冬紀·士節》:"賢主勞於求人,而佚於治事。"高誘注:"得賢而任之,故佚於治事也。"暫勞、永逸:張衡《西京賦》:"暫勞永逸,無爲而治。"《抱朴子·外篇·廣譬》:"久憂爲厚樂之本,暫勞爲永逸之始。"垂拱:垂衣拱手。謂不親理事務。《尚書·周書·武成》:"垂拱而天下治。"孔安國傳:"言武王所修皆是,所任得人,欲垂拱而天下治。"孔穎達疏:"《説文》云:'拱,斂手也。'垂拱而天下治,謂所任得人,人皆稱職,手無所營,下垂其拱。"後多用以稱頌帝王無爲而治。王褒《聖主得賢臣頌》:"雍容垂拱,永永萬年。"

[二]方之疏壤,取類導川:《文選》吕向注:"疏,通;導,引也。通壤引川則溺者安,任賢用能則亂者理。"李善注:"孟子曰:'舜使禹疏九河,禹掘地而注之海。'《國語》太子晋曰:'伯禹疏川導滯也。'"方,比擬。《禮記·檀弓上》:"方喪三年。"取類,謂取用類似事物以説明本體。猶比喻。《漢書·刑法志》:"《洪範》曰:'天子作民父母,爲天下王。'聖人取類以正名,而謂君爲父母,明仁愛德讓,王道之本也。"

[三]伏惟:見《爲褚諮議蓁讓代兄襲封表一》注[一九]。道隱旒纊,信充符璽:《文選》吕延濟注:"旒以蔽視,纊以塞聽,言天子之道潛隱而信滿四外,如符璽焉。"道隱,《老子》曰:"大象無形,道隱無名。"河上公注曰:"道潛隱,使人無能指名也。"旒纊,有垂旒與黈纊爲飾的帝王冠冕。亦借指帝王視聽。《文選》李善注:"《大戴禮》孔子曰:古者緥而前旒,所以蔽明也,黈絋塞耳,所以掩聽也。緥,古冕字;絋,古纊字,音義並同。"信充符璽,《莊子·胠篋》:"爲之符璽以信之,則並與符璽而竊之。"

[四]六飛:古代帝王用六匹馬駕車,疾行如飛,故名。《漢書·爰盎傳》:"今陛下騁六飛,馳不測山。"裴駰集解引如淳曰:"六馬之疾若飛也。"後因以指稱皇帝的車駕或皇帝。同塵:同乎流俗。《老子》四章:"和其光,同其塵,湛兮似或存。"五讓:五次謙讓。亦泛指多次辭讓。《漢書·文帝紀》:"代王,西向讓者三,南向讓者再。"《漢書·爰盎傳》:"盎曰:'陛下至代邸,西向讓天子者三,南向讓天子者再。夫許由一讓,陛下五以天下讓,過許由四矣。'"齊明帝多次讓帝位。《南齊書·明帝紀》:"太后令廢海陵王,以上入纂太祖爲第三子,群臣三請,乃受命。"高世,高超卓絶、超越世俗。

《漢書·爰盎傳》：“爰曰：‘陛下有高世行三。’”

[五]白駒空谷：比喻賢者在大谷而未能出仕。《詩·小雅·白駒》《毛詩序》：“白駒，大夫刺宣王也。”毛傳：“刺其不能留賢也。”詩云：“皎皎白駒，在彼空谷。”白駒，白色駿馬，賢者所乘。比喻賢者。振鷺在庭：《詩·周頌·振鷺》：“振鷺于飛，于彼西雝。”鄭玄箋：“白鳥集于西雝之澤，言所集得其處也。”孔穎達疏：“言有振振然絜白之鷺鳥往飛也。……美威儀之人臣而助祭王廟亦得其宜也。”《詩·魯頌·有駜》：“振振鷺，鷺于下。”毛傳：“振振，群飛貌。鷺，白鳥也。以興絜白之士。”鄭玄箋：“絜白之士群集於君之朝。”後因以“振鷺”喻在朝操行純潔的賢人。

[六]思：古同“懼”。隱鱗：見《宣德太后再敦勸梁王令》注[七]。卜祝：專管占卜、祭祀的人。司馬遷《報任少卿書》：“僕之先人非有剖符丹書之功，文史星曆，近乎卜祝之間。”藏器：藏治國之器。《易·繫辭下》：“君子藏器於身，待時而動。”屠保：屠夫和傭保。《文選》張銑注：“屠，謂太公屠牛於朝歌；保，謂伊尹爲酒家傭保。”指操賤業者。此處分別指姜太公與伊尹。《鶡冠子·世兵》：“伊尹酒保，太公屠牛，管子作革，百里奚官奴，海内荒亂，立爲世師。”

[七]物色關下：劉向《列仙傳·關令尹》：“關令尹喜者，周大夫也。善内學，常服精華，隱德修行，時人莫知。老子西游，喜先見其炁，知有真人當過，物色而遮之，果得老子。”同書《老子》：“（老子）過西關，關令尹喜待而迎之，知真人也。”物色，訪求、尋找。委裘：《文選》李善注：“《晏子》曰：治天下若委裘，用賢委裘之實。桓公聽管仲，而趙襄子信王登，此之謂委裘。然委裘，謂用賢也。”《呂氏春秋·開春論·察賢》：“天下之賢主，豈必苦形愁慮哉？執其要而已矣。……故曰‘堯之容若委衣裘’，以言少事也。”陳奇猷校釋：“謂堯之時，天下無事，堯之儀表，乃委曲其衣裘，消閒自得。古者長衣，有事則振衣而起，無事則委曲衣裘而坐也。”後以“委裘”指君主任賢舉能。河上：即河上公。葛洪《神仙傳·河上公》：“河上公者，莫知其姓字。漢文帝時，公結草爲庵於河之濱。帝讀《老子經》頗好之……有所不解數事，時人莫能道之，聞時皆稱河上公解《老子經》義旨，乃使齎所不決之事以問。”

[八]非取製於一狐，諒求味於兼采：《文選》呂延濟注：“製裘非一狐之皮，求美必兼采衆味。論爲國者信資衆賢。”一狐，《慎子》内篇：“狐白之裘，非一狐之腋。”求味於兼采，裴松之《上三國志注表》：“續事以衆色成文，蜜蠟以兼采爲味。”兼采，謂同時向多方面采取。

[九]五聲倦響，九工是詢：《文選》劉良注：“天子倦以聲聽，故問於九

官。”五聲,《鶡子》卷下:“禹之治天下也,以五聲聽。”詳見《請祀郊廟備六代樂表》注[四]。倦響,倦於作聲,不再發出聲響。九工:見《求薦士詔》注[五]。

[一〇]寢議廟堂,借聽輿皂:《文選》李周翰注:“廟堂,謂貴臣。輿皂,賤士也。言寢息卿相之議,借聽微賤之言。”寢,息也。《漢書・刑法志》:“兵寢刑措。”廟堂,朝廷。《説苑・善説》:“設使食肉者一旦失計於廟堂之上,若臣等之藿食者,寧得無肝膽塗地於中原之野與?”《漢書・匈奴傳贊》:“故自漢興,忠言嘉謀之臣曷嘗不運籌策相與爭於廟堂之上乎?”借聽輿皂,《左傳・僖公二十八年》:“晋侯患之,聽輿人之誦。”輿皂,見《求薦士詔》注[五]。

[一一]位任隆重:《文選》張銑注:“謂始安王、揚州刺史。”位任,官位、職務。隆重,貴盛。義兼家邦:《文選》張銑注:“謂與國爲兄弟也。”齊明帝蕭鸞、蕭遥光同爲齊高帝蕭道成次兄始安貞王道生之子。

[一二]名實:名稱與實質、實際。《鄧析子・無厚篇》:“循名責實,君之事也;奉法宣令,臣之職也。”徼倖:同“徼幸”“僥倖”。意外獲得成功。《左傳・哀公十六年》:“以險徼幸者,其求無饜。”《禮記・中庸》:“故君子居易以俟命,小人行險以僥幸。”路絶:通道阻塞。“實欲”二句,意謂意欲使推薦的賢士名實相符,杜絶名實不符者僥幸進取之路。

[一三]勢門上品,猶當格以清譚:勢門:權勢之門。《舊唐書・王起傳》:“貢舉猥濫,勢門子弟,交相酬酢;寒門俊造,十棄六七。”上品:魏晋南北朝時,統治階層中門閥最高的品第。謝靈運《宋書序》:“下品無高門,上品無賤族。”格:舉也。清譚:即“清談”。猶清議。公正的輿論。《梁書・沈約傳》:“自負英才,昧於榮利,乘時藉世,頗累清談。”

[一四]英俊:才智傑出的人物。《史記・淮陰侯列傳》:“秦之綱絶而維弛,山東大擾,異姓並起,英俊烏集。”下僚:職位低微之屬吏。《後漢書・班固傳》:“如得及明時,秉事下僚,進有羽翮奮翔之用,退有杞梁一介之死。”位貌:官位和容貌。

　　竊見秘書丞琅邪臣王暕⑤[一五],年二十一,字思晦,七葉重光,海內冠冕[一六],神清氣茂,允迪中和[一七]。叔寶理遣之譚,彦輔名教之樂[一八],故以暉映先達,領袖後進[一九]。居無塵雜,家有賜書[二〇],辭賦清新,屬言玄遠[二一],室邇人曠,物疎道親[二二],養素丘園,台階虛位[二三],庠序公朝,萬夫傾望⑥[二四],豈徒荀令可想,李公不亡而已哉[二五]?

【校　記】

⑤“王”上，信述堂本、張燮本與薈要本無“臣”字。今據《文選》與《全梁文》補。

⑥望：明州本作“首”。

【箋　注】

[一五]秘書丞：古代掌文籍等事之官。《通典·職官八·祕書監》：“魏武帝置祕書令及丞一人，典尚書奏事。後文帝黃初中，欲以何禎爲祕書丞，而祕書先自有丞，乃以禎爲祕書右丞。其後遂有左右二丞，劉放爲左丞，孫資爲右丞，後省。晉復置祕書丞，銅印墨綬，進賢一梁冠，絳朝服。宋爲黃綬，餘與晉同。齊、梁尤重。陳、隋印綬與齊同，歷代皆有。大唐龍朔二年，改爲蘭臺大夫，咸亨初復舊。掌府事，勾稽省署抄目。”琅邪：《通典·州郡十·古徐州》“瑯琊郡”：“沂州　春秋時，齊、魯二國之地。戰國屬齊、魯二國之境。秦瑯琊郡。漢爲東海、瑯琊二郡地，後置瑯琊國。魏晉亦置瑯琊國。宋爲瑯琊郡。齊不得其地。後魏置北徐州。後周改爲沂州。隋復爲瑯琊郡。大唐爲沂州，或爲瑯琊郡。”又，東晉元帝置南琅邪郡，本治金城，永明徙治白下。王暕：《梁書·王暕傳》：“王暕字思晦，琅邪臨沂人。父儉，齊太尉、南昌文憲公。暕年數歲，而風神警拔，有成人之度。時文憲作宰，賓客盈門，見暕相謂曰：‘公才公望，復在此矣。’弱冠，選尚淮南長公主，拜駙馬都尉，除員外散騎侍郎，不拜，改授晉安王文學，遷盧陵王友、祕書丞。（齊）明帝詔求異士，始安王遙光表薦暕及東海王僧孺……除驃騎從事中郎。（梁）高祖霸府開，引爲戶曹屬，遷司徒左長史。天監元年，除太子中庶子，領驍騎將軍，入爲侍中。出爲寧朔將軍、中軍長史。又爲侍中，領射聲校尉，遷五兵尚書，加給事中。出爲晉陵太守。徵爲吏部尚書，俄領國子祭酒。暕名公子，少致美稱，及居選曹，職事脩理；然世貴顯，與物多隔，不能留心寒素，衆頗謂爲刻薄。遷尚書右僕射，尋加侍中。復遷左僕射，以母憂去官。起爲雲麾將軍、吳郡太守。還爲侍中、尚書左僕射，領國子祭酒。普通四年冬，暴疾卒，時年四十七。詔贈侍中、中書令、中軍將軍……謚曰靖。”

[一六]七葉重光，海內冠冕，神清氣茂，允迪中和：七葉：七世，七代。《南齊書·王儉傳》：“祖曇首，宋右光禄。父僧綽，金紫光禄大夫。儉生而僧綽遇害，爲叔父僧虔所養。”《南史·王曇首傳》：“王曇首，太保弘之弟也。”《南史·王弘傳》：“王弘字休元，琅邪臨沂人也。曾祖導，晉丞相，祖洽，中領軍，父珣，司徒。”《晉書·王導傳》：“王導字茂弘，光禄大夫覽之孫也。父裁，鎮軍司馬。……導六子：悦、恬、洽、協、劭、薈。……洽字敬和，導

諸子中最知名,與苟羨俱有美稱。……二子:珣、珉。"《晋書·王祥傳附弟覽》:"覽字玄通。……有六子:裁、基、會、正、彦、琛。……裁字士初,撫軍長史。……覽後奕世多賢才,興於江左矣。裁子導,别有傳。"綜上所引,"七葉"應是自東晋以來之七代,依次爲:裁、導、洽、珣、僧綽、曇首、儉。據此可知,《文選》李善注"《晋中興書》曰:王祥弟覽生導,導生洽,洽生珣,珣生曇首"所言"覽生導"實誤,應爲"覽生裁,裁生導"。《文選》任昉《王文憲集序》"六世名德"李善注"《晋中興書》曰:王祥弟覽生導,導生洽,洽生珣,珣生曇首",亦誤。又,《文選》劉良注"七葉,謂自王祥以下至瑓父曇首,凡七代",亦誤。重光:比喻累世盛德,輝光相承。《尚書·顧命》:"昔君文王、武王,宣重光。"孔安國傳:"言昔先君文、武,布其重光累聖之德。"袁宏《後漢紀·獻帝紀四》:"(楊彪)累世清德,四葉重光。"冠冕:冠族,仕宦之家。《世説新語·德行》"王綏在都"劉孝標注引《中興書》:"自王渾至坦之,六世盛德,綏又知名,於時冠冕莫與爲比。"

[一七]神清氣茂:謂心神清朗,資質秀美。神清,謂心神清朗。《淮南子·俶真訓》:"神清者,嗜欲弗能亂。"氣茂,猶氣盛。王巾《頭陀寺碑文》:"氣茂三明,情超六入。"蔡洪《張錡狀》:"錡資氣早茂,才幹足任。"允迪:《尚書·皋陶謨》:"允迪厥德。"孔安國傳:"迪,蹈也。"中和:中庸之道的主要内涵。《禮記·中庸》:"喜怒哀樂之未發謂之中,發而皆中節謂之和。中也者,天下之大本也,和也者,天下之達道也。致中和,天地位焉,萬物育焉。"《周禮·春官·大司樂》:"以樂德教國子,中和、祗庸、孝友。"

[一八]叔寶理遣之譚:《晋書·衛瓘傳附玠》:"(衛)玠字叔寶……玠嘗以人有不及,可以情恕;非意相干,可以理遣,故終身不見喜愠之容。"理遣,指從事理上得到寬解。彦輔名教之樂:《晋書·樂廣傳》:"樂廣字彦輔……是時王澄、胡毋輔之等,皆亦任放爲達,或至裸體者。廣聞而笑曰:‘名教内自有樂地,何必乃爾!’"《世説新語·德行》:"王平子、胡毋彦國諸人,皆以任放爲達,或有裸體者。樂廣笑曰:‘名教中自有樂地,何爲乃爾也!’"名教,見《爲范始興求爲太宰立碑表》注[三七]。"叔寶"二句,言王瓓曠達,而不至無所不爲,具有中和之氣。

[一九]暉映:光彩照耀。《晋書·后妃傳上·左貴嬪》:"咸寧二年,納皇后,(左)芬于座受詔作頌,其辭曰:‘……我后戾止,車服暉映。’"映,古同"映"。先達:有德行學問的前輩。《後漢書·朱暉傳》:"初,暉同縣張堪素有名稱,嘗於太學見暉,甚重之,接以友道,乃把暉臂曰:‘欲以妻子託朱生。’暉以堪先達,舉手未敢對。"領袖後進:後輩中才華出衆,遥遥領先者。《世説新語·賞譽》:"胡毋彦國吐佳言如屑,後進領袖。"《文選》李善注引

孫盛《晉陽秋》曰："裴秀有風操,十餘歲時,人爲之語曰:'後進領袖有裴秀。'"後進,後輩。亦指學識或資歷較淺之人。《論語·先進》:"先進於禮樂,野人也;後進於禮樂,君子也。"邢昺疏:"後進,謂後輩仕進之人也。"

[二〇]塵雜:人世間的煩雜瑣事。陶潛《歸園田居詩》之一:"户庭無塵雜,虚室有餘閒。"家有賜書:《漢書·叙傳上》:"(班)彪字叔皮,幼與從兄嗣共游學,家有賜書。"《南齊書·王儉傳》:"是歲(永明三年),省總明觀,於儉宅開學士館,悉以四部書充儉家。"賜書,君王賜給的書籍。

[二一]辭賦清新:《文選》李善注引《陸機陸雲別傳》曰:"雲亦善屬文,清新不及機,而口辯持論過之。"清新,清美新穎。陸雲《與兄平原書》之十一:"兄文章之高遠絕異,不可復稱言。然猶皆欲微多,但清新相接,不以此爲病耳。"屬言玄遠:《晉書·阮籍傳》:"籍雖不拘禮教,然發言玄遠,口不臧否人物。"屬言,猶發言。玄遠,玄妙幽遠。《晉書·張華傳》:"華不從,曰:'天道玄遠,惟修德以應之耳。'"

[二二]室邇人曠:《詩·鄭風·東門之墠》:"其室則邇,其人甚遠。"物疏道親:《文選》劉良注:"親道疏物也。"物疏,《尹文子·大道上》:"處名位,雖不肖下愚,物不疏己。親疏系乎勢利,不系乎不肖與仁賢。"

[二三]養素:修養且保持其本性。《文選》嵇康《幽憤詩》:"志在守樸,養素全真。"張銑注:"養素全真,謂養其質以全真性。"丘園:家園,鄉村。《易·賁》:"六五,賁于丘園,束帛戔戔。"王肅注:"失位無應,隱處丘園。"孔穎達疏:"丘謂丘墟,園謂園圃。唯草木所生,是質素之處,非華美之所。"後以"丘園"指隱居之處。張衡《東京賦》:"聘丘園之耿絜,旅束帛之戔戔。"台階:三台星亦名泰階,故稱台階。古人以爲有三公之象,因以指三公之位或宰輔重臣。《後漢書·崔駰傳》:"不以此時攀台階,闚紫闥,據高軒,望朱闕,夫欲千里而咫尺未發,蒙竊惑焉。"李賢注:"三台謂之三階,三公之象也。"《後漢書·郎顗傳》曰:"三公上應台階。"李賢注:"《前書音義》曰:'泰階,三台也。'又《黄帝泰階六符經》曰:'泰階者,天之三階也。上階爲天子,中階爲諸侯、公卿、大夫,下階爲士、庶人。三階平則陰陽和,風雨時。'……言三公上象天之台階,下與人君同體也。"虚位:特意空出職位。表示期待賢能。《戰國策·齊四》:"於是梁王虚上位,以故相爲上將軍,遣使者,黄金千斤,車百乘,往聘孟嘗君。"

[二四]庠序:古代地方所設的學校,與帝王的辟雍、諸侯的泮宫等大學相對而言。後泛稱學校。《禮記·王制》:"有虞氏養國老於上庠,養庶老於下庠;夏后氏養國老於東序,養庶老於西序。"鄭玄注:"皆學名也。"《孟子·梁惠王上》:"謹庠序之教,申之以孝悌之義。"趙岐注:"庠序者,教化之宫也。殷

曰序,周曰庠。"公朝:古代官吏在朝廷的治事之所,借指朝廷。《莊子·達
生》:"當是時也,無公朝,其内巧專而外滑消。"成玄英疏:"既無意於公私,
豈有懷於朝廷哉!"萬夫:萬人,萬民。《尚書·咸有一德》:"萬夫之長,可以
觀政。"傾望:仰望,仰慕。"庠序"二句:《文選》張銑注:"言使此人居庠序,
立公朝,則萬人皆傾首而欽慕。"

　　[二五]荀令可想:《晋書·荀顗列傳》:"荀顗字景倩,潁川人,魏太尉彧
之第六子也。幼爲姊壻陳群所賞。性至孝,總角知名,博學洽聞,理思周密。
魏時以父勳除中郎。宣帝輔政,見顗奇之,曰'荀令君之子也'。擢拜散騎
侍郎,累遷侍中。"李公不亡:《後漢書·李固傳》:"李固字子堅,漢中南鄭
人,司徒郃之子也。……究覽墳籍,結交英賢。四方有志之士,多慕其風而
來學。京師咸歎曰:'是復爲李公矣。'"李賢注:"言復繼其父爲公也。"

　　　　前晋安郡侯官令東海王僧孺⑦,年三十五⑧[二六],理尚棲約,思致
恬敏[二七]。既筆耕爲養,亦傭書成學[二八]。至乃集螢映雪,編蒲緝
柳[二九],先言往行,人物雅俗[三〇],甘泉遺儀,南宫故事[三一],畫地
成圖,抵掌可述[三二],豈直鼫鼠有必對之辯,竹書無落簡之謬[三三]。

【校　記】
⑦侯:明州本作"候"。
⑧"五"下,李善本與《全梁文》有"字僧孺"字。

【箋　注】
　　[二六]王僧孺:《梁書·王僧孺傳》:王僧孺字僧孺,東海郯人。六歲能
屬文,既長好學。仕齊,起家王國左常侍、太學博士。尚書僕射王晏深相賞
好。晏爲丹陽尹,召補郡功曹,使僧孺撰《東宫新記》。遷大司馬豫章王行
參軍,又兼太學博士。文惠太子聞其名,召入東宫,直崇明殿。時王晏子德
元出爲晋安郡,以僧孺補郡丞,除候官令。建武初,有詔舉士,揚州刺史始安
王遥光表薦祕書丞王暕及僧孺。除尚書儀曹郎,遷治書侍御史,出爲錢唐
令。天監初,除臨川王後軍記室參軍,待詔文德省。尋出爲南海太守。視事
期月,有詔徵還,既至,拜中書郎、領著作,復直文德省。遷尚書左丞,領著作
如故。俄除游擊將軍,兼御史中丞。遷少府卿,出監吳郡。還除尚書吏部
郎,參大選,請謁不行。出爲仁威南康王長史,行府、州、國事。坐免官,久
之,起爲安西安成王參軍,累遷鎮右始興王中記室,北中郎南康王諮議參軍,
入直西省,知撰譜事。普通三年(五二二),卒,時年五十八。

[二七]理:意趣。棲約:猶簡約。思致:指人的思想意趣或性情、才思。《世説新語·品藻》:"時人道阮思曠:'骨氣不及右軍,簡秀不如真長,韶潤不如仲祖,思致不如淵源,而兼有諸人之美。'"恬敏:恬靜敏達。

[二八]筆耕爲養,備書成學:《梁書·王僧孺傳》:"家貧,常備書以養母,所寫既畢,諷誦亦通。"《東觀漢記·班超傳》:"班超,字仲升,家貧,恒爲官備寫書,嘗輟書投筆歎曰:'大丈夫當效傅介子、張騫立功異域,以取封侯,安能久事筆硯乎!'"《漢書·班超傳》:"家貧,常爲官備書以供養。"《吴志》曰:"闞澤,字德潤,會稽人。家世農夫,至澤好學,無以資,常爲人備書,以供紙筆,所寫既畢,誦讀亦遍。"筆耕,指依靠抄寫或寫文章等手段謀生。備書,受人雇傭以抄書爲業。

[二九]集螢:《藝文類聚·蟲豸部》"螢火"引《續晋陽秋》曰:"車胤,字武子,學而不倦。家貧,不常得油,夏月則練囊盛數十螢火,以夜繼日焉。"映雪:《藝文類聚·天部二》"雪"曰:"孫康家貧,常映雪讀書,清介,交游不雜。"後因以"集螢映雪"形容家境貧窮,勤學苦讀。編蒲:《漢書·路温舒傳》:"(路温舒父)使温舒牧羊,温舒取澤中蒲,截以爲牒,編用書寫。"緝柳:《文選》李善注引《楚國先賢傳》曰:"孫敬到洛,在太學左右一小屋安止母,然後入學。編楊柳簡以爲經。"後因以"編蒲緝柳"爲苦學的典故。

[三〇]先言往行:《易·大畜》:"君子多識前言往行,以畜其德。"人物:指有才德名望的人。《後漢書·許邵傳》:"好共覈論鄉黨人物。"《文選》李善注引《孫綽子》曰:"或問人物,曰:'察虛實,審真僞,斷成敗,定終始,斯可謂之人物矣。'"雅俗:見《爲范尚書讓吏部封侯表》注[三五]。

[三一]甘泉:《文選》李善注引胡廣《漢官制度》曰:"天子出,車駕次第,謂之鹵簿。長安時,出祠天於甘泉用之。名曰甘泉鹵簿。"遺儀:前代的儀仗規制。顏延之《宋文皇后哀策文》:"飾遺儀於組旒,淪祖音乎珩珮。"南宮故事:《後漢書·鄭弘傳》曰:"弘前後所陳有補益王政者,皆著之南宮,以爲故事。"

[三二]畫地成圖:謂在地上畫圖,以説明地理形勢。《漢書·張安世傳》:"安世長子千秋……謁大將軍(霍)光,問千秋戰鬬方略,山川形勢,千秋口對兵事,畫地成圖,無所忘失。"抵掌:擊掌。《戰國策·秦一》:"(蘇秦)見説趙王於華屋之下,抵掌而談。"

[三三]鼮鼠有必對之辯:《文選》李善注引摯虞《三輔決録注》曰:"竇攸舉孝廉,爲郎。世祖大會靈臺,得鼠如豹文,熒熒光澤,世祖異之,以問群臣,莫能知者。攸對曰:'鼮鼠也。'詔問何以知之,攸對曰:'見《爾雅》。'詔案秘書,如攸言,賜帛百匹。"鼮,音廷。竹書無落簡之謬:《文選》李善注引

張騭《文士傳》曰："人有嵩山下得竹簡一枚,兩行科斗書,人莫能識。張華以問束皙,皙曰:'此明帝顯節陵策文。'驗校果然。朝廷士庶,皆服其博識。"

　　　　悚坐鎮雅俗,弘益已多[三四];僧孺訪對不休,質疑斯在[三五];並東序之秘寶[三六],瑚璉之茂器[三六],誠言以人廢,而才實世資[三七]。臨表悚戰,猶思未允,不任下情云云⑨[三八]。

【校　記】
⑨"情"下,信述堂本、張爕本、薈要本與明州本無"云云"字,今據李善本與《全梁文》補。

【箋　注】
　　[三四]坐鎮:安坐而起鎮定的作用。弘益:補益,增益。《抱朴子·任能》:"惠康子賤起家而治大邦,實由勝己者多,而招其弘益。"雅俗:見《爲范尚書讓吏部封侯表》注[三五]。
　　[三五]訪對:回答皇帝的咨詢。《漢書·叙傳下》:"抑抑仲舒,再相諸侯。……讜言訪對,爲世純儒。"顏師古注:"訪對,謂對所訪也。"質疑:心有所疑,就正於人。《管子·七臣七主》:"芒主通人情以質疑,故臣下無信,盡自治其事。"
　　[三六]東序:相傳爲夏代的大學。也是國老養老之所。《禮記·王制》:"夏后氏養國老於東序。"鄭玄注:"東序……亦大學,在國中王宮之東。"同書《文王世子》:"凡學,世子及學士必時,春夏學干戈,秋冬學羽籥,皆於東序。"秘寶:不常見的珍異寶物。《後漢書·班固傳下》:"啓恭館之金縢,御東序之祕寶。"李賢注:"祕寶謂《河圖》之屬。"瑚璉:皆宗廟禮器。用以比喻治國安邦之才。《論語·公冶長》:"子貢問曰:'賜也何如?'子曰:'女,器也。'曰:'何器也?'曰:'瑚璉也。'"
　　[三七]誠言以人廢,而才實世資:《文選》張銑注:"信有以言而廢人,其人之才實可爲世之資用。"言以人廢:《論語·衛靈公》:"子曰:'君子不以言舉人,不以人廢言。'"世資:爲世所用。《文選》揚雄《解嘲》:"鄒衍以頡頏而取世資,孟軻雖連蹇,猶爲萬乘師。"張銑注:"世人取資以爲師學。"
　　[三八]悚戰:恐懼戰慄。下情:謙詞。指自己的心情或欲陳述的意見。《晋書·陸納傳》:"(陸納)後伺(桓)溫閒,謂之曰:'外有微禮,方守遠郡,欲與公一醉,以展下情。'"

爲蕭侍中拜襲封表

【題　解】

蕭侍中:蕭子良子昭冑。《南齊書·武十七王傳·竟陵文宣王子良附子昭冑》:建元四年(四八二),齊世祖即位封蕭子良爲竟陵郡王,邑二千户。隆昌元年……(子良)疾篤……尋薨,時年三十五。……子昭冑嗣。昭冑字景胤。泛涉有父風。永明八年(四九〇),自竟陵王世子爲寧朔將軍、會稽太守。鬱林初,爲右衛將軍,未拜,遷侍中,領右軍將軍。建武三年(四九六),復爲侍中,領驍騎將軍,轉散騎常侍,太常。以封境邊虜,永元元年(四九九),改封巴陵王。子良故防閤桑偃爲梅蟲兒軍副,結前巴西太守蕭寅,謀立昭冑。事發,昭冑兄弟與同黨皆伏誅。梁王定京邑,追贈昭冑散騎常侍、撫軍將軍。又,此表云"詔書拜臣襲封竟陵郡王",據此可知,此表當作於鬱林王隆昌元年(四九四)。

　　詔書拜臣襲封竟陵郡王[一]。臣以凡庸,素乏才植[二]。皇朝尚德,詔爵惟賢[三],遂復出脩職貢,入頒卿士[四]。但有道之守,海外重扃[五],藩籬近甸,無勞擊柝[六],仰閲舊章,俯增私感[七],報國承家,豈云萬一[八]。

【箋　注】

[一]襲封:見《爲褚諮議蓁讓代兄襲封表一》題解。

[二]凡庸:平凡,平庸。《史記·絳侯周勃世家》:"絳侯周勃始爲布衣時,鄙樸人也,才能不過凡庸。"才植:才華,才能。

[三]皇朝:封建時代對本朝的尊稱。詔爵:謂詔賜以爵位。《周禮·夏官·司士》:"司士掌群臣之版……以詔王治,以德詔爵,以功詔禄,以能詔事,以久奠食。"惟賢:《尚書·武成》:"建官惟賢,位事惟能。"

[四]出脩職貢:《國語·周語上》:"有不貢則修名。"韋昭注:"名,謂尊卑職貢之名號也。"《三國志·吴書·吴主傳》:"漢以(孫)策遠脩職貢,遣使者劉琬加錫命。"職貢:上貢賦税。職,賦税。貢,獻,租賦。古代稱藩屬或外國對於朝廷按時的貢納。《左傳·襄公二十九年》:"魯之於晋也,職貢不乏,玩好時至。"頒:頒發,分賞。卿士:指卿、大夫。後用以泛指官吏。《尚書·牧誓》:"是信是使,是以爲大夫卿士。"

[五]有道之守:《新書·春秋》:"天子有道,守在四夷。"有道,政治清

明。《論語·衛靈公》:"邦有道則仕,邦無道則可卷而懷之。"海外:四海之外,泛指邊遠之地。《詩·商頌·長發》:"相土烈烈,海外有截。"鄭玄箋:"四海之外率服。"重扃:重鎖,謂門户森嚴。扃,同"扃"。《文選》謝莊《宋孝武宣貴妃誄》:"重扃閟兮燈已黯,中泉寂兮此夜深。"張銑注:"重扃,謂墓門重關閉也。"

　　[六]藩籬:籬笆。《國語·吴語》:"孤用親聽命於藩籬之外。"韋昭注:"藩籬,壁落。"引申爲屏障。近旬:見《爲齊明帝讓宣城郡公表》注[三四]。無勞:猶無須、不煩。擊柝:敲梆子巡夜。《易·繫辭下》:"重門擊柝,以待暴客。"

　　[七]仰閱:《文選》顔延之《應詔宴曲水作詩》:"仰閱豐施,降惟微物。"李周翰注:"閱,視也。"李善注:"閱,猶數也。"舊章:見《爲武帝追封丞相長沙王詔》注[一]。私感:内心感激。

　　[八]報國:爲國家效力盡忠。《忠經·報國》:"爲人臣者官於君,先後光慶,皆君之德,不思報國,豈忠也哉!"承家:見《爲褚諮議蓁讓代兄襲封表一》注[五]。

爲吏部謝表①

【題　解】

《梁書·任昉傳》:"高祖踐阼,拜黄門侍郎,遷吏部郎中,尋以本官掌著作。天監二年……重除吏部郎中,參掌大選,居職不稱。尋轉御史中丞,秘書監,領前軍將軍。"由此表"清通爲首,終遂弗居,深識爲度,累薦無獲"等語,及《藝文類聚》作"數吏部郎表"可知,此表當爲天監二年(五〇三)任昉因"居職不稱"謝罪而作。

　　　郎官之重,千金非譬[一],爰在前世,實光選造[二]。清通爲首,終遂弗居[三];深識爲度,累薦無獲[四]。承乏攝官,顧知其望[五]。方今皇明御宇,昇長咸亨[六],涇渭縉紳,無謬衡石[七],抑揚庶品,亦候能官②[八]。顧己循涯,孰用祇荷③[九],惟知死所,未識所報[一〇]。

【校　記】

①爲吏部謝表:《全梁文》作"吏部郎表",《藝文類聚》作"數吏部郎表"。
②候:《藝文類聚》作"俟",《全梁文》作"自"。
③祇:《藝文類聚》、薈要本與《全梁文》作"祇"。祇、祇二字古時常

通用。

【箋　注】

[一]郎官：漢稱中郎、侍郎、郎中爲郎官。東漢以尚書臺爲行政中樞。其分曹任事者爲尚書郎，職權範圍擴大。魏晋南北朝時期，尚書郎官之制，略同於漢。隋分郎官爲侍郎與郎。唐六部郎官，郎中之外，更置員外郎。唐以後郎官的設置，基本上無大變革。《史記·袁盎鼂錯列傳》：“（袁盎曰）‘且陛下從代來，每朝，郎官上書疏，未嘗不止輦受其言。’”千金：千斤金。《孫子兵法·作戰》：“則内外之費，賓客之用，膠漆之材，車甲之奉，日費千金。”

[二]前世：以前的時代。《國語·晋語九》：“方臣之少也，進秉筆，贊爲名命，稱於前世，立義於諸侯，而主弗志。”選造：猶選建。《宋書·孝武帝紀》：“詔曰：‘……内難甫康，政訓未洽，衣食有仍耗之弊，選造無觀國之美。’”

[三]清通：清明通達。《世説新語·賞譽上》：“鍾（會）曰：‘裴楷清通，王戎簡要。’”終遂：最終。《三國志·吴書·駱統傳》：“尤以占募在民間長惡敗俗，生離叛之心，急宜絶置，（孫）權與相反覆，終遂行之。”

[四]深識：謂見識深遠。班彪《王命論》：“超然遠覽，淵然深識。”累薦：多次薦舉。“清通”四句，言自己缺乏擔任吏部郎中須首備的清通氣質，因此，最終不堪此職；缺乏舉薦人才所必備的深識之度，因此，多次舉薦，亦無所獲。

[五]承乏：謙辭，表示所任職位一時無適當人選，暫由自己充數。攝官：任職的謙詞。表示暫時代理。《左傳·成公二年》：“敢告不敏，攝官承乏。”杜預注：“言欲以己不敏，攝承空乏。”楊伯峻注：“攝，代也。承乏亦謙詞，表示某事由於缺乏人手，只能由自己承當。此固當時辭令。”

[六]皇明：皇帝的聖明。班固《西都賦》：“天人合應，以發皇明。”御宇：指帝王統治國土。《晋書·武帝紀》：“制曰：‘武皇承基，誕膺天命，握圖御宇，敷化導民，以佚代勞，以治易亂。’”咸亨：《易·乾》：“含弘光大，品物咸亨。”

[七]涇渭：涇水和渭水。《詩·邶風·谷風》：“涇以渭濁，湜湜其沚。”毛傳：“涇渭相入而清濁異。”後因以“涇渭”喻人品的優劣清濁，事物的真僞是非。《晋書·外戚傳·王濛》：“濛致牋於（王）導曰：‘夫軍國殊用，文武異容，豈可令涇渭混流，虧清穆之風。’”縉紳：插笏於紳帶間，舊時官宦的裝束。借指士大夫。《漢書·郊祀志上》：“其語不經見，縉紳者弗道。”顔師古

注:"李奇曰:'縉,插也,插笏於紳。紳,大帶也。'……師古曰:李云縉插是
也。字本作搢,插笏於大帶與革帶之間耳,非插於大帶也。"無謬:《南齊
書·氏傳》:"(蕭嶷)與廣香書曰:'夫廢興無謬,逆順有恒,古今共貫。'"衡
石:衡,秤;石,古代重量單位,一百二十斤爲一石。比喻法度。《後漢書·
馮衍傳下》:"棄衡石而意量兮,隨風波而飛揚。"李賢注:"言時人棄衡石以
意測量,諭背法度也。"

[八]抑揚:褒貶。《抱朴子·行品》:"士於難分之中,而無取舍之恨者,
使臧否區分,抑揚咸允。"庶品:衆官,百官。品,品官。《後漢書·皇甫規
傳》:"對策曰:'……大賊從橫,流血丹野,庶品不安,譴誡累至,殆以姦臣權
重之所致也。'"能官:善於爲官。語出《國語·晋語四》:"城濮之役,先且居
之佐軍也善,軍伐有賞,善君有賞,能其官有賞。"

[九]顧己循涯,孰用祗荷:義同"顧己反躬,何以臻此"。見《爲范尚書
讓吏部封侯表》注[二八]。循涯,遵循本分。涯,分。祗荷:擔任官職的
敬稱。

[一〇]死所:《左傳·文公二年》:"其友曰:'盍死之?'(狼瞫)曰:'吾
未獲死所。'"杜預注:"未得可死處。"

卷四　彈文　啓^(一)

奏彈曹景宗

【題　解】

曹道衡、劉躍進先生《南北朝文學編年史》繫此文於天監三年（五〇四）。按：《梁書·曹景宗傳》："（天監）二年十月，魏寇司州，圍刺史蔡道恭。時魏攻日苦，城中負板而汲，景宗望門不出，但耀軍游獵而已。及司州城陷，爲御史中丞任昉所奏，高祖以功臣寢而不治，徵爲護軍。"《蔡道恭傳》："（天監）三年，魏圍司州，時城中衆不滿五千人，食裁支半歲，魏軍攻之，晝夜不息，道恭隨方抗禦，皆應手摧却。……其年五月卒。魏知道恭死，攻之轉急。先是，朝廷遣郢州刺史曹景宗率衆赴援，景宗到鑿峴，頓兵不前。至八月，城內糧盡，乃陷。"《武帝紀中》："（天監二年）冬十月，魏寇司州。……（三年）八月，魏陷司州。"任昉時任御史中丞，位應執憲，依法奏劾曹景宗罪。因此，此文作於天監三年（五〇四）八月或稍後。

御史中丞臣任昉稽首言^[一]：臣聞將軍死綏，尺步無却^[二]，顧望避敵，逗橈有刑①^[三]。至乃趙母深識，乞不爲坐^[四]；魏主著令，抵罪已輕^[五]。是知敗軍之將，身死家戮^[六]，爰自古昔，明罰斯在②^[七]。

（一）彈文：又稱奏彈、彈事、彈章，亦即《文心雕龍·奏啓》所謂"按劾之奏"，專指彈劾、揭發官員違法犯罪的上書。清王兆芳《文體通釋》曰："彈，行丸也，抨也。以法抨有罪，若行丸也。奏書之屬也。"清吳曾祺《文體芻言》亦曰："凡按劾有罪則用之。謂之彈文者，如彈丸之加鳥也。"《文選》列彈文三篇，皆有一定體例，與他奏事相似矣。《文心雕龍·奏啓》曰："按劾之奏，所以明憲清國。昔周之太僕，繩愆糾繆；秦之御史，職主文法；漢置中丞，總司按劾；故位在鷙擊，砥礪其氣，必使筆端振風，簡上凝霜者也。"任昉現存彈文三首，都是他任御史中丞時所作。啓：是奏的枝流。李曰剛《文心雕龍斠詮》："'啓'爲奏之別條，其字本爲'启'之叚體。……徐炬《事物原始》云：'張璠《漢紀》云："董卓呼三臺尚書以下自詣啓事，然後得行。"此啓事得名之始也。始云啓，末云謹啓，晋宋以下，與表俱用，今止臣下以相往來也。'是則'奏'專用於獻上，'啓'則徧及於平行，兩者並述之於篇者，亦以其體有稍異，而義有同歸也。"

【校　記】

①橈:信述堂本、張爕本與薈要本作"撓"。今從《文選》與《全梁文》。

②斯在:明州本、薈要本作"在斯"。

【箋校】

[一]御史中丞:官名。《通典・職官六・中丞》:"初,漢御史大夫有兩丞,一曰御史丞,一曰中丞,亦謂中丞爲御史中執法。……哀帝元壽二年,御史中丞更名御史長史。後漢光武復改爲中丞……與尚書令、司隸校尉朝會,皆專席而坐,京師號爲'三獨坐',言其尊也。……魏初,改中丞爲宮正……後復爲中丞。晋亦因漢,以中丞爲臺主,與司隸分督百僚。自皇太子以下,無所不糾。初不得糾尚書,後亦糾之。……齊中丞職無不察,專道而行,騶輻禁呵,加以聲色,武將相逢,輒致侵犯,若有鹵簿,至相毆擊。梁國初建,又置御史大夫。天監元年,復曰中丞。中丞一人,掌督司百僚。皇太子以下,其在宮門行馬内違法者,皆糾彈之。雖在行馬外而監司不糾,亦得奏之。專道而行,逢尚書丞郎,亦得停駐。其尚書令、僕、御史中丞,各給威儀十人。其八人武冠絳韝,執青儀囊,題云'宜官告',以受辭訟;一人緗衣,執鞭杖,依行列行;七人唱呼入殿,引嗔至階;一人執儀囊,不嗔。自齊梁皆謂中丞爲南司。"稽首:見《禪梁册》注[四五]。

[二]將軍死綏,咫步無却:《文選》張銑注引《司馬法》曰:"將軍死綏,有前一尺,無却一寸。"死綏,退軍爲綏。軍敗而退,將當死之,稱死綏。綏,《左傳・文公十二年》"乃皆出戰交綏"杜預注:"古名退軍爲綏。"咫步:短距離。八寸曰咫。《列子・楊朱》:"及其游也,雖山川阻險,塗逕修遠,無不必之,猶人之行咫步也。"却,退。

[三]顧望:猶豫觀望。《後漢書・申屠剛傳》:"剛將歸,與(隗)囂書曰:'……群衆疑惑,人懷顧望。'"逗橈:謂因怯陣而避敵。《史記・韓長孺列傳》:"於是下(王)恢廷尉。廷尉當恢逗橈,當斬。"裴駰集解:"《漢書音義》曰:'逗,曲行避敵也;橈,顧望。軍法語也。'司馬貞索隱:"案:(應)劭云'逗,曲行而避敵,音豆'。又音住,住謂留止也。橈,屈弱也,女孝反。一云橈,顧望也。"

[四]趙母深識,乞不爲坐:《史記・廉頗藺相如列傳附趙括》:"及括將行,其母上書言於王曰:'括不可使將。'王曰:'何以?'對曰:'始妾事其父,時爲將,身所奉飯飲而進食者以十數,所友者以百數,大王及宗室所賞賜者盡以予軍吏士大夫,受命之日,不問家事。今括一旦爲將,東向而朝,軍吏無敢仰視之者,王所賜金帛,歸藏於家,而日視便利田宅可買者買之。王以爲

何如其父？父子異心，願王勿遣。'王曰：'母置之，吾已決矣。'括母因曰：
'王終遣之，即有如不稱，妾得無隨坐乎？'王許諾。"後趙括果敗，而母不坐，
故云"深識"。深識，見《爲吏部謝表》注[四]。坐，獲罪。

[五]魏主著令，抵罪已輕：《三國志·魏書·武帝紀》："己酉，令曰：
'《司馬法》"將軍死綏"，故趙括之母，乞不坐括。是古之將者，軍破于外，而
家受罪于内也。自命將征行，但賞功而不罰罪，非國典也。其令諸將出征，
敗軍者抵罪，失利者免官爵。'"著令，書面寫定的規章制度。《漢書·景帝
紀》："秋七月，詔曰：'吏受所監臨，以飲食免，重；受財物，賤買貴賣，論輕。
廷尉與丞相更議著令。'"抵罪，因犯罪而受到相應的處罰。《史記·高祖本
紀》："殺人者死，傷人及盜抵罪。"司馬貞索隱："韋昭云：'抵，當也。謂使各
當其罪。'"已輕，言輕於常法。

[六]敗軍之將：《漢書·韓信傳》："廣武君辭曰：'……敗軍之將不可
以語勇。'"身死家戮：《呂氏春秋·孟春紀·懷寵》："民有逆天之道、衛人之
讎者，身死家戮不赦。"

[七]古昔：往昔，古時。《禮記·曲禮上》："毋勦説，毋雷同，必則古昔，
稱先王。"明罰：見《求薦士詔》注[一]。

　　　臣昉頓首頓首，死罪死罪[八]。竊尋獫狁侵軼，蹔擾疆陲[九]，王
師薄伐，所向風靡[一○]，是以淮徐獻捷，河兖凱歸[一一]，東關無一戰
之勞，塗中罕千金之費[一二]。而司部懸隔，斜臨寇境[一三]，故使狡虜
憑陵，淹移歲月③[一四]。故司州刺史蔡道恭[一五]，率勵義勇，奮不顧
命，全城守死[一六]，自冬徂秋，猶轉戰無窮④，亟摧醜虜[一七]。方之居
延，則陵降而恭守[一八]；比之疎勒，則耿存而蔡亡[一九]。若使郢部救
兵，微接聲援[二○]，則單于之首，久懸北闕[二一]，豈直受降可築，涉安
啓土而已哉[二二]。實由郢州刺史臣景宗[二三]，受命致討⑤，不時言
邁[二四]，故使蝟結蟻聚，水草有依[二五]，方復按甲盤桓，緩救資
敵[二六]，遂令孤城窮守，力屈凶威⑥[二七]，雖然，猶應固守三關，更謀
進取[二八]，而退師延頸，自貽虧衄[二九]，疆場侵駭，職是之由[三○]，
不有嚴刑，誅賞安寘[三一]。景宗即主[三二]。

【校　記】

③歲：明州本作"年"。

④"猶"下，李善本有"其"字，《全梁文》有"有"字。

⑤討：明州本作"罰"。

⑥凶:明州本作"匈"。

【箋　注】

[八]頓首:見《爲范尚書讓吏部封侯表》注[三]。

[九]竊:謙辭。尋:探求。陶潛《桃花源記》:"太守即遣人隨其往,尋向所誌,遂迷,不復得路。"獫狁侵軼,鼙擾疆陲:指天監二年冬十月北魏進軍司州。《梁書·武帝紀中》:"(天監二年)冬十月,魏寇司州。"獫狁,我國古代北方少數民族名。夏商時稱獯鬻,周時稱獫允,秦漢稱匈奴。《孟子·梁惠王下》:"惟智者爲能以小事大,故太王事獯鬻,勾踐事吴。"趙岐注:"獯鬻,北狄疆者,今匈奴也。"此處指北魏。侵軼,侵犯襲擊。《左傳·隱公九年》:"北戎侵鄭。鄭伯禦之,患戎師,曰:'彼徒我車,懼其侵軼我也。'"杜預注:"軼,突也。"疆陲,邊疆、邊境。

[一〇]王師:天子的軍隊。《詩·周頌·酌》:"於鑠王師,遵養時晦。"薄伐:征伐,討伐。《詩·小雅·出車》:"赫赫南仲,薄伐西戎。"所向風靡:所到之處,聞風潰敗。李善注引《晋起居注》曰:"檀道濟所向風靡。"風靡,順風傾倒。引申爲歸順、降伏。蔡邕《太尉李咸碑》:"百司震肅,饕餮風靡,惡直醜正。"

[一一]淮、徐、河、兖:皆屬梁地。《尚書·禹貢》:"海岱及淮惟徐州。"又曰:"濟、河惟兖州。"獻捷:古代打勝仗後,進獻所獲的俘虜及戰利品。《春秋穀梁傳·僖公二十一年》:"冬,公伐邾,楚人使宜申來獻捷。捷,軍得也。"凱歸:猶凱旋。陸雲《大將軍宴會被命作詩》:"有命冉集,皇輿凱歸。"

[一二]東關:《文選》李善注引《吴曆》曰:"諸葛恪作東關,魏軍距之,恪令丁奉等兵便亂斫,遂大破北軍。"又引《曆陽郡圖經》曰:"東關,曆陽縣西南一百里。"一戰:《史記·范雎蔡澤列傳》:"一戰舉鄢郢以燒夷陵。"塗中:《文選》李善注引伏滔《北征記》曰:"金城西泝曰塗澗,魏步道所出也。"《三國志·吴書·三嗣主傳》:"晋命鎮東大將軍司馬伷向涂中……"千金之費:《孫子兵法·用間》:"凡興師十萬,出征千里,百姓之費,公家之奉,日費千金;内外騷動,怠於道路,不得操事者七十萬家。"

[一三]司部:見《宣德太后再敦勸梁王令》注[二〇]。懸隔:相隔很遠。此處指離國都甚遠。陳琳《檄吴將校部曲文》:"昔歲軍在漢中,東西懸隔,合肥遺守,不滿五千。"寇境:敵軍占領的地方。

[一四]狡虜:《宋書·氐胡傳》:"太祖詔曰:'往年狡虜縱逸,侵害涼土。'"狡,狡猾。憑陵:侵犯,欺侮。《左傳·襄公二十五年》:"今陳忘周之大德,蔑我大惠,棄我姻親,介恃楚衆,以憑陵我敝邑,不可億逞。"淹移:拖

延,久延。

　　[一五]刺史:官名。《通典·職官十四·州郡上》"州牧刺史":"秦置監察御史。漢興省之。至惠帝三年,又遣御史監三輔郡,察詞訟,所察之事凡九條,監者二歲更之。常以十月奏事,十二月還監。其後諸州復置監察御史。文帝十三年,以御史不奉法,下失其職,乃遣丞相史出刺并督監察御史。武帝元封元年,御史止不復監。至五年,乃置部刺史,掌奉詔六條察州,凡十二州焉。居部九歲,舉爲守相。成帝綏和元年,以爲刺史位下大夫而臨二千石,輕重不相準,乃更爲州牧,秩真二千石,位次九卿,九卿缺以高第補。哀帝建平二年,復爲刺史。元壽二年,復爲牧。後漢光武建武十八年,復爲刺史。外十二州各一人,其一州屬司隸校尉。漢刺史乘傳周行郡國,無適所治,中興所治有定處。舊常以八月巡行所部,初歲盡詣京都奏事,中興但因計吏,不復自詣京師。雖父母之喪,不得去職。靈帝中平五年,改刺史,唯置牧。……光武即位,用法明察,不復委三府,故權歸舉劾之吏。魏晋爲刺史,任重者爲使持節都督,輕者爲持節,皆銅印墨綬,進賢兩梁冠,絳朝服;領兵者武冠。而晋罷司隸校尉,置司州,江左則揚州刺史。自魏以來,庶姓爲州而無將軍者,謂之單車刺史。凡單車刺史,加督進一品,都督進二品,不論持節、假節。晋制,刺史三年一入奏。宋與魏同。梁刺史受拜之明日,辭宮廟而行,皆持節。"蔡道恭:《梁書·蔡道恭傳》:"蔡道恭字懷儉,南陽冠軍人也。……道恭少寬厚有大量。齊文帝爲雍州,召補主簿,仍除員外散騎常侍。後累有戰功,遷越騎校尉、後軍將軍。建武末,出爲輔國司馬、汝南令。齊南康王爲荆州,薦爲西中郎中兵參軍,加輔國將軍。義兵起,蕭穎胄以道恭舊將,素著威略,專相委任,遷冠軍將軍、西中郎諮議參軍,仍轉司馬。中興元年,和帝即位,遷右衛將軍。巴西太守魯休烈等自巴、蜀連兵寇上明,以道恭持節、督西討諸軍事。……一戰大破之……以功遷中領軍,固辭不受,出爲使持節、右將軍、司州刺史。天監初,論功封漢壽縣伯,邑七百戶,進號平北將軍。三年,魏圍司州,時城中衆不滿五千人,食裁支半歲,魏軍攻之,晝夜不息,道恭隨方抗禦,皆應手摧却。……會道恭疾篤,乃呼兄子僧勰、從弟靈恩及諸將帥謂曰:'吾受國厚恩,不能破滅寇賊,今所苦轉篤,勢不支久,汝等當以死固節,無令吾没有遺恨。'又令取所持節謂僧勰曰:'稟命出疆,憑此而已;即不得奉以還朝,方欲攜之同逝,可與棺柩相隨。'衆皆流涕。其年五月卒。……至八月,城内糧盡,乃陷。……八年,魏許還道恭喪,其家以女樂易之,葬襄陽。"《文選》李善注引劉璠《梁典》曰:"天監三年,司州刺史漢壽伯蔡道恭卒於圍。"李周翰注:"道恭少以勇力聞,及病,猶自力守城。數日不能起,聞戰鼓聲,憤吒而卒。衆猶拒守,無有二心。攻圍二年,無有叛

者。入秋，霖雨洪澍，一夜城頹，壯士猶戰不降。及城陷，摧其餘衆，求恭屍，卒不能得也。”

　　[一六]率勵：率領督促。《後漢書·祭遵傳附從弟肜》：“肜乃率勵偏何，遣往討之。”義勇：南北朝時州郡鄉里自募的兵。奮不顧命：猶奮不顧身。司馬遷《報任少卿書》：“常思奮不顧身。”全城：潘岳《馬汧督誄》：“臨危奮節，保穀全城。”守死：誓死守衛。《論語·泰伯》：“子曰：‘守死善道。’”

　　[一七]自冬徂秋：指從天監二年（五〇三）冬十月至三年八月。轉戰：連續在不同地區作戰。《史記·樂毅列傳》：“齊田單……轉戰逐燕，北至河上。”亟：音氣。屢次。醜虜：猶言群虜。《詩·大雅·常武》：“鋪敦淮濆，仍執醜虜。”鄭玄箋：“醜，衆也。……就執其衆之降服者也。”

　　[一八]方之居延，則陵降而恭守：意謂蔡道恭勝過李陵。《史記·李將軍列傳》：“天漢二年秋，貳師將軍李廣利將三萬騎擊匈奴右賢王於祁連天山，而使陵將其射士步兵五千人出居延北可千餘里，欲以分匈奴兵，毋令專走貳師也。陵既至期還，而單于以兵八萬圍擊陵軍。陵軍五千人，兵矢既盡，士死者過半，而所殺傷匈奴亦萬餘人。且引且戰，連鬬八日，還未到居延百餘里，匈奴遮狹絕道，陵食乏而救兵不到，虜急擊招降陵。陵曰：‘無面目報陛下。’遂降匈奴。”

　　[一九]比之疎勒，則耿存而蔡亡：意謂蔡道恭勝過耿恭。疎，同“疏”。《後漢書·耿弇傳附弟國弟子恭》：“明年（永平十八年）三月，北單于遣左鹿蠡王二萬騎擊車師。（耿）恭遣司馬將兵三百人救之，道逢匈奴騎多，皆爲所殁。匈奴遂破殺後王安得，而攻金蒲城。恭乘城搏戰，以毒藥傅矢。傳語匈奴曰：‘漢家箭神，其中瘡者必有異。’因發彊弩射之。虜中矢者，視創皆沸，遂大驚。會天暴風雨，隨雨擊之，殺傷甚衆。匈奴震怖，相謂曰：‘漢兵神，真可畏也！’遂解去。恭以疏勒城傍有澗水可固，五月，乃引兵據之。七月，匈奴復來攻恭，恭募先登數千人直馳之，胡騎散走，匈奴遂於城下擁絕澗水。恭於城中穿井十五丈不得水，吏士渴乏，笮馬糞汁而飲之。恭仰歎曰：‘聞昔貳師將軍拔佩刀刺山，飛泉湧出；今漢德神明，豈有窮哉。’乃整衣服向井再拜，爲吏士禱。有頃，水泉奔出，衆皆稱萬歲。乃令吏士揚水以示虜。虜出不意，以爲神明，遂引去。”

　　[二〇]郢部：郢州所部各郡。救兵：鄒陽《獄中上吳王書》：“臣恐救兵之不專。”聲援：聲勢相通，互爲援助。《三國志·魏書·呂布傳》“布遣人求救于術”裴松之注引漢王粲《英雄記》：“術乃嚴兵爲布作聲援。”

　　[二一]單于之首，久懸北闕：《漢書·昭帝紀》：“詔曰：‘……平樂監傅

介子持節使,誅斬樓蘭王安,歸首縣北闕,封義陽侯。'"單于,指魏主。北闕,古代宮殿北面的門樓,是臣子等候朝見或上書奏事之處。《漢書·高帝紀下》:"蕭何治未央宮,立東闕、北闕、前殿、武庫、太倉。"顏師古注:"未央宮雖南嚮,而上書、奏事、謁見之徒皆詣北闕。"

[二二]受降可築,涉安啓土:《史記·匈奴列傳》:"軍臣單于弟左谷蠡王伊稚斜自立爲單于,攻破軍臣單于太子於單。於單亡降漢,漢封於單爲涉安侯,數月而死。……漢使貳師將軍(李)廣利西伐大宛,而令因杅將軍(公孫)敖築受降城。"受降,即受降城。漢築以接受敵人投降,故名。啓土,開拓疆域。《尚書·武成》:"惟先王建邦啓土。"

[二三]郢州刺史臣景宗:《梁書·曹景宗傳》:"曹景宗字子震,新野人也。……景宗幼善騎射,好畋獵。……宋元徽中,隨父出京師,爲奉朝請、員外,遷尚書左民郎。尋以父憂去職,還鄉里。服闋,刺史蕭赤斧板爲冠軍中兵參軍,領天水太守。時建元初,蠻寇群動,景宗東西討擊,多所擒破。齊都陽王鏘爲雍州,復以爲征虜中兵參軍,帶馮翊太守,督峴南諸軍事,除屯騎校尉。……建武二年,魏主托跋宏寇赭陽,景宗爲偏將,每衝堅陷陣,輒有斬獲,以勳除游擊將軍。四年,太尉陳顯達督衆軍北圍馬圈,景宗從之,以甲士二千設伏,破魏援托跋英四萬人。……五年,高祖(蕭衍)爲雍州刺史,景宗深自結附,數請高祖臨其宅。時天下方亂,高祖亦厚加意焉。永元初,表爲冠軍將軍、竟陵太守。及義師起,景宗聚衆,遣親人杜思沖勸先迎南康王於襄陽即帝位,然後出師,爲萬全計。……(建康)城平,拜散騎常侍、右衛將軍,封湘西縣侯,食邑一千六百戶。仍遷持節、都督郢司二州諸軍事、左將軍、郢州刺史。天監元年,進號平西將軍,改封竟陵縣侯。……五年,魏托跋英寇鍾離,圍徐州刺史昌義之,高祖詔景宗督衆軍援義之。……遣獻捷,高祖詔還本軍,景宗振旅凱入,增封四百,並前爲二千戶,進爵爲公。詔拜侍中、領軍將軍,給鼓吹一部。七年,遷侍中、中衛將軍、江州刺史。赴任卒於道,時年五十二。……追贈征北將軍、雍州刺史、開府儀同三司。謚曰壯。"

[二四]受命:指受君主之命。《左傳·襄公二十七年》:"石惡將會宋之盟,受命而出。"致討:施加懲罰。《文選》李善注引《晉起居注》曰:"詔曰:'檀道濟奉命致討,所向風靡。'"言邁:《詩·邶風·泉水》:"載脂載舝,還車言邁。"

[二五]故使蝟結蟻聚,水草有依:《文選》劉良注:"言景宗縱魏兵,使如蝟蟻之結聚,而依水草也。"蝟結,《漢書·賈誼傳》:"誼復上疏曰:高皇帝瓜分天下以王功臣,反者如蝟毛而起。"師古曰:"蝟,蟲名也,其毛爲刺。"蝟即刺猬。蟻聚,《三國志·吳書·周魴傳》:"錢唐大帥彭式等蟻聚爲寇。"蝟結

蟻聚比喻人衆紛紛集結。水草有依:《史記・匈奴列傳》曰:"獫狁、葷粥,居
于北蠻。……逐水草遷徙。"

[二六]按甲:按兵。《後漢書・朱儁傳》:"既到州界,按甲不前。"盤
桓:徘徊,逗留。《文選》班固《幽通賦》:"承靈訓其虛徐兮,佇盤桓而且
俟。"李善注:"盤桓,不進也。"資敵:資助敵人。《尉缭子・制談》:"損敵一
人而損我百人,此資敵而傷我甚焉。"

[二七]孤城:孤立無援之城。《潛夫論・救邊》:"然即墨大夫以孤城獨
守,六年不下,竟完其民。"窮守:困守。力屈:力竭。《莊子・天運》:"目知
窮乎所欲見,力屈乎所欲逐。"凶威:凶惡的威勢。

[二八]固守:堅守。《國語・周語上》:"陵其民而卑其上,將何以固
守。"三關:指設置於義陽郡的武陽關、平靖關、黃峴關三處關隘。《文選》六
臣注皆以爲一處關隘,非。進取:進攻,攻取。《史記・高祖本紀》:"且楚數
進取,前陳王、項梁皆敗。"

[二九]退師:撤退軍隊。《左傳・宣公十二年》:"楚子退師,鄭人脩城,
進復圍之。"延頸:伸長頭頸。《史記・龜策列傳》:"(龜)望見元王,延頸而
前,三步而止,縮頸而却,復其故處。"自貽:自取。《詩・小雅・小明》:"心
之憂矣,自詒伊戚。"衄:《文選》曹植《求自試表》:"流聞東軍失備,師徒小
衄。"李善注:"衄,猶挫折也。"衄,音女,去聲。

[三〇]疆場:《左傳・桓公十七年》:"齊人侵魯疆,疆吏來告,公曰:
'疆場之事,慎守其一,而備其不虞。'"侵駭:因入侵而驚擾。職是之由:《左
傳・襄公十四年》:"蓋言語漏洩,則職女之由。"杜預注:"職,主也。"

[三一]嚴刑:嚴厲的刑法,殘酷的刑罰。《商君書・開塞》:"去姦之本,
莫深於嚴刑。"誅賞:責罰與獎賞。《周禮・天官・大宰》:"三歲,則大計群
吏之治而誅賞之。"寘:置也。

[三二]即主:《文選》李善注:"主,謂爲主首也。王隱《晉書》庾純自劾
曰'醉酒荒迷,昏亂儀度,即主,臣謹按河南尹庾純,云云'。然以主爲句,則
臣當下讀也。"《陔餘叢考》卷二十一"主臣"條:"《史記》《漢書・陳平傳》:
文帝問陳平決獄錢穀,平謝曰:'主臣。'張晏曰:'若今人謝曰惶恐也。'文穎
曰:'猶今言死罪也。'孟康曰:'主臣,主群臣也。'晋灼曰:'主,擊也;臣,服
也。言其擊服,惶恐之詞。'馬融《龍虎賦》曰:'勇怯見之,莫不主臣。'是皆
以爲惶恐之詞。然《文選》任昉《彈曹景宗文》叙事既訖,云'景宗即主(句)
臣謹案某官臣景宗'云云,其《奏彈劉整》及沈約《彈王源文》亦然。李善讀
法則從'主'字析句。洪容齋乃引《史》《漢》爲據,謂亦當以'主臣'爲句,而
詆李善之誤,殊不知非也。蓋'某即主'句,乃總結前案,以明罪有所歸,而

下復出己意以斷之,'主'字之義,猶言魁首耳。若從容齋之説,則所謂'某人即惶恐者',有何義哉?按《魏書・于忠傳》御史尉元匡奏曰'前領軍將軍臣忠,不能砥礪名行,自求多福,方因矯制,擅相除假,清官顯職,歲月隆崇,傷禮敗德。臣忠即主,謹案臣忠'云云。又《閹宦傳》御史中尉王顯奏言'風聞前洛州刺史陰平子石榮、積射將軍抱老壽,恣蕩非軌,易室而姦,臊聲布於朝野,醜音被於行路。即攝鞫問,皆與風聞無差,犯禮傷化。老壽等即主,謹案石榮'云云。此兩篇體例相同,'主'字之下,'謹案'之上,俱不用'臣'字,益知李善讀法別有此例矣。"《管錐編・全梁文卷二七》"即主"引李善注,并云:"六朝彈劾章奏程式如是。……'即主'以上猶立狀,舉其罪,'謹案'以下猶擬判,定其罰。"

　　臣謹案:使持節、都督郢司二州諸軍事、左將軍郢州刺史、湘西縣開國侯臣景宗[三三],擢自行間,邁茲多幸[三四],指縱非擬,獲獸何勤[三五]。賞茂通侯,榮高列將[三六],負檐裁弛,鐘鼎遽列[三七],和戎莫效,二八已陳[三八]。自頂至踵,功歸造化,潤草塗原,豈獲自己[三九]。且道恭云逝,城守累旬;景宗之存,一朝棄甲[四〇]。生曹死蔡,優劣若是⑦,惟此人斯,有靦面目[四一]。

【校　記】

⑦優劣:明州本作"優當"。

【箋　注】

[三三]使持節、都督郢司二州諸軍事、左將軍郢州刺史:《通典・職官十四》"都督":"後漢光武建武初,征伐四方,始權置督軍御史,事竟罷。建安中,魏武爲相,始遣大將軍督之。而袁紹分沮授所統諸軍爲三都督。魏武征孫權還,又使夏侯惇督二十六軍。魏文帝黃初三年,始置都督諸州軍事,或領刺史。又,上軍大將軍曹真都督中外諸軍,假黃鉞,則總統外内諸軍矣。明帝太和四年,司馬宣王征蜀,加號大都督。高貴鄉公正元二年,司馬文王都督中外諸軍,尋加大都督。晉受魏禪,則都督諸軍爲上,監諸軍次之,督諸軍爲下。使持節爲上,持節次之,假節爲下。使持節得殺二千石以下。持節殺無官位人,若軍事,得與使持節同。假節,唯軍事得殺犯軍令者。及伐吳之役,以賈充爲使持節、假黃鉞、大都督,總統六師。太康中,都督知軍事,刺史理人,各用人也。惠帝末,乃並任,非要州則單爲刺史。江左以來,都督中外尤重,唯王導等權重者乃居之。"

　　［三四］擢:拔官,提升官職。《後漢書·公孫述傳》:“程烏、李育以有才幹,皆擢用之。”行間:行伍之間,指軍中。《商君書·畫策》:“入行間之治,連以五,辨之以章,束之以令,拙無所處,罷無所生。”遭:遇。多幸:僥幸。《左傳·宣公十六年》:“善人在上,則國無幸民。諺曰:‘民之多幸,國之不幸也。’”

　　［三五］指縱非擬,獲獸何勤:《文選》吕向注:“言景宗指蹤,非擬蕭何,獲獸勤勞,不同諸將。”《史記·蕭相國世家》:“漢五年,既殺項羽,定天下,論功行封。群臣爭功,歲餘功不決。高祖以蕭何功最盛,封爲酇侯,所食邑多。功臣皆曰:‘臣等身被堅執鋭,多者百餘戰,少者數十合,攻城略地,大小各有差。今蕭何未嘗有汗馬之勞,徒持文墨議論,不戰,顧反居臣等上,何也?’高帝曰:‘諸君知獵乎?’曰:‘知之。’‘知獵狗乎?’曰:‘知之。’高帝曰:‘夫獵,追殺獸兔者狗也,而發蹤指示獸處者人也。今諸君徒能得走獸耳,功狗也。至如蕭何,發蹤指示,功人也。且諸君獨以身隨我,多者兩三人。今蕭何舉宗數十人皆隨我,功不可忘也。’群臣皆莫敢言。”縱,同“蹤”。

　　［三六］茂:重也。通侯:秦漢時代侯爵的最高一等,又稱徹侯、列侯。《漢書·百官公卿表上》:“爵:一級曰公士,二上造,三簪裊,四不更,五大夫,六官大夫,七公大夫,八公乘,九五大夫,十左庶長,十一右庶長,十二左更,十三中更,十四右更,十五少上造,十六大上造,十七駟車庶長,十八大庶長,十九關内侯,二十徹侯。皆秦制,以賞功勞。徹侯金印紫綬,避武帝諱,曰通侯,或曰列侯,改所食國令長名相,又有家丞、門大夫、庶子。”顔師古注:“言其爵位上通於天子。”《漢書·蘇建傳附子武》:“武曰:‘武父子亡功德,皆爲陛下所成就,位列將,爵通侯,兄弟親近,常願肝腦塗地。’”應劭曰:“通侯者,言其功德通於王室。”列將:《通典·職官十》“將軍總叙”:“梁武帝以將軍之名高下舛雜,命更加釐定,於是有司奏置一百二十五號將軍。以鎮衛、驃騎、車騎爲二十四班,四征、四中爲二十三班,八鎮爲二十二班,八安爲二十一班,四平、四翊爲二十班,凡三十五號,爲重號將軍。又有五德將軍,以班多者爲貴。凡十品二十四班。”其中,“四平,東西南北。四翊,左右前後”。蕭衍攻占建康城後,曹景宗拜散騎常侍、右衛將軍,仍遷持節、都督郢司二州諸軍事、左將軍、郢州刺史。天監元年(五〇二),進號平西將軍。故言“榮高列將”。《方言》曰:“列,班列也。”

　　［三七］負檐裁弛:《左傳·莊公二十二年》:“齊侯使敬仲爲卿。辭曰:‘羈旅之臣,幸若獲宥,及於寬政,赦其不閑於教訓,而免於罪戾,弛於負擔,君之惠也,所獲多矣。敢辱高位,以速官謗?’”杜預注:“弛,去離也。”負檐,肩挑背負。《楚辭》嚴忌《哀時命》:“負檐荷以丈尺兮,欲伸要而不可得。”

王逸注:"背曰負,荷曰簷。"檐,通"擔"。舉、負荷。薈要本作"擔"。鐘鼎:《左傳·哀公十四年》:"左師每食,擊鍾。"鐘,同"鍾"。《孔子家語·致思》:"孔子曰:'(子路)親没之後,南游于楚,從車百乘,積粟萬鐘,累茵而坐,列鼎而食,願欲食藜藿,爲親負米,不可復得也。'"遽:疾也。列:陳也。《梁書·曹景宗傳》:"(景宗)爲人嗜酒好樂。"

[三八]和戎莫效,二八已陳:《文選》劉良注:"魏絳爲晋悼公和戎狄,而賜女樂二八。景宗無此功效,而亦當此賜也。"《左傳·襄公十一年》:"鄭人賂晋侯……以女樂二八。晋侯以樂之半賜魏絳,曰:'子教寡人和諸戎狄以正諸華,八年之中,九合諸侯,如樂之和,無所不諧,請與子樂之。'辭曰:'夫和戎狄,國之福也;臣何力之有焉?……'公曰:'……微子,寡人無以待戎,不能濟河。夫賞,國之典也……子其受之。'魏絳於是乎始有金石之樂,禮也。"《梁書·曹景宗傳》:"景宗在州,鬻貨聚斂。於城南起宅,長堤以東,夏口以北,開街列門,東西數里,而部曲殘横,民頗厭之。……景宗好内,妓妾至數百,窮極錦繡。……爲人嗜酒好樂,臘月於宅中,使作野虜逐除,遍往人家乞酒食。本以爲戲,而部下多剽輕,因弄人婦女,奪人財貨。"

[三九]自頂至踵,功歸造化,潤草塗原,豈獲自已:《文選》張銑注:"言景宗之身負君之恩也,爲國苦戰,以膏血塗潤原草,豈宜有辭。"自頂至踵,《孟子·盡心上》:"墨子兼愛,摩頂放踵利天下,爲之。"造化,福分。潤草塗原,《文選》司馬相如《喻巴蜀檄》:"肝腦塗中原,膏液潤野草而不辭也。"李善注引《春秋考異郵》曰:"枯骸收胲,血膏潤草。"

[四〇]城守:據城而守。《史記·高祖本紀》:"沛令後悔,恐其有變,乃閉城城守,欲誅蕭、曹。"累旬:數旬。《晋書·甘卓傳》:"軍次豬口,累旬不前。"棄甲:丢掉鎧甲。表示戰敗。《左傳·宣公二年》:"宋城,華元爲植,巡功。城者謳曰:'睅其目,皤其腹,棄甲而復。'"杜預注:"棄甲,謂亡師。"

[四一]惟此人斯,有靦面目:《詩·小雅·何人斯》:"彼何人斯,其心孔艱。……爲鬼爲蜮,則不可得。有靦面目,視人罔極。"毛傳:"靦,姹也。"鄭玄箋:"姹然有面目。"

　　昔漢光命將,坐知千里[四二];魏武置法,案以從事[四三]。故能出必以律,錙銖無爽[四四]。伏惟聖武英挺,略不世出[四五],料敵制變,萬里無差[四六],奉而行之,實弘廟算[四七],惟此庸固,理絶言提[四八]。

【箋　注】

[四二]漢光命將,坐知千里:《東觀漢記·世祖光武皇帝紀》:"代郡太守劉興將數百騎攻賈覽,上狀檄至,帝知其必敗,報書曰:'欲復進兵,恐失其頭首也。'詔書到,興已爲覽所殺。長史得檄,以爲國家坐知千里也。"

[四三]魏武置法,案以從事:《三國志·魏書·武帝紀》裴松之注引《魏書》曰:"太祖自統御海内,芟夷群醜,其行軍用師,大較依孫、吳之法,而因事設奇,譎敵制勝,變化如神。自作兵書十萬餘言,諸將征伐,皆以新書從事。臨事又手爲節度,從令者克捷,違教者負敗。"置法,立法。《管子·八觀》:"置法出令,臨衆用民。"從事,處置,處理。《左傳·哀公十一年》:"(子胥)諫曰:'越在我,心腹之疾也,壤地同,而有欲於我。夫其柔服,求濟其欲也,不如早從事焉。'"

[四四]出必以律:《易·師》:"師出以律。否,臧,凶。"錙銖:見《爲褚諮議蓁讓代兄襲封表一》注[一一]。爽:差錯,失誤。《詩·衛風·氓》:"女也不爽。"

[四五]聖武:聖明英武。稱頌帝王的套語。《尚書·伊訓》:"惟我商王,布昭聖武,代虐以寬,兆民允懷。"英挺:英俊挺拔。劉琨《散騎常侍劉府君誄》:"淑質英挺,金聲玉振。"略不世出:謂謀略高明,世所少有。《史記·淮陰侯列傳》:"此所謂功無二於天下,而略不世出者也。"

[四六]料敵制變:《漢書·趙充國傳》:"料敵制勝,威謀靡亢。"料敵,估量、判斷敵情。《吳子·料敵》:"吳子曰:'凡料敵,有不卜而與之戰者八。'"制變,猶言應變。曹植《求自試表》:"兵者不可預言,臨難而制變者也。"

[四七]廟算:朝廷或帝王對戰事進行的謀劃。《孫子兵法·計篇》:"夫未戰而廟算勝者,得算多也;未戰而廟算不勝者,得算少也。"杜牧注:"廟算者,計算於廟堂之上也。"

[四八]庸固:《文選》李善注引《晋起居注》曰:"宋公表曰:'臣寔庸固。'"此指曹景宗。理絶:《後漢書·西域傳》:"神迹詭怪,則理絶人區。"言提:《詩·大雅·抑》:"匪面命之,言提其耳。"

自逆胡縱逸,久患諸夏[四九],聖朝乃顧,將一車書[五〇],慭彼司氓,致辱非所⑧[五一],早朝永歎,載懷矜惻[五二]。致茲虧喪,何所逃罪[五三],宜正刑書,肅明典憲[五四]。臣謹以劾,請以見事免景宗所居官,下太常削爵土,收付廷尉法獄治罪[五五]。其軍佐職僚、偏裨將帥,絓諸應及咎者[五六],別攝治書侍御史隨違續奏。臣謹奉白簡以聞[五七]。臣昉誠惶誠恐，頓首頓首，死罪死辠，臣昉稽首以聞⑨。

【校　記】

⑧致：明州本作“累”。

⑨臣昉誠惶誠恐，頓首頓首，死罪死辠，臣昉稽首以聞：李善本與《全梁文》作“云云”。

【箋　注】

[四九]逆胡縱逸：劉琨《勸進表》：“逆胡劉曜，縱逸西都。”逆胡，指北魏。縱逸，恣縱放蕩。張華《博陵王宮俠曲》之一：“身在法令外，縱逸常不禁。”久患：《漢書·匈奴傳贊》：“久矣夷狄之爲患也。”諸夏：原指周代分封的諸侯國。此處指南朝。《左傳·閔公元年》：“諸夏親暱，不可棄也。”

[五〇]聖朝乃顧：潘岳《馬汧督誄》：“聖朝西顧，關右震惶。”聖朝，代稱當朝皇帝。此指梁武帝。《漢書·龔勝傳》：“使者……進謂勝曰：‘聖朝未嘗忘君，制作未定，待君爲政，思聞所欲施行，以安海內。’”乃顧，眷顧天下。將一車書：《文選》張銑注曰：“謂欲平天下，使車同軌，書同文。”《禮記·中庸》：“書同文，車同軌。”

[五一]愍：同“憫”。憐憫，哀憐。李密《陳情表》：“祖母劉，愍臣孤弱，躬親撫養。”司氓：司州之民。致辱非所：《文選》李善注引《晉起居注》曰：“大司馬表曰：‘園陵辱於非所也。’”意謂司州之民無端遭到北魏的欺侮凌辱。

[五二]早朝：早晨。永歎：長歎。《詩·大雅·公劉》：“既順迺宣，而無永歎。”載：則。矜惻：憐憫惻隱。

[五三]虧喪：損傷，損失。《後漢書·馬武傳論》：“直繩則虧喪恩舊，橈情則違廢禁典。”逃罪：逃免於罪，逃避罪責。《孔子家語·賢君》：“忠士折口，逃罪不言。”

[五四]刑書：刑法條文。《左傳·昭公十四年》：“仲尼曰：‘……邢侯之獄，言其貪也，以正刑書，晉不爲頗。’”蕭明典憲：《宋書·劉湛傳》：“詔曰：‘……收付廷尉，蕭明刑典。’”蕭明，《文選》劉良注：“蕭，敬也。”典憲：法典，典章。曹植《鼙舞歌·聖皇篇》：“迫有官典憲，不得顧恩私。”

[五五]劾：檢舉揭發罪狀。《漢書·李廣蘇建傳》：“劾大不敬。”見事：以上所述之事。下太常削爵土：《通典·職官七·諸卿上》“太常卿”：“今太常者，亦唐虞、伯夷爲秩宗兼夔典樂之任也。周時曰宗伯，爲春官，掌邦禮。”嘉禮“策拜諸王侯”則亦爲太常之責。故有爵位者犯法，應先由太常削

奪其爵位封地,然後交付大理寺治其罪。太常:官名。秦置奉常,漢景帝六年更名太常,掌宗廟禮儀,兼掌選試博士。歷代因之,則爲專掌祭祀禮樂之官。北魏稱太常卿,北齊稱太常寺卿,北周稱大宗伯,隋至清皆稱太常寺卿。削,削奪。爵土,爵位和封地。《東觀漢記·陰興傳》:"興固讓曰:'臣未有先登陷陣之功,而一家數人並蒙爵土,令天下觖望,誠不願。'"收付:謂拘捕罪犯,交付案辦。廷尉:官名。秦始置,九卿之一,掌刑獄。漢初因之,秩中二千石。景帝時改稱大理,武帝時復稱廷尉。東漢以後,或稱廷尉,或稱大理,又稱廷尉卿。法獄:監獄。治罪:依據法律給犯罪人以應得的懲處。《宋書·文五王傳·竟陵王誕》:"上(孝武帝)乃使有司奏曰:'臣等參議,宜下有司,絕誕屬籍,削爵土,收付廷尉法獄治罪。'"

〔五六〕軍佐:輔佐治理軍務的官吏。職僚:職官僚屬。《後漢書·皇后紀下·皇女》:"其職僚品秩,事在《百官志》。"偏裨:偏將,裨將。《漢書·馮奉世傳》:"典屬國任立、護軍都尉韓昌爲偏裨,到隴西,分屯三處。"絓:連及。攝:迫。治書侍御史:官名。漢宣帝常往宣室決事,命侍御史二人隨侍治書,後專設此職。三國魏治書侍御史掌律令。晋沿置,隋又稱持書侍御史。隨違:隨所犯之事。

〔五七〕白簡:古御史有所彈奏,用白簡。簡本爲竹或木片,自紙行用後,書箋亦稱簡。《晋書·傅玄傳》:"玄天性峻急,不能有所容;每有奏劾,或值日暮,捧白簡,整簪帶,竦踴不寐,坐而待旦。"

奏彈劉整

【題　解】

唐公孫羅《文選鈔》注引劉璠《梁典》交代此文寫作緣由云:"西陽王内史劉寅與庶弟整同居,有奴婢四人,後家貧,將奴質錢,後又贖得之。寅後死,有二子,長曰逡,次曰師利。整乃與嫂分財,家中資物,整將去,唯有兄在日遣二奴興易,經久不歸,乃將與嫂。後經七年,二奴始歸,乃大得財物,整又欲索之。其侄兒師利曾遠行,乃逢雨,投整墅上,經得十二日。後整計食小升六升米,乃來向便之處索米,嫂未有,乃將嫂犢車褾帷爲質;後得米往贖,始還。又來嫂家,無禮大叫,使婢打嫂,傷臂,並打侄兒。嫂范不勝欺苦之甚,故詣御史臺訴。任昉得此辭,勘當得實,故奏彈之。"

《梁書·任昉傳》:"天監二年,出爲義興太守。……重除吏部郎中……尋轉御史中丞,秘書監,領前軍將軍。……六年春,出爲寧朔將軍、新安太守。"據以上記載可知,任昉任御史中丞的時間,最早始於天監三年(五〇四)八月,卸任於任秘書監之前,而任秘書監有可能是在天監五年末、六年初。此文云:"當百天監二年六月從廣州還至……劉整兄寅第二息師利,去年十月十二日忽往整墅停住十二日……范今年二月九日夜,失車欄子夾杖龍牽等。"如果此文作於天監三年,則"當百天監二年六月從廣州還至"之表述,當與"整兄寅第二息師利,去年十月十二日,忽往整墅停住十二日"同例,應作"當百去年六月從廣州還至"。之所以表述爲"天監二年",是因爲當百並非去年從廣州回來,而是前年或大前年。據上所論,此文當作於天監四年(五〇五)或五年(五〇六)。

　　　御史中丞臣任昉稽首言[一]:臣聞馬援奉嫂,不冠不入[二];氾毓字孤,家無常子[三]。是以義士節夫①,聞之有立[四],千載美談,斯爲稱首[五]。

【校　記】

①"義"上,信述堂本、明州本、張燮本與薈要本無"是以"字,今據李善本與《全梁文》補。

【箋　注】

[一]御史中丞:見《奏彈曹景宗》注[一]。稽首:見《禪梁册》注[四五]。

[二]馬援奉嫂,不冠不入:《東觀漢記・馬援傳》:"馬援外類倜儻簡易,而內重禮,事寡嫂,雖在闈內,必幘然後見之也。"《後漢書・馬援傳》:"(馬援)敬事寡嫂,不冠不入廬。"

[三]氾毓字孤,家無常子:《晉書・儒林傳・氾毓》:"氾毓字稚春,濟北盧人也。弈世儒素,敦睦九族,客居青州,逮毓七世,時人號其家'兒無常父,衣無常主'。字孤,撫養孤兒。《左傳・成公十一年》:"婦人怒曰:'己不能庇其伉儷而亡之,又不能字人之孤而殺之,將何以終?'遂誓施氏。"

[四]義士節夫:有節操之人。《左傳・桓公二年》:"武王克商,遷九鼎于雒邑,義士猶或非之。"聞之有立:《孟子・萬章下》:"聞伯夷之風者,頑夫廉,懦夫有立志。"

[五]美談:《春秋公羊傳・閔公二年》:"魯人至今以爲美談。"稱首:第一。司馬相如《封禪文》:"前聖所以永保鴻名,而常爲稱首者,用此。"

　　　臣昉頓首頓首,死罪死辠[六]。謹案:齊故西陽內史劉寅妻范,詣臺訴列稱[七]：出適劉氏二十許年，劉氏喪亡，撫養孤弱[八]。叔郎整恒欲傷害侵奪②，分前奴教子、當百③，並已入衆[九]。又以錢婢姊妹、弟溫，仍留奴自使④[一〇]；又奪寅息逡婢綠草，私貨得錢，並不分逡[一一]。寅第二庶息師利，去歲十月，往整田上，經十二日[一二]。整便責范米六斗哺食，米未展送，忽至戶前，隔箔攘拳大罵⑤，突進房中⑥，屏風上取車帷准米去[一三]。二月九日夜，婢采音偷車欄、夾杖、龍牽，范問失物之意⑦，整便打息逡[一四]。整及母並奴婢等六人⑧，來共至范屋中⑨，高聲大罵，婢采音舉手查范臂[一五]。求攝檢，如訴狀[一六]。

【校 記】

②恒：李善本與《全梁文》作“常”。

③百：李善本與《全梁文》作“伯”。伯、百，古音同，録者隨音而寫，或作“伯”，或作“百”。本文下同。

④“使”下，李善本與《全梁文》衍一“伯”字。

⑤“攘”上，李善本無“隔箔”字。

⑥房：明州本與《文選集註》作“屋”。

⑦“失”下，明州本無“物”字。

⑧“整”下，明州本無“及”字。

⑨“來”下，李善本與《全梁文》無“共”字。

【箋 注】

[六]頓首：見《爲范尚書讓吏部封侯表》注[三]。

[七]西陽：西陽郡，屬郢州。内史：官名。《晋書·職官志》：“王置師、友、文學各一人……改太守爲内史，省相及僕。……郡皆置太守……諸王國以内史掌太守之任。”《南齊書·百官志》：“郡太守、内史。縣令、相。郡縣爲國者，爲内史、相。”劉寅妻范：劉寅之妻范氏。詣：晋謁，造訪。古代到朝廷或上級、尊長處去之稱。《桃花源記》：“及郡下，詣太守，説如此。”臺：御史臺。《通典·職官六》“御史臺”：“御史之名，《周官》有之，蓋掌贊書而授法令，非今任也。……至秦漢，爲糾察之任。所居之署，漢謂之御史府，亦謂之御史大夫寺，亦謂之憲臺。成帝時，御史府吏舍百餘區，井水皆竭，又其府中列柏樹，常有野烏數千棲宿其上，晨去暮來，號曰‘朝夕烏’，烏去不來者數月，長老異之，後果廢御史大夫爲大司空，是其徵也。後漢以來，謂之御史臺，亦謂之蘭臺寺。梁及後魏、北齊或謂之南臺。”訴：控告。《漢書·成帝

紀》：“鴻嘉元年春二月，詔曰：‘……刑罰不中，衆冤失職，趨闕告訴者不絕。’”列稱：陳述。

　　[八]出適：出嫁。《太平廣記》卷第三百二十四引晋戴祚《甄異録·秦樹》曰：“樹曰：‘承未出適，我亦未婚，欲結大義，能相顧否？’”劉氏：指劉寅。喪亡：死亡。陶潛《晋故征西大將軍長史孟府君傳》：“（謝）永，會稽人，喪亡，君求赴義。”撫養孤弱：李密《陳情表》：“生孩六月，慈父見背；行年四歲，舅奪母志。祖母劉，愍臣孤弱，躬親撫養。”孤弱，指幼弱的孤兒。

　　[九]叔郎：丈夫的弟弟。《文選鈔》：“《禮記》云：‘嫂叔不通問。’言本無名位，隨子呼之爲叔郎者，今之俗語呼爲小郎是也。”侵奪：侵占，搶奪。《荀子·王制》：“之所以接下之人百姓者則好取侵奪，如是者危殆。”分前：弟兄分家之前。入衆：謂將私房財產、奴婢作爲各房公產。

　　[一〇]又以錢婢姊妹、弟溫：按方一新、王雲路編著《中古漢語讀本》稱：“‘婢’在此處不可通，疑爲‘脾’字之借。古音‘脾’隸幫支部，‘婢’並母支部，聲音相近，具備通假條件。”《廣雅釋詁三》：“脾，予也。”意即整以錢補姊妹及弟劉溫，將教子、當百劃作私奴。則下文“寅亡後，第二弟整仍奪教子，云應入衆，整便留自使，脾姊及弟，各准錢五千，不分逕”，依此可通。

　　[一一]息：子息。《戰國策·趙四》：“老臣賤息舒祺最少，不肖，而臣衰，竊愛憐之。”逕：子息名。私貨：私自售賣。

　　[一二]庶息：猶庶子。非嫡配所生之子。

　　[一三]責：索取（財物）。《吕氏春秋·慎行論·疑似》：“昔也往責於東邑人，可問也。”《説文》：“責，求也。”哺食：指口糧。未展：未及。《世説新語·德行》：“吴郡陳遺，家至孝，母好食鐺底焦飯。遺作郡主簿，恒裝一囊，每煮食，輒貯録焦飯，歸以遺母。後值孫恩賊出吴郡，袁府君即日便征，遺已聚斂得數斗焦飯，未展歸家，遂帶以從軍。”箔：簾。攘拳：捋袖舉拳。《淮南子·脩務訓》：“及至勇武攘捲一撝，則摺脇傷幹。”楊樹達云：“‘捲’與‘拳’同。”突進：突破而進入。車帷：車四旁的帷帳。准：同“準”。折充，抵充。

　　[一四]車欄：古代車箱的前面和左右兩邊用木條構成的大方格圍欄。《禮記·曲禮上》“已駕，僕展軨”鄭玄注：“軨……舊云車闌也。”夾杖：《晋書·輿服志》：“畫輪車……上起四夾杖，左右開四望。”龍牽：即靷。引車前行的革帶，一端繫於馬頸的皮套上，一端繫於車軸之上。後用爲竊物之典。意：原因，緣故。

　　[一五]查：音渣。抓。

　　[一六]攝檢：傳訊。訴狀：訴訟事件的書狀。即狀子。《宋書·文五王

傳·竟陵王誕》："上(孝武帝)乃使有司奏曰:'……又獲吳郡民劉成、豫章民陳談之、建康民陳文紹等並如訴狀,則姦情猜志,歲月增積。'"

　　輒攝整父舊使奴海蛤到臺辯問⑩[一七],列稱:整亡父興道,先爲零陵郡[一八],得奴婢四人,分財⑪,以奴教子乞大息寅[一九]。寅亡後⑫,第二弟整仍奪教子,云應入衆,整便留自使,婢姊及弟各准錢五千文⑬,不分逡[二〇]。其奴當百,先是衆奴[二一];整兄弟未分財之前⑭,整兄寅以當百貼錢七千,共衆作田[二二]。寅罷西陽郡還,雖未別火食,寅以私錢七千贖當百,仍使上廣州[二三]。去後,寅喪亡,整兄弟後分奴婢,惟餘婢綠草入衆[二四]。整復云寅未分財贖當百,又應屬衆[二五]。整意貪得當百,推綠草與逡。整規當百行還⑮,擬欲自取,當百遂經七年不返[二六]。整疑已死亡不迴⑯,更奪取婢綠草,貨得錢七千[二七]。整兄弟及姊共分此錢,又不分逡。寅妻范云,當百是亡夫私贖,應屬息逡[二八]。當百天監二年六月從廣州還至,整復奪取,云應充衆,准雇借上廣州四年夫直,今在整處使[二九]。

【校　記】

⑩"父"上,李善本與《全梁文》有"亡"字。
⑪財:李善本作"賦"。
⑫寅亡:李善本與《全梁文》作"亡寅"。
⑬准:薈要本作"整"。
⑭"兄"上,明州本無"整"字。"弟"下,李善本無"未"字。
⑮"還"上,李善本無"行"字。
⑯疑:薈要本作"擬"。

【箋　注】

[一七]使奴:所使喚的奴僕。臺:御史臺。辯問:盤問,查問。
[一八]整亡父興道,先爲零陵郡:《南齊書·皇后傳·高昭劉皇后》:"高昭劉皇后諱智容,廣陵人也。祖玄之,父壽之,並員外郎。……年十餘歲,歸太祖,嚴正有禮法,家庭肅然。宋泰豫元年殂,年五十。……昇明二年,贈竟陵公國夫人。三年,贈齊國妃,印綬如太妃。建元元年,尊諡昭皇后。三年,贈后父金紫光禄大夫,母桓氏上虞都鄉君;壽之子興道司徒屬,文蔚豫章内史,義徽光禄大夫,義倫通直郎。"《太平廣記·徵應七》"劉興道":"零陵太守廣陵劉興道,罷郡住齋中。安牀在西壁下,忽見東壁邊有一眼,

斯須之間,便有四,漸漸見多,遂至滿室,久乃消散,不知所在。又見牀前有頭髮,從土中稍稍繁多。見一頭而出,乃是方相頭,奄忽自滅。劉憂怖,沈疾不起。"

[一九]分財:分配家中財産。乞:讀去聲。給與。《漢書·朱買臣傳》:"妻自經死,買臣乞其夫錢,令葬。"《左傳·昭公十六年》"毋或匄奪"孔穎達疏:"匄是乞也。……乞之與乞,一字也,取則入聲,與則去聲也。"《世説新語·儉嗇》:"廼開庫一日,令任意用。郗公始正謂損數百萬許,嘉賓遂一日乞與親友,周旋略盡。"

[二〇]入衆:謂將私房財産、奴婢作爲各房公産。准錢:折充的錢。准,同"準"。

[二一]衆奴:供衆人役使的奴僕。與專用奴僕相對。

[二二]貼錢:典錢,質錢。《宋書·何承天傳》:"時有尹嘉者,家貧,母熊自以身貼錢,爲嘉償責。"共:通"供"。供給,供應。作田:治田,種地。《周禮·地官·稻人》:"稻人,掌稼下地。……以涉揚其芟,作田。"

[二三]未別火食:指兄弟間尚未分家。火食,舉火煮飯。《荀子·宥坐》:"孔子南適楚,戹於陳、蔡之間,七日不火食,藜羹不糂,弟子皆有饑色。"私錢:私人所有之錢。《後漢書·鍾離意傳》"出爲魯相"李賢注引《意別傳》曰:"意爲魯相,到官,出私錢萬三千文,付户曹孔訢修夫子車。"

[二四]入衆:見注[九]。

[二五]分財:付出錢財。《史記·平準書》:"天子既下緡錢令而尊卜式,百姓終莫分財佐縣官。"

[二六]規:謀劃,打算。遂:因循拖拉。

[二七]貨:賣出。

[二八]私贖:私人贖回。

[二九]充衆:猶入衆。雇借:雇用。《後漢書·虞詡傳》:"詡乃自將吏士,案行山谷,自沮至下辯數十里中,皆燒石翦木,開漕船道,以人僦直雇借傭者,於是水運通利,歲省四千餘萬。"夫直:傭工的報酬。《宋書·孝義傳·吳逵》:"逵時逆取鄰人夫直,葬畢,衆悉以施之,逵一無所受,皆備力報答焉。"

　　進責整婢采音,列[17]:整兄寅第二息師利[18],去年十月十二日,忽往整墅停住十二日,整就兄妻范求米六斗哺食[三〇]。范未得還,整怒,仍自進范所住[19],屏風上取車帷爲質[三一]。范送米六斗,整則納受[20][三二]。范今年二月九日夜,云失車欄子、夾杖、龍牽等[21],范及息逡道是采音所偷[三三]。整聞聲,仍打逡,范唤問何意打我兒[22]。整母子爾時便同出中庭,隔箔與范相罵[三四]。婢采音及奴教子㉓、楚玉、法忠等四人㉔[三五],於時在整母子左右㉕。整語采音:其道汝偷車校具㉖,汝何不進裏罵之[三六]? 既進,爭口,舉手誤查范臂[三七]。車欄、夾杖、龍牽,實非采音所偷。

【校　記】

㉗列:信述堂本、明州本、張燮本與《全梁文》作"劉"。胡克家《文選考異》卷七云:"'劉'當作'列'。下文云:'並如采音、苟奴等列狀,粗與范訴相應。'此即采音列也。各本皆誤,今特訂正。"依下文云:"進責寅妻范奴苟奴,列……"胡克家所正爲確。

⑱"兄"上,明州本無"整"字。"兄"下,明州本無"寅"字。

⑲住:《全梁文》作"往"。如此,"仍自"二句當斷爲:"仍自進范所,往屏風上取車帷爲質。"

⑳則:李善本與《全梁文》作"即"。

㉑"失"上,李善本無"云"字。

㉒"問"上,李善本無"喚"字。

㉓"采"上,李善本無"婢"字。

㉔忠:李善本與《全梁文》作"志"。

㉕母子:明州本、張燮本與薈要本作"子母"。

㉖校:信述堂本作"杖"。今據《文選》、張燮本、薈要本與《全梁文》改。

【箋　注】

[三〇]墅:田廬,田間土舍。曹植《泰山梁甫行》:"劇哉邊海民,寄身於草墅。"停住:停留。《三國志·魏書·劉曄傳》:"大駕停住積日,(孫)權果不至,帝乃旋師。"哺食:見注[一三]。

[三一]車帷:見注[一三]。

[三二]納受:接受,收受。《漢書·王章傳》:"上初納受章言,後不忍退(王)鳳。"

[三三]車欄子、夾杖、龍牽:見注[一四]。

[三四]爾時:言其時或彼時。《左傳·襄公十三年》:"使士匄將中軍,辭曰:'伯游長,昔臣習於知伯,是以佐之,非能賢也。'"杜預注:"罃代將中軍,士匄佐之。匄今將讓,故謂爾時之舉,不以己賢。"中庭:庭院。司馬相如《上林賦》:"醴泉湧於清室,通川過於中庭。"

[三五]教子、楚玉、法忠:皆爲奴僕之名。

［三六］校具:裝飾的物品。

［三七］爭口:爭吵,爭辯。查:見注［一五］。

　　進責寅妻范奴苟奴㉗,列㉘:娘去二月九日夜失車欄、夾杖、龍牽,疑是整婢采音所偷[三八]。苟奴與郎逡往津陽門糴米,遇見采音在津陽門賣車欄、龍牽㉙,苟奴登時欲捉取㉚,逡語苟奴:已爾,不須復取[三九]。苟奴隱避㉛,少時,伺視人買龍牽,售五千錢[四〇]。苟奴仍隨逡歸宅,不見度錢[四一]。

【校　記】

㉗“范奴”下,李善本無“苟奴”字。

㉘“列”下,明州本、薈要本有“稱”字。

㉙遇見:李善本作“過見”。

㉚“登”下,明州本、張燮本與薈要本無“時”字。

㉛避:《文選》與《全梁文》作“僻”。

【箋　注】

［三八］去:疑爲“云”之誤。娘:舊時奴婢對女主人的稱呼。

［三九］津陽門:糴:買進糧食。車欄龍牽:見注［一四］。登時:猶當時。捉取:擒拿,捕捉。已爾:罷了。

［四〇］隱避:隱藏,隱身。伺視:窺察。

［四一］度錢:付錢。劉敬叔《異苑》:“永康王曠井上有洗石,時見赤氣。後有二胡人寄宿,忽求買之。曠怪所以,未及度錢。”

　　並如采音、苟奴等列狀,粗與范訴相應[四二]。重疊當百、教子列㉜“被奪,今在整處使”,悉與海蛤列不異[四三]。以事訴法,令史潘僧尚議[四四]:整若輒略兄子逡分前婢貨賣,及奴教子等私使,若無官令,輒收付近獄測治[四五]。諸所連逮絓應洗之原㉝,委之獄官,悉以法制從事[四六]。如法所稱,整即主[四七]。

【校　記】

㉜列:信述堂本、明州本、張燮本與薈要本作“列稱”,李善本與《全梁文》作“列孃”,《文選集註》作“列”。前文均稱“列”,“被奪,今在整處使”爲“列”之內容,結合上下文意,故從《文選集註》。

㉝絓：明州本與薈要本作“繼”。

【箋　注】

[四二]列狀：陳訴狀詞。粗：大略。相應：相符合。《墨子·號令》：“大將使人行守，操信符，信不合及號不相應者，伯長以上輒止之，以聞大將。”

[四三]重覈：重新核實。覈，查驗、核實。考事得實曰覈。

[四四]訴法：訴之法律。令史：官名。《通典·職官四·尚書上》“歷代都事主事令史”：“令史：漢官也。後漢尚書令史十八人，曹有三人主書，後增劇曹三人，合二十一人，皆選於蘭臺符節簡練有吏能者爲之。……晋、宋蘭臺寺正書令史雖行文書，皆有品秩，朱衣執板，給書僮。……梁、陳與晋、宋同。”潘僧尚：生平未詳。

[四五]輒略：搶奪。《北史·侯莫穎傳》：“先是稽胡叛亂，輒略邊人爲奴婢。”輒，專擅。《三國志·魏書·曹爽傳》：“臣輒敕主者及黃門令罷爽、羲、訓吏兵，以侯就第。”略，掠奪。《左傳·宣公十五年》：“晋侯治兵于稷，以略狄土。”杜預注：“略，取也。”收付：見《奏彈曹景宗》注[五五]。測治：使用刑罰治辦。測，刑具名。此處用作動詞。《隋書·刑法志》：“其有贓驗顯然而不款，則上測立。立測者，以土爲垛，高一尺，上圓，劣容囚兩足立。鞭二十，笞三十訖，著兩械及杻，上垛。”

[四六]連逮絓：三字同義連文，意爲牽涉。三字連文，早有其例。《左傳·襄公三十一年》：“以敝邑之爲盟主，繕完葺牆。”連逮，牽連拘捕。《史記·秦始皇本紀》：“乃行誅大臣及諸公子，以罪過連逮少近官三郎，無得立者，而六公子戮死於杜。”應洗之源：黃侃《文選平點》謂：“今所謂事由也。”洗，猶言澄清。獄官：主持刑獄的官吏。《漢書·鼂錯傳》：“錯對曰：‘……姦邪之吏，乘其亂法，以成其威，獄官主斷，生殺自恣。’”從事：見《奏彈曹景宗》注[四三]。

[四七]即主：見《奏彈曹景宗》注[三二]。李善注：“昭明刪此文太略，故詳引之，令與彈相應也。”

　　臣謹案：新除中軍參軍臣劉整[四八]，間閻闒茸，名教所絶[四九]。直以前代外戚，仕因紈袴[五〇]，惡積釁稔，親舊側目[五一]。理絶通問，而妄肆醜辭[五二]；終夕不寐，而謬加大杖[五三]。薛包分財，取其老弱[五四]；高鳳自穢，爭訟寡嫂[五五]。未見孟嘗之深心，唯傚文通之僞迹㉞[五六]。昔人睦親，衣無常主[五七]；整之撫姪，食有故人[五八]。何其不能折契鍾庾，而襜帷交質[五九]？人之無情，一何至此[六〇]！

實教義所不容,紳冕所共棄[六一]。

【校　記】

㉞倣:《文選集註》與《全梁文》作“斅”。

【箋　注】

[四八]新除:謂剛拜官授職。《漢書·景帝紀》“列侯薨及諸侯太傅初除之官”顏師古注引如淳曰:“凡言除者,除故官就新官也。”中軍:中軍將軍的省稱,爲雜號將軍。參軍:即參軍事。官名。《通典·職官十五·州郡下》“總論郡佐”:“參軍事:後漢靈帝時,陶謙以幽州刺史參司空車騎張溫軍事。……晋時軍府乃置爲官員。中軍羊祜置參軍二人。……歷代皆有。”

[四九]閭閻:里巷。泛指民間。《史記·李斯列傳》:“李斯以閭閻歷諸侯。”《漢書·異性諸侯王表》:“適戍彊於五伯,閭閻逼於戎狄。”顏師古注:“閭,里門也。閻,里中門也。”闒茸:卑賤。闒,音踏。賈誼《吊屈原賦》:“闒茸尊顯兮,讒諛得志。”名教:見《爲范始興求爲太宰立碑表》注[三七]。此處指士君子。絶:棄。

[五〇]直:只,僅僅。前代:南朝齊。外戚:指帝王的母族、妻族。《史記·外戚世家》:“自古受命帝王及繼體守文之君,非獨内德茂也,蓋亦有外戚之助焉。”劉整爲南朝齊高昭劉皇后(名智容,齊高帝蕭道成正妻,齊武帝蕭賾生母)兄興道子。詳見注[一八]。紈袴:即紈綺。細絹製成的褲。《漢書·叙傳上》:“數年,金華之業絶,(班伯)出與王、許子弟爲群,在於綺襦紈綺之間,非其好也。”顏師古注:“紈,素也。綺,今細綾也。並貴戚子弟之服。”後因以借指富貴人家子弟,含鄙薄義。

[五一]惡積釁稔:《左傳·昭公十八年》:“萇弘曰:‘毛得必亡,是昆吾稔之日也。’”杜預注:“稔,熟也。惡積熟,以乙卯日與桀同誅。”釁,罪。親舊:猶親故。《三國志·魏書·王朗傳》:“雖流移窮困,朝不謀夕,而收卹親舊,分多割少,行義甚著。”側目:斜目而視,形容憤恨。《漢書·鄒陽傳》:“今愛盎事即窮竟,梁王恐誅。如此,則太后怫鬱泣血,無所發怒,切齒側目於貴臣矣。”

[五二]禮絶通問:用以代指叔嫂關係。典出《禮記·曲禮上》:“嫂叔不通問,諸母不漱裳。”肆:陳也。醜辭:謾罵之言。《抱朴子·疾謬》:“不聞清談講道之言,專以醜辭嘲弄爲先。”

[五三]終夕不寐:用以代指叔侄關係。用東漢第五倫典。《後漢書·第五倫傳》:“或問倫曰:‘公有私乎?’對曰:‘……吾兄子常病,一夜十往,退而

安寢;吾子有疾,雖不省視而竟夕不眠。若是者,豈可謂無私乎?'"謬加大杖:《孔子家語·六本》:"曾子耘瓜,誤斬其根,曾晢怒,建大杖以擊其背,曾子僕地而不知人久之。有頃,乃蘇,欣然而起,進於曾晢曰:'向也得罪於大人,大人用力教參,得無疾乎?'退而就房,援琴而歌,欲令曾晢聞之,知其體康也。孔子聞之而怒,告門弟子曰:'參來,勿内。'曾晢自以爲無罪,使人請於孔子。子曰:'汝不聞乎?昔瞽瞍有子曰舜,舜之事瞽瞍,欲使之,未嘗不在於側,索而殺之,未嘗可得。小棰則待過,大杖則逃走。故瞽瞍不犯不父之罪,而舜不失蒸蒸之孝。今參事父,委身以待暴怒,殪而不避,既身死而陷父於不義,其不孝孰大焉?汝非天子之民也?殺天子之民,其罪奚若?'曾參聞之,曰:'參罪大矣。'遂造孔子而謝過。"謬加,妄加。大杖,大棍棒。"終夕"二句,言劉整私其子則終夕不寐,惡其姪則妄加大杖。

[五四]薛包分財,取其老弱:《後漢書·劉趙淳于江劉周趙傳總序》:"安帝時,汝南薛包孟嘗,好學篤行,喪母,以至孝聞。及父娶後妻而憎包,分出之,包日夜號泣,不能去,至被歐杖。不得已,廬於舍外,旦入而洒掃,父怒,又逐之。乃廬於里門,昏晨不廢。積歲餘,父母慙而還之。後行六年服,喪過乎哀。既而弟子求分財異居,包不能止,乃中分其財。奴婢引其老者,曰:'與我共事久,若不能使也。'田廬取其荒頓者,曰:'吾少時所理,意所戀也。'器物取朽敗者,曰:'我素所服食,身口所安也。'弟子數破其産,輒復賑給。"分財,見注[一九]。

[五五]高鳳自穢,爭訟寡嫂:《後漢書·逸民傳·高鳳》:"高鳳字文通,南陽葉人也。少爲書生,家以農畝爲業,而專精誦讀,晝夜不息。……其後遂爲名儒,乃教授業於西唐山中。……鳳年老,執志不倦,名聲著聞。太守連召請,恐不得免,自言本巫家,不應爲吏,又詐與寡嫂訟田,遂不仕。建初中,將作大匠任隗舉鳳直言,到公車,託病逃歸。推其財産,悉與孤兄子。隱身漁釣,終於家。"爭訟,因爭論而訴訟。《韓非子·用人》:"爭訟止,技長立,則彊弱不觳力,冰炭不合形,天下莫得相傷,治之至也。"寡嫂,亡兄之妻。《漢書·王莽傳上》:"(莽)事母及寡嫂,養孤兄子,行甚敕備。"

[五六]孟嘗:薛包字。深心:深遠的心意或用心。顏延之《五君詠·向常侍》:"深心託豪素,懷抱觀古今。"此處謂"取其老弱"。傚:效法,模仿。文通:高鳳字。僞迹:此處謂"爭訟寡嫂"。高鳳"爭訟寡嫂"爲自污名聲而不仕,劉整"爭訟寡嫂"爲爭財,故云"唯傚文通之僞迹"。

[五七]昔人:古人。《管子·小匡》:"昔人之受命者,龍龜假,河出圖,雒出書,地出乘黃。"此處指氾毓。睦親:對宗族和睦,對外親友好。《周禮·地官·大司徒》:"六行:孝、友、睦、婣、任、恤。"鄭玄注:"睦親於九族。"顏延之

《陶徵士誄》:"睦親之行,至自非敦。"衣無常主:指氾毓事。見注[三]。

[五八]食有故人:《西京雜記》卷二:"公孫弘起家徒步爲丞相。故人高賀從之,弘食以脱粟飯,覆以布被。賀怨曰:'何用故人富貴爲?脱粟、布被我自有之。'弘大慙。賀告人曰:'公孫弘内服貂蟬,外衣麻枲,内廚五鼎,外膳一肴。豈可以示天下?'於是朝廷疑其矯焉。弘歎曰:'寧逢惡賓,不逢故人。'""整之"二句,言劉整因其姪師利"往整田上,經十二日,整便責范米六斗哺食",反不如公孫弘待故人以脱粟飯。

[五九]折契:折券。荀悦《漢紀·高祖紀上》:"常從王媪、武負貰酒,時飲醉卧,武負、王媪見其上常有怪。高祖每酤留飲,酒讎數倍。及見怪,歲竟,此兩家常折券棄責。"顔師古注:"以簡牘爲契券,既不徵索,故折毀之,棄其所負。"鍾庾:皆古容量單位。泛指數量不大。鍾,《淮南子·要畧訓》:"一朝用三千鍾贛。"高誘注:"鍾,十斛也。"《左傳·昭公二十六年》:"粟五千庾。"杜預注:"庾,十六斗。"襜帷:車上四周的帷帳。《後漢書·蔡茂傳》:"顯宗……敕行部去襜帷,使百姓見其(郭賀)容服,以章有德。"交質:互相以人或物品作抵押。《左傳·隱公三年》:"鄭伯怨王,王曰:'無之。'故周、鄭交質。""襜帷交質",言范氏未及時還劉整米、劉整取車帷爲質事。

[六〇]人之無情:《莊子·德充符》:"惠子謂莊子曰:'人故無情乎?'莊子曰:'然。'惠子曰:'人而無情,何謂之人?'"一何至此:竟然到了如此地步。《史記·商君列傳》:"商君喟然歎曰:'嗟乎,爲法之敝一至此哉!'"

[六一]教義所不容:嵇康《絶交書》:"世教所不容。"仲長子《昌言》:"引之於教義。"教義,禮教、名教的旨意。紳冕:腰帶和冠。借指士大夫。

　　臣等參議:請以見事免整新除官㉟,輒勒外付廷尉法獄治罪㊱[六二]。諸所連逮,應洗之源,委之獄官,悉以法制從事[六三]。婢采音不欵偷車欄、龍牽,請付獄測實[六四]。宗長及地界職司㊲,初無糾舉,及諸連逮,請不足申盡[六五]。臣昉誠惶誠恐,頓首頓首,死罪死辠,稽首以聞㊳。

【校　記】

㉟新:李善本與《全梁文》作"所"。

㊱"付"上,《文選集註》、李善本與《全梁文》有"收"字。

㊲"宗"上,李善本與《全梁文》有"其"字。

㊳臣昉誠惶誠恐,頓首頓首,死罪死辠,稽首以聞:《文選》作"臣昉云云誠惶誠恐以聞",《文選集註》作"臣昉誠惶以下"。

【箋　注】

[六二]參議:謀議。《後漢書·班固傳下》:"永元初,大將軍竇憲出征匈奴,以固爲中護軍,與參議。"此處言與御史官相參言議事。見事:見《奏彈曹景宗》注[五五]。新除官:謂新除中軍參軍。勒外付廷尉法獄治罪:《文選鈔》曰:"謂勒使向外收付與大理官禁之獄中,治其不義之罪也。"

[六三]連逮:見注[四六]。獄官:見注[四六]。從事:見《奏彈曹景宗》注[四三]。

[六四]欵:同"款"。服罪。《三國志·吳書·吳主傳》:"初,權外託事魏,而誠心不款。"測實:使用刑罰,訊得實情。測,見注[四五]。

[六五]宗長:族长。地界職司:指劉氏家族居住地的官吏。地界,地方、地區。職司,主管某職的官員。《三國志·吳書·陸凱傳》:"凱上疏曰:'……今州縣職司,或苙政無幾,便徵召遷轉,迎新送舊,紛紛道路,傷財害民,於是爲甚。'"糾舉:督察舉發。《後漢書·孝桓帝紀》:"長吏臧滿三十萬而不糾舉者,刺史、二千石以縱避爲罪。"

奏　彈　范　縝

【題　解】

《梁書·王亮傳》:"(天監)四年夏,高祖讌於華光殿,謂群臣曰:'朕日昃聽政,思聞得失。卿等可謂多士,宜各盡獻替。'尚書左丞范縝起曰:'司徒謝朏本有虛名,陛下擢之如此,前尚書令王亮頗有治實,陛下棄之如彼,是愚臣所不知。'高祖變色曰:'卿可更餘言。'縝固執不已,高祖不悅。御史中丞任昉因奏曰:……詔聞可。"《奏彈范縝》曰:"又今月十日,御餞梁州刺史臣珍國,宴私既洽,群臣並已謁退,時詔留侍中臣昂等十人,訪以政道。縝不答所問,而橫議沸騰,遂貶裁司徒臣朏,襃舉庶人王亮。"與《王亮傳》所記符同。其中提及的"侍中臣昂"爲袁昂。據《梁書·袁昂傳》:"天監二年,以爲後軍臨川王參軍事。……俄除給事黃門侍郎。其年遷侍中。明年出爲尋陽太守,行江州事。"其年,即"期年",滿一年,即天監三年(五〇四),則天監四年時,袁昂尚爲侍中。據上述可知,此文是天監四年(五〇五)夏任昉出於梁武帝發蹤指示而作。

然據《梁書·王珍國傳》,王珍國出爲南秦、梁二州刺史是於天監五年(五〇六):"(天監)五年,魏任城王元澄寇鍾離,高祖遣珍國,因問討賊方略。珍國對曰:'臣常患魏衆少,不苦其多。'高祖壯其言,乃假節,與衆軍同討焉。魏軍退,班師。出爲使持節、都督梁秦二州諸軍事、征虜將軍、南秦梁二州刺史。”不知此前王珍國是否僅出爲梁州刺史。

此文雖是彈劾范縝，實爲打壓琅邪王亮。《梁書·王亮傳》：王亮字奉叔，琅邪臨沂人，晉丞相王導之六世孫。東昏朝時，王亮頻加通直散騎常侍、太子右衛率，爲尚書右僕射、中護軍。東昏侯大肆殺戮大臣，王亮“傾側取容，竟以免戮”。武帝抵達新林時，“内外百僚皆道迎，其未能拔者，亦間路送誠款，亮獨不遣。及城内既定，獨推亮爲首”，武帝“弗之罪也”，并特加優待：“霸府開，以爲大司馬長史、撫軍將軍、琅邪清河二郡太守。梁臺建，授侍中、尚書令，固讓不拜，乃爲侍中、中書監，兼尚書令。高祖受禪，遷侍中、尚書令、中軍將軍，引參佐命，封豫寧縣公，邑二千户。天監二年，轉左光禄大夫，侍中、中軍如故。”但王亮對武帝不甚尊重：“（天監二年）元日朝會萬國，亮辭疾不登殿，設饌别省，而語笑自若。數日，詔公卿問訊，亮無疾色，御史中丞樂藹奏大不敬，論棄市刑。詔削爵廢爲庶人。”范縝因與武帝、王亮皆有舊誼，武帝進入建康城后，范縝志在卿相，而所懷未滿，因此結交罷黜在家的王亮，互爲聲援。《梁書·儒林傳·范縝》：“建武中……母憂去職。歸居于南州。義軍至，縝墨絰來迎。高祖與縝有西邸之舊，見之甚悦。及建康城平，以縝爲晉安太守，在郡清約，資公禄而已。視事四年，徵爲尚書左丞。縝去還，雖親戚無所遺，唯餉前尚書令王亮。縝仕齊時，與亮同臺爲郎，舊相友，至是亮被擯棄在家。縝自迎王師，志在權軸，既而所懷未滿，亦常怏怏，故私相親結，以矯時云。後竟坐亮徙廣州。”任昉彈劾范縝後，武帝親致書信范縝，詰問王亮過愆，致使王亮“屏居閉掃，不通賓客”。

范縝：字子真，南鄉舞陰人。家貧好學，曾從劉瓛求學，博通經術，尤精《三禮》。性質直，好危言高論。起家齊寧蠻主簿，累遷尚書殿中郎。永明中，曾出使北魏，爲竟陵王蕭子良賓客。建武中，遷領軍長史，出爲宜都太守。後爲晉安太守、尚書左丞。著《神滅論》，宣稱無佛。坐王亮事徙廣州，多年後回京，爲中書郎、國子博士，卒官。有文集十卷。《梁書》卷四十八有傳。

　　臣聞息夫歷詆，漢有正刑[一]，白褒一奏，晉以明罰[二]。況乎附下訕上，毁譽自口者哉[三]？風聞尚書左丞臣范縝[四]，自晉安還，語人云：“我不詣餘人，惟詣王亮。不餉餘人，惟餉王亮。”[五]輒收縝白從左右萬休到臺辯問，與風聞符同[六]。又今月十日，御餞梁州刺史臣珍國，宴私既洽，群臣並已謁退，時詔留侍中臣昂等十人，訪以政道[七]。縝不答所問，而橫議沸騰，遂貶裁司徒臣胐，褒舉庶人王亮[八]。臣于時預奉恩留，肩隨並立[九]，耳目所接，差非風聞[一〇]。竊尋王有游豫，親御軒陛[一一]，義深推轂，情均《湛露》[一二]，酒闌宴罷，當宸正立[一三]，記事在前，記言在後[一四]，軫早朝之念，深求瘼之情[一五]；而縝言不遜，妄陳褒貶，傷濟濟之風，缺側席之望[一六]，不有嚴裁，憲准將頹，縝即主[一七]。

【箋　注】

[一]息夫歷詆，漢有正刑：《漢書·息夫躬傳》："躬既親近，數進見言事，論議亡所避。衆畏其口，見之仄目。躬上疏歷詆公卿大臣……人有上書言躬懷怨恨，非笑朝廷所進，候星宿，視天子吉凶，與巫同祝詛。上遣侍御史、廷尉監逮躬，繫雒陽詔獄。欲掠問，躬仰天大謼，因僵仆。吏就問，云咽已絶，血從鼻耳出。食頃，死。黨友謀議相連下獄百餘人。"歷，古同"歷"。詆，訾毀、詆毀。正刑，正常法度。《尚書·無逸》："乃變亂先王之正刑。"

[二]白褒一奏，晋以明罰：《藝文類聚·職官三》"司徒"引王隱《晋書》曰："武帝以山濤爲司徒，頻讓，不許，濤出，徑歸家。左丞白褒奏濤違詔。詔杖褒五十。"《晋書·山濤傳》："咸寧初，轉太子少傅，加散騎常侍；除尚書僕射，加侍中，領吏部。固辭以老疾，上表陳情。章表數十上，久不攝職，爲左丞白褒所奏。帝曰：'濤以病自聞，但不聽之耳。使濤坐執銓衡則可，何必上下邪！不得有所問。'濤不自安，表謝……帝再手詔曰：'白褒奏君甚妄，所以不即推，直不喜凶赫耳。君之明度，豈當介意邪！便當攝職，今斷章表也。'濤志必欲退，因發從弟婦喪，輒還外舍。詔曰：'山僕射近日暫出，遂以微苦未還，豈吾側席之意。其遣丞掾奉詔諭旨，若體力故未平康者，便以輿車輿還寺舍。'濤辭不獲已，乃起視事。"與《藝文類聚》所載略有出入。明罰，見《求薦士詔》注[一]。

[三]附下：附和偏袒臣下。《北齊書·文苑傳·樊遜》："子胥無君，馬遷附下，受誅取辱，何可尤人。"按，"馬遷附下"，指司馬遷爲李陵申辯事。訕上：毀謗在上位者。多指毀謗君王。《論語·陽貨》："惡居下流而訕上者。"邢昺疏："訕，謗毀也。謂人居下位而謗毀在上，所以惡之也。"

[四]風聞：經傳聞而得知。《漢書·南粵傳》："（南粵王）下令國中曰：'……又風聞老夫父母墳墓已壞削，兄弟宗族已誅論。'"顏師古注："風聞，聞風聲。"按，南北朝期間，監察制度有一項重大的發展變化，即，御史有權"風聞奏事"，又稱"聞風彈事"。《通典·職官考六》"御史臺"條云："故御史爲風霜之任，彈糾不法，百僚震恐，官之雄峻，莫之比焉。舊制但聞風彈事，提綱而已。"注云："舊例，御史臺不受訴訟。有通辭狀者，立於臺門，候御史，御史徑往門外收採。知可彈者，略其姓名，皆云'風聞訪知'。"尚書左

丞:官名。《通典·職官四·尚書上》"僕射":"左右丞:秦置尚書丞二人,屬少府。漢因之。至成帝建始四年,置丞四人。及後漢光武,始減其二,唯置左、右丞,佐令、僕之事,臺中紀綱,無所不總。……梁皆銅印黃綬,一梁冠。左丞掌臺內分職儀、禁令、報人章,督錄近道文書章表奏事,糾諸不澊。凡諸尚書文書詣中書省者,密事皆以契刀囊盛之,封以丞相印。右丞掌臺內藏及廬舍,凡諸器用之物,督錄遠道文書章表之事。陳因之。"

　　[五]詣:造訪。餘人:其餘的人,他人。《論語·雍也》"回也其心三月不違仁,其餘則日月至焉而已矣"何晏集解:"餘人暫有至仁時,唯回移時而不變。"餉:招待。《梁書·范縝傳》:"縝去還,雖親戚無所遺,唯餉前尚書令王亮。"毀譽自口:典出《詩·小雅·正月》:"好言自口,莠言自口。"

　　[六]白從:白衣隨從。《隋書·禮儀志三》:"受降使者一人,給二馬軺車一乘,白獸幡及節各一,騎吏三人,車輻白從十二人。"萬休:白從名。臺:御史臺。辯問:見《奏彈劉整》注[一七]。符同:符合,相同。

　　[七]珍國:王珍國,字德重,沛國相人。《梁書》卷十七有傳。宴私:指公餘的私生活,如游宴玩耍之類。《後漢書·翟酺傳》:"酺上疏曰:'願陛下……割情欲之歡,罷宴私之好。'"洽:和諧,融洽。《詩·小雅·正月》:"洽比其鄰。"謁退:拜謁告退。侍中臣昂:袁昂,字千里,陳郡陽夏人。天監二年(五〇三)遷侍中。《梁書》卷三十一有傳。政道:施政方略。《後漢書·安帝紀論》:"孝安雖稱尊享御,而權歸鄧氏,至乃損徹膳服,克念政道。"

　　[八]橫議:恣意議論。《孟子·滕文公下》:"聖王不作,諸侯放恣,處士橫議。"沸騰:比喻議論激烈。嵇康《幽憤詩》:"欲寡其過,謗議沸騰。"貶裁:指責批評。《晉書·刁協傳》載晉成帝詔曰:"雖於貶裁未盡,然或足有勸矣。"司徒臣朏:謝朏。《梁書·謝朏傳》:謝朏字敬沖,陳郡陽夏人。起家撫軍法曹行參軍,遷太子舍人,歷中書郎,衛將軍袁粲長史。尋遷給事黃門侍郎。蕭道成爲驃騎將軍輔政,選朏爲長史,敕與河南褚炫、濟陽江斅、彭城劉俁俱入侍宋帝,時號爲天子四友。續拜侍中,並掌中書、散騎二省詔册。蕭道成進太尉,又以朏爲長史,帶南東海太守。因反對蕭道成禪代,廢於家。永明元年(四八三),起家拜通直散騎常侍,累遷侍中,領國子博士。五年(四八七),出爲冠軍將軍、義興太守,加秩中二千石。視事三年,徵都官尚書、中書令。隆昌元年(四九四),復爲侍中。爲征虜將軍、吳興太守。建武四年(四九七),詔徵爲侍中、中書令,遂抗表不應召。蕭衍踐祚,徵爲侍中、左光祿大夫、開府儀同三司,不屈。天監二年(五〇三),爲侍中、司徒、尚書令。後改授中書監、司徒、衛將軍,並固讓不受。遣謁者敦授,乃拜受焉。是

冬薨於府,時年六十六。贈侍中、司徒。謚曰靖孝。朏所著書及文章,並行於世。褒舉:贊揚推薦。庶人王亮:《梁書·王亮傳》:"(天監三年)元日朝會萬國,亮辭疾不登殿,設饌別省,而語笑自若。數日,詔公卿問訊,亮無疾色,御史中丞樂藹奏大不敬,論棄市刑。詔削爵廢爲庶人。"庶人,平民,百姓。《尚書·洪範》:"汝則有大疑,謀及乃心,謀及卿士,謀及庶人。"

[九]預奉:預先奉承。肩隨:與人並行而略後,以表敬意。《禮記·曲禮上》:"年長以倍,則父事之;十年以長,則兄事之;五年以長,則肩隨之。"鄭玄注:"肩隨者,與之並行差退。"後遂用作忝在同列,得以追隨於後之意。

[一〇]耳目所接:猶"耳目所及"。差:略微。風聞:見注[四]。

[一一]竊尋:見《奏彈曹景宗》注[九]。游豫:游樂。語出《孟子·梁惠王下》:"吾王不游,吾何以休? 吾王不豫,吾何以助? 一游一豫,爲諸侯度。"趙岐注:"游亦豫也,豫亦游也。"曹植《蟬賦》:"始游豫乎芳林。"軒陛:殿堂。

[一二]推轂:見《宣德太后再敦勸梁王令》注[二一]。湛露:《詩·小雅·湛露》《毛詩序》:"《湛露》,天子燕諸侯也。"毛傳:"燕,謂與之燕飲酒也。諸侯朝覲會同,天子與之燕,所以示慈惠。"

[一三]酒闌:謂酒筵將盡。《史記·高祖本紀》:"酒闌,吕公因目固留高祖。"裴駰集解引文穎曰:"闌言希也。謂飲酒者半罷半在,謂之闌。"當宸正立:《禮記·曲禮下》:"天子當依而立,諸侯北面而見天子,曰覲。"孔穎達疏:"天子當依而立者,依,狀如屏風,以絳爲質,高八尺,東西當户牖之間,繡爲斧文也。亦曰斧依。……鄭注云:'依如今綈素屏風也,有繡斧文,所以示威也。'"陸德明《釋文》:"依,本又作'扆',同。於豈反。"後以"當宸"指天子臨朝聽政。

[一四]記事在前,記言在後:《漢書·藝文志》:"古之王者世有史官,君舉必書,所以慎言行,昭法式也。左史記言,右史記事,事爲《春秋》,言爲《尚書》,帝王靡不同之。"記事、記言,記録君主行爲、言論。

[一五]軫:悲痛。求瘼,謂訪求民間疾苦。《詩·大雅·皇矣》:"皇矣上帝,臨下有赫。監觀四方,求民之莫。"莫,同"瘼"。《爾雅》:"瘼,病也。"

[一六]濟濟之風:《詩·大雅·文王》:"濟濟多士,文王以寧。"毛傳:"濟濟,多威儀也。"側席之望:《説苑·尊賢》:"楚有子玉得臣,文公爲之側席而坐。"側席,不正坐,指謙虚以待賢者。

[一七]嚴裁:嚴厲的處罰。憲准:法紀。准,同"準"。即主:見《奏彈曹景宗》注[三二]。

　　臣謹案:尚書左丞臣范縝,衣冠緒餘,言行舛駁[一八],誇諧里落,喧訴周行[一九],曲學諛聞,未知去代[二〇],弄口鳴舌,祇足飾非[二一]。乃者義師近次,縝丁罹艱棘,曾不呼門,墨縗景附①,頗同先覺,實奉龍顔[二二]。而今黨協曹餘②,飜爲矛楯[二三],人而無恒,成茲姦詖[二四]。日者飲至策勳,功微賞厚,出守名邦,入司管轄,苞苴闟遺③,而假稱折輟[二五]。衣裾所弊,讒激失所[二六],許與疵廢,廷辱民宗[二七],自居樞憲,糾奏寂寞[二八]。顧望縱容,無至公之議[二九];惡直醜正,有私訐之談④[三〇]。宜寘之徽纆,肅正國典[三一]。

【校　記】

①縗:信述堂本與薈要本作"讓",張燮本作"纕",皆誤。今從《梁書·王亮傳》與《全梁文》。

②曹:《全梁文》作"疊",誤。

③苴:信述堂本、張燮本與薈要本作"萑",今據《梁書》與《全梁文》改。

④訐:信述堂本與薈要本作"許"。《梁書》、張燮本與《全梁文》作"訐"。結合上文"惡直醜正",當以"訐"爲確。

【箋　注】

　　[一八]衣冠:古代士以上戴冠,因用以指士以上的服裝。代稱縉紳、士大夫。《漢書·杜欽傳》:"欽字子夏,少好經書,家富而目偏盲,故不好爲吏。茂陵杜業與欽同姓字,俱以材能稱京師,故衣冠謂欽爲'盲杜子夏'以相別。"顔師古注:"衣冠謂士大夫也。"緒餘:後代。據《梁書》本傳,范縝爲"南鄉舞陰人,晋安北將軍汪六世孫。祖璩之,中書郎"。故云"衣冠緒餘"。舛駁:龐雜,不純一。《莊子·天下》:"惠施多方,其書五車,其道舛駁,其言也不中。"成玄英疏:"舛,差殊也。駁,雜糅也。……道理殊雜而不純,言辭雖辯而無當也。"駁,同"駁"。

　　[一九]誇諧:矜誇諧附。里落:村落,里巷。《後漢書·淳于恭傳》:"家有山田果樹,人或侵盜,輒助爲收採。又見偷刈禾者,恭念其愧,因伏草中,盜去乃起,里落化之。"喧訴:喧嚷辱罵。周行:大路。《詩·小雅·大東》:"佻佻公子,行彼周行。"朱熹集傳:"周行,大路也。"

　　[二〇]曲學:偏頗狹陋的言論。亦指學識淺陋的人。《商君書·更法》:"窮巷多怪,曲學多辯。"諛聞:順耳之説。去代:过去的年代。

　　[二一]弄口鳴舌:指巧言辯飾或挑拔是非。弄口,逞巧辯、搬弄是非。鳴舌,發聲、掉弄口舌。飾非:粉飾掩蓋錯誤。《莊子·盜跖》:"强足以拒

敵,辯足以飾非。"

"言行"七句,指范縝"貶裁司徒臣朏,褒舉庶人王亮"之類言論。

[二二]"乃者"六句:《梁書·范縝傳》:"(范縝)出爲宜都太守,母憂去職,歸居于南州。義軍至,縝墨經來迎。高祖與縝有西邸之舊,見之甚悦。"乃者,從前、往日。《戰國策·趙一》:"秦乃者過杜山,有兩木焉。"義師,見《禪梁册》注[四二]。此處指梁武帝討伐東昏侯的軍隊。次,臨時駐扎和住宿。《左傳·襄公十八年》:"楚師伐鄭,次於魚陵。"丁罹,遭逢。《宋書·徐湛之傳》:"湛之上表曰:'……臣殃積罪深,丁罹酷罰,久應屏棄,永謝人理。'"艱棘,指親喪。呼門,曹操《對酒》:"對酒歌,太平時,吏不呼門。"墨縗,即墨衰,黑色喪服。古有"墨衰從戎"或"墨経從戎"之説。古代居喪,在家守制,喪服用白色,如有戰事須任軍職者,則服黑以代,謂之"墨縗從戎"。《左傳·僖公三十三年》:"遂發命,遽興姜戎,子墨縗経。"景附,見《爲范尚書讓吏部封侯表》注[二二]。先覺,事先認識覺察。《論語·憲問》:"不逆詐,不億不信,抑亦先覺者,是賢乎。"龍顔,謂眉骨圓起。《史記·高祖本紀》:"高祖爲人,隆準而龍顔。"借指帝王。袁宏《三國名臣序贊》:"夫未遇伯樂,則千載無一驥;時值龍顔,則當年控三傑。"

[二三]黨協:結伙壞人。徐宣《裴祗乞絶從弟耽喪服議》:"周公刑叔,罪在黨協禄父。"釁餘:罪餘之人。矛楯:即"矛盾"。

[二四]人而無恒:《論語·子路》記孔子曰:"南人有言曰:'人而無恒,不可以作巫醫。'"姦詖:姦私邪僻。《宋書·文五王傳·竟陵王誕》:"上(孝武帝)乃使有司奏曰:'……雖聖慈全救,每垂容納,而虐戾不悛,姦詖彌甚。'"

[二五]"日者"六句:《梁書·范縝傳》:"及建康城平,以縝爲晋安太守,在郡清約,資公禄而已。"日者,近日,見《爲宣德太后重敦勸梁王令》注[一四]。飲至策勳,《左傳·桓公二年》:"凡公行,告于宗廟;反行,飲至、舍爵、策勳焉,禮也。"杜預注:"既飲置爵,則書勳勞於策,言速紀有功也。"飲至,楊伯峻《春秋左傳注》曰:"諸侯凡朝天子,朝諸侯,或與諸侯盟會,或出師攻伐……返,又應親自祭告祖廟,并遣祝史祭告其餘宗廟。祭告後,合群臣飲酒,謂之飲至。"此處泛指一般奏凱慶功之宴。策勳,記功勳於策書之上。出守,由京官出爲太守。顏延之《五君詠·阮始平》:"屢薦不入官,一麾乃出守。"名邦,著名的地區。謝朓《酬德賦》:"君紓組於名邦,貽話言於洲渚。"此處指晋安郡。屬江州。入司,《梁書·范縝傳》:"視事四年,徵爲尚書左丞。"管轄,管理統轄。《通典·職官四·尚書上》"僕射·左右丞":"北齊左丞掌吏部等十七曹,并糾彈見事,又主管轄臺中違失,並糾駁之。"

苞筐,代指搜刮的財物。苞,通“包”,蒲包;筐,竹器。折轅,車轅斷折,形容車之破舊。《後漢書·張堪傳》:“張堪字君游,南陽宛人也。……蜀郡計掾樊顯進曰:‘漁陽太守張堪昔在蜀,其仁以惠下,威能討姦。前公孫述破時,珍寶山積,捲握之物,足富十世,而堪去職之日,乘折轅車,布被囊而已。’”後因以“折轅”爲仕宦清廉之典。

[二六]衣裙:下裳。泛指衣和裙。《宋書·五行志一》:“陳郡謝靈運有逸才,每出入,自扶接者常數人。民間謡曰‘四人挈衣裙,三人捉坐席’是也。”讒激失所:指“貶裁司徒臣胐,褒舉庶人王亮”之事,有失偏頗。

[二七]許與:稱許。疵廢:謂非議他人過失,認爲應廢黜不用。廷辱:謂在朝廷上當衆侮辱人。《史記·袁盎鼌錯列傳》:“盎兄子種爲常侍騎,持節夾乘,説盎曰‘君與鬭,廷辱之,使其毀不用!’”民宗:民之宗師。此處指謝胐。

[二八]自居樞憲:指爲尚書左丞。自居,自任。樞憲,國家法令。《梁書·徐勉傳》:“遷……尚書左丞,自掌樞憲,多所糾舉,時論以爲稱職。”糾奏:謂舉察其罪,上奏朝廷。《後漢書·種暠傳》:“時所遣八使光禄大夫杜喬、周舉等,多所糾奏,而大將軍梁冀及諸宦官互爲請救,事皆被寢遏。”寂寞:稀少。沈約《齊明帝哀策文》:“紀事寂寞,龜書可循。”

[二九]顧望:顧慮,畏忌。《後漢書·申屠剛傳》:“剛將歸,與(隗)囂書曰:……‘今東方政教日睦,百姓平安,而西州發兵,人人懷憂,騷動惶懼,莫敢正言,群衆疑惑,人懷顧望。’”縱容:對錯誤行爲不加制止而任其發展。至公:見《爲褚諮議蓁讓代兄襲封表一》注[二一]。

[三〇]惡直醜正:《左傳·昭公二十八年》:“叔游曰:《鄭書》有之:‘惡直醜正,實蕃有徒。’”楊伯峻注:“惡、醜同義,直、正同義,惡直即醜正,同義複語。言嫉害正直者,寔多有也。”私訐:爲私事而攻擊別人的短處或揭發別人的隱私。

[三一]徽纆:繩索。古時常特指拘繫罪人者。《易·坎》:“係用徽纆。”陸德明《釋文》引劉表曰:“三股曰徽,兩股曰纆,皆索名。”引申爲捆綁,囚禁。《後漢書·西羌傳論》:“壯悍則委身於兵場,女婦則徽纆而爲虜。”蕭正:整飭,使端正。國典:國家的典章制度。《國語·魯語上》:“夫祀,國之大節也;而節,政之所成也,故慎制祀以爲國典。”

　　　臣等參議[三二]:請以見事免縝所居官,輒勒外收付廷尉法獄治罪[三三]。應諸連逮,委之獄官,以法制從事[三四]。縝位應黄紙,臣輒奉白簡以聞⑤[三五]。

【校 記】

⑤“簡”下,《梁書》與《全梁文》無“以聞”字。

【箋 注】

[三二]參議:見《奏彈劉整》注[六二]。

[三三]見事,收付,廷尉,法獄,治皋:見《奏彈曹景宗》注[五五]。居官:擔任官職。《儀禮·士相見禮》:“與居官者言,言忠信。”

[三四]連逮:見《奏彈劉整》注[四六]。獄官、法制:見《奏彈劉整》注[四六]。從事:見《奏彈曹景宗》注[四三]。

[三五]黃紙:指古代銓選、考績官吏,登記姓名,上報朝廷使用的黃色紙張。《隋書·百官志上》:“若敕可,則付選,更色別,量貴賤,内外分之,隨才補用。以黃紙録名,八座通署,奏可,即出付典名。”白簡:見《奏彈曹景宗》注[五七]。

奏彈蕭穎達

【題 解】

任昉任御史中丞時,風聞征虜將軍、作唐縣侯蕭穎達啓乞魚軍稅,奏請以見事免穎達所居官,以俟還第。梁武帝有詔原之。觀此文中“陛下弘惜勳良,每爲曲法”,似是指梁武帝庇護曹景宗事,據此推斷,此文當作於天監三年(五〇四)八月後。

蕭穎達:《梁書·蕭穎達傳》:蕭穎達,蘭陵蘭陵人,齊光禄大夫赤斧第五子。少好勇使氣,起家冠軍。梁武帝開國功臣。建康城平,梁武帝以穎達爲前將軍、丹陽尹。武帝即位,加穎達散騎常侍,以公事免。及大論功賞,封穎達吳昌縣侯。尋爲侍中,改封作唐侯,縣邑如故。遷征虜將軍、太子左衛率。轉散騎常侍、左衛將軍。俄復爲侍中,衛尉卿。出爲信威將軍、豫章内史,加秩中二千石。治任威猛,郡人畏之。遷使持節、都督江州諸軍事、江州刺史,將軍如故。頃之,徵爲通直散騎常侍、右驍騎將軍。天監九年(五一〇),遷信威將軍、右衛將軍。是歲卒,年三十四。追贈侍中、中衛將軍。諡曰康。

臣聞貪觀所取,窮視不爲[一],在於布衣窮居,介然之行,尚可以激貪屬俗,惇此薄夫①[二]。況乎伐冰之家,爭雞豚之利[三];衣繡之士,受賈人之服[四]？風聞征虜將軍臣蕭穎達啓乞魚軍稅,輒攝穎達宅督彭難當到臺辯問②[五],列稱:尋生魚典稅,先本是鄧僧琰啓乞,限訖今年五月十四日[六]。主人穎達,於時謂非新立,仍啓乞接代僧琰,即蒙降許登稅,與史法論一年收直五十萬[七]。知其列狀,則與風聞符同。穎達即主[八]。

【校　記】
①惇:薈要本作"淳"。
②辯:《梁書》與《全梁文》作"辨"。

【箋　注】

[一]貧觀所取,窮視不爲:《漢書·杜欽傳》:"觀本行於鄉黨,考功能於官職,達觀其所舉,富觀其所予,窮觀其所不爲,乏觀其所不取,近觀其所爲主,遠觀其所主。孔子曰:'視其所以,觀其所由,察其所安,人焉廋哉?'取人之術也。"顏師古注:"《論語》載孔子之言也。廋,匿也。此言視人之所用,觀人之所從,察人之所樂,則可知其善惡,無所匿其情也。"

[二]布衣:見《爲齊明帝讓宣城郡公表》注[八]。窮居:謂隱居不仕。《孟子·盡心上》:"君子所性,雖大行不加焉,雖窮居不損焉,分定故也。"介然:耿介,高潔。《漢書·傅喜傳》:"(王)莽白太后下詔曰:'高武侯喜姿性端愨,論議忠直,雖與故定陶太后有屬,終不順指從邪,介然守節,以故斥逐就國。'"激貪厲俗:謂抑制貪婪之風,勸勉良好的世俗。惇:勸勉。薄夫:刻薄之人。《孟子·盡心下》:"孟子曰:'……聞柳下惠之風者,薄夫敦,鄙夫寬。'"

[三]伐冰之家,爭雞豚之利:《韓詩外傳》卷四第十四章:"天子不言多少,諸侯不言利害,大夫不言得喪,士不通財貨,不賈於道。故駟馬之家不恃雞豚之息,伐冰之家不圖牛羊之入,千乘之君不通貨財,冢卿不修幣施,大夫不爲場圃,委積之臣不貪市井之利,是以貧窮有所懽,而孤寡有所措其手足也。""雞豚之利"即"雞豚之息",比喻微少的收益。《後漢書·馮衍傳下》:"夫伐冰之家,不利雞豚之息;委積之臣,不操市井之利。"李賢注:"言食厚祿不當求小利也。《禮記》曰:'畜馬(千)乘,不察於雞豚。伐冰之家不畜牛羊。'伐冰謂卿大夫以上,以其喪祭得賜冰,故言伐冰也。"

[四]衣繡:穿錦繡衣裳。謂顯貴。《史記·項羽本紀》記項羽曰:"富貴不歸故鄉,如衣繡夜行,誰知之者!"賈人:商人《史記·秦始皇本紀》:"三十三年,發諸嘗逋亡人、贅婿、賈人略取陸梁地,爲桂林、象郡、南海,以適遣戍。"

[五]風聞:見《奏彈范縝》注[四]。啓乞:請求,開口索要。魚軍稅:具

體未詳。應是向漁户收取的用於軍隊支出的税費。宅督:猶管家。彭難當:生平未詳。臺:御史臺。辯問:見《奏彈劉整》注[一七]。

　　[六]列稱:見《奏彈劉整》注[七]。尋生:魚典税:即魚軍税。鄧僧琰:生平未詳。限訖:《漢武帝内傳》:"若便有其人,不必須限訖而授之也。"

　　[七]降許:敬稱上級的准許。《南齊書・豫章文獻王傳》:"又啓曰:'……伏願必垂降許。'"登税:上税。史法論:疑爲人名。直:按值所付的錢貨叫"直"。《後漢書・光武十王傳・任城孝王尚》:"(劉)安性輕易貪吝,數微服出入,游觀國中,取官屬車馬刀劍,下至衞士米肉,皆不與直。"《世説新語・任誕》:"温太真(温嶠)位未高時,屢與揚州、淮中估安樀蒲,與輒不競。嘗一過,大輸物,戲屈,無因得反。與庾亮善,於舫中大唤亮曰:'卿可贖我!'庾即送直,然後得還。"

　　[八]列狀:見《奏彈劉整》注[四二]。符同:見《奏彈范縝》注[六]。即主:見《奏彈曹景宗》注[三二]。

　　臣謹案:征虜將軍、太子左衞率、作唐縣開國侯臣穎達[九],備位大臣,預聞執憲[一〇],私謁亟陳,至公寂寞[一一]。屠中之志,異乎鮑肆之求[一二];魚餐之資,不俟潛有之數[一三]。遂復申兹文二,追彼十一[一四],風體若兹,準繩斯在[一五]。陛下弘惜勳良,每爲曲法[一六];臣當官執憲,敢不直繩[一七]。臣等參議:請以見事免穎達所居官,以侯還第[一八]。

【箋　注】

　　[九]征虜將軍:爲雜號將軍,後漢建武中,始以祭遵爲。魏晋南朝沿置,是重要的統兵將領之一。太子左衞率:官名。《通典・職官十二・東宫官》"左右衞率府":"衞率府,秦官。漢因之,屬詹事。……晋武帝建東宫,置衞率,初曰中衞率。泰始五年,分爲左右衞率,各領一軍。惠帝時,愍懷太子在東宫,又加前後二衞率。成都王穎爲太弟,又置中衞率,是爲五率。及江左,省前後率。孝武太元中,又置。宋齊止署左右二率。梁二率視御史中丞。銅印墨綬,武冠,絳朝服。左率領七營,右率領四營。"

　　[一〇]備位:徒在其位,不能盡職。《漢書・蕭望之傳》:"吾嘗備位將相,年踰六十矣。"預聞:謂參與其事而得知内情。《論衡・逢遇》:"不預聞,何以准主而納其説,進身而託其能哉?"執憲:執行法令。《漢書・丙吉傳》:"廷尉于定國執憲詳平,天下自以不冤。"

　　[一一]私謁:以私事謁見請託。《詩・周南・卷耳》《毛詩序》:"内有

進賢之志,而無險詖私謁之心。”毛傳:“謁,請也。”亟陳:屢次上陳。亟,音氣。至公:見《爲褚諮議蓁讓代兄襲封表一》注[二一]。寂寞:見《奏彈范縝》注[二八]。

　　[一二]屠中:屠肆。《史記·淮陰侯列傳》:“淮陰屠中少年有侮信者。”鮑肆:賣鮑魚的店鋪。《楚辭》東方朔《七諫·沈江》:“聯蕙芷以爲佩兮,過鮑肆而失香。”“屠中”二句:言人不應有與自己名分不相稱的慾求。

　　[一三]魚餐:魚做的食物。一説即魚羹。潛有:《詩·周頌·潛》:“猗與漆沮,潛有多魚。”毛傳:“潛,糝也。”

　　[一四]申茲文二,追彼十一:呈文中報兩次,追繳其所收魚税。十一,即“什一”,歷代賦税制度,十分税一。

　　[一五]風體:風格。準繩:準,測定平面的水準器;繩,量直綫的墨綫。引申爲衡量、裁督。《晋書·卞壺傳》:“御史中丞鍾雅阿撓王典,不加準繩,並請免官。”

　　[一六]弘惜:《宋書·孔琳之傳》:“奏劾尚書令徐羨之曰:‘……不能弘惜朝章,蕭是風軌。’”勳良:《南齊書·江謐傳》:“上(齊世祖)使御史中丞沈沖奏謐前後罪曰:‘……列迹勳良,比肩朝德。’”曲法:枉法。

　　[一七]當官:《左傳·文公十年》:“子舟曰:‘當官而行,何彊之有?’”楊伯峻注:“意言我當其官守,行其職責,不爲强也。”執憲:見注[一○]。直繩:正直如繩墨。《晋書·李胤傳》:“遷御史中丞,恭恪直繩,百官憚之。”

　　[一八]參議:見《奏彈劉整》注[六二]。見事:見《奏彈曹景宗》注[五五]。居官:見《奏彈范縝》注[三三]。還第:舊時指官吏辭職或解職而返回私宅。《晋書·王導傳》:“導曰:‘……則如君言,元規若來,吾便角巾還第,復何懼哉!’”

上蕭太傅固辭奪禮啓①

【題　解】

　　《文選》李善注引劉璠《梁典》曰:“昉爲尚書殿中郎,父憂去職,居喪不知鹽味,冬月單衫,廬於墓側。齊明作相,乃起爲建武將軍、驃騎記室,再三固辭。帝見其辭切,亦不能奪。”按:蕭鸞進位太傅是在延興元年(四九四)冬十月丁酉。《南齊書·明帝紀》:“九江作難,假黃鉞,事寧,表送之。尋加黃鉞、都督中外諸軍事、太傅,領大將軍、揚州牧,增班劍爲四十人,給幢絡三望車,前後部羽葆鼓吹,劍履上殿,入朝不趨,讚拜不名,置左右長史、司馬、從事中郎、掾、屬各四人,封宣城王,邑五千户,持節、侍中、中書監、録尚書並如故。……建武元年冬十月癸亥，即皇帝位。”“九江作難”，指江州刺史蕭子懋起兵事。《南齊書·海陵王紀》：“延興元年……（九月）癸未，誅新除司徒鄱陽王鏘、中軍大將軍隨郡王子隆。遣平西將軍王廣之誅南兗州刺史安陸王子敬。於是江州刺史晋安王子懋起兵，遣中護軍王玄邈討之。乙未，驃騎大將軍鸞假黄鉞，内外纂嚴。……冬十月……丁酉，解嚴。進驃騎大將軍、揚州刺史宣城公鸞爲太傅，領大將軍、揚州牧，加殊禮，進爵爲王。”因此，任昉此啓當作於延興元年冬十月丁酉至癸亥之間。任昉永明八年（四九〇）五月至永明十年（四九二）八月丁父憂，續遭母憂，至建武元年（四九四）十月（或隨後）服闋。延興元年（四九四）十月蕭鸞稱帝前加太傅時，任昉應丁母憂而非丁父憂。

蕭太傅：蕭鸞。見《爲齊明帝讓宣城郡公表》題解。

　　　昉啓：近啓歸訴，庶諒窮欵[一]，奉被還旨，未垂哀察[二]，悼心失圖，泣血待旦[三]。昉於品庶②，示均鎔造[四]，干禄祈榮，更爲自拔，虧教廢禮，豈關視聽[五]。所不忍言，具陳茲啓[六]。

【校　記】
　　①上蕭太傅固辭奪禮啓：明州本作“蕭太傅固辭奪禮”，李善本與《全梁文》作“啓蕭太傅固辭奪禮”。
　　②昉：李善本與《全梁文》作“君”。本文下同。《文選》吕延濟注：“昉家集諱其名，但云君，撰者因而録之。”

【箋　注】
　　[一]近啓歸訴，庶諒窮欵：言近來上啓申訴情款，希望諒解苦心。歸訴：《後漢書·襄楷傳》：“死者多非其罪，魂神冤結，無所歸訴，淫厲疾疫，自此而起。”諒：信也。欵，同“款”。心也。
　　[二]還旨：指不許其辭之旨。哀察：憐憫體察。
　　[三]悼心失圖，泣血待旦：見《爲齊明帝讓宣城郡公表》注[二三]。
　　[四]品庶：衆人，百姓。賈誼《鵩鳥賦》：“夸者死權兮，品庶每生。”鎔造：造化所鎔鑄。《文選》吕向注：“鎔造，造化所鎔鑄者也。言我於衆類之中微細，示同造化之一物耳。”
　　[五]干禄：求禄位，求仕進。《論語·爲政》：“子張學干禄。”祈榮：祈求榮華富貴。拔：拔擢。虧教廢禮，豈關視聽：《文選》李善注：“言己之所陳，但正虧教而廢禮，豈敢關白於視聽哉！”虧教，有負於教化。

［六］所不忍言，具陳茲啓：《文選》李善注：“言事迫情切，口不忍言，故陳此啓。”《春秋公羊傳·成公三年》：“新宫者何？宣公之宫也。宣宫則曷爲謂之新宫？不忍言也。”

　　昉往從末宦③，禄不代耕［七］。饑寒無甘旨之資，限役廢晨昏之半［八］。膝下之歡，已同過隙［九］；几筵之慕，幾何可憑［一〇］。且奠酹不親，如在安寄；晨暮寂寥，闃若無主［一一］。所守既無别理④，窮咽豈及多喻［一二］。

【校　記】

③“往”上，信述堂本、張燮本與薈要本無“昉”字，今據明州本與《全梁文》補。從：信述堂本、張燮本與薈要本作“來”，今從《文選》與《全梁文》。

④理：信述堂本、張燮本與薈要本作“禮”，今從《文選》與《全梁文》。

【箋　注】

［七］末宦：卑小的官職。禄不代耕：《文選》李周翰注：“言禄薄也。”《晋書·簡文帝紀》：“詔曰：‘……然退食在朝，而禄不代耕，非經通之制也。’”

［八］饑寒無甘旨之資，限役廢晨昏之半：《文選》劉良注：“甘旨飲食，晨昏定省，由饑寒限役，廢闕其半。”甘旨，《禮記·内則》：“由命士以上，父子皆異宫。昧爽而朝，慈以旨甘。日出而退，各從其事。日入而夕，慈以旨甘。”限役，謂供職。官吏每天在限定時間到職，故稱。晨昏：見《爲皇太子求一日一入朝表》注［三］。

［九］膝下之歡：侍奉父母。膝下，指父母的身邊。《孝經·聖治》：“故親生之膝下，以養父母曰嚴。”過隙：即駟之過隙。《禮記·三年問》：“將由夫修飾之君子與。則三年之喪二十五月而畢，若駟之過隙，然而遂之，則是無窮也。”鄭玄注：“駟之過隙，喻疾也。”

［一〇］几筵之慕，幾何可憑：《文選》吕向注：“言神靈依憑几筵，三年内能幾何時也。”几筵之慕，《荀子·哀公》：“孔子曰：君入廟門而右，登自胙階，仰視榱棟，俛見几筵，其器存，其人亡，君以此思哀，則哀將焉不至矣！”幾何，《左傳·襄公八年》：“俟河之清，人壽幾何？”

［一一］奠酹不親，如在安寄；晨暮寂寥，闃若無主：《文選》李周翰注：“言不親祭祀，則祭神如神在，何所寄也；晨暮無人哭臨，則寂寥無祭主矣。”奠酹，祭祀。《風俗通·十反》：“上闕奠酹，下困餼口，非孝道也。”《周禮·地官·

牛人》“喪事,共其奠牛”鄭玄注:“喪所薦饋曰奠。”《文選》李善注引《聲類》曰:“酹,以酒祭地也。”不親,不親身力行。《韓非子·外儲説左上》:“《詩》曰:‘不躬不親,庶民不信。’”《詩·小雅·節南山》:“弗躬弗親,庶民弗信。”如在,《論語·八佾》:“祭如在,祭神如神在。”孔穎達疏:“祭如在者,謂祭宗廟必致其敬,如其親存,言事死如事生也。祭神如神在者,謂祭百神亦如神之存在而致敬也。”謂祭祀神靈、祖先時,好像受祭者就在面前。後稱祭祀誠敬爲“如在”。寂寥,靜寂。枚乘《忘憂館柳賦》:“鎗鍠啾唧,蕭條寂寥。”聞,空也。無主,《儀禮·喪服傳》曰:“無主者,其無祭主者也。”《晋書·傅咸傳》:“咸再爲本郡中正,遭繼母憂去官。頃之,起以議郎,長兼司隸校尉。……咸以身無兄弟,喪祭無主,重自陳乞。”

[一二]所守既無别理:《文選》吕延濟注:“言爲服喪,無别理也。”窮咽:哀泣。多喻:多比喻。嵇康《明膽論》引吕安曰:“易了之理,不在多喻,故不遠引繁言。”

  明公功格區宇,感通有塗[一三],若霈然降臨⑤,賜寢嚴命[一四],是知孝治所被,爰至無心[一五],錫類所及,匪徒教義[一六]。不任崩迫之情,謹以啓事陳聞⑥[一七]。謹啓[一八]。

【校　記】

⑤臨:《全梁文》作“靈”。

⑥以:李善本與《全梁文》作“奉”。

【箋　注】

[一三]明公:對權貴長官的尊稱。《東觀漢記·鄧禹傳》:“明公雖建蕃輔之功,猶恐無所成立。”此處指蕭鸞。格:至。《尚書·君奭》:“時則有若伊尹格于皇天。”區宇:見《爲王思遠讓侍中表》注[二]。感通:此有所感而通於彼。《易·繫辭上》:“《易》無思也,無爲也,寂然不動,感而遂通天下之故,非天下之至神,其孰能與於此。”塗:道。

[一四]霈然降臨:《文選》張銑注:“言降臨恩澤,霈然如雨。”霈然,雨盛貌。霈,通“沛”。《孟子·梁惠王上》:“天油然作雲,沛然下雨,則苗浡然興之矣。”喻恩澤。寢:停止。嚴命:對君父、長上之命的敬稱。《史記·趙世家》:“進受嚴命,退而不全,負劾甚焉。”

[一五]孝治:《孝經·孝治》:“昔者,明王之以孝治天下也,不敢遺小國之臣,而況於公侯伯子男乎?”後用“孝治”謂以孝道治理國家,教化百姓。

被：及。無心：《老子》四十九章：“聖人常無心，以百姓心爲心。”

　　[一六]錫類：謂以善施及衆人。《詩·大雅·既醉》：“孝子不匱，永錫爾類。”毛傳：“類，善也。”鄭玄箋：“孝子之行非有竭極之時，長以與女之族類，謂廣之以教道天下也。”匪徒教義：《文選》李周翰注：“言以此及人，非徒以教義爲化也。”教義，見《奏彈劉整》注[六一]。

　　[一七]不任：見《爲范尚書讓吏部封侯表》注[七五]。崩迫：切急。啓事：陳述事情的書函。《晉書·山濤傳》：“濤所奏甄拔人物，各爲題目，時稱《山公啓事》。”陳聞：陳述上聞。曹植《求自試表》：“臣敢陳聞於陛下者，誠與國分形同氣，憂患共之者也。”

　　[一八]謹啓：猶敬白。書信常用語。《文心雕龍·奏啓》：“孝景諱啓，故兩漢無稱。至魏國箋記，始云啓聞。奏事之末，或云謹啓。”

求爲劉瓛立館啓

【題　解】

　　《南齊書·劉瓛傳》：“（劉瓛）儒學冠於當時，京師士子貴游莫不下席受業。性謙率通美，不以高名自居。游詣故人，唯一門生持胡床隨後，主人未通，便坐問答。住在檀橋，瓦屋數間，上皆穿漏。學徒敬慕，不敢指斥，呼爲青溪焉。竟陵王子良親往修謁。（永明）七年，表世祖爲瓛立館，以揚烈橋故主第給之，生徒皆賀。瓛曰：‘室美爲人災，此華宇豈吾宅邪？幸可詔作講堂，猶恐見害也。’未及徙居，遇病，子良遣從瓛學者彭城劉繪、從陽范縝將廚於瓛宅營齋。”據此可知，此啓作於永明七年（四八九）。

　　劉瓛：《南齊書·劉瓛傳》：劉瓛字子珪，沛國相人。晉丹陽尹惔六世孫。瓛初州辟祭酒主簿。少篤學，博通《五經》。聚徒教授，常有數十人。除邵陵王郡主簿，安陸王國常侍，安成王撫軍行參軍，公事免。瓛素無宦情，自此不復仕。及卒，門人受學者並弔服臨送。時年五十六。天監元年（五〇二），詔立碑，諡曰貞簡先生。所著文集，皆是《禮》義，行於世。

　　　　昔在魏中，爰及晉始，書貴虛玄，人悦陶綖[一]，瑚璉廢泗上之容，樽俎恣林下之適[二]。春干秋羽，委曠而弗陳[三]；西序東膠，寂寥而誰仰[四]。所以金難忘曉，玉羊失馭[五]，神器毀於獯戎，寶曆遷於干越[六]，豈不悲歟[七]？

【箋　注】

［一］虚玄：虚幻玄妙。《晋書·儒林傳序》：“有晋始自中朝，迄於江左，莫不崇飾華競，祖述虚玄。”孔穎達《周易正義序》：“其江南義疏十有餘家，皆辭尚虚玄，義多浮誕。”陶縱：快樂縱放。

［二］瑚璉：見《爲蕭揚州作薦士表》注［三六］。泗上：泗水之濱。孔子在泗上講學授徒，後因常以泗上指學術之鄉。《南齊書·劉善明傳》：“少與崔祖思友善，祖思出爲青、冀二州，善明遺書曰：‘……遣游辯之士，爲鄉導之使，輕裝啓行，經營舊壤，令泗上歸業，稷下還風，君欲誰讓邪？’”樽俎：盛酒食的器具。樽以盛酒，俎以盛肉。《莊子·逍遥游》：“庖人不治庖，尸祝不越樽俎而代之矣。”借指宴席、宴會。《新序·雜事》：“夫不出於樽俎之間，而知千里之外，其晏子之謂也。”林下：樹林之下。本指幽静之地。《世説新語·賞譽》：“林下諸賢，各有儁才子。”程炎震云：“林謂竹林也。”恣：放縱。適：安適。

［三］春干秋羽：干、羽：古代舞者所執的舞具。文舞執羽，武舞執干。《尚書·大禹謨》：“帝乃誕敷文德，舞干羽于兩階。”後用以泛指廟堂舞蹈。委曠：廢棄很長時間。

［四］西序：夏代小學名。《禮記·王制》：“夏后氏養國老於東序，養庶老於西序。”鄭玄注：“西序，亦小學也，在西郊。”東膠：周代大學。《禮記·王制》：“周人養國老於東膠，養庶老於虞庠。”西序東膠，後用以泛指興教化、養耆老的場所。寂寥：見《上蕭太傅固辭奪禮啓》注［一一］。“春干”四句：言文德教化久廢不置。

［五］金雞：傳説中的泰山之靈。古時爲瑞物，以爲聲教昌明則金雞現。玉羊：傳説中的華山之靈。其出現，主生賢佐。《易是類謀》：“太山失金雞，西岳亡玉羊，雞失羊亡，臣從恣，主方佯，天下愁，山泉揚，志射潰，地裂山崩。”鄭玄注：“金雞玉羊，二岳之精。……五岳之靈，主生賢佐，以因王者。……雞失羊亡，謂不復生賢輔佐，故臣放恣其欲，而至方佯無所主之也。君臣道亂，則天下之人皆懷愁，故山泉發揚，主心昳而出，地裂山崩。”

［六］神器：見《禪梁册》注［五一］。獫戎：獫狁。我國古代北方和西方的少數民族。獫狁，夏商時稱獯鬻，周時稱獫狁，秦漢稱匈奴。寶曆：見《禪梁璽書》注［一五］。曆，同“曆”。干越：春秋時的吳國和越國。干，亦作邗，本國名，後爲吳所滅，故用以稱吳。《荀子·勸學》：“干越夷貉之子，生而同聲，長而異俗，教使之然也。”楊倞注：“干越猶言吳越也。”“神器”二句：言因文德教化久廢不置，西晋政權亡於少數民族。

［七］豈不悲歟：《史記·建元以來侯者年表》：“及身失之，不能傳功於

後世,令恩德流子孫,豈不悲哉!"

　　劉瓛澡身浴德,脩行明經[八],賤珪璧於光陰,竟松筠於歲晚①[九],貧不隕穫其心,窮不二三其操[一〇],而困無居止,浮寓親游[一一],垣棟傾鑽②,室衢墊側[一二],有朋自遠,無用栖憑[一三],皆負笈擔簦,櫛風沐露[一四]。瓛之器學,無謝前修[一五],輒欲與之周旋,開館招屈[一六]。臣第西偏,官有閒地[一七],北拒晉山,南望通邑[一八],雖曰人境,實少浮喧[一九],廣輪裁盈數畝,布以施立黌塾[二〇],薄藝桑麻,粗創茨宇[二一]。

【校　記】
①竟,薈要本作"意"。
②鑽:信述堂本、張燮本與薈要本作"替",《藝文類聚》與《全梁文》作"鑽"。《南齊書·劉瓛傳》:"住在檀橋,瓦屋數閒,上皆穿漏。"據此,今從《藝文類聚》與《全梁文》。

【箋　注】
[八]澡身浴德:謂修養身心,使之高潔。《禮記·儒行》:"儒有澡身而浴德。"孔穎達疏:"澡身,謂能澡潔其身不染濁也;浴德,謂沐浴於德以德自清也。"脩行:修養德行。《莊子·大宗師》:"彼何人者邪? 修行無有而外其形骸。"成玄英疏:"彼二人情事難識,修己德行,無有禮儀,而忘外形骸。"明經:通曉經術。《漢書·劉向傳》:"更生年少於(蕭)望之、(周)堪,然二人重之,薦更生宗室忠直,明經有行,擢爲散騎宗正給事中。"

[九]珪璧:古代祭祀朝聘等所用的玉器。《墨子·尚同中》:"珪璧幣帛不敢不中度量。"比喻爵位、官職。松筠:松樹和竹子。《禮記·禮器》:"其在人也,如竹箭之有筠也,如松柏之有心也。二者居天下之大端矣,故貫四時而不改柯易葉。"後因以"松筠"喻節操堅貞。"竟松筠於歲晚"當用《論語·子罕》"歲寒,然後知松柏之後凋也"典。

[一〇]貧不隕穫其心:《禮記·儒行》:"儒有不隕穫於貧賤,不充詘於富貴。"鄭玄注:"隕穫,困迫失志之貌也。"陸德明釋文:"穫,本又作獲。"二三其操:形容心意不專,反復無常。《詩·衛風·氓》:"士也罔極,二三其德。"二三,指不專一,三心二意,沒有一定的操守。

"賤珪璧"四句,意謂劉瓛無意仕進,安貧守道,不改其志。

[一一]居止:住所。謝靈運《山居賦》"若乃南北兩居"自注:"兩居謂

南北兩處各有居止。”浮寓：猶寄居。親游：猶親友。徐勉《答客喻》：“親游賓客，畢來弔問。”

　　[一二]垣：墙。棟：房屋的正梁。傾鑽：傾頹，有洞。窒衢：“衢”疑爲“衡”之誤。窒衡：窒寶和衡門。指貧士所住的簡陋房屋。窒寶，圭形的門旁小孔；衡門，門上橫木。塾側：語出《莊子·外物》：“莊子曰：‘知無用而始可與言用矣。夫地非不廣且大也，人之所用容足耳，然則側足而塾之致黄泉，人尚有用乎？’惠子曰：‘無用。’莊子曰：‘然則無用之爲用也亦明矣。’”成玄英疏：“塾，掘也。夫六合之内，廣大無最於地，人之所用，不過容足。若是側足之外，掘至黄泉，人則戰慄不得行動，是知有用之物，假無用成功。”“塾側”，應是化用“側足而塾之”，當作“側塾”，因爲押韻而作“塾側”。“窒衡塾側”，言劉瓛所住房屋僅能容足，極言其小，且很危險。因此，才有下面“有朋自遠，無用栖憑，皆負笈擔簦，櫛風沐露”之語。

　　[一三]有朋自遠：《論語·學而》：“有朋自遠方來，不亦樂乎？”無用栖憑：不能用以居住安身。無用，承上句“塾側”語典，意爲“不能用”，而非“不用”。

　　[一四]負笈：背著書箱。形容所讀書之多。《鹽鐵論·相刺》：“故玉屑滿篋，不爲有寶；詩書負笈，不爲有道。”馬非百注釋：“負笈，背著書箱。這里‘負笈’與‘滿篋’對文，是説所讀的書多得要用所背的書箱來計算。”擔簦：背著傘。謂奔走、跋涉。吳邁遠《長相思》詩：“虞卿棄相印，擔簦爲同歡。”櫛風沐露：猶櫛風沐雨。風梳髮，露洗頭。形容奔波勞苦。《莊子·天下》：“沐甚雨，櫛急風。”

　　[一五]器學：器識學問。無謝：猶不讓，不亞。《抱朴子·博喻》：“猶日月無謝於貞明，枉矢見忘於暫出。”前修：猶前賢。《楚辭·離騷》：“謇吾法夫前修兮，非世俗之所服。”

　　[一六]周旋：即“周還”。古代行禮時進退揖讓的動作。《禮記·樂記》：“升降上下，周還裼襲，禮之文也。”孔穎達疏：“周謂行禮周曲迴旋也。”引申爲交往。曹操《與荀彧書追傷郭嘉》：“郭奉孝年不滿四十，相與周旋十一年，險阻艱難，皆共罹之。”開館：開設學館（教授生徒）。《宋書·隱逸傳·雷次宗》：“元嘉十五年，徵次宗至京師，開館於鷄籠山，聚徒教授，置生百餘人。”招屈：對請他人到來的尊敬的説法。沈約《舍身願疏》：“招屈名僧，寘之虛室。”

　　[一七]第：房屋。帝王賜給臣下房屋有甲乙次第，故房屋稱“第”。《漢書·高帝紀下》：“爲列侯食邑者，皆佩之印，賜大第室。”西偏：猶言西部。《左傳·隱公十一年》：“乃使公孫獲處許西偏。”閒地：空閒的土地。閒，同“閑”。《晉書·郗超傳》：“自稱老病，甚不堪人間，乞閒地自養。”

［一八］拒：通“據”。靠。通邑：交通便利的城市。此處指建康。

［一九］雖曰人境，實少浮喧：陶潛《飲酒》詩之五：“結廬在人境，而無車馬喧。”人境，塵世，人所居止的地方。浮喧，嘈雜喧嘩。

［二〇］廣輪：廣袤。指土地的面積。《周禮·地官·大司徒》：“以天下土地之圖，周知九州之地域廣輪之數。”賈公彥疏引馬融曰：“東西爲廣，南北爲輪。”裁：通“纔”。《史記·張儀列傳》：“燕王曰：‘寡人蠻夷僻處，雖大男子裁如嬰兒，言不足以采正計。’”施立：建立。黌塾：學校。

［二一］薄：少。藝：種植。粗創：粗略創建。茨宇：茅屋。

奉答敕示《七夕詩》啓①

【題　解】

《梁書·文學傳上》：“高祖……每所御幸，輒命群臣賦詩，其文善者，賜以金帛，詣闕庭而獻賦頌者，或引見焉。其在位者，則沈約、江淹、任昉，並以文采，妙絕當時。”任昉曾於天監二年（五〇三）出爲義興太守、天監三年重除吏部郎，天監六年（五〇七）春出爲新安太守直至去世，從梁武帝詔及任昉回啓推測，此詩或作於外任時。

臣昉啓：奉敕並賜示《七夕》五韻[一]。竊惟帝迹多緒，俯同不一，託情風什，希世罕工[二]。雖漢在四世，魏稱三祖[三]，寧足以繼想《南風》，克諧《調露》[四]。性與天道，事絕稱言[五]，豈其多幸，親逢旦暮[六]。

【校　記】

①奉答敕示七夕詩啓：信述堂本、張燮本與薈要本作“奉敕示七夕詩啓”，《文選》與《全梁文》作“奉答敕示七夕詩啓”。《文選》題下李善注：“《任昉集》，詔曰：聊爲《七夕詩》五韻，殊未近詠歌。卿雖訥於言，辯於才，可即制付使者。”據此可知，梁武帝在敕示任昉《七夕詩》同時，令任昉即刻作詩回奉。此啓即爲任昉回答梁武帝所作，故題目從《文選》。

【箋　注】

［一］賜示：敬辭。謂告知，示知。《七夕》五韻：《玉臺新詠》卷七現存梁武帝《七夕》詩，然是六韻十二句，不知是否即是該詩。詩云：“白露月下圓，秋風枝上鮮。瑤臺生碧霧，瓊幕含紫煙。妙會非綺節，佳期乃良年。玉

壺承夜急，蘭膏依曉煎。昔時悲難越，今傷何易旋。怨咽雙念斷，悽草兩情懸。”

[二]惟：《説文》：“凡思也。”賈誼《治安策》：“臣竊惟事勢。”帝迹：見《爲齊帝禪位梁王詔》注[三]。緒：事也。《春秋保乾圖》：“帝異緒。”俯：下。不一：言多也。託情：寄情。孫綽《庾公誄》：“咨予與公，風流同歸，擬量託情，視公猶師。”風什：詩篇。《文選》李周翰注：“風什，謂篇章也。”希世：世所罕有。王延壽《魯靈光殿賦》：“邈希世而特出，羌瑋譎而鴻紛。”“帝迹”四句，《文選》李周翰注：“言遠代以來，少有如帝善文如此也。”

[三]漢在四世：謂漢武帝劉徹。魏稱三祖：指魏武帝曹操、魏文帝曹丕、魏明帝曹叡。皆有文之主。高貴鄉公《改元大赦詔》：“昔三祖神武聖德，應天受祚。”

[四]寧足以繼想《南風》，克諧《調露》：《文選》劉良注：“謂帝文章音律若此，漢魏之主不足以繼想耳。”《南風》，古代樂曲名。《禮記·樂記》：“昔者舜作五弦之琴，以歌《南風》。”《孔子家語·辨樂解》：“昔者舜彈五弦之琴，造《南風》之詩。其詩曰：‘南風之薰兮，可以解吾民之愠兮；南風之時兮，可以阜吾民之財兮。’”克諧，能和諧。《尚書·舜典》：“八音克諧，無相奪倫，神人以和。”《調露》：樂曲名。《文選》李善注：“《樂動聲儀》曰：時元氣者，受氣於天，布之於地，以時出入物者也。四時之節，動靜各有分職，不得相越，謂《調露》之樂也。宋均曰：《調露》，調和致甘露也，使物茂長之樂也。”劉良注：“四節不相違，謂之《調露》之樂。”

[五]性與天道，事絕稱言：《文選》張銑注：“言帝之性合於天道，不可得而稱也。”性與天道，見《靜思堂秋竹賦》注[七]。稱言，稱説、叙説。《孔子家語·弟子行》：“子貢對曰：‘夫能夙興夜寐，諷誦崇禮，行不貳過，稱言不苟，是顔回之行也。’”

[六]多幸：見《奏彈曹景宗》注[三四]。親逢旦暮：《莊子·齊物論》：“萬世之後而一遇大聖知其解者，是旦暮遇之也。”“豈其”二句，極言自己與梁武帝相逢之僥倖。

　　臣早奉龍潛，與賈、馬而入室[七]；晚屬天飛，比嚴、徐而待詔[八]。惟君知臣，見於訥言之旨[九]；取求不疵，表於辯才之戲[一〇]。謹輒牽率庸陋，式覘天奬[一一]，拙速雖效，蚩鄙已彰[一二]。臨啓慙恧，罔識所寘[一三]。謹啓。

【箋　注】

[七]早奉龍潛:謂在齊朝時,任昉已得承奉梁武帝也。龍潛,《易·乾》:"初九:潛龍勿用。"喻帝王未即位。《後漢書·爰延傳》:"陛下以河南尹鄧萬有龍潛之舊,封爲通侯。"與賈、馬而入室:《法言·吾子》:"如孔氏之門用賦也,則賈誼升堂,相如入室矣。如其不用何?"

[八]晚屬天飛:《易·乾》:"飛龍在天,利見大人。"班固《答賓戲》:"泥蟠天飛者,應龍之神也。"喻踐帝位。比嚴、徐而待詔:《漢書·主父偃傳》:"是時,徐樂、嚴安亦俱上書言世務。書奏,上召見三人,謂曰'公皆安在?何相見之晚也!'乃拜偃、樂、安皆爲郎中。"待詔,《文選》揚雄《甘泉賦序》:"孝成帝時,客有薦雄文似相如者……召雄待詔承明之庭。"張銑注:"待詔,待天子命也。"《漢書·東方朔傳》:"上(漢武帝)大笑,因使待詔金馬門,稍得親近。"

[九]惟君知臣:《左傳·僖公七年》:"古人有言,曰:'知臣莫若君。'"訥言:言談遲鈍。《論語·里仁》:"君子欲訥於言而敏於行。"

[一〇]取求不疵:《左傳·僖公七年》:"(楚)文王曰:唯我知女,女專利而不厭,予取予求,不女疵瑕也。後之人將求多於女,女必不免。我死,女必速行。無適小國,將不女容焉。"辯才:善於言談或辯論的才能。《裴詭集》有《辯才論》。

[一一]牽率:猶草率。謝瞻《答康樂秋霽詩》:"牽率酬嘉藻,長揖愧吾生。"庸陋:平庸淺陋。謙詞。《抱朴子·外篇·自叙》:"余以庸陋,沈抑婆娑。"式:用。訓:古同"酬"。報答。天獎:君主的知遇之恩。《文選》劉良注:"獎,猶恩也。"

[一二]拙速雖效,蚩鄙已彰:《文選》張銑注:"謂答詩便成而附使上也。"拙速,《孫子兵法·作戰》:"兵聞拙速,未睹巧之久也。"杜牧注:"攻取之間,雖拙於機智,然以神速爲上。"此處爲謙辭。效,獻出、盡力。蚩鄙,粗野拙劣。謙辭。蚩,通"媸"。陳琳《答東阿王牋》:"夫聽《白雪》之音,觀《綠水》之節,然後東野巴人蚩鄙益著。"彰,顯露。

[一三]愬恧:羞愬。恧,音女,去聲。《漢書·王莽傳上》:"敢爲激發之行,處之不愬恧。"罔識所寘:猶不知所措。

爲王金紫謝齊武帝示《太子律序》啓[①]

【題　解】

王金紫:檢《南齊書》《梁書》,齊武帝在位時,王姓金紫光禄大夫只有王晏一人。《南齊書·王晏傳》：“（永明）十年，改授散騎常侍、金紫光禄大夫。”又，王晏多次擔任東宫官：永明四年（四八六）爲太子詹事，七年以吏部尚書領太子右衛率，九年以侍中領太子詹事。因此，齊武帝以其屢任東宫官故，將親作《太子律序》垂示王晏。據上述，可推測王金紫爲王晏。

《南齊書·王晏傳》：王晏字士彦，琅邪臨沂人也。宋大明末起家臨賀王國常侍。頗得齊武帝信任，永明元年（四八三），領步兵校尉，遷侍中祭酒，校尉如故。遭母喪，起爲輔國將軍、司徒左長史。尋遷左衛將軍，加給事中。居父喪有稱。起冠軍將軍、司徒左長史、濟陽太守，未拜，遷衛尉，將軍如故。四年，轉太子詹事，加散騎常侍。六年，轉丹陽尹，常侍如故。七年，轉爲江州刺史，晏固辭不願出外，見許，留爲吏部尚書，領太子右衛率。八年，改領右衛將軍，陳疾自解。明年，遷侍中，領太子詹事，本州中正，又以疾辭。十年，改授散騎常侍、金紫光禄大夫。十一年，遷右僕射，領太孫右衛率。鬱林王即位，轉左僕射，中正如故。隆昌元年（四九四），加侍中。蕭鸞謀廢立，晏便響應推奉。延興元年（四九四），轉尚書令，加後將軍，侍中、中正如故。封曲江縣侯。建武元年（四九四），進號驃騎大將軍，侍中、令、中正如故。又領太子少傅，進爵爲公。涉嫌謀反，遭誅。

太子：文惠太子蕭長懋。《南齊書·文惠太子傳》：長懋字雲喬，齊武帝長子。爲齊高帝所愛，建元元年（四七九），封南郡王。武帝即位，爲皇太子。太子與竟陵王子良俱好釋氏，立六疾館以養窮民。永明十一年（四九三）薨。謚曰文惠。鬱林王蕭昭業立，追尊爲文帝，廟稱世宗。

王晏永明十年任金紫光禄大夫，文惠太子十一年春正月薨。本傳：“太子有疾，上自臨視，有憂色。疾篤……時年三十六。太子年始過立，久在儲宫，得參政事，内外百司，咸謂旦暮繼體，及薨，朝野驚惋焉。”則此啓當爲永明十年至十一年春正月之間，王晏請任昉代作以答謝武帝。

　　臣聞化澄上業，草纓垂典[一]；教清中世，艾服懲刑[二]。自禮失宗周，俗反炎漢[三]，張、馮導其迹，賈、杜浚其流[四]，仲舒之得情，孔子之博約[五]，故以義該往哲，盡美前王[六]。而年世浸遠，篇牘訛誤[七]，朽編落簡，見誣前淑[八]；侮文擅議，取弊後昆[九]。立不倚衡，遂均鴻毛之殞[一〇]；傷足居憂，忘貽髮膚之痛[一一]，豈所以臨河永歎，含育最靈者也②[一二]？

【校　記】

①“示”下，《藝文類聚》與《全梁文》有“皇”字。

②含：《藝文類聚》與《全梁文》作“合”。

【箋　注】

［一］化澄：謂教化天下，風俗澄明。上業：業，疑爲“葉”之誤。上葉：前代，先世。《南齊書·高帝紀上》：“再命璽書曰：‘……勛華弘風於上葉，漢魏垂式於後昆。’”草纓：見《爲梁公請刊改律令表》注［二］［三］。垂典：垂示典章。揚雄《解嘲》：“五帝垂典，三王傳禮，百世不易。”

［二］教清：謂教化天下，風俗清明。中世：猶中古。《商君書·徠民》：“且古有堯、舜，當時而見稱；中世有湯、武，在位而民服。”此指商周時代。《韓非子·五蠹》：“上古競於道德，中世逐於智謀，當今爭於氣力。”此指春秋時代。《後漢書·朱穆傳》記其《崇厚論》曰：“夫中世之所敦，已爲上世之所薄，況又薄於此乎？”李賢注：“中世謂五帝時。”艾服：猶艾韠。艾，通“刈”。見《爲梁公請刊改律令表》注［三］。懲刑：懲罰之刑。

［三］禮失宗周：《後漢書·陳寵傳》：“禮之所去，刑之所取，失禮則入刑，相爲表裏也。”宗周，指周王朝。因周爲所封諸侯國之宗主國，故稱。《詩·小雅·正月》：“赫赫宗周，褒姒威之。”炎漢：漢自稱以火德王，故稱炎漢。《三國志·魏書·曹植傳》載其《責躬詩》：“受禪炎漢，臨君萬邦。”

［四］張、馮導其迹：指漢張蒼、馮敬奏言文帝定律。《漢書·刑法志》：“（孝文帝）即位十三年，齊太倉令淳于公有罪當刑，詔獄逮繫長安。……其少女緹縈，自傷悲泣，乃隨其父至長安，上書曰：‘妾父爲吏，齊中皆稱其廉平，今坐法當刑。妾傷夫死者不可復生，刑者不可復屬，雖後欲改過自新，其道亡繇也。妾願没入爲官婢，以贖父刑罪，使得自新。’書奏天子，天子憐悲其意，遂下令曰：‘制詔御史：蓋聞有虞氏之時，畫衣冠異章服以爲僇，而民弗犯，何治之至也！今法有肉刑三，而姦不止，其咎安在？非乃朕德之薄，而教不明與！吾甚自愧。故夫訓道不純而愚民陷焉。……今人有過，教未施而刑已加焉，或欲改行爲善，而道亡繇至，朕甚憐之。夫刑至斷支體，刻肌膚，終身不息，何其刑之痛而不德也！豈稱爲民父母之意哉？其除肉刑，有以易之；及令罪人各以輕重，不亡逃，有年而免。具爲令。’丞相張蒼、御史大夫馮敬奏言：‘肉刑所以禁姦，所由來者久矣。陛下下明詔，憐萬民之一有過被刑者終身不息，及罪人欲改行爲善而道亡繇至，於盛德，臣等所不及也。臣謹議請定律曰：諸當完者，完爲城旦舂；當黥者，髡鉗爲城旦舂；當劓者，笞三百；當斬左止者，笞五百；當斬右止，及殺人先自告，及吏坐受賕枉法，守縣官財物而即盜之，已論命復有笞罪者，皆棄市。罪人獄已決，完爲城旦舂，滿三歲爲鬼薪白粲。鬼薪白粲一歲，爲隸臣妾。隸臣妾一歲，免爲庶

人。隸臣妾滿二歲,爲司寇。司寇一歲,及作如司寇二歲,皆免爲庶人。其亡逃及有罪耐以上,不用此令。前令之刑城旦舂歲而非禁錮者,如完爲城旦舂歲數以免。臣昧死請。'制曰:'可。'是後,外有輕刑之名,内實殺人。斬右止者又當死。斬左止者笞五百,當劓者笞三百,率多死。"賈、杜浚其流:《晉書·杜預傳》:"與車騎將軍賈充等定律令,既成,預爲之注解,乃奏之曰:'法者,蓋繩墨之斷例,非窮理盡性之書也。故文約而例直,聽省而禁簡。例直易見,禁簡難犯。易見則人知所避,難犯則幾於刑厝。刑之本在於簡直,故必審名分。審名分者,必忍小理。古之刑書,銘之鍾鼎,鑄之金石,所以遠塞異端,使無淫巧也。今所注皆網羅法意,格之以名分。使用之者執名例以審趣舍,伸繩墨之直,去析薪之理也。'詔班于天下。"同書《賈充傳》:"帝又命充定法律。……充所定新律既班于天下,百姓便之。詔曰:'漢氏以來,法令嚴峻。故自元成之世,及建安、嘉平之間,咸欲辯章舊典,刪革刑書。述作體大,歷年無成。先帝愍元元之命陷於密網,親發德音,釐正名實。車騎將軍賈充,獎明聖意,諮詢善道。太傅鄭沖,又與司空荀顗、中書監荀勖、中軍將軍羊祜、中護軍王業,及廷尉杜友、守河南尹杜預、散騎侍郎裴楷、潁川太守周雄、齊相郭頎、騎都尉成公綏荀煇、尚書郎柳軌等,典正其事。朕每鑒其用心,常慨然嘉之。今法律既成,始班天下,刑寬禁簡,足以克當先旨。'"同書《刑法志》:"文帝爲晉王,患前代律令本注煩雜,陳群、劉邵雖經改革,而科網本密,又叔孫、郭、馬、杜諸儒章句,但取鄭氏,又爲偏黨,未可承用。於是令賈充定法律,令與太傅鄭沖、司徒荀顗、中書監荀勖、中軍將軍羊祜、中護軍王業、廷尉杜友、守河南尹杜預、散騎侍郎裴楷、潁川太守周雄、齊相郭頎、騎都尉成公綏、尚書郎柳軌及吏部令史榮邵等十四人典其事。"

[五]仲舒之得情:意謂董仲舒論爲政應任德教而不任刑,實得刑律之情實。董仲舒《賢良對策》:"天道之大者在陰陽。陽爲德,陰爲刑;刑主殺而德主生。是故陽常居大夏,而以生育長養爲事;陰常居大冬,而積於空虛不用之處。以此見天之任德不任刑也。……王者承天意以從事,故任德教而不任刑。刑者不可任以治世,猶陰之不可任以成歲也。爲政而任刑,不順於天,故先王莫之肯爲也。今廢先王德教之官,而獨任執法之吏治民,毋乃任刑之意與!"孔子之博約:意謂孔子論刑律以簡省爲本。《漢書·刑法志》:"孔子曰:'古之知法者能省刑,本也;今之知法者不失有罪,末矣。'又曰:'今之聽獄者,求所以殺之;古之聽獄者,求所以生之。'"

[六]該:包容,包括。《楚辭·天問》:"該秉季德,厥父是臧。"王逸注:"該,苞也。"往哲:見《爲齊竟陵王世子臨會稽郡教》注[二]。盡美:極美,完美。《論語·八佾》:"子謂《韶》'盡美矣,又盡善也';謂《武》'盡美矣,未

盡善也’。”前王：見《求薦士詔》注[二]。

[七]年世：年數，年代。《孔叢子·詰墨》：“（白公）亂作，在哀公十六年秋也，夫子已卒十旬矣。墨子雖欲謗毀聖人，虛造妄言，奈此年世不相值何？”浸遠：漸遠。《楚辭·遠游》：“形穆穆以浸遠兮，離人群而遁逸。”篇牘：書籍，典籍。《後漢書·荀悦傳》：“悦年十二，能説《春秋》。家貧無書，每之人間，所見篇牘，一覽多能誦記。”訛誤：錯誤。多指文字、記載方面。

[八]朽編落簡：即殘編斷簡。殘缺不全的書籍。見誣前淑：指孔子、董仲舒、陳寵、張蒼、馮敬、賈充、杜預等皆對上古禮法在後世之衰頹而不滿。前淑，義同“前賢”。

[九]侮文：歪曲法律條文以行私作惡。《梁書·武帝紀下》：“侮文弄法，因事生姦。”後昆：後嗣，子孫。《尚書·仲虺之誥》：“垂裕後昆。”

[一〇]立不倚衡：《史記·袁盎鼂錯列傳》：“盎曰：‘臣聞千金之子坐不垂堂，百金之子不騎衡。’”裴駰集解引如淳曰：“騎，倚也。衡，樓殿邊欄楯也。”司馬貞索隱引韋昭曰：“衡，車衡也。騎音倚，謂跨之。”按，“騎衡”後作“倚衡”，有二解，一解據如淳説，謂倚靠在樓殿邊欄杆上。《水經注·渭水三》引袁盎曰：“臣聞千金之子坐不垂堂，百金之子立不倚衡。”一解據韋昭説，謂跨在車前橫木上。《論語·衛靈公》：“立則見其參於前也，在輿則見其倚於衡也。”兩者意思都是説，不要站在有可能發生危險的地方，以免傷身。鴻毛之殞：司馬遷《報任少卿書》：“人固有一死，或重於泰山，或輕於鴻毛。”

[一一]居憂：指居父母之喪。《尚書·太甲上》：“王徂桐宮，居憂，克終允德。”髮膚之痛：《孝經·開宗明義》：“身體髮膚，受之父母，不敢毀傷，孝之始也。”

“而年世”十句，意謂漢代以來，刑律漸嚴，加以執法者歪曲法律條文以行私作惡，致使富貴者之命輕如鴻毛，居父母之喪，傷心過度，身體受損，却忘了“身體髮膚，受之父母，不敢毀傷”之戒。

[一二]豈所以臨河永歎：未詳。永歎，長久歎息。《詩·大雅·公劉》：“篤公劉，于胥斯原，既庶既繁。既順乃宣，而無永歎。”含育：包容化育。曹植《鸚鵡賦》：“蒙含育之厚德，奉君子之光輝。”最靈者：指人。

　　　伏惟陛下施博天地，澤深禹湯[一三]。温舒之策，優游虛授[一四]；
　　衛展之議，寧失弗經[一五]。削秋荼之法，解凝脂之網[一六]。

【箋 注】

［一三］施博：《孟子·盡心下》："言近而指遠者，善言也；守約而施博者，善道也。"禹湯：夏禹和商湯。後代視爲賢明君主的典範。《左傳·莊公十一年》："禹湯罪己，其興也悖焉；桀紂罪人，其亡也忽焉。"

［一四］温舒之策，優游虛授：《漢書·刑法志》："及至孝武即位，外事四夷之功，内盛耳目之好，徵發煩數，百姓貧耗，窮民犯法，酷吏擊斷，姦軌不勝。於是招進張湯、趙禹之屬，條定法令，作見知故縱、監臨部主之法，緩深故之罪，急縱出之誅。其後奸猾巧法，轉相比况，禁罔寖密。……是以郡國承用者駮，或罪同而論異。姦吏因緣爲市，所欲活則傅生議，所欲陷則予死比，議者咸冤傷之。宣帝自在閭閻而知其若此，及即尊位，廷史路温舒上疏，言秦有十失，其一尚存，治獄之吏是也。……上深愍焉，乃下詔曰：'間者吏用法，巧文寖深，是朕之不德也。夫決獄不當，使有罪興邪，不辜蒙戮，父子悲恨，朕甚傷之。今遣廷史與郡鞫獄，任輕禄薄，其爲置廷平，秩六百石，員四人。其務平之，以稱朕意。'於是選于定國爲廷尉，求明察寬恕黄霸等以爲廷平，季秋後請讞。時上常幸宣室，齋居而決事，獄刑號爲平矣。時涿郡太守鄭昌上疏言：'聖王置諫爭之臣者，非以崇德，防逸豫之生也；立法明刑者，非以爲治，救衰亂之起也。今明主躬垂明聽，雖不置廷平，獄將自正；若開後嗣，不若刪定律令。律令一定，愚民知所避，姦吏無所弄矣。今不正其本，而置廷平以理其末也，政衰聽怠，則廷平將招權而爲亂首矣。'宣帝未及修正。"《漢書·路温舒傳》："宣帝初即位，温舒上書，言宜尚德緩刑。其辭曰：……臣聞秦有十失，其一尚存，治獄之吏是也。……此乃秦之所以亡天下也。方今天下賴陛下恩厚，亡金革之危，饑寒之患，父子夫妻勠力安家，然太平未洽者，獄亂之也。……唯陛下除誹謗以招切言，開天下之口，廣箴諫之路，掃亡秦之失，尊文武之惪，省法制，寬刑罰，以廢治獄，則太平之風可興於世，永履和樂，與天亡極，天下幸甚。"優游：寬和，寬厚。《禮記·儒行》："禮之以和爲貴，忠信之美，優游之法，舉賢而容衆，毁方而瓦合，其寬裕有如此者。"鄭玄注："優游之法，法和柔者也。"虛授：謂授職給德才不相稱的人。曹植《求自試表》："君無虛授，臣無虛受。虛授謂之謬舉，虛受謂之尸禄。"

［一五］衛展之議：《晉書·刑法志》："河東衛展爲晉王大理，考摘故事有不合情者，又上書曰：'今施行詔書，有考子正父死刑，或鞭父母問子所在。近主者所稱《庚寅詔書》，舉家逃亡家長斬。若長是逃亡之主，斬之雖重猶可。設子孫犯事，將考祖父逃亡，逃亡是子孫，而父祖嬰其酷。傷順破教，如此者衆。相隱之道離，則君臣之義廢；君臣之義廢，則犯上之姦生矣。

秦網密文峻,漢興,掃除煩苛,風移俗易,幾於刑厝。大人革命,不得不蕩其穢匿,通其坦滯。今詔書宜除者多,有便於當今,著爲正條,則法差簡易。’”寧失弗經:《尚書·大禹謨》:“與其殺不辜,寧失不經。好生之德,洽于民心,茲用不犯于有司。”《漢書·路溫舒傳》“與其殺不辜,寧失不經”顏師古注:“《虞書·大禹謨》載咎繇之言。辜,罪也。經,常也。言人命至重,治獄宜慎,寧失不常之過,不濫無罪之人,所以崇寬恕也。”

[一六]秋荼之法,凝脂之網:見《爲梁公請刊改律令表》注[八]。

爲卞彬謝修卞忠貞墓啓

【題　解】

《晋書·卞壺傳》:“其後盜發壺墓,屍僵,鬢髮蒼白,面如生,兩手悉拳,爪甲穿達手背。安帝詔給錢十萬,以修塋兆。”《南齊書·明帝紀》:“建武二年正月……己卯,詔京師二縣有毀發墳壟,隨宜修理。”如卞壺墓在“京師二縣”,並被“毀發”,因卞壺父子忠孝可嘉,齊明帝有可能特意下詔加以修繕。如此,則此文當作於建武二年(四九五)正月。《明帝紀》又曰:“十二月丁酉,詔曰:‘舊國都邑,望之悵然。況乃自經南面,負扆宸居,或功濟當時,德覃一世,而塋壟檟穢,封樹不修,豈直嗟深牧豎,悲甚信陵而已哉。昔中京淪覆,鼎玉東遷,晋元締構之始,簡文遺詠在民,而松門夷替,埏路榛蕪。雖年代殊往,撫事興懷。晋帝諸陵,悉加修理,并增守衛。’”如除下詔修理晋帝諸陵外,又特下詔修理卞壺墓,則此文作於建武二年十二月。然“陛下弘宣教義”,《文選》呂延濟注“言壺是晋臣,梁武大示教義”,“壺餘烈不泯,固陳力於異世”,《文選》劉良注“彬仕梁代也……異代,謂梁也”,則呂、劉二人皆認定此文作於梁代。實誤。因據《南齊書·卞彬傳》“永元中,爲平越長史、綏建太守,卒官”,可知卞彬卒於齊東昏侯永元年間(四九九—五〇一)。

卞彬字士蔚,濟陰冤句人。州辟西曹主簿,奉朝請,員外郎。齊臺初建,除右軍參軍。家貧,出爲南康郡丞。除南海王國郎中令,尚書比部郎,安吉令,車騎記室。永元中,爲平越長史、綏建太守,卒官。彬頗飲酒,擯棄形骸,才操不群,文多指刺。《南齊書》卷五十二《文學傳》有傳。

卞忠貞:卞壺,卞彬高祖。《晋書·卞壺傳》:卞壺字望之。宋永嘉中,除著作郎。司馬睿鎮建鄴,召爲從事中郎,委以選舉,甚見親杖。出爲明帝司馬紹東中郎長史。遷吏部尚書。王含之難,加中軍將軍。含滅,以功封建興縣公,尋遷領軍將軍。明帝不豫,領尚書令,與王導等俱受顧命輔幼主。復拜右將軍,加給事中、尚書令。成帝即位,皇太后臨朝,壺與庾亮對直省中,共參機要。拜光禄大夫,加散騎常侍。蘇峻稱兵,壺復爲尚書令、右將軍、領右衛將軍,餘官如故。蘇峻至東陵口,詔以壺都督大桁東諸軍事、假節,復加領軍將軍、給事中。壺率郭默、趙胤等與峻大戰於西陵,爲峻所破。壺與鍾雅皆退還,死傷者以千數。壺、雅並還節,詣闕謝罪。峻進攻青溪,壺與諸軍距擊,不能禁。賊放火燒宮寺,六軍敗績。壺時發背創,猶未合,力疾而戰,率屬散衆及左右吏數百人,攻賊壘下,苦戰,遂死之,時年四十八。二子眕、盱見父没,相隨赴賊,同時見害。蘇峻難平,詔贈壺侍中、驃騎將軍、開府儀同三司,謚曰忠貞。

　　臣彬啓:伏見詔書,並鄭義泰宣勑,當賜修理臣亡高祖晋故驃騎大將軍①、建興忠貞公壺墳塋[一]。臣門緒不昌,天道所昧[二],忠構身危②,孝積家禍[三],名教同悲,隱淪惆悵[四]。而年世貿遷,孤奇淪塞[五],遂使碑表蕪滅,丘樹荒毁,狐兔成穴,童牧哀歌[六]。感慨自哀,日月纏迫[七]。

【校　記】
①“修”上,明州本無“當賜”字。
②構:《全梁文》作“遘”。

【箋　注】
[一]鄭義泰:《南齊書·樂志》:“永明六年……太樂令鄭義泰案孫興公賦造天台山伎,作莓苔石橋道士捫翠屏之狀,尋又省焉。”其他未詳。宣勑:發布命令。勑,同“敕”。《後漢書·耿弇傳》:“弇乃嚴令軍中趣修攻具,宣勑諸部,後三日當悉力攻巨里城。”南北朝以後,專指發布詔命。《宋書·文帝紀》:“丙辰,詔曰:‘……便可宣勑内外,各有薦舉。當依方銓引,以觀厥用。’”墳塋:墳墓,墳地。《後漢書·竇融傳》:“詔右扶風修理融父墳塋,祠以太牢。”

[二]門緒:家門的世系。天道:天理,天意。《易·謙》:“謙亨,天道下濟而光明。”昧:不明。

[三]忠構身危:言卞壺率軍抵抗蘇峻叛亂,保衛京城,奮力死戰,直至陣亡事。構,招致、引起。《詩·小雅·四月》:“我日構禍,曷云能穀?”身危,《史記·淮陰侯列傳》:“臣聞勇略震主者身危,而功蓋天下者不賞。”孝積家禍:言壺二子眕、盱忍著喪父悲痛拼命殺敵,相繼戰死之事。家禍,家庭的災禍或不幸遭遇。《左傳·昭公十二年》:“昭子曰:‘叔孫氏有家禍,殺適

立庶,故婿也及此。’”

[四]名教同悲,隱淪惆悵:《文選》李善注引王隱《晋書述》曰:“壼及二子死,徵士翟湯聞而歎曰:父爲忠臣,子爲孝子,忠孝之道,萃於一門,可謂賢哉!名教謂王隱,隱淪謂翟湯。”《文選》劉良注:“名教,謂當時士大夫爲之悲傷也。隱淪,謂徵士翟陽(當爲湯)也。嘗歎曰:‘父爲忠臣,子爲孝子,忠孝之道,萃于一門。’”名教:見《爲范始興求爲太宰立碑表》注[三七]。隱淪,指隱居之人。惆悵:傷感,悲哀。《楚辭·九辯》:“廓落兮羈旅而無友生,惆悵兮而私自憐。”

[五]年世:見《爲王金紫謝齊武帝示〈太子律序〉啓》注[七]。貿遷:變易,改換。孤裔:孤弱的後嗣。淪塞:沉淪阻塞,遭受困厄。《宋書·王玄謨傳》:“玄謨上疏曰:‘王途始開,隨復淪塞,非惟天時,抑亦人事。’”

[六]碑表:即石碑。《宋書·禮志二》:“晋武帝咸寧四年,又詔曰:‘此石獸碑表,既私褒美,興長虛僞,傷財害人,莫大於此。’”蕪滅:猶蕪没。丘樹:即丘木。植於墓地以庇兆域的樹木。《禮記·曲禮下》:“君子雖貧……爲宫室,不斬於丘木。”丘,墓。荒毁:荒蕪毁敗。狐兔成穴,童牧哀歌:《新論·琴道》記雍門周以琴見孟嘗君曰:“千秋萬歲之後,宗廟不必血食,高臺既已傾,曲池又已平,墳墓生荆棘,狐兔穴其中,游兒牧豎,躑躅其足而歌其上曰:‘孟嘗君之尊貴,亦猶若是乎?’”

[七]感慨:心有所感觸而慨歎。劉楨《贈五官中郎將詩》之三:“秋日多悲懷,感慨以長歎。”自哀:自傷感。纏迫:急速。

　　陛下弘宣教義,非求效於方今[八];壼餘烈不泯,固陳力於異世[九]。但加等之渥,近闕於晋典[一○];樵蘇之刑,遠流於皇代[一一]。臣亦何人,敢謝斯幸[一二]?不任悲荷之至[一三]!謹奉啓以聞③。謹啓。

【校　記】
③“啓”下,李善本與《全梁文》有“事”字。

【箋　注】
[八]陛下:齊明帝蕭鸞。弘宣:杜預《左傳序》:“隱公能弘宣祖業,光啓王室。”弘,大。宣,示。教義:見《奏彈劉整》注[六一]。求效:求報效。方今:當今,現時。《墨子·尚同中》:“方今之時,復古之民始生未有正長之時。”

[九]餘烈:遺留下來的功業。賈誼《過秦論上》:“及至始皇,奮六世之餘烈,振長策而御宇内,吞二周而亡諸侯。”泯:滅也。陳力:施展才力。《論語·季氏》:“孔子曰:求,周任有言曰:‘陳力就列,不能者止。’”異世:前代,前世。《漢書·郊祀志下》:“王者各以其禮制事天地,非因異世所立而繼之。”顏師古注:“異世,謂前代。”

[一〇]加等:《左傳·僖公四年》:“許穆公卒于師,葬之以侯,禮也。”杜預注:“男而以侯禮,加一等。”“凡諸侯薨于朝、會,加一等。”杜預注:“諸侯命有三等,公爲上等,侯伯中等,子男爲下等。”“死王事,加二等。”杜預注:“謂以死勤王事。”渥:厚。闕於晉典:《文選》劉良注:“言壼爲晉死王事而不加爵賞,故云‘闕於晉典’。”卞壼生前以功封建興縣公,盡節後沒有再進爵,故言“不加爵賞”。

[一一]樵蘇之刑:見《爲范始興求爲太宰立碑表》注[三〇]。皇代:傳説中三皇之世。應瑒《文質論》:“覽《墳》《丘》於皇代,建不刊之洪制。”泛指古代。

[一二]臣亦何人,敢謝斯幸:《文選》吕向注:“非分而得謂之幸。言非身所敢謝也。”

[一三]不任:見《爲范尚書讓吏部封侯表》注[七五]。

卷五　牋　書　策　文　序　議

到大司馬記室牋^{〔一〕}

【題　解】

《梁書·任昉傳》:"高祖(梁武帝蕭衍)克京邑,霸府初開,以昉爲驃騎記室參軍。始高祖與昉遇竟陵王西邸,從容謂昉曰:'我登三府,當以卿爲記室。'昉亦戲高祖曰:'我若登三事,當以卿爲騎兵。'謂高祖善騎也。至是,故引昉符昔言焉。昉奉牋曰……"《梁書·武帝紀上》:"(中興元年)十二月丙寅……授高祖中書監、都督揚南徐二州諸軍事、大司馬、録尚書、驃騎大將軍、揚州刺史,封建安郡公。……乙卯,高祖入屯閲武堂。"據此,此牋作於齊和帝中興元年(五○一)十二月。

大司馬:官名。《周禮·夏官》有大司馬,掌邦政。漢承秦制,置丞相、御史大夫、太尉。武帝元狩四年(前一二五),廢太尉,設大司馬,以冠將軍之號,無印綬、官屬。成帝時以王根爲大司馬,置印綬、官署,與丞相、御史大夫並爲三公。東漢改名太尉。南北朝以大將軍、大司馬爲二大。隋以後廢。明清用作兵部尚書的別稱。記室:官名。東漢置,諸王、三公及大將軍都設記室令史,掌章表書記文檄。後代因之,或稱記室督、記室參軍等。元後廢。

記室參軍事任昉死罪死皋。伏承以今月令辰,肅膺典册^①^{〔一〕}。德顯功高,光副四海^{〔二〕},含生之倫,庇身有地^{〔三〕}。況昉受教君子,將二十年^{〔四〕},咳唾爲恩,昒眜成飾^{〔五〕},小人懷惠,顧知死所^{〔六〕}。昔承嘉宴,屬有緒言^{〔七〕},提挈之旨^②,形乎善謔^{〔八〕},豈謂多幸,斯言不渝^③^{〔九〕}。雖情謬先覺,而迹淪驕餌^{〔一○〕},湯沐具而非弔,大厦構而相賀^④^{〔一一〕}。

【校　記】

①膺,明州本作"應"。

(一)牋、書:都是書信。牋,本字作"箋",與奏記同介乎書、表之間,一般用於對上,而且主要用於臣下對天子與王侯郡將等。書則用於儕輩之間。

②挈:明州本作"契"。
③言:李善本作"其"。
④賀:明州本作"勸"。

【箋　注】

[一]令辰:好時辰。《儀禮・士冠禮》:"吉月令辰,乃申爾服。"肅膺典册:《文選》李周翰注:"謂受大司馬。"肅膺,敬受。典册,帝王的策命。

[二]德顯:《漢書・薛宣傳》:"宣因移書勞勉之曰:'昔孟公綽優於趙魏而不宜滕薛,故或以德顯,或以功舉。'"《文選》李善注引《東觀漢記》曰:"明帝册曰:剖符封侯,或以德顯。"功高:《後漢書・朱浮傳》:"浮以書質責之(彭寵),曰:'……伯通自伐,以爲功高天下。'"副:被。四海:見《禪梁册》注[一二]。

[三]含生:有生之類。多指人類。曹植《對酒行》:"含生蒙澤,草木茂延。"庇身:託身。《左傳・成公十五年》:"子反曰:'……信以守禮,禮以庇身。'"有地:《易・臨》:"象曰:'澤上有地,臨君子以教思无窮,容保民無疆。'"

[四]况:同"況"。受教君子:《三國志・魏書・文帝紀》裴松之注引《獻帝傳》曰:"令曰:'……況吾託士人之末列,曾受教于君子哉?'"受教,接受教誨。《戰國策・魏四》:"信陵君曰:'無忌謹受教。'"君子,此處指蕭衍。

[五]咳唾:《莊子・漁父》:"孔子曰:'曩者先生有緒言而去,丘不肖,未知所謂,竊待於下風,幸聞咳唾之音,以卒相丘也。'客曰:'嘻!甚矣,子之好學也!'"後以"咳唾"稱美他人的言語、詩文等。《漢書・宣元六王傳・淮陽憲王劉欽》:"大王誠賜咳唾,使得盡死,湯禹所以成大功也。"眄睞:眷顧。《古詩十九首・凜凜歲云暮》:"眄睞以適意,引領遙相睎。"恩、飾:吕向注:"謂光益於已也。""咳唾"二句,意謂蕭衍的言語眷顧,都能給自己帶來恩寵榮光。

[六]小人:舊時男子對地位高於已者自稱的謙詞。《左傳・隱公元年》:"小人有母,皆嘗小人之食矣,未嘗君之羹。"懷惠:謂感念長上的恩惠。《晋書・文六王傳・齊王攸》:"考績黜陟,畢使嚴明,畏威懷惠,莫不自厲。"顧:所以。《禮記・祭統》:"上有大澤,則惠必及下,顧上先下後耳。"死所:見《爲吏部謝表》注[一〇]。

[七]昔承嘉宴:言齊朝時於竟陵王宴席之上。嘉宴,盛宴、喜宴。焦贛《易林・根之節》:"安牀厚褥,不得久宿,棄我嘉宴,困於南國。"緒言:已發

而未盡的言論。陸德明釋文：“緒言，猶先言也。”《莊子·漁父》：“曩者先生有緒言而去。”成玄英疏：“緒言，餘論也。”

　　[八]提挈之旨，形乎善謔：言蕭衍從容謂昉曰“我登三府，當以卿爲記室”，今爲驃騎大將軍，果以任昉爲記室。詳見題解。提挈，扶持、汲引。《史記·張耳陳餘列傳》：“夫以一趙尚易燕，況以兩賢王左提右挈，而責殺王之罪，滅燕易矣。”善謔，《詩·衛風·淇奥》：“善戲謔兮，不爲虐兮。”後因以“善謔”謂善於戲言，亦指笑談的資料。

　　[九]多幸：見《奏彈曹景宗》注[三四]。不渝：不改變。《詩·鄭風·羔裘》：“彼其之子，寔命不渝。”毛傳：“渝，變也。”

　　[一〇]雖情謬先覺，而迹淪驕餌：《文選》劉良注：“言誤謬不能先覺高祖之必貴而仕齊，是淪没於驕君之餌。餌，食也。”李善注：“知梁武之必貴，爲謬先覺也；猶仕齊邦，是淪驕餌也。”先覺，《論語·憲問》：“子曰：‘抑亦先覺者，是賢乎！’”驕餌，驕君之餌。喻指爵禄。《漢書·叙傳上》：“（班）嗣雖修儒學，然貴老嚴之術。桓生欲借其書，嗣報曰：‘若夫嚴子（顔師古注曰：嚴，莊周也。）者，絶聖棄智，修生保真，清虚澹泊，歸之自然，獨師友造化，而不爲世俗所役者也。魚釣於一壑，則萬物不奸其志；棲遲於一丘，則天下不易其樂。不絓聖人之罔，不嗅驕君之餌，蕩然肆志，談者不得而名焉，故可貴也。’”顔師古注：“餌謂爵禄。君所以制使其臣，亦猶釣魚之設餌也。”

　　[一一]湯沐具而非弔，大厦構而相賀：《文選》張銑注：“此高祖殺東昏侯，昉免死，非復相弔也；高祖既成大業而得相勸也。”此二句典出《淮南子·説林訓》“湯沐具而蟣虱相弔，大厦成而燕雀相賀，憂樂別也”，一反用，一正用。“湯沐具”，喻梁武帝殺東昏侯，撥亂反正。“大厦構”，喻梁武帝建立大業。“湯沐具而非弔”，言自己曾出仕東昏侯朝，武帝殺東昏侯，自己因和武帝有舊而免死，不弔慰東昏侯。

　　　　明公道冠二儀，勳超邃古[一二]，將使伊周奉巒，桓文扶轂[一三]，神功無紀，作物何稱[一四]？府朝初建，俊賢翹首[一五]，維此魚目，唐突璠璵⑤[一六]。顧己循涯，寔知塵忝[一七]，千載一逢，再造難答[一八]；雖則隕越，且知非報[一九]。不勝荷戴屏營之至⑥[二〇]，謹詣廳奉白牋謝聞[二一]。昉死罪死辠。

【校　記】
⑤璠璵：《文選》與《全梁文》二字倒。
⑥至：李善本作“情”。

【箋　注】

［一二］明公：見《上蕭太傅固辭奪禮啓》注［一三］。二儀：見《禪梁璽書》注［五七］。邃古：遠古。邃，通“遂”。《楚辭·天問》：“遂古之初，誰傳道之？”

［一三］伊周：商伊尹和西周周公旦。兩人都曾攝政，後常並稱。亦指執掌朝政的大臣。《漢書·張陳王周傳贊》：“周勃爲布衣時，鄙樸庸人，至登輔佐，匡國家難，誅諸呂，立孝文，爲漢伊周，何其盛也！”顏師古注：“處伊尹、周公之任。”奉轡：執轡。謂駕車。司馬相如《上林賦》：“孫叔奉轡，衛公參乘。”桓文：春秋五霸中齊桓公與晉文公的並稱。《孟子·梁惠王上》：“仲尼之徒，無道桓文之事者，是以後世無傳焉。”扶轂：扶翼車輪。揚雄《羽獵賦》：“齊桓曾不足使扶轂，楚莊未足以爲驂乘。”

［一四］神功無紀，作物何稱：《文選》呂延濟注：“謂高祖如神妙之功，無能紀述，造化萬物何以稱之。作，造也。”李善注：“言聖德幽玄，同夫二者，既無功而可紀，亦何名而可稱。《莊子》曰：神人無功，聖人無名。司馬彪曰：神人無功，言修自然不立功也；聖人無名，不立名也。《莊子》曰：造物者爲人。司馬彪曰：造物，謂道也。”神功，神奇之功。舊時多用以頌揚帝王。劉峻《辨命論》：“覿湯武之龍躍，謂戡亂在神功。”作物，猶造物。主宰萬物之神。

［一五］府朝：官署，王府。此處謂大司馬府。盧諶《與司空劉琨書》：“事與願違，當塗外役，遂去左右，收迹府朝。”俊賢：才德傑出之人。翹首：擡頭而望。形容盼望殷切。阮籍《奏記詣蔣公》：“群英翹首，俊賢抗足。”

［一六］魚目：《文選》李善注：“魚目似珠。《雒書》曰：秦失金鏡，魚目入珠。《韓詩外傳》曰：白骨類象，魚目似珠。”唐突：冒犯，褻瀆。孔融《汝潁優劣論》：“陳長文難曰：‘頗有蕪菁，唐突人參也。’”璵璠：美玉名。《左傳·定公五年》：“季平子行東野，還，未至，丙申，卒于房。陽虎將以璵璠斂，仲梁懷弗與。”比喻美好的人物。曹植《贈徐幹詩》：“亮懷璵璠美，積久德逾宣。”

［一七］顧己循涯：見《爲吏部謝表》注［九］。塵忝：猶言忝列。謙稱自己的才能不配所任的職位。

［一八］千載一逢：《東觀漢記·耿況傳》：“太史官曰：耿況、彭寵俱遭際會，順時承風，列爲藩輔，忠孝之策，千載一遇也。”再造：《文選》李善注：“言王者之恩，同於上帝，故云再造也。”《易·屯》：“天造草昧。”《宋書·王僧達傳》：“上表解職，曰：‘再造之恩，不可妄屬。’”

［一九］隕越：見《爲齊明帝讓宣城郡公表》注［三五］。非報：《詩·衛

風·木瓜》："匪報也，永以爲好也。"

　[二〇]荷戴：荷恩戴德。屏營：惶恐。屏，音兵。《國語·吴語》："王親獨行，屏營仿徨於山林之中，三日乃見其涓人疇。"

　[二一]白牋：即白簡、白牋。《晋書·孫惠傳》："後東海王越舉兵下邳，惠乃詭稱南嶽逸士秦秘之，以書干越曰：'謹先白牋，以啓天慮。'"見《奏彈曹景宗》注[五七]。

梁國府僚勸進牋①

【題　解】

中興二年（五〇二）正月戊戌，詔封梁武帝爲梁公、加九錫，武帝固辭，府僚勸進。勸進文即此牋。武帝不許。二月辛酉，府僚重請。勸進文即下篇《府僚重請牋》。

府僚：王府或府署辟置的僚屬。

　　伏承嘉命，顯至伫策②[一]，明公逡巡盛禮，斯實謙尊之旨，未窮遠大之致[二]。何者？嗣君棄常，自絶宗社[三]，國命民生③，翦爲仇讐[四]，折棟崩榱，壓焉自及[五]。卿士懷脯斯之痛，黔首懼比屋之誅[六]。明公亮格天之功，拯水火之切[七]，再躔日月④，重綴參辰[八]，反龜玉於塗泥，濟斯民於阢岉[九]，使夫匹婦童叟⑤，羞言伊吕[一〇]；鄉校里塾，恥談五霸[一一]。而位卑乎阿衡⑥，地狹於曲阜⑦[一二]，慶賞之道，尚其未洽[一三]。夫大寶公器，非要非距，至公至平，當仁誰讓⑧[一四]。

【校　記】

①梁國府僚勸進牋：《藝文類聚》作"爲百辟勸進梁王牋"，《梁書·武帝紀上》曰"府僚勸進曰"云云，《全梁文》作"爲府僚勸進梁公牋"。

②"伫"上，《藝文類聚》無"顯至"字。

③生：《藝文類聚》作"主"。

④躔：《藝文類聚》作"踵"。

⑤叟：《藝文類聚》《梁書》與《全梁文》作"兒"。

⑥"位"上，《藝文類聚》無"而"字。

⑦"阜"下，《藝文類聚》無"慶賞之道尚其未洽夫大寶公器非要非距至公至平當仁誰讓"二十五字。

⑧仁：《全梁文》作"任"。誰：薈要本作"推"。

【箋　注】

[一]嘉命：稱朝廷授官賜爵的敕命。阮籍《爲鄭沖勸晋王牋》："伏見嘉命顯至，竊聞明公固讓。"顯至：臧榮緒《晋書》卷一："阮籍爲其辭，曰：'沖等死罪，伏見嘉命顯至。'"亡策：亡立策命。

[二]明公：見《上蕭太傅固辭奪禮啓》注[一三]。此處指蕭衍。逡巡：退避，退讓。《梁書·王筠傳》："王氏過江以來，未有居郎署者，或勸逡巡不就。"盛禮：盛大的禮儀。劉琨《勸進表》："臣等各忝守方任，職在遐外，不得陪列闕庭，共觀盛禮，踊躍之懷，南望罔極。"謙尊：謙尊而光的省稱。謂尊者謙虛而顯示其光明美德。《易·謙》："謙尊而光，卑而不可踰。"孔穎達疏："尊者有謙而更光明盛大，卑謙而不可踰越。"未窮遠大之致：未能追究遠大之理。

[三]嗣君：見《禪梁册》注[二一]。棄常：見《爲齊明帝讓宣城郡公表》注[一四]。自絶：自行斷絶。《尚書·泰誓下》："今商王受狎侮五常，荒怠弗敬，自絶于天，結怨于民。"宗社：見《爲齊帝禪位梁王詔》注[一四]。

[四]國命：國家的命脈、命運。《論語·季氏》："陪臣執國命，三世希不失矣。"民生：生民，民衆。《楚辭·離騷》："長太息以掩涕兮，哀民生之多艱。"翦：割截，殺戮。《禮記·文王世子》："不翦其類也。"鄭玄注："翦，割截也。"仇讎：仇人，冤家對頭。《左傳·成公十三年》："君之仇讎，而我之昏姻也。"

[五]折棟崩榱，壓焉自及：正梁折斷，椽子崩壞。指房屋倒塌。多比喻傾覆。《左傳·襄公三十一年》："子產曰：'子於鄭國，棟也。棟折榱崩，僑將厭焉，敢不盡言？'"楊伯峻注："厭通壓。"

[六]卿士：指卿、大夫。《尚書·洪範》："謀及卿士。"脯斯之痛：猶切膚之痛。黔首：庶民，平民。《禮記·祭義》："明命鬼神，以爲黔首則。"鄭玄注："黔首，謂民也。"孔穎達疏："黔，謂黑也。凡人以黑巾覆頭，故謂之黔首。"比屋之誅：《新語·無爲》："堯、舜之民，可比屋而封，桀、紂之民，可比屋而誅，何者？化使其然也。"比屋，所居屋舍相鄰。《三國志·魏書·杜畿傳》"荀彧進之太祖"裴松之注引《傅子》曰："畿自荆州還，後至許，見侍中耿紀，語終夜。尚書令荀彧與紀比屋，夜聞畿言，異之……遂進畿於朝。"

[七]亮：輔助。《尚書·舜典》："惟時亮天功。"格天：古代統治者自稱受命於天，凡所作爲，感通於天，叫格天。《尚書·君奭》："成湯既受命，時則有若伊尹，格于皇天。"拯水火之切：把人民從深重的災難中拯救出來。

《孟子·滕文公下》:"救民於水火之中,取其殘而已矣。"水火,謂水深火熱,比喻艱險的境地。切,急切、急迫。

[八]躔:運行。《漢書·律曆志上》:"日月初躔,星之紀也。"顏師古注:"躔,踐也。"此處爲使動用法。使……運行。綴:連結。《楚辭·遠逝》:"凌驚雷以軼駭電兮,綴鬼谷於北辰。"參、辰:泛指星辰。舊題《蘇子卿詩》之三:"參辰皆已没,去去從此辭。"

[九]反龜玉於塗泥:意爲穩固國家政權,使國家走上正軌。龜玉,見《爲武帝追封丞相長沙王詔》注[五]。塗泥,《莊子·秋水》:"寧其生而曳尾於塗中乎?"濟:拯救。《淮南子·覽冥訓》:"殺黑龍以濟冀州。"斯民:指百姓。《孟子·萬章上》:"予將以斯道覺斯民也。"阮岵:猶坑塹,溝壑。《後漢書·朱穆傳》:"或時思至,不自知亡失衣冠,顛隊阮岸。"

[一〇]匹婦:指平民婦女。班彪《王命論》:"夫以匹婦之明,猶能推事理之致,探禍福之機,全宗祀於無窮,垂册書於春秋,而況大丈夫之事乎?"伊吕:商伊尹輔商湯,周吕尚佐周武王,皆有大功,後因並稱伊吕。泛指輔弼重臣。《漢書·刑法志》:"故伊吕之將,子孫有國,與商周並。"

[一一]鄉校:鄉學。《左傳·襄公三十一年》:"鄭人游于鄉校,以論執政。"杜預注:"鄉之學校。"里塾:舊時鄉里間私人設立的教學場所。五霸:即五伯。具體所指,説法不一。《吕氏春秋·季春紀·先己》:"五伯先事而後兵。"高誘注曰:"五伯:昆吾、大彭、豕韋、齊桓、晋文。"《吕氏春秋·仲冬紀·當務》:"備説非六王、五伯。"高誘注曰:"五伯,齊桓、晋文、宋襄、楚莊、秦繆也。"《荀子·王霸》:"雖在僻陋之國,威動天下,五伯是也。……故齊桓、晋文、楚莊、吳闔閭、越勾踐,是皆僻陋之國也。"《漢書·諸侯王表》:"故盛則周、邵相其治,致刑錯;衰則五伯扶其弱,與共守。"顏師古注:"伯讀曰霸。此五霸謂齊桓、宋襄、晋文、秦穆、吳夫差也。"

[一二]位:職位。阿衡:商代官名。師保之官。《尚書·太甲上》:"惟嗣王不惠于阿衡。"孔穎達疏:"伊尹,湯倚而取平,故以爲官名。"引申爲國家輔弼之任,宰相之職。《世説新語·政事》"丞相末年,略不復省事,正封籙諾之"劉孝標注引徐廣《歷紀》曰:"導阿衡三世,經綸夷險,政務寬恕,事從簡易,故垂遺愛之譽也。"地:封地。曲阜:周初周公旦封於曲阜。以城中有阜,委曲長七八里,故名。

[一三]慶賞:見《爲齊宣德皇后答梁王令》注[一三]。洽:周遍,廣博。班固《西都賦》:"元元本本,殫見洽聞。"

[一四]大寶:見《求薦士詔》注[三]。公器:指名位、爵禄等。《莊子·天運》:"名,公器也,不可多取。"郭象注:"夫名者,天下之所共用者也。"非要

非距,至公至平,當仁誰讓:言公器非人所可强求,亦非所可拒斥,如常言"天道不親,常與善人",授於仁者。要,求取。《孟子·告子上》:"今之人修其天爵以要人爵。"距,通"拒"。抗拒。《詩·大雅·皇矣》:"密人不恭,敢距大邦。"至公,見《爲褚諮議蓁讓代兄襲封表一》注[二一]。當仁誰讓,典出《論語·衛靈公》:"子曰:'當仁不讓於師。'"後泛指遇到應該做的事主動去做,絶不推諉。

明公宜祗奉天人,允膺大禮[一五],無使《後予之歌》,同彼胥怨[一六],兼濟之仁,飜爲獨善[一七]。

【箋　注】

[一五]祗奉:敬奉。《晋書·成帝紀》咸康八年詔:"以祗奉祖宗明祀,協和内外,允執其中。"允膺:猶承當。大禮:猶盛禮。莊嚴隆重的典禮。《禮記·樂記》:"大樂與天地同和,大禮與天地同節。"

[一六]《後予之歌》,同彼胥怨:《尚書·仲虺之誥》:"(湯)初征自葛,東征,西夷怨;南征,北狄怨。曰:'奚獨後予?'"胥怨,相怨。多指百姓對上的怨恨。《尚書·盤庚上》:"盤庚五遷,將治亳殷,民咨胥怨。"

[一七]兼濟之仁,飜爲獨善:《孟子·盡心上》:"士窮不失義,達不離道。窮不失義,故士得己焉;達不離道,故民不失望焉。古之人,得志,澤加於民;不得志,修身見於世。窮則獨善其身,達則兼善天下。"

府僚重請牋①

【題　解】

《文選》李善注引劉璠《梁典》曰:"帝詔授公梁公,加公九錫,公辭。於是左長史王瑩等勸進,公猶謙讓未之許,瑩等又牋,並任昉之辭也。帝,謂寶融也。"

近以朝命藴策②,冒奏丹誠[一],奉被還命③,未蒙虛受[二],搢紳顒顒,深所未達[三]。蓋聞受金於府,通人之弘致[四];高蹈海隅,匹夫之小節[五]。是以履乘石而周公不以爲疑,贈玉璜而太公不以爲讓④[六]。況世哲繼軌,先德在民[七];經綸草昧,欵深微管[八]。加以朱方之役,荆河是依[九],班師振旅,大造王室[一○],雖復累繭救宋⑤,重胝存楚⑥,居今觀古⑦,曾何足云[一一]。而惑甚盜鐘,功疑不賞^[一二]，皇天后土，不勝其酷^[一三]。是以玉馬駿奔，表微子之去^[一四]；《金版》出地，告龍逢之怨⑧^[一五]。明公據鞍輟哭⑨，屬三軍之志；獨居掩涕，激義士之心^[一六]。故能使海若登祇，罄圖效祉^[一七]，山戎孤竹，束馬景從，伐罪弔民，一匡靖亂⑩^[一八]，匪叨天功，實勤濡足^[一九]。且明公本自諸生，取樂名教^[二〇]，道風素論，坐鎮雅俗⑪^[二一]，不習《孫》《吳》，遘茲神武⑫^[二二]。驅盡誅之民⑬，濟必封之俗^[二三]，龜玉不毀，誰之功與^[二四]？獨爲君子⑭，將使伊周何地⑮^[二五]？某等不達通變，實有愚誠^[二六]，不任悾款，悉心重謁⑯^[二七]。伏願特膺典策⑰，式副民望^[二八]。

【校　記】

①府僚重請牋：《藝文類聚》與《全梁文》作“又牋”。《文選》作“百辟劝進今上牋”。李善注：“《史記》曰：司馬遷《自序》作《今上本紀》，然遷以漢武見在，故云今上也。”此時蕭衍尚未位登大寶，“今上”應是任昉家人編纂任昉集時所加。因此，此篇題目順承上篇，從信述堂本、張燮本與薈要本。

②策：《藝文類聚》作“崇”，張燮本與薈要本作“隆”。

③命：《藝文類聚》《梁書》與薈要本作“令”。

④贈：《藝文類聚》與《全梁文》作“增”。

⑤繭：《藝文類聚》、張燮本與薈要本作“跡”。

⑥眤：《藝文類聚》作“眠”，誤。

⑦居：明州本作“以”。

⑧怨：《梁書》作“冤”。

⑨輟：《藝文類聚》作“輒”。

⑩一匡：信述堂本、張燮本與薈要本作“匡時”，今從《藝文類聚》《文選》與《梁書》。

⑪鎮：信述堂本與薈要本作“振”，今據《文選》、《藝文類聚》、張燮本與《全梁文》改。

⑫遘：《藝文類聚》作“搆”。

⑬民：明州本、《藝文類聚》、《梁書》與《全梁文》作“氓”，李善本作“萌”。

⑭獨：明州本作“兒”。

⑮“使”上，《文選》無“將”字。《梁書》無“何地”以下文字。

⑯悉心：信述堂本、《藝文類聚》、張燮本與薈要本作“棘心”，《文選》作“悉心”。棘心，語出《詩·邶風·凱風》：“凱風自南，吹彼棘心。”朱熹集

傳："棘,小木,叢生多刺難長,而心又其稚弱而未成者也。……以凱風比母,棘心比子之幼時。"若用"棘心"喻府僚之心,似不恰,故據《文選》改。

⑰特:《文選》與《全梁文》作"時"。

【箋　注】

[一]朝命:天子之命。《史記·南越列傳》:"然南越其居國竊如故號名,其使天子,稱王朝命如諸侯。"蘊策:尊崇而加策命。蘊,《方言》:"崇也。"冒:侵犯,違犯。《漢書·禮樂志》:"習俗薄惡,民人抵冒。"丹誠:赤誠之心。《三國志·魏書·陳思王植傳》:"承答聖問,拾遺左右,乃臣丹誠之至願,不離於夢想者也。"

[二]還命:猶還旨。指天子對臣下意見的批示。虛受:虛心接受。《易·咸》:"山上有澤,咸。君子以虛受人。"孔穎達疏:"君子以虛受人者,君子法此《咸》卦,下山上澤,故能空虛其懷,不自有實,受納於物,無所棄遺。"

[三]搢紳:同"縉紳"。見《爲吏部謝表》注[七]。顒顒:期待盼望貌。《後漢書·朱儁傳》:"將軍君侯,既文且武,應運而出,凡百君子,靡不顒顒。"未達:《論語·鄉黨》:"康子饋藥,拜而受之,曰:'丘未達,不敢嘗。'"

[四]受金於府,通人之弘致:《呂氏春秋·先識覽·察微》:"魯國之法,魯人爲人臣妾於諸侯,有能贖者,取其金於府。子貢贖魯人於諸侯,來而讓不取其金。孔子曰:'賜失之矣。自今以往,魯人不贖人矣。取其金則無損於行,不取其金則不復贖人矣。'"高誘注:"《淮南記》曰:'子貢讓而止善。'此之謂也。"通人,學識淵博通達的人。《莊子·秋水》:"當桀紂而天下無通人,非知失也。"弘致,大義。

[五]高蹈海隅:《莊子·讓王》:"舜以天下讓其友石户之農,石户之農曰:'捲捲乎,后之爲人,葆力之士也。'以舜之德爲未至也。於是夫負妻戴,攜子以入於海,終身不反也。"高蹈,指隱居。鍾會《檄蜀文》:"誠能深鑒成敗,邈然高蹈,投迹微子之蹤,措身陳平之軌,則福同古人,慶流來裔,百姓士民,安堵樂業。"匹夫:獨夫。多指有勇無謀的人,含輕蔑意味。荀攸《勸進魏公》:"信匹夫之細行,攸等所大懼也。"小節:瑣細微末的操守。《荀子·王制》:"大節是也,小節是也,上君也。大節是也,小節一出焉,一入焉,中君也。大節非也,小節雖是也,吾無觀其餘矣。"

[六]履乘石而周公不以爲疑:《淮南子·齊俗訓》:"武王既没,殷民叛之,周公踐東宮,履乘石,攝天子之位,負扆而朝諸侯,放蔡叔,誅管叔,克殷殘商,祀文王于明堂,七年而致政成王。夫武王先武而後文,非意變也,以應

時也;周公放兄誅弟,非不仁也,以匡亂也。故事周於世則功成,務合於時則名立。"履乘石,高誘注:"人君升車有乘石也。"不以爲疑,《文選》呂向注:"不疑者,蓋爲天下,非爲己也。"贈玉璜而太公不以爲讓:《竹書紀年》卷下:"至于磻溪之水,吕尚釣於涯。王下趨拜曰:'望公七年,乃今見光景于斯。'尚立變名,答曰:'望釣得玉璜,其文要曰:姬受命,昌來提,撰爾洛鈐報在齊。'"不以爲讓,《文選》呂向注:"不讓者,既功得之,又天命也。"

[七]世哲:《詩·大雅·下武》:"下武維周,世有哲王。"李周翰注:"謂高祖父順之爲齊侍中,兄懿監郢州。"繼軌:謂接繼前人之軌迹。《文選》李善注引《晉中興書》曰:"王綏八世,德名繼軌。"李康《運命論》:"前監不遠,覆車繼軌。"先德在民:《左傳·襄公十四年》:"武子之德在民,如周人之思召公焉。"先德,謂治民之道,以德爲先。《管子·小問》:"桓公曰:'善哉!牧民何先?'管子對曰:'有時先事,有時先政,有時先德,有時先怒。'"

[八]經綸:見《封臨川安興建安等五王詔》注[一二]。草昧:見《爲武帝初封功臣詔》注[一]。歎深微管:見《爲武帝追封丞相長沙王詔》注[三]。

[九]朱方之役:李善注引劉璠《梁典》曰:"蕭順之生高帝及兄懿,懿爲豫州刺史,鎮歷陽。護軍將軍崔慧景反,破左興衆十萬於鍾山,宮城拒守。豫州聞難,投袂而起,戰於越,城破,慧景走,追斬之。除侍中,遷尚書令。"朱方,見《追封衡陽王桂陽王詔》注[三]。荊河:代指蕭懿。《尚書·禹貢》:"荊河惟豫州。"是依:《左傳·哀公二十七》:"我周之東遷,晋鄭是依。"

[一〇]班師振旅:《尚書·大禹謨》:"禹拜昌言,曰:'俞!班師振旅。'"孔安國傳:"遂還師。兵入曰振旅,言整衆。"班師,調回軍隊,也指軍隊凱旋。振旅,整隊班師。《詩·小雅·采芑》:"伐鼓淵淵,振旅闐闐。"毛傳:"入曰振旅。"孔穎達疏引孫炎曰:"出則幼賤在前,貴勇力也;入則尊老在前,復常法也。"大造:大功勞,大恩德。《左傳·成公十三年》:"文公恐懼,綏靜諸侯,秦師克還無害,則是我有大造于西也。"王室:指齊室。

[一一]累繭救宋:《戰國策·宋衛》:"公輸般爲楚設機,將以攻宋。墨子聞之,百舍重繭,往見公輸般,謂之曰:'吾自宋聞子。吾欲藉子殺王。'公輸般曰:'吾義固不殺王。'墨子曰:'聞公爲雲梯,將以攻宋。宋何罪之有?義不殺王而攻國,是不殺少而殺衆。敢問攻宋何義也?'公輸般服焉,請見之王。……王曰:'善哉!請無攻宋。'"高誘注曰:"重繭,累胝也。"胝,音之。手腳掌上的厚皮。重胝存楚:《淮南子·修務訓》:"(申包胥)乃贏糧跣走,跋涉谷行,上峭山,赴深谿,游川水,犯津關,躐蒙籠,屨沙石,蹠達膝,曾

繭重胝，七日七夜至於秦庭。鶴跱而不食，晝吟宵哭，面若死灰，顔色黴黑，涕液交集，以見秦王，曰：'吳爲封豨脩蛇，蠶食上國，虐始於楚。寡君失社稷，越在草茅，百姓離散，夫婦男女，不遑啓處，使下臣告急。'秦王乃發車千乘，步卒七萬，屬之子虎，踰塞而東，擊吳濁水之上，果大破之，以存楚國。"重胝：指手脚掌上的層層厚繭。居今觀古，曾何足云：《文選》李周翰注："以懿觀之，墨翟、申包不足云也。"

　　[一二]惑其盜鐘：鐘，同"鍾"。《呂氏春秋·不苟論·自知》："范氏之亡也，百姓有得鍾者，欲負而走，則鍾大不可負，以椎毁之，鍾況然有音，恐人聞之而奪己也，遽揜其耳。惡人聞之，可也；惡己自聞之，悖矣。"功疑不賞：《史記·淮陰侯列傳》："臣聞勇略震主者身危，而功蓋天下者不賞。""惑甚"二句，《文選》呂延濟注："言東昏侯欲掩己，言無德也。而不能賞懿之功，歸政閹豎，而鴆殺懿也。"李善注引劉璠《梁典》曰："東昏荒淫，歸政閹豎。尚書令懿於中書省飲鴆薨。"《梁書·長沙嗣王業傳》："時東昏肆虐，茹法珍、王咺之等執政，宿臣舊將，並見誅夷，懿既立元勳，獨居朝右，深爲法珍等所憚，乃説東昏曰：'懿將行隆昌故事，陛下命在晷刻。'東昏信之，將加酷害，而懿所親知之，密具舟江渚，勸令西奔。懿曰：'古皆有死，豈有叛走尚書令耶？'遂遇禍。"

　　[一三]皇天后土：謂天神地祇。《尚書·武成》："底商之罪，告于皇天后土，所過名山大川。"酷：痛。

　　[一四]玉馬駿奔，表微子之去：《文選》李善注："《論語比考讖》曰：殷感妲己，玉馬走。宋均曰：女妲己，有美色也。玉馬，喻賢臣奔去也。"《尚書·微子》："殷既錯天命，微子作誥父師、少師。"孔安國傳："告二師而去紂。"又曰："微，圻內國名。子，爵。爲紂卿士，去無道。"

　　[一五]《金版》出地，告龍逢之怨：《文選》李善注："《論語陰嬉讖》曰：庚子之旦，金版剋書出地庭中，曰：臣族虐王禽。宋均曰：謂殺關龍之後，庚子旦，庭中地有此版異也。龍同姓，稱族，王虐殺我，必見擒也。"龍逢，《莊子·胠篋》："昔者龍逢斬，比干剖。"成玄英疏："龍逢姓關，夏桀之賢臣，爲桀所殺。"

　　[一六]據鞍輟哭，屬三軍之志；獨居掩涕，激義士之心：《三國志·吳書·張昭傳》："(孫)策臨亡，以弟權託昭，昭率群僚立而輔之。……權悲感未視事，昭謂權曰：'夫爲人後者，貴能負荷先軌，克昌堂構，以成勳業也。方今天下鼎沸，群盜滿山，孝廉何得寢伏哀戚，肆匹夫之情哉？'乃身自扶權上馬，陳兵而出，然後衆心知有所歸。"《後漢書·馮異傳》："自伯升之敗，光武不敢顯其悲戚，每獨居，輒不御酒肉，枕席有涕泣處。"按：伯升，光武帝劉

秀兄縯，與劉秀一同起兵，被更始帝受譖殺死。劉秀稱帝後，追謚爲齊武王。《文選》李善注引《晉中興書》曰：“劉胤謂邵續曰：莫若亢大順以激義士之心，奉忠正以厲軍民之志。”“據鞍”四句，《文選》吕向注：“言高祖於兄如此二主，三軍義士爲之激厲也。”明公，見《上蕭太傅固辭奪禮啓》注[一三]。據鞍，跨著馬鞍。借指行軍作戰。《後漢書·馬援傳》：“援自請曰：‘臣尚能被甲上馬。’帝令試之。援據鞍顧眄，以示可用。”輟哭，袁宏《三國名臣序贊》：“子布佐策，致延譽之美，輟哭止哀，有翼戴之功。”輟，止。厲，激勵。獨居，單獨居住。《孟子·滕文公上》：“子貢反，築室於場，獨居三年，然後歸。”掩涕，掩面流淚。《楚辭·離騷》：“長太息以掩涕兮，哀民生之多艱。”義士，見《奏彈劉整》注[四]。

[一七]海若：《楚辭·遠游》：“使湘靈鼓瑟兮，令海若舞馮夷。”王逸注：“海若，海神名也。”登祇：登山之神。《管子·小問》：“管仲對曰：‘臣聞登山之神，有俞兒者，長尺而人物具焉。霸王之君興而登山，神見，且走馬前疾，道也。’”罄：盡。効：同“效”。致。祉：福。“海若”二句，《文選》李周翰注：“山海之神罄盡而效其福祉。”

[一八]山戎孤竹，束馬景從：《漢書·郊祀志上》：“（齊）桓公曰：‘寡人北伐山戎，過孤竹；西伐，束馬懸車，上卑耳之山。’”山戎，古代北方民族名，又稱北戎，匈奴的一支。後亦爲北方少數民族的泛稱。孤竹：商周時國名。束馬，韋昭曰：“將上山，纏束其馬也。”景從：如影隨形。比喻追隨之緊或趨從之盛。景，通“影”。賈誼《過秦論》：“天下雲會而響應，贏糧而景從。”伐罪弔民：《孟子·滕文公下》：“湯始征自葛，誅其君，弔其民。”伐罪，謂討伐有罪的君主。弔民，撫慰受難的百姓。一匡：見《爲齊明帝讓宣城郡公表》注[三三]。靖亂：平定變亂。《左傳·僖公九年》：“君務靖亂，無勤於行。”“山戎”四句，《文選》劉良注：“言高祖征伐之事而類於此。”

[一九]匪叨天功：見《爲范尚書讓吏部封侯表》注[二五]。寔勤濡足：《韓詩外傳》卷一第二十六章：“申徒狄非其世，將自投於河。崔嘉聞而止之曰：‘吾聞聖人仁士之於天地之間也，民之父母也，今爲濡足之故，不救溺人，可乎？’申徒狄曰：‘不然。昔桀殺關龍逢，紂殺王子比干，而亡天下。吳殺子胥，陳殺泄冶，而滅其國。故亡國殘家，非無聖智也，不用故也。’遂抱石而沉於河。君子聞之曰：‘廉矣。如仁與智，則吾未之見也。’”濡足，被水打濕雙脚。“匪叨”二句，《文選》張銑注：“言高祖寔同天功，非竊叨而得；爲天下父母，濡足以救於人也。”

[二〇]諸生：見《爲范尚書讓吏部封侯表》注[五八]。取樂：張衡《西京賦》：“取樂今日，遑恤我後。”名教：見《爲范始興求爲太宰立碑表》注

［三七］。

　　［二一］道風：見《爲范尚書讓吏部封侯表》注［六〇］。素論：猶高論。《文選》李善注引王隱《晋書》曰：“劉琨表曰：李術以素論門望，不可與樵采同日也。”坐鎮雅俗：見《爲蕭揚州作薦士表》注［三四］。

　　［二二］不習《孫》《吳》，邁兹神武：曹植《上疏陳審舉之義》：“臣生乎亂，長乎軍，又數承教於武皇帝，伏見行師用兵之要，不必取《孫》《吳》而闇與之合。”《孫》《吳》：《孫子兵法》與《吳子》。邁：成。神武：見《禪梁璽書》注［三八］。

　　［二三］驅盡誅之民，濟必封之俗：見《梁國府僚勸進牋》注［六］。《文選》張銑注：“言變風俗若此。”濟，成也。

　　［二四］龜玉不毀，誰之功與：《文選》吕向注：“言高祖之功也。”《論語·季氏》：“季氏將伐顓臾，冉有、季路見於孔子，曰：‘季氏將有事於顓臾。’孔子曰：‘……虎兕出於柙，龜玉毀於櫝中，是誰之過與？’”龜玉，見《爲武帝追封丞相長沙王詔》注［五］。

　　［二五］獨爲君子：義同“獨善其身”。謝承《後漢書·王暢傳》：“（劉）表時年十七，進諫曰：‘奢不僭上，儉不逼下，蓋中庸之道。是故蘧伯玉恥獨爲君子。’”伊周：見《到大司馬記室牋》注［一三］。何地：謂何地自處。

　　［二六］不達：不明白，不通達。《尹文子·大道下》：“貧則怨人，賤則怨時……是不達之過。”通變：通曉變化之理。《易·繫辭上》：“極數知來之謂占，通變之謂事。”孔穎達疏：“物之窮極，欲使開通，須知其變化，乃得通也。”愚誠：見《爲褚諮議蓁讓代兄襲封表》注［一四］。

　　［二七］不任：見《爲范尚書讓吏部封侯表》注［七五］。悾欵：誠懇。欵，同“款”。《晋書·傅玄傳附子咸》：“咸言於（楊）駿曰：‘……苟明公有以察其悾款，言豈在多。’”悉心：盡心，全心。《韓非子·外儲説左下》：“陽虎議曰：‘主賢明則悉心以事之，不肖則飾姦而試之。’”謁：請求。《左傳·昭公十六年》：“宣子有環，其一在鄭商。宣子謁諸鄭伯，子産弗與。”

　　［二八］伏願：見《爲褚諮議蓁讓代兄襲封表二》注［二四］。典策：同“典冊”。見《到大司馬記室牋》注［一］。民望：民衆的希望、心願。《左傳·襄公十四年》記師曠謂晋侯曰：“夫君，神之主而民之望也。”

爲庾杲之與劉居士虯書

【題　解】

《南齊書·高逸傳·劉虯》：“永明三年，刺史廬陵王子卿表虯及同郡宗測、宗尚之、庾易、劉昭五人,請加蒲車束帛之命。詔徵爲通直郎,不就。竟陵王子良致書通意。虯答曰:'虯四節臥病,三時營灌,暢餘陰於山澤,託暮情於魚鳥,寧非唐、虞重恩,周、邵宏施? 虯進不研機入玄,無洙泗稷館之辯;退不凝心出累,非塚間樹下之節。遠澤既灑,仁規先著。謹收樵牧之嫌,敬加軾廬之義。'"子良致書劉虯不果,讓時任尚書吏部郎、參大選事的庾杲之修書敦請。任昉代作此書。按:文中稱子良"司徒竟陵王",子良永明二年(四八四)入爲護軍將軍,兼司徒;五年(四八七),正位司徒。文中"君王卜居郊郭",指永明五年子良移居雞籠山邸。因此,此書作於永明五年。

　　庾杲之:字景行,新野人。幼年有孝行。官尚書駕部郎、尚書左丞、王儉衛軍長史,生活清貧,時人稱其如"綠水芙蕖""蓮花幕"。官至太子右衛率。《南齊書》卷三十四有傳。

　　劉居士虯:字靈預,南陽涅陽人也。著名隱士,多次不應征辟。劉虯精信釋氏,衣粗布衣,禮佛長齋。注《法華經》,自講佛義。建武二年(四九五)卒。《南齊書》卷五十四有傳。

　　按:此文載於《藝文類聚》,又載於《廣弘明集》卷一九,題爲"爲竟陵王致書劉隱士",然署名"庾杲之",應爲釋道宣編選時望文而定。故仍從《藝文類聚》,繫於任昉名下。

　　　　自別荊南,迄將二紀[一],杲之牽滯形有,推遷物役①[二],丈人没志外身,超然獨善[三],雖心路咫尺②,而事阻山河[四]。

【校　記】
①役:《藝文類聚》作"保",誤。
②路:信述堂本、張燮本與薈要本作"懸"。心路咫尺,謂庾杲之與劉虯心意相通。故據《藝文類聚》與《全梁文》改。

【箋　注】
　　[一]荊南:荊州南部地區。亦泛指南方。《文選》陸機《辯亡論上》:"吳武烈皇帝慷慨下國,電發荊南。"張銑注:"堅起兵於荊州,故云荊南也。"迄:至。《詩·大雅·生民》:"庶無罪悔,以迄于今。"紀:歲星(木星)繞地球一周約需十二年,故古稱十二年爲一紀。《國語·晉語四》:"文公在狄十二年,狐偃曰:'……蓄力一紀,可以遠矣。'"韋昭注:"十二年,歲星一周爲一紀。"

　　[二]牽滯:羈留。鮑照《吳興黄浦亭庾中郎別詩》:"役人多牽滯,顧路

憩奮飛。"形有:指有形之物。江淹《清思詩》之一:"情理儻可論,形有焉足識?"推遷:推移,變遷。陶潛《榮木詩序》:"日月推遷,已復九夏。總角聞道,白首無成。"物役:爲外物所役使。《荀子·正名》:"夫是之謂以己爲物役矣。"楊倞注:"己爲物之役使。"

[三]丈人:古時對老人的尊稱。《易·師》:"貞,丈人,吉,無咎。"孔穎達疏:"丈人,謂嚴莊尊重之人。"没志:蕭綱《七勵》:"寂鏡公子曰:'蓋聞智者不懷道没志,遺俗埋名。'"外身:置身世外。超然:離世脱俗貌。《老子》二十六章:"雖有榮觀,燕處超然。"獨善:見《梁國府僚勸進牋》注[一七]。

[四]心路:猶心意,思想。江淹《蕭驃騎讓油幢表》:"浮禄素位,方疚心路。"咫尺:形容距離近。《左傳·僖公九年》:"天威不違顏咫尺。"事阻山河:指路途遥遠,二人難以會面。

　　悠悠白雲,依然有道[五],金涼仵運,想恒納宜[六],冲明在襟,履候無爽[七],體道爲用,蹈理則和[八]。呆之牽綴疲朽,愧心已多[九],訪德則山林窅然,觀道則風雲自遠[一〇],歲暮之期,指塗衡岳[一一],神虚氣戀③,無待怡和[一二],江湖相望,安事行李[一三]。

【校　記】
③神虚氣戀:薈要本作"神氣虚戀"。

【箋　注】
[五]依然:依舊。《大戴禮記·盛德》:"故今之人稱五帝三王者,依然若猶存者,其法誠德,其德誠厚。"有道:有才藝或有道德。《周禮·春官·大司樂》:"凡有道者,有德者,使教焉。"鄭玄注:"道,多才藝者。"舊時書信中常用作對人的敬稱。

[六]金涼:秋天之涼爽。涼,同"涼"。金,五行之一,於位爲西,於時爲秋,故言金天、金風。仵運:使日月停止運轉。納宜:猶納福。多用爲書信中祝人安健之辭。

[七]冲明在襟:指胸襟澹遠。冲明,冲淡清明。冲,同"沖"。履候:順應時序變化。

[八]體道:體悟大道,躬行正道。《韓非子·解老》:"夫能有其國保其身者,必且體道。"陳奇猷集釋:"體亦履也。"蹈理:猶"蹈道"。《春秋穀梁傳·隱公元年》:"若隱者,可謂輕千乘之國,蹈道則未也。"蹈,踐行,實行。

[九]牽綴:猶牽制。謂綴其後使不得自由行動。《三國志·吴書·周

魴傳》:“如使石陽及青、徐諸軍首尾相銜,牽綴往兵,使不得速退者,則善之善也。”疲朽:老朽。傅亮《逢迎大駕道路賦詩》:“撫躬愧疲朽,三省慙爵浮。”愧心:羞慙之心。《左傳·昭公二十年》:“其祝史薦信,無愧心矣。”

[一〇]訪德:探望有德之人。江淹《蕭相國拜齊王表》:“臣訪德諮勤,未泊伊稷之能;藉靈懷寵,以濫周邵之秩。”杳然:深遠貌。《莊子·知北游》:“夫道杳然難言哉,將爲汝言其崖略。”觀道:觀法之道。《宋書·隱逸傳·宗炳》:“(宗炳)好山水,愛遠游,西涉荆、巫,南登衡岳,因而結宇衡山,欲懷尚平之志。有疾還江陵,歎曰:‘老疾俱至,名山恐難徧覩,唯當澄懷觀道,卧以游之。’”

[一一]歲暮:喻人的晚年。《漢書·劉向傳》:“今(周)堪年衰歲暮,恐不得自信。”指塗:即指途。謂就道上路。陸機《贈弟士龍》詩:“指途悲有餘,臨觴歡不足。”衡岳:南岳衡山。左思《吳都賦》:“指衡岳以鎮野,目龍川而帶坰。”

[一二]神虛:謂心神清虛。嵇康《釋私論》:“夫氣靜神虛者,心不存乎矜尚;體亮心達者,情不繫於所欲。”氣懋:氣盛。懋,通“茂”。見《爲蕭揚州作薦士表》注[一七]。怡和:謂風日和美。

[一三]江湖相望:《莊子·大宗師》:“泉涸,魚相與處於陸,相呴以濕,相濡以沫,不如相忘於江湖。”行李:出行所帶的物品。《左傳·僖公三十年》:“若舍鄭以爲東道主,行李之往來,共其困乏,君亦無所害。”

　　司徒竟陵王,懋於神者,言象所絶[一四];接乎士者④,退邇所宗[一五]。鍾石非禮樂之本,纓褐豈朝埜之謂[一六]。想闇投之懷,不以形骸爲阻⑤[一七]。一日通籍梁邸,親奉話言[一八],夢想清塵,爲歲已積[一九]。以丈人非羔鴈所榮,故息蒲帛之典⑥[二〇],勝寄冥通⑦,諒有風期之遲[二一]。

【校　記】
④士:信述堂本、張爕本與薈要本作“事”。今據《藝文類聚》改。
⑤骸:《藝文類聚》與《全梁文》作“體”。
⑥帛:《藝文類聚》與《全梁文》作“幣”。古時以束帛爲祭祀或贈送賓客的禮物,曰幣。後來稱其他聘享的禮物,如車馬玉帛等,亦曰“幣”。因此,“蒲幣”亦通。
⑦通:《藝文類聚》與《全梁文》作“運”。

【箋　注】

[一四]司徒:見《爲褚諮議蓁讓代兄襲封表一》注[一]。懋:大,盛大。《尚書·大禹謨》:"予懋乃德,嘉乃丕績。"言象所絶:謝赫《古畫品録》:"窮理盡性,事絶言象。"言象,見《答陸倕〈感知己賦〉》注[三四]。

[一五]接士:接待或接納有才有德之人。《後漢書·孔融傳》:"時河南尹李膺以簡重自居,不妄接士賓客。"遐邇所宗:《漢書·韋玄成傳》:"天子穆穆,是宗是師,四方遐爾,觀國之輝。"

[一六]鍾石非禮樂之本:鍾,同"鐘"。《論語·陽貨》:"子曰:'禮云禮云,玉帛云乎哉? 樂云樂云,鐘鼓云乎哉?'"馬融曰:"樂之所貴者,移風易俗也,非謂鐘鼓而已。"鍾石,鐘磬。《韓非子·説疑》:"不安子女之樂,不聽鐘石之聲。"纓褐豈朝埜之謂:不能簡單地以戴官帽、穿布衣而稱之爲在朝、在野。纓,帽帶,指出仕爲官。褐,布衣,指出世在野。"鍾石"二句,意謂只要心懷淡遠,在朝在野都是一樣。猶如禮樂不在鍾石、在朝在野不在衣服冠冕,而皆在一心。

[一七]闇投:《文選》郭璞《游仙詩》其五:"珪璋雖特達,明月難闇投。"李善注:"珪璋、明月,皆喻仙也。言珪璋雖有特達之美,而明月皆喻難闇投,以喻仙者雖有超俗之譽,非無捕影之譏。"吕延濟注:"珪璋、明月,雖寶也,以闇投人,必恐懼不受。今以仙道示俗,亦猶此也。"結合詩句與李善、吕延濟二家注,此處"闇投之懷",任昉似僅取"以仙道示俗"之意,因此接下來云"不以形骸爲阻",即不受形體所處之限制。形骸,形體。《莊子·天地》:"汝方將忘汝神氣,墮汝形骸,而庶幾乎!"

[一八]通籍:謂記名於門籍,可以進出宮門。《漢書·元帝紀》"得爲大父母父母兄弟通籍"顏師古注引應劭曰:"籍者,爲二尺竹牒,記其年紀名字物色,縣之宮門,案省相應,乃得入也。"梁邸:漢梁孝王喜構築,其府第見稱於世,後因以"梁邸"代指王侯的豪華宮室。此處指竟陵王蕭子良府。謝朓《酬德賦》:"龍樓儼而洞開,梁邸焕其重複。"話言:美善之言,有道理的話。《詩·大雅·抑》:"其維哲人,告之話言,順德之行。"毛傳:"話言,古之善言也。"

[一九]清塵:見《爲武帝追封永陽王詔》注[三]。爲歲已積:指二人分別已有年頭。

[二〇]丈人:見注[三]。羔鴈:小羊和鴈。古代卿大夫相見時所執的禮品。《禮記·曲禮下》:"凡贄,天子鬯,諸侯圭,卿羔,士大夫鴈。"後用作徵聘的禮物。《後漢書·陳紀傳》:"父子並著高名,時號三君。每宰府辟召,常同時旌命,羔鴈成群,當世者靡不榮之。"蒲帛:蒲車與束帛。古代作

爲徵召賢者之禮。《史記・平津侯主父列傳》:“始以蒲輪迎枚生,見主父而歡息。”《漢書・武帝紀》:“遣使者安車蒲輪,束帛加璧,徵魯申公。”顏師古注:“以蒲裹輪,取其安也。”《文選》桓溫《薦譙元彦表》“若秀蒙蒲帛之徵”吕延濟注:“古之徵賢者,皆以束帛之禮、蒲裹車輪而徵之。”

[二一]勝寄:王融《爲竟陵王與隱士劉虬書》:“可以招往隱淪,栖集勝寄。”冥通:感通神明。風期:猶風信。信息,消息。

　　　君王卜居郊郭,縈帶川阜⑧[二二],顯不狥功⑨,晦不摽迹[二三],從容乎人野之間,以窮二者之致[二四]。且弘護爲心,廣孚真俗⑩[二五],思闚繫表,共剖衆妙[二六]。比日式筵山阿⑪,虚館川涘⑫[二七],實望賁然,少誃側遲[二八]。昔東平樂善,旌君大於東閣[二九];今王愛素,致吾子於西山,豈不盛歟[三〇]!

【校　記】

⑧縈:《藝文類聚》作“榮”。誤。

⑨狥:信述堂本、張燮本、薈要本與《廣弘明集》作“狥”;《藝文類聚》與《全梁文》作“絢”,非。摽:信述堂本、張燮本、《廣弘明集》與《藝文類聚》作“摽”,薈要本作“標”。

⑩孚:《廣弘明集》作“敷”。

⑪“式”上,《廣弘明集》無“比日”字。

⑫共剖衆妙,比日式筵山阿,虚館川涘:《藝文類聚》與《全梁文》作“共剖衆心,妙域筵山河,虚館帶川涘”。亦通。

【箋　注】

[二二]君王:指竟陵王蕭子良。卜居:用占卜選擇定居之地。《史記・周本紀》:“成王使召公卜居,居九鼎焉。”後泛指擇地定居。《藝文類聚》卷六十四引蕭子良《行宅》詩:“訪宇北山阿,卜居西野外。”蕭子良於雞籠山築西邸,廣招文士。郊郭:城外,郊外。謝靈運《山居賦》:“在郊郭曰城傍。”縈帶:環繞。酈道元《水經注・汾水》:“數十里間道險隘,水左右悉結,偏梁閣道,累石就路,縈帶巖側。”川阜:猶山川。

[二三]顯不狥功,晦不摽迹:言蕭子良移居西邸,顯揚但不宣示功績,隱居而非完全抛却人間蹤迹。狥功,《御定淵鑒類函》卷一百二十五《論政三》引王粲《務本論》曰:“吏不狥功,民不私力。”狥,通“徇”。向衆宣示。摽,音彪。棄。

[二四]從容:悠閒舒緩,不慌不忙。《尚書·君陳》:"寬而有制,從容以和。"人野:懂禮義的人和愚昧無知的人。

[二五]弘護:弘揚護持。廣孚真俗:意謂獲得出世者與入世者的廣泛信任。真俗,佛教語。因緣所生之事理曰俗,不生不滅之理性曰真;出世爲真,入世曰俗,即出家在家之意。

[二六]繫表:謂言辭之外。楊慎《丹鉛雜録·繫表》:"繫表二字,人多不解所出。按《晉春秋》荀粲曰:'立象以盡意,非通乎象外者也;繫辭以盡言,非言乎繫表者也。象外之意,繫表之言,固蘊而不出矣。'"衆妙:一切深奥玄妙的道理。《老子》:"玄之又玄,衆妙之門。""弘護"四句,言蕭子良在西邸所舉行的與佛教有關的行爲。《南齊書·武十七王傳·竟陵文宣王子良》:"移居雞籠山邸……招致名僧,講語佛法,造經唄新聲,道俗之盛,江左未有也。"可與此四句相印證。

[二七]比日:指連日,没有間斷。干寶《搜神記》卷二"夏侯弘"條:"弘曰:'今欲何行?'鬼曰:'當至荆、揚二州。'爾時比日行心腹病,無有不死者。"式筵:擺設宴席。式,發語詞。山阿:山中曲處。《楚辭·九歌·山鬼》:"若有人兮山之阿,被薜荔兮帶女蘿。"虚館:空著館舍等待。謂禮賢。《三國志·魏書·管寧傳》:"天下大亂,聞公孫度令行於海外,遂與(邴)原及平原王烈等至于遼東。度虚館以候之。"川涘:水邊。

[二八]實望:猶滿目。賁然:《詩·小雅·白駒》:"皎皎白駒,賁然來思。"朱熹集傳:"賁然……或以爲來之疾也。"詶:通"酬"。酬答。側遲:側身等待。謂企望。

[二九]東平樂善,旌君大於東閣:《後漢書·周黄徐姜申屠傳》:"(閔)仲叔同郡荀恁,字君大,少亦修清節。資財千萬,父越卒,悉散與九族。隱居山澤,以求厥志。王莽末,匈奴寇其本縣廣武,聞恁名節,相約不入荀氏閭。光武徵,以病不至。永平初,東平王蒼爲驃騎將軍,開東閣延賢俊,辟而應焉。及後朝會,顯宗戲之曰:'先帝徵君不至,驃騎辟君而來,何也?'對曰:'先帝秉德以惠下,故臣可得不來。驃騎執法以檢下,故臣不敢不至。'後月餘,罷歸,卒於家。"樂善:《史記·樂書論》:"聞徵音,使人樂善而好施。"

[三〇]今王:指竟陵王蕭子良。愛素:愛好樸質。《宋書·隱逸傳·王弘之》:"(謝)靈運與廬陵王義真牋曰:'……殿下愛素好古,常若布衣。'"吾子:對對方的敬愛之稱,一般用於男子之間。《左傳·隱公三年》:"吾子其無廢先君之功。"西山:雞籠山。

百齡飄驟,凝滯自物[三一],千載一期⑬,爲仁由己[三二]。且零雪戒塗⑭,非滅迹之郊[三三];鴻鐘在御,豈銷聲之道[三四]?已摽異人之迹,故有同物之勞[三五]。夫山水無情,應之以會[三六];愛閒在我,觸目蕭條。衡岳何親?鍾嶺何薄[三七]?想弘思有在,不俟繁言[三八]。

【校　記】

⑬期:《藝文類聚》與《全梁文》作"朝"。

⑭零雪,《藝文類聚》與《全梁文》作"淩雪",冰雪之意。《廣弘明集》作"陵雪",非。

【箋　注】

[三一]百齡:猶百歲。指人的一生。蔡邕《翠鳥詩》:"馴心託君素,雌雄保百齡。"飄驟:暴風驟雨。《素問·五常政大論》:"其變震驚,飄驟崩潰。"王冰注:"飄驟,暴風雨至也。"范縝《神滅論》:"欻而生者,飄驟是也。"百齡飄驟,言人的一生猶如暴風驟雨,來去迅速。凝滯:拘泥,粘滯,停止流動。《楚辭·漁父》:"聖人不凝滯於物,而能與世推移。"自物:自役於物。

[三二]爲仁由己:《論語·顏淵》:"克己復禮爲仁。一日克己復禮,天下歸仁焉。爲仁由己,而由人乎哉?"

[三三]零雪:徐雪。斷續不止之雪。戒塗:出發,准備上路。陸機《與弟清河雲詩》:"出車戒塗,言告言歸。"滅迹:從世俗社會中消失行迹。謂退隱。曹植《潛志賦》:"退隱身以滅迹,進出世而取榮。"

[三四]鴻鐘:即洪鐘,大鐘。《漢書·揚雄傳》:"撞鴻鐘,建九旒。"御:使用,應用。銷聲:隱匿聲名,隱姓埋名。《晋書·儒林傳論》:"文博之漱流枕石,鏟迹銷聲……通儒之高尚者也。"

[三五]"已摽"二句,意謂已顯示自己非尋常之人,就會思慮萬物本同,一思慮,也就有了心之勞累。摽,古同"標"。表明、顯示。同物之勞:語本陶潛《讀山海經十三首》其十:"同物既無慮,化去不復悔。"任昉此處反用其意。

[三六]山水無情,應之以會:言山水本身並無情意,人憑藉領悟對之產生感應。

[三七]"愛閒"四句:意謂只要我性愛閑素,觸目所及,皆是深靜之境。既然這樣,衡山、鍾山也就無所謂親近疏薄。閒,同"閑"。觸目,見《爲武帝追封丞相長沙王詔》注[七]。蕭條:寂寥,深靜。《楚辭·遠游》:"山蕭條而無獸兮,野寂漠其無人。"衡岳:見注[一一]。鍾嶺:鍾山。

［三八］弘思：《晋書·殷浩傳》：“足下弘思之，静算之，亦將有以深鑒可否？”不俟：見《賦體》注［一］。繁言：多言。《鬼谷子·權篇》：“故繁言而不亂，翱翔而不迷，變易而不危者，觀要得理。”

答 何 胤 書

【題　解】

張燮本亦作“答何胤書”，且注云：“舊作昉爲昭明答胤，非也。昭明自有與胤書，此應是昉自答。”《藝文類聚》與《全梁文》作“爲昭明太子答何胤書”。《梁書·處士傳·何胤》：“昭明太子欽其德，遣舍人何思澄致手令以褒美之。”《梁書·文學傳下·何思澄》：“天監十五年，敕太子詹事徐勉舉學士入華林撰《徧略》，勉舉思澄等五人以應選。遷治書侍御史。……久之，遷秣陵令，入兼東宮通事舍人。除安西湘東王録事參軍，兼舍人如故。”何思澄任東宮舍人在天監十五年（五一六）後，此時任昉早已過世，不可能爲昭明太子作書。《梁書·處士傳·何胤》：高祖踐阼，詔爲特進、右光禄大夫。並與手敕。胤不應召。又有敕給白衣尚書禄，胤固辭。又敕山陰庫錢月給五萬，胤又不受。於是遣何子朗、孔壽等六人於東山受學。如果梁武帝見何胤屢不承命，示意臣下以昭明太子之名致書何胤，然此時昭明尚爲幼兒，故不具此可能。由任昉書中“得書，知便遠追疎、董，超然高蹈”云云推斷，此書作於聞聽何胤離朝隱遁之後。據《南齊書》《梁書》相關記載，何胤隱遁於建武四年（四九七），此後一直未仕。何胤爲鬱林王皇后何婧英從叔，頗受鬱林王親近，甚至欲利用他誅除蕭鸞，何胤膽懼，不敢當任。《南齊書·鬱林王紀》：“中書令何胤以皇后從叔見親，使直殿省，嘗隨后呼胤爲三父，與胤謀誅高宗，令胤受事，胤不敢當，依違杜諫，帝意復止。”同書《高逸傳·何胤》：“隆昌中，爲中書令，以皇后從叔見親寵。”《梁書》本傳：“鬱林嗣位，胤爲后族，甚見親待。”蕭鸞即位後，本有隱遁之心的何胤引身而退。《南齊書》本傳：“建武四年，爲散騎常侍、巴陵王師。聞吳興太守謝朏致仕，於是奉表不待報而去，隱會稽山。上大怒，令有司彈胤，然發優詔焉。”《梁書》本傳記載與此同。此次隱退後，東昏侯永元二年（五〇〇），徵散騎常侍、太常卿、太子詹事，並不就。蕭衍開霸府及踐祚後，屢次徵辟，皆不就。據上論述，此書乃任昉建武四年（四九七）自作。

何胤：字子季，廬江灊人。師事沛國劉瓛，受《易》及《禮記》《毛詩》；又入鍾山定林寺聽内典，其業皆通。而縱情誕節，時人未之知。起家齊祕書郎，遷太子舍人。出爲建安太守，入爲尚書三公郎，不拜，遷司徒主簿。累遷

中書郎,員外散騎常侍,太尉從事中郎,司徒右長史,給事黄門侍郎,太子中
庶子,領國子博士,丹陽邑中正。永明十年,遷侍中,領步兵校尉,轉爲國子
祭酒。鬱林嗣位,胤爲后族,甚見親待。累遷左民尚書,領驍騎,中書令,領
臨海、巴陵王師。胤雖貴顯,常懷止足。建武初,已築室郊外,號曰小山,恒
與學徒游處其内。胤以會稽山多靈異,往游焉,居若邪山雲門寺。永元中,
徵太常、太子詹事,並不就。蕭衍霸府建,引胤爲軍謀祭酒,胤不至。高祖踐
祚,詔爲特進、右光禄大夫,不就。中大通三年(五三一),卒,年八十六。胤
注《百法論》一卷,《十二門論》一卷,《周易》一卷,又作《毛詩隱義》十卷,
《毛詩總集》六卷,《禮記隱義》二十卷,《禮答問》五十五卷,行於世。《南齊
書》卷五十四、《梁書》卷五十一有傳。

　　得書知便,遠追疏、董,超然高蹈[一]。雖朝旨殷勤,而輕棹已
遠[二]。供餞莫申①,瞻言增慨[三]。善保嘉猷,比致音息[四]。懷人
望古,潸悵久之②[五]。

【校　記】
①餞:《藝文類聚》作"踐"。
②悵:《全梁文》作"然"。

【箋　注】
[一]遠追:即追遠。追念前賢。班昭《東征賦》:"入匡郭而追遠兮,念
夫子之厄勤。"疏、董:傅亮《奉迎大駕道路賦詩》:"張邴結晨軌,疏董頓夕
鞿。"疏,同"疏"。"疏"當指漢疏廣、疏受,"董"則不明所指,亦應爲辭官歸
隱者。《漢書·疏廣傳》:"疏廣字仲翁,東海蘭陵人也。地節三年,立皇太
子……廣爲少傅。數月……徙爲太傅。廣兄子受字公子,亦以賢良舉爲太
子家令。……頃之,拜受爲少傅。……太子每朝,因進見,太傅在前,少傅在
後。父子並爲師傅,朝廷以爲榮。……廣謂受曰:'吾聞知足不辱,知止不
殆,功遂身退,天之道也。今仕官至二千石,宦成名立,如此不去,懼有後悔,
豈如父子相隨出關,歸老故鄉,以壽命終,不亦善乎?'受叩頭曰:'從大人
議。'即日父子俱移病。滿三月賜告,廣遂稱篤,上疏乞骸骨。上以其年篤
老,皆許之,加賜黄金二十斤,皇太子贈以五十斤。公卿大夫故人邑子設祖
道,供張東都門外,送者車數百兩,辭決而去。及道路觀者皆曰:'賢哉二大
夫!'或歎息爲之下泣。"超然:見《爲庾杲之與劉居士虯書》注[三]。高蹈:
見《府僚重請牋》注[五]。

［二］朝旨：朝廷的旨意。殷勤：情意深厚。《史記·司馬相如列傳》：“相如乃使人重賜文君侍者，通殷勤。”輕棹：指小船。《藝文類聚》卷七十一引晋王叔之《舟贊》：“弱楫輕棹，利涉濟求。”

［三］供餞：爲送行而設酒席。瞻言：瞻，向前看；言，助詞，無義。增慨：宋前廢帝《答江夏王詔》：“太宰表如此，公緣情遣遠，覽以增慨。”

［四］嘉猷：善道。《尚書·君陳》：“爾有嘉謀嘉猷，則入告爾后于内，爾乃順之于外。”此處謂歸隱之道。音息：音信，消息。《文選》陸機《爲顧彦先贈婦》詩之二：“形影參商乖，音息曠不達。”李善注：“音息，音問消息也。”

［五］懷人：思念遠行的人。《詩·周南·卷耳》：“嗟我懷人，寘彼周行。”望古：《文選》顔延之《陶徵士誄》：“嗟乎若士，望古遥集。”吕向注：“若士，謂潛也。望古，逸人遥與相集也。”潸悵：悲傷惆悵。

與江革書

【題　解】

《梁書·江革傳》：“中興元年，高祖入石頭，時吴興太守袁昂據郡距義師，迺使革製書與昂，於坐立成，辭義典雅，高祖深賞歎之，因令與徐勉同掌書記。建安王爲雍州刺史，表求管記，以革爲征北記室參軍，帶中廬令。與弟觀少長共居，不忍離別，苦求同行，乃以觀爲征北行參軍，兼記室。時吴興沈約、樂安任昉並相賞重，昉與革書云……”據《梁書·太祖五王傳·南平王偉》：建安王即蕭偉，天監元年（五〇二），封建安郡王；天監十七年（五一八），高祖因建安土瘠，改封南平郡王。“高祖既剋郢、魯，下尋陽，圍建業……和帝詔以偉爲使持節、都督雍梁南北秦四州郢州之竟陵司州之隨郡諸軍事、寧蠻校尉、雍州刺史。”據同書《武帝紀上》“（中興元年）八月……鄧元起將至尋陽，陳伯之猶猜懼，乃收兵退保湖口，留其子虎牙守盆城。及高祖至，乃束甲請罪。九月，天子詔高祖平定東夏，並以便宜從事”可知，蕭衍下荀陽、圍建業是齊和帝中興元年（五〇一）八九月間事。據此可知，此書作於中興元年九月。

此書又載於《太平御覽》卷第六百一十一《學部五·勸學》。謂“沈約、任昉同與革書曰……”則認爲此書爲沈約、任昉二人同作。今從《梁書》，仍屬任昉所作。

江革：字休映，濟陽考城人。幼而敏聰，早有才思，六歲便解屬文。年十六喪母，以孝聞，初仕南齊。入梁爲御史中丞。彈奏權豪，一無所避。後隨豫章王鎮彭城。及失守，爲魏人所執，厚相接待。革稱脚疾不拜，遂放還，累遷度支尚書。梁武帝大同元年（五三五）卒，謐曰强子。革歷官數十年，傍無姬侍，家徒四壁，世以此高之。著有文集二十卷。《梁書》卷三十六有傳。

建安王爲雍州刺史，革爲記室參軍。與弟觀少長共居，苦求同行，乃以觀行參軍，兼記室。時沈約、任昉並相賞重，昉與革書。

此段雍府妙選英才①[一]，文房之職，總卿昆季②[二]，可謂馭二龍於長途，騁騏驥於千里[三]。

【校　記】

①"此"下，《太平御覽》無"段"字。

②季：《太平御覽》作"弟"。

【箋　注】

[一]此段：這段時間，近來。《宋書·謝莊傳》："此段不堪見賓，已數十日。"雍府：指蕭偉雍州府衙。妙選：精選，善於選擇。《漢書·劉輔傳》："妙選有德之世，考卜窈窕之女。"英才：優秀的人才。《孟子·盡心上》："得天下英才而教育之，三樂也。"

[二]文房之職，總卿昆季：言江革爲征北記室參軍，其弟觀爲征北行參軍、兼記室，昆弟皆掌文書。文房，官府掌管文書之處。《南史·趙知禮蔡景歷等傳論》："趙知禮、蔡景歷屬陳武經綸之日，居文房書記之任，此乃宋、齊之初傅亮、王儉之職。"昆季，兄弟。長者爲昆，幼者爲季。《顏氏家訓·風操》："行路相逢，便定昆季，望年觀貌，不擇是非。"

[三]二龍：譽稱同時著名的二人，多指兄弟。如後漢許劭、許虔兄弟。《後漢書·許劭傳》："兄虔亦知名，汝南人稱平輿淵有二龍焉。"騏驥：良馬。《莊子·秋水》："騏驥驊騮，一日而馳千里。"喻賢才。《晋書·馮素弗載記》："吾遠求騏驥，不知近在東鄰，何識子之晚也！"

與沈約書

【題　解】

《梁書·范雲傳》："（天監）二年，卒，時年五十三。"《文選》任昉《出郡傳舍哭范僕射》詩李善注引劉璠《梁典》曰："天監二年，僕射范雲卒。任昉自義興貽沈約書曰……"則此書作於天監二年（五〇三）。

沈約：字休文，吳興武康人，歷仕宋、齊、梁三朝。在宋仕記室參軍、尚書度支郎。在齊仕著作郎、尚書左丞、驃騎司馬將軍,爲文惠太子蕭長懋太子家令,特被親遇。竟陵王蕭子良開西邸,招文學之士,沈約爲"竟陵八友"之一。齊梁禪代之際,輔佐蕭衍謀劃禪代,建立梁朝。蕭衍認爲成就自己帝業者,乃沈約、范雲二人。梁朝,封建昌縣侯,官至尚書左僕射,後遷尚書令,領太子少傅。晚年與梁武帝產生嫌隙。天監十二年(五一三),憂懼而卒,時年七十三。謚爲"隱"。好學,聚書至二萬卷。著有《晋書》一百一十卷,《宋書》一百卷,《齊紀》二十卷,《高祖紀》十四卷,《邇言》十卷,《謚例》十卷,《宋文章志》三十卷,文集一百卷,撰《四聲譜》。《梁書》卷十三有傳。

　　　范僕射遂不救疾[一]。范侯淳孝睦友,在家必聞[二];直道正色,立朝斯著[三]。一金之俸,必偏親倫;鍾庾之秩,散之故舊[四]。佐命興王,心力俱盡;謀猷忠允,諒誠匪躬[五]。破產而字死友之孤,開門而延故人之殯[六],則惟其常,無得而稱矣[七]。器用車馬,無改平生之憑[八];素論欵對①,不易布素之交[九]。若斯人者,豈云易遇[一〇]!

【校　記】
①憑素:信述堂本、張燮本與薈要本二字倒,今據《藝文類聚》與《全梁文》乙正。

【箋　注】
[一]范僕射:范雲。《梁書·范雲傳》:"(天監元年)東宮建,雲以本官領太子中庶子,尋遷尚書右僕射,猶領吏部。頃之,坐違詔用人,免吏部,猶爲僕射。"遂不救疾:得病不救而死。王羲之書:"昨者書想至,參軍近有慰阮光禄信在耳,許中郎家欲因書比去報,知庾君遂不救疾,摧切心情,不得自甚,痛當奈何!"
[二]范侯:入梁後,范雲被封爲霄城縣侯,故稱。淳孝:猶言至孝。淳,同"淳"。睦友:和睦友愛。《禮記·文王世子》:"庶子之正於公族者,教之以孝悌、睦友、子愛。"在家必聞:《論語·顏淵》:"子張問:'士何如斯可謂之達矣?'子曰:'何哉,爾所謂達者?'子張對曰:'在邦必聞,在家必聞。'子曰:'是聞也,非達也。夫達也者,質直而好義,察言而觀色,慮以下人,在邦必達,在家必達。夫聞也者,色取仁而行違,居之不疑,在邦必聞,在家必聞。'"
[三]直道:猶正道。《禮記·雜記》:"其餘則直道而行之是也。"《論語·衛靈公》:"斯民也,三代之所以直道而行也。"正色:表情端莊嚴肅。《尚書·畢命》:"弼亮四世,正色率下。"孔穎達疏:"正色,謂嚴其顏色,不惰

慢,不阿諂。”立朝:指在朝爲官。

[四]一金之俸,必徧親倫;鍾庚之秩,散之故舊:《梁書·范雲傳》:“雲性篤睦,事寡嫂盡禮,家事必先諮而後行。好節尚奇,專趣人之急。……及居貴重,頗通饋餉;然家無蓄積,隨散之親友。”一金之俸,很少的一點薪俸。徧,通“遍”。親倫,《晋書·宣五王傳·梁王肜》:“何至於肜親倫之兄,而獨不得去乎?”鍾庚,見《奏彈劉整》注[五九]。秩,俸禄。《左傳·莊公十九年》:“王奪子禽、祝跪與詹父田,而收膳夫之秩。”故舊,故交、老友。《論語·泰伯》:“君子篤於親,則民興於仁;故舊不遺,則民不偷。”

[五]佐命興王,心力俱盡;謀猷忠允,諒誠匡躬:指范雲輔佐蕭衍稱帝及進諫之事。《梁書·范雲傳》:“初,雲與高祖遇於齊竟陵王子良邸,又嘗接里閈,高祖深器之。及義兵至京邑,雲時在城內。東昏既誅,侍中張稷使雲銜命出城,高祖因留之,便參帷幄,仍拜黃門侍郎,與沈約同心翊贊。……雲以舊恩見拔,超居佐命,盡誠翊亮,知無不爲。高祖亦推心任之,所奏多允。”佐命,古代帝王建立王朝,自謂承天受命,故稱輔佐帝王創業爲佐命。《文選》舊題李陵《答蘇武書》:“其餘佐命立功之士,賈誼、亞夫之徒,皆信命世之才,抱將相之具。”興王,指開創基業的君主。《後漢書·翟酺傳》:“願陛下親自勞恤……心存亡國所以失之,鑒觀興王所以得之,庶災害可息,豐年可招矣。”心力俱盡,猶竭盡心力。謀猷,計謀、謀略。《尚書·文侯之命》:“越小大謀猷,罔不率從。”忠允,忠誠公允。《晋書·苟顗傳》:“詔曰:‘侍中、太尉顗,温恭忠允,至行純備,博古洽聞,耆艾不殆。’”諒誠,確實。匡躬,盡忠而不顧身。《易·蹇》:“王臣蹇蹇,匪躬之故。”孔穎達疏:“盡忠於君,匪以私身之故而不往濟君,故曰‘匪躬之故’。”

[六]破產而字死友之孤:指江祏失事後范雲照顧其妻、子之事。《南史·范雲傳》:“雲之幸於子良,江祏求雲女婚姻,酒酣,巾箱中取翦刀與雲,曰:‘且以爲娉。’雲笑受之。至是祏貴,雲又因酣曰:‘昔與將軍俱爲黃鵠,今將軍化爲鳳皇,荆布之室,理隔華盛。’因出翦刀還之,祏亦更姻他族。及祏敗,妻子流離,每相經理。”破產,傾家蕩產。《史記·孔子世家》:“夫儒者滑稽而不可軌法;倨傲自順,不可以爲下;崇喪遂哀,破產厚葬,不可以爲俗,游説乞貸,不可以爲國。”字死友之孤,《左傳·成公十一年》:“不能字人之孤而殺之。”字,撫養、養育、教養。開門而延故人之殯:指范雲迎殯好友王畡之事。《梁書·范雲傳》:“好節尚奇,專趣人之急。少時與領軍長史王畡善,畡亡於官舍,貧無居宅,雲乃迎喪還家,躬營含殯。”又,《南史·范雲傳》:“少與領軍長史王畡善,雲起宅新成,移家始畢,畡亡於官舍,屍無所歸,雲以東厢給之。移屍自門入,躬自營唅,招復如禮,時人以爲難。”開門:

敞開門户。表示歡迎。《楚辭·九懷·尊嘉》:“河伯兮開門,迎余兮歡欣。”故人,見《奏彈劉整》注[五八]。殯,入殮而未葬的靈柩。

　　[七]無得而稱:見《宣德太后再敦勸梁王令》注[二八]。

　　[八]器用:器皿用具。《尚書·旅獒》:“無有遠邇,畢獻方物,惟服食器用。”平生:平素,往常。《論語·憲問》:“見利思義,見危授命,久要不忘平生之言,亦可以爲成人矣。”

　　[九]素論:見《府僚重請牋》注[二一]。欵對:真誠交談。布素之交:即布衣之交。指顯貴與無官職者的交往。

　　[一〇]若斯人者:《三國志·魏書·鍾會傳》裴松之注引何劭《王弼傳》曰:“何晏……歎之曰:‘仲尼稱後生可畏,若斯人者,可與言天人之際乎!’”斯人,此人。《論語·雍也》:“伯牛有疾,子問之,自牖執其手曰:‘亡之,命矣夫!斯人也而有斯疾也!斯人也而有斯疾也!’”易遇:袁宏《後漢紀·靈帝紀》:“昭曰:‘蓋聞經師易遇,人師難遭。’”

　　　　昉將蒞此邦,務在遄邁②[一一],雖解駕流連,再貽欵顧,將乖之際,不忍告別[一二]。無益離悲,祇增今恨③[一三]。永念平生,忽焉疇曩[一四];追尋笑緒[一五],皆成悲端。

【校　記】
②邁:《藝文類聚》與《全梁文》作“速”。
③恨:《全梁文》作“悵”。

【箋　注】
　　[一一]昉將蒞此邦:言出任義興太守。《梁書·任昉傳》:“天監二年,出爲義興太守。”蒞,同“莅”。到。此邦,義興郡。遄邁:疾行。潘岳《寡婦賦》:“曜靈曄而遄邁兮,四節運而推移。”

　　[一二]解駕:停車駐馬。《後漢書·郭躬傳》:“汝南有陳伯敬者,行必矩步,坐必端膝,呵叱狗馬,終不言死,目有所見,不食其肉,行路聞凶,便解駕留止。”流連:依戀不舍。傅亮《爲宋公修張良廟教》:“過大梁者,或佇想於夷門;游九原者,亦流連於隨會。”欵顧:叩訪。乖:離別。

　　[一三]無益:《論語·衛靈公》:“吾嘗終日不食,終夜不寢以思,無益,不如學也。”

　　[一四]永念:念念不忘。《尚書·大誥》:“予永念曰:‘天維喪殷,若穡夫,予曷敢不終朕畝。’”平生:一生,此生。忽焉:見《爲范始興求立太宰碑

表》注[三三]。疇曩:往日,舊時。《抱朴子·鈞世》:“蓋往古之士,匪鬼匪神,其形器雖冶鑠於疇曩,然其精神布在乎方策。”“永念平生,忽焉疇曩”,《文選》任昉《出郡傳舍哭范僕射》詩李善注引劉璠《梁典》作“永念生平,忽爲疇昔”。

[一五]笑緒:可笑的情事。悲端:可悲的情事。

弔樂永世書

【題　解】

《南齊書·孝義傳·樂頤附弟預》:“建武中,爲永世令,民懷其德。卒官。”則此書作於齊明帝建武年間(四九四—四九八)。

樂永世:樂預,字文介,南涅陽人,世居南郡。至孝。

　　永世孝友之至,發自天真[一];皎潔之操,曾非矯飾[二]。意有所固,白刃不移[三];理有所托,淄澠自辨[四]。餘息雖存①,視陰無幾[五]。終始之托,方寄祁侯[六];豈謂樂生,反先朝露[七]。以理遣滯,鄙識未曉[八];以事尋悲,哀楚交至[九]。宿草易滋,傷恨不滅②[一〇];松檟可拱③,悲緒無窮[一一]。

【校　記】

①雖:《藝文類聚》與《全梁文》作“惟”。

②信述堂本、張燮本與薈要本無“宿草易滋,傷恨不滅”八字。今據《藝文類聚》與《全梁文》補。

③檟:《全梁文》作“價”,誤。

【箋　注】

[一]孝友:孝順父母,友愛兄弟。《詩·小雅·六月》:“侯誰在矣,張仲孝友。”毛傳:“善父母爲孝,善兄弟爲友。”天真:《莊子·漁父》:“禮者,世俗之所爲也;真者,所以受於天也,自然不可易也。故聖人法天貴真,不拘於俗。”後即以未受禮俗影響的本性爲天真。《晋書·阮籍傳論》:“餐和履順,以保天真。”《南齊書·孝義傳·樂頤附弟預》:“弟預亦孝,父臨亡,執其手以託郢州行事王奐,預悲感悶絶,吐血數升,遂發病。”

[二]皎潔之操:《抱朴子·廣譬》:“俗化不獎,風教不頹,則皎潔之操不別。”皎潔,清白、光明磊落。矯飾:造作誇飾,掩蓋真相。《後漢書·章帝

紀》:"俗吏矯飾外貌,似是而非,揆之人事則悦耳,論之陰陽則傷化,朕甚釐之,甚苦之。"

[三]白刃:鋒利的刀。《禮記・中庸》:"白刃可蹈也,中庸不可能也。"

[四]淄澠自辨:淄水和澠水的並稱。皆在今山東省。相傳二水味各不同,混合之則難以辨別,惟春秋齊國易牙能辨之。《吕氏春秋・審應覽・精諭》:"白公曰:'若以水投水奚若?'孔子曰:'淄、澠之合者,易牙嘗而知之。'"高誘注:"淄、澠,齊之兩水名也。易牙,齊桓公識味臣,能别淄、澠之味也。"後以"淄澠"比喻合則難辨的事物。

[五]餘息:猶餘喘。言將死之人僅餘喘息。視陰:即"視蔭"。《左傳・昭公元年》:"趙孟視蔭,曰:'朝夕不相及,誰能待五?'"杜預注:"蔭,日景也。趙孟意衰,以日景自喻。"孔穎達疏:"趙孟自比於日景,此景朝夕尚移,不能相及。人命流去,與此相似,既無常定,誰能待五(年)。"無幾:謂時間不多。《詩・小雅・頍弁》:"死喪無日,無幾相見。"

[六]終始之托,方寄祁侯:《漢書・楊王孫傳》:楊王孫者,孝武時人。學黄老之術,家業千金,厚自奉養生,亡所不致。及病且終,先令其子,曰:"吾欲臝葬,以反吾真,必亡易吾意。死則爲布囊盛尸,入地七尺,既下,從足引脱其囊,以身親土。"其子欲默而不從,重廢父命,欲從之,心又不忍,乃往見王孫友人祁侯。祁侯與王孫書曰:"王孫苦疾,僕迫從上祠雍,未得詣前。願存精神,省思慮,進醫藥,厚自持。竊聞王孫先令臝葬,令死者亡知則已,若其有知,是戮尸地下,將臝見先人,竊爲王孫不取也。且《孝經》曰'爲之棺椁衣衾',是亦聖人之遺制,何必區區獨守所聞?願王孫察焉。"王孫報曰:"蓋聞古之聖王,緣人情不忍其親,故爲制禮,今則越之,吾是以臝葬,將以矯世也。夫厚葬誠亡益於死者,而俗人競以相高,靡財單幣,腐之地下。或乃今日入而明日發,此真與暴骸於中野何異!且夫死者,終生之化,而物之歸者也。歸者得至,化者得變,是物各反其真也。反真冥冥,亡形亡聲,乃合道情。夫飾外以華衆,厚葬以鬲真,使歸者不得至,化者不得變,是使物各失其所也。且吾聞之,精神者天之有也,形骸者地之有也。精神離形,各歸其真,故謂之鬼,鬼之爲言歸也。其尸塊然獨處,豈有知哉?裹以幣帛,鬲以棺椁,支體絡束,口含玉石,欲化不得,鬱爲枯臘,千載之後,棺椁朽腐,乃得歸土,就其真宅。繇是言之,焉用久客!昔帝堯之葬也,窾木爲匵,葛藟爲緘,其穿下不亂泉,上不泄殠。故聖王生易尚,死易葬也。不加功於亡用,不損財於亡謂。今費財厚葬,留歸鬲至,死者不知,生者不得,是謂重惑。於戲!吾不爲也。"祁侯曰:"善。"遂臝葬。終始,周而復始。《史記・孝文本紀》:"魯人公孫臣上書陳終始傳五德事,言方今土德時,土德應黄龍見,當

改正朔服色制度。”

　　[七]樂生：謂以生爲樂。《列子·楊朱》：“可在樂生，可在逸身，故善樂生者不寴。”朝露：比喻存在時間短促。《史記·商君列傳》：“君之危若朝露，尚將欲延年益壽乎？”

　　[八]以理遣滯：用事理寬解排除認識上的窒礙。鄙識：謙稱自己的見識。

　　[九]以事尋悲：指由樂預之將死而産生的悲痛。尋悲，《宋書·后妃傳》：“泰始四年夏，詔有司曰：‘……舉言尋悲，情如切割。’”哀楚：悲傷淒楚。阮籍《詠懷》之三四：“臨觴多哀楚，思我故時人。”交至：一齊到來。《世說新語·賞譽》：“林公云：‘見司州警悟交至，使人不得住，亦終日忘疲。’”

　　[一〇]宿草：隔年的草。《禮記·檀弓上》：“朋友之墓，有宿草而不哭焉。”孔穎達疏：“宿草，陳根也。草經一年則根陳也，朋友相爲哭一期，草根陳乃不哭也。”後多用爲喪逝之典。

　　[一一]松檟：見《爲范始興求爲太宰立碑表》注[二一]。可拱：《左傳·僖公三十二年》：“蹇叔哭之，曰：‘孟子，吾見師之出而不見其入也。’公使謂之曰：‘爾何知？中壽，爾墓之木拱矣。’”杜預注：“合手曰拱。”悲緒：悲傷的心情。謝靈運《長歌行》：“覽物起悲緒，顧己識憂端。”

天監三年策秀才文三首(一)①

【題　解】

此文是天監三年(五〇四)任昉代梁武帝蕭衍所作。

　　問秀才：朕長驅樊、鄧，直指商郊[一]，因藉時來，乘此厤運[二]，當宸永念，猶懷慙德[三]。何者？百王之敝，齊季斯甚②[四]，衣冠禮樂，掃地無餘[五]。斲雕刓方③，經綸草昧[六]。採三王之禮，冠履粗分；因六代之樂，宮判始辨④[七]。而百度草創，倉廩未實[八]。若終畝不稅，則國用靡資[九]；百姓不足，則惻隱深慮[一〇]。每時入芻藁，歲課田租[一一]，愀然疚懷，如憐赤子[一二]。今欲使朕無滿堂之念，民有家給之饒[一三]；漸登九年之蓄，稍去關市之賦⑤[一四]。子大夫當此三道，利用賓王[一五]，斯理何從，佇聞良説[一六]。

――――――――――

　　(一)策文，見卷二《爲武帝初封功臣詔》頁下注(一)。

【校　記】

①天監三年策秀才文三首:《全梁文》作"天監三年策秀才文"。

②甚:薈要本作"盛"。

③斲雕:明州本作"彫斲"。

④判:薈要本作"懸"。

⑤賦:信述堂本原作"征"。今據《文選》、張燮本、薈要本與《全梁文》改。

【箋　注】

[一]長驅:《史記‧樂毅列傳》:"輕卒銳兵,長驅至國。"樊、鄧:見《封臨川安興建安等五王詔》注[二]。直指:直趨。《漢書‧朱買臣傳》:"朱買臣曰:'今發兵浮海,直指泉山。'"商郊:紂都。《文選》呂延濟注:"齊東昏無道,比之於紂。"《尚書‧牧誓》:"時甲子昧爽,王朝至于商郊牧野,乃誓。"

[二]因藉:沿襲,依傍。劉毅《請移江州軍府於豫章表》:"今兼而領之,蓋出於權事,因藉既久,遂爲常則。"時來:劉廣《上疏謝徙署丞相倉曹屬》:"遭乾坤之靈,值時來之運。"歷運:天象運行所顯示的一個朝代的氣數、命運。古代認爲朝代的興衰更叠與天象運行相應。歷、歷、曆,三字同。《晋書‧王鑒傳》:"明公遭歷運之厄,當陽九之會,聖躬負伊周之重,朝廷延匡合之望。""因藉"二句,《文選》呂向注:"謂東昏無道,武帝伐之,而齊禪位於帝,故曰時來而乘此歷數運會也。"

[三]當宸:見《奏彈范縝》注[一三]。永念:見《與沈約書》注[一四]。慙德:因行事有缺失而內愧於心。《尚書‧仲虺之誥》:"成湯放桀于南巢,惟有慙德,曰:'予恐來世以台爲口實。'"

[四]百王之敝:《漢書‧武帝紀贊》:"漢承百王之弊。"敝,通"弊"。百王,見《爲齊帝禪位梁王詔》注[二二]。季:謂末年。

[五]衣冠禮樂,掃地無餘:《文選》李善注:"言衣冠制度,禮樂軌儀,皆見廢棄,故無餘也。"衣冠禮樂,各種等級的穿戴服飾及各種禮儀規範。指封建社會中各種典章禮儀。掃地無餘,像掃地一樣都沒有了。形容破壞淨盡,毫無保留。《漢書‧魏豹田儋等傳贊》:"秦滅六國,而上古遺烈掃地俱盡矣。"

[六]斲雕:即雕斲。雕琢,鏤刻。比喻精心培育。《漢書‧酷吏傳序》:"漢,破觚而爲圜,斲琱而爲樸。"顏師古注:"孟康曰:'觚,方也。'師古曰:'去嚴刑而從簡易,抑巧僞而務敦厚也。琱謂刻鏤也,字與彫同。'"刓方:《楚辭‧九章‧懷沙》:"刓方以爲圜兮,常度未替。"經綸:見《封臨川安興建安等五王詔》注[一二]。草昧:見《爲武帝初封功臣詔》注[一]。

〔七〕三王:《春秋穀梁傳·隱公八年》:"盟詛不及三王。"范甯注:"三王,謂夏、殷、周也。"冠履:帽與鞋。頭戴帽,脚穿鞋。因以喻上下尊卑。《史記·儒林列傳》:"冠雖敝,必加於首;履雖新,必關於足。何者,上下之分也。"粗:略也。六代:指黄帝、唐、虞、夏、殷、周。《晋書·樂志上》:"周始二《南》,《風》兼六代。昔黄帝作《雲門》,堯作《咸池》,舜作《大韶》,禹作《大夏》,殷作《大濩》,周作《大武》,所謂因前王之禮,設俯仰之容,和順積中,英華發外。"宫判:指古代天子與卿大夫的懸樂制度。《周禮·春官·小胥》:"正樂縣之位:王宫縣,諸侯軒縣,卿大夫判縣,士特縣,辨其聲。""採三王"四句:《文選》吕向注:"言上下禮樂略有分辨。"

〔八〕百度:法制。《尚書·旅獒》:"不役耳目,百度惟貞。"草創:創始。《論語·憲問》:"爲命,裨諶草創之。"倉廩未實:《管子·牧民》:"倉廩實則知禮節,衣食足則知榮辱。"倉廩,儲藏米穀之所。谷藏曰倉,米藏曰廩。廩,同"廪"。

〔九〕終畝:謂耕盡全部田畝。古代於立春日,天子行始耕之儀,公卿以下亦耕數鍬,然後庶民盡耕之。《國語·周語上》:"王耕一墢,班三之,庶民終於千畝。"韋昭注:"終,盡耕之也。"不税:不收賦税。《禮記·王制》:"古者公田籍而不税。"國用:國家的開支。《禮記·王制》:"冢宰制國用,必於歲之杪,五穀皆入,然後制國用。用地小大,視年之豐耗。以三十年之通制國用,量入以爲出。"鄭玄注:"如今度支經用。"靡資:《晋書·慕容德載記》:"彼千里餽糧,野無所掠,久則三軍靡資。"靡,無。資,財。

〔一〇〕百姓不足:《論語·顔淵》:"百姓足,君孰與不足? 百姓不足,君孰與足?"惻隱:同情,内憂於心。《孟子·公孫丑上》:"無惻隱之心,非仁也。惻隱者,仁之端。"深慮:甚爲憂慮。

〔一一〕時入芻稿:《尚書·禹貢》:"三百里納秸服。"孔安國傳:"秸,藁也。服藁役。"芻稿,飼養牲畜的乾草。《淮南子·氾論訓》:"秦之時,高爲臺榭,大爲苑囿,遠爲馳道,鑄金人,發適戍,入芻稾,頭會箕賦,輸於少府。"稿、稾、藁、藳,四字同。歲課:按年徵收的捐税。《漢書·食貨志下》:"令封君以下至三百石吏以上差出牝馬天下亭,亭有畜字馬,歲課息。"此處用作動詞。每年徵收捐税。課,斂。田租:田賦。《管子·幼官》:"令曰:田租百取五,市賦百取二,關賦百取一,毋乏耕織之器。"

〔一二〕愀然:憂愁貌。《禮記·哀公問》:"哀公曰:'敢問人道誰爲大?'孔子愀然作色而對。"疚懷:猶疚心。傷心,憂慮,内心不安。謝莊《月賦》:"陳王初喪應、劉,端憂多暇。綠苔生閣,芳塵凝榭,悄焉疚懷,不怡中夜。"赤子:嬰兒。《尚書·康誥》:"若保赤子,惟民其康乂。"孔穎達疏:"子生赤色,故言赤子。"引申爲子民百姓。《漢書·龔遂傳》:"其民困於飢寒而吏不恤,故使陛下赤子盜弄陛下之兵於潢池中耳。"

[一三]無滿堂之念:《説苑·貴德》:"聖人之於天下也,譬猶一堂之上也,今有滿堂飲酒者,有一人獨索然向隅而泣,則一堂之人皆不樂矣。聖人之於天下也,譬猶一堂之上也,有一人不得其所者,則孝子不敢以其物薦進。"家給:家家生活富足。《鄧析子·轉辭》:"圣人逍遥一世,罕匹萬物之形,寂然無鞭朴之罰,漠然無呪咤之聲,而家給人足,天下太平。"《漢書·昭帝紀》:"元平元年春二月,詔曰:'天下以農桑爲本。日者省用,罷不急官,減外繇,耕桑者益衆,而百姓未能家給,朕甚愍焉。'"顏師古注:"給,足也,家家自給足,是爲家給也。""使朕"二句,《文選》吕延濟注:"言今下民未安,欲令其安,使我無不樂之念,人皆有資給之足,可得乎?"

[一四]九年之蓄:《禮記·王制》:"國無九年之畜曰不足,無六年之蓄曰急,無三年之蓄曰國非其國也。"關市之賦:《周禮·天官·大宰》:"以九賦斂財賄:……七曰關市之賦。"鄭玄注:"賦,口率出泉也。……關市,謂占會百物。""漸登"二句,《文選》張銑注:"九年耕有三年之蓄,以少至多,故云漸登。蓄,積也。古者税關市,謂出入由關市之門者税錢,今將去之,可乎?"

[一五]子大夫:古代國君對大夫、士或臣下的美稱。《國語·越語上》:"大夫種進對曰:'……今君王既棲於會稽之上,然後乃求謀,無乃後乎?'句踐曰:'苟得聞子大夫之言,何後之有?'"三道:指國體、人事、直言。《漢書·鼂錯傳》:"選賢良明於國家之大體,通於人事之終始,及能直言極諫者,各有人數,將以匡朕之不逮,二三大夫之行當此三道,朕甚嘉之。"顏師古注引張晏曰:"三道,國體、人事、直言也。"利用賓王:《文選》李周翰注:"謂才可以利於時用,爲帝王之賓客。"《易·觀》:"觀國之光,利用賓于王。"孔穎達疏:"利用賓于王者,居在親近而得其位,明習國之禮儀,故曰利用賓于王庭也。"

[一六]斯理何從:《文選》劉良注:"謂少賦税,求國家足用,百姓不足,此理何從而致。"仁聞:肅立恭聽,敬聞。用爲敬詞。良説:精闢的言論。《文選》李善注引顏延之《策秀才文》曰:"廢興之要,敬俟良説。"

　　問:朕本自諸生,弱齡有志[一七],閉户自精,開卷獨得[一八],九流《七略》,頗嘗觀覽⑥[一九];六藝百家,庶非牆面[二〇]。雖一日萬幾,早朝晏罷,聽覽之暇,三餘靡失[二一]。上之化下,草偃風從,惟此虛寡,弗能動俗[二二]。昔紫衣賤服,猶化齊風[二三];長纓鄒好,且變鄒俗[二四]。雖德愧往賢,業優前事[二五],且夫搢紳道行,禄利然也[二六]。朕傾心駿骨⑦,非思真龍[二七],輶軒青紫,如拾地芥[二八]。而惰游廢業,十室而九[二九],鳴鳥蔑聞,《子衿》不作[三〇]。弘奬之路,斯既然矣[三一],猶其寂寞,應有良規[三二]。

【校　記】

⑥嘗:《全梁文》作“常”。
⑦傾:明州本作“仰”。

【箋　注】

[一七]諸生:見《爲范尚書讓吏部封侯表》[五八]。弱齡:幼年。陶潛《始作鎮軍參軍經曲阿》詩:“弱齡寄事外,委懷在琴書。”有志:《禮記·禮運》:“孔子曰:‘大道之行也,與三代之英,丘未之逮也,而有志焉。’”《論語·爲政》:“子曰:‘吾十有五而志於學。’”

[一八]閉户自精:《文選》李善注引《楚國先賢傳》曰:“孫敬入學,閉户牖,精力過人,太學謂曰閉户生。入市,市人相語:閉户生來。不忍欺也。”開卷獨得:陶潛《與子儼等疏》:“開卷有得,便欣然忘食。”“閉户”二句,《文選》吕延濟注:“精專於學,開書卷而獨得其趣。”

[一九]九流:戰國時的九個學術流派。《漢書·叙傳下》:“劉向司籍,九流以别。”顏師古注引應劭曰:“儒、道、陰陽、法、名、墨、從横、雜、農,凡九家。”據《漢書·藝文志》,九流有:儒家流、道家流、陰陽家流、法家流、名家流、墨家流、縱横家流、雜家流、農家流。又有小説家一流,合爲十家。後來作各學術流派的泛稱。袁粲《妙德先生傳》:“九流百氏之言,雕龍談天之藝,皆泛識其大歸,而不以成名。”《七略》:劉向撰。我國最早的圖書目録分類著作。原書已失傳。《漢書·藝文志》:“(劉)歆於是總群書而奏其《七略》,故有《輯略》,有《六藝略》,有《諸子略》,有《詩賦略》,有《兵書略》,有《數術略》,有《方技略》。”頗:悉,皆。觀覽:閲覽。《漢書·劉向傳》:“書數十上,以助觀覽,補遺闕。”

[二〇]六藝:禮、樂、射、御、書、數六種科目。《周禮·保氏》:“保氏掌諫王惡,養國子以道。乃教之六藝:一曰五禮,二曰六樂,三曰五射,四曰五馭,五曰六書,六曰九數。”漢以後指儒家的六經。《史記·伯夷列傳》:“夫學者載籍極博,猶考信於六蓺。《詩》《書》雖缺,然虞夏之文可知也。”百家:指先秦諸子,舉成數而言。《荀子·解蔽》:“今諸侯異政,百家異説,則必或是或非,或治或亂。”庶:近。牆面:謂面向墙而無所見。《論語·陽貨》:“子謂伯魚曰:‘女爲《周南》《召南》矣乎?人而不爲《周南》《召南》,其猶正牆面而立也與。’”

　　[二一]一日萬幾:形容帝王每天處理政事,極爲繁忙。《尚書·皋陶謨》:"兢兢業業,一日二日萬幾。"孔安國傳:"幾,微也。言當戒懼萬事之微。"早朝晏罷:《後漢書·文苑傳上》"宣王晏起,姜后脫簪"李賢注引《列女傳》曰:"王乃勤於政,早朝晏罷,卒成中興焉。"晏,晚也。聽覽:聽事覽文。謂處理政務。司馬相如《上林賦》:"朕以覽聽餘閒,無事棄日。"三餘:《三國志·魏書·王肅傳》"明帝時大司農弘農董遇等,亦歷注經傳,頗傳於世"裴松之注引三國魏魚豢《魏略》曰:"(董)遇言:'(讀書)當以三餘。'或問三餘之意,遇言'冬者歲之餘,夜者日之餘,陰雨者時之餘也'。"後以"三餘"泛指空閒時間。陶潛《感士不遇賦》:"余嘗以三餘之日,講習之暇,讀其文。"

　　[二二]上之化下,草偃風從:《論語·顏淵》:"君子之德風,小人之德草。草上之風,必偃。"孔安國注:"偃,仆也。加草以風,無不仆者,猶民之化于上。"虛寡:《魏書·皇后傳》:"高祖詔曰:'朕以虛寡,幼纂寶歷。'"動俗:《文選》李善注引蔡邕《姜肱碑》:"至德動俗,邑中化之。""上之"四句,《文選》張銑注:"言上之化下,如草之偃卧必從於風。而我好學虛寡,弗能得動於時俗,惟此。帝自謂也。"

　　[二三]紫衣賤服,猶化齊風:《韓非子·外儲説左上》:"齊桓公好服紫,一國盡服紫。當是時也,五素不得一紫。桓公患之,謂管仲曰:'寡人好服紫,紫貴甚,一國百姓好服紫不已,寡人奈何?'管仲曰:'君欲何不試勿衣紫也,謂左右曰:吾甚惡紫之臭。'於是左右適有衣紫而進者,公必曰:少卻,吾惡紫臭。公曰:'諾。'於是日,郎中莫衣紫;其明日,國中莫衣紫;三日,境内莫衣紫也。"

　　[二四]長纓鄙好,且變鄒俗:《韓非子·外儲説左上》:"鄒君好服長纓,左右皆服長纓,纓甚貴,鄒君患之,問左右。左右曰:'君好服,百姓亦多服,是以貴。'君因先自斷其纓而出,國中皆不服長纓。"

　　[二五]德慙往賢,業優前事:《文選》呂向注:"言以德薄於往賢,而帝業則優於前事。意欲儒學化下也。"往賢,前賢、先賢。前事,《史記·秦始皇本紀》:"野諺曰:'前事之不忘,後事之師也。'"

　　[二六]搢紳:即縉紳。見《爲吏部謝表》注[七]。禄利然也:《漢書·儒林傳贊》:"大師衆至千餘人,蓋禄利之路然也。"

　　[二七]傾心駿骨:《新序·雜事三》記郭隗曰:"臣聞,古之人君,有以千金求千里馬者,三年不能得。涓人言於君曰:'請求之。'君遣之。三月,得千里馬,馬已死,買其骨五百金,反以報君。君大怒,曰:'所求者生馬,安用死馬,捐五百金!'涓人對曰:'死馬且市之五百金,況生馬乎?天下必以王爲能市馬,馬今至矣。'於是不期年,千里馬至者二。今王誠欲必致士,請從隗始。隗且見事,況賢於隗者乎?豈遠千里哉!"傾心,一心嚮往,愛慕。阮

瑜《爲曹公作書與孫權》:"若憐子布,願言俱存,亦能傾心去恨,順君之情,更與從事,取其後善。"駿骨,喻賢才。孔融《論盛孝章書》:"燕君市駿馬之骨,非欲以騁道里,乃當以招絶足也。"非思真龍:《新序·雜事五》:"子張見魯哀公,七日而哀公不禮,託僕夫而去,曰:'臣聞君好士,故不遠千里之外,犯霜露,冒塵垢,百舍重趼,不敢休息以見君,七日而君不禮,君之好士也,有似葉公子高之好龍也。葉公子高好龍,鈎以寫龍,鑿以寫龍,屋室雕文以寫龍,於是夫龍聞而下之,窺頭於牖,拖尾於堂,葉公見之,棄而還走,失其魂魄,五色無主,是葉公非好龍也,好夫似龍而非龍者也。今臣聞君好士,故不遠千里之外以見君,七日不禮,君非好士也,好夫似士而非士者也。'"思,古同"惺"。

[二八]輜軿:輜車和軿車,都是有屏蔽的車。軿車四面有衣蔽,衣車後有衣蔽,而前開户,可以啓閉;輜車則前有衣蔽,而後開户。泛指有衣蔽之車,多爲婦人所乘。《漢書·張敞傳》:"禮,君母出門則乘輜軿。"顏師古注:"輜軿,衣車也。"青紫:漢制,丞相、太尉皆金印紫綬,御史大夫銀印青綬,三府官最崇貴。《漢書·夏侯勝傳》:"勝每講授,常謂諸生曰:'士病不明經術;經術苟明,其取青紫如俛拾地芥耳。'"因借指高官顯爵。如拾地芥:比喻取之極易。《漢書·夏侯勝傳》"其取青紫如俛拾地芥耳"顏師古注:"地芥,謂草芥之横在地上者。"

[二九]惰游:謂懶散不學習。《禮記·玉藻》:"垂綾五寸,惰游之士也。"廢業:放棄正業。《禮記·檀弓上》:"大功廢業。"十室而九:《抱朴子·用刑》:"徐福出而重號咷之讎,趙高入而屯豺狼之黨,天下欲反,十室而九。"

[三〇]鳴鳥:指鳳凰。《尚書·君奭》:"收罔勖不及,耇造德不降,我則鳴鳥不聞,矧曰其有能格?"孔穎達疏:"王朝之臣有不勉力者,今與汝留輔成王者,正欲收斂教誨。無自勉力不及道義者,當教之勉力,使其及道義也。我欲成立此化,而老成德之人不肯降意爲之。我周家則鳴鳳尚不聞知,況曰其有能如伊尹之輩,使其功格於皇天乎?言太平不可冀也。"《子衿》:《詩·鄭風·子衿》《毛詩序》:"《子衿》,刺學校廢也。亂世則學校不修焉。"不作:班固《兩都賦序》:"王澤竭而詩不作。"

[三一]弘獎:見《爲范始興求爲太宰立碑表》注[三七]。斯既然矣:《漢書·趙充國傳》:"失之毫釐,差以千里,是既然矣。"

[三二]寂寞:清靜。《文子·微明》:"道者,寂寞以虚無,非有爲於物也。"良規:有益的規諫。《三國志·魏書·王朗傳》:"朕繼嗣未立,以爲君憂,欽納至言,思聞良規。""猶其"二句,《文選》張銑注:"秀才猶如寂寞之中必有良善之規摹,使致善道而來見於目也。道生寂寞,故言也。"

問:朕立諫鼓,設謗木,於茲三年矣[三三]。比雖輻湊闕下,多非政要[三四];日伏青蒲⑧,罕能切直[三五]。將齊季多諱,風流遂往[三六]。將謂朕空然慕古,虛受弗弘[三七];然自君臨萬寓,介在民上[三八],何嘗以一言失旨,轉徙朔方[三九];眭眦有違,論輸左校[四〇],而使直臣杜口,忠讜路絕⑨[四一]? 將恐弘長之道,別有未周[四二]。悉意以陳⑩,極言無隱[四三]。

【校　記】
⑧蒲:明州本作“規”。
⑨路絕:明州本作“絕路”。
⑩意:明州本作“心”。

【箋　注】
[三三]立諫鼓,設謗木:《鄧析子·轉辭》:“堯置敢諫之鼓,舜立誹謗之木,湯有司直之人,武有戒慎之銘。此四君子者,聖人也。”諫鼓,設於朝廷供進諫者敲擊以聞之鼓。謗木,《史記·孝文本紀》:“上曰:‘古之治天下,朝有進善之旌,誹謗之木,所以通治道而來諫者。’”裴駰集解引服虔曰:“堯作之,橋梁交午柱頭。”引應劭曰:“橋梁邊板,所以書政治之愆失也。至秦去之,今乃復施也。”司馬貞索隱按:“尸子云‘堯立誹謗之木。’”韋昭云:“慮政有闕失,使書於木,此堯時然也,後代因以爲飾。今宮外橋梁頭四植木是也。”於茲三年矣:天監元年(五〇二)設立,至此三年。《梁書·武帝紀中》:“(天監元年夏四月)癸酉,詔曰:‘商俗甫移,遺風尚熾,下不上達,由來遠矣。升中馭索,增其懍然。可於公車府謗木肺石傍各置一函。若肉食莫言,山阿欲有橫議,投謗木函。若從我江、漢,功在可策,犀兕徒弊,龍蛇方縣;次身才高妙,擯壓莫通,懷傅、呂之術,抱屈、賈之歎,其理有皦然,受困包匭;夫大政侵小,豪門陵賤,四民已窮,九重莫達。若欲自申,並可投肺石函。’”

[三四]輻湊:即“輻輳”。眾輻集於轂。引申爲聚集。形容人或物聚集,像車輻集中於車轂一樣。《管子·任法》:“群臣修通輻湊,以事其主,百姓輯睦聽令,道法以從其事。”闕下:宮闕之下。《史記·梁孝王世家》:“於是梁王伏斧質於闕下,謝罪。”政要:施政要領。《後漢書·蔡邕傳》:“(建寧)六年七月,制書引咎,誥群臣各陳政要所當施行。”

[三五]青蒲:青色的蒲團。《漢書·史丹傳》:“丹以親密臣得侍視疾,候上間獨寢時,丹直入臥內,頓首伏青蒲上。”顏師古注:“服虔曰:‘青緣蒲席也。’應劭曰:‘以青規地曰青蒲。自非皇后不得至此。’孟康曰:‘以蒲青

爲席,用蔽地也。’師古曰:‘應説是也。’”切直:切磋相正。

　　[三六]將:且,又。《詩·小雅·谷風》:“將安將樂,女轉棄予。”多諱:《老子》五十七章:“天下多忌諱而民彌貧。”風流:見《答陸倕〈感知己賦〉》注[八]。遂往:司馬相如《上林賦》:“恐後世靡麗,遂往而不反,非所以爲繼嗣創業垂統也。”

　　[三七]空然:徒然。慕古:仰慕古往。《管子·正世》:“不慕古,不留今,與時變,與俗化。”虛受:見《府僚重請牋》注[二]。弘:大。

　　[三八]君臨萬寓:見《追封衡陽王桂陽王詔》注[八]。介:特。在民上:漢宣帝《罪己詔》:“朕承洪業,奉宗廟,託於士民之上也。”

　　[三九]以一言失旨,轉徙朔方:用蔡邕進言獲罪典。《後漢書·蔡邕傳》:漢靈帝時妖異數見,人相驚擾。特詔問蔡邕曰:“以邕經學深奧,故密特稽問,宜披露失得,指陳政要,勿有依違,自生疑諱。具對經術,以皁囊封上。”蔡邕對曰:“臣伏思諸異,皆亡國之怪也。天於大漢,殷勤不已,故屢出祅變,以當譴責,欲令人君感悟,改危即安。今災眚之發,不於它所,遠則門垣,近在寺署,其爲監戒,可謂至切。蜺墮雞化,皆婦人干政之所致也。前者乳母趙嬈,貴重天下,生則貨藏僤於天府,死則丘墓踰於園陵,兩子受封,兄弟典郡;續以永樂門史霍玉,依阻城社,又爲姦邪。今者道路紛紛,復云有程大人者,察其風聲,將爲國患。宜高爲隄防,明設禁令,深惟趙、霍,以爲至戒。今聖意勤勤,思明邪正。而聞太尉張顥,爲玉所進;光禄勳姓璋,有名貪濁;又長水校尉趙玹、屯騎校尉蓋升,並叨時幸,榮富優足。宜念小人在位之咎,退思引身避賢之福。……夫宰相大臣,君之四體,委任責成,優劣已分,不宜聽納小吏,雕琢大臣也。又尚方工技之作,鴻都篇賦之文,可且消息,以示惟憂。……近者以辟召不慎,切責三公,而今並以小文超取選舉,開請託之門,違明王之典,衆心不厭,莫之敢言。臣願陛下忍而絶之,思惟萬機,以答天望。”章奏,帝覽而歎息,因起更衣,曹節於後竊視之,悉宣語左右,事遂漏露。其爲邕所裁黜者,皆側目思報。初,邕與司徒劉郃素不相平,叔父衛尉蔡質又與中常侍程璜女夫將作大匠陽球有隙。璜遂使人飛章言邕、質數以私事請託於郃,郃不聽,邕含隱切,志欲相中。於是詔下尚書,召邕詰狀。下邕、質於洛陽獄,核以仇怨奉公,議害大臣,大不敬,棄市。事奏,中常侍吕强愍邕無罪,請之,帝亦更思其章,有詔減死一等,與家屬髡鉗徙朔方,不得以赦令除。失旨,義同“失指”。不合帝王旨意。《漢書·張騫傳》:“(使者)來還不能無侵盗幣物,乃使失指。”顔師古注:“乖天子指意。”轉徙,輾轉遷移。鼂錯《守邊勸農疏》:“往來轉徙,時至時去,此胡人之生業。”朔方,北方。《尚書·堯典》:“申命和叔,宅朔方,曰幽都。”

　　[四〇]睚眦:怒目而視。借指微小的怨忿。《史記·龜策列傳》:"素有
眥睚不快,因公行誅,恣意所傷,以破族滅門者,不可勝數。"論輸左校:《後
漢書·虞詡傳》:"時中常侍張防特用權執,每請託受取,詡輒案之,而屢寢
不報。詡不勝其憤,乃自繫廷尉,奏言曰:'昔孝安皇帝任用樊豐,遂交亂嫡
統,幾亡社稷。今者張防復弄威柄,國家之禍將重至矣。臣不忍與防同朝,
謹自繫以聞,無令臣襲楊震之迹。'書奏,防流涕訴帝,詡坐論輸左校。"論
輸,定罪而罰作勞役。《史記·黥布列傳》:"布已論輸麗山。"張守節正義:
"言布論決受黥竟,麗山作陵也。"左校,官署名。《通典·職官二十七·諸
卿下》"將作監":"左、右校署:秦及漢初有左、右、前、後、中五校令,後唯置
左、右校令。後漢因之,掌左、右工徒。魏并左校、右校於材官。晋左、右校
屬少府。宋以後並有左校令、丞。"

　　[四一]直臣:直言諫諍之臣。《漢書·朱雲傳》:"及後當治檻,上曰:
'勿易!因而輯之,以旌直臣。'"杜口:閉口不言。《戰國策·秦三》:"(范
雎曰)臣之所恐者,獨恐臣之死後,天下見臣盡忠而身蹶也,是以杜口裹足,
莫肯即秦耳。"忠讜:忠誠正直。蔡邕《琅邪王傅蔡朗碑》:"規誨之策,日諫
於庭,忠讜著烈,令聞流行。"路絶:見《爲蕭揚州作薦士表》注[一二]。

　　[四二]將恐:《詩·小雅·谷風》:"將恐將懼,惟予與汝。"弘長:弘大
長遠。《文選》袁宏《三國名臣序贊》:"士元弘長,雅性内融。"李周翰注:
"弘,大;長,遠也。言其思慮大遠也。""將恐"二句:《文選》呂向注:"言我
雖不嘗有讒邪所爲,而直臣忠正絶路,恐大長之道有所不周。"

　　[四三]悉意以陳:《漢書·元帝紀》:"其悉意陳朕過,靡有所諱。"悉
意,盡心。極言無隱:《漢書·李尋傳》:"(哀帝)使侍中衛尉傅喜問尋曰:
'間者水出地動,日月失度,星辰亂行,災異仍重,極言毋有所諱。'"極言,盡
請説出、直言規勸。《禮記·禮運》:"言偃復問曰:'夫子之極言禮也,可得
而聞與?'"無隱,《逸周書·大匡》:"慎問其故,無隱乃情。"

王文憲集序^{(一)①}

【題　解】

　　任昉向以筆札見知於王儉,永明七年(四八九),王儉薨,任昉綴緝其遺
文成集,並爲作序,即此文。

　　(一)序:又作"叙""緒",就是在著述編撰完成後,對其編撰緣由、内容、體例和目次加以叙述、
申説。

王文憲:王儉薨後,有詔謚文憲公。《南齊書》卷二十三有傳。

　　公諱儉,字仲寶,琅邪臨沂人也[一]。其先自秦至宋,國史家諜詳焉[二]。晋中興以來,六世名德,爲海内冠冕②[三]。古語云"仁人之利""天道運行"[四],故呂虔歸其佩刀,郭璞誓以淮水[五]。若離、蔚之止殺,吉、駿之誠感[六],蓋有助焉[七]。

【校　記】

①王文憲集序:《藝文類聚》作"齊王儉集序"。
②"海"上,李善本與《全梁文》無"爲"字。

【箋　注】

　　[一]公諱儉,字仲寶,琅邪臨沂人也:《南齊書·王儉傳》:"王儉,字仲寶,琅邪臨沂人也。"

　　[二]其先自秦至宋,國史家諜詳焉:《文選》李善注引《琅邪王氏録》曰:"王氏之先出自周王子晋。秦有王翦、王離,世爲名將。"先,始祖。國史,一國或一朝的歷史。《後漢書·班固傳》:"既而有人上書顯宗,告固私改作國史者,有詔下郡,收固繫京兆獄,盡取其家書。"家諜,即"家牒"。舊時家族世系的譜牒。《七略》:"子雲家諜,言以甘露元年生也。"

　　[三]晋中興:指東晋建立。六世名德:《南齊書·王儉傳》:"祖曇首,宋右光禄。父僧綽,金紫光禄大夫。儉生而僧綽遇害,爲叔父僧虔所養。"《南史·王曇首傳》:"王曇首,太保弘之弟也。"《南史·王弘傳》:"王弘字休元,琅邪臨沂人也。曾祖導,晋丞相,祖洽,中領軍,父珣,司徒。"《晋書·王導傳》:"王導字茂弘,光禄大夫覽之孫也。父裁,鎮軍司馬。……導六子:悦、恬、洽、協、劭、薈。……洽字敬和,導諸子中最知名,與荀羨俱有美稱。……二子:珣、珉。"《晋書·王祥傳附弟覽》:"覽字玄通。……有六子:裁、基、會、正、彦、琛。……裁字士初,撫軍長史。……覽後奕世多賢才,興於江左矣。裁子導,別有傳。"綜上所引,晋中興以來六世依次爲:裁,導,洽,珣,僧綽,曇首。名德,名望與德行。《後漢書·黄琬傳》:"(董)卓猶敬其名德舊族,不敢害。"冠冕,見《爲蕭揚州作薦士表》注[一六]。

　　[四]仁人之利:《左傳·昭公三年》:"君子曰:'仁人之言,其利博哉!'"天道運行:《莊子·天道》:"天道運而無所積,故萬物成。"

　　[五]呂虔歸其佩刀:《晋書·王祥傳附弟覽》:"初,呂虔有佩刀,工相之,以爲必登三公,可服此刀。虔謂(王)祥曰:'苟非其人,刀或爲害。卿有

公輔之量,故以相與。'祥固辭,强之乃受。祥臨薨,以刀授覽曰:'汝後必興,足稱此刀。'覽後奕世多賢才,興於江左矣。"郭璞誓以淮水:《晋書·王導傳附子薈》:"初,導渡淮,使郭璞筮之,卦成,璞曰:'吉,無不利。淮水絶,王氏滅。'其後子孫繁衍,竟如璞言。"

[六]離、翦之止殺:《史記·白起王翦列傳》:"王翦者,頻陽東鄉人也。少而好兵,事秦始皇。始皇十一年,翦將攻趙閼與,破之,拔九城。十八年,翦將攻趙。歲餘,遂拔趙,趙王降,盡定趙地爲郡。明年,燕使荆軻爲賊於秦,秦王使王翦攻燕。燕王喜走遼東,翦遂定燕薊而還。……王翦果代李信擊荆。……荆數挑戰而秦不出,乃引而東。翦因舉兵追之,令壯士擊,大破荆軍。至蘄南,殺其將軍項燕,荆兵遂敗走。秦因乘勝略定荆地城邑。歲餘,虜荆王負芻,竟平荆地爲郡縣。因南征百越之君。……秦始皇二十六年,盡并天下,王氏、蒙氏功爲多,名施於後世。……陳勝之反秦,秦使王翦之孫王離擊趙,圍趙王及張耳鉅鹿城。"止殺,《尚書·大禹謨》:"刑期于無刑,民協于中,時乃功,懋哉。"孔安國傳:"雖或行刑,以殺止殺,終無犯者。"吉、駿之誠感:《漢書·王吉傳》:"王吉字子陽,琅邪皋虞人也。……爲博士諫大夫。……始吉少時學問,居長安。東家有大棗樹垂吉庭中,吉婦取棗以啖吉。吉後知之,乃去婦。東家聞而欲伐其樹,鄰里共止之,因固請吉令還婦。里中爲之語曰:'東家有樹,王陽婦去;東家棗完,去婦復還。'其屬志如此。(子)駿,遷諫大夫,使責淮陽憲王。……駿乃代(薛)宣爲御史大夫,並居位。……駿爲少府時,妻死,因不復娶,或問之,駿曰:'德非曾參,子非華、元,亦何敢娶?'"

[七]有助:《漢書·張湯傳贊》:"漢興以來,侯者百數,保國持寵,未有若富平者也。湯雖酷烈,及身蒙咎,其推賢揚善,固宜有後。安世履道,滿而不溢。賀之陰德,亦有助云。"

　　公之生也,誕受命世③[八],體三才之茂典④,踐得二之庶幾⑤[九],信乃昂宿垂芒,德精降祉[一○],有一於此,蔚爲帝師[一一]。況乃淵角殊祥,山庭異表[一二],望衢罕窺其術,觀海莫際其瀾[一三]。宏覽載籍,博游才義[一四],若乃《金版》《玉匱》之書,海上名山之旨[一五],沉鬱澹雅之思,離堅、合異之談[一六],莫不總制清衷,遞爲心極。斯固通人之所包,非虛明之絶境,不可窮者,其惟神用者乎[一七]!然檢鏡所歸,人倫以表⑥[一八],雲屋天構,匠者何工⑦[一九]。自函洛不守⑧,憲章中輟[二○],賀生達禮之宗,蔡公儒林之亞[二一],闕典未補,大備茲日[二二]。至若齒危髮秀之老⑨,含經味道之生[二三],莫不北面人宗,自同資敬[二四]。性託夷遠,少屏塵雜[二五],自非可以弘獎風流,增益標勝,未嘗留心也⑩[二六]。

【校　記】

③受:《藝文類聚》與《文選》作"授"。

④"茂"下,《藝文類聚》與李善本無"典"字。

⑤"幾"上,《藝文類聚》與李善本無"庶"字。

⑥以:明州本作"異"。

⑦"何"下,李善本脱"工"字。

⑧函:李善本與《全梁文》作"咸"。

⑨秀:薈要本與《全梁文》作"秃"。

⑩"心"下,李善本與《全梁文》無"也"字。

【箋　注】

[八]誕受:接受。《尚書·微子之命》:"皇天眷佑,誕受厥命。"誕,語助詞。命世:著名於當世。多用以稱譽有治國之才者。《漢書·楚元王傳贊》:"聖人不出,其間必有命世者焉。"

[九]體三才之茂典:《易·繫辭下》:"有天道焉,有人道焉,有地道焉。兼三而材兩之,故六。六者非它也,三材之道也。""材"通"才"。三才,謂天、地、人。茂典,盛美的典章、法則。踐得二之庶幾:《易·繫辭下》:"子曰:顏氏之子,其殆庶幾乎?有不善,未嘗不知,知之未嘗復行也。"韓康伯注:"在理則昧,造形而悟,顏子之分也。失之於幾,故有不善。得之於二,不遠而復,故知之未嘗復行也。"得二,謂善於憑藉正反兩方面的條件,及時因勢利導,以達目的。二,指陰、陽,亦具體指吉與凶、善與惡、得與失等。"體三"二句,意謂王儉體悟天、地、人三才之法則,是能根據事物正反兩方面變化處理事務的賢才。

[一〇]昴宿垂芒:《文選》張銑注引《春秋佐助明》曰:"漢相蕭何,昴星之精。垂芒,謂發秀也。"德精降祉:《異苑》卷四:"陳仲弓從諸子姪造荀季和父子,於時德星聚。太史奏:'五百里内有賢人聚。'"精,星也。降祉,賜福。

[一一]有一於此:《左傳·成公二年》:"韓厥獻丑父,郤獻子將戮之,呼曰:'自今無有代其君任患者,有一於此,將爲戮乎?'"帝師:帝王之師。《史記·留侯世家》:"今以三寸舌爲帝者師,封萬户,位列侯,此布衣之極,於良足矣。""有一"二句,《文選》張銑注:"言得此一精,則蔚然而起

爲帝王之師也。”

[一二]淵角：即月角。額骨右邊隆起，舊時星相家謂爲聖賢之相。《文選》李善注引《論語撰考讖》曰：“顔回有角額，似月形。淵，水也。月是水積，故名淵。”殊祥：不同尋常的祥瑞。山庭：鼻子。《文選》李善注：“《摘輔像》曰：子貢山庭斗繞口。謂面有三庭，言山在中，鼻高有異相也。”異表：奇特的外貌。《白虎通·聖人》：“聖人皆有異表。《傳》曰：‘伏羲日禄衡連珠，大目山准龍狀，作《易》八卦以應樞。’”“淵角”二句，言王儉猶如聖賢，天生異表。

[一三]望衢罕窺其術，觀海莫際其瀾：《孟子·盡心上》：“孟子曰：‘觀水有術，必觀其瀾。’”趙岐注：“瀾，水中大波也。”“望衢”二句，《文選》劉良注：“衢、術，皆道也。言人雖欲望其道，其道幽遠，常不能見者；如觀海水，莫能至波瀾深淺者也。際，至也。”

[一四]宏覽：廣泛瀏覽。載籍：書籍。《史記·伯夷列傳》：“夫學者載籍極博，猶考信於六藝。”博：廣泛。游：朱熹《四書章句》注“游於藝”曰：“游者，玩物適情之謂。”才義：才學道義。《後漢書·列女傳·袁隗妻》：“（馬）倫妹芝，亦有才義。”

[一五]《金版》《玉匱》之書：《文選》李善注：“《七略》曰：太公《金版》《玉匱》，雖近世之文，然多善者。”《抱朴子·遐覽》：“道經有……《銀函玉匱記》《金板經》。”海上名山之旨：《後漢書·荀爽傳》：“（爽）後遭黨錮，隱於海上，又南遁漢濱，積十餘年，以著述爲事，遂稱爲碩儒。”司馬遷《報任少卿書》：“僕誠著此書，藏諸名山。”

[一六]沉鬱：含蘊深刻。澹雅：澹泊高雅。劉歆《與揚雄書從取方言》：“非子雲澹雅之才，沉鬱之思，不能經年鋭積，以成此書。”離堅、合異之談：戰國名家公孫龍的“離堅白”和惠施的“合同異”之説。比喻善辯、詭辯。《史記·魯仲連列傳》“好奇偉俶儻之畫策”司馬貞索隱：“魯仲連子云：‘齊辯士田巴，服狙丘，議稷下，毀五帝，罪三王，服五伯，離堅白，合同異，一日服千人。’”《莊子·秋水》：“公孫龍問於魏牟曰：‘龍少學先王之道，長明仁義之行；合同異，離堅白。’”《吕氏春秋·似順論》：“相劍者曰：‘白所以爲堅也，黄所以爲牣也，黄白雜則堅且牣，良劍也。’難者曰：‘白所以爲不牣也，黄所以爲不堅也，黄白雜則不堅且不牣也。又柔則錈，堅則折，劍折且錈，焉得爲利劍？’”

[一七]“莫不”四句：《文選》李善注：“言《金版》《玉匱》之書，無不制在情衷，爲心之極，斯故通人君子或能兼而包之，故非王公之絶境也。然其不可窮而盡者，其唯有神用乎？言難測也。”總制，總聚其制度。清衷，純潔

的内心。心極,佛教術語,心者心髓也,極者至極也,言義理之心髓至極也。通人,學識淵博通達的人。《莊子·秋水》:"當桀紂而天下無通人,非知失也。"虚明,指内心清虚純潔。絶境,極爲高超之境界。神用,神明的作用。

[一八]檢鏡:察鑒。《弘明集·合氣釋罪三逆》:"誠願明天檢鏡斯輩,物我端清,莫負冥詔。"人倫:人類。《荀子·富國》:"人倫並處,同求而異道,同欲而異知,生也。"楊倞注:"倫,類也。"

[一九]雲屋:高樓。班婕妤《自悼賦》:"仰視兮雲屋,雙涕兮橫流。"天構:天然構成。匠者:工匠。《莊子·逍遥游》:"吾有大樹,人謂之樗。其大本擁腫而不中繩墨,其小枝卷曲而不中規矩。立之塗,匠者不顧。""雲屋"二句,意謂王儉爲人倫表率,實乃天生,猶如高樓乃天工所爲,無關工匠。

[二〇]函洛:指長安、洛陽二京。不守:劉琨《勸進表》:"臣等奉表使還,仍承西朝,以去年十一月不守。"憲章:典章制度。《後漢書·袁紹傳》:"觸情放慝,不顧憲章。"中輟:中止,中斷。潘岳《笙賦》:"舞既蹈而中輟,節將撫而弗及。"

[二一]賀生達禮之宗:《文選》李善注引《晉中興書》曰:"賀循字彦先。博覽群書,尤明三《禮》,爲江東儒宗,徵拜博士。"《晉書·賀循傳》:"賀循字彦先,會稽山陰人也。……朝廷疑滯皆諮之於循,循輒依經禮而對,爲當世儒宗。……循少玩篇籍,善屬文,博覽衆書,尤精禮傳。"蔡公儒林之亞:《文選》李善注引《晉中興書》曰:"諸葛恢字道明。時與潁川荀顗字道明,陳留蔡謨字道明,俱有名譽,號曰'中興三明'。時人爲之歌曰:'京都三明各有名,蔡氏儒雅荀葛清。'"《晉書·蔡謨傳》:"蔡謨字道明,陳留考城人也。……謨博學,於禮儀宗廟制度多所議定。"

[二二]闕典未補:揚雄《劇秦美新》:"帝典闕而不補,王綱弛而未張。"闕典,殘缺的典章制度。大備:完備。《莊子·徐無鬼》:"夫大備矣,莫若天地。然奚求焉?而大備矣!"成玄英疏:"備,具足也。""自函洛"六句,言王儉恢復自西晉滅亡以來久已殘缺的禮制。此事《南齊書·禮志上》有明確記載:"晉初司空荀顗因魏代前事,撰爲《晉禮》,參考今古,更其節文,羊祜、任愷、庾峻、應貞並共刪集,成百六十五篇。後摯虞、傅咸續續此製,未及成功,中原覆没……永明二年,太子步兵校尉伏曼容表定禮樂。於是詔尚書令王儉制定新禮,立治禮樂學士及職局,置舊學四人,新學六人,正書令史各一人,幹一人,祕書省差能書弟子二人。因集前代,撰治五禮,吉、凶、賓、軍、嘉也。"

[二三]齒危髮秀之老:《文選》吕向注:"齒危,謂老者齒將落也。髮秀,謂髮白也。"李善注:"鄭玄《禮記注》曰:危,高也。然齒危謂高年也。髮秀

猶秀眉也。”含經：心懷常道。《東觀漢記·郭丹傳》：“太守杜詩曰：古者卿士讓位，今功曹稽古含經，可謂至德。”味道：蔡邕《被州辟辭讓申屠蟠》：“安貧樂潛，味道守真。”生：《文選》呂向注：“生者，人有德之稱。”

[二四]北面：謂拜人爲師，行弟子敬師之禮。《漢書·于定國傳》：“定國乃迎師學《春秋》，身執經，北面備弟子禮。”人宗：謂受人尊崇的人。資敬：謂用尊敬父親的態度尊敬君王。《孝經·士》：“資於事父以事君，而敬同。”

[二五]性託：即託性。賦性，秉性。夷遠：平和而高遠。屏：摒棄。塵雜：見《爲蕭揚州作薦士表》注[二〇]。

[二六]弘獎：見《爲范始興求爲太宰立碑表》注[三七]。風流：風尚習俗。《漢書·刑法志》：“吏安其官，民樂其業，畜積歲增，户口寖息。風流篤厚，禁罔疏闊。”增益：增加，增添。宋玉《高唐賦》：“交加累積，重疊增益。”標勝：猶高勝。指高尚之道。留心：關注，關心。《文子·微明》：“聖人常從事於無形之外，而不留心於已成之内。”“性託”五句，《文選》劉良注：“言公性託簡易，志在高遠，少小屏棄塵雜之事，自非大勸風俗增益高勝之道者，未嘗留心。言志在大不在小也。”

　　期歲而孤，叔父司空簡穆公早所器異[二七]。年始志學，家門禮訓，折衷於公⑪[二八]。孝友之性，豈伊橋梓[二九]；夷雅之體，無待韋弦[三〇]。汝郁之幼挺滔至，黄琬之早標聰察，曾何足尚[三一]。年六歲，襲封豫寧侯。拜日，家人以公尚幼，弗之先告。既襲珪組⑫，對揚王命，因便感咽，若不自勝[三二]。初，宋明帝居藩，與公母武康公主素不協，及即位，有詔毁廢舊塋⑬，投棄棺柩，公以死固請，誓不遵奉，表啓酸切，義感人神，太宗聞而悲之，遂無以奪也[三三]。初拜秘書郎，遷太子舍人，以選尚公主，拜駙馬都尉。元徽初，遷秘書丞[三四]。於是采公曾之《中經》，刊弘度之《四部》[三五]，依劉歆《七略》，更撰《七志》[三六]。蓋嘗賦詩云：“稷契匡虞夏，伊吕翼商周。”自是始有應務之迹，生民屬心矣[三七]。時司徒袁粲有高世之度，脱落塵俗⑭，見公弱齡，便望風推服[三八]，歎曰：“衣冠禮樂，盡在是矣。”⑮[三九]時粲位亞台司，公年始弱冠⑯，年勢不侔，公與之抗禮[四〇]。因贈粲詩，要以歲暮之期，申以止足之戒[四一]。粲答詩云⑰：“老夫亦何寄，之子照清襟。”[四二]

【校　記】

⑪“折”上，《文選》與《全梁文》有“皆”字。

⑫珪：信述堂本、張燮本與薈要本作“絓”。今從《文選》與《全梁文》。

⑬毀廢：《全梁文》作“廢毀”，明州本與薈要本作“毀發”。

⑭塵俗：明州本與《藝文類聚》作“風塵”。

⑮“在”上，《全梁文》與李善本無“盡”字。

⑯“始”上，《藝文類聚》無“年”字。

⑰云：李善本與《全梁文》作“曰”。《藝文類聚》無“粲答”至“補太尉右長史”九十一字。

【箋　注】

[二七]期歲而孤，叔父司空簡穆公早所器異：《南史·王曇首傳附孫儉》：“儉字仲寶，生而僧綽遇害，爲叔父僧虔所養。……幼篤學，手不釋卷。賓客或相稱美，僧虔曰：‘我不患此兒無名，政恐名太盛耳。’乃手書崔子玉座右銘以貽之。”期歲，一周歲。叔父司空簡穆公：《南齊書·王僧虔傳》：“世祖即位……僧虔……遷侍中。……薨，追贈司空，侍中如故。謚簡穆公。”器異：猶器重。《後漢書·馬援傳附兄子嚴》：“（嚴）因覽百家群言，遂交結英賢，京師大人咸器異之。”

[二八]年始志學：謂十五歲。志學：見《爲褚諮議蓁讓代兄襲封表二》注[二○]。家門：猶家族。《易林·臨之遯》：“八百諸侯，不期同時，慕西文德，興我宗族，家門雍睦。”禮訓：有關禮儀的教育訓導。折衷：同“折中”。謂和二者，取其中正，無所偏頗。《論衡·自紀》：“上自黃唐，下臻秦漢而來，折衷以聖道，析理於通材。”

[二九]孝友：見《弔樂永世書》注[一]。豈伊橋梓：《尚書大傳·梓材》：“伯禽與康叔見周公，三見而三笞之。康叔有駭色，謂伯禽曰：‘有商子者，賢人也。與子見之。’乃見商子而問焉。商子曰：‘南山之陽有木焉，名喬。’二三子往觀之，見喬實高高然而上，反以告商子。商子曰：‘喬者，父道也。南山之陰有木焉，名梓。’二三子復往觀之，見梓實晉晉然而俯，反以告商子。商子曰：‘梓者，子道也。’二三子明日見周公，入門而趨，登堂而跪。周公迎拂其首，勞而食之，曰：‘爾安見君子乎？’”後因以“橋梓”比喻父子。橋，通“喬”。“孝友”二句，《文選》呂向注：“言王公有孝友之性，自天而成，豈惟見橋梓而知也。”

[三○]夷，平也。體，性也。韋，皮繩，喻緩也。弦，弓弦，喻急也。《韓非子·觀行》：“西門豹之性急，故佩韋以自緩；董安于之心緩，故佩弦以自

急。”“夷雅”二句,《文選》呂向注:“言王公平雅之性,無待此韋弦以成也,蓋自天性得中也。”

[三一]汝郁之幼挺涫至:《文選》李善注引《東觀漢記·汝郁傳》曰:“汝郁字幼異,陳國人。年五歲,母被病不能飲食,郁常抱持啼泣,亦不肯飲食。母憐之,强爲餐飯,欺言已愈。郁察母顔色不平,輒復不食。宗親共奇異之,因字幼異。”挺,拔也。涫至,至孝。涫,同“淳”。黄琬之早標聰察:《後漢書·黄琬傳》:“黄琬字公琰。少失父。早而辯慧。祖父瓊,初爲魏郡太守,建和元年正月日食,京師不見而瓊以狀聞。太后詔問所食多少,瓊思其對而未知所況。琬年七歲,在傍,曰:‘何不言日食之餘,如月之初?’瓊大驚,即以其言應詔,而深奇愛之。”標,立也。聰察,《三國志·魏書·鄧哀王沖傳》:“少聰察岐嶷,生五六歲,智意所及,有成人之智。”“汝郁”三句,《文選》李善注:“言此二子淳孝聰察,比之王公,則二子曾何足尚也。”

[三二]“年六歲”九句:《南齊書·王儉傳》:“數歲,襲爵豫寧侯,拜受茅土,流涕嗚咽。”襲封,見《爲褚諮議蓁讓代兄襲封表一》題解。襲,繼承。珪組,玉圭與印綬。《晉書·張軌傳論》:“綰累葉之珪組,賦絶域之琛寶。”對揚王命,《尚書·説命下》:“敢對揚天子之休命。”孔安國傳:“對,答也。答受美命而稱揚之。”感咽,感動得泣不成聲。《西京雜記》卷一:“(漢宣帝)及即大位,每持此鏡,感咽移辰。”自勝,克制自己。《老子》三十三章:“勝人者有力,自勝者强。”

[三三]“初,宋明帝”十二句:《南齊書·王儉傳》:“丹陽尹袁粲聞其名,言之於明帝,尚陽羨公主,拜駙馬都尉。帝以儉嫡母武康公主同太初巫蠱事,不可以爲婦姑,欲開塚離葬,儉因人自陳,密以死請,故事不行。”宋明帝,即宋太宗劉彧(四六五年—四七二年在位)。字休炳,小字榮期,宋文帝劉義隆第十一子,宋孝武帝劉駿異母弟。居藩,爲藩王。公母武康公主,《南史·王僧綽傳》:“僧綽……襲封豫寧縣侯,尚文帝長女東陽獻公主。”《南齊書·王儉傳》稱“武康公主”。對此不同稱呼,《南齊書·王儉傳》之“校勘記”云:“王鳴盛《十七史商榷》云:‘按儉父《僧綽傳》尚東陽獻公主,此云武康,恐誤。’張森楷校勘記云:‘《宋書·王僧綽傳》及《二凶傳》並云僧綽尚東陽獻公主,此稱武康,豈改封歟?’今按《文選》任昉《王文憲集序》及《元龜》七百五十三並作‘武康’,蓋始封武康,進封東陽耳。”不協,不和。《左傳·成公十二年》:“謀其不協,而討不庭。”酸切,悲切、淒切。謝靈運《廬陵王誄》:“蓋出罔己之悲,以陳酸切之事。”人神,見《爲齊帝禪位梁王詔》注[七]。太宗,即宋明帝。

[三四]“初拜”六句:《南齊書·王儉傳》:“丹陽尹袁粲聞其名,言之於

明帝,尚陽羨公主,拜駙馬都尉。……解褐祕書郎,太子舍人,超遷祕書丞。"太子舍人,官名。東宮官。《通典·職官三十·東宮官》"太子庶子":"舍人:秦官也。漢因之,比郎中,選良家子孫。後漢無員,更直宿衛,如三署郎中。凡帝初即位,未有太子,太子官屬皆罷,唯舍人不省,屬少府。魏因之。晋有十六人,職比散騎中書侍郎,從駕則正直從,次直守。妃出則次直從。宋有四人。齊有一人。梁有十六人,掌文記。"選尚,被選中與公主匹配。王儉《褚淵碑文》:"選尚餘姚公主,拜駙馬都尉。"駙馬都尉,官名。《通典·職官十一·武官下》"三都尉":"奉車、駙馬、騎三都尉,並漢武帝元鼎二年初置。舊無員,或冠以常侍,或卿尹校尉左遷爲之。……駙馬掌駙馬(駙馬,非正駕車,皆爲副馬。一曰:附,近也,疾也)……晋武帝亦以皇室、外戚爲三都尉而奉朝請焉。元帝爲晋王,以參軍爲奉車都尉,掾屬爲駙馬都尉,行參軍舍人爲騎都尉,皆奉朝請。後罷奉車、騎二都尉,唯留駙馬都尉奉朝請而已。諸尚公主者,若劉惔、桓温等皆爲之。宋武帝永初以來,以奉朝請選雜,其尚公主者唯拜駙馬都尉。齊奉朝請駙馬都尉及散騎給事中等官,並集書省職。……梁三都尉並無員秩,其奉車、駙馬都尉,皆武冠絳朝服,銀章青綬。梁陳駙馬皆尚公主者爲之。"元徽,南朝宋後廢帝劉昱年號(四七三年正月—四七七年七月)。秘書丞,見《爲蕭揚州作薦士表》注[一五]。

[三五]采公曾之《中經》,刊弘度之《四部》:指王儉在損益荀勖《中經》、李充《四部》基礎上,重新編訂書籍目録成《元徽四部書目》之事。《南齊書·王儉傳》:"又撰定《元徽四部書目》。"采公曾之中經,《晋書·荀勖傳》:"荀勖字公曾……領祕書監,與中書令張華依劉向《別録》,整理記籍。……及得汲郡冢中古文竹書,詔勖撰次之,以爲《中經》,列在祕書。"刊弘度之《四部》,臧榮緒《晋書·文苑傳·李充》:"李充字弘度……爲大著作郎。于時典籍混亂,充刪除煩重,以類相從,分作四部,甚有條貫,祕閣以爲永制。"《文選》李善注引臧榮緒《晋書》曰:"五經爲甲部,史記爲乙部,諸子爲丙部,詩賦爲丁部。"

[三六]依劉歆《七略》,更撰《七志》:《南齊書·王儉傳》:"上表求校墳籍,依《七略》撰《七志》四十卷,上表獻之,表辭甚典。"劉歆《七略》,《漢書·藝文志》:"(劉)歆於是總群書而奏其《七略》,故有《輯略》,有《六藝略》,有《諸子略》,有《詩賦略》,有《兵書略》,有《術數略》,有《方技略》。"

[三七]"蓋嘗"五句:《南史·王儉傳》:"(王儉)少便有宰臣之志,賦詩云:'稷契匡虞夏,伊吕翼商周。'及生子,字曰玄成,取仍世作相之義。"《南齊書·王儉傳》:"少有宰相之志,物議咸相推許。"應務,處理政務。生民,見《爲齊帝禪位梁王詔》注[一四]。屬心,歸心。《後漢書·光武帝紀上》:

“老吏或垂涕曰：‘不圖今日復見漢官威儀！’由是識者皆屬心焉。”

〔三八〕“時司徒”五句：《南史·王儉傳》：“丹陽尹袁粲聞其名，及見之曰：‘宰相之門也。栝柏豫章雖小，已有棟梁氣矣，終當任人家國事。’言之宋明帝，選尚陽羨公主，拜駙馬都尉。”袁粲，《宋書·袁粲傳》：“袁粲字景倩，陳郡陽夏人。……祖母哀其幼孤，名之曰愍孫。……愍孫清整有風操，自遇甚厚，嘗著《妙德先生傳》以續嵇康《高士傳》以自況。……順帝即位，遷中書監，司徒、侍中如故。”高世之度，高出世人的氣度。脫落，袁喬《與左軍褚哀解交書》：“雖欲虛詠濠肆，脫落儀制，其能得乎！”塵俗，世俗。指日常的禮法習慣等。弱齡，見《天監三年策秀才文》注〔一七〕。望風，遠望。李陵《答蘇武書》：“遠託異國，昔人所悲，望風懷想，能不依依。”推服，推許佩服。陶潛《孟府君傳》：“遜從弟立，亦有才志，與君同時齊譽，每推服焉。”

〔三九〕衣冠禮樂：見《天監三年策秀才文三首》注〔五〕。

〔四〇〕台司：指三公等宰輔大臣。《文選》羊祜《讓開府表》：“臣昨出，伏聞恩詔，拔臣使同台司。”李善注：“台司，三公也。”弱冠：見《宣德太后再敦勸梁王令》注〔一二〕。年：謂老少。勢：謂貴賤。不侔：不相等，不等同。《後漢書·荀彧傳》：“海內未喻其狀，所受不侔其功。”抗禮：行對等之禮。《史記·荆軻列傳》：“舉坐客皆驚，下與抗禮，以爲上客。”

〔四一〕要以歲暮之期：《文選》李周翰注：“謂約以歲寒之志也。”歲暮，即歲寒。《論語·子罕》：“歲寒，然後知松柏之後彫也。”《詩·唐風·蟋蟀》：“蟋蟀在堂，歲聿其暮。”止足之戒：知道滿足，適可而止的戒心。《老子》四十四章：“知足不辱，知止不殆。”

〔四二〕之子：《詩·周南·漢廣》：“之子于歸，言秣其馬。”清襟：潔淨的衣襟。引申爲高潔的胸懷。

　　服闋，拜司徒右長史，出爲義興太守〔四三〕，風化之美，奏課爲最〔四四〕。還除給事黃門侍郎。旬日，遷尚書吏部郎參選〔四五〕。昔毛玠之清公⑱，李重之識會，兼之者公也〔四六〕。俄遷侍中，以愍侯始終之職，固辭不拜。補太尉右長史〔四七〕。時聖武定業，肇基王命〔四八〕，寱寐風雲，實資人傑〔四九〕。是以宸居膺列宿之表，圖緯著王佐之符〔五〇〕。俄遷左長史〔五一〕。齊臺既建⑲，以公爲尚書右僕射，領吏部，時年二十八〔五二〕。宋末艱虞，百王澆季〔五三〕，禮紊舊宗，樂傾恒軌〔五四〕，自朝章國紀，典彝備物〔五五〕，奏議符策，文辭表記〔五六〕，素意所不蓄，前古所未行〔五七〕，皆取定俄頃⑳，神無滯用〔五八〕。

【校　記】

⑱清公：李善本與《全梁文》作“公清”。

⑲既：李善本與《全梁文》作“初”。

⑳頃：明州本作“傾”。

【箋　注】

〔四三〕服闋，拜司徒右長史，出爲義興太守：《南齊書·王儉傳》：“母憂，服闋爲司徒右長史。……蒼梧暴虐，儉憂懼，告袁粲求出，引晉新安主婿王獻之爲吳興例，補義興太守。”《文選》李善注：“儉遭所生母憂服闋也。司徒，袁粲也。”服闋，古喪禮規定，父母死後，服喪三年，期滿除服，稱服闋。蔡邕《貞節先生陳留范史雲銘》：“舉孝廉，除郎中君、萊蕪長，未出京師，喪母行服。故事，服闋後，還郎中君。”

〔四四〕風化：猶風教。《詩·豳風·七月》《毛詩序》：“周公遭變，故陳后稷先公風化之所由。”奏課爲最：《漢書·叙傳上》：“（班況）至上河農都尉，大司農奏課連最。”奏課，把對官吏的考績上報朝廷。最，第一。

〔四五〕“還除”三句：《南齊書·王儉傳》：“還爲黄門郎，轉吏部郎。”除，拜受官位。《漢書·景帝紀》：“初除之官。”顔師古注：“凡言除者，除故官就新官也。”給事黄門侍郎，《通典·職官三·門下省》“侍中”：“門下侍郎。秦官有黄門侍郎，漢因之，與侍中俱管門下衆事，無員。郊廟則一人執蓋，臨軒朝會則一人執麾。凡禁門黄闥，故號黄門；其官給事於黄闥之内，故曰黄門侍郎。初，秦漢別有給事黄門之職，後漢并爲一官，故有給事黄門侍郎，掌侍從左右，給事中使，關通中外。及諸王朝見於殿上，引王就座。無員，屬少府。日暮，入對青瑣門拜，故謂之夕郎。獻帝初即位，置侍中、給事黄門侍郎，員各六人，出入禁中，近侍帷幄，省尚書事。後改給事黄門侍郎爲侍中侍郎，去給事黄門之號，旋復故。初，誅黄門後，侍中、侍郎出入禁闥，機事頗露。由是王允乃奏比尚書，不得出入，不通賓客，自此始。魏晉以來，給事黄門侍郎並爲侍衞之官，員四人。宋制，武冠，絳朝服，多以中書侍郎爲之。齊亦管知詔令，呼‘小門下’。梁增品第，與侍中同掌侍從，儐相威儀，盡規獻納，糾正違闕，監合嘗御藥，封璽書。陳制亦然。後魏亦有。”旬日，十日。《周禮·地官·泉府》：“凡賒者，祭祀無過旬日。”參選，掌管選拔官員的工作。

〔四六〕毛玠之清公：《三國志·魏書·毛玠傳》：“毛玠字孝先，陳留人也。少爲縣吏，以清公稱。……太祖爲司空丞相，玠嘗爲東曹掾，與崔琰並典選舉。其所舉用，皆清正之士，雖於時有盛名而行不由本者，終莫得進。

務以儉率人，由是天下之士莫不以廉節自勵，雖貴寵之臣，輿服不敢過度。……魏國初建，以玠爲尚書僕射，復典選舉。”陳壽評曰：“毛玠清公素履。”清公，清廉無私。李重之識會：《晉書·李重傳》：“李重字茂曾，江夏鍾武人也。……重與李毅同爲吏部郎，時王戎爲尚書，重以清尚見稱，毅淹通有智識，雖二人操異，然俱處要職，戎以識會待之，各得其所。”識會，識鑒。

[四七]“俄遷”四句：《南齊書·王儉傳》：“昇明二年，遷長兼侍中，以父終此職，固讓。儉察（齊）太祖雄異，先於領府衣裾，太祖爲太尉，引爲右長史，恩禮隆密，專見任用。轉左長史。”懸侯，王儉父僧綽謚曰懸侯。《宋書·王僧綽傳》：“王僧綽……（元嘉）二十八年遷侍中，任以機密。……會二凶巫蠱事泄，上獨先召僧綽具言之。……（劉）劭於東宮夜饗將士，僧綽密以啓聞，上又令撰漢魏以來廢諸王事。……劭既立……料檢太祖巾箱及江湛家書疏，得僧綽所啓饗士並廢諸王事，乃收害焉，時年三十一。……世祖即位，追贈散騎常侍、金紫光禄大夫，謚曰懸侯。”侍中，見《爲齊明帝讓宣城郡公表》注[四]。太尉右長史，官名。太尉佐官。

[四八]聖武：見《奏彈曹景宗》注[四五]。此處謂齊高帝。定業：征伐定亂。干寶《晉武革命論》：“高、光爭伐，定功業也。”肇基：始創基業。《尚書·武成》：“至于大王，肇基王迹。”

[四九]寤寐風雲，實資人傑：《文選》張銑注：“謂朝夕思其相感應以成其大業者，實資人傑也。智倍萬人曰傑。”《詩·周南·關雎》：“寤寐思服。”毛傳：“服，思之也。”風雲，《易·乾》：“雲從龍，風從虎，聖人作而萬物覩。”《楚辭·七諫·謬諫》：“虎嘯而谷風至兮，龍舉而景雲從。”王逸注：“虎，陽物也。谷風，陽氣也。言虎悲嘯而吟，則谷風至而應其類。龍，介蟲，陰物也。景雲，大雲而有光者。亦陰也。言神龍將舉陞天，則景雲覆而扶之，輔其類也。”人傑，《史記·高祖本紀》：“高祖曰：‘夫運籌策帷帳之中，決勝於千里之外，吾不如子房。鎮國家，撫百姓，給饋饟，不絕糧道，吾不如蕭何。連百萬之軍，戰必勝，攻必取，吾不如韓信。此三者，皆人傑也，吾能用之，此吾所以取天下也。’”

[五〇]宸居膺列宿之表，圖緯著王佐之符：《文選》李善注：“若漢高祖之膺五星，李通之著赤伏。”宸居，班固《典引》：“是以高、光二聖，宸居其域。”蔡邕注：“言高祖、光武如北辰居其所，而衆星拱之。”膺：當也。列宿，衆星宿。特指二十八宿。《楚辭》劉向《九歎·遠逝》“指列宿以白情兮”王逸注：“言己願復指語二十八宿，以列己清白之情。”圖緯，圖讖和緯書。《文選》蔡邕《郭有道碑文》：“遂考覽六經，探綜圖緯。”李善注：“圖，河圖也；緯，六經及《孝經》皆有緯也。”王佐，可以輔佐天子的賢才。《漢書·董仲舒

傳贊》：“劉向稱‘董仲舒有王佐之材，雖伊吕亡以加，筦晏之屬，伯者之佐，殆不及也。’”《南齊書·王儉傳》：“及太傅之授，儉所唱也。少有宰相之志，物議咸相推許。時大典將行，儉爲佐命，禮儀詔策，皆出於儉，褚淵唯爲禪詔文，使儉參治之。”

[五一]俄遷左長史：《南齊書·王儉傳》：“轉左長史。”左長史，太尉佐官。

[五二]齊臺既建，以公爲尚書右僕射，領吏部，時年二十八：《南齊書·王儉傳》：“齊臺建，遷右僕射，領吏部，時年二十八。”齊臺，《文選》吕延濟注：“宋帝以齊高帝爲齊公，爲立百司臺署，故云齊臺也。”領，以本官兼任較低級的職務曰領。

[五三]艱虞：《文選》李周翰注：“猶荒亂也。”艱難憂患。百王：見《爲齊帝禪位梁王詔》注[二二]。澆季：道德風俗浮薄的末世。劉駿《通下情詔》：“世弊教淺，歲月澆季。”

[五四]紊：亂也。舊宗：《管子·小匡》：“放舊罪，修舊宗，立無後，則民殖矣。”軌：迹也。

[五五]朝章：朝廷的典章。《後漢書·胡廣傳》：“（廣）達練事體，明解朝章。”國紀：國家的禮制法紀。《國語·晋語四》：“夫禮，國之紀也。”典彝：常典，法度。備物：指儀衛、祭祀等所用的器物。《左傳·定公四年》“備物典策”孔穎達疏引服虔云：“備物，國之職物之備也。當謂國君威儀之物，若今繳扇之屬。”

[五六]奏議：文體名。古代臣下上奏帝王的各類文字的統稱，包括表、奏、疏、議、上書、封事等。曹丕《典論·論文》：“蓋奏議宜雅，書論宜理，銘誄尚實，詩賦欲麗。”符策：符契簡策。《後漢書·董卓傳》：“（董）承、（楊）奉軍敗，百官士卒死者不可勝數，皆棄其婦女輜重，御物符策典籍，略無所遺。”文辭：文章。《史記·伯夷列傳》：“余以所聞由、光義至高，其文辭不少概見，何哉？”表記：表章奏記之類。

[五七]素意：平素的意願。張衡《思玄賦》：“遇九皋之介鳥兮，怨素意之不遑。”前古：古代，往古。《吴越春秋·勾踐入臣外傳》：“今大王誠赦越王，則功冠於五霸，名越於前古。”

[五八]俄頃：一會兒，頃刻。形容時間短。郭璞《江賦》：“倏忽數百，千里俄頃。”神無滯用：《文選》吕向注：“謂神用不滯而必決也。”

太祖受命㉑，以佐命之功，封南昌縣開國公，食邑二千户[五九]。建元二年，遷尚書左僕射，領選如故[六〇]。自營部分司，盧欽兼掌^[六一]，譽望所歸，允集茲日^[六二]。尋表解選，詔加侍中，又授太子詹事侍中，僕射如故。固辭侍中，改授散騎常侍，餘如故^[六三]。太祖崩，遺詔以公爲侍中、尚書令、鎮軍將軍㉒^[六四]。永明元年，進號衛將軍。二年，以本官領丹陽尹^[六五]。六輔殊風，五方異俗^[六六]。公不謀聲訓，而楚夏移情^[六七]，故能使解劍拜仇，歸田息訟^[六八]。前郡尹溫太真、劉真長，或功銘鼎彝，或德標素尚^[六九]，臭味風雲，千載無爽^[七〇]，親加弔祭，表薦孤遺^[七一]，遠協神期，用彰世祀^[七二]。時簡穆公薨，以撫養之恩，特深恒慕，表求解職，有詔不許^[七三]。

【校　記】

㉑《藝文類聚》無"太祖受命"至"禮也"四百二十三字。

㉒鎮軍：信述堂本、李善本、張燮本、薈要本與《全梁文》作"鎮國"，今據明州本與《南齊書》本傳改。

【箋　注】

[五九]"太祖受命"四句：《南齊書・王儉傳》："建元元年，改封南昌縣公，食邑二千户。"太祖，齊高帝。受命，受天之命。謂受宋禪。《尚書・召誥》："惟王受命，無疆惟休，亦無疆惟恤。"佐命，見《與沈約書》注[五]。

[六〇]建元二年，遷尚書左僕射，領選如故：《南齊書・王儉傳》："明年，轉左僕射，領選如故。"建元二年，四八〇年。領選，謂兼管薦舉官吏之事。

[六一]營部分司：《文選》李善注引應劭《漢官儀》曰："獻帝建始四年，始置左右僕射，以執金吾營部爲左僕射，衛臻爲右僕射。今以策劭爲營部，誤也。"分司，分掌、分管。王融《永明十一年策秀才文》："然後沿才授職，揆務分司。"盧欽兼掌：《晋書・盧欽傳》："盧欽字子若，范陽涿人也。……爲尚書僕射，加侍中、奉車都尉，領吏部。以清貧，特賜絹百匹。欽舉必以材，稱爲廉平。"營部、盧欽都曾以尚書僕射領吏部。

[六二]譽望：名譽聲望。允集：見《爲齊帝禪位梁王詔》注[二九]。

[六三]"尋表"七句：《南齊書・王儉傳》："其年（建元二年），儉固請解選。……見許。加侍中，固讓，復散騎常侍。……尋以本官領太子詹事，加兵二百人。"解選，解除吏部官職。太子詹事，東宮官。《通典・職官十二・東宮官》"太子詹事"："詹事，秦官，漢因之，掌皇后、太子家。漢時，太子門大夫、庶子、洗馬、舍人，皆屬二傅。其太子家令丞、率更令丞、僕、中盾衛率等官，並屬詹事。後漢省詹事，而太子官悉屬少傅。魏復置詹事，領東宮衆務。晋

不置,至咸寧元年,復置以掌宮事。及永康中,復不置。自太安以來,又置,終孝懷之代。其職擬尚書令,掌三令、四率、中庶子、庶子、洗馬、舍人等官。銀印青綬,介幘,進賢兩梁冠,絳朝服,佩水蒼玉。宋與晉同。齊置府,領官屬。梁、陳任總宮朝。"

[六四]太祖崩,遺詔以公爲侍中尚書令、鎮軍將軍:《南齊書・王儉傳》:"上崩,遺詔以儉爲侍中、尚書令、鎮軍將軍。"太祖,齊高帝蕭道成。

[六五]"永明"四句:《南齊書・王儉傳》:"永明元年,進號衛軍將軍,參掌選事。二年,領國子祭酒、丹陽尹,本官如故。給鼓吹一部。"永明,齊武帝年號(四八三—四九三)。本官,指侍中、尚書令。丹陽,當時帝都建康所在郡名。參掌,參與掌管。《晉書・職官志》:"及當塗得志,克平諸夏,初有軍師祭酒,參掌戎律。"選事,銓選職官之事。

[六六]六輔:《文選》呂向注"謂傍有六郡相近也。"《漢書・兒寬傳》"寬表奏開六輔渠"顏師古注引韋昭曰:"六輔謂京兆、馮翊、扶風、河東、河南、河内也。"殊風:謂風尚不同。張衡《思玄賦》:"思九土之殊風兮,從蓐收而遂徂。"五方:東、南、西、北和中央。《禮記・王制》:"五方之民,言語不通,嗜欲不同。"孔穎達疏:"五方之民者,謂中國與四夷也。"此處指丹陽郡及其四方。異俗:風俗不同。《禮記・王制》:"廣谷大川異制,民生其間異俗。"

[六七]不謀:見《爲范尚書讓吏部封侯表》注[二二]。聲訓:聲威教化。揚雄《與桓譚書》:"望風景附,聲訓自結。"楚夏:《史記・貨殖列傳》:"夫自淮北沛、陳、汝南、南郡,此西楚也。……潁川、南陽,夏人之居也。……故至今謂之'夏人'。"《文選》張銑注:"楚,謂遠也。夏,謂近也。"移情:變易情操。

[六八]解劍拜仇:《後漢書・許荊傳》:"許荊字少張,會稽陽羨人也。……荊少爲郡吏,兄子世嘗報讎殺人,怨者操兵攻之。荊聞,乃出門逆怨者,跪而言曰:'世前無狀相犯,咎皆在荊不能訓導。兄既早没,一子爲嗣,如令死者傷其滅絕,願殺身代之。'怨家扶荊起,曰:'許掾郡中稱賢,吾何敢相侵?'因遂委去。荊名譽益著。"歸田息訟:《漢書・韓延壽傳》:"韓延壽字長公,燕人也,徙杜陵。……入守左馮翊……行縣至高陵,民有昆弟相與訟田自言,延壽大傷之,曰:'幸得備位,爲郡表率,不能宣明教化,至令民有骨肉爭訟,既傷風化,重使賢長吏、嗇夫、三老、孝弟受其恥,咎在馮翊,當先退。'是日,移病不聽事,因入臥傳舍,閉閣思過。一縣莫知所爲,令丞、嗇夫、三老亦皆自繫待罪。於是訟者宗族傳相責讓,此兩昆弟深自悔,皆自髡肉袒謝,願以田相移,終死不敢復爭。延壽大喜,開閣延見,内酒肉與相對飲

食，厲勉以意告鄉部，有以表勸悔過從善之民。延壽乃起聽事，勞謝令丞以下，引見尉薦。郡中歙然，莫不傳相敕厲，不敢犯。延壽恩信周徧二十四縣，莫復以辭訟自言者。推其至誠，吏民不忍欺紿。"息訟，平息爭訟。

"六輔"六句，意謂丹陽郡及其周圍本民風民俗各不相同，王儉任丹陽尹後，該地區移風易俗，教化大行。

[六九]溫太真：《晉書·溫嶠傳》：溫嶠字太真，太原人。明帝即位，拜侍中，轉中書令。補丹陽尹。嶠自率衆抵抗平定王敦叛亂。封建寧縣開國公，進號前將軍。明帝疾篤，嶠與王導、郗鑒、庾亮、陸曄、卞壼等同受顧命。參與平定蘇峻叛亂，拜驃騎將軍、開府儀同三司，加散騎常侍，封始安郡。劉真長：《晉書·劉惔傳》：劉惔字真長，沛國相人。累遷丹陽尹。爲政清整，門無雜賓。尤好《老》《莊》，任自然趣。功銘鼎彝：指溫嶠。彝，同"彝"。《禮記·祭統》："夫鼎有銘，銘者，自名也。自名以稱揚其先祖之美，而名著之後世者也。"《左傳·襄公十九年》："夫大伐小，取其所得以作彝器，銘其功烈以示子孫，昭明德而懲無禮也。"杜預注："彝，常也。謂鍾鼎爲宗廟之常器。"德標素尚：指劉惔。素尚，樸素高尚的情操。孔欣《猛虎行》："飢不食邪蒿菜，倦不息無終里；邪蒿乖素尚，無終喪若始。"

[七〇]臭味風雲，千載無爽：《文選》李周翰注："臭，香也。言儉繼溫、劉之迹而爲尹丹陽，聞其餘德如有馨香，慕其遺化如有滋味，風虎雲龍，同氣相感，千載亦無差爽也。"臭味，《左傳·襄公八年》："季武子曰：'誰敢哉？今譬於草木，寡君在君，君之臭味也。'"杜預注："言同類。"風雲，見注[四九]。

[七一]弔祭：祭奠，弔唁。《東觀漢記·陳龜傳》："陳龜爲五原太守，後卒，西域胡夷，并、涼民庶，咸爲舉哀，弔祭其墓。"表薦：上表推薦。《後漢書·趙典傳》："建和初，四府表薦，徵拜議郎，侍講禁內，再遷爲侍中。"孤遺：猶遺孤。指父母死後所遺下的兒女。《三國志·蜀書·先主傳》"吾不忍也"裴松之注引孔衍《漢魏春秋》："或勸備劫將（劉）琮及荊州吏士徑南到江陵，備答曰：'劉荊州臨亡託我以孤遺，背信自濟，吾所不爲，死何面目以見劉荊州乎！'"

[七二]遠協神期，用彰世祀：《文選》呂向注："遠合於鬼神之間，用明代祠祀之禮也。"神期，謂神的意願。世祀，世代祭祀。《左傳·僖公十二年》："君子曰：'管氏之世祀也，宜哉！'"

[七三]時簡穆公薨，以撫養之恩，特深恒慕，表求解職，有詔不許：《南齊書·王儉傳》："儉生而僧綽遇害，爲叔父僧虔所養。……叔父僧虔亡，儉表解職，不許。"簡穆公，《南齊書·王僧虔傳》："永明三年，薨。……謚簡穆。"慕，《文選》張銑注："謂哀慕也。"解職，解除職務。《宋書·顏竣傳》：

“(元嘉)三十年春,以父延之致仕,固求解職,不許。”

　　國學初興,華夷慕義[七四],經師人表,允茲望實㉓[七五]。復以本官領國子祭酒㉔。三年,解丹陽尹,領太子少傅,餘悉如故[七六]。挂服捐駒,前良取則[七七];卧轍棄子,《後予》胥怨[七八]。皇太子不矜天姿,俯同人範,師友之義,穆若金蘭[七九]。又領本州大中正,頃之解職㉕[八〇]。四年,以本號開府儀同三司,餘悉如故[八一]。謙光愈遠,大典未申[八二]。六年,又申前命[八三]。七年,固辭選任,帝所重違,詔加中書監,猶參掌選事[八四]。長輿追專車之恨,公曾甘鳳池之失[八五]。

【校　記】

㉓茲:《全梁文》作“資”。

㉔復以本官:明州本、張燮本與薈要本作“復官”。

㉕頃之:信述堂本作“領之”,誤。今據《文選》、張燮本、薈要本與《全梁文》改。

【箋　注】

[七四]國學:見《爲范尚書讓吏部封侯表》注[六三]。華夷:華夏與四夷。指漢族與少數民族。《晉書·元帝紀》:“天地之際既美,華夷之情允洽。”慕義:仰慕正道。《新書·數寧》:“苟人迹之所能及,皆鄉風慕義,樂爲臣子耳。”

[七五]經師:講授經書的學官。《漢書·平帝紀》:“立官稷及學官。郡國曰學,縣、道、邑、侯國曰校。校、學置經師一人。”泛指傳授經書的大師或師長。人表:人之表率。《三國志·魏書·劉馥傳附子靖》:“宜高選博士,取行爲人表,經任人師者,掌教國子。”望實:名望實才。陶潛《晉故征西大將軍長史孟府君傳》:“時亮崇修學校,高選儒官,以君望實,故應尚德之舉。”

[七六]復以本官領國子祭酒,三年,解丹陽尹,領太子少傅,餘悉如故:《南齊書·王儉傳》:“(永明)三年,領國子祭酒。……又領太子少傅,本州中正,解丹陽尹。”復以本官,明州本作“復官”。吕延濟注:“謂居叔父之服,今卻居官,故云復官。”

[七七]挂服:《文選》李周翰注:“魏裴潛爲兗州刺史,嘗作一胡牀。及去,留挂於官第。凡所用物,必皆呼爲服也。”《三國志·魏書·裴潛傳》裴

松之注引《魏略》曰:"潛爲兖州時,嘗作一胡牀,及其去也,留以掛柱。"後因以"挂服"指離任去官。捐駒:《晋書·王遜傳》:"王遜字邵伯,魏興人也。……累遷上洛太守。私牛馬在郡生駒犢者,秩满悉以付官,云是郡中所産也。"後因以"捐駒"指爲官廉潔,不謀私利。前良:猶前賢。張衡《思玄賦》:"尚前良之遺風兮,恫後辰而無及。"取則:見《齊宣德皇后答梁王令》注[一一]。

[七八]卧轍棄子:《後漢書·侯霸傳》:"侯霸字君房,河南密人也。……爲淮平大尹,政理有能名。及王莽之敗,霸保固自守,卒全一郡。更始元年,遣使徵霸,百姓老弱相攜號哭,遮使者車,或當道而卧。皆曰:'願乞侯君復留朞年。'民至乃戒乳婦勿得舉子,侯君當去,必不能合。"後予胥怨:見《梁國府僚勸進牋》注[一六]。

[七九]皇太子不矜天姿,俯同人範,師友之義,穆若金蘭:《南齊書·王儉傳》:"領太子少傅,本州中正,解丹陽尹。舊太子敬二傅同,至是朝議接少傅以賓友之禮。"皇太子,文惠太子蕭長懋。天姿,天賦之資質。《史記·儒林列傳》:"孝文帝時,徐生以容爲禮官大夫。傳子至孫徐延、徐襄。襄,其天姿善爲容,不能通《禮經》。"人範,衆人的楷模。《法言·學行》:"務學不如務求師。師者,人之模範也。"師友之義,《説苑·君道》:"燕昭王問於郭隗曰:'寡人地狹人寡,齊人取薊八城,匈奴驅馳樓煩之下,以孤之不肖,得承宗廟,恐危社稷,存之有道乎?'郭隗曰:'有,然恐王之不能用也。'昭王避席:'願請聞之。'郭隗曰:'帝者之臣,其名,臣也,其實,師也;王者之臣,其名,臣也,其實,友也;霸者之臣,其名,臣也,其實,賓也;危國之臣,其名,臣也,其實,虜也。'"金蘭,《易·繫辭上》:"二人同心,其利斷金;同心之言,其臭如蘭。"

[八〇]又領本州大中正,頃之解職:見注[七九]。

[八一]四年,以本號開府儀同三司,餘悉如故:《南齊書·王儉傳》:"五年,即本號開府儀同三司,固讓。"本號,原來的官號。此處指衛將軍。開府,古代指高級官員(如三公、大將軍等)建立府署并自選僚屬之意。儀同三司,意爲非三公官而得享受三公的待遇。三公(司徒、司寇、司空)官名都有"司"字,故稱三司。東漢延平元年(一〇六),鄧騭加爲車騎將軍、儀同三司。儀同三司始此。

[八二]謙光:《易·謙》:"謙尊而光,卑而不可踰,君子之終也。"孔穎達疏:"尊者有謙而更光明盛大,卑謙而不可踰越,是君子之所終也。"大典:見《爲齊宣德皇后答梁王令》注[一]。

[八三]六年,又申前命:《南齊書·王儉傳》:"六年,重申前命。"謂辭

儀同三司。

　　[八四]"七年"五句：《南齊書·王儉傳》："儉啓求解選，不許。七年，乃上表曰：'臣比年辭選，具簡天明，款言彰於侍接，丹誠布於朝野，物議不以爲非，聖心未垂矜納。臣聞知慧不如明時，求之微躬，實允斯義。妄庸之人，沈浮無取，命偶休泰，遂踐康衢。秋葉辭條，不假風飆之力；太陽躋景，無俟螢燭之暉。晦往明來，五德遞運，聖不獨治，八元亮采。臣逢其時，而叨其位，常總端右，亟管銓衡。事涉兩朝，歲綿一紀。盛年已老，孫孺巾冠。人物徂遷，逝者將半。三考無聞，九流寂寞。能官之詠，輟響於當時；《大車》之刺，方興於來日。若夫珥貂衣袞之貴，四輔六教之華，誠知匪服，職務差簡，端揆雖重，猶可勉勵。至於品藻之任，尤懼其阻。夙宵罄竭，屢試無庸。歲月之久，近世罕比。非唯悔吝在身，故乃惟塵及國。方今多士盈朝，群才競爽，選衆而授，古亦何人。冒陳微翰，必希天照。至敬無文，不敢煩黷。'見許。改領中書監，參掌選事。"

　　[八五]長輿追專車之恨：《晉書·和嶠傳》："和嶠字長輿，汝南西平人也。……爲給事黃門侍郎，遷中書令，帝深器遇之。舊監令共車入朝，時荀勗爲監，嶠鄙勗爲人，以意氣加之，每同乘，高抗專車而坐。乃使監令異車，自嶠始也。"公曾甘鳳池之失：《晉書·荀勗傳》："荀勗字公曾，潁川潁陰人也。……勗久在中書，專管機事。及失之，甚罔罔悵恨。或有賀之者，勗曰：'奪我鳳皇池，諸君賀我邪！'""長輿"二句，《文選》張銑注："言昔者任不得才，故有專車而作，或不悅於遷奪。今儉有德，故專車者憖而追恨，怨奪者愧而甘失也。"鳳池，即鳳凰池。魏晉南北朝時設中書省於禁苑，掌管機要，接近皇帝，故稱中書省爲"鳳凰池"。

　　　　夫奔競之途，有自來矣[八六]。以難知之性，協易失之情[八七]，必使無訟，事深弘誘[八八]。公提衡惟允，一紀於茲[八九]，拔奇取異，興微繼絕[九〇]。望側階而容賢，候景風而式典[九一]。春秋三十有八，七年五月三日，薨於建康官舍[九二]。皇朝軫慟，儲鉉傷情[九三]；有識銜悲，行路掩泣[九四]，豈直春者不相，工女寢機而已哉㉖[九五]！故痛深衣冠㉗，悲纏教義[九六]，豈非功深砥礪，道邁舟航[九七]，沒世遺愛，古之益友[九八]！追贈太尉，侍中、中書監如故。給節，加羽葆鼓吹，增班劍六十人㉘，謚曰文憲，禮也[九九]。

【校　記】
㉖工：明州本作"功"。

㉗"故"下，李善本與《全梁文》有"以"字。

㉘"剱"下，明州本有"爲"字。

【箋　注】

[八六]奔競:奔走競爭。多指追求名利。干寶《晋紀總論》:"悠悠風塵，皆奔競之士;列官千百，無讓賢之舉。"

[八七]以難知之性，協易失之情:《新論·求輔》:"凡人性難極也，難知也，故其絶異者常爲世俗所遺失焉。"協，和也。

[八八]必使無訟，事深弘誘:《文選》李周翰注:"若使前人無訟，其事深在善誘之道也。弘，善也。"必使無訟，《論語·顏淵》:"子曰:'聽訟，吾猶人也，必也使無訟乎?'"訟，訴訟案件。

[八九]提衡:謂用秤稱物，以平輕重。《文選》李善注:"言選曹以材授官，似衡之平物，故取以喻焉。"《韓非子·有度》:"貴賤不相逾，愚智提衡而立。"孫綽《王蒙誄》:"提衡左府，舉直閒邪。"允:當也。紀:《尚書·畢命》:"既歷三紀。"孔安國傳:"十二年曰紀。"

[九○]拔奇取異:《文選》李善注引王隱《晋書》羊祜《讓表》曰:"吾不能取異於屠釣，拔奇於版築，豈不愧知人之難哉!"拔奇，選拔奇才。取異，選取異才。興微繼絶:《文選》張銑注:"諸侯公卿有祚微者，興之，緒絶者，繼之。"《論語·堯曰》:"興滅國，繼絶世，舉逸民，天下之民歸心焉。"《風俗通·過譽》:"主簿柳對曰:'明府謹終追遠，興微繼絶。'"

[九一]側階:正室旁的北階。《尚書·顧命》:"一人冕，執銳，立於側階。"容賢:容納賢人。《孔子家語·賢君》:"有士曰慶足者，衛國有大事，則必起而治之;國無事，則退而容賢。"景風:《文選》劉良注:"東風。《淮南子》曰:景風至，則施爵禄，賞有功也。"式典:《文選》劉良注:"言欲法此事以爲帝典也。"式，用。

[九二]春秋三十有八，七年五月三日，薨於建康官舍:《南齊書·王儉傳》:"其年(永明七年)疾，上親臨視，薨，年三十八。"

[九三]皇朝軫慟:《南齊書·王儉傳》:"吏部尚書王晏啓及儉喪，上答曰:'儉年德富盛，志用方隆，豈意暴疾，不展救護，便爲異世，奄忽如此，痛酷彌深。其契闊艱運，義重常懷，言尋悲切，不能自勝。痛矣奈何! 往矣奈何!'"皇朝，天子。軫慟，痛惜而哀慟。《文選》沈約《齊安陸昭王碑文》:"二宮軫慟，遐邇同哀。"呂向注:"軫，隱也。言惻隱而哀慟。"儲:太子。《漢書·疏廣傳》:"太子，國儲副君，師友必於天下英俊，不宜獨親外家許氏。"鉉:鼎。《易·鼎》:"鼎，黃耳金鉉，利貞。"《漢書·五行志》:"鼎三足，三公

象,而以耳行。"傷情:傷感。班彪《北征賦》:"日晻晻其將暮兮,覩牛羊之下來;寤曠怨之傷情兮,哀詩人之歎時。"

[九四]有識:指有卓遠識見之人。《説苑·善説》:"夫以秦、楚之強而報讎於弱薛,譬之猶摩蕭斧而伐朝菌也,必不留行矣。天下有識之士,無不爲足下寒心酸鼻者。"銜悲:心懷悲戚。行路:路人。《論衡·別通》:"行路之人,皆能論之。"掩泣:掩面而泣。鮑照《上潯陽還都道中作》詩:"登艫眺淮甸,掩泣望荆流。"

[九五]舂者不相:《禮記·曲禮上》:"鄰有喪,舂不相。"鄭玄注:"相,謂送杵聲。"《史記·商君列傳》:"五羖大夫死,秦國男女不流涕,童子不歌謠,舂者不相杵。"舂者,即舂人。古代祭祀、宴饗時負責供應米物的官。《周禮·地官·舂人》:"舂人,掌共米物。祭祀,共其齍盛之米;賓客,共其牢禮之米;凡饗,共其食米。掌凡米事。"工女寢機:《文選》李善注引劉紹《聖賢本紀》曰:"子産治鄭二十年,卒,國人哭於巷,婦人哭於機。"

[九六]痛深衣冠,悲纏教義:《文選》呂向注:"以其修衣冠之禮,故衣冠之士痛深也。以其明教義之道,故教義之子悲纏。悲纏,謂纏繞於心也。"痛深,《世説新語·紕漏》:"司空流涕曰:'臣父遭遇無道,創巨痛深,無以仰答明詔。'"衣冠,見《奏彈范縝》注[一八]。教義,見《奏彈劉整》注[六一]。

[九七]功深砥礪,道邁舟航:《文選》呂向注:"邁,越也。砥礪,石也,所以磨利其器,以喻利人。舟航,船也,所以濟乎大川,喻濟人也。"《尚書·説命上》:"若金,用汝作礪;若濟巨川,用汝作舟楫。"

[九八]没世:終身,永遠。《莊子·天運》:"以舟之可行於水也,而求推之於陸,則没世不行尋常。"遺愛:謂遺留仁愛於後世。《漢書·叙傳下》:"淑人君子,時同功異。没世遺愛,民有餘思。"古之益友:《漢書·楚元王傳贊》:"(劉向)指明梓柱以推廢興,昭矣!豈非直諒多聞,古之益友與!"《論語·季氏》:"孔子曰:'益者三友……友直,友諒,友多聞,益矣。'"

[九九]"追贈"七句:《南齊書·王儉傳》:"詔曰:'可追贈太尉,侍中、中書監、公如故。給節,加羽葆鼓吹,增班劍爲六十人。葬禮依故太宰文簡公褚淵故事。塚墓材官營辦。謚文憲公。'"追贈,死後贈官。《後漢書·公孫述傳》:"初,常少、張隆勸述降,不從,並以憂死。帝下詔追贈少爲太常,隆爲光禄勳,以禮改葬之。"給節,賜予符節。羽葆,古時葬禮儀仗的一種。以鳥羽聚於柄頭如蓋。《禮記·喪大記》:"君葬用輴,四綍二碑,御棺用羽葆。"孔穎達疏:"御棺用羽葆者,《雜記》云:'諸侯用匠人持羽葆,以鳥羽注於柄末如蓋,而御者執之居前,以指揮爲節度也。'"鼓吹,演奏樂曲的樂隊。《後漢書·楊震傳》:"及葬,又使侍御史持節送喪,蘭臺令史十人發羽林騎

輕車介士,前後部鼓吹。"班劍,《文選》李善注:"《漢官儀》曰:班劍者,以虎皮飾之。"班,通"斑"。劒、劍、剣、劎,四字同。此處指持班劍的武士。《晋公卿禮秩》:"諸公及開府位從公者,給虎賁二十人,持班劍焉。"王儉《褚淵碑文》:"追贈太宰,侍中、録尚書如故,給節羽葆鼓吹,班劍爲六十人。"諡曰文憲,《諡法》:"忠信接禮曰文,博文多能曰憲。"

　　公在物斯厚㉙,居身以約[一〇〇]。玩好絶於耳目,布素表於造次[一〇一]。室無姬姜,門多長者[一〇二]。立言必雅,未嘗顯其所長[一〇三];持論從容,未嘗言人所短[一〇四]。弘長風流㉚,許與氣類[一〇五];雖單門後進,必加善誘㉛[一〇六],勖以丹霄之價,弘以青冥之期[一〇七]。公銓品人倫,各盡其用[一〇八],居厚者不矜其多,處薄者不怨其少[一〇九]。窮涯而反,盈量知歸[一一〇]。皇朝以治定制禮,功成作樂㉜[一一一],思我民譽,緝熙帝圖[一一二]。雖張、曹爭論於漢朝,荀、摯競爽於晋世[一一三],無以仰模淵旨,取則後昆[一一四]。每荒服請罪,遠夷慕義[一一五],宣威授旨㉝,實寄弘略[一一六]。理積則神無忤往,事感則悦情斯來[一一七]。無是己之心,事隔於容諂;罕愛憎之情,理絶於毀譽[一一八]。造理常若可干㉞,臨事每不可奪[一一九]。約己不以廉物,弘量不以容非[一二〇]。攻乎異端,歸之正義[一二一]。

【校　記】

㉙在:薈要本作"待"。
㉚長:《全梁文》作"獎"。
㉛善:信述堂本作"吾",今據《文選》、張燮本、薈要本與《全梁文》改。
㉜作:明州本作"改"。
㉝旨:《文選》與《全梁文》作"指"。
㉞造理常若可干:明州本作"若造理常可干"。

【箋　注】

　　[一〇〇]在物斯厚,居身以約:《文選》劉良注:"利物不利己也。"在物,對待除自己之外的其他人。居身,立身處世。《後漢書·逸民傳·臺佟》:"孝威(臺佟字)居身如是,甚苦,如何?"《南齊書·王儉傳》:"儉寡嗜慾,唯以經國爲務,車服塵素,家無遺財。"

　　[一〇一]玩好:供玩賞的奇珍異寶。《左傳·襄公二十九年》:"魯之於晋也,職貢不乏,玩好時至。"布素:布質素衣。形容衣著儉樸。《宋書·禮

志二》：“未詳今皇后除心制日，當依舊更服？爲但釋心制中所著布素而已？”表：顯示。造次：急遽，倉促。《論語·里仁》：“君子無終食之間違仁，造次必於是，顛沛必於是。”

[一〇二]姬姜：美女。《詩·陳風·東門之池》“彼美淑姬，可與晤歌”孔穎達疏：“謂之姬者，以黄帝姓姬，炎帝姓姜，二姓之後，子孫昌盛，其家之女，美者尤多，遂以姬姜爲婦人之美稱。”門多長者：《史記·陳丞相世家》：“窮巷，以獘席爲門，然門外多有長者車轍。”長者，德高望重之人。

[一〇三]立言必雅：《文選》李善注引《孝經援神契》曰：“矜莊嚴栗，出言必雅。”未嘗顯其所長：李善注引《孫資別傳》曰：“朝臣會議，資奏是非，擇善者推而成之，終不顯己之德。”

[一〇四]持論：立論。《漢書·儒林傳·瑕丘江公》：“武帝時，江公與董仲舒並。仲舒通五經，能持論，善屬文。”從容：悠閑舒緩，不慌不忙。《尚書·君陳》：“寬而有制，從容以和。”未嘗言人所短：《三國志·吴書·是儀傳》：“（是儀）時時有所進達，未嘗言人之短。”

[一〇五]弘長：《文選》李善注引檀道鸞《晉陽秋》曰：“謝安爲桓温司馬，不存小察，盡弘長之風。”風流：見注[二六]。許與：《文選》劉良注：“謂招引也。”謂結交引爲知己。氣類：意氣相投者。語本《易·乾》：“同聲相應，同氣相求……則各從其類也。”曹植《求通親親表》：“至於臣者，人道絶緒，禁固明時，臣竊自傷也。不敢乃望交氣類，脩人事，叙人倫。”

[一〇六]單門：單寒的家族。趙壹《刺世疾邪賦》：“故法禁屈撓於勢族，恩澤不逮於單門。”後進：見《爲蕭揚州作薦士表》注[一九]。善誘：善於誘導。《論語·子罕》：“夫子循循然善誘人。”

[一〇七]勖：勉勉。丹霄：天也。價：聲美。青冥：青天。《文選》李善注引《鍾會集》言程盛曰：“丹霄之鳳，青冥之龍。”

[一〇八]銓品：猶選拔。《文選》吕向注：“各隨才而擢用之。”人倫：人才。

[一〇九]居厚者不矜其多，處薄者不怨其少：《文選》張銑注：“言知分節也。”《老子》三十八章：“前識者，道之華而愚之始，是以大丈夫處厚不處薄。”

[一一〇]窮涯而反，盈量知歸：《文選》劉良注：“言其知止知行，窮涯畔則反也；知滿，如以器求物，盈於器乃歸也。量，器也。”

[一一一]治定制禮，功成作樂：《禮記·樂記》：“王者功成作樂，治定制禮。”

[一一二]民譽：民衆所稱譽的人。《左傳·成公十八年》：“凡六官之

长，皆民誉也。"緝熙：見《禪梁璽書》注［三三］。帝圖：見《爲武帝初封功臣詔》注［三］。

［一一三］張、曹爭論於漢朝：《東觀漢記·張酺傳》："張酺拜太尉，章帝詔射聲校尉曹褒案漢舊儀制漢禮。酺以爲褒制禮非禎祥之特達，有似異端之術，上疏曰：'褒不被刑誅，無以絶毁實亂道之路。'"荀、摯競爽於晋世：《文選》李善注引臧榮緒《晋書》曰："太尉荀顗先受太祖敕述新禮。太康初，尚書僕射朱整奏付尚書郎摯虞討論之。虞表所宜增損條目，改正禮新昔異狀，凡十五事。"競爽，爭勝。《左傳·昭公三年》："晏子曰：'二惠競爽猶可，又弱一个焉，姜其危哉。'"杜預注："競，彊也。爽，明也。"

［一一四］仰模：仰慕仿效。淵旨：深遠的旨趣。何承天《答顔光禄》："敬覽芳訊，研復淵旨，行之於己則美，敷之於教則弘。"取則：見《爲齊宣德皇后答梁王令》注［一一］。後昆：見《爲王金紫謝齊武帝示〈太子律序〉啓》注［九］。

［一一五］荒服：古五服之一。稱離京師二千到二千五百里的邊遠地方。亦泛指邊遠地區。《尚書·禹貢》："五百里荒服。"孔安國傳："要服外之五百里，言荒又簡略。"請罪：自認有罪過，請求處分。《史記·萬石張叔列傳》："内史慶醉歸，入外門不下車。萬石君聞之，不食。慶恐，肉袒請罪，不許。"遠夷：指遠方的少數民族。《漢書·五行志下之上》："象陳眊亂，不服事周，而行貪暴，將致遠夷之禍，爲所滅也。"慕義：見注［七四］。

［一一六］宣威：宣揚威力。授旨：授以意旨。弘略：宏偉的謀略。《三國志·魏書·劉劭傳》："陛下以上聖之宏略，愍王綱之弛頹，神慮内鑒，明詔外發。"

［一一七］理積則神無忤往，事感則悦情斯來：《文選》張銑注："義理積於心，所爲必決，則神思無忤往也；前事感其義理，則皆以喜悦之情而來歸德也。"忤往，謂阻礙不通。悦情，心情怡悦。

［一一八］無是己之心，事隔於容諂；罕愛憎之情，理絶於毁譽：《文選》劉良注："隔，絶也。容諂，謂諂媚之容也。人無愛增，均平如一，則毁譽從何而生也。"容諂，討好他人之容。諂，音濤。

［一一九］造理常若可干，臨事每不可奪：《文選》吕延濟注："造，至也。干，犯也。言至於大體之理，性多寬和，故若可犯言，而臨事必定，故不可奪移也。"造理，合於事理。臨事，謂遇事或處事。《晏子春秋·内篇雜下》："臨事守職，不勝其任，則過之。"

［一二〇］約己：約束自己。曹丕《典論》："君子謹乎約己，弘乎接物。"廉物：謂待人不寬厚。弘量：寬宏的度量。《三國志·魏書·崔林傳》記載

孟康薦崔林曰:"稟自然之正氣,體高雅之弘量。"容非:謝承《後漢書》:"郎
顗章曰:'陛下寬不容非。'"

[一二一]攻乎異端,歸之正義:《文選》呂向注:"異端,謂非常之事爲人
害者,故攻而伐之,使歸正義。"《論語‧爲政》:"子曰:'攻乎異端,斯害也
已。'"朱熹集注:"異端,非聖人之道,而別爲一端,如楊墨是也。"正義:公正
的、正當的道理。《荀子‧正名》:"正利而爲謂之事,正義而爲謂之行。"楊
倞注:"苟非正義,則謂之姦邪。"

　　公生自華宗,世務簡隔[一二二]。至于軍國遠圖,刑政大
典[一二三],既道在廊廟,則理擅民宗[一二四]。若乃明練庶務③,鑒達治
體,懸然天得,不謀成心[一二五]。求之載籍,翰牘所未紀;訊之遺老,耳
目所不接[一二六]。至若文案自環,主者百數,皆深文爲吏,積習成
奸[一二七],畜筆削之刑,懷輕重之意[一二八]。公乘理照物,動必研
幾[一二九],當時嗟服,若有神道[一三○]。豈非希世之儁民,瑚璉之
宏器[一三一]?

【校　記】
③練:信述堂本與薈要本作"煉"。今據《文選》、張燮本與《全梁
文》改。

【箋　注】
[一二二]華宗:猶貴族。曹植《上疏陳審舉之義》:"三監之釁,臣自當
之,二南之輔,求不必遠,華宗貴族藩王之中,必有應斯舉者。"世務:謀身治
世之事。《孔叢子‧獨治》:"今先生淡泊世務,修無用之業。"簡隔:猶阻隔。
[一二三]遠圖:見《禪梁璽書》注[二五]。刑政:刑法政令。《國語‧周
語下》:"出令不信,刑政放紛。"大典:國家重要的典章、法令。
[一二四]廊廟:廊,殿四周的廊;廟,太廟。都是古代帝王和大臣用以
議論政事的地方。後用以指朝廷。《孫子兵法‧九地》:"厲於廊廟之上,以
誅其事。"《國語‧越語下》:"謀之廊廟,失之中原,其可乎?"理擅民宗:《文
選》劉良注:"謂政理之事,獨爲人所尊重。擅,獨也。"民宗,見《奏彈范縝》
注[二七]。
[一二五]明練:熟悉,通曉。《三國志‧魏書‧田豫傳論》:"田豫居身
清白,規略明練。"庶務:各種政務、事務。陸機《辨亡論下》:"百官苟合,庶
務未遑。"鑒達:明察洞徹。治體:治國的綱領、要旨。《新書‧數寧》:"以陛

下之明通,因使少知治體者得佐下風,致此治非有難也。"懸然:無所依傍
貌。天得:謂得之於天,天然具備。不謀:見《爲范尚書讓吏部封侯表》注
[二二]。成心:存心,故意。

[一二六]載籍:《文選》李周翰注:"前代史也。"翰牘:書籍,書札文牘。
訊:訊問。遺老:指年老歷練之人。《史記·樊酈滕灌列傳論》:"吾適豐沛,
問其遺老,觀故蕭、曹、樊噲、滕公之家,及其素,異哉所聞!"耳目所不接:猶
"耳目所不及"。

[一二七]文案:公文案卷。《北堂書鈔》卷六八引《漢雜事》曰:"先是
公府掾多不視事,但以文案爲務。"自環:環繞自己。《漢書·衛青傳》:"而
適直青軍出塞千餘里,見單于兵陳而待,於是青令武剛車自環爲營,而縱五
千騎往當匈奴。"顏師古注:"環,繞也。"主者百數,皆深文爲吏,積習成奸:
《文選》呂向注:"謂訟久不定,主司易百數人者,此事皆積習已成奸僞矣。"
主者,主管者。《史記·陳丞相世家》:"上曰:'主者謂誰?'"深文,謂制定
或援用法律條文苛細嚴峻。《史記·酷吏列傳》:"(張湯)與趙禹共定諸律
令,務在深文,拘守職之吏。"積習,積久而成的習慣。董仲舒《春秋繁露·
天地施》:"積習漸靡,物之微者也。"

[一二八]畜筆削之刑:《漢書·禮樂志》:"今之刑,非皋陶之法也,而有
司請定法,削則削,筆則筆,救時務也。"顏師古注:"服虔曰:'言隨君意也。'
師古曰:'削者,謂有所刪去,以刀削簡牘。筆者,謂有所增益,以筆就而
書也。'"畜,通"蓄"。懷輕重之意:《漢書·酷吏傳·嚴延年》:"嚴延
年……爲涿郡太守。……大姓西高氏、東高氏,自郡吏以下皆畏避之,莫敢
與牾。……延年至,遣掾蠡吾趙繡案高氏得其死罪。繡見延年新將,心內
懼,即爲兩劾,欲先白其輕者,觀延年意怒,乃出其重劾。"

[一二九]乘理:順理。趙壹《刺世疾邪賦》:"乘理雖死而非亡,違義雖
生而匪存。"照物:觀照事物。研幾:窮究精微之理。《易·繫辭上》:"夫易,
聖人之所以極深而研幾也。"韓康伯注:"極未形之理則曰深,適動微之會則
曰幾。"

[一三〇]嗟服:歎服。《後漢書·符融傳》:"郭林宗始入京師,時人莫
識,融一見嗟服。"神道:神明之道,神妙莫測之道。《易·觀》:"觀天之神
道,而四時不忒,聖人以神道設教,而天下服矣。"孔穎達疏:"神道者,微妙
無方,理不可知,目不可見,不知所以然而然,謂之神道。"

[一三一]希世:見《奉答敕示〈七夕詩〉啓》注[二]。俊民:即"俊民"。
賢人,才智傑出的人。《尚書·多士》:"乃命爾先祖成湯革夏,俊民甸四
方。"瑚璉:見《爲蕭揚州作薦士表》注[三六]。宏:大也。

　　昉行無異操,才無異能[一三二],得奉名節,迄將一紀[一三三]。一言之譽,東陵侔於西山[一三四];一盼之榮㊱,鄭璞踰於周寶[一三五]。士感知己,懷此何極[一三六]。出入禮闈,朝夕舊館[一三七],瞻棟宇而興慕,撫身名而悼恩[一三八]。公自幼及長,述作不倦[一三九],固以理窮言行,事該軍國,豈直雕章縟采而已哉[一四○]。若乃統體必善,綴賞無地[一四一],雖楚趙群才,漢魏衆作,曾何足云㊲[一四二]。昉嘗以筆札見知,思以薄技効德㊳[一四三],是用綴緝遺文,永貽世範[一四四]。爲如干帙㊴,如干卷[一四五]。所撰《古今集記》《今書七志》,爲一家言㊵,不列于集[一四六]。集録如左[一四七]。

【校　記】

㊱盼:《藝文類聚》與《全梁文》作"眄",明州本作"面"。

㊲"云"下,李善本有"曾何足云"四字。

㊳"以"上,明州本無"思"字。

㊴"爲"下,明州本、張燮本與薈要本無"如干帙"字。

㊵"家"下,明州本、張燮本、薈要本有"之"字。

【箋　注】

[一三二]異操:獨特的節操。異能:傑出的才能或才幹。《史記·仲尼弟子列傳》:"孔子曰'受業身通者七十有七人',皆異能之士也。"

[一三三]名節:名譽與節操。《漢書·龔勝傳》:"二人相友,並著名節。"一紀:見注[八九]。

[一三四]一言之譽:路粹《爲曹公與孔融書》:"邀一言之譽者,計有餘矣。"東陵侔於西山:《莊子·駢拇》:"伯夷死名於首陽之下,盜跖死利於東陵之上。……彼所殉仁義也,則俗謂之君子;其所殉貨財也,則俗謂之小人。其所殉一也。"《法言·淵騫》:"(夷、齊)無仲尼,則西山餓夫與東國之絀臣惡乎聞?"侔,齊也。

[一三五]一盼之榮:《列子·黃帝》:"自吾之事夫子友若人也,三年之後,心不敢念是非,口不敢言利害,始得夫子一眄而已。"鄭璞踰於周寶:《戰國策·秦三》:"應侯曰:'鄭人謂玉未理者璞,周人謂鼠未臘者璞。周人懷璞過鄭賈曰:"欲買璞乎?"鄭賈曰:"欲之。"出其璞,視之,乃鼠也,因謝不取。'"

　　"一言"四句,意謂王儉對自己的稱賞、眷顧,使自己聲譽大增。

[一三六]士感知己,懷此何極:曹操《祀故太尉橋玄文》:"士死知己,懷

此無忘。"

[一三七]禮闈:南北朝至唐稱尚書省爲禮闈。《文選》李善注引《十洲記》曰:"崇禮闈,即尚書上省門;崇禮東建禮門,即尚書下舍門,然尚書省二門名禮,故曰禮闈也。"

[一三八]瞻棟宇而興慕:《荀子·哀公》:"孔子曰:'君入廟門而右,登自胙階,仰視榱棟,俯見几筵,其器存,其人亡,君以此思哀,則哀將焉而不至矣?'"棟宇,房屋的正中和四垂。指房屋。《易·繫辭下》:"上古穴居而野處,後世聖人易之以宮室,上棟下宇,以待風雨。"興慕:引起思念、景仰。潘岳《懷舊賦》:"既興慕於戴侯,亦悼元而哀嗣。"身名:身體和名譽。《列子·説符》:"仁義使我身名並全。"悼恩:懷念舊恩。

[一三九]述作:見《爲范始興求爲太宰立碑表》注[一七]。不倦:《論語·述而》:"子曰:'學而不厭,誨人不倦,何有於我哉!'"

[一四〇]該:及也。雕章:精心修飾文辭。《晋書·樂志上》:"三祖紛綸,咸工篇什,聲歌雖有損益,愛翫在乎雕章。"縟采:喻繁華的文采。《説文》:"縟,繁也。""采,飾也。"《文心雕龍·情采》:"鏤心鳥迹之中,織辭魚網之上,其爲彪炳,縟采名矣。""固以"三句,《文選》吕延濟注:"所有述作言行軍國大事,豈直爲彫飾文章以爲縟采乎?"

[一四一]統體:《文選》李善注引王彪之《賦》曰:"於是乎統體而詠之。"統,《文選》吕向注:"序也。"綴賞:《文選》吕向注:"追賞也。"無地:猶言至極、不盡。形容無限喜愛、惶恐、驚喜、感愧等感情。《文選》吕向注:"無地,謂不擇地遇之則爲盛也。"

[一四二]楚趙群才,漢魏衆作:《文選》李善注:"楚有屈原,趙有荀卿,漢則司馬、楊雄,魏則陳思、王粲。"

[一四三]昉嘗以筆札見知:《梁書·任昉傳》:"永明初,衛將軍王儉領丹陽尹,復引爲主簿。儉雅欽重昉,以爲當時無輩。"《南史·任昉傳》:"永明初,衛將軍王儉領丹陽尹,復引爲主簿。儉每見其文,必三復殷勤,以爲當時無輩,曰:'自傅季友以來,始復見於任子。若孔門是用,其入室升堂。'於是令昉作一文,及見,曰:'正得吾腹中之欲。'乃出自作文,令昉點正,昉因定數字。儉拊几歎曰:'後世誰知子定吾文!'其見知如此。"以筆札見知,陸機《表詣吳王》:"臣本以筆札見知。"筆札,指公文、書信。《漢書·游俠傳·樓護》:"與谷永俱爲五侯上客,長安號曰'谷子雲筆札,樓君卿脣舌',言其見信用也。"薄技:淺薄的技能。《史記·貨殖列傳》:"洒削,薄技也,而郅氏鼎食。"劾德:報效恩德。劾,同"效"。

[一四四]是用:因此。《左傳·襄公八年》:"如匪行邁謀,是用不得于

道。”綴緝:即“綴輯”。編輯。遺文:古人或死者留下的詩文。《史記·太史公自序》:“獵儒墨之遺文,明禮義之統紀,絕惠王利端,列往世興衰。作《孟子荀卿列傳》第十四。”世範:世人的典範。《世說新語·德行》:“陳仲舉言爲士則,行爲世範。”

[一四五]如干:若干。帙:卷册,函册。

[一四六]《古今集記》《今書七志》:《南齊書·王儉傳》:“上表求校墳籍,依《七略》撰《七志》四十卷,上表獻之,表辭甚典。……少撰《古今喪服集記》并文集,並行於世。”爲一家言,不列于集:曹丕《典論·論文》:“(孔)融等已逝,唯(徐)幹著論,成一家言。”

[一四七]集録:搜集編録。《後漢書·律曆志下》:“是以集録爲上下篇,放續《前志》,以備一家。”

文章緣起序

【題　解】

《隋書·經籍志》:“梁有《文章始》一卷,任昉撰……亡。”王得臣《塵史》卷二:“梁任昉集秦漢以來文章,名之始目,曰‘文章緣起’。自詩、賦、《離騷》至於《藝》,約八十五題,可謂博矣。”《文章始》,即《文章緣起》。此篇作年不可考。

《六經》素有歌、詩、書、誄、箴、銘之類:《尚書》帝庸作歌[一],《毛詩》三百篇[二],《左傳》叔向《貽子産書》[三],魯哀公《孔子誄》①[四],孔悝《鼎銘》[五],《虞人箴》[六]。此等自秦漢以來,聖君賢士沕著爲文章,名之“始”,故因眼録之,凡八十四題,抑以新好事者之目云爾②[七]。

【校　記】

①“哀”下,《全梁文》無“公”字。

②“以”上,《全梁文》無“抑”字。

【箋　注】

[一]帝庸作歌:《尚書·益稷》:“帝庸作歌曰:‘敕天之命,惟時惟幾。’乃歌曰:‘股肱喜哉,元首起哉,百工熙哉。’”作歌,謂作歌詞而詠唱。

[二]《毛詩》:漢代傳授《詩經》的主要有齊、魯、韓、毛四家,三國魏後,

齊、魯、韓三家漸漸消亡，惟毛家流傳，故稱《詩經》爲"毛詩"。三百篇：因《詩經》流傳下來的詩篇有三〇五首，故以"三百篇"稱《詩經》。《論語·爲政》："子曰：《詩》三百，一言以蔽之，曰'思無邪'。"《史記·太史公自序》："《詩》三百篇，大抵賢聖發憤之所爲作也。"

　　[三]叔向《貽子産書》：《左傳·昭公六年》："鄭人鑄刑書，叔向使詒子産書曰：'始吾有虞於子，今則已矣。昔先王議事以制，不爲刑辟，懼民之有爭心也。猶不可禁禦，是故閑之以義，糾之以政，行之以禮，守之以信，奉之以仁；制爲禄位，以勸其從；嚴斷刑罰，以威其淫。懼其未也，故誨之以忠，聳之以行，教之以務，使之以和，臨之以敬，蒞之以強，斷之以剛；猶求聖哲之上、明察之官、忠信之長、慈惠之師，民於是乎可任使也，而不生禍亂。民知有辟，則不忌於上。並有爭心，以徵於書，而徼幸以成之，弗可爲矣。夏有亂政，而作《禹刑》；商有亂政，而作《湯刑》；周有亂政，而作《九刑》：三辟之興，皆叔世也。今吾子相鄭國，作封洫，立謗政，制參辟，鑄刑書，將以靖民，不亦難乎？《詩》曰："儀式刑文王之德，日靖四方。"又曰："儀刑文王，萬邦作孚。"如是，何辟之有？民知爭端矣，將棄禮而徵於書，錐刀之末，將盡爭之。亂獄滋豐，賄賂並行。終子之世，鄭其敗乎？肸聞之："國將亡，必多制。"其此之謂乎！'"

　　[四]魯哀公《孔子誄》：《左傳·哀公十六年》："夏四月己丑，孔丘卒。公誄之曰：'旻天不弔，不憖遺一老，俾屏余一人以在位，煢煢余在疚。嗚呼哀哉尼父！無自律。'"

　　[五]孔悝《鼎銘》：《禮記·祭統》："夫鼎有銘。銘者，自名也。自名以稱揚其先祖之美而明著之後世者也。爲先祖者，莫不有美焉，莫不有惡焉，銘之義，稱美而不稱惡，此孝子孝孫之心也。唯賢者能之。銘者，論譔其先祖之有德善功烈勳勞慶賞聲名，列於天下，而酌之祭器，自成其名焉，以祀其先祖者也。顯揚先祖，所以崇孝也。身比焉，順也。明示後世，教也。夫銘者，壹稱而上下皆得焉耳矣。是故君子之觀於銘也，既美其所稱，又美其所爲。爲之者，明足以見之，仁足以與之，知足以利之，可謂賢矣。賢而勿伐，可謂恭矣。故衛孔悝之鼎銘曰：'六月丁亥，公假于大廟。公曰叔舅，乃祖莊叔，左右成公，成公乃命莊叔，隨難于漢陽，即宮于宗周，奔走無射。啓右獻公，獻公乃命成叔，纂乃祖服。乃考文叔，興舊耆欲，作率慶士，躬恤衛國，其勤公家，夙夜不解，民咸曰休哉！公曰叔舅，予女銘，若纂乃考服。悝拜稽首曰：對揚以辟之，勤大命，施于烝彝鼎。'此孔悝之《鼎銘》也。"

　　[六]《虞人箴》：《左傳·襄公四年》記魏絳曰："昔周辛甲之爲大史也，命百官，官箴王闕。於《虞人之箴》曰：'芒芒禹迹，畫爲九州，經啓九道。民

有寢廟,獸有茂草;各有攸處,德用不擾。在帝夷羿,冒于原獸,忘其國恤,而
思其麀牡。武不可重,用不恢于夏家。獸臣司原,取告僕夫。'《虞箴》如是,
可不懲乎?"

[七]汜:同"沿"。

齊明帝謚議^(一)

【題　解】

《南齊書·明帝紀》:"(永泰元年秋七月)乙酉,帝崩于正福殿,年四十
七。"據此,此議作於永泰元年(四九八)秋七月。

齊明帝:見《爲齊明帝讓宣城郡公表》題解。

　　以爲窮神之迹①,無繼於成名[一];教思所宗,言歸於有稱[二]。是
以則天爲大,義盡於翼善[三];武功受命,理貫於斯文[四]。伏惟功高
五讓,道冠三極[五],愛敬始於揚名,孝饗終乎嚴配[六]。寥廓大度,誕
君人之符[七];閨庭小節,應軌物之訓[八]。歷試允諧,納揆時序[九],
貽厥之寄,義均負圖[一○],榱棟惟新,壓焉將及[一一]。於是承制宣
德,定策公卿[一二],登嗣后於西鍾,反獨夫於侯服[一三]。既而主幼時
艱,仍離屯蹇[一四],應當璧之祥,注息肩之願[一五],立德以長,紹開中
興[一六],擬度天行,取則乾健[一七],日昃罷朝,幽枉必達[一八],官曹
寂寞,圄犴空虛[一九],虎門肆義,大足協律[二○],蠣廊有縉紳之談,鄉
塾無橫議之士[二一]。既富而教,弘此孝治[二二],遂使家無蕩子,墊有
栖畝[二三]。置天下於掌握,覽八荒於户牖[二四]。寵微金穴之家,恩
絕椒風之館[二五]。天應民和,祥符惣暨[二六]。故能上變雲物,下漏
深泉[二七]。若乃青丘丹陵之國②,黄銀紫玉之瑞[二八],幽符遠萃,詢
德報功[二九]。方將馳道日觀,清宫鳴澤[三○],爲而不恃,高揖成
功[三一],百川所以朝宗,參辰於焉取正[三二],豈所謂中衢均奠,懸衡
共軌者歟[三三]!

- - - - - - - - - - - - - - - - - - -

(一)議:是對某一政治問題進行議論辨析的文體,與"對"並舉。《文心雕龍》有《議對》篇。劉
　　永濟《文心雕龍校釋》:"議對者,議政與對策之文也。"張立齋《文心雕龍注訂》:"研其所
　　宜則議,答其所問乃對。此通義而實一體,但主賓稍疏,而枝幹有異也。故彦和稱對即議
　　之別體矣。然議有專題,對以循問;固又非奏啓之類,此不可不知也。"

【校　記】

①"窮"上,《全梁文》無"以爲"字。

②青:信述堂本與薈要本作"清",今從《藝文類聚》與張燮本。

【箋　注】

[一]窮神:《易·繫辭下》:"窮神知化,德之盛也。"孔穎達疏:"窮極微妙之神,曉知變化之道。"成名:樹立名聲。《易·繫辭下》:"善不積,不足以成名。"

[二]教思:教化思慮。《易·臨》:"君子以教思無窮,容保民無疆。"有稱:《史記·衛將軍驃騎列傳》:"大將軍爲人仁善退讓,以和柔自媚於上,然天下未有稱也。"

"以爲"四句,意謂用盡精神所産生的最高業績,無非樹立名聲;費盡思慮教化民衆之宗向,終歸於得到民衆的稱譽。

[三]則天:謂以天爲法,治理天下。《論語·泰伯》:"巍巍乎! 唯天爲大,唯堯則之。"翼善:輔助善行。

[四]武功:見《禪梁册》注[三六]。受命:見《禪梁璽書》注[一三]。理貫:用一個根本性的事理貫通事情的始末。《論語·里仁》:"子曰:'參乎! 吾道一以貫之。'"斯文:見《靜思堂秋竹賦》注[七]。

"是以"四句,意謂:因此以天爲法則,治理天下,竭盡仁義,輔助善行;以武功接受天命,有一個根本性的道理,即本於禮樂教化。

[五]五讓:見《爲蕭揚州作薦士表》注[四]。三極:三才,天、地、人。《易·繫辭上》:"六爻之動,三極之道也。"韓康伯注:"三極,三才也。"孔穎達疏:"六爻遞相推動而生變化,是天、地、人三才至極之道。"

[六]愛敬:見《爲梁公請刊改律令表》注[一二]。揚名:傳播名聲。《孝經·開宗明義》:"立身行道,揚名於後世,以顯父母,孝之終也。"孝饗:《樂府詩集·郊廟歌辭十·太和舞》:"廣樂既備,嘉薦既新,述先惟德,孝饗惟親。"嚴配:謂祭天時以先祖配享。《孝經·聖治》:"孝莫大於嚴父,嚴父莫大於配天,則周公其人也。"

[七]寥廓:寬宏豁達。《漢書·鄒陽傳》:"今欲使天下寥廓之士籠於威重之權,脅於位勢之貴。"顏師古注:"寥廓,遠大之度也。"大度:胸懷開闊,氣量寬宏。《史記·高祖本紀》:"常有大度,不事家人生産作業。"君人:爲人之君,統治人民。《左傳·隱公三年》:"君人者,將禍是務去,而速之,無乃不可乎?"

[八]閨庭:家庭。蔡邕《郡掾吏張玄祠堂碑》:"掾天姿恭恪,宣慈惠和,

允恭博敏,惻隱仁恕,正身履道,以協閨庭。"小節:見《府僚重請牋》注[五]。
軌物:軌範,準則。《左傳·隱公五年》:"君,將納民於軌物者也。故講事以
度軌量謂之軌,取材以章物采謂之物。"杜預注:"言器用衆物不入法度,則
爲不軌不物。"

[九]歷試:屢試,多次考驗或考察。《孔叢子·論書》:"堯既得舜,歷試
諸難。"允諧:妥善,成功。納揆時序:任用百官。《尚書·舜典》:"納于百
揆,百揆時叙。"納揆,任用百官。時序,見《爲范始興求爲太宰立碑表》注
[一五]。

[一〇]貽厥之寄:《文選》王儉《褚淵碑文》:"明皇不豫,儲后幼沖,貽
厥之寄,允屬時望。"吕向注:"貽厥,謂後嗣也。"又,貽,遺留;厥,其。《尚
書·五子之歌》:"明明我祖,萬邦之君,有典有則,貽厥子孫。"負圖:《孔子
家語·觀周》:"孔子觀乎明堂,覩四門之墉。……有周公相成王,抱之負斧
扆南面以朝諸侯之圖焉。"據《漢書·霍光傳》載:武帝年老,欲立少子劉弗
陵爲嗣,命大臣輔之。察群臣唯霍光可屬社稷。乃使黄門畫者畫周公負成
王朝諸侯以賜光,曰:"立少子,君行周公之事。"後遂爲受先帝遺命輔佐幼
帝的典實。此處用以指齊武帝臨崩前託孤於蕭鸞。《南齊書·武帝紀》記
武帝遺詔,命蕭子良與蕭鸞共同輔佐皇太孫蕭昭業:"内外衆事無大小,悉
與鸞參懷共下意。"《明帝紀》:"世祖遺詔爲侍中、尚書令。"《武十七王傳·
竟陵文宣王子良》:"遺詔使子良輔政,高宗知尚書事。"

[一一]榱棟惟新:《世說新語·傷逝》:"孝武山陵夕,王孝伯入臨,告其
諸弟曰:'雖榱桷惟新,便自有《黍離》之哀!'"榱棟:屋椽與脊檁。常喻擔負
重任的人物。惟新:更新。《尚書·胤征》:"殲厥渠魁,脅從罔治,舊染汙
俗,咸與惟新。"壓焉將及:見《梁國府僚勸進牋》注[五]。

[一二]承制:謂秉承皇帝旨意而便宜行事。《後漢書·吴漢傳》:
"(韓)鴻召見漢,甚悦之,遂承制拜爲安樂令。"宣德:見《爲齊宣德皇后答梁
王令》題解。定策:古時尊立天子,書其事於簡策,以告宗廟,因稱大臣等謀
立天子爲"定策"。《漢書·韓王信傳》:"(韓增)與大將軍霍光定策立宣
帝,益封千户。"

[一三]登嗣后於西鍾,反獨夫於侯服:蕭鸞於隆昌元年(四九四)秋七
月廢帝蕭昭業爲鬱林王,立其弟蕭昭文爲帝。嗣后,指蕭昭文。西鍾,在含
德殿。獨夫,指殘暴無道、衆叛親離的統治者。此處指鬱林王蕭昭業。《尚
書·泰誓下》:"獨夫受,洪惟作威,乃汝世讎。"孔安國傳:"言獨夫,失君道
也。"侯服,見《答陸倕〈感知己賦〉》注[七]。

[一四]既而:不久。《左傳·僖公十五年》:"晋侯許賂中大夫,既而皆

背之。”主幼：當時蕭昭文年十五。時艱：時局的艱難困苦。《後漢書·皇后紀序》：“自古雖主幼時艱，王家多釁，必委成冢宰，簡求忠賢，未有專任婦人，斷割重器。”離：同“罹”，遭受。屯蹇：《易》之《屯》卦與《蹇》卦的並稱。屯、蹇，都是艱難困苦之意，後因稱挫折、不順利爲屯蹇。曹植《神龜賦》：“嗟禄運之屯蹇，終遇獲於江濱。”

　　[一五]當璧之祥：《左傳·昭公十三年》：“初，共王無冢適，有寵子五人，無適立焉。乃大有事于群望，而祈曰：‘請神擇於五人者，使主社稷。’乃徧以璧見於群望，曰：‘當璧而拜者，神所立也，誰敢違之？’既，乃與巴姬密埋璧於大室之庭，使五人齊，而長入拜。康王跨之，靈王肘加焉，子干、子晳皆遠之。平王弱，抱而入，再拜，皆厭紐。”楊伯峻注：“厭同壓，壓紐即當璧。”後以“當璧”喻立爲國君之兆。息肩：卸去負擔。《左傳·襄公二年》：“鄭成公疾，子駟請息肩於晋。”杜預注：“欲辟楚役，以負擔喻。”

　　[一六]立德以長，紹開中興：指齊明帝廢掉鬱林王蕭昭業改立蕭昭文爲帝。立德以長，見《爲褚諮議蓁讓代兄襲封表一》注[五]。紹開中興：杜預《春秋序》：“若平王能祈天永命，紹開中興。”

　　[一七]擬度天行，取則乾健：見《爲宣德太后重敦勸梁王令》注[七]。

　　[一八]日昃：見《求薦士詔》注[七]。幽枉必達：《後漢書·明帝紀論》：“明帝善刑理，法令分明。日晏坐朝，幽枉必達。”幽枉，猶冤屈。

　　[一九]官曹：官吏辦事機關。《東觀漢記·世祖光武皇帝紀》：“（公孫）述伏誅之後，而事少閒，官曹文書减舊過半。”寂寞：清閑。圄犴空虚：《梁書·武帝紀中》：“今遐邇知禁，圄犴稍虚，率斯以往，庶幾刑措。”圄犴，牢獄。

　　[二〇]虎門：國子學的別稱。《周禮·地官·師氏》：“師氏，掌以媺詔王，以三德教國子……居虎門之左，司王朝。掌國中失之事，以教國子弟，凡國之貴游子弟學焉。”鄭玄注：“虎門，路寢門也。王日視朝於路寢，門外畫虎焉，以明勇猛，於守宜也。”後世遂以虎門之左爲國子學所在地，而以“虎門”爲國子學的別稱。肆義：即肆議。謂進言獻策，提出意見。《慎子》逸文：“智者不得越法而肆謀，辯者不得越法而肆議。”大足：俞樾《任彦昇集箋注序》：“集中《齊明帝諡議》云‘大足協律’，‘大足’二字不得其解，余疑‘大足’當作‘大疋’。《説文·疋部》：‘疋，或曰胥字。’蓋‘胥’字本從‘疋’得聲，故古文或以‘疋’爲之，亦猶以‘哥’爲‘歌’、以‘臤’爲‘賢’之比耳。‘大疋’即‘大胥’，《禮記·王制》篇注：‘大胥、小胥，皆樂官署也。’故曰‘大胥協律’作‘疋’者，古文作‘足’者，誤字，雖無他證，而所見似塙。”協律：調和音樂律吕，使之和諧。

　　[二一]巖廊：高峻的廊廡。借指朝廷。《鹽鐵論·憂邊》：“今九州同域，天下一統，陛下優游巖廊，覽群臣極言至論。”縉紳：見《爲吏部謝表》注[七]。鄉塾：舊時鄉里進行教學的地方。横議：見《奏彈范縝》注[八]。

　　[二二]既富而教：《論語·子路》：“冉有曰：‘既庶矣，又何加焉？’曰：‘富之。’曰：‘既富矣，又何加焉？’曰：‘教之。’”孝治：見《上蕭太傅固辭奪禮啓》注[一五]。

　　[二三]蕩子：流蕩不歸的男子。《古詩十九首·青青河畔草》：“蕩子行不歸，空牀難獨守。”《列子·天瑞》：“有人去鄉土、離六親、廢家業游於四方而不歸者，何人哉？世必謂之爲狂蕩之人矣。”栖畝：《初學記》卷九引《子思子》曰：“東户季子之時，道上雁行而不拾遺，耕耡餘糧宿諸畝首。”後遂以“栖畝”謂將餘糧存積田畝之中，以頌豐年盛世。

　　[二四]八荒：八方荒遠之地。賈誼《過秦論》：“（秦孝公）有席卷天下，包舉宇内，囊括四海之意，并吞八荒之心。”户牖：門窗。《三國志·吴書·趙達傳》：“達常笑謂諸星氣風術者曰：‘當迴算帷幕，不出户牖以知天道，而反晝夜暴露以望氣祥，不亦難乎！’”

　　[二五]金穴：藏金之窟。喻豪富之家。《後漢書·郭皇后紀上·光武郭皇后》：“（郭）況遷大鴻臚。帝數幸其第，會公卿諸侯親家飲燕，賞賜金錢縑帛，豐盛莫比，京師號況家爲金穴。”椒風：漢宫閣名，爲昭儀所居。《漢書·佞幸傳·董賢》：“又召賢女弟以爲昭儀，位次皇后，更名其舍爲椒風，以配椒房云。”泛指妃嬪住處。

　　[二六]天應：上天的感應、顯應。《國語·越語下》：“人事至矣，天應未也，王姑待之。”民和：即人和。民衆的信賴。《史記·楚世家》：“熊渠甚得江漢間民和。”祥符：指吉祥的徵兆。《後漢書·光武帝紀下》：“陛下情存損挹，推而不居，豈可使祥符顯慶，没而無聞？”惣、搃、總，三字同。曁：到，至。

　　[二七]雲物：天象雲氣之色。《左傳·僖公五年》：“公既視朔，遂登觀臺以望而書，禮也。凡分至啓閉，必書雲物，爲備故也。”杜預注：“雲物，氣色災變也。”深泉：深淵。《管子·水地》：“欲上則凌於雲氣，欲下則入於深泉。”按，唐代避高祖李淵諱，改“淵”爲“泉”。

　　[二八]青丘丹陵：泛指邊遠蠻荒之國。青丘，傳説中的海外國名。《吕氏春秋·求人》：“禹東至榑木之地……鳥谷、青丘之鄉，黑齒之國。”丹陵，地名。傳説爲堯的誕生地。《宋書·符瑞志上》：“帝堯之母曰慶都……孕十四月而生堯於丹陵，其狀如圖。”黄銀紫玉：古代以爲祥瑞之物。《宋書·符瑞志下》：“黄銀紫玉，王者不藏金玉，則黄銀紫玉光見深山。”黄銀，《春秋運斗樞》：“人君秉金德，而王則黄銀。”

　　[二九]幽符:義同“祥瑞”。宋明帝《明德頌》:“明德孚教,幽符麗紀。”詢德:向有德者咨詢。報功:見《爲宣德太后重敦勸梁王令》注[一六]。

　　[三〇]馳道:見《爲皇太子求一日一入朝》注[八]。日觀:泰山峰名。《水經注·汶水》引應劭《漢官儀》曰:“泰山東南山頂名曰日觀。日觀者,雞一鳴時,見日始欲出,長三丈許,故以名焉。”清宮:清理宮室。古代帝王行幸所至,必先令人檢查起居宮室,使其清靜安全,以防發生意外。《史記·孝文本紀》:“乃使太僕嬰與東牟侯興居清宮,奉天子法駕,迎于代邸。”裴駰集解引應劭曰:“舊典,天子行幸所至,必遣靜宮令先案行清靜殿中,以虞非常。”司馬貞索隱引《漢儀》曰:“皇帝起居,索室清宮而後行。”鳴澤:《漢書·武帝紀》:“北出蕭關,歷獨鹿、鳴澤,自代而還。”顏師古注引服虔曰:“獨鹿,山名也。鳴澤,澤名也。皆在涿郡遒縣北界也。”

　　[三一]爲而不恃:《老子》二章:“爲而弗恃,功成而弗居也。”高揖:見《禪梁册》注[一六]。成功:成就的功業,既成之功。《史記·秦始皇本紀》:“今名號不更,無以稱成功,傳後世,其議帝號。”

　　[三二]百川朝宗:《尚書·禹貢》:“江漢朝宗於海。”百川,江河湖澤的總稱。《詩·小雅·十月之交》:“百川沸騰,山塚崒崩。”朝宗,諸侯朝見天子。參辰於焉取正:參、辰二星顛倒錯亂,使之歸正。比喻綱紀恢復正常。《楚辭·九思·遭厄》:“雲霓紛兮晻翳,參辰回兮顛倒。”

　　[三三]中衢均奠:“均奠”,疑爲“致尊”之誤。中衢致尊:《淮南子·繆稱訓》:“聖人之道,猶中衢而致尊邪,過者斟酌,多少不同,各得其所宜。”此處把齊明帝比作聖人,故有下句“懸衡共軌”之論,意謂齊明帝一統天下,成爲民衆的標準。中衢,高誘注:“道六通謂之衢。”懸衡:比喻一統。共軌:猶同軌。比喻一統。

卷六　哀策文　碑　墓銘　行狀　弔文

王貴嬪哀策文^(一)

【題　解】

檢《南齊書》與《梁書》，未見有於任昉生前王姓嬪妃薨者，今僅由文中"方娠明兩""達副君之夭至"，知王貴嬪是一位誕下皇子不久即薨的貴嬪。不知此文作於何時。

　　游衣戒節，輀車命服，永去椒華，長辭嘉福^[一]。筲縅遺組，莚委塵鞠^[二]。將命啓期，實惟嘉數^[三]。佩空響其何節，姆下堂其誰傅^{①[四]}。殯宮既毀，祖饋斯撤^[五]。爰命史臣，宣美來裔^[六]。坤載既厚，内德云助^[七]。軒五有弘，姬十斯豫^[八]。誕茲邦淑^②，選自良家^[九]。爰登《六列》，象服委虵^[一〇]。青絢丹繶，辰衣素紗^{③[一一]}。蕭雍婦職，僉曰俞佳^{④[一二]}。贊景望舒，方娠明兩^[一三]。心前軌慶，軒中增朗^[一四]。與括不愆^⑤，胐魄無爽^[一五]。式陪璽觀，有事蠱宮^[一六]。降輿訪道，基我王風^[一七]。宣禮撤豆，緝樂房中^[一八]。居貴能降，在盈思冲^[一九]。仁者必壽，彼蒼者穹^{⑥[二〇]}。如何不淑，萬化齊終^[二一]。

【校　記】

①堂：《藝文類聚》、張燮本、薈要本與《全梁文》作"當"。

②茲：《藝文類聚》與《全梁文》作"咨"。

③衣：《全梁文》作"文"。

④佳：《藝文類聚》與《全梁文》作"往"。

⑤括：《藝文類聚》作"栝"。

(一)哀策文：祭文之一種，用於頌揚天子后妃生前功德的文章。任昉《文章緣起》："哀策，漢樂安相李尤作《和帝哀策》。"《文心雕龍·祝盟》論哀策文特點曰："誄首而哀末，頌體而祝儀。"

⑥穹:信述堂本作"窮",誤。今據《藝文類聚》、張燮本與《全梁文》改。

【箋 注】

[一]游衣:應指"游衣冠"。漢代制度,每月初一,將高帝的衣冠從陵墓的宮殿中移到祭祀高帝的宗廟裏去。謂之游衣冠。戒節:告知節候。謂當令。《後漢書·明帝紀》:"十二月甲寅,詔曰:'方春戒節,人以耕桑。其敕有司務順時氣,使無煩擾。'"轜車:亦作"輀車"。載運棺柩的車子。《漢書·王莽傳下》:"百官竊言'此似輀車,非僊物也'。"顏師古注:"輀車,載喪車,音而。"命服:古代帝王按等級賜給公侯列卿士大夫的制服。《詩·小雅·采芑》:"服其命服。"鄭玄箋:"命服者,今爲將,受王命之服也。"椒華:王嘉《拾遺記·周靈王》:"越又有美女二人,一名夷光,二名脩明,貢於吳。吳處以椒華之房,貫細珠爲簾幌。"此處指后妃居住的宮室。嘉福:殿名。

[二]笥:方形竹器。緘:封,閉。遺組:遺留的綬帶。筵:竹席。委:積聚。塵鞠:塵土與茂草。鞠,《詩·小雅·蓼莪》:"踧踧周道,鞠爲茂草。""鞠"本没有"茂草"之義,有可能是任昉據"鞠爲茂草"而借用茅草來作"鞠"的意義。"笥緘"二句,意謂祭奠完畢,用竹器盛裝王貴嬪遺留下的綬帶,竹席上積滿了塵土茂草。

[三]將命啓期,實惟嘉數:意謂通過蓍草占卦選定下葬時間,所得到的數預示吉利。啓期:《儀禮·既夕禮》:"請啓期,告于賓。"鄭玄注:"將葬,當遷柩于祖,有司於是乃請啓殯之期,於主人以告賓,賓宜知其時也。"

[四]佩空響其何節:《詩·齊風·雞鳴》孔穎達疏:"《書傳》説夫人御於君所之禮云:'太師奏雞鳴於階下,夫人鳴玉佩於房中,告去。'"姆,《説文》:女師也。下堂:謂離開殿堂或堂屋。《禮記·郊特牲》:"覲禮,天子不下堂而見諸侯。下堂而見諸侯,天子之失禮也。"傅:輔佐。《左傳·僖公二十八年》:"鄭伯傅王。"

[五]殯宮:古代臨時停柩之所。《儀禮·既夕禮》:"遂適殯宮,皆如啓位。"祖饋:猶祖奠。古人安葬,於出殯前夕設奠以告亡靈。顏延之《宋文皇后哀策文》:"皇帝親臨祖饋,躬瞻宵載。"

[六]史臣:史官。潘岳《馬汧督誄序》:"亦命史臣班固而爲之誄。"宣美:謂宣揚教化,使風俗淳美。潘勖《册魏公九錫文》:"君有定天下之功,重以明德,班叙海内,宣美風俗,旁施勤教,恤慎刑獄。"來裔:後世子孫。蔡邕《太尉汝南李公碑》:"銘勒顯於鍾鼎,清烈光於來裔。"

[七]坤載既厚:《易·坤》:"坤厚載物,德合無疆。"孔穎達疏:"以其廣厚,故能載物。"坤載,謂大地能負載萬物。用以喻帝后功德博厚,如地之載

育萬物。内德:婦德。多指后妃之德。亦借指后妃。

　　[八]軒:古代一種前頂較高而有帷幕的車子,供大夫以上乘坐。有:詞頭。弘:大。姬:美女的代稱。斯:詞頭。豫:參與。《正韻》:"豫,與'與'通。"《後漢書·樂夷傳》:"楚靈會申,亦來豫盟。"

　　[九]邦淑:《詩·鄘風·君子偕老》:"展如之人兮,邦之媛也。"又《詩·周南·關雎》:"窈窕淑女,君子好逑。"良家:舊時指清白人家。猶世家。《後漢書·陳蕃傳》:"初,桓帝欲立所幸田貴人爲皇后。蕃以田氏卑微,竇族良家,爭之甚固。"

　　[一〇]《六列》:謂《古列女傳》之《母儀》《賢明》《仁智》《貞順》《節義》《辨通》六篇。丁廙《蔡伯喈女賦》:"披鄧林之曜鮮,明《六列》之尚致。"象服:古代后妃、貴夫人所穿的禮服,上面繪有各種物象作爲裝飾。《詩·鄘風·君子偕老》:"象服是宜。"毛傳:"象服,尊者所以爲飾。"陳奐傳疏:"象服未聞,疑此即褕衣也。象,古襐字,《説文》:'襐,飾也。'象服猶襐飾,服之以畫繪爲飾者。"委蚘:雍容自得貌。蚘,同"蛇"。《詩·召南·羔羊》:"退食自公,委蛇委蛇。"鄭玄箋:"委蛇,委曲自得之貌。"

　　[一一]青絇:古時鞋頭上青色的絲織妝飾,有孔,可穿繫鞋帶。《周禮·天官·屨人》:"屨人,掌王及后之服屨,爲赤舃、黑舃、赤繶、黄繶、青句、素屨、葛屨。"鄭玄注:"絇,謂之拘,著舃屨之頭,以爲行戒。"丹繶:赤色的絲帶。辰衣:疑爲"展衣"之誤。素紗:即"素沙"。白色縐紗。《周禮·天官·内司服》:"内司服,掌王后之六服:褘衣、揄狄、闕狄、鞠衣、展衣、緣衣、素沙。"鄭玄注:"鄭司農云:'展衣,白衣也。'……素沙者,今之白縛也。"

　　[一二]蕭雝:亦作"蕭雖""蕭邕"。《詩·召南·何彼襛矣》:"曷不蕭雝,王姬之車。"原指行車之貌。《毛詩序》則謂:"《何彼襛矣》,美王姬也。雖則王姬,亦下嫁於諸侯,車服不繫其夫,下王后一等,猶執婦道以成蕭雝之德也。"後因以"蕭雝"爲稱頌婦德之辭。《後漢書·皇后紀序》:"所以能述宣陰化,修成内則,閨房蕭雝,險謁不行也。"李賢注:"蕭,敬也。雝,和也。"婦職:猶婦功。《周禮·天官·内宰》:"以婦職之法教九御。"鄭玄注:"婦職,謂職紝、組紃、縫線之事。"僉:皆,衆。《尚書·堯典》:"僉曰:'於,鯀哉!'"俞:安然貌。《吕氏春秋·知分》:"古聖人不以感私傷神,俞然而以待耳。"高誘注:"俞,安。"佳:美好貌。《楚辭·大招》:"姱修滂浩,麗以佳只。"

　　[一三]望舒:神話中爲月駕車的神。《楚辭·離騷》:"前望舒使先驅兮,後飛廉使奔屬。"王逸注:"望舒,月御也。"借指月亮。張衡《歸田賦》:"于時曜靈俄景,繼以望舒,極盤游之至樂,雖日夕而忘劬。"方娠:剛剛懷

孕。《左傳·哀公元年》：“后緡方娠。”杜預注：“娠，懷身也。”明兩：
《易·離》：“明兩作離，大人以繼明照于四方。”孔穎達疏：“明兩作離者，
離爲日，日爲明。今有上下二體，故云明兩作離也。”本謂《離》卦離下離
上，爲兩明前後相續之象。借指帝王或太子。《文選》謝靈運《擬魏太子
〈鄴中集〉詩·王粲》“一旦值明兩”呂延濟注：“武帝既明，而太子又明，
故謂太子爲明兩也。”

　　[一四]心前軌慶，軒中增朗：能使丈夫心頭有吉慶，房内增光亮（就望
舒而言。夫爲日，妻爲月）。

　　[一五]括：又作筈，指箭發射時搭在弓弦上的部分。與括：指弓弦與括
的配合。比喻指妻子輔佐丈夫。不愆：無過錯，無過失。《詩·大雅·假
樂》：“不愆不忘，率由舊章。”胐魄：新月的光亮。常指農曆每月初三晚上的
月光。爽：差錯，失誤。

　　[一六]式陪璽觀：輔佐君主。式，虛詞，湊足音節。陪，輔佐。璽觀，
代指君主。有事：猶從事。蠶宮：古代王室養蠶的宮館。《後漢書·荀悦
傳》：“故在上者先豐人財以定其志，帝耕籍田，后桑蠶宮，國無游人，野無
荒業。”李賢注：“古者天子諸侯必有公桑蠶室，近川而爲之，宮仞有三
尺也。”

　　[一七]降輿：下車。訪道：詢問治理國家的辦法。王融《永明十一年策
秀才文》之一：“至於思政明臺，訪道宣室，若墜之惻每勤，如傷之念恒軫。”
王風：王者的教化。《毛詩序》：“《關雎》《麟趾》之化，王者之風也。”

　　[一八]宣禮：《宋書·禮志三》：“誕惟四方之民，罔不祇順，開國建侯，
宣禮明刑。”撤豆：《樂府詩集·郊廟歌辭·梁太廟樂舞辭·撤豆》：“籩豆斯
撤，禮容有章。”豆，禮器。緝樂：和樂。緝，協調、和合。房中：閨房。

　　[一九]盈冲：猶盈虛。盈滿與虛空。冲，同“沖”。《老子》四十五章：
“大盈若沖，其用不窮。”

　　[二○]仁者必壽：《論語·雍也》：“知者樂水，仁者樂山。知者動，仁者
靜；知者樂，仁者壽。”彼蒼者穹：《詩·秦風·黄鳥》：“彼蒼者天，殲我良
人。”穹，天空。《詩·大雅·桑柔》：“靡有旅力，以念穹蒼。”

　　[二一]如何不淑：弔問之詞。猶言不幸。《禮記·雜記上》：“寡君使
某，如何不淑。”陳澔集説：“如何不淑，慰問之辭，言何爲而罹此凶禍也。”萬
化：各種變化。《莊子·大宗師》：“人之形者，萬化而未始有極者也。”齊終：
猶正終。謂壽終正寢。

　　薦車告途⑦，殯麥既辨[二二]。䰖翠璀以陸離，帷幌紛其舒

卷[二三]。出桂宫而北行⑧,經未央以西轉[二四]。池綍顧而徐前,服馬
嘶而不踐[二五]。霜霏微而初被,堲空籠而始雕[二六]。促虞泉於《薤
露》,撫《悲翁》於短簫[二七]。母以子貴,義弘前哲[二八]。申襄齊削以
從疑⑨,革麻線之輕殺[二九]。達副君之天至,賦《白華》之無缺[三○]。
庶清廟之微微,非壽原之未瘞[三一]。

【校　記】

⑦“告”下,《藝文類聚》脱“途”字。

⑧行:《藝文類聚》作“徂”。

⑨襄:《藝文類聚》作“前”。

【箋　注】

[二二]薦車:靈車。《儀禮·既夕禮》“薦車”鄭玄注:“薦,進也。進車
者,象生時將行陳駕也。今時謂之‘魂車輤輬’也。”告途:準備上路。殯夕:
墓穴。夕,音夕。

[二三]黼翣:翣,置於棺木兩旁的裝飾品。其上畫有斧形者爲黼翣。
黼,音甫。翣,音煞,去聲。《禮記·喪大記》:“飾棺……黼翣二,黻翣二,畫
翣二。”鄭玄注:“漢禮,翣,以木爲筐,廣三尺,高二尺四寸,方兩角高,衣以
白布。”孔穎達疏:“翣,形似扇,以木爲之,在路則障車,入椁則障柩也。凡
有六枚,二畫爲黼,三畫爲黻,三畫爲雲氣。”璀:色彩鮮明。陸離:光彩絢麗
貌。《楚辭·招魂》:“長髮曼鬋,豔陸離些。”帷幌:室内的帷幔。鮑照《玩月
城西門廨中詩》:“夜移衡漢落,徘徊帷幌中。”舒卷:舒展卷縮。劉勝《文木
賦》:“裁爲用器,曲直舒卷。”

[二四]桂宫、未央:二宫名。《文選》班固《兩都賦》:“自未央而連桂
宫,北彌明光而亘長樂。”李善注:“《漢書》曰:高祖至長安,蕭何作未央宫。
《三輔舊事》曰:桂宫内有明光殿。”

[二五]池綍:池,棺飾。綍,挽索,古代出殯時拉棺材用的大繩。池綍,
借指喪車。服馬:古代一車四馬,當中夾轅二馬稱“服馬”。《釋名·釋車》:
“游環在服馬背上,驂馬之外。”踐:《説文》:“踐,履也。”

[二六]霏微:飄灑,飄溢。何遜《七召·神僊》:“雨散漫以霑服,雲霏微
而襲宇。”空籠:蒼茫寥廓貌。雕:同“凋”“彫”。衰落。《左傳·昭公八
年》:“今宫室崇侈,民力彫盡。”

[二七]促:促節。虞泉:即“虞淵”,唐代因避高祖李淵諱,改作虞泉。
傳説爲日没處。《淮南子·天文訓》:“日至于虞淵,是謂黄昏。”《薤露》:樂

府《相和曲》名,是古代的挽歌。晋崔豹《古今注》卷中《音樂》:"《薤露》《蒿里》,並喪歌也。出田横門人,横自殺,門人傷之,爲之悲歌,言人命如薤上之露,易晞滅也,亦謂人死魂魄歸乎蒿里,故有二章。……至孝武時,李延年乃分爲二曲,《薤露》送王公貴人,《蒿里》送士大夫庶人,使挽柩者歌之,世呼爲挽歌。"撫:同"拊"。《尚書·益稷》:"予擊石拊石,百獸率舞。"《悲翁》:古曲名《思悲翁》的省稱。陸機《鼓吹賦》:"簫嘈嘈而微音,詠《悲翁》之流思。"短簫:吹奏樂器名。

[二八]母以子貴:《春秋公羊傳·隱公元年》:"桓何以貴? 母貴也。母貴,則子何以貴? 子以母貴,母以子貴。"前哲:前代的賢哲。《左傳·成公八年》:"夫豈無辟王,賴前哲以免力。"

[二九]申襄齊削以從疑,革麻緣之輕殺:應指喪服方面的制度。此二句含義具體未詳。齊,通縗,音資。齊衰(衰通縗),即繐縗,古代喪服之五服(斬衰、齊衰、大功、小功、緦麻)之第二等。削,削減。麻緣,《儀禮·喪服》:"公子爲其母練冠麻,麻衣縓緣。"鄭玄注:"淺絳也。"輕殺,古代用以表示禮儀等級,分別與重、隆相對。

[三〇]副君:太子。《漢書·疏廣傳》:"太子國儲副君,師友必於天下英俊,不宜獨親外家許氏。"天至:見《爲皇太子求一日一入朝表》注[九]。《白華》:指《詩·小雅·白華》篇,有目無辭。《毛詩序》:"《白華》,孝子之潔白也。"

[三一]清廟:《漢書·藝文志》:"墨家者流,蓋出於清廟之守。茅屋采椽,是以貴儉。"微微:幽静貌。《文選》顔延之《宋文皇后哀策文》:"滅採清都,夷體壽原。"張銑注:"壽原,謂莽山陵也。"翳:掩蓋。

<h1>丞相長沙宣武王碑(一)</h1>

【題　解】

一九八〇年九月,南京出土撫軍桂陽王墓碑,鐫有"天監元年太歲壬午

(一)碑:清王兆芳《文體通釋》:"碑者,豎石也。古宮廟庠序之庭碑,以石麗牲,識日景;封壙之豐碑,以木懸棺綍,漢以紀功德,一爲墓碑,豐碑之變也;一爲宮殿碑,一爲廟碑,庭碑之變也;一爲德政碑,廟碑墓碑之變也。皆爲銘辭,所以代鍾鼎也。"因此,嚴格意義上講,碑,應稱"碑文",是刻在石碑上的文辭。又稱碑誌、碑銘。上古殷周時代,曾在銅器彝鼎等器物上刻字記功、記事,這類文辭稱爲銘,後來刻字於石,即"以石代金,同乎不朽",因此,碑上的文辭也沿襲而稱碑銘。早期的銅器銘文一般是用簡短古奧的韻文寫成。刻於石碑時,一般是前有散文記事,後有韻語頌贊。這樣,又稱碑文後面的韻語部分爲銘,前面的散文部分爲誌、序,又統稱墓誌銘。

十一月乙卯一日窆於弋辟山”“長兼尚書吏部郎中臣任昉奉敕撰”。據此可推知,《丞相長沙宣武王碑》與《撫軍桂陽王墓誌銘》是天監元年(五〇二)任昉奉梁武帝敕而作。

丞相長沙宣武王:見《爲武帝追封丞相長沙王詔》題解。

　　玉映藍田,金鉉之望已集[一];木秀鄧林,輪轅之用先表[二]。值戎寇貪惏,羈縻失道[三],憑陵雉堞,逼迫濠湟[四]。都護之威既弛,副尉之策已謝[五]。斧松晨析,易子朝餐[六]。乞師援絶,飛書路阻[七]。公内定不戰之奇,外騁必勝之略[八],神功倏忽,有同拾遺[九]。南下牧馬,既寢折膠之術[一〇];北遯燕然,將空漠南之地[一一]。加以廣平簡惠,信賞必罰[一二];增賥就賦,夷歌成章[一三]。

【箋　注】

[一]藍田:縣名。在陝西省渭河平原南緣、秦嶺北麓、渭河支流灞河上游。秦置縣,以產美玉聞名。班固《西都賦》:“陸海珍藏,藍田美玉。”金鉉:舉鼎具。貫穿鼎上兩耳的横杆。金屬制,用以提鼎。比喻三公之類重臣。

[二]木秀:李康《運命論》:“木秀于林,風必摧之。”鄧林:古代神話傳説中的桃林。《山海經·海外北經》:“夸父與日逐走,入日。渴欲得飲,飲于河渭;河渭不足,北飲大澤。未至,道渴而死。棄其杖,化爲鄧林。”輪轅:指車輛。喻經世可用之材。

“玉映”二句,意謂蕭懿如藍田美玉,有望位登三公;又如鄧林秀木,展現出經世之才。

[三]戎寇:此處指北魏。《史記·周本紀》:“平王立,東遷于雒邑,辟戎寇。”貪惏:貪婪,不知足。羈縻:籠絡,懷柔。《文選》司馬相如《難蜀父老》:“蓋聞天子之牧夷狄也,其義羈縻勿絶而已。”劉良注:“羈縻,謂似以繩索絆繫而已。”李善注:“應劭《漢官儀》曰:馬曰羈,牛曰縻。言四夷如牛馬之受羈縻也。”失道:失去準則,違背道義。《易·觀》:“觀我生進退,未失道也。”

[四]憑陵:侵凌,進逼。《左傳·襄公二十五年》:“今陳忘周之大德……介恃楚衆,以憑陵我敝邑。”雉堞:城墻長三丈廣一丈爲雉;堞,女墻,即城上端凸凹疊起之墻。泛指城墻。鮑照《蕪城賦》:“板築雉堞之殷,井幹烽櫓之勤。”逼迫:逼近,迫近。濠湟:即“濠隍”。城池,護城河。湟通“隍”。《説文》曰:“隍,城池也。有水曰池,無水曰隍。”此二句所謂“雉堞”“濠湟”,應是指南鄭(參見《爲武帝追封丞相長沙王詔》題解)。

　　[五]都護:官名。漢宣帝置西域都護,總監西域諸國,並護南北道,爲西域地區最高長官。其後廢置不常。晋宋以後,公府則有參軍都護、東曹都護,職權較卑,與漢制異。副尉:漢代西域副校尉的簡稱。

　　[六]斧松晨析,易子朝餐:語本《春秋公羊傳·宣公十五年》:"易子而食之,析骸而炊之。"此二句意謂南鄭被圍日久,城內糧盡柴絶,百姓一早易子而食,砍松燒火做飯。

　　[七]乞師:請求出兵援助。《春秋·成公十七年》:"晋侯使荀罃來乞師。"援絶:援兵斷絶。《晋書·宗室傳·閔王承》:"地荒人鮮,勢孤援絶,赴君難,忠也。"飛書:指疾速傳送文書。《晋書·樂志下》:"吳人放命,馮海阻江。飛書告諭,響應來同。"路阻:道路阻絶。

　　[八]不戰:《孫子兵法·謀攻篇》:"不戰而屈人之兵,善之善者也。"

　　[九]神功:見《到大司馬記室牋》注[一四]。倏忽:即"倏忽"。疾速,指極短的時間。《戰國策·楚四》:"(黃雀)晝游乎茂樹,夕調乎酸醎,倏忽之間,墜於公子之手。"拾遺:撿取他人遺失的東西爲己有。比喻容易。《漢書·梅福傳》:"合天下之知,並天下之威,是以舉秦如鴻毛,取楚若拾遺,此高明所以亡敵於天下也。"顏師古注:"拾遺,言其易也。"

　　[一〇]南下牧馬:賈誼《過秦論》:"胡人不敢南下而牧馬,士不敢彎弓而報怨。"寢:停止。折膠之術:《漢書·鼂錯傳》:"陛下絶匈奴不與和親,臣竊意其冬來南也,壹大治,則終身創矣。欲立威者,始於折膠,來而不能困,使得氣去,後未易服也。"顏師古注引蘇林曰:"秋氣至,膠可折,弓弩可用,匈奴常以爲候而出軍。"

　　[一一]北遁:遁,同"遁"。蔡邕《難夏育請伐鮮卑議》:"鮮卑種衆新盛,自匈奴北遁以來,據其故地。"燕然:古山名。東漢永元元年(八九),車騎將軍竇憲領兵出塞,大破北匈奴,登燕然山,刻石勒功,記漢威德。見《後漢書·竇憲傳》。泛指邊塞。漠南:古代泛指蒙古高原大沙漠以南地區。《後漢書·烏桓傳》:"匈奴國亂,烏桓乘弱擊之,匈奴轉北徙數千里,漠南地空。"

　　"南下"四句,意謂蕭懿憑其謀略神功,迫使北魏停止秋冬南下,乃至向北逃竄。

　　[一二]廣平:《釋名·釋地》:"廣平曰原。"寬闊平坦,以喻心胸寬廣。簡惠:謂施政寬大仁惠。《文選》任昉《齊竟陵文宣王行狀》"外施簡惠"李善注引臧榮緒《晋書》曰:"吳隱之爲晋陵太守,布政簡惠。"信賞必罰:有功必賞,有罪必罰,賞罰嚴明。《韓非子·外儲説右上》:"狐子對曰:'信賞必罰,其足以戰。'"

[一三]增貲就賦：自報家財時以少報多，從而多納賦税。《後漢書·劉平傳》：“拜全椒長，政有恩惠，百姓懷感，人或增貲就賦，或減年從役。”夷歌成章：言蕭懿的善德懿行，連外族人也以歌傳唱。夷歌，泛指外族的歌曲。《後漢書·南蠻西南夷傳論》：“夷歌巴舞殊音異節之技，列倡於外門。”

撫軍桂陽王墓誌銘並序(一)

【題　解】

撫軍桂陽王：蕭融。詳見《追封衡陽王桂陽王詔》注[五]。

撫軍桂陽王墓誌銘：信述堂本、張燮本與薈要本皆無“誌”字，《藝文類聚》及南京出土的《撫軍桂陽王墓誌銘》有“誌”字，據之以補。此篇載《藝文類聚》卷四十五，但爲殘篇，且無序，今據南京出土的《撫軍桂陽王墓誌銘》補全。

　　　　□□□墓誌銘序
　　　　□□融，字幼達，蘭陵郡蘭陵縣都鄉中都里人，太祖文皇帝□之第五子也①[一]。王雅亮通明，器識韶潤[二]，清情秀气，峨然自高[三]，峻□□衿，宿焉未聞[四]。佩觿琁玦，則風流引領[五]；勝冠鳳起，則緒冕屬目[六]。齊永明元年，大司馬豫章王府僚清重，引爲行參軍署法曹[七]。隆昌元年，轉車騎鄱陽王行參軍[八]。建武元年，□□初闢，妙選時英，除太子舍人，頃轉冠軍鎮軍車騎三府參軍署□□[九]。又爲車騎江夏王主簿，頃之，除太子洗馬，不拜[一〇]。元昆丞相長沙王，至德高勳，居中作宰[一一]，而兇昏在運，君子道消[一二]，惡直醜正②，憚茲濫酷[一三]。王春秋卅，永元三年十二月十二日奄從門禍[一四]。中興二年，追贈給事黄門侍郎[一五]。皇上神武撥亂，大造生民[一六]，冤恥既雪，哀榮甫備[一七]。有詔：“亡弟齊故給事黄門侍郎融，風標秀特，器體淹和。朕繼天紹命，君臨萬寓，祚啓郇滕，感興魯衛，事往運來，永懷傷切。可贈散騎常侍、撫軍將軍、桂陽郡王。”[一八]天監元年太歲壬午十一月乙卯一日窆於弋辟山，禮也[一九]。懼金石有朽，陵谷不居[二〇]，敢撰遺行，式銘泉室[二一]。梁故散騎常侍、撫軍大將軍、桂陽融諡簡王墓誌銘。長兼尚書吏部郎中臣任昉奉敕撰。

────────────

(一)墓誌銘：見《丞相長沙宣武王碑》頁下注(一)。

【校　記】

①太祖文:原碑文此三字磨滅,今據《梁書》補。

②惡:碑文此字磨滅;正:碑文此字少上面一橫。今據文義補改。

【箋　注】

[一]蘭陵郡蘭陵縣都鄉中都里人,太祖文皇帝□之第五子也:《梁書·武帝紀上》:“高祖武皇帝……南蘭陵中都里人。……皇考諱順之,齊高帝族弟也。參預佐命,封臨湘縣侯。歷官侍中,衛尉,太子詹事,領軍將軍,丹陽尹,贈鎮北將軍。”《武帝紀中》:“追尊皇考爲文皇帝,廟曰太祖。”《南史·梁宗室傳上·桂陽簡王融》:“桂陽簡王融,文帝第五子也。”

[二]雅亮:正直誠信。《三國志·魏書·程郭董劉蔣劉傳評》:“劉放文翰,孫資勤慎,並管喉舌,權聞當時,雅亮非體,是故譏諏之聲,每過其實矣。”通明:開通而賢明。《荀子·強國》:“求仁厚通明之君而託王焉。”器識:器量與見識。《晋書·張華傳》:“器識宏曠,時人罕能測之。”韶潤:華美,光彩。《世説新語·品藻》:“時人道阮思曠:‘骨氣不及右軍,簡秀不如真長,韶潤不如仲祖,思致不如淵源,而兼有諸人之美。’”

[三]清情:清新之情貌。秀气:靈秀之氣。《禮記·禮運》:“人者,其天地之德,陰陽之交,鬼神之會,五行之秀氣也。”峨然:卓然特立貌。《抱朴子·刺驕》:“其或峨然守正,確爾不移,不蓬轉以隨衆,不改雅以入鄭者,人莫能憎而知其善。”自高:猶自重,自珍。

[四]宜焉:猶宜然。《文選》傅亮《爲宋公修張良廟教》:“若乃交神坦上,道契商洛,顯默之際,宜然難究;淵流浩瀁,莫測其端矣。”張銑注:“籌策明默,宜然深遠,難以究探也。”

[五]佩觿:佩戴的牙錐。觿,象骨製成的解繩結的角錐。亦用爲飾物。佩觿,表示已成年,具有才幹。《詩·衛風·芄蘭》:“芄蘭之支,童子佩觿。”琁:美玉。玦:半環形有缺口的佩玉。風流:見《爲武帝追封永陽王詔》注[二]。

[六]勝冠:古代男子成年可以加冠,因用以指成年。《史記·萬石張叔列傳》:“子孫勝冠者在側,雖燕居必冠,申申如也。”鳳起:喻賢德之人興起。張華《蕭史曲》詩:“龍飛逸天路,鳳起出秦關。”縉冕:縉紳冠冕。借指士大夫。屬目:同“矚目”。注視。

[七]永明元年:四八三年。大司馬豫章王:齊高帝第二子蕭嶷。《南齊書·高帝紀下》:“(建元元年)立皇子嶷爲豫章王。”《豫章文獻王傳》:“(永明)五年,進位大司馬。”府僚:見《梁國府僚勸進牋》題解。清重:清貴。《三

國志・蜀書・蔣琬傳》：“是以君宜顯其功舉，以明此選之清重也。”行參軍署法曹：官名。

[八]隆昌元年：四九四年。車騎鄱陽王：蕭鏘。齊高帝第七子。《南齊書》卷三十五有傳。行參軍：官名。

[九]建武元年：四九四年。妙選：見《與江革書》注[一]。時英：當代英才。除：見《王文憲集序》注[四五]。太子舍人：官名。

[一〇]車騎江夏王：蕭鋒。齊高帝第十二子。《南齊書》卷三十五有傳。主簿：官名。除太子洗馬：《梁書》本傳：“融仕齊至太子洗馬。”不拜：不接受任命。

[一一]元昆丞相長沙王：蕭懿。見《爲武帝追封丞相長沙王詔》注[三]。元昆，長兄。至德：盛德。高勳：大功勳。居中：居官朝中。《史記・吕太后本紀》：“及諸吕皆入宫，居中用事，如此則太后心安。”作宰：作宰相。

[一二]兇昏：殘暴昏亂。兇，同“凶”。君子道消：何承天《爲謝晦檄京邑》：“若使小人得志，君子道消。”

[一三]惡直醜正：見《奏彈范縝》注[三〇]。懌：悦樂。《詩・邶風・靜女》：“説懌女美。”濫酷：殘酷無度。

[一四]王春秋卅，永元三年十二月十二日奄從門禍：指蕭融與蕭懿一同遇害。詳見《爲武帝追封丞相長沙王詔》注[三]、《追封衡陽王桂陽王詔》注[五]。《梁書》本傳：“永元中，宣武之難，融遇害。”奄，忽然。門禍，猶家禍。

[一五]中興二年：五〇二年。追贈給事黄門侍郎：《梁書》本傳：“高祖平京邑，贈給事黄門侍郎。”追贈，見《王文憲集序》注[九九]。

[一六]皇上：梁武帝蕭衍。神武：見《禪梁璽書》注[三八]。撥亂：治理亂政。曹操《以高柔爲理曹掾令》：“撥亂之政，以刑爲先。”大造：見《府僚重請牋》注[一〇]。生民：見《爲齊帝禪位梁王詔》注[一四]。

[一七]哀榮：見《爲褚諮議蓁讓代兄襲封表一》注[一九]。

[一八]風標，器體：見《追封衡陽王桂陽王詔》注[二]。秀特：見《禪梁璽書》注[五三]。淹和：寬和。繼天：秉承天意。《法言・五百》：“聖人聰明淵懿，繼天測靈，冠乎群倫。”紹命：紹繼天命。君臨萬寓：見《追封衡陽王桂陽王詔》注[八]。祚啓郇滕，感興魯衛，事往運來，永懷傷切：見《追封衡陽王桂陽王詔》注[九][一〇]。按：前有《追封衡陽王桂陽王詔》，文字與此小異。

[一九]天監元年：五〇二年。太歲壬午：天監元年爲壬午年。窆：將棺木葬入墓穴。弋辟山：未詳。

[二○]金石:指鐫刻文字、頌功紀事的鍾鼎碑碣之屬。陵谷:見《爲范始興求爲太宰立碑表》注[三]。不居:《禮記·月令》:"(季秋之月)民氣解惰,師興不居。"鄭玄注:"不居,象風行不休止也。"

[二一]遺行:死者生前的品行。式:用。銘:銘刻。泉室:神話中的水下居室。左思《吳都賦》:"泉室潛織而卷綃,淵客慷慨而泣珠。"此處指墓室。

於昭帝緒,擅美前王[二二]。《緑圖》丹記③,金簡玉筐[二三]。龕黎在運,業茂姬昌[二四]。蟬聯寫丹,清越而長[二五]。顯允初笵,邁道宣哲[二六]。藝單漆書,學窮繡税[二七]。友于惟孝,聞言無際[二八]。鄒、釋異家,龍、趙分藝[二九]:有一於此,無競惟烈[三○]。信在闓金,清由源□[三一]。齊嗣猖狓,惟昏作孽[三二]。望□高翔,臨河永逝[三三]。如何不弔,報施冥滅[三四]。

【校　記】

③記:信述堂本、《藝文類聚》、張爕本、薈要本與《全梁文》作"紀",今從南京出土的《撫軍桂陽王墓誌銘》。

【箋　注】

[二二]於昭:於,嘆詞。昭,顯現。《詩·大雅·文王》:"文王在上,於昭于天。"帝緒:猶帝業。《文選》王褒《四子講德論》:"秦穆有王由五羖,攘卻西戎,始開帝緒。"吕延濟注:"緒,業也。"擅美:專美,獨享美名。張衡《南都賦》:"帝王臧其擅美,詠南音以顧懷。"前王:見《求薦士詔》注[二]。

[二三]《緑圖》:見《禪梁璽書》注[九]。丹記:即丹書。古代統治者託言天命,捏造所謂天書,如《河圖》《洛書》之類。因用丹筆書,故稱。金簡:金質的簡册。常指道教仙簡或帝王詔書。《吳越春秋·越王無余外傳》:"《黄帝中經曆》,蓋聖人所記,曰:'在于九山東南天柱,號曰宛委,赤帝左闕,其巖之巔。承以文玉,覆以磐石。其書金簡,青玉爲字,編以白銀,皆瑑其文。'"玉筐:玉制的筐。《吕氏春秋·季夏紀·音初》:"有娀氏有二佚女,爲之九成之臺,飲食必鼓。帝令燕往視之,鳴若謚隘。二女愛而爭搏之,覆以玉筐。"

[二四]龕黎:同"堪黎"。《尚書·西伯戡黎》:"西伯既戡黎,祖伊恐,奔告于王。"姬昌:周文王。

[二五]蟬聯:綿延不斷,連續相承。《史記·陳杞世家》司馬貞述贊:

"蟬聯血食,豈其苗裔?"寫丹:未詳。清越:清秀拔俗。

[二六]顯允:英明信誠。《詩·小雅·采芑》:"顯允方叔,伐鼓淵淵。"孔穎達疏:"顯,明;允,信。"初筮:《易·蒙》:"初筮告,再三瀆,瀆則不告。"邁道:超越。宣哲:明哲,明德。《詩·周頌·雝》:"宣哲維人,文武維后。"

[二七]單:盡。《荀子·富國》:"事之以貨寶,則貨寶單而交不結。"楊倞注:"單,盡也。"漆書:用漆書寫的文字。《東觀漢記·杜林傳》:"杜林字伯山,扶風人,於河西得漆書《古文尚書經》一卷。"繡税:《後漢書·儒林傳論》引揚雄曰:"今之學者,非獨爲之華藻,又從而繡其鞶帨。"李賢注:"楊雄《法言》之文也。喻學者文煩碎也。鞶,帶也,字或作'幋'。《説文》曰:'幋,覆衣巾也。'音盤。帨,佩巾也,音税。""繡其鞶帨",或即爲"繡税"所本,如此,税,通"帨"。繡税,在此應比喻偏僻罕見的文字。"藝單"二句,意謂蕭融學問淹博。

[二八]友于惟孝:《尚書·君陳》:"惟孝友于兄弟,克施有政。"孔安國傳:"言善父母者,必友于兄弟,能施有政令。"聞言無際:未詳。

[二九]鄒、釋異家:言道家學説與佛教學説不同。鄒,鄒衍,齊人,戰國末期道家代表人物、陰陽家創始人。釋,釋教、佛教。龍、趙分藝:《漢書·藝文志》:"《雅琴趙氏》七篇。名定,渤海人,宣帝時丞相魏相所奏。……《雅琴龍氏》九十九篇。名德,梁人。"

[三〇]有一於此:見《王文憲集序》注[一一]。無競惟烈:《詩·周頌·武》:"於皇武王,無競維烈。"鄭玄箋:"無彊乎其克商之功業。言其彊也。"烈,功業。

[三一]信在闢金:闢,同"辟"。《莊子·庚桑楚》:"至仁無親,至信辟金。"郭象注:"金玉者,小信之質耳,至信則除矣。"成玄英疏:"辟,除也。金玉者,小信之質耳,至信則棄除之矣。"

[三二]齊嗣:東昏侯蕭寶卷。猖狓:猶"狓猖"。猖狂,飛揚跋扈。昏:東昏侯。作孽:《尚書·太甲中》:"天作孽,猶可違;自作孽,不可逭。"

[三三]臨河永逝:喻死去如流水永不可會。《論語·子罕》:"子在川上曰:'逝者如斯夫!不舍晝夜。'"

[三四]弔:哀傷,悲憫。報施:《左傳·僖公二十四年》:"報者倦矣,施者未厭。"杜預注:"施,功勞也,有勞則望報過甚。"後以"報施"謂報答,賜予。《史記·伯夷列傳》:"天之報施善人,其何如哉?"冥滅:猶寂滅。佛教語。死亡。

聖武定鼎④,地居魯衛[三五]。沛《易》且傅⑤,楚《詩》將説[三六]。

桐珪誰戲,甘棠何憩[三七]？式圖盛軌,宣美來裔[三八]。

【校　記】

④聖武定鼎:信述堂本、《藝文類聚》、張燮本、薈要本與《全梁文》作“世載台鼎”,今從南京出土的《撫軍桂陽王墓誌銘》)。

⑤且:信述堂本作“前”,今據南京出土的《撫軍桂陽王墓誌銘》、《藝文類聚》、張燮本、薈要本與《全梁文》改。

【箋　注】

[三五]聖武:見《奏彈曹景宗》注[四五]。此處指梁武帝蕭衍。定鼎:新王朝定都建國。《左傳·宣公三年》:“(周)成王定鼎于郟鄏。”地居魯衛:《史記·周本紀》:“封弟周公旦於曲阜,曰魯。……頗收殷餘民,以封武王少弟封爲衛康叔。”

[三六]沛《易》:《初學記》卷十《帝戚部》“楚《詩》沛《易》”條引《續漢書》曰:“沛獻王輔,性務嚴矜,有威,好經書,善説《京氏易》。”楚《詩》:《漢書·楚元王傳》:“元王好《詩》,諸子皆讀《詩》,申公始爲《詩》傳,號《魯》詩。元王亦次之《詩》傳,號曰《元王詩》,世或有之。”

[三七]桐珪誰戲:《史記·晉世家》:“武王崩,成王立,唐有亂,周公誅滅唐。成王與叔虞戲,削桐葉爲珪以與叔虞,曰:‘以此封若。’史佚因請擇日立叔虞。成王曰:‘吾與之戲耳。’史佚曰:‘天子無戲言。言則史書之,禮成之,樂歌之。’於是遂封叔虞於唐。”甘棠何憩:《詩·召南·甘棠》:“蔽芾甘棠,勿翦勿敗,召伯所憩。”《史記·燕召公世家》:“召公奭與周同姓,姓姬氏。……其在成王時,召公爲三公:自陝以西,召公主之;自陝以東,周公主之。……召公之治西方,甚得兆民和。召公巡行鄉邑,有棠樹,決獄政事其下,自侯伯至庶人各得其所,無失職者。召公卒,而民人思召公之政,懷棠樹不敢伐,哥詠之,作《甘棠》之詩。”甘棠,張守節正義曰:“今之棠梨樹也。”

[三八]盛軌:美好的典範。《三國志·蜀書·先主傳評》:“其舉國託孤於諸葛亮,而心神無貳,誠君臣之至公,古今之盛軌也。”宣美來裔:見《王貴嬪哀策文》注[六]。

劉先生夫人墓誌銘①

【題　解】

《南史·劉瓛传》:“梁武帝少時嘗經伏膺,及天監元年下詔为瓛立碑,謚曰貞簡先生。”據此,此文當作於天監元年(五〇二)。

劉先生:隱士劉瓛。生平見《求爲劉瓛立館啓》題解。夫人:劉瓛之妻王氏。《南齊書‧劉瓛傳》:“建元中,太祖與司徒褚淵爲瓛娶王氏女。王氏椓壁掛履,土落孔氏牀上,孔氏不悦,瓛即出其妻。”《文選》李善注引《劉氏譜》曰:“瓛取王法施女也。”吕向注曰:“齊太祖高皇帝爲瓛取王氏女。……瓛平生與其妻道義相得,終身不改志也。”又,李善於此文“暫啓荒埏,長扃幽隴”下注曰:“蕭子顯《齊書》曰:王氏被出。今云合葬,蓋瓛卒之後,王氏宗合之。”

　　　既稱萊婦,亦曰鴻妻[一]。復有令德,一與之齊[二]。實佐君子,簪蒿杖藜[三]。欣欣負戴②,在冀之畦[四]。

【校　記】

①劉先生夫人墓誌銘:信述堂本、張燮本作“劉先生夫人墓銘”,《文選》作“劉先生夫人墓誌”,今從薈要本與《全梁文》。

②戴:《文選》與張燮本作“載”。

【箋　注】

[一]萊婦:楚老萊子之妻。《古列女傳‧賢明傳‧楚老萊妻》:“萊子逃世,耕於蒙山之陽,葭牆蓬室,木牀蓍席,衣緼食菽,墾山播種。人或言之楚王,曰:‘老萊,賢士也。’王欲聘以璧帛,恐不來,楚王駕至老萊之門,老萊方織畚,王曰:‘寡人愚陋,獨守宗廟,願先生幸臨之。’老萊子曰:‘僕山野之人,不足守政。’王復曰:‘守國之孤,願變先生之志。’老萊子曰:‘諾。’王去,其妻戴畚萊挾薪樵而來,曰:‘何車迹之衆也?’老萊子曰:‘楚王欲使吾守國之政。’妻曰:‘許之乎?’曰:‘然。’妻曰:‘妾聞之:可食以酒肉者,可隨以鞭捶;可授以官禄者,可隨以鈇鉞。今先生食人酒肉,受人官禄,爲人所制也,能免於患乎? 妾不能爲人所制。’投其畚萊而去。老萊子曰:‘子還,吾爲子更慮。’遂行不顧,至江南而止,曰:‘鳥獸之解毛,可績而衣之。據其遺粒,足以食也。’老萊子乃隨其妻而居之,民從而家者,一年成落,三年成聚。君子謂老萊妻果於從善。”鴻妻:東漢梁鴻之妻孟光。《列女傳‧續列女傳‧梁鴻之妻》:“梁鴻妻,右扶風梁伯淳之妻,同郡孟氏之女也。其姿貌甚醜,而德行甚修。鄉里多求者,而女輒不肯。行年三十,父母問其所欲,對曰:‘欲節操如梁鴻者。’時鴻未娶,扶風世家多願妻者,亦不許。聞孟氏女言,遂求納之。孟氏盛飾入門,七日而禮不成。妻跪問曰:‘竊聞夫子高義,斥數妻,妾

亦已偃蹇數夫。今來而見擇，請問其故。'鴻曰：'吾欲得衣裘褐之人，與共
遁世避時。今若衣綺繡，傅黛墨，非鴻所願也。'妻曰：'竊恐夫子不堪。妾
幸有隱居之具矣。'乃更麤衣，椎髻而前。鴻喜曰：'如此者，誠鴻妻也。'字
之曰德曜，名孟光；自名曰運期，字俟光。共遯逃霸陵山中。此時王莽新敗
之後也。鴻與妻深隱，耕耘織作以供衣食，誦書彈琴忘富貴之樂。後復相將
至會稽，賃舂爲事。雖雜庸保之中，妻每進食，舉案齊眉，不敢正視，以禮修
身，所在敬而慕之。君子謂梁鴻妻好道安貧，不汲汲於榮樂。"

[二]令德：美德。《左傳·襄公二十四年》："子産寓書於子西，以告宣
子，曰：'子爲晋國，四鄰諸侯不聞令德，而聞重幣，僑也惑之。'"一與之齊：
《禮記·郊特牲》："信，婦德也，壹與之齊，終身不改，故夫死不嫁。"鄭玄注：
"齊，謂共牢而食，同尊卑也。"

[三]實佐君子：《詩·周南·卷耳》《毛詩序》："《卷耳》，后妃之志也。
又當輔佐君子，求賢審官。"簪蒿杖藜：以蒿爲簪，以藜爲杖，形容生活簡樸
或艱苦。藜，野生植物，莖堅韌，可爲杖。《東觀漢記·杜林傳》："杜林寄隴
囂地，終不降志辱身，至簪蒿席草，不食其粟。"《莊子·讓王》："子貢乘大
馬，中紺而表素，軒車不容巷，往見原憲。原憲華冠縦履，杖藜而應門。"

[四]欣欣：喜樂貌。《詩·大雅·鳧鷖》："旨酒欣欣，燔炙芬芬。"毛
傳："欣欣然，樂也。"負戴：《古列女傳·賢明傳·楚接輿妻》："接輿躬耕以
爲食，楚王使使者持金百鎰、車二駟往聘迎之。曰：'王願請先生治淮南。'
接輿笑而不應，使者遂不得與語而去。妻從市來，曰：'先生以而爲義，豈將
老而遺之哉！門外車迹，何其深也？'接輿曰：'王不知吾不肖也，欲使我治
淮南，遣使者持金駟來聘。'其妻曰：'得無許之乎？'接輿曰：'夫富貴者，人
之所欲也，子何惡，我許之矣。'妻曰：'義士非禮不動，不爲貪而易操，不爲
賤而改行。妾事先生躬耕以爲食，親織以爲衣，食飽衣暖，據義而動，其樂亦
自足矣。若受人重禄，乘人堅良，食人肥鮮，而將何以待之？'接輿曰：'吾不
許也。'妻曰：'君使不從，非忠也；又違，非義也。不如去之。'夫負釜甑，妻
戴紝器，變名易姓而遠徙，莫知所之。君子謂接輿妻爲樂道而遠害，夫安貧
賤而不怠於道者，唯至德者能之。"後因以"負戴"指夫妻一起安貧樂道，不
慕富貴榮華。在冀之甽：《左傳·僖公三十三年》："初，臼季使，過冀，見冀
缺耨，其妻饁之，敬，相待如賓。"

居室有行，亟聞義讓③[五]。稟訓丹陽，弘風丞相[六]。藉甚二門，
風流遠尚[七]。肇允才淑，閨德斯諒[八]。

【校　記】

③聞:明州本作“間”。

【箋　注】

[五]居室有行:《古列女傳·賢明傳·宋鮑女宗》:“女宗者,宋鮑蘇之妻也。養姑甚謹。……女宗曰:‘吾姒不教吾以居室之禮,而反欲使吾爲見棄之行。將安所用此!’遂不聽,事姑愈謹。”《詩·鄘風·蝃蝀》:“女子有行,遠父母兄弟。”亟聞:屢聞。亟,音氣。屢次、多次。《文選》李善注:“言初居室,及於有行,俱聞義讓,故曰亟也。”《左傳·僖公二十七年》:“趙衰曰:‘郤縠可。臣亟聞其言矣。’”義讓:基於大義的謙讓。《後漢書·皇后紀上·光烈陰皇后》:“以貴人有母儀之美,宜立爲后,而固辭弗敢當,列於媵妾。朕嘉其義讓,許封諸弟。”

[六]稟訓:稟受庭訓。丹陽:《南齊書·劉瓛傳》:“瓛……晉丹陽尹惔六世孫也。”弘風丞相:《南齊書·劉瓛傳》:“建元中,太祖與司徒褚淵爲瓛娶王氏女。”題下李善注引王僧孺《劉氏譜》曰:“瓛娶王法施女也。”又注:“然其妻王氏,丞相遵之後也。”

[七]藉甚:同“籍甚”。見《爲武帝追封永陽王詔》注[二]。二門:指劉氏、王氏二族。風流:灑脱放逸。《文選》李善注引習鑿齒《晉陽秋》曰:“王夷甫、樂廣俱宅心事外,言風流者稱王、樂焉。”

[八]肇允:《詩·周頌·小毖》:“肇允彼桃蟲,拼飛維鳥。”鄭玄箋:“肇,始。允,信也。”後遂以肇允爲始信之意。謝瞻《於安城答靈運詩》:“肇允雖同規,翻飛各異棲。”才淑:謂有才而且賢淑。《晉書·王濬傳》:“刺史燕國徐邈有女才淑,擇夫未嫁。”閫德:婦德。諒:信也。

蕪没鄭鄉,寂寥揚冢[九]。參差孔樹,毫末成拱[一〇]。暫起荒堎,長扃幽隴[一一]。夫貴妻尊,匪爵而重[一二]。

【箋　注】

[九]蕪没:謂掩没於荒草間。鄭鄉:《後漢書·鄭玄傳》:“鄭玄字康成,北海高密人也。……國相孔融深敬於玄,屣履造門。告高密縣爲玄特立一鄉,曰:‘昔齊置士鄉,越有君子軍,皆異賢之意也。鄭君好學,實懷明德。昔太史公、廷尉吳公、謁者僕射鄧公,皆漢之名臣。又南山四皓有園公、夏黄公,潛光隱耀,世加其高,皆悉稱公。然則公者仁德之正號,不必三事大夫也。今鄭君鄉宜曰鄭公鄉。’”寂寥:見《上蕭太傅固辭奪禮啓》注[一一]。

揚冢：《藝文類聚·禮部下·冢墓》：“《楊雄家牒》曰：子雲以天鳳五年卒，葬安陵阪上。所厚沛郡桓君山平陵如子禮，弟子鉅鹿侯芭共爲治喪。諸公遣世子、朝臣、郎、吏行事者會送，桓君山爲斂賻，起祠塋，侯芭負土作墳，號曰玄冢。”

　　[一〇]參差：不齊貌。張衡《西京賦》：“華嶽峩峩，岡巒參差。”孔樹：《文選》李善注引《皇覽·聖賢冢墓誌注》曰：“孔子冢在魯城北泗水南。冢塋中樹以百數，皆異種。人傳言孔子弟子異國，人各持其國樹來種之。其樹柞枌雒離五味櫨檀之樹，魯人莫之識。”毫末：毫毛的末端。比喻極其細微。《老子》六十四章：“合抱之木，生於毫末。”成拱：墳墓上的樹木已很高大。比喻老死多年。《春秋穀梁傳·僖公三十三年》：“秦伯曰：‘子之冢木已拱矣，何知！’”

　　[一一]暫啓荒埏，長扃幽隴：《文選》呂向注：“言夫人將開先生之墓而入焉，則長閉於幽隴之中矣。”荒埏，墓道。埏，音延。扃，同“扃”。閉。幽隴，墳墓。

　　[一二]夫貴妻尊：《儀禮·喪服》：“夫尊於朝，妻貴於室矣。”匪爵而重：潘岳《夏侯湛誄》曰：“惟爾之存，匪爵而貴。”《荀子·儒效》：“君子無爵而貴，無禄而富。”

齊竟陵文宣王行狀(一)①

【題　解】

　　《文心雕龍·書記》：“狀者，貌也。體貌本原，取其事實，先賢表諡，並有行狀，狀之大者也。”《通典·禮六十四·沿革六十四·凶禮二十六》“單複諡議”：“凡没者之故吏，得以行狀請諡於尚書省，而考行定諡，則有司存。”《文章辨體序説·行狀》：“按行狀者，門生故舊狀死者行業上于史官，或求銘志於作者之辭也。”《文章緣起》陳懋仁注：“狀者，貌也，類也。貌本類實，備史官之采，或乞銘志於作者之辭也。”方熊補注：“先賢表諡，並有行狀。蓋具死者世系、名字、爵里、行治、壽年之詳，或牒考功太常使議諡，或牒史館請編録，或上作者乞墓誌碑表之類，皆用之。而其文多出於門生、故吏、親舊之手，以謂非此輩不能知也。”江藩《炳燭室雜文·行狀説》：“至典午之時，始有行狀，綜述生平行事，上之於朝以請諡。任彦昇《齊竟陵文宣王行

　　(一)行狀：又稱狀、行述、事略。叙述死者世系、生平、生卒年月、籍貫、事迹的文章，常由死者門生故吏或親友撰述，留作撰寫墓誌或爲史官提供立傳的依據。

狀》,所謂'易名之典,請遵前列',故《文心雕龍》以狀爲表謚,則狀亦誄之流也。"王兆芳《文體通釋》:"行事而趨於正道,既死而親舊門人表其事狀,供誄謚也。初狀之於朝,後亦狀諸戚友。主於追述行事,得其形貌。"《梁書·徐勉傳》:"大同三年,故佐史尚書左丞劉覽等詣闕陳勉行狀,請刊石紀德,即降詔許立碑於墓云。"《梁書·袁昂傳》:"初,昂臨終遺疏,不受贈謚,敕諸子不得言上行狀及立志銘,凡有所須,悉皆停省。"這些記載表明,行狀主要用以朝廷贈封謚號、撰寫墓誌碑表及傳記的參考資料。《南齊書》本傳並沒有記述蕭子良薨后朝廷給予其謚號。任昉與范雲同爲子良故吏、"竟陵八友"成員,深受子良器重,又《南齊書》本傳記載"建武中,故吏范雲上表爲子良立碑,事不行",表即任昉代作《爲范始興求爲太宰立碑表》。據上述推測,范雲、任昉在上此表同時,也應作有子良行狀,以爲贈封謚號和撰寫墓誌碑銘之用。故此,《齊竟陵文宣王行狀》當與《爲范始興求爲太宰立碑表》作於同時,即建武中(四九四—四九八)。

　　祖太祖高皇帝,父世祖武皇帝[一]。
　　南徐州南蘭陵郡縣都鄉中都里蕭公年三十五行狀②[二]。公道亞生知,照鄰幾庶③[三]。孝始人倫,忠爲令德[四],公實體之④,非毀譽所至[五]。天才博贍,學綜該明⑤[六]。至若《曲臺》之禮⑥,《九師》之《易》[七],樂分龍趙,《詩》析《齊》《韓》[八],陳農所未究,河間所未輯[九],有一於此,囷不兼綜者歟[一〇]!昔沛獻訪對於雲臺,東平齊聲於揚史[一一],淮南取貴於食時,陳思見稱於七步[一二],方斯蔑如也[一三]。

【校　記】
①齊竟陵文宣王行狀:《藝文類聚》作"齊竟陵文宣王蕭子良行狀"。
②信述堂本與張燮本無"祖太祖"至"三十五行狀"三十三字,今據《文選》補。
③鄰:信述堂本與薈要本作"臨",今從《文選》、張燮本與《全梁文》。幾庶:明州本作"庶幾"。
④體:明州本作"禮"。
⑤該:《藝文類聚》作"兼"。
⑥若:明州本作"乃"。

【箋　注】

［一］太祖高皇帝：蕭道成。世祖武皇帝：蕭賾。

［二］南徐州南蘭陵郡縣都鄉中都里：《南齊書·高祖紀上》：“太祖高皇帝……漢相國蕭何二十四世孫也。……蕭何居沛，侍中彪（蕭何之孫）免官居東海蘭陵縣中都鄉中都里。晋元康元年，分東海爲蘭陵郡。中朝亂，淮陰令整（蕭道成高祖）字公齊，過江居晋陵武進縣之東城里。寓居江左者，皆僑置本土，加以南名，於是爲南蘭陵蘭陵人也。”

［三］亞：次也。生知：謂不待學而知之。《論語·季氏》：“孔子曰：‘生而知之者上也，學而知之者次也。’”照鄰幾庶：《文選》傅亮《爲宋公修張良廟教》：“張子房道亞黄中，照鄰殆庶。”劉良注：“《易·繫辭》曰：顔氏之子，其殆庶幾乎！子房之行，與顔回照明，以爲隣近也。”照鄰，猶言德化廣被。幾庶，明州本作“庶幾”。《易·繫辭下》：“顔氏之子，其殆庶幾乎。”顔氏之子，指顔回。後因以“庶幾”借指賢人。亦通。此二句意謂蕭子良求道亞於生知，可與顔回相映照。

［四］孝始人倫：《孝經·開宗明義》：“夫孝，始於事親，中於事君，終於立身。”《毛詩序》：“成孝敬，厚人倫。”忠爲令德：《左傳·成公十年》：“君子曰：‘忠爲令德，非其人猶不可，況不令乎？’”令德，見《劉先生夫人墓誌銘》注［二］。

［五］體：行也。

［六］天才：天然的才能。《晋書·孫楚傳》：“（王濟）乃狀楚曰：‘天才英博，亮拔不群。’”博贍：淵博，豐富。《宋書·范曄傳》：“班氏最有高名……博贍不可及之，整理未必愧也。”學綜：《文選》李善注引潘岳《任府君畫贊》曰：“學綜群籍，智周萬物。”該明：通曉。

［七］曲臺：秦漢宮殿名。《漢書·鄒陽傳》：“臣聞秦倚曲臺之宮”顔師古注引應劭曰：“始皇帝所治處也，若漢家未央宮。”漢時作天子射宮，又立爲署，置太常博士弟子。故自秦漢以來，有關禮制的著作，常以曲臺爲名。《漢書·儒林傳·孟卿》：“（后）倉説《禮》數萬言，號曰《后氏曲臺記》。”顔師古注引服虔曰：“在臺校書著記，因以爲名。”師古曰：“曲臺殿在未央宮。”九師：《漢書·藝文志》：“《淮南道訓》二篇。淮南王安聘明《易》者九人，號九師説。”後因稱《易經》學者爲“九師”。

［八］樂分龍趙：見《撫軍桂陽王墓誌銘並序》注［二九］。《漢書·藝文志》：“《雅琴趙氏》七篇。名定，渤海人，宣帝時丞相魏相所奏。……《雅琴龍氏》九十九篇。名德，梁人。”《詩》析《齊》《韓》：《漢書·藝文志》：“《詩經》二十八卷，魯、齊、韓三家。”顔師古注引應劭曰：“申公作《魯詩》，后倉作

《齊詩》，韓嬰作《韓詩》。”

　　[九]陳農：《漢書·藝文志》：“至成帝時，以書頗散亡，使謁者陳農求遺書於天下。”後因以“陳農”指代搜求遺書者。河間：指漢河間獻王劉德。《漢書·景十三王傳·河間獻王德》：“河間獻王德從民得善書，必爲好寫與之，留其真，加金帛賜以招之。繇是四方道術之人不遠千里，或有先祖舊書，多奉以奏獻王者，故得書多，與漢朝等。”

　　[一○]兼綜：猶兼理，綜合。《文選》李善注引謝承《後漢書》曰：“劉靚方筴所載，靡不必綜。”

　　[一一]沛獻訪對於雲臺：《東觀漢記·沛獻王輔傳》：“沛獻王輔，善《京氏易》。永平五年秋，京師少雨。上御雲臺，召尚席取卦具自卦。以《周易卦林》占之，其繇曰：‘蟻封穴户，大雨將集。’明日大雨。上即以詔書問輔曰：‘道豈有是耶？’輔上書曰：‘案《易》卦《震》之《蹇》，蟻封穴户，大雨將集。《蹇》，《艮》下《坎》上，《艮》爲山，《坎》爲水，山出雲爲雨，蟻穴居而知雨，將雲雨，蟻封穴，故以蟻爲興文。’詔報曰：‘善哉！王次序之。’”東平齊聲於揚史：《東觀漢記·東平憲王蒼傳》：“上以所自作《光武皇帝本紀》示東平憲王蒼，蒼因上《世祖受命中興頌》。上甚善之，以問校書郎，此與誰等，皆言類揚雄、相如、前代史岑比之。”

　　[一二]淮南取貴於食時：《漢書·淮南厲王長傳附子安》：“安入朝，獻所作《内篇》，新出，上愛祕之。使爲《離騷傳》，旦受詔，日食時上。”陳思見稱於七步：《世説新語·文學》：“文帝嘗令東阿王七步中作詩，不成者行大法。應聲便爲詩曰：‘煑豆持作羹，漉菽以爲汁。萁在釜下然，豆在釜中泣。本自同根生，相煎何太急？’帝深有慙色。”陳思，曹植。魏明帝太和三年（二二九）徙封東阿，六年，封陳王。去世後諡“思”。

　　[一三]方斯蔑如也：王儉《褚淵碑文》：“漢結叔高，晋姻武子，方斯蔑如也。”方，比擬。蔑，無。

　　　初，沈攸之跋扈上流，稱亂陝服[一四]。宋鎮西晋熙王、南中郎邵陵王，並鎮盆口[一五]。世祖毗贊兩藩，而任總西伐⑦[一六]。公時從在軍，鎮西府版寧朔將軍軍主，南中郎版補行參軍署法曹[一七]。于時景燭雲火，風馳羽檄[一八]；謀出股肱，任切書記。遷左軍邵陵王主簿記室參軍⑧[一九]。既允焚林之求，實兼儀形之寄[二○]。刀筆不足宣功，風體所以弘益[二一]。除邵陵王友，又爲安南邵陵王長史[二二]。東夏形勝，關河重複[二三]，選衆而舉，敦悦斯在[二四]。除使持節、都督會稽東陽臨海永嘉新安五郡諸軍事⑨、輔國將軍、會稽太守[二五]。

【校　記】

⑦西：信述堂本誤作“而”。伐：《全梁文》作“戎”。

⑧“遷”下，明州本無“左”字。

⑨東：薈要本作“南”。五郡：《全梁文》作“五都”，誤。

【箋　注】

［一四］初，沈攸之跋扈上流，稱亂陝服：《宋書·沈攸之傳》：“沈攸之字仲達。……以攸之都督荆湘雍益梁寧南北秦八州諸軍事、鎮西將軍、荆州刺史……至荆州，政治如在夏口，營造舟甲，常如敵至。時幼主在位，群公當朝，攸之漸懷不臣之迹，朝廷制度，無所遵奉。……廢帝既殞，順帝即位……其年（昇明元年）十一月，乃發兵反叛。”跋扈，驕橫、強暴。張衡《西京賦》：“睢盱跋扈。”稱亂，舉兵作亂。《尚書·湯誓》：“非台小子，敢行稱亂，有夏多罪，天命殛之。”上流、陝服，《文選》呂向注：“上流，荆州也。時攸之爲荆州刺史，宋順帝即位，起兵作亂。時以荆州比陝州，爲分陝之望也。如侯甸之服，故云陝服也。”李善注引臧榮緒《晋書》曰：“武陵王令曰：荆州勢據上流，將軍休之，委以分陝之重。”

［一五］宋鎮西晋熙王、南中郎邵陵王並鎮盆口：《文選》李善注引沈約《宋書》曰：“明帝第六子燮（過繼晋熙王昶爲嗣），字仲綏，封晋熙王，進號鎮西。沈攸之舉兵，鎮尋陽之盆城。”又曰：“邵陵殤王友，字仲賢，明帝第七子也。年五歲出爲南中郎將，江州刺史，邵陵王。”盆口，《文選》李周翰注：“盆口，江州也。”

［一六］世祖：齊武帝蕭賾。蕭賾在宋時曾爲齊世子。《宋書·文九王傳·晋熙王昶附子燮》：“先是，齊世子爲燮安西長史，行府州事，時亦被徵爲左衛將軍，與燮俱下。會荆州刺史沈攸之舉兵反，世子因奉燮鎮尋陽之盆城，據中流，爲内外形援。”毗贊：輔佐，襄助。《西京雜記》卷四：“其有德任毗贊佐理陰陽者，處欽賢之館。”兩藩：指宋晋熙王燮與邵陵殤王友。《南齊書·武十七王傳·竟陵文宣王子良》：“初，沈攸之難，隨世祖在盆城，板寧朔將軍。仍爲宋邵陵王左軍行參軍，轉主簿，安南記事參軍，邵陵王友。……遷安南長史。”任總西伐：時晋熙王燮與邵陵殤王友分別年僅八歲、五歲，故云子良“任總西伐”。

［一七］公時從在軍，鎮西府版寧朔將軍軍主，南中郎版補行參軍署法曹：見上注。版，同“板”。版授或板授爲當時常用語，意指未經中央朝廷正式除授，由諸王大臣權授下屬官職，別於帝王詔敕任命。臨時任命，不經黄紙而用白板，故曰“板授”。《資治通鑑·漢獻帝初平元年》“（袁）紹自號車

騎將軍,諸將皆板授官號"胡三省注:"時卓挾天子,紹等罔攸稟命,故權宜板授官號。"軍主,軍中之長。署,主。法曹,掌司法的官吏。

[一八]景燭雲火,風馳羽檄:《文選》劉良注:"雲火,烽火也。羽檄,徵兵書也。言烽火照天下如日景之照也,軍書之急如風馳羽飛也。"景:通"影"。燭,照。雲火,烽火。古時邊境報警的煙火。《六韜·虎韜·軍略》:"夜則設雲火萬炬,擊雷鼓,振鼙鐸,吹鳴箎。"風馳,像風一般急馳。多形容迅疾。王褒《四子講德論》:"是以海內歡慕,莫不風馳雨集。"羽檄,古代軍事文書,插鳥羽以示緊急,必須迅速傳遞。《史記·韓信盧綰列傳》:"陳豨反,邯鄲以北皆豨有,吾以羽檄徵天下兵,未有至者,今唯獨邯鄲中兵耳。"裴駰集解:"魏武帝《奏事》曰:'今邊有小警,輒露檄插羽,飛羽檄之意也。'駰案:推其言,則以鳥羽插檄書,謂之羽檄,取其急速若飛鳥也。"

[一九]股肱:大腿和胳膊。比喻左右輔佐之臣。《尚書·益稷》:"臣作朕股肱耳目。"書記:《文選》呂向注:"書記,謂文學之士也。"指從事撰寫公文、書信工作的人員。

[二〇]既允焚林之求,實兼儀形之寄:將蕭子良比作魏晉時著名的記室參軍阮瑀、王承。既允焚林之求,《太平御覽·樂部十·歌三》引《文士傳》曰:"太祖雅聞阮瑀,辟之不應,連見逼,乃逃入山中。使人焚山得瑀,送至,召入。太祖時征長安,大延賓客,怒瑀不與,言使就伎人入列。瑀善解音,能鼓琴,撫絃而歌曰:'奕奕天門開,大魏應期運。清蓋巡九州,征東西人怨。士爲知己死,女爲悦者玩。恩義苟潛暢,他人焉能亂。'爲曲既捷,音聲殊妙,太祖大悦。"《文選》李善注後有"署爲記室"四字。實兼儀形之寄,《晉書·王湛傳附子承》:"承字安期。清虛寡欲,無所修尚。……東海王越鎮許,以爲記室參軍,雅相知重。敕其子毗曰:'夫學之所益者淺,體之所安者深。閒習禮度,不如式瞻儀形;諷味遺言,不若親承音旨。王參軍人倫之表,汝其師之。'"儀形,楷模、典範。

[二一]刀筆:亦稱刀筆吏。掌文案的官吏。此處指蕭子良擔任主簿記室參軍。風體:風儀體氣。弘益:補益,增益。《抱朴子·任能》:"子賤起家而治大邦,實由勝己者多,而招其弘益。""刀筆"二句,《文選》呂延濟注:"言其有大才,故刀筆不足以宣其功,蓋以爲技也;風儀體氣所以大益於人倫也。"

[二二]除邵陵王友,又爲安南邵陵王長史:見注[一六]。

[二三]東夏:《文選》張銑注:"東夏,會稽郡也。"《尚書·微子之命》:"庸建爾于上公,尹茲東夏。"孔安國傳:"正此東方華夏之國。宋在京師東。"形勝:謂地理位置優越,地勢險要。《荀子·強國》:"其固塞險,形執

便,山林川谷美,天材之利多,是形勝也。"關河:關山河川。《後漢書·荀彧傳》:"此實天下之要地,而將軍之關河也。"重複:謂山重水複。韓康伯《王述碑》:"述遷會稽太守。此蓋關河之重複,泱泱大邦。"

[二四]選衆而舉:謂從許多人中選拔人才。《論語·顔淵》:"舜有天下,選於衆,舉臯陶,不仁者遠矣。"敦悦:尊崇愛好。《左傳·僖公二十七年》:"趙衰曰:'郤縠可。臣亟聞其言矣,説禮樂而敦《詩》《書》。'"説,通"悦"。《後漢書·鄭興傳》:"竊見河南鄭興,執義堅固,敦悦《詩》《書》。""選衆"二句,《文選》劉良注:"選於衆官,舉之爲會稽太守,重德悦才,其在於竟陵王也。"

[二五]除使持節、都督會稽東陽臨海永嘉新安五郡諸軍事、輔國將軍、會稽太守:《南齊書》本傳:"(宋順帝)昇明三年,爲使持節、都督會稽東陽臨海永嘉新安五郡、輔國將軍、會稽太守。"

　　　太祖受命,廣樹藩屏[二六]。公以高昭武穆,惟戚惟賢[二七],封聞喜縣開國公,食邑千户[二八]。又以奏課連最⑩,進號冠軍將軍[二九]。越人之巫,覩正風而化俗[三〇];篁竹之酋,感義讓而失險[三一]。邪叟忘其西戾⑪,龍丘狹其東皋[三二]。會武穆皇后崩,公星言奔波,泣血千里[三三],水漿不入於口者,至自禹穴[三四]。逮衣裳外除,心哀内疾[三五],禮屈於厭降,事迫於權奪[三六],而茹感肌膚,沉痛創距⑫[三七]。故知鐘鼓非樂云之本,縗麤非隆殺之要⑬[三八]。改授征虜將軍、丹陽尹[三九]。良家入徙,咸里内屬[四〇]。政非一軌,俗備五方[四一]。公内樹寬明,外施簡惠⑭[四二],神皋載穆,轂下以清[四三]。

【校　記】

⑩"奏"上,李善本與《全梁文》無"以"字。

⑪其西戾:明州本作"於西景",義同。

⑫創:《文選》作"瘡"。

⑬隆:明州本作"降"。

⑭施:明州本作"馳"。

【箋　注】

[二六]太祖受命:指齊太祖高皇帝蕭道成受宋順帝禪位而登皇帝位。受命,見《禪梁璽書》注[一三]。藩屏:屏障。藩,同"蕃"。《左傳·僖公二十四年》:"昔周公弔二叔之不咸,故封建親戚,以蕃屏周。"孔穎達疏:"故封

立親戚爲諸侯之君,以爲蕃籬,屏蔽周室。”《左傳·定公四年》:“昔武王克商,成王定之,選建明德,以藩屏周。”

[二七]高昭武穆:古代宗法制度,宗廟或宗廟中神主的排列次序,始祖居中,以下父子(祖、父)遞爲昭穆,左爲昭,右爲穆。《周禮·春官·小宗伯》:“辨廟祧之昭穆。”鄭玄注:“父曰昭,子曰穆。”蕭子良爲齊高帝之孫、齊武帝之子,故云。惟戚惟賢:《史記·孝文本紀》:“昔先王遠施不求其報,望祀不祈其福,右賢左戚,先民後己,至明之極也。”

[二八]封聞喜縣開國公,食邑千户:《南齊書》本傳:“太祖踐阼……封聞喜縣公,邑千五百户。”校勘記:“‘千五百户’當依《文選》任昉《齊竟陵文宣王行狀》作‘千户’,‘五百’二字衍。按下云‘世祖即位,封竟陵王,邑二千户’,任昉《齊竟陵王行狀》云‘武皇帝嗣位,進封竟陵郡王,食邑加千户’。前封縣公,食邑千户,進封郡王,加食千户,正合二千户之數。”俞紹初等點校《新校訂六家注文選》認爲,“千户”當作“千五百户”。兹引原校訂文字以備查考:

　　《南齊書·武十七王·竟陵王子良傳》曰:“太祖踐位,子良封聞喜縣公,邑千五百户。”又《廬陵王子卿傳》曰:“建元元年,封臨汝縣公,千五百户。”子卿爲子良庶弟,建元元年即齊太祖蕭道成即位之年,可知兄弟二人同時受封,其爵位食邑亦相侔。史所言自當可信。今作“食邑千户”,則其兄之封邑反不及弟,蓋任昉屬稿時誤記也。

[二九]奏課:見《王文憲集序》注[四四]。連最:舊指考評政績、軍功連續爲上。《文選》李善注:“《漢書》曰:兒寬爲農都尉,大司農奏課最連。韋昭曰:最連,得第一也。”然考今本《漢書·兒寬傳》,兒寬並未爲農都尉,亦無韋昭此注。記其任左内史時云:“寬表奏開六輔渠,定水令以廣溉田。收租税,時裁闊狹,與民相假貸,以故租多不入。後有軍發,左内史以負租課殿,當免。民聞當免,皆恐失之,大家牛車,小家擔負,輸租繈屬不絶,課更以最。”《漢書·叙傳上》云:“(班)回生况,舉孝廉爲郎,積功勞,至上河農都尉,大司農奏課連最,入爲左曹越騎校尉。”最,第一。進號,進升官爵之名號。《後漢書·獻帝紀》:“(建安)二十一年夏四月甲午,曹操自進號魏王。”

[三〇]越人之巫,覩正風而化俗:《後漢書·第五倫傳》:“第五倫字伯魚,京兆長陵人也。……有詔以爲扶夷長,未到官,追拜會稽太守。雖爲二千石,躬自斬芻養馬,妻執炊爨。受俸裁留一月糧,餘皆賤貿與民之貧羸者。

會稽俗多淫祀,好卜筮。民常以牛祭神,百姓財產以之困匱。其自食牛肉而不以薦祠者,發病且死先爲牛鳴,前後郡將莫敢禁。倫到官,移書屬縣,曉告百姓,其巫祝有依託鬼神詐怖愚民,皆案論之。有妄屠牛者,吏輒行罰。民初頗恐懼,或祝詛妄言,倫案之愈急,後遂斷絕,百姓以安。"此處用第五倫故事,言會稽郡百姓受蕭子良教化而民風丕變。

[三一]篁竹之酋,感義讓而失險:《文選》劉良注:"越南之俗,處於谿谷、篁竹之中,常恃其險,而竟陵王理之,其酋長之徒皆感義讓之風,而棄其險阻以歸其德也。"篁竹,竹叢。此處指會稽郡。《漢書·嚴助傳》:"臣聞越非有城郭邑里也,處谿谷之間,篁竹之中。"義讓,見《劉先生夫人墓誌銘》注[五]。失險,《漢書·光武紀贊》:"金湯失險,車書共道。"李賢注:"《前書》曰:'金城湯池,不可攻矣。'金以諭堅,湯取其熱。"

[三二]邪叟忘其西昃:《後漢書·循吏傳·劉寵》:"(劉寵)後四遷爲豫章太守,又三遷拜會稽太守。山民愿朴,乃有白首不入市井者,頗爲官吏所擾。寵簡除煩苛,禁察非法,郡中大化。征爲將作大匠。山陰縣有五六老叟,龍眉皓髮,自若邪山谷閒出,人齎百錢以送寵。寵勞之曰:'父老何自苦?'對曰:'山谷鄙生,未嘗識郡朝。它守時吏發求民閒,至夜不絕,或狗吠竟夕,民不得安。自明府下車以來,狗不夜吠,民不見吏。年老遭值聖明,今聞當見棄去,故自扶奉送。'"邪叟,古代若邪山谷間的老人。西昃,太陽偏西。比喻年老。《文選》潘岳《楊仲武誄》:"日昃景西,望子朝陰。"李周翰注:"日昃景西,岳自喻將老也。"昃,古同"昃"。龍丘狹其東皋:《後漢書·循吏傳·任延》:"更始元年,以延爲大司馬屬,拜會稽都尉。……吳有龍丘萇者,隱居太末,志不降辱。王莽時,四輔三公連辟,不到。掾吏白請召之。延曰:'龍丘先生躬德履義,有原憲、伯夷之節。都尉埽洒其門,猶懼辱焉,召之不可。'遣功曹奉謁,修書記,致醫藥,吏使相望於道。積一歲,萇乃乘輦詣府門,願得先死備錄。延辭讓再三,遂署議曹祭酒。萇尋病卒,延自臨殯,不朝三日。是以郡中賢士大夫爭往宦焉。"東皋,見《爲范尚書讓吏部封侯表》注[一六]。"邪叟"二句,言蕭子良治理會稽郡,民風大變,邪叟、隱士都被其感化。

[三三]武穆皇后:裴惠昭。河東聞喜(今屬山西省)人。性剛正,昇明三年(四七九)立爲齊世子蕭賾妃。南齊建立,爲皇太子妃。卒諡穆妃。武帝即位,追尊皇后。生子良。星言:《禮記·奔喪》:"唯父母之喪,見星而行,見星而舍。"《詩·鄘風·定之方中》:"命彼倌人,星言夙駕。"泛言及早,急速。奔波:仲長子《昌言》:"救患赴急,跋涉奔波者,憂樂之盡也。"泣血:見《爲齊明帝讓宣城郡公表》注[二三]。

　　[三四]水漿不入於口者:《禮記·檀弓上》:"曾子謂子思曰:'伋,吾執親之喪也,水漿不入於口者七日。'"禹穴:相傳爲夏禹葬地。在今浙江省紹興之會稽山。《史記·太史公自序》:"二十而南游江淮,上會稽,探禹穴。"裴駰集解引張晏曰:"禹巡狩至會稽而崩,因葬焉。上有孔穴,民間云禹入此穴。"

　　[三五]逮,及。衣裳外除,心哀内疚:謂服父母之喪,喪服雖漸除而内心仍存悲哀。《禮記·雜記下》:"親喪外除,兄弟之喪内除。"孔穎達疏:"親喪外除者,謂父母之喪。外,謂服也。服猶外隨日月漸除而深心哀未忘。"内疚:嵇康《幽憤詩》:"心焉内疚。"《爾雅》:"疚,病也。"

　　[三六]禮屈於厭降,事迫於權奪:《文選》劉良注:"禮,父在,母喪服期,爲尊在,屈厭而降之。事理又迫於權宜,而奪哀情使入仕也。謂將授征虜將軍也。"厭降,古喪禮,母亡,子服三年喪;父在母亡,則減服一年,稱爲"厭降"。權奪,古代官員居父母喪,喪服未滿,朝廷强令出仕,稱爲"權奪"。《晋書·禮志中》:"太康七年,大鴻臚鄭默母喪,既葬,當依舊攝職,固陳不起,於是始制大臣得終喪三年。然元康中,陳準、傅咸之徒,猶以權奪,不得終禮,自兹已往,以爲成比也。"

　　[三七]茹慼肌膚,沉痛創距:《文選》劉良注:"言茹食憂苦,損其肌膚;沈於痛毒,如瘡痛之至傷。慼,憂;距,至也。"距,通"鉅"。創鉅,創傷深重。指父母之喪。《禮記·三年問》:"創鉅者其日久,痛甚者其愈遲。三年者,稱情而立文,所以爲至痛極也。"孔穎達疏:"創鉅者其日久者,以釋重喪所以三年也。其事既大,故爲譬也。鉅,大也。"

　　[三八]鐘鼓非樂云之本:見《爲庾杲之與劉居士虯書》注[一六]。縗絰非隆殺之要:《莊子·天道》:"本在於上,末在於下;要在於主,詳在於臣。……鐘鼓之音,羽旄之容,樂之末也;哭泣衰絰,隆殺之服,哀之末也。"成玄英疏:"隆殺者,言禮有斬衰、齊衰、大功、小功、緦麻五等,哭泣衣裳,各有差降。此是教迹外儀,非情發於衷,故'哀之末也'。"又,《禮記·三年問》:"'(喪)何以三年也?'曰:'加隆焉爾也。……''由九月以下,何也?'曰:'焉使弗及也。故三年以爲隆,緦小功以爲殺。'"縗絰,亦作"纗縗"。絰,古同"麤"。縗,同"衰"。粗麻布喪服。《左傳·襄公十七年》:"齊晏桓子卒,晏嬰麤縗斬。"杜預注:"縗在胷前,麤,三升布。"《漢書·王莽傳上》:"時武王崩,縗麤未除。""鐘鼓"二句,意謂蕭子良居母憂心哀盡禮。

　　[三九]改授征虜將軍、丹陽尹:《南齊書》本傳:"建元二年,穆妃薨,去官。仍爲征虜將軍、丹陽尹。"

　　[四〇]良家入徙:《文選》李善注引《三輔黃圖》曰:"宣帝爲杜陵,徙良

家五千户居於陵。"良家,漢時指醫、巫、商賈、百工以外的人家,後世稱清白人家爲良家。戚里:帝王外戚聚居的地方。《史記·萬石張叔列傳》:"於是高祖召其姊爲美人,以奮爲中涓,受書謁,徙其家長安中戚里,以姊爲美人故也。"司馬貞索隱引顏師古曰:"於上有姻戚者皆居之,故名其里爲戚里。"内屬:謂歸附朝廷爲屬國或屬地。《史記·南越列傳》:"太后恐亂起,亦欲倚漢威,數勸王及群臣求内屬。"

[四一]政非一軌,俗備五方:《文選》劉良注:"言政非一法,使風俗必備,五方作則也。"五方:東、南、西、北和中央。亦泛指各方。《禮記·王制》:"中國戎夷,五方之民,皆有性也。"孔穎達疏:"五方之民者,謂中國與四夷也。"

[四二]寬明:寬厚賢明,寬大清明。班彪《王命論》:"四曰寬明而仁恕。"簡惠:見《丞相長沙宣武王碑》注[一二]。

[四三]神皋:指京畿。《文選》張衡《西京賦》:"寔惟地之奧區神皋。"張銑注:"神者,美言之。澤畔曰皋。"李善注:"廣雅曰:皋,局也,謂神明之界局也。"載穆:見《爲范尚書讓吏部封侯表》注[七三]。轂下:輦轂之下。指京城。《文選》李善注:"《漢書》:谷永上疏曰:薛宣爲御史中丞,執憲轂下。胡廣《漢官解故注》曰:轂下,喻在輦轂之下,京城之中也。"以清:《後漢書·楊璇傳》:"楊璇……靈帝時爲零陵太守……郡境以清。"

武帝嗣位[15],進封竟陵郡王,食邑加千户[16][四四]。復授使持節、都督南徐兖二州諸軍事、鎮北將軍、南徐州刺史,遷使持節、侍中、都督南兖徐北兖青冀五州諸軍事、征北將軍、南兖州刺史[四五]。兖徐接壤,素漸河潤[四六],未及下車,仁聲先洽[四七],玉關靖柝[17],北門寢扃[四八]。朝旨以董司岳牧,敷興邦教[四九],方任雖重,比此爲輕[五〇],徵護軍將軍、兼司徒,侍中如故[五一]。又授車騎將軍、兼司徒,侍中如故,即授司徒,侍中又如故[五二]。上穆三能,下敷五典[五三]。闢玄闈以闡化,寢鳴鐘以體國[五四]。翼亮孝治,緝熙中教[五五]。奪金恥訟,蹊田自嘿[五六]。不雕其朴,用晦其明[五七]。聲化之有倫[18],繄公是賴[五八]。庠序肇興,儀形國胄[五九];師氏之選,允歸人範[19][六〇]。以本官領國子祭酒,固辭不拜[六一]。八座初啓,以公補尚書令[六二]。式是敷奏,百揆時序[六三]。夫國家之道,互爲公私[六四];君親之義,遞爲隱犯[六五]。公二極一致[20],愛敬同歸[六六],亮誠盡規,謀猷弘遠矣[六七]。又授使持節、都督揚州諸軍事、揚州刺史,本官悉如故[六八]。舊惟淮海,今則神牧[六九];編户殷阜,氓俗滋繁㉑[七〇],不言之化,若門到户説矣[七一]。頃之,解尚書令,改授中書監,餘悉如故[七二]。獻納樞機,絲綸允緝[七三]。武皇晏駕,寄深負圖[七四]。公仰惟國典,俛遵遺託[七五],俯揘天倫㉒,踊絶於地[七六],居處之節,復如居武穆之憂[七七]。

【校　記】

⑮武帝,明州本"武皇",李善本與《全梁文》作"武皇帝"。

⑯加千:信述堂本、薈要本作"如千",明州本與張燮本作"如干",李善本與《全梁文》作"加千"。《文選》吕延濟注:"如干户,猶若干也。蓋食邑無定户故也。"然《南齊書》本傳明説"邑二千户",非"食邑無定户"。蓋因本傳前曰"太祖踐阼……封聞喜縣公,邑千五百户",後又曰"世祖即位,封竟陵王,邑二千户",則食邑加五百户,因此吕延濟等誤認"加千户"爲"如干户"。可參閲注[二八]。上海古籍出版社據胡克家重刊本爲底本標點整理出版的《文選》整理者在胡克家考異文字"袁本、茶陵本'加千'作'如干'"下案曰:"考《南齊書》云'二千户',上文云'食邑千户',故此云'食邑加千户',即二千户也。善無注者,本不須注耳。五臣濟注乃云'如干猶若干,無定户故也',可謂妄説。二本不著校語,以之亂善,甚非。尤所見獨未誤。"又,俞紹初等點校《新校訂六家注文選》認爲,"加千户"當作"如干户"。兹引原校訂文字以備查考:

　　各本濟注曰:"如干,猶若干也。"則五臣正文自作"如干户"。作"如千户"或"加千户"者,皆後人誤改也。又北宋本亦作"如干户",尤本則作"加千户"。胡克家曰:"考《南齊書》云'二千户'。上文云'食邑千户'故此云'食邑加千户',即二千户也。善無注者,本不須注耳。五臣濟注乃云'如干,猶若干,無定户故也',可謂妄説。二本不著校語,以之亂善,甚非。尤所見獨未誤。"按,胡氏説誤。本篇上文"食邑千户","千户"實當作"千五百户",乃任昉稿本有誤,見該校勘記(注[二三八]附録)。後人以誤本爲據,又牽合史傳而改此爲"加千户",其必誤無疑。胡氏之誤正與之同。古鈔本亦作"如干户",則任昉稿本如此也。

⑰靖:薈要本作"靜"。

⑱"聲"下,《全梁文》無"化"字。

⑲歸:李善本與《全梁文》作"師"。

⑳二:《藝文類聚》作“一”。

㉑氓:李善本作“萌”。萌,古同“氓”。滋繁:《全梁文》作“繁滋”。

㉒俯:《全梁文》作“拊”。拊:敲擊。指捶胸頓足,敲擊心口,極盡悲哀。於文義亦通。

【箋　注】

[四四]武帝嗣位,進封竟陵郡王,食邑加千户:《南齊書》本傳:“世祖即位,封竟陵郡王,邑二千户。”武帝嗣位,《南齊書·武帝紀》:“建元四年三月壬戌,太祖崩,上即位,大赦。”

[四五]“復授”二句:《南齊書》本傳:“爲使持節、都督南徐兖二州諸軍事、鎮北將軍、南徐州刺史。永明元年,徙爲侍中、都督南兖兖徐青冀五州、征北將軍、南兖州刺史,持節如故。”

[四六]接壤:接界。《漢書·武帝紀》:“日者淮南、衡山修文學,流貨賂,兩國接壤,怵於邪説。”素:本也。漸:及也。河潤:謂恩澤及人,如河水之滋潤土地。《文選》李善注引《東觀漢記》曰:“拜郭伋潁川太守,召見辭謁。帝勞之曰:賢能太守,去帝城不遠,河潤九里,冀京師並蒙福也。”“兖徐”二句,意謂蕭子良在此之前曾都督南徐兖二州諸軍事、南徐州刺史,其恩澤本早已惠及南徐州、南兖州。

[四七]下車:《禮記·樂記》:“武王克殷,反商,未及下車,而封黃帝之後於薊。”後稱初即位或到任爲“下車”。《漢書·叙傳上》:“即拜(班)伯爲定襄太守。定襄聞伯素貴,年少,自請治劇,畏其下車作威,吏民竦息。”仁聲:指施行仁德而贏得的聲譽。揚雄《羽獵賦》:“仁聲惠於北狄,武誼動於南鄰。”洽:遍也。

[四八]玉關:即玉門關。《漢書·地理志》:“龍勒有玉門關。”《文選》吕延濟注:“言後魏在北,故比之匈奴玉關也。”南兖州西北與北魏交壤。靖柝:使柝息聲。謂太平無事,不須警戒。《周禮·夏官·挈壺氏》:“凡軍事,縣壺以序聚柝。”鄭玄注:“擊柝,兩木相敲,行夜時也。”柝,同“柝”。北門:喻指北部邊防要地。《史記·田敬仲完世家》:“(齊)威王曰:‘吾吏有黔夫者,使守徐州,則燕人祭北門。’”裴駰集解引賈逵曰:“齊之北門。”寢扃:停止閉户。扃,同“扃”。

[四九]朝旨:天子之意。董司:監督掌管。《文選》李善注:“《晋起居注》宋公《表》曰:董司乖方,過寔引罰。孔安國《尚書傳》曰:董,督也。”岳牧:相傳堯舜時有四岳、十二州牧分管政務和方國諸侯,合稱岳牧。《尚書·周官》:“唐虞稽古,建官惟百,内有百揆四岳,外有州牧侯伯。”《史記·伯夷列

傳》:“堯將遜位,讓於虞舜,舜禹之閒,岳牧咸薦。”後用“岳牧”泛稱封疆大吏。敷興邦教:《文選》李周翰注:“敷,布;興,起;邦,國也。……將布起國家之政教也。”敷興,謂廣布而使之振興。《禮記·王制》:“司徒修六禮以節民性,明七教以興民德。”邦教:國家的教化。《尚書·周官》:“司徒掌邦教。”

[五○]方任雖重,比此爲輕:山濤《啓事》:“方任雖重,比此爲輕。”方任,一方的重任,謂太守。曹操《謝襲費亭侯表》:“雙金重紫,顯以方任。”

[五一]徵護軍將軍兼司徒,侍中如故:《南齊書》本傳:“入爲護軍將軍,兼司徒,領兵置佐,侍中如故。”

“朝旨”六句,意謂朝廷認爲蕭子良在外郡能興教化,備邊防,但不如教化整個國家爲重,因此徵其回朝爲官。

[五二]“又授”四句:《南齊書》本傳:“鎮西州。三年,給鼓吹一部。四年,進號車騎將軍。……五年,正位司徒,給班劍二十人,侍中如故。”

[五三]穆:和。三能:即“三台”。《史記·天官書》:“魁下六星,兩兩相比者,名曰三能。”裴駰集解:“蘇林曰:‘能音台。’”司馬貞索隱:“魁下六星,兩兩相比,曰三台。”指三公。《史記·孝武本紀》:“後十餘日,有星孛于三能。”集解韋昭曰:“三能,三公。後連坐誅之。”敷:布施。五典:古代的五種倫理道德。《尚書·舜典》:“慎徽五典,五典克從。”孔安國傳:“五典,五常之教:父義,母慈,兄友,弟恭,子孝。”

[五四]闢玄闈以闡化:《文選》李周翰注:“闢,開也。闈,門也。言開政道之門,以闡揚天子化也。”玄闈,謂道德政教之門。《文選》李善注:“玄,謂道也。《太玄經》曰:玄門混沌難知。孫放《數詩》曰:一往縱神懷,矯迹步玄闈。”寢鳴鐘以體國:《文選》李周翰注:“謂其雖貴,而息其擊鍾鼎食之盛,以尚節儉之道,以體國家之理也。”鳴鐘:謂食則鳴鍾。形容富豪之家的生活。體國:體念國家。

[五五]翼亮:輔佐。《三國志·魏書·高堂隆傳》:“可選諸王,使君國典兵,往往棊跱,鎮撫皇畿,翼亮帝室。”孝治:見《上蕭太傅固辭奪禮啓》注[一五]。緝熙:見《禪梁璽書》注[三三]。中教:中正和平的教化。《文選》呂向注:“使天下大和,廣布中平之教。”

[五六]奪金恥訟:《呂氏春秋·先識覽·去宥》:“齊人有欲得金者,清旦,被衣冠,往鬻金者之所,見人操金,攫而奪之。吏搏而束縛之,問曰:‘人皆在焉,子攫人之金,何故?’對吏曰:‘殊不見人,徒見金耳。’”蹊田自嘿:《左傳·宣公十一年》:“抑人亦有言曰:‘牽牛以蹊人之田,而奪之牛。’牽牛以蹊者,信有罪矣;而奪之牛,罰已重矣。”蹊,楊伯峻注:“徑也。此作動詞

用,謂牽牛從人田中走過以爲捷徑也。"嘿,同"默"。"奪金"二句,《文選》張銑注:"言竟陵王執政,人皆不爲爭訟,蓋德化之所及也。有牽牛以蹊人之田,而奪之牛,得奪牛之罪,重於蹊田之罪也。言今蹊過於田者,乃懷其義讓,亦嘿然不相爭奪矣。蹊,道也。言牛行於田以成道也。"

[五七]不雕其朴:《吕氏春秋·審分覽·知度》:"賢不肖各反其質,行其情不雕其素。"高誘注:"素,樸也。"雕,雕飾。朴,質樸。用晦其明:《易·明夷》:"明入地中,明夷。君子以莅衆,用晦而明。"王弼注:"藏明於内,乃得明。""不雕"二句,《文選》李周翰注:"物皆任其質朴,不作彫鏤;外貌如晦,其内則明也。"

[五八]聲化:聲威教化。王儉《褚淵碑文》:"擇皇齊之令典,致聲化於雍熙。"有倫:次序。有,發語辭。緊公是賴:潘勖《册魏公九錫文》:"故周室之不壞,緊二國是賴。"緊,發語辭。

[五九]庠序肇興:指學校初興。《南齊書·武帝紀》:"(永明)三年春正月……辛卯……詔曰:'……命彼有司,崇建庠塾。甫就經始,仍離屯故,仰瞻徽猷,歲月彌遠。今遐邇一體,車軌同文,宜高選學官,廣延胄子。'"庠序,此處應指國學。肇興,初起、始興。牟融《理惑論》:"太素未起,太始未生,乾坤肇興,其微不可握,其纖不可入。"儀形:即"儀刑"。做楷模,做典範。《詩·大雅·文王》:"儀刑文王,萬邦作孚。"朱熹集傳:"儀,象。刑,法。"《魏書·景穆十二王傳·濟南王匡》:"(匡)性耿介,有氣節。高祖器之,謂曰:'叔父必能儀形社稷,匡輔朕躬,今可改名爲匡,以成克終之美。'"國胄:國子,指百官之子。

[六○]師氏:周代官名。掌輔導王室、教育貴族子弟以及朝儀得失之事。《周禮·地官·師氏》:"師氏掌以媺詔王,以三德教國子。……居虎門之左,司王朝。掌國中失之事,以教國子弟,凡國之貴游子弟學焉。"人範:見《王文憲集序》注[七九]。

"庠序"四句,言國學初興,百官之子皆就學其中,蕭子良可作其楷模,爲師氏之選。意謂欲以蕭子良爲國子祭酒。

[六一]以本官領國子祭酒,固辭不拜:《南齊書》本傳:"尋代王儉領國子祭酒,辭不拜。"

[六二]八座:封建時代中央政府的八種高級官員。《文選》李善注:"陳壽《魏志評》曰:八座尚書,即古六卿之任也。《晋百官名》曰:尚書令、尚書僕射、六尚書,古爲八座尚書。"張銑注:"八座,謂六尚書、二僕射。"初啓:《南齊書·明帝紀》:"(永明七年)五月乙巳,尚書令、衛將軍、開府儀同三司王儉薨。甲子,以新除尚書左僕射柳世隆爲尚書令。"同書《柳世隆傳》:"復

入爲尚書左僕射,仍轉尚書令。……以疾遜位……轉左光禄大夫,侍中如故。九年,卒。”柳世隆於永明九年(四九一)卒之前以病辭去尚書令,《南齊書》於柳世隆任尚書令之後、蕭子良任尚書令之前,没有任命尚書令的記載,這段時間内,尚書令暫時空缺,因此任昉曰“八座初啓”,接著曰“以公補尚書令”。《南齊書・武帝紀》:“(永明)十年春正月……司徒竟陵王子良領尚書令。”

[六三]式:用也。敷奏:見《爲王思遠讓侍中表》注[四]。百揆時序:見《爲范始興求爲太宰立碑表》注[一五]。

[六四]國家之道,互爲公私:蕭子良與齊武帝爲兄弟,就國而言爲公,就家而言爲私。

[六五]君親之義,迭爲隱犯:《文選》李周翰注:“事親有隱而無犯,事君有犯而無隱。隱,謂不稱揚其過;犯,謂犯顔色而諫也。”《禮記・檀弓上》:“事親有隱而無犯……事君有犯而無隱。”迭,古同“遞”。輪流、交替。

[六六]二極一致,愛敬同歸:《文選》吕向注:“二極,謂君親也。一致,謂忠孝同爲一也。愛敬之道,同歸君親也。”愛敬同歸,《孝經・士》:“資於事父以事母,而愛同;資於事父以事君,而敬同。”愛敬,見《爲梁公請刊改律令表》注[一二]。同歸,見《爲齊明帝讓宣城郡公表》注[三〇]。

[六七]亮:信也。盡規:竭力謀劃。《國語・周語上》:“天子聽政……近臣盡規。”韋昭注:“盡規,盡其規計以告王也。”謀猷弘遠:晋成帝《册陶侃》:“公經德秉哲,謀猷弘遠。”謀猷,見《與沈約書》注[五]。弘遠,廣大深遠。《漢書・高帝紀下》:“雖日不暇給,規摹弘遠矣。”

[六八]又授使持節、都督揚州諸軍事、揚州刺史,悉如故:《南齊書》本傳:“尋爲使持節、都督揚州諸軍事、揚州刺史,本官如故。”

[六九]舊惟淮海,今則神牧:《文選》張銑注:“揚州近淮、海二水。神牧,謂竟陵王治之如神明矣。牧即刺史也。”《尚書・禹貢》:“淮海惟揚州。”神牧,指揚州刺史。詳見《封臨川安興建安等五王詔》注[一]。

[七〇]編户:編入户籍的平民。《漢書・梅福傳》:“今仲尼之廟不出闕里,孔氏子孫不免編户。”顔師古注:“列爲庶人也。”殷阜:富足。張衡《西京賦》:“地沃野豐,百物殷阜。”氓俗:普通百姓。滋繁:滋生繁多。嵇康《卜疑》:“然而大道既隱,智巧滋繁。”

[七一]不言之化:猶不言之教。不通过语言进行教育而收到的感化作用。謂以德政感化人民。《老子》二章:“聖人處無爲之事,行不言之教。”《易・繫辭上》:“不言而信,存乎德行。”門到户説:深入民間,使家家周知。《晋書・庾亮傳》記其《讓中書監疏》曰:“雖陛下二相,明其愚款,朝士百僚

頗識其情,天下之人安可門到户説使皆坦然邪!"

[七二]頃之,解尚書令,改授中書監,餘悉如故:《南齊書》本傳:"尋解尚書令,加中書監。"

[七三]獻納:指獻忠言供采納。班固《兩都賦序》:"朝夕論思,日月獻納。"樞機:《易·繫辭上》:"言行,君子之樞機。"後因以"樞機"喻言語。《三國志·蜀書·來敏傳》:"前後數貶削,皆以語言不節,舉動違常也。時孟光亦以樞機不慎,議論干時,然猶愈於敏,俱以其耆宿學士見禮於世。"絲綸:《禮記·緇衣》:"王言如絲,其出如綸。"孔穎達疏:"王言初出,微細如絲,及其出行於外,言更漸大,如似綸也。"後因稱帝王言論詔書爲"絲綸",中書省代皇帝草擬詔旨,稱爲"掌絲綸"。允:信也。緝:和也。

[七四]武皇:齊世祖武皇帝蕭賾。晏駕:古代稱帝王死亡的諱辭。《戰國策·秦五》:"秦王老矣,一日晏駕,雖有子異人,不足以結秦。"《史記·范雎蔡澤列傳》:"宫車一日晏駕,是事之不可知者一也。"裴駰集解引應劭曰:"天子當晨起早作,如方崩殂,故稱晏駕。"韋昭曰:"凡初崩爲'晏駕'者,臣子之心猶謂宫車當駕而晚出。"負圖:見《齊明帝謚議》注[一〇]。

[七五]國典:見《奏彈范縝》注[三一]。遺託:指帝王臨終前的囑託。

[七六]俯擗天倫,踊絕於地:《文選》吕延濟注:"擗,撫心哭也。天倫,兄弟也。言撫心哭其兄弟,號踊隕絕于地也。"擗,以手拍擊胸膛。踊,同"踴",以足頓地。天倫,見《爲褚諮議蓁讓代兄襲封表一》注[八]。踊絕,亦作"爵踊"。頓足痛哭而昏厥過去。《禮記·問喪》:"婦人不宜袒,故發胷擊心爵踊。"鄭玄注:"爵踊,足不絕地也。"

[七七]居處:指平日的儀容舉止。《論語·子路》:"居處恭,執事敬,與人忠,雖之夷狄不可棄也。"復如居武穆之憂:《文選》張銑注:"居喪之節如前武穆皇后之憂,水漿不入口而哀心內疚。"

聖主嗣興,地居旦奭[七八]。有詔策授太傅㉓,領司徒,餘悉如故[七九]。坐而論道,動以觀德[八〇];地尊禮絕,親賢莫貳[八一]。又詔加公入朝不趨,讚拜不名,劍履上殿[八二]。蕭傅之賢,曹馬之親,兼之者公也㉔[八三]。復以申威重道,增崇德統,進督南徐州諸軍事,餘悉如故[八四]。並表疏累上㉕,身没讓存[八五]。天不憖遺,梁岳頹峻[八六],某年某月日薨㉖,春秋三十有五[八七]。詔給温明秘器,斂以袞章,備九命之禮,遣大鴻臚監護喪事,朝夕奠祭,大官供給,禮也[八八]。故以慟極津門,感充長樂[八九],豈徒舂人不相,傾壟罷肆而已哉[九〇]!乃下詔曰:"褒崇庸德,前王之令典[九一];追遠尊戚,沿情之所隆[九二]。故使持節都督揚州諸軍事、中書監、太傅、領司徒、揚州刺史、竟陵王、新除進督南徐州,體睿履正,神監淵邈[九三]。道冠民宗㉗,具瞻惟允[九四]。肇自弱齡,孝友光備[九五]。爰及贊契,協升景業[九六]。燮和台曜,五教克宣[九七]。敷奏朝端,百揆惟穆[九八]。寄重先顧,任均負圖[九九]。諒以齊徽《二南》,同規往哲[一〇〇]。方憑保佑,永翼雍熙[一〇一]。天不慭遺,奄見薨落[一〇二]。哀慕抽割,震動於厥心[一〇三]。今先遠戒期,龜謀襲吉[一〇四]。茂崇嘉制,式弘風猷[一〇五]。可追崇假黃鉞、侍中、都督中外諸軍事、太宰、領大將軍、揚州牧,綠綟綬,具九錫服命之禮[一〇六]。使持節、中書監、王如故。給九旒鑾輅[一〇七],黃屋左纛,輼涼車㉘[一〇八],前後部羽葆鼓吹,挽歌二部,虎賁班劍百人,葬禮一依晉安平獻王孚故事[一〇九]。”

【校　記】

㉓策:明州本作“崇”。

㉔也:明州本作“矣”。

㉕表:李善本與《全梁文》作“奏”。

㉖“月”上,明州本無“某”字。

㉗道:明州本作“首”。亦通。

㉘涼:《文選》與《全梁文》作“輬”。

【箋　注】

[七八]聖主:對當代皇帝的尊稱。此處指鬱林王蕭昭業。《南齊書·鬱林王紀》:“鬱林王昭業字元尚,文惠太子長子也。小名法身。……文惠太子薨,立昭業為皇太孫,居東宮。世祖崩,太孫即位。”《東觀漢記·鮑永傳》:“今聖主即位,天下已定,不降何待?”嗣興:繼承並振興。《尚書·洪範》:“鯀則殛死,禹乃嗣興。”地居旦奭:意謂就門地而言,蕭子良猶如周公旦與召公奭,亦為幼主之叔父。旦奭,周公旦與召公奭的合稱,二人皆為周初功臣。蔡邕《太傅胡廣碑》:“傅聖德於幼沖,率旦奭於舊職。”

[七九]有詔策授太傅,領司徒,餘悉如故:《南齊書》本傳:“進位太傅,增班劍為三十人,本官如故。解侍中。”

[八〇]坐而論道:古代指王公大臣陪侍帝王議論政事。《周禮·冬官·考工記》:“國有六職,百工與居一焉。或坐而論道,或作而行之……坐而論道,謂之王公;作而行之,謂之士大夫。”鄭玄注:“論道,謂謀慮治國之政令也。”動以觀德:觀察德行。《尚書·咸有一德》:“七世之廟,可以

觀德。”

[八一]地尊禮絕,親賢莫貳:《文選》吕向注:“位居尊重之地,與百官禮儀隔絕,則親戚賢臣皆無有二心也。”地尊禮絕,謂居百官之首,地位尊榮,至於極點。親賢莫貳,《晋書·安帝紀》:“時太尉裕都督中外諸軍,詔曰:‘大司馬地隆任重,親賢莫貳。’”

[八二]又詔加公入朝不趨,讚拜不名,劍履上殿:《南齊書》本傳:“隆昌元年,加殊禮,劍履上殿,入朝不趨,讚拜不名。”“入朝不趨,讚拜不名,劍履上殿”,是古代皇帝對大臣的三種殊遇。《史記·蕭相國世家》:“於是乃令蕭何第一,賜帶劍履上殿,入朝不趨。”入朝不趨,《文選》張銑注:“天子敬重其德,有詔使入天子之朝不趨走。”謂入朝不疾步而行。封建時代人臣入朝須趨步以示恭敬。讚拜不名,臣子朝拜帝王時,贊禮的人不直呼其姓名,只稱官職。劍履上殿,經帝王特許,重臣上朝時可不解劍,不脫履,以示殊榮。

[八三]蕭傅之賢:蕭,指蕭何。事見上注。傅,《文選》李善注:“(周)綜(按:應爲緤)與傅寬同傳,寬無不趨之言,疑任公誤也。”《漢書·傅寬周緤傳》:“上欲自行擊陳豨,緤泣曰:‘始秦攻破天下,未曾自行;今上常自行,是亡人可使者乎!’上以爲愛我,賜入殿門不趨。”曹馬之親:曹,三國魏曹真。《三國志·魏書·曹真傳》:“曹真字子丹,太祖族子也。……明帝即位……四年,朝洛陽,遷大司馬,賜劍履上殿,入朝不趨。”馬,李善認爲指西晋時“劍履上殿,入朝不趨”諸王。《文選》李善注:“《晋公卿禮秩》曰:汝南王亮、秦王柬、吳王晏、梁王肜,皆劍履上殿,入朝不趨。”而吕延濟認爲僅指司馬懿。《文選》吕延濟注:“司馬宣王得乘輿上殿。”然司馬懿與魏明帝並非血緣之親,因此應以李善注爲確。兼之者公也:意謂蕭子良兼有蕭何、周緤之賢,曹真、西晋司馬亮、司馬柬、司馬晏、司馬肜等諸王之親。

[八四]復以申威重道,增崇德統:此二句表達進一步晋升官職的原因,即爲更加表明蕭子良神威,增益尊崇其道德法度。申威,表明神威。統:紀也,即法度。進督南徐州諸軍事,餘悉如故:《南齊書》本傳:“進督南徐州。”

[八五]表疏累上,身没讓存:意謂蕭子良多次上疏,辭讓南徐州諸軍事,身雖死而辭讓之表猶存。身没讓存:《文選》李善注:“王隱《晋書》:武帝贈羊祜詔曰:身殁讓存,遺操益屬。”没,同“殁”。

[八六]愁遺:願意留下。《詩·小雅·十月之交》:“不愁遺一老,俾守我王。”《左傳·哀公十六年》:“孔丘卒,公誄之曰:‘旻天不弔,不愁遺一老,俾屏余一人以在位。’”後以“愁遺”或“天不愁遺”作爲哀悼老臣之辭。愁遺,亦作“愁遺”。梁岳:比喻重要人物。梁,棟梁。岳,指泰山。《禮記·檀弓上》:“孔子蚤作,負手曳杖,逍遥於門。歌曰:‘泰山其頹乎?梁木其壞

乎？哲人其萎乎？’”頹峻，《文選》李周翰注：“頹其峻峰。”

[八七]某年某月日薨，春秋三十有五：《南齊書》本傳：“其年（隆昌元年）疾篤，謂左右曰：‘門外應有異。’遣人視，見淮中魚萬數，皆浮出水上向城門。尋薨，時年三十五。”

[八八]“詔給”七句：《南齊書》本傳：“帝常慮子良有異志，及薨，甚悅。詔給東園溫明秘器，斂以袞冕之服。東府施喪位，大鴻臚持節監護，太官朝夕送祭。”溫明，古代葬器。《漢書·霍光傳》：“光薨……賜金錢……東園溫明，皆如乘輿制度。”顏師古注：“服虔曰：‘東園處此器，形如方漆桶，開一面，漆畫之，以鏡置其中，以懸屍上，大斂並蓋之。’師古曰：‘東園，署名也，屬少府。其署主作此器也。’”秘器，棺材。《漢書·孔光傳》：“及（孔）霸薨，上素服臨弔者再，至賜東園祕器錢帛。”秘，同“祕”。斂，斂藏。殯殮之殮，經傳皆作“斂”。爲死者易衣曰小斂，入棺曰大斂，又棺埋入墓穴亦謂斂。《釋名·釋喪制》：“衣屍棺曰斂，斂藏不復見也。”袞章，袞衣上的紋樣。借指袞衣。《文選》呂向注：“袞章，龍服也。”九命：周代官爵分爲九個等級，稱九命。上公九命爲伯，王之三公八命；侯伯七命；王之卿六命；子男五命；王之大夫、公之孤四命；公、侯伯之卿三命；公、侯伯之大夫，子男之卿再命（即二命）；公、侯伯之士，子男之大夫一命。子男之士不命。他們的宮室、車旗、衣服、禮儀等，各按等級作具體規定。詳見《周禮·春官·典命》《禮記·王制》。九等官爵中的最高一級亦稱九命。《大戴禮記·朝事》：“諸侯之得失治亂定，然後明九命之賞以勸。”大鴻臚，官名。《通典·職官八·諸卿中》“鴻臚卿”：“《周官》大行人，掌大賓客之禮。秦官有典客，掌諸侯及歸義蠻夷。漢改爲鴻臚。景帝中二年，令諸侯王薨、列侯初封及之國，大鴻臚奏謚、誄、策，列侯薨及諸侯太傅初除之官，大行奏謚、誄、策。中六年，改大鴻臚爲大行令。武帝太初元年，更名大鴻臚，又更名其屬官行人爲大行令。秦時又有典屬國官，掌蠻夷降者。漢因之，成帝河平元年省之，并大鴻臚。後漢大鴻臚卿一人。諸王入朝，當郊迎，典其禮儀及郡國上計，餘職與漢同。凡皇子拜王，贊授印綬。及拜諸侯、諸侯嗣子及四方夷狄封者，臺下鴻臚召拜之。王薨，則使弔之及拜王嗣。魏及晉初皆有之。自東晉至於宋、齊，有事則權置兼官，畢則省。”大官，即太官。官名，掌皇帝膳食及燕享祭祀之事。《後漢書·皇后紀上·和熹鄧皇后紀》：“減大官、導官、尚方、内者服御珍膳靡麗難成之物。”李賢注引《漢官儀》曰：“太官，主膳羞也。”參見《通典·職官七》。

[八九]慟極津門，感充長樂：《東觀漢記·東海恭王彊傳》：“彊薨，上（明帝）發魯相所上檄，下牀伏地，舉聲盡哀。至長樂宮，白太后，因出幸津門亭發喪。”津門：《後漢書·光武十王傳·東海恭王彊》：“天子覽書悲慟，

從太后出幸津門亭發哀。"李賢注:"津門,洛陽南面西頭門也,一名津陽門,每門皆有亭。"長樂:長樂宮的省稱。西漢高帝時,就秦興樂宮改建,爲西漢主要宮殿之一。漢初皇帝在此視朝,惠帝後,爲太后居地,因亦作帝母的代稱。"慟極"二句,意謂皇帝、太后都因蕭子良之死極度悲哀。

[九〇]豈徒:何止。《孟子·公孫丑下》:"古之君子,其過也,如日月之食,民皆見之;及其更也,民皆仰之。今之君子,豈徒順之,又從爲之辭。"春人不相:見《王文憲集序》注[九五]。傾壖罷肆:《文選》李善注引劉紹《聖賢本紀》曰:"子産治鄭二十年,卒,國人哭於巷,商賈哭於市,農夫號於野。"壖,古同"廛"。古代城市平民的房地。肆,市。

[九一]庸德:常德。《禮記·中庸》:"庸德之行,庸言之謹,有所不足,不敢不勉。"前王:見《求薦士詔》注[二]。令典:《左傳·宣公十二年》:"蒍敖爲宰,擇楚國之令典。"楊伯峻注:"令,善也;典,法也,禮也。令典謂禮法政令之善者。"

[九二]追遠尊戚,沿情之所隆:《文選》呂延濟注:"追遠亡者,尊其親戚,蓋因情所感也。"追遠,祭祀盡虔誠,以追念先人。《論語·學而》:"慎終追遠。"邢昺疏:"追遠者,遠謂親終既葬,日月已遠也,孝子感時念親,追而祭之,盡其敬也。"沿情:《禮記·樂記》:"禮樂之情同,故明王以相沿也。"鄭玄注:"沿,猶因述也。"沿,同"沿"。

[九三]體睿:體悟聖思。履正:躬行正道。《後漢書·劉陶傳》:"(朱穆、李膺)皆履正清平,貞高絕俗。"神監:猶明察。淵邈:深遠。阮籍《答伏義書》:"然則弘脩淵邈者,非近力所能究矣;靈變神化者,非局器所能察矣。"

[九四]道冠:謂道德高也。民宗:見《奏彈范縝》注[二七]。具瞻:謂爲衆人所瞻望。典出《詩·小雅·節南山》:"赫赫師尹,民具爾瞻。"毛傳:"具,俱;瞻,視。"允:當也。

[九五]肇自:始於。班固《西都賦》:"肇自高而終平,世增飾以崇麗,歷十二之延祚,故窮泰而極侈。"弱齡:見《天監三年策秀才文三首》注[一七]。孝友:事父母孝順、對兄弟友愛。《詩·小雅·六月》:"侯誰在矣,張仲孝友。"毛傳:"善父母爲孝,善兄弟爲友。"光備:兼備,全面具備。曹植《武帝誄》:"九德光備,萬國作師。"

[九六]爰及贊契,協升景業:《文選》李周翰注:"贊助天子,令升大業也。"贊契,謂輔佐天子決策。景業,大業。

[九七]燮和:協和。燮,古同"爕"。《尚書·顧命》:"爕和天下,用答文武之光訓。"台曜:《文選》劉良注:"台曜,三台星光也。主三公之位也。"

五教：見《爲范始興求爲太宰立碑表》注［一五］。“燮和”二句，言蕭子良能協和三公，宣揚五常之教。

［九八］敷奏：見《爲王思遠讓侍中表》注［四］。朝端：位居首席的朝臣。《文選》李善注引謝石《上疏》曰：“尸素朝端，忽焉五載。”《文選》王儉《褚淵碑文》：“暨遂沖旨，改授朝端。”李周翰注：“改授司徒，以爲朝臣之首也。”百揆：見《爲范始興求爲太宰立碑表》注［一五］。穆：美也。

［九九］先顧：顧命。謂先帝顧命輔佐少君。負圖：見《齊明帝謐議》注［一〇］。

［一〇〇］諒：信實。齊徽：齊美。二南：指周公、召公。《毛詩序》：“《關雎》《麟趾》之化，王者之風也，故繫之周公。《鵲巢》《騶虞》之德，諸侯之風也，故繫之召公。《周南》《召南》，正始之道，王化之基。”潘岳《西征賦》：“茲土之舊也，固乃周邵之所分，二南之所交。”同規：謂並駕，匹敵。規，通“軌”。往哲：見《爲齊竟陵王世子臨會稽郡教》注［二］。

［一〇一］方憑保佑，永翼雍熙：《文選》張銑注：“保安祐福，翼佐雍和。熙，廣也。言國家欲憑竟陵之德安福社稷，長佐天下，致和平以廣政化也。”翼，輔佐。《尚書·益稷》：“予欲左右有民，汝翼。”雍熙：謂和樂昇平。張衡《東京賦》：“百姓同於饒衍，上下共其雍熙。”薛綜注：“言富饒是同，上下咸悦，故能雍和而廣也。”

［一〇二］天不憖遺：見注［八六］。奄：《方言》：“奄，遽也。”薨、落：死。《尚書·舜典》：“帝乃殂落，百姓如喪考妣。”

［一〇三］哀慕：謂因父母、君上之死而哀傷思慕。抽割：謂心腸有如割裂。形容哀痛之極。

［一〇四］先遠：《禮記·曲禮上》：“喪事先遠日。”孔穎達疏：“卜先從遠日而起，示不宜急，微伸孝心也。”後以“先遠”指葬日。戒期：定期。龜謀：謂龜卜。《尚書·洪範》：“謀及卜筮。”孔安國傳：“龜曰卜。”襲吉：重得吉兆。謂吉事相因。《左傳·哀公十年》：“趙孟曰：‘吾卜於此起兵，事不再令，卜不襲吉。行也’。”杜預注：“襲，重也。”

［一〇五］茂崇嘉制，式弘風猷：意謂大力隆崇守喪之制，用以弘揚蕭子良的風德功績。風猷：風德功績。式，用。

［一〇六］追崇：對死者追加封號。假：《文選》李周翰注：“假之以名，非真得也。”黃鉞：飾以黃金的斧子。天子儀仗，亦用以征伐。《尚書·牧誓》：“王左杖黃鉞，右秉白旄以麾。”孔安國傳：“鉞，以黃金飾斧。”綠綟綬：古代三公以上用綠綟色綬帶。《晉書·衛瓘傳》：“及楊駿誅，以瓘録尚書事，加綠綟綬。”九錫服命之禮：《韓詩外傳》卷八第十三章：“諸侯之有德，天子錫

之。一錫車馬，再錫衣服，三錫虎賁，四錫樂器，五錫納陛，六錫朱户，七錫弓矢，八錫鈇鉞，九錫秬鬯，謂之'九錫'也。"服命：章服與命數。指天子所賜之爵禄服飾。

[一〇七]九旒：古代旌旗上的九條絲織垂飾。《禮記·樂記》："龍旂九旒，天子之旌也。"鑾輅：猶鑾駕。張衡《東京賦》："乘鑾輅而駕蒼龍。"

[一〇八]黄屋左纛：《漢書·高帝紀上》："紀信乃乘王車，黄屋左纛。"顏師古注："李斐曰：'天子車以黄繒爲蓋裏。纛，毛羽幢，在乘輿車衡左方上注之。蔡邕曰以犛牛尾爲之，如斗，或在騑頭，或在衡。'應劭曰：'雉尾爲之，在左驂，當鑣上。'"輼涼車：《漢書·霍光傳》："載光屍柩以輼輬車，黄屋左纛。"顏師古注："文穎曰：'如今喪轜車。'"《文選》劉良注："此上皆天子服用之具，以給之者，示親重也。"涼，同"涼"。

[一〇九]羽葆鼓吹：見《王文憲集序》注[九九]。挽歌：挽柩者所唱哀悼死者的歌。《風俗通·服妖》："酒酣之後，續以挽歌。"虎賁：勇士。《尚書·牧誓序》："武王戎車三百兩，虎賁三百人，與受戰於牧野。"孔安國傳："勇士稱也。若虎賁獸，言其猛也。皆百夫長。"班劍：見《王文憲集序》注[九九]。葬禮一依晉安平獻王孚故事：《文選》李善注引王隱《晉書》曰："孚字叔達，宣帝次弟也，封安平王，薨，謚曰獻。詔喪事一依漢東平獻王蒼故事。"

　　公道識虛遠，表裏融通[一一〇]，淵然萬頃，直上千仞[一一一]。僕妾不覿其喜愠，近侍莫見其傾弛[一一二]。他人之善，若己有之[一一三]；民之不臧，公實貽恥㉙[一一四]。誘接恂恂，降以顔色[一一五]，方於事上，好下規己[一一六]，而廉於殖財，施人不倦[一一七]。帝子儲季，令行禁止[一一八]，國綱天憲，寔諸掌握[一一九]。未嘗鞠人於輕刑，錮人於重議[一二〇]。人有不及，内恕諸己，非意相干，每爲理屈[一二一]。任天下之重，體生民之俊[一二二]。華袞與緼緒同歸㉚，山藻與蓬茨俱逸㉛[一二三]。良田廣宅，符仲長之言[一二四]；邙山洛水，協應叟之志㉜[一二五]。丘園東國，錙銖軒冕[一二六]。乃依林搆宇㉝，傍巘拓架[一二七]。清猨與壑人爭旦，緹幙與素瀨交輝[一二八]。置之虛室，人埜何辨[一二九]。高人何點，躑屬于鍾阿㉞[一三〇]；徵士劉虯，獻書於衡岳[一三一]。贈以古人之服㉟[一三二]，弘以度外之禮。屈以好士之風㊱，申其趨王之意[一三三]。乃知大春屈己於五王，君大降節於憲后㊲，致之有由也㊳[一三四]。其卉木之奇，泉石之美，公所製《山居四時序》，言之已詳[一三五]。

【校　記】

㉙公實:明州本作"實公"。

㉚繻:《藝文類聚》作"褚"。

㉛蓬:薈要本作"茅"。

㉜志:明州本作"性"。

㉝乃:明州本作"仍"。

㉞屬:《藝文類聚》作"屨"。

㉟古:《藝文類聚》作"真"。

㊱士:李善本與《全梁文》作"事"。

㊲"節"下,明州本無"於"字。

㊳"由"下,明州本無"也"字。

【箋　注】

[一一〇]道識:對道的體悟。虛遠:博大高遠。表裏:事物的内外情況,一切原委。《史記·孝武本紀論》:"究觀方士祠官之言,於是退而論次自古以來用事於鬼神者,具見其表裏。"融通:融合通達。

[一一一]淵然:深廣貌。萬頃:《世説新語·德行》:"(郭)林宗曰:'(黄)叔度汪汪如萬頃之陂。澄之不清,擾之不濁,其器深廣,難測量也。'"千仞:形容極高。古以八尺爲仞。《文選》李善注引《魯連子》曰:"東山有松,千仞無枝,非爲正直,無枉自然。"《莊子·秋水》:"千里之遠不足以舉其大,千仞之高不足以極其深。"

[一一二]僕妾:泛指奴僕婢妾。《戰國策·秦一》:"賣僕妾,售乎閭巷者,良僕妾也。"不覩其喜愠:何法盛《晉中興書》卷七:"衛玠字叔寶,常以人有不及,可以情恕;非意相干,可以理遣。故終身不見其喜愠。"近侍:親近帝王的侍從之人。《後漢書·梁統傳附玄孫冀》:"宫衛近侍,並所親樹,禁省起居,纖微必知。"莫見其傾弛:《文選》李善注引王隱《晉書》曰:"王邵爲丹陽尹,善禮儀操,人近習,未嘗見其墮替。"傾弛,義同"墮替"。怠惰、頹廢。"僕妾"二句,《文選》張銑注:"言其道德遐遠,故喜怒之色不可覩焉;謹奉禮法,故傾廢之事莫能見之也。"

[一一三]他人之善,若己有之:言蕭子良看到他人之善,就像自己也有此善,感到高興。《尚書·秦誓》:"穆公曰:'……人之有技,若己有之。'"

[一一四]民之不臧,公實貽恥:言蕭子良看到百姓有過錯,覺得自己没能教化好他們,感到恥辱。《文選》李善注引《尸子》曰:"見人有過則如己有過,虞氏之盛德也。"臧,善。貽恥:謂引以爲恥。

　　[一一五]誘接:招引接納。謝靈運《山居賦》:"冀浮丘之誘接,望安期之招迎。"恂恂:溫順恭謹貌。《論語·鄉黨》:"孔子於鄉黨,恂恂如也,似不能言者。"陸德明《釋文》:"恂恂,溫恭之貌。"

　　[一一六]方於事上,好下規己:《三國志·魏書·王肅傳》裴松之注:"劉寔以爲王肅方於事上而好下佞己,此一反也。"規己,規諫於己。

　　[一一七]殖財:增殖財貨。《逸周書·大匡》:"成年不償,信誠匡助,以輔殖財。"孔晁注:"名曰貸而不償,所以生殖民財也。"施人不倦:《左傳·昭公十三年》:"(齊桓)施舍不倦,求善不厭。"施人,施恩於人。崔瑗《座右銘》:"施人慎勿念,受施慎勿忘。"

　　[一一八]儲季:太子之弟。蕭子良爲文惠太子蕭長懋之弟。儲,儲君、太子。令行禁止:有令即行,有禁即止。形容法令或紀律嚴明。《逸周書·文傳》:"令行禁止,王始也。"

　　[一一九]國網:國家的法紀。《三國志·魏書·曹洪傳》"(洪)乃得免官削爵土"裴松之注引《魏略》曰:"老悖倍貪,觸突國網,罪迫三千。"天憲:謂朝廷法令。猶王法。《後漢書·朱穆傳》:"當今中官近習,竊持國柄,手握王爵,口含天憲。"寘,致也。

　　[一二〇]鞠人於輕刑,錮人於重議:《文選》呂向注:"言人有輕刑者,寬而不問;議人罪名,不執其重科。蓋仁人也。"鞠,通"鞫"。審訊、審查。輕刑,輕罪。錮,執。重議,從重議處。

　　[一二一]人有不及,內恕諸己,非意相干,每爲理屈:何法盛《晉中興書》卷七:"衛玠字叔寶,常以人有不及,可以情恕;非意相干,可以理遣。"內恕,推己及人,如人之心。謂存心寬厚。"非意"二句,《文選》李周翰注:"以辭卑屈之,則非意不能相干也。"

　　[一二二]任天下之重:《孟子·萬章下》"(伊尹)曰:'天之生斯民也,使先知覺後知,使先覺覺後覺。予,天民之先覺者也,予將以此道覺此民也。'思天下之民,匹夫匹婦有不與被堯舜之澤者,如己推而內之溝中:其自任以天下之重也。"體生民之俊:《東觀漢記·郅惲傳》:"惲喟然歎曰:'天生俊士,以爲民也。'"體,實行、實踐。生民,見《爲齊帝禪位梁王詔》注[一四]。"任天"二句,意謂蕭子良擔負先覺者之重任,踐行俊士造福民衆之天職。

　　[一二三]華袞與縕緒同歸,山藻與蓬茨俱逸:華袞:古代王公貴族的多采的禮服。此處用以指代尊貴者。縕緒,《文選》李善注引《韓詩》曰:"子路曰:曾子褐衣縕緒,未嘗完也。"今本《韓詩外傳》卷二第二十五章作"緒":"曾子褐衣縕緒。"許維遹集釋:"趙懷玉云:'緒'與'著'音義同。維遹

案：……'緼緒'與'緼袍'名異而實同。'緒''著'並與'褚'通。《説文·衣部》：'褚，一曰裝也。'凡著絮於衣亦曰裝也。"緼緒，此處用以指代低賤者。緒，音主。同歸：一致。《論語·公冶長》："子曰：'臧文仲居蔡，山節藻梲，何如其知也！'"包咸注："節者，栭也，刻鏤爲山。梲者，梁上楹，畫爲藻文。"借指華美的屋宇。蓬茨：用蓬草作頂的房屋。王褒《聖主得賢臣頌》："今臣僻在西蜀，生於窮巷之中，長於蓬茨之下。"《列子·力命》："北宫子庇其蓬室，若廣厦之蔭。"《廣雅》曰："茨，覆也。""華袞"二句，《文選》張銑注："言齊其貴賤好惡也。"此二句承上二句，言蕭子良踐行先覺者與俊士之職責的結果。意謂蕭子良能使尊貴者與低賤者同歸一致，愛好華麗宫室者與愛好蓬茨茅屋者都安樂舒心。

[一二四]良田廣宅，符仲長之言：《後漢書·仲長統傳》："每州郡命召，輒稱疾不就。常以爲凡游帝王者，欲以立身揚名耳，而名不常存，人生易滅，優游偃仰，可以自娱，欲卜居清曠，以樂其志，論之曰：'使居有良田廣宅，背山臨流，溝池環帀，竹木周布，場圃築前，果園樹後。舟車足以代步涉之艱，使令足以息四體之役。養親有兼珍之膳，妻孥無苦身之勞。良朋萃止，則陳酒肴以娱之；嘉時吉日，則亨羔豚以奉之。蹰躇畦苑，游戲平林，濯清水，追涼風，釣游鯉，弋高鴻。諷於舞雩之下，詠歸高堂之上。安神閨房，思老氏之玄虚；呼吸精和，求至人之仿佛。與達者數子，論道講書，俯仰二儀，錯綜人物。彈《南風》之雅操，發清商之妙曲。消摇一世之上，睥睨天地之間。不受當時之責，永保性命之期。如是，則可以陵霄漢，出宇宙之外矣。豈羨夫入帝王之門哉！'"仲長，漢末仲長統的省稱。

[一二五]邙山洛水，協應叟之志：應璩《與程文信書》："是以忽此蘇子帶郭之業，求彼孫叔寢丘之地。欲求遠田，在關之西，南臨洛水，北據邙山，托崇岫以爲宅，因茂林以爲蔭。"應叟，應璩，因其作有《三叟歌》，故稱。

"良田"四句，意謂蕭子良有意欲隱居、不慕榮華之心。

[一二六]丘園：指隱居之處。詳見《爲蕭揚州作薦士表》注[二三]。東國：《文選》劉良注："東國，魯也。謂周公所封，以之爲大也。"錙銖：見《爲褚諮議蓁讓代兄襲封表一》注[一一]。此處丘園、錙銖皆爲名詞活用作動詞，意動用法。軒冕：古時大夫以上官員的車乘和冕服。《管子·立政》："脩生則有軒冕、服位、穀禄、田宅之分，死則有棺槨、絞衾、壙壟之度。"借指官位爵禄。《莊子·繕性》："古之所謂得志者，非軒冕之謂也，謂其無以益其樂而已矣。"

[一二七]依林搆宇，傍巘拓架：言蕭子良在雞籠山開西邸。《文选》李周翰注："拓開險隘之處以架屋也。"搆，古同"構"。

[一二八]清猨與壺人爭旦，緹幙與素瀨交輝：《文選》張銑注："清猨，謂猨鳴聲清也。壺人，掌刻漏人也，夜作聲以候曉也。言山中猨與刻漏之人俱有聲，若相爭而候其曉也。緹，赤繒以爲幙裏者。言張設於水，與素波交映爲光輝也。瀨，波也。"劉楨《贈五官中郎將詩》之四："明月照緹幙，華燈散炎輝。"素瀨：《楚辭·七諫·哀命》："戲疾瀨之素水兮，望高山之蹇產。"

[一二九]虛室：空室。陶潛《歸園田居》詩之一："戶庭無塵雜，虛室有餘閒。"人埜何辨：《孟子·盡心上》："舜之居深山之中，與木石居，與鹿豕游。其所以異於深山之野人者幾希！"人埜，懂禮義的人和愚昧無知的人。

[一三〇]高人：志行高尚的人。多指隱士、修道者。《晋書·邵續傳》："續既爲(石)勒所執，身灌園鬻菜，以供衣食。勒屢遣察之，歎曰：'此真高人矣。不如是，安足貴乎！'"何點：《南齊書·高逸傳·何求》："求弟點，少不仕。……隱居東離門卞望之墓側。……豫章王命駕造門，點從後門逃去。竟陵王子良聞之，曰：'豫章王尚不屈，非吾所議。'遺點嵇叔夜酒杯、徐景山酒鎗以通意。"躡屩：穿草鞋行走。《史記·孟嘗君列傳》："初，馮驩聞孟嘗君好客，躡蹻而見之。"鍾阿：鍾山。

[一三一]徵士劉虯，獻書於衡岳：指蕭子良致書劉虯，後者回信之事。《南齊書·高逸傳·劉虯》："竟陵王子良致書通意。(劉)虯答曰：'虯四節臥病，三時營灌，暢餘陰於山澤，託暮情於魚鳥，寧非唐、虞重恩，周、邵宏施？虯進不研機入玄，無洙泗稷館之辯；退不凝心出累，非冢間樹下之節。遠澤既灑，仁規先著。謹收樵牧之嫌，敬加軾畫之義。'"徵士劉虯，見《爲庚杲之與劉居士虯書》題解。獻書，奉上書札。衡岳，衡山。

[一三二]贈以古人之服：《梁書·處士傳·何點》："司徒竟陵王子良欲就見之，點時在法輪寺，子良乃往請，點角巾登席，子良欣悦無已，遺點嵇叔夜酒杯，徐景山酒鎗。"《三國志·魏書·毛玠傳》："太祖平柳城，班所獲器物，特以素屏風素馮幾賜玠，曰：'君有古人之風，故賜君古人之服。'"服，服用之物、器物。弘以度外之禮：意謂蕭子良雖致書劉虯不果，不能徵辟何點，但視之爲禮外之士，任其遂終隱居之志。《文選》李善注："干寶《晋紀》：何曾謂太祖曰：'阮籍如此，何以訓世？'太祖曰：'度外人也，宜共容之。'"度外，法度之外。指不按常法或不遵常禮。

[一三三]屈以好士之風，申其趨王之意：意謂蕭子良如戰國齊宣王，屈己降尊以展現自己渴慕賢士之風度。《戰國策·齊四》："先生王斗造門而欲見齊宣王，宣王使謁者延入。王斗曰：'斗趨見王爲好勢，王趨見斗爲好士，於王何如？'使者復還報。王曰：'先生徐之，寡人請從。'宣王因趨而迎之於門。"

[一三四]大春屈己於五王:《後漢書·逸民傳·井丹》:"井丹字大春,扶風郿人也。……建武末,沛王輔等五王居北宮,皆好賓客,更遣請丹,不能致。信陽侯陰就,光烈皇后弟也,以外戚貴盛,乃詭説五王,求錢千萬,約能致丹,而別使人要劫之。丹不得已,既至,就故爲設麥飯葱菜之食,丹推去之,曰:'以君侯能供甘旨,故來相過,何其薄乎?'更置盛饌,乃食。及就起,左右進輦。丹笑曰:'吾聞桀駕人車,豈此邪?'坐中皆失色。就不得已而令去輦。"屈己,委屈自己。《孔叢子·抗志》:"與屈己以富貴,不若抗志以貧賤。"君大降節於憲后:《東觀漢記·荀恁傳》:"荀恁,字君大,雁門人也。永平中,驃騎將軍東平憲王蒼辟恁,署祭酒,敬禮焉。後朝會,上(明帝)戲之曰:'先帝徵君不奉,驃騎辟反來,何也?'對曰:'先帝秉德惠下,臣故不來。驃騎將軍執法檢下,臣故不敢不來。'"降節,謂降低志節。《孔叢子·陳士義》:"寡君久聞下風,願委國先生,親受教訓。如肯降節,豈唯魏國君臣是賴,其亦社稷之神祇實永受慶。"憲后,東平憲王劉蒼。"大春"二句,用東漢井丹被陰就暗中劫持而見五王、荀恁迫於劉蒼執法檢下而就辟,反襯蕭子良的"好士之風"。

[一三五]"其卉"四句:《文選》呂向注:"言山居四時,有所序述之文。"

　　文皇帝養德東朝,同符作者[一三六]。爰造《九言》,實該百行[一三七]。遵袗褵於未萌㊴,申烱戒於茲日[一三八]。非值旦暮千載,故乃萬世一時也,命公註解㊵,衛將軍王儉綴而序之[一三九]。山宇初搆,超然獨往[一四〇],顧而言曰:"死者可歸,誰與入室?尚想前良,俾若神對。"[一四一]乃命畫工,圖之軒牖。既而緬屬英賢㊶,傍思才淑[一四二],匹婦之操,亦有取焉[一四三]。有客游梁朝者,從容而進[一四四],曰:"未見好德,愚竊惑焉。"㊷[一四五]即命刊削,投杖不暇[一四六]。公以爲出言自口,驥騄不追[一四七];聽受一謬㊸,差以千里[一四八]。所造箴銘㊹,積成卷軸[一四九],門階户席,寓物垂訓[一五〇]。先是震於外寢,匠者以爲不祥,將加治葺[一五一]。公曰:"此天譴也。無所改脩,以記吾過。"[一五二]且令戒愳不怠[一五三]。從諫如順流,虛己若不足[一五四]。至于言窮藥石,若味滋旨[一五五];信必由中,貌無外悦[一五六]。貴而好禮,怡寄《典》《墳》[一五七]。雖牽以物役,孜孜無怠[一五八]。乃撰《四部要畧》《淨住子》,並勒成一家,懸諸日月[一五九]。弘洙泗之風,闡迦維之化[一六〇]。大漸彌留,話言盈耳[一六一],黜殯之請,至誠懇惻[一六二]。豈古人所謂立言於世,没而不朽者歟[一六三]!易名之典,請遵前烈[一六四]。謹狀。

【校 記】

㊴遵:李善本與《全梁文》作"導"。

㊵公:薈要本作"工",誤。

㊶英賢:《文選》與《全梁文》作"賢英"。

㊷焉:明州本作"哉"。

㊸一:《全梁文》作"不"。

㊹所:明州本作"乃"。

【箋 注】

[一三六]文皇帝:文惠太子蕭長懋。《南齊書·文惠太子傳》:"文惠太子長懋字雲喬,世祖長子也。……鬱林立,追尊爲文帝,廟稱世宗。"養德東朝:山濤《啓事》:"保傅不可不高天下之選。羊祜秉德義,克己復禮,東宮少事,養德而已。"養德,修養無爲而治的德性。《論衡·非韓篇》:"治國之道,所養有二:一曰養德,二曰養力。養德者,養名高之人,以示能敬賢。"東朝,即東宮。太子所居之宮。詳見《爲范尚書讓吏部封侯表》注[六一]。同符:相合。《文選》揚雄《甘泉賦》:"同符三皇,録功五帝。"李善注引文穎曰:"符,合也。"作者:創始之人。《禮記·樂記》:"作者之謂聖,述者之謂明。"

[一三七]爰造《九言》,實該百行:《文選》李周翰注:"文皇帝著《九言》之書:一曰言德,二曰言親,三曰言賢,四曰言生,五曰言言,六曰言靜,七曰言昭,八曰言節,九曰言義。此書實可以通人之百行也。該,通也。"百行:各種品行。《詩·衛風·氓》"士之耽兮,猶可説也"鄭玄箋:"士有百行,可以功過相除。"

[一三八]衿褵:於衿結褵也。《儀禮·士昏禮》:"母施衿結帨,曰:'勉之敬之,夙夜無違宮事。'"《詩·豳風·東山》:"親結其縭,九十其儀。"毛傳:"縭,婦人之褘也。母戒女,母施衿結帨。"烱戒:明顯的鑒戒或警戒。班固《幽通賦》:"既訊爾以吉象兮,又申之以烱戒。""遵衿"二句,《文選》呂向注:"遵,法也。褵,帶也。烱,明也。言書之可爲,法則佩於衿帶,以慎未萌。又可申爲明戒,行於今世也。"意謂文惠太子取法女子出嫁時其母爲其領衿繫上佩巾以誡勉之,作《九言》,可爲當今申明鑒戒。

[一三九]非值旦暮千載,故乃萬世一時也,命公註解:《文選》張銑注:"謂《九言》非但朝暮見之如千載之遇,亦萬世已去有此一時之美,故命竟陵王註解。"李善注:"《竟陵王集》有《皇太子九言注解》。"《莊子·齊物論》:"萬世之後而一遇大聖知其解者,是旦暮遇之也。"值,相遇。《史記·酷吏列傳》:"寧見乳虎,無值寧成之怒。"衛將軍王儉綴而序之:《文選》李善注:

"《竟陵王集》云:衛將軍王儉爲《九言序贊》。"

[一四〇]山宇:山中的房屋。搆:古同"構"。《説文》:"構,蓋也。"超然:見《爲庾杲之與劉居士虬書》注[三]。獨往:《文選》李善注:"淮南王《莊子略要》曰:江海之士,山谷之人也,輕天下、細萬物而獨往者也。司馬彪注曰:獨往自然,不復顧世。"

[一四一]顧而言曰:謂顧山中屋宇而言。死者可歸:《國語·晋語八》:"趙文子與叔譽觀乎九原。文子曰:'死者如可作也,吾誰與歸?'"前良:見《王文憲集序》注[七七]。神對:《文選》李善注:"王隱《晋書》劉琨曰:神爽忽然,若己之侍對也。""死者"四句,《文選》劉良注:"死者可歸,謂自古賢聖既死矣,可復生乎?言不可也。誰與入室,謂無賢聖與共入此室,則想前賢良之人,欲畫之於室,使若魂神與我相對也。"

[一四二]緬屬:深思。英賢:德才兼備的傑出人才。《後漢書·馬援傳附兄子嚴》:"能通《左氏春秋》,因覽百家群言,遂結英賢,京師大人咸器異之。"傍思:廣思。才淑:指有才而賢淑的人。《文選》顔延之《宋文皇后哀策文》:"進思才淑,傍綜圖史。"吕向注:"才,能;淑,善也。"

[一四三]匹婦:古代指平民婦女。班彪《王命論》:"夫以匹婦之明,猶能推事理之致,探禍福之機,全宗祀於無窮,垂册書於春秋,而況大丈夫之事乎?"

[一四四]有客游梁朝者,從容而進:《文選》張銑注:"梁朝,謂梁孝王好賢。今假設有客游梁朝者,以發後詞。"客游,在外寄居或游歷。《史記·刺客列傳》:"而聶政謝曰:'臣幸有老母,家貧,客游以爲狗屠,可以旦夕得甘毳以養親。'"從容而進,私下進言。

[一四五]未見好德,愚竊惑焉:《文選》吕延濟注:"言畫列女,似好色不好德,而游梁之客譏之云:愚竊惑焉。"未見好德,《論語·子罕》:"子曰:'吾未見好德如好色者也。'"

[一四六]即命刊削,投杖不暇:《文選》吕延濟注:"竟陵聞過將遷,即命使除削列女之圖也。"刊削,削除。投杖不暇,《禮記·檀弓上》:"子夏喪其子而喪其明。曾子弔之,曰:'吾聞之也,朋友喪明則哭之。'曾子哭,子夏亦哭,曰:'天乎,予之無罪也!'曾子怒曰:'商!女何無罪也?吾與女事夫子於洙泗之間,退而老於西河之上,使西河之民疑女於夫子,爾罪一也。喪爾親,使民未有聞焉,爾罪二也。喪爾子,喪爾明,爾罪三也。而曰女何無罪與?'子夏投其杖而拜曰:'吾過矣!吾過矣!吾離群而索居,亦已久矣。'"後因以"投杖"指聞過而改。

[一四七]出言自口,驥騄不追:《鄧析子·轉辭》:"一言而非,駟馬不能

追;一言而急,驥騄不能及。"驥騄,良馬。《論衡·案書》:"馬效千里,不必驥騄;人期賢知,不必孔、墨。"

[一四八]聽受一謬,差以千里:《大戴禮記·保傅》引《易》曰:"正其本,萬物理,失之毫釐,差之千里。"聽受,聽從接受。《漢書·藝文志》:"《書》者,古之號令,號令於衆,其言不立具,則聽受施行者弗曉。"

[一四九]箴銘:文體名。箴是規戒性的韻文;銘在古代常刻在器物上或碑石上,兼用於規戒、褒贊。《文心雕龍·銘箴》:"箴銘異用,罕施於代。"卷軸:指裱好有軸可卷舒的書籍。

[一五〇]門階戶席:《左傳·昭公二十七年》:"門階戶席,皆王親也。"楊伯峻注:"從門至階,從階至戶以至戶内之席。"形容到處、隨處。寓物:託物,寄於物。垂訓:垂示教訓。《孔子家語·本性解》:"(孔子)制作《春秋》,讚明易道,垂訓後嗣。"

[一五一]震:霹靂。外寢:古代宮室之制,有正寢、内寢之別。正寢又叫外寢,爲君主治事之所。《禮記·内則》:"適子、庶子見於外寢。"匠者:木工,工匠。《莊子·逍遥游》:"吾有大樹,人謂之樗。其大本擁腫而不中繩墨,其小枝卷曲而不中規矩。立之塗,匠者不顧。"不祥:不吉利。治葺:修繕。天譴:上天的責罰。《春秋繁露·必仁且智》:"聖主賢君尚樂受忠臣之諫,而況受天譴也。"

[一五二]改脩:改建修治。《後漢書·王景傳》:"河決積久,日月侵毀……宜改修堤防,以安百姓。"脩,同"修"。以記吾過,《左傳·僖公二十四年》:"晉侯求之(介之推)不獲,以綿上爲之田,曰:'以志吾過,且旌善人。'"

[一五三]戒懼:警戒恐懼。《左傳·桓公二年》:"文物以紀之,聲明以發之,以臨照百官,百官於是乎戒懼,而不敢易紀律。"不怠:不懈怠,不放鬆。《尚書·微子》:"降監殷民,用乂讎斂,召敵讎不怠。"

[一五四]從諫如順流:班彪《王命論》:"從諫如順流,趣時如響赴。"從諫,聽從諫言。《尚書·說命上》:"惟木從繩則正,后從諫則聖。"虛己:猶虛心。《莊子·山木》:"人能虛己以游世,其孰能害之?"若不足:《老子》四十一章:"上德若谷,廣德若不足。"

[一五五]藥石:藥劑和砭石。泛指藥物。《列子·楊朱》:"及其病也,無藥石之儲。"比喻規戒。《左傳·襄公二十三年》:"季孫之愛我,疾疢也;孟孫之惡我,藥石也。"楊伯峻注:"藥謂草木之可治病者。石謂如鐘乳、礬、磁石之類用可治病者,或謂古針砭用石,謂之砭石。"滋旨:美好的滋味或意味。顏延之《庭誥》:"明周之德,厭滋旨而識寡嗛之急,仁恕之功。""言窮"

二句,《文選》張銑注:"受人藥石之言,若味滋美之味也。"

[一五六]信必由中,貌無外悦:《文選》吕延濟注:"中,謂中心也。言信人忠言實由中心也。凡受人忠言者,則外兒雖悦而中心實怒,故此無外悦者,真性悦也。"信必由中,《左傳·隱公三年》:"周、鄭交惡。君子曰:'信不由中,質無益也。'"

[一五七]貴而好禮:《論語·學而》:"子曰:'未若貧而樂,富而好禮者也。'"怡:樂也。《典》《墳》:《三墳》《五典》的省稱。指各種古代文籍。《左傳·昭公十二年》:"王曰:'(左史倚相)是良史也,子善視之!是能讀《三墳》《五典》《八索》《九丘》。'"

[一五八]物役:見《爲庾杲之與劉居士虯書》注[二]。孜孜無怠:勤勉努力,毫不懈怠。《尚書·益稷》:"予何言?予思日孜孜。"《尚書·大禹謨》:"無怠無荒,四夷來王。"

[一五九]乃撰《四部要略》《淨住子》:《文選》吕向注:"又撰集四部書,以甲乙丙丁次之;述略佛教,以爲子史之書。《淨住子》,謂佛教也。"《淨住子》,李善注:"《淨住序》云:《遺教經》云:波羅提木叉是汝大師,若住於世,無異我也。又云:波羅提木叉住,則我法住;波羅提木叉滅,則我法滅。是故衆僧於望海再説禁戒,謂之布薩。外國云布薩,此云淨住,亦名長養,亦名增進。所謂淨住,身口意身絜意如戒而住,故曰淨住。子者,紹繼爲義,以沙門淨身口七支,不起諸惡,長養增進菩提善根,如是脩習,成佛無差,則能紹續三世佛種,是佛之子,故云淨住子。"勒:雕刻。成一家:指學問自成體系和派別。司馬遷《報任少卿書》:"欲以究天人之際,通古今之變,成一家之言。"懸諸日月:《文選》李善注:"揚雄《方言》曰:雄以此篇目煩,示其成者張伯松,伯松曰:是懸諸日月,不刊之書也。"

[一六〇]洙泗:洙水和泗水。古時二水自今山東省泗水縣北合流而下,至曲阜北,又分爲二水,洙水在北,泗水在南。春秋時屬魯國地。孔子曾在洙、泗之間聚徒講學。《禮記·檀弓上》:"曾子謂子夏曰:'吾與女事夫子於洙泗之間。'"後因以"洙泗"代稱孔子及儒家。迦維:佛祖誕生地迦維羅衛的省稱。用以代指佛教。《文選》李善注:"《瑞應經》曰:菩薩下當作佛,託生天竺迦維羅衛國。"

[一六一]大漸:病危。彌留:本指久病不愈,後指病重將死。《尚書·顧命》:"疾大漸,惟幾,病日臻,既彌留。"話言:見《爲庾杲之與劉居士虯書》注[一八]。盈耳:《論語·泰伯》:"子曰:'師摯之始,《關雎》之亂,洋洋乎盈耳哉!'"

[一六二]黜殯之請:《韓詩外傳》卷七第二十一章:"昔者衛大夫史魚病

且死，謂其子曰：‘我數言蘧伯玉之賢而不能進，彌子瑕不肖而不能退。爲人臣生不能進賢而退不肖，死不當治喪正堂，殯我於室足矣。’”黜殯，在内室殯斂，不居正堂。至誠：極其真摯誠懇。《漢書·劉向傳》：“其言多痛切，發於至誠。”懇惻：誠懇痛切。蔡邕《上封事陳政要七事》：“又元和故事，復申先典，前後制書，推心懇惻。”“黜殯”二句，《文選》李周翰注：“言竟陵將死，此請亦懇懇而惻痛。”

[一六三]立言於世，没而不朽：《左傳·襄公二十四年》：“穆叔如晋，范宣子逆之，問焉，曰：‘古人有言曰，“死而不朽”，何謂也？’……穆叔曰：‘……豹聞之：“大上有立德，其次有立功，其次有立言。”雖久不廢，此之謂不朽。’”立言，指著書立説。

[一六四]易名：指古時帝王、公卿、大夫死後朝廷爲之立謚號。《禮記·檀弓下》：“公叔文子卒，其子戍請謚於君，曰：‘日月有時，將葬矣，請所以易其名者。’”前烈：猶前賢。

齊司空曲江公行狀

【題　解】

齊司空曲江公：蕭遥欣，字重暉，南蘭陵蘭陵人。齊高帝蕭道成次兄始安貞王道生之子，過繼給蕭道成的父親宣帝蕭承之之兄西平太守奉之爲曾孫。建武元年（四九四），封聞喜縣公，後改封曲江公。永元元年（四九九）卒，年三十一。贈侍中、司空，謚康公。永元元年，蕭遥欣與其兄遥光密謀造反，潛謀將發，遥欣病死。此文可能是此時任昉受遥光或東昏侯之命而作。

公稟靈景宿，擅氣中和[一]。一匱初登，東嶽之功可監[二]；埏埴在器，瑚璉之姿先表[三]。豈惟荆南有聖童之目，襄城著孔甫之稱而已哉[四]。故以羽儀宗家，冠蓋後進[五]。路叔之一日千里，北海之稱美共治，方斯蔑如也[六]。志學之年，徧治經記[七]；登隆十載，網羅百氏[八]。藻斲賒逸①，蔚爲詞宗[九]，延賈誼而升堂，携相如而入室[一〇]。加以翰牘精辯，發言有章[一一]，持論從容，辭無矜尚[一二]，自河洛丘墟，歷載二百[一三]，俾我逢掖，遂淪左袵[一四]，晋宋所以遺恨，宗祖是用顧懷②[一五]。公自荷方任，志在尅復[一六]。將欲使功遂之日，身退有所[一七]，爰乃卜居金陵③，縈帶林壑④[一八]，用酬聊城之賞，以爲疏、韓之館[一九]，人謝運往，遂輟遠圖[二〇]。

【校　記】

①斲:《藝文類聚》作"斯"。

②宗祖:《藝文類聚》與《全梁文》作"祖宗"。

③居:《藝文類聚》與《全梁文》作"宇"。

④縈:信述堂本與張燮本作"營",今從《藝文類聚》、薈要本與《全梁文》。

【箋　注】

[一]稟靈:見《禪梁璽書》注[四]。景宿:列星。左思《吴都賦》:"夫上圖景宿,辨於天文者也;下料物土,析於地理者也。"擅氣:猶稟氣。天賦的氣性。中和:中正平和。

[二]一匱初登,東嶽之功可監:剛用一竹筐土堆山,即可預期會堆積成東岳那樣的高山。比喻蕭遥欣自幼就表現出成就大業的資質。匱:通"簣",盛土竹器。《尚書·旅獒》:"爲山九仞,功虧一簣。"《論語·子罕》:"譬如爲山,未成一簣,止,吾止也。譬如平地,雖覆一簣,進,吾往也。"初登:初次增加。監:明,明白。

[三]埏埴:和泥制作陶器。《老子》十一章:"埏埴以爲器,當其無,有器之用。"河上公注:"埏,和也;埴,土也。謂和土以爲器也。"瑚璉:見《爲蕭揚州作薦士表》注[三六]。"埏埴"二句,比喻蕭遥欣自幼即表現出必成有用之才的資質。《南史·齊宗室傳·曲江公遥欣》:"遥欣髫齔中便嶷然,明帝謂江祐曰:'遥欣雖幼,觀其神采,殊有局幹,必成令器,未知年命何如耳。'"

[四]荆南有聖童之目:所用應是後漢張堪或任延典,但二人均爲南陽人,距荆南較遠。《後漢書·張堪傳》:"張堪字君游,南陽宛人也,爲郡族姓。……年十六,受業長安,志美行厲,諸儒號曰'聖童'。"《後漢書·任延傳》:"任延字長孫,南陽宛人也。年十二,爲諸生,學於長安,明《詩》《易》《春秋》,顯名太學,學中號爲'任聖童'。"荆南:見《爲庾杲之與劉居士虯書》注[一]。聖童,猶神童。襄城著孔甫之稱:未詳。

[五]羽儀:《易·漸》:"鴻漸于陸,其羽可用爲儀。"孔穎達疏:"處高而能不以位自累,則其羽可用爲物之儀表,可貴可法也。"後因以"羽儀"比喻居高位而有才德,被人尊重或堪爲楷模。宗家:同族,本家。《漢書·韋玄成傳》:"室家問賢當爲後者,賢恚恨不肯言。於是賢門下生博士義倩等與宗家計議,共矯賢令,使家丞上書言大行,以大河都尉玄成爲後。"顏師古注:"宗家,賢之同族也。"冠蓋後進:《三國志·魏書·孔融傳》裴松之注引《續漢書》曰:"融由是名震遠近,與平原陶丘洪、陳留邊讓,並以俊秀,爲後進冠蓋。"冠蓋,猶領袖。後進,見《爲蕭揚州作薦士表》注[一九]。

[六]路叔之一日千里:《漢書·楚元王傳》:"(劉)德字路叔,修黃老術,有智略。少時數言事,召見甘泉宫,武帝謂之'千里駒'。"顔師古注:"言若駿馬可致千里也。年齒幼小,故謂之駒。"北海之稱美共治:《漢書·循吏傳·朱邑》:"朱邑字仲卿,廬江舒人也。少時爲舒桐鄉嗇夫,廉平不苛,以愛利爲行,未嘗笞辱人,存問耆老孤寡,遇之有恩,所部吏民愛敬焉。遷補太守卒史,舉賢良爲大司農丞,遷北海太守,以治行第一入爲大司農。爲人淳厚,篤於故舊,然性公正,不可交以私。天子器之,朝延敬焉。"方斯蔑如也:見《齊竟陵文宣王行狀》注[一三]。

[七]志學之年:見《爲褚諮議蓁讓代兄襲封表二》注[二〇]。經記:經書及其傳記。

[八]登隆:登進隆貴之位。網羅:搜羅,包容。司馬遷《報任少卿書》:"近自託於無能之辭,網羅天下放失舊聞。"百氏:猶言諸子百家。《漢書·叙傳下》:"緯六經,綴道綱,總百氏,贊篇章。"《南史·齊宗室傳·曲江公遥欣》:"年十五六,便博覽經史。"

[九]藻斲:辭藻修飾。贍逸:形容詩文詞采富麗,感情奔放。《宋書·鮑照傳》:"鮑照字明遠,文辭贍逸,嘗爲古樂府,文甚遒麗。"

[一〇]賈誼:西漢洛陽(今河南省洛陽市東)人。西漢初年著名的政論家、文學家。十八歲即有才名,年輕時由河南郡守吳公推薦,二十余歲被文帝召爲博士。不到一年被破格提爲太中大夫。二十三歲時,因遭群臣忌恨,被貶爲長沙王太傅。後被召回長安,爲梁懷王太傅。梁懷王墜馬而死後,賈誼深自歉疚,三十三歲憂傷而死。著有《新書》《吊屈原賦》《鵬鳥賦》等。相如:即司馬相如。見《静思堂秋竹賦》注[八]。升堂:比喻學問技藝已入門。入室:比喻學問或技能已達到深奧的境界。《論語·先進》:"由也,升堂矣,未入於室也。"邢昺疏:"言子路之學識深淺,譬如自外入内,得其門者。入室爲深,顏淵是也;升堂次之,子路是也。""延賈"二句,意謂蕭遥欣在文學方面可與賈誼、司馬相如並肩,登堂入室。

[一一]翰牘:見《王文憲集序》注[一二六]。精辯:精潔治辯。《韓非子·孤憤》:"求索不得,貨賂不至,則精辯之功息,而毀誣之言起矣。"發言:猶開口。《三國志·魏書·司馬芝傳》:"抑彊扶弱,私請不行。會内官欲以事託芝,不敢發言,因芝妻伯父董昭。"有章:有法度,有文采。《詩·小雅·都人士》:"彼都人士,狐裘黄黄。其容不改,出言有章。"鄭玄箋:"吐口言語,又有法度文章。"《左傳·襄公三十一年》:"故君子在位可畏,施舍可愛……動作有文,言語有章,以臨其下,謂之有威儀也。"楊伯峻注:"有章猶今言有條理。"

　　[一二]持論從容:見《王文憲集序》注[一〇四]。辭無矜尚:指文辭不加雕飾。矜尚,誇耀。《呂氏春秋·孟冬紀·節喪》:"今世俗大亂之主愈侈其葬,則心非爲乎死者慮也,生者以相矜尚也。"

　　[一三]河洛:指洛陽。《文選》班固《兩都賦》:"蓋聞皇漢之初經營也,嘗有意乎都河洛矣。"李善注:"東都有河南洛陽,故曰河洛也。"丘墟:名詞活用作動詞。成爲丘墟。形容荒涼殘破。《鹽鐵論·散不足》:"田野不辟,而飾亭落,邑居丘墟,而高其郭。"永嘉之亂後洛陽再度毀於兵燹。歷載二百:自永嘉之亂,洛陽毀於兵燹至今約二百年。

　　[一四]俾:使。《詩·小雅·天保》:"俾爾單厚。"逢掖:寬大的衣袖。《禮記·儒行》:"孔子對曰:'丘少居魯,衣逢掖之衣;長居宋,冠章甫之冠。丘聞之也,君子之學也博,其服也鄉。'"後指儒生所穿之衣,代指儒學之士。左衽:衣襟向左,指古代某些少數民族的服裝。《尚書·畢命》:"四夷左衽,罔不咸賴。"後以"左衽"指少數民族。"俾我"二句,意謂北方原屬漢族的地區被北方少數民族統治。

　　[一五]遺恨:《後漢書·王常傳》:"聞陛下即位河北,心開目明,今得見闕庭,死無遺恨。"宗祖:《禮記·祭法》:"七代之所更立者,禘郊宗祖,其餘不變也。"顧懷:見《爲皇太子求一日一入朝表》注[八]。

　　[一六]方任:見《齊竟陵文宣王行狀》注[五〇]。尅復:同"克復"。攻克收復。諸葛亮《爲後帝伐魏詔》:"除患寧亂,克復舊都。"《南齊書·宗室傳·蕭遙欣》:"永泰元年,以雍州虜寇,詔遙欣以本官領刺史,寧蠻校尉,移鎮襄陽,虜退不行。"

　　[一七]將欲使功遂之日:《老子》九章:"功遂身退,天之道也。"

　　[一八]卜居:見《爲庾杲之與劉居士虯書》注[二二]。金陵:古邑名。今南京市的別稱。戰國楚威王七年(前三三三)滅越後在今南京市清涼山(石城山)設金陵邑。謝朓《鼓吹曲·入朝曲》:"江南佳麗地,金陵帝王州。"縈帶:見《爲庾杲之與劉居士虯書》注[二二]。林壑:山林澗谷。謝靈運《石壁精舍還湖中作》詩:"林壑斂暝色,雲霞收夕霏。"

　　[一九]用辭聊城之賞:《史記·魯仲連鄒陽列傳》記載:戰國後期,齊將田單攻聊城。歲餘,士卒多死而聊城不下。魯仲連乃爲書,約之矢以射城中,遺燕將。燕將見魯連書,泣三日,乃自殺。聊城亂,田單遂屠聊城。歸而言魯仲連,欲爵之。魯連逃隱於海上,曰:"吾與富貴而詘於人,寧貧賤而輕世肆志焉。"疏、韓之館:疏,指西漢疏廣。《漢書·疏廣傳》記載:疏廣功成名遂,告老歸鄉後:"顧自有舊田廬。"韓,未詳。亦應爲功成身退者。

　　[二〇]謝:逝去。運往:輟:中途停止。《荀子·天論》:"君子不爲小人

之匈匈也輟行。"遠圖:見《禪梁璽書》注[二五]。此處指功成身退的打算。

弔劉文範文^(一)

【題　解】

《南齊書·高逸傳·劉蚪》:"建武二年,詔徵國子博士,不就。其冬蚪病,正晝有白雲徘徊檐戶之內,又有香氣及磬聲,其日卒。年五十八。"此文當作於建武二年(四九五)冬。

劉文範:即劉蚪。《梁書·劉之遴傳》:"父蚪,齊國子博士,諡文範先生。"詳見《爲庾杲之與劉居士蚪書》題解。

　　余與先生,雖年世相接,而荊吳數千,未嘗膝行下風,禀承餘論[一],豈值發憤當年,固亦恨深終古[二]。然叔夜之叙黔婁,韓卓之慕巨伸①[三],未必接光塵,承風彩[四],正復希向遠理,長想千載[五]。然其人自高[六],假使横經擁籍,日夜掃門[七],曾不睹千仞之一咫,萬頃之涓澮②[八]。終於對面萬古,莫能及門[九],故以此弭千載之恨[一〇]。

【校　記】

①伸:《全梁文》作"卿"。

②澮:《藝文類聚》與《全梁文》作"滴"。

【箋　注】

[一]年世:見《爲王金紫謝齊武帝示〈太子律序〉啓》注[七]。膝行:跪著用膝蓋行進。形容敬畏恭謹之極。下風:比喻處於下位、卑位。有時作謙辭。《莊子·在宥》:"廣成子南首而卧,黄帝順下風膝行而進,再拜稽首而問。"禀承:見《爲褚諮議蓁讓代兄襲封表一》注[一七]。餘論:識見廣博之論,宏論。司馬相如《子虚賦》:"問楚地之有無者,願聞大國之風烈,先生之餘論也。"

[二]豈值:何止。發憤:猶含恨。《漢書·司馬遷傳》:"是歲,天子始建漢家之封,而太史公留滯周南,不得與從事,發憤且卒。"當年:過去某一時期。《韓詩外傳》卷六第十一章:"故先生者,當年而霸,楚莊王是也。"終古:

(一)弔文:哀祭文之一種。弔文之作,多對古人致追慕、追悼或追慰之意。

久遠。《楚辭·離騷》：“懷朕情而不發兮，余焉能忍而與此終古。”朱熹集注：“終古者，古之所終，謂來日之無窮也。”

[三]叔夜之叙黔婁：嵇康作有《聖賢高士傳》，今佚。可能記有黔婁事迹。叔夜，三國魏嵇康字。黔婁，戰國時期魯國隱士。《列女傳·賢明傳·魯黔婁妻》：“先生死，曾子與門人往弔之。其妻出戶，曾子弔之。上堂，見先生之屍在牖下，枕塹席稾，緼袍不表，覆以布被，首足不盡斂，覆頭則足見，覆足則頭見。曾子曰：‘斜引其被，則斂矣。’妻曰：‘斜而有餘，不如正而不足也。先生以不斜之故，能至於此。生時不斜，死而斜之，非先生意也。’曾子不能應，遂哭之。曰：‘嗟乎，先生之終也！何以爲謚？’其妻曰：‘以康爲謚。’曾子曰：‘先生在時，食不充口，衣不蓋形，死則手足不斂，旁無酒肉。生不得其美，死不得其榮，何樂於此而謚爲康乎？’其妻曰：‘昔先生君嘗欲授之政，以爲國相，辭而不爲，是有餘貴也。君嘗賜之粟三十鍾，先生辭而不受，是有餘富也。彼先生者，甘天下之淡味，安天下之卑位。不戚戚於貧賤，不忻忻於富貴。求仁而得仁，求義而得義。其謚爲康，不亦宜乎！’”《漢書·藝文志》：“《黔婁子》四篇。齊隱士，守道不詘，威王下之。”入晉皇甫謐《高士傳》。韓卓：東漢人。《東觀漢記·韓卓傳》：“韓卓，字子助，陳留人。臘日，奴竊食祭其母。卓義其心，即日免之。”《初學記·人部上·恭敬》“韓卓趨社”引江微《陳留志》曰：“韓卓敦厚純固，恭而多愛，博學洽聲，好道人以善，遇社則趨，見生不食其肉。”巨伸：未詳。

[四]光塵：敬詞。稱言對方的風采。繁欽《與魏文帝牋》：“冀事速訖，旋侍光塵，寓目階庭，與聽斯調。”張銑注：“光塵，美言之。”風彩：風度神采。《晉書·景帝紀》：“（景皇帝）雅有風彩，沈毅多大略。”

[五]希向：向慕。北齊邢劭《并州寺碑》：“自大教遷流，行於中土，希向之士，煙踊波屬。”遠理：深遠的道理。《宋書·顔延之傳》：“雖曰恒人，情不能素盡，故當以遠理勝之，么算除之，豈可不務自異，而取陷庸品乎？”長想：遐想，追思。傅毅《舞賦》：“游心無垠，遠思長想。”

“然叔”六句，意謂嵇康未見過黔婁而爲之立傳，韓卓未見過巨伸而仰慕之，這其中體現出的向慕之理，令人長想千載。

[六]其人自高：自然高大。《莊子·田子方》：“其人若天之自高，地之自厚，日月之自明，夫何修焉。”自高，自然高大。

[七]橫經：橫陳經籍。指受業或讀書。《初學記·人部中》引謝承《後漢書》曰：“董春，字紀陽，會稽餘姚人。少好學，師事侍中祭酒王君仲，受古文《尚書》。後詣京房授《易》，究極聖旨，條列科義。後遷師立精舍，遠方門徒、學者常數百人。諸生每升講堂，鳴鼓三通，橫經捧手。請問者百人。”何

遜《七召・儒學》:“横經者比肩,擁篲者繼足。”擁篲:即“擁帚”。執帚。帚用以掃除清道,古人迎候賓客,常擁帚以示敬意。《禮記・曲禮上》:“凡爲長者糞之禮,必加帚於箕上,以袂拘而退,其塵不及長者。”鄭玄注:“謂掃時也,以袂擁帚之前,掃而卻行之。”掃門:《史記・齊悼惠王世家》:“魏勃少時,欲求見齊相曹參,家貧無以自通,乃常獨早夜埽齊相舍人門外。相舍人怪之,以爲物,而伺之,得勃。勃曰:‘願見相君,無因,故爲子埽,欲以求見。’於是舍人見勃曹參,因以爲舍人。”擁篲、掃門,此處用以表達侍奉之意。

[八]千仞:見《齊竟陵文宣王行狀》注[一一一]。咫:《説文》:“中婦人手長八寸謂之咫,周尺也。”萬頃:見《齊竟陵文宣王行狀》注[一一一]。涓澮:《文選》郭璞《江賦》:“綱絡群流,商搉涓澮。”李善注:“涓澮,小流也。”

“假使”四句,意謂假設自己即使受業劉文範門下,日夜侍奉,也不能見其高之萬一,滄海之一粟。極言劉文範品行之高潔,學問之淵博。

[九]對面:猶會面。萬古:死亡的婉辭。及門:《論語・先進》:“子曰:‘從我於陳蔡者,皆不及門也。’”後以“及門”指受業弟子。

[一〇]以此:指寫作此文。弭:止息,中斷。千載之恨:鮑照《東武吟》:“徒結千載恨,空負百年怨。”

卷七　詩

爲王嫡子侍皇太子釋奠宴^①以下四言

【題　解】

《南齊書・禮志上》記載:永明三年(四八五)冬,皇太子蕭長懋講《孝經》,齊武帝蕭賾親臨釋奠,車駕幸聽。該年冬十月壬戌,詔曰:"皇太子長懋講畢,當釋奠,王公以下可悉往觀禮。"當時主要文人多集會於此,作詩以紀。除任昉外,賦詩者尚有王儉、蕭子良、王思遠、阮彦、王僧令、袁浮丘、沈約、陸璉等人。任昉時任竟陵王蕭子良的屬官司徒刑獄參軍,游於竟陵王府。詩題中所提王嫡子當爲任昉作《爲齊竟陵王世子臨會稽郡教》之世子蕭昭胄。

釋奠:古代在學校設置酒食以奠祭先聖先師的一種典禮。《禮記・王制》:"出征執有罪,反釋奠于學,以訊馘告。"《禮記・文王世子》:"凡學,春官釋奠于其先師,秋冬亦如之。凡始立學者,必釋奠于先聖先師。"鄭玄注:"釋奠者,設薦饌酌奠而已。"

> 在昔歸運,阻亂弘多^[一]。夷山製宇,蕩海爲家^[二]。風雲改族,日月增華^[三]。欽聖茲遠,懷道茲冲^[四]。踐言動俗,果行移風^[五]。進往一簀^②,啓或三蒙^[六]。冰實因水,金亦在鎔^[七]。惟神知化,在物立言^[八]。樂正《雅》《頌》,咸被後昆^{③[九]}。告奠明祀,觀道聖門^[一〇]。日月不息,師表常尊。

【校　記】

①爲王嫡子侍皇太子釋奠宴:《藝文類聚》作"侍皇太子釋奠宴詩"。

②簀:《初學記》作"簧"。

③咸:《初學記》作"盛"。後:信述堂本作"后",誤,今據《藝文類聚》改。

【箋　注】

[一]歸運:見《禪梁璽書》注[一五]。阻亂:謂武人擁兵或恃險作亂。

《後漢書·崔駰傳附孫寔》：“寔以世方阻亂，稱疾不視事，數月免歸。”弘多：甚多。《詩·小雅·節南山》：“天方薦瘥，喪亂弘多。”毛傳：“弘，大也。”

［二］夷山製宇，蕩海爲家：義同“辟國開疆，啓其疆土”。夷，平定。宇，疆土。蕩，蕩平。

［三］風雲改族：《莊子·在宥》：“自而治天下，雲氣不待族而雨，草木不待黃而落。”族，叢聚。日月增華：《尚書大傳·虞夏傳》：“百工相和而歌《卿雲》，帝（舜）倡之曰：‘卿雲爛兮，紈縵縵兮，日月光華，旦復旦兮。’”“風雲”二句，意謂齊武帝繼承高帝帝業，并使其更加美好。

［四］欽聖：欽敬先聖。茲遠：指先聖孔子去世已遠。懷道：胸懷治道。《淮南子·覽冥訓》：“故聖人在位，懷道而不言，澤及萬民。”冲：同“沖”。空虛，謙虛。“欽聖”二句，意謂祭祀去世已遠的先聖孔子，虛沖之心滿懷先聖治國之道。

［五］踐言：履行諾言。《禮記·曲禮上》：“脩身踐言，謂之善行。”鄭玄注：“踐，履也。言履而行之。”《抱朴子·廣譬》：“立德踐言，行全操清，斯則富矣，何必玉帛之崇乎？”果行：貫徹實行。《論語·子路》：子曰：“言必信，行必果，硁硁然小人哉！抑亦可以爲次矣。”動俗、移風：義同“移風易俗”。移風，轉變風氣。潘岳《笙賦》：“樂所以移風於善。”

［六］進往一簣：《論語·子罕》：“譬如爲山，未成一簣，止，吾止也。譬如平地，雖覆一簣，進，吾往也。”朱熹集註：“《書》曰：‘爲山九仞，功虧一簣。’夫子之言，蓋出於此。言山成而但少一簣，其止者，吾自止耳；平地而方覆一簣，其進者，吾自往耳。蓋學者自彊不息，則積少成多；中道而止，則前功盡棄。其止其往，皆在我而不在人也。”簣，盛土竹器。啓或三蒙：典出《論語·述而》與《易·蒙》。《論語·述而》：“子曰：‘不憤不啓，不悱不發，舉一隅不以三隅反，則不復也。’”《易·蒙》：“匪我求童蒙，童蒙求我。初筮告，再三瀆，瀆則不告。”王弼注：“童蒙之來求我，欲決所惑也。決之不一，不知所從，則復惑也。故初筮則告，再、三則瀆。瀆，蒙也。”“進往”二句，意謂學習重在自我自覺。

［七］冰實因水：典出《荀子·勸學》：“冰，水爲之而寒於水。”楊倞注：“以喻學則才過其本性也。”比喻學習可以使其才超越其本性。金亦在鎔：喻學習當功在不舍。

［八］惟神知化，在物立言：意謂只有神明通曉變化之微妙，就人而言，則當立言。物，存在於天地之間的萬物。此處指人。惟神知化，典出《易·繫辭下》：“神而化之，使民宜之。”在物立言，典出《左傳·襄公二十四年》：“太上有立德，其次有立功，其次有立言，雖久不廢，此之謂三不朽。”

[九]樂正《雅》《頌》,《論語·子罕》:子曰:"吾自衛反魯,然後樂正,《雅》《頌》各得其所。"咸被後昆:言孔子的恩德澤及後代。後昆,見《爲王金紫謝齊武帝示〈太子律序〉啓》注[九]。

[一〇]告奠:禱告祭奠。顏延之《皇太子釋奠會作詩》:"敬躬祀典,告奠聖靈。"明祀:對重大祭祀的美稱。《左傳·僖公二十一年》:"崇明祀,保小寡,周禮也。"陸機《答張士然詩》:"駕言巡明祀,致敬在祈年。"

贈王僧孺

【題　解】

《文選》任昉《爲蕭揚州作薦士表》題下李善注引劉璠《梁典》曰:"齊建武初,有詔舉士,始安王表薦琅邪王暕及王僧孺。"《梁書·王暕傳》:"明帝詔求異士,始安王遙光表薦暕及東海王僧孺。"同書《王僧孺傳》:"建武初,有詔舉士,揚州刺史始安王遙光表薦祕書丞王暕及僧孺。""除尚書儀曹郎,遷治書侍御史,出爲錢塘令。"又曰:"初,僧孺與樂安任昉遇竟陵王西邸,以文學友會,及是將之縣,昉贈詩,其略曰……"據此可知,此詩作於建武初。

王僧孺:見《爲蕭揚州作薦士表》注[二六]。

　　王僧孺由治書侍御史出爲唐令①。初,僧孺與昉文學友會②,及是將之縣,昉贈詩③。

　　惟子見知,惟余知子。觀行視言,要終猶始[一]。敬之重之,如蘭如芷[二]。形應影隨,曩行今止[三]。百行之首,立人斯著[四]。子之有之,誰毀誰譽[五]。脩名既立,老至何遽[六]。誰其執鞭,吾爲子御[七]。劉《畧》班《藝》,虞《志》荀《錄》[八]。伊昔有懷,交相欣勗[九]。下帷無倦,升高有屬[一〇]。嘉爾晨燈④,惜余夜燭[一一]。

【校　記】

①"王"上,《梁詩》有"梁書曰"字。

②"昉"上,《梁詩》有"樂安任"字。"昉"下,《梁詩》有"遇竟陵王西邸以"字。

③"詩"下,《梁詩》有"其略曰"字。

④燈:《南史》作"登"。

【箋　注】

[一]觀行視言：《論語・公冶長》：子曰：“始吾於人也，聽其言而信其行；今吾於人也，聽其言而觀其行。”要終猶始：察劾其行事最終是否與開始時一樣。要，察劾。《尚書・康誥》：“要囚。”孔穎達疏：“要察囚情，得其要辭，以斷其獄。”《周禮・秋官・鄉士》：“辨其獄訟，異其死刑之罪而要之。”

[二]如蘭如芷：比喻人品美潔。《孔子家語・六本》：“與善人居，如入蘭芷之室，久而不聞其香：即與之化矣。”

[三]形應影隨：典出《關尹子》：“心之所之，則氣從之，氣之所之，則形應之。”曩行今止：典出《莊子・齊物論》：“罔兩問景曰：‘曩子行，今子止；曩子坐，今子起。何其無特操與？’景曰：‘吾有待而然者邪？吾所待又有待而然者邪？’”罔兩，影子的影子。景，同“影”。意謂純任天機，莫知其宰。“行應”二句承上而言，意謂王僧孺的美潔品質，是天賦之，與生俱來。

[四]百行之首，立人斯著：《三國志・魏書・王昶傳》：“昶家誡曰：‘夫孝敬仁義，百行之首，而立身之本也。’”百行之首，《玉海》卷十一引鄭玄《孝經序》曰：“孝爲百行之首。”《孟子・公孫丑上》趙岐章句：“孝，百行之首。”立人，立身、做人。《易・説卦》：“立人之道曰仁與義。”《後漢書・江革傳》：“孝，百行之冠。”

[五]誰毀誰譽：《論語・衛靈公》：“子曰：‘吾之於人也，誰毀誰譽？如有所譽者，其有所試矣。斯民也，三代之所以直道而行也。’”包咸注：“所譽者，輒試以事，不虛譽而已。”毀，譖害、貶抑。譽，稱譽、稱揚。“子之”二句，承上而言，意謂通過試之以事，看到王僧孺確實有“百行之首，立人斯著”等美好品質，才稱揚他，並非虛譽。

[六]脩名既立，老至何遽：屈原《離騷》：“老冉冉其將至兮，恐修名之不立。”任昉在此反其意而用之，意謂王僧孺修名早立，不懼衰老之至。

[七]誰其執鞭，吾爲子御：見《答陸倕〈感知己賦〉》注[四]。

[八]劉《畧》：西漢劉歆編輯宮廷藏書，分成《輯略》《六藝略》《諸子略》《詩賦略》《兵書略》《術數略》和《方技略》七類，故稱“七略”，是我國最早的圖書目錄分類著作。班《藝》：我國歷代紀傳體史書、政書、方志等，將歷代或當代有關圖書典籍，彙編成目錄，謂之“藝文志”。班固《漢書》首著《藝文志》，分《六藝》《諸子》《詩賦》《兵書》《術數》《方技》六略。虞《志》：晋摯虞《文章流別志》。荀《録》：《晋書・荀勖傳》：“領祕書監，與中書令張華依劉向《別録》，整理記籍。”“劉《畧》”二句，言王僧孺博覽群書，學問淹博。

[九]伊昔：從前。《文選》陸機《答賈謐》：“伊昔有皇，肇濟黎蒸。”李善注：“《爾雅》曰：‘伊，惟也。’郭璞曰：‘發語辭也。’”有懷：猶有感。夏侯湛

《東方朔畫贊》:"觀先生之祠宇,慨然有懷,乃作頌焉。"交相欣勖:意謂二人相交,相互欣悦勉勵。

　　[一〇]下帷:放下室内懸掛的帷幕,引申指閉門苦讀。用董仲舒典。見《答陸倕〈感知己賦〉》注[二〇]。升高有屬:即"升高能賦",登高見廣,能賦詩述其所見。有屬,能夠寫作。有,詞頭助詞。屬,音主。

　　[一一]嘉爾晨燈:意謂王僧孺讀書勤奮,從傍晚一直讀到早晨。惜余夜燭:意謂自己受王僧孺勤奮精神感染,也要珍惜夜晚時間,發奮讀書。

答　劉　居　士

【題　解】

本詩是写给南朝宋齐间著名隐士劉虬的。任昉永明五年(四八七)作有《爲庾杲之與劉居士虬書》,此詩亦應作於是年。

劉虬:見《爲庾杲之與劉居士虬書》題解。

　　　君子之道,亦有其四[一]。高行絶俗,盛德出類[二]。才同文錦,學非書肆[三]。望之可階,即之難至[四]。輆精天理,躔象少微[五]。人與俗異,道與人違[六]。庭飛熠燿,室滿伊威[七]。行無轍跡,理絶心機[八]。

【箋　注】

　　[一]君子之道,亦有其四:《論語·公冶長》:"子謂子產有君子之道四焉:其行己也恭,其事上也敬,其养民也惠,其使民也義。"

　　[二]高行:高尚的品行。《管子·法法》:"故雖有明智高行,倍法而治,是廢規矩而正方圓。"絶俗:超出世俗。《莊子·盜跖》:"今夫此人,以爲與己同時而生,同鄉而處者,以爲夫絶俗過世之士焉,是專無主正,所以覽古今之時、是非之分也。"成玄英疏:"猶將己爲超絶流俗,過越世人。"盛德:見《褝梁璽書》注[三九]。出類:超群出衆。《孟子·公孫丑上》:"聖人之於民,亦類也。出於其類,拔乎其萃,自生民以來,未有盛於孔子也。"

　　[三]文錦:文彩斑斕的織錦。比喻文采斐然。書肆:猶書店。《法言·吾子》:"好書而不要諸仲尼,書肆也。"李軌注:"賣書市肆,不能釋義。"汪榮寶義疏:"賣書之市,雜然並陳,更無去取。博覽而不知折中於聖人,則群書殽列,無異商賈之爲也。"學非書肆,意謂讀書很多,且能以聖人之道爲準。

　　[四]望之可階,即之難至:義同"瞻之在前,忽焉在後"。階,達到。

　　〔五〕輟：停止。天理：即天理星。隱士的象徵。南宋董思靖《道德真經集解序》引南宋謝守灝《太上老君混元皇帝實録》曰："老君以昭王二十三年五月壬午，駕青牛車，薄版爲隆穹，徐甲爲御，將往開化西域。至七月十二日甲子，果有老人，皓首聃耳，乘白輿駕青牛至。吏曰：'明府有教，願翁少留。'乃入白喜，即具朝服出迎，叩頭邀之。老君遜謝至三，尹曰：'去冬十月，天理星西行過昴，今月朔，融風三至，東方真炁狀如龍蛇而西度，此大聖人之徵。'於是爲留官舍，設座行弟子禮。"由此可見，南宋時，天理星作爲老子的象徵。在此之前，雖沒有找到文獻記載，如果再結合下句"躔象少微"中的"少微"象徵隱士，那麼，認爲任昉時代，以天理星象徵隱士，不致大錯。躔：踐。左思《吳都賦》："未知英雄之所躔也。"象：效法。少微：星座名。共四星，在太微垣西南。《史記·天官書》："廷藩西有隋星五，曰少微，士大夫。"司馬貞索隱："《春秋合誠圖》云'少微，處士位'。又《天官占》云'少微一名處士星也'。"《晉書·隱逸傳·謝敷》："初，月犯少微，少微一名處士星，占者以隱士當之。""輟精"二句，意謂無論行藏取舍，劉虯皆效法隱士。

　　〔六〕人與俗異，道與人違：言劉虯言行舉止、奉行的人生之道與世俗相異。

　　〔七〕庭飛熠燿，室滿伊威：《詩·豳風·東山》："果臝之實，亦施于宇。伊威在室，蠨蛸在户。町畽鹿場，熠燿宵行。"毛傳："果臝，栝樓也。伊威，委黍也。蠨蛸，長踦也。町畽，鹿迹也。熠燿，燐也。燐，螢火也。"鄭玄箋："此五物者，家無人則然，令人感思。"朱熹集傳："伊威，鼠婦也。室不埽則有之。蠨蛸，小蜘蛛也。户無人出入，則結網當之。……熠燿，明不定貌。……言己東征而室廬荒廢，至於如此。"此處反其意而用之，形容劉虯居處幽靜無人。

　　〔八〕行無轍跡：《老子》二十七章："善行無轍迹，善言無瑕讁。"劉伶《酒德頌》："行無轍迹，居無室廬。"心機：機巧之心。

九日侍宴樂游苑以下五言

【題　解】

　　該詩頌揚新帝順應天運符命，榮登大寶。齊高帝代宋即位時，任昉年僅十六歲，侍宴的可能性不大，因此該詩應作於天監元年（五〇二）蕭衍稱帝後不久。

　　　　帝德峻《韶》《夏》，王功書頌平〔一〕。共貫泚五勝，獨道邁三英[二]。我皇撫歸運,時乘信告成[三]。一唱華鍾石①,再撫被絲笙[四]。黃草歸雒木,梯山薦玉榮[五]。時來濁河變,瑞起溫洛清②[六]。物色動宸眷,民豫降皇情[七]。

【校　記】

①華:《藝文類聚》作"革"。
②清:薈要本作"情"。

【箋　注】

[一]《韶》《夏》:舜樂和禹樂。《漢書·董仲舒傳》:"虞氏之樂莫盛於《韶》。"顏師古注曰:"《韶》,舜樂。"《抱朴子·交際》:"單絃不能發《韶》《夏》之和音,孑色不能成衮龍之瑋燁。"帝德峻《韶》《夏》,謂帝德行如舜、禹那樣偉大。王功:君王的功業。頌平:《禮斗威儀》:"乘金而王,其政太平,則月多耀。政頌平,則赤明。"

[二]共貫:脈絡連貫。《漢書·董仲舒傳》:"夫帝王之道,豈不同條共貫與?"沿:同"沿"。沿循。五勝:五行相勝。言水勝火、火勝金、金勝木、木勝土、土勝水。《史記·曆書》:"頗推五勝,而自以爲獲水德之瑞。"裴駰集解引《漢書音義》曰:"五行相勝,秦以周爲火,用水勝之也。"獨道:獨一無二之治道。《韓非子·揚權》:"道無雙,故曰一。是故明君貴獨道之容。"陳奇猷案:"道即君主所操之術。"邁:超越。《三國志·魏書·高堂隆傳》:"三王可邁,五帝可越。"三英:夏、商、周三代開國之君湯、禹、文王。"共貫"二句,意謂梁武帝紹繼五行相生、五德終始的帝王之道,其獨一無二的治國之道超越夏、商、周三代開國之君。

[三]歸運:見《禪梁璽書》注[一五]。時乘:《易·乾》:"時乘六龍以御天。"王弼注:"處則乘潛龍,出則乘飛龍,故曰'時乘六龍'也。乘變化而御大器。"後因以"時乘"指帝王即位。謝朓《三日侍宴曲水代人應詔詩》之二:"於皇克聖,時乘御辯。"告成:指事情完成。此處意爲"上報所完成的功業",指向上天告成。《詩·大雅·江漢》:"經營四方,告成于王。"

[四]鍾石:見《禪梁册》注[四六]。撫:彈撥。絲笙:弦樂器與管樂器。

[五]黃草歸雒木:未詳。抑或指遠方貢奉黃草至京城。黃草,王芻。《詩·衛風·淇奧》"綠竹猗猗"毛傳:"綠,王芻也。"《本草綱目·草五·蓋草》:"此草綠色,可染黃……古者貢草入染人,故謂之王芻。"多隆阿《毛詩多識》卷四"綠竹猗猗"曰:"考之《本草》,王芻又名黃草。"雒木,洛陽之木。此處代指京城。梯山:攀登高山。泛指遠涉險阻。《宋書·明帝紀》:"日月

所照,梯山航海;風雨所均,削衽襲帶。"玉榮:玉花。《山海經·西山經》:
"黃帝乃取峚山之玉榮,而投之鍾山之陽。"郭璞注:"謂玉華也。""梯山薦玉
榮",意謂遠方來服,貢奉土物。

　　[六]時來濁河變:黃河之水常年混濁,如果變得清澈則被視爲祥瑞的
徵兆。濁河,混濁的河流。特指黃河。《史記·蘇秦列傳》:"天時不與,雖
有清濟、濁河,惡足以爲固!"李康《運命論》:"夫黃河清而聖人生。"瑞起温
洛清:《易乾鑿度》記孔子曰:"天之將降嘉瑞應,河水清三日,青四日。……
帝德之應,洛水先温九日……"

　　[七]物色動宸眷:承上而言。景象因梁武帝眷顧而變動。物色,景象。
鮑照《秋日示休上人》詩:"物色延暮思,霜露逼朝榮。"宸眷,帝王的恩寵、關
懷。民豫降皇情:百姓快樂是因爲天子之情降臨。豫,悦豫、快樂。皇情,天
子之情。顏延年《應詔讌曲水作詩》:"化際無間,皇情爰眷。"

奉和登景陽山

【題　解】

　　《梁書·柳惲傳》:"(柳惲)嘗奉和高祖《登景陽樓》中篇云:'太液滄波
起,長楊高樹秋。翠華承漢遠,雕輦逐風游。'深爲高祖所美。當時咸共稱
傳。……(天監)二年,出爲吴興太守。"如果任昉當時參與此次登高奉和活
動,此詩即可能作於此時,即天監二年(五〇三)。

　　景陽山:《南史·宋紀·文帝紀》記載,元嘉二十三年,"興景陽山於華
林園"。《南齊書·皇后傳·武穆裴皇后》記齊武帝永明中,"置鍾於景陽樓
上,宫人聞鍾聲,早起裝飾"。據此可知,景陽山當在建康城皇宫内。

　　　物色感神游,升高悵有閟[一]。南望銅馳街①,北走長楸坿[二]。
別苑宛滄溟②,疏山駕瀛碣[三]。奔鯨吐華浪③,司南動輕枻[四]。日
下重門照④,雲開九華澈⑤[五]。觀閣隆舊恩,奉圖愧前哲[六]。

【校　記】

①街:《文苑英華》作"術"。
②苑:信述堂本、張燮本、薈要本與《梁詩》作"澗"。今從《藝文類聚》。
③奔鯨:《文苑英華》作"神鯉"。
④重:《文苑英華》作"千",注云:"一作重。"
⑤澈:《文苑英華》作"徹"。

【箋　注】

　　［一］物色：見《九日侍宴樂游苑》詩注［七］。神游：謂形體不動而心神向往，如親游其境。悵：惆悵。與結尾“奉圖愧前哲”呼應。有閱：觀賞。有，詞頭。

　　［二］銅馳街：即銅馳街，地名，在今河南省洛陽市故洛陽城中，以道旁曾有漢鑄銅馳兩枚相對而得名，爲古代著名的繁華區域。《太平御覽》卷一五八引陸機《洛陽記》曰：“洛陽有銅馳街，漢鑄銅馳二枚，在宮南四會道相對。俗語曰：‘金馬門外集衆賢，銅馳陌上集少年。’”此處借指京城、宮廷。長楸埒：四周種滿高大楸樹的馬射場。埒，馬射場四周的土圍牆。長楸，高大的楸樹。古代常種於道旁。《楚辭·九章·哀郢》：“望長楸而太息兮，涕淫淫其若霰。”王逸注：“長楸，大梓。……言己顧望楚都，見其大道長樹，悲而太息。”《文選》曹植《名都篇》：“鬭雞東郊道，走馬長楸間。”李周翰注：“古人種楸於道，故曰‘長楸’。”

　　［三］別苑：專供帝王游獵的園林。滄溟：大海。《漢武帝內傳》：“諸仙玉女，聚居滄溟。”駕：超越。瀛碣：瀛，瀛州，今屬河北省。碣，古山名，近海，即碣石，在今河北省。《尚書·禹貢》：“導岍及岐，至于荆山……太行、恒山，至于碣石，入于海。”

　　［四］奔鯨：快速游動的鯨魚。華浪：浪花因陽光照射而呈現出彩色，故稱。司南：我國古代辨別方向用的一種儀器。用天然磁鐵礦石琢成一個杓形的東西，放在光滑的盤上，盤上刻著方位，利用磁鐵指南的特性，可以辨別方向，是現在所用指南針的始祖。枻：船舷。

　　［五］重門：宮門。《易·繫辭下》：“重門擊柝，以待暴客。”《文選》謝朓《觀朝雨》：“平明振衣坐，重門猶未開。”吕向注：“重門，帝宮門也。”九華：漢掖庭中的殿名。《西京雜記》卷一：“漢掖庭有月影臺、雲光殿、九華殿、開襟閣、臨池觀，不在簿籍，皆繁華窈窕之所棲宿焉。”用來借指宮殿。澈：清朗。

　　［六］觀閣隆舊恩：意謂自己能隨梁武帝登上景陽山觀賞宮殿樓閣，這使得昔日恩情愈加隆崇。舊恩，昔日恩情。任昉曾與梁武帝同游齊竟陵王蕭子良府，梁武帝爲驃騎大將軍時，引任昉爲記室參軍事。詳見《到大司馬記室牋》題解、原文及箋注。《漢書·宣帝紀》：“時掖庭令張賀嘗事戾太子，思顧舊恩。”圖：即符瑞圖，記載符瑞的圖讖。前哲：見《王貴嬪哀策文》注［二八］。

泛 長 溪

【題 解】

天監六年(五〇七)春,任昉出爲寧朔將軍、新安太守,七年卒於官。浙江、嚴陵瀨、長溪、東溪都在新安郡,《濟浙江》《嚴陵瀨》《泛長溪》《落日泛舟東溪》四詩是其赴任途中或是到任後公事餘暇游覽時所作。《泛長溪》《落日泛舟东溪》著重写意欲归隐之情。

狗禄聚歸糧,依隱謝羈勒[一]。絕物甘離群,長懷思去國①[二]。長溪永東舍,震區窮水域[三]。道遇垂綸叟,聊訪問津惑②[四]。弭檝申九言:"無爲累牽纏③[五]。長泛滄浪水,平明至曛黑[六]。"

【校 記】

①思:《藝文類聚》作"忽",《文苑英華》作"忍"。

②訪:《文苑英華》作"長"。

③纏:《藝文類聚》作"繂"。

【箋 注】

[一]狗禄:謀求禄位。狗,同"徇"。謝靈運《登池上樓》詩:"徇禄反窮海,卧痾對空林。"歸糧:歸隱之糧。白居易《郡齋暇日憶廬山草堂兼寄二林僧社三十韻多叙貶官以來出處之意》"留俸作歸糧"本此。依隱:對政事既有所近,又無爲如隱,謂依違於政事和隱居之間。《漢書·東方朔傳贊》:"飽食安步,以仕易農;依隱玩世,詭時不逢。"顏師古注引如淳曰:"依違朝隱,樂玩其身於一世也。"羈勒:束縛。謝靈運《擬魏太子〈鄴中集〉·陳琳》:"單民易周章,窘身就羈勒。"謝:推辭。

[二]絕物:謂斷絕人事交往。《孟子·離婁上》:"既不能令,又不受命,是絕物也。"趙岐注:"言諸侯既不能令告鄰國,使之進退,又不能事大國,往受教命,是所以自絕於物。物,事也;大國不與之通朝聘之事也。"離群:《禮記·檀弓上》:"吾離群而索居,亦已久矣。"長懷:遐想,悠思。劉向《九歎·遠逝》:"情慨慨而長懷兮,信上皇而質正。"

[三]震區:即震方,指東方。《易·説》:"萬物出乎震。震,東方也。"

[四]垂綸:傳説吕尚未出仕時曾隱居渭濱垂釣,後常以"垂綸"指隱居或退隱。《抱朴子·嘉遁》:"蓋禄厚者責重,爵尊者神勞。故漆園垂綸,而

不顧卿相之貴;柏成操耜,而不屑諸侯之高。"問津:《論語·微子》:"長沮、桀溺耦而耕。孔子過之,使子路問津焉。"何晏集解引鄭玄注曰:"津,濟渡處。"

[五]弭檝:停放船只。檝,同"楫"。《文選》張協《七命》:"然後縱棹隨風,弭楫乘波。"李善注:"毛萇詩傳曰:'弭,止也。'"九言:《左傳·定公四年》:"(鄭子大叔卒)晋趙簡子爲之臨,甚哀,曰:'黄父之會,夫子語我九言,曰:無始亂,無怙富,無恃寵,無違同,無敖禮,無驕能,無復怒,無謀非德,無犯非禮。'"借指勸説他人的良言,或以"九言"敬稱教誨。牽纏:纏住使不能自由。指糾纏。謝靈運《佛影銘》:"群生因染,六趣牽纏。"纏,古同"纏"。纆,《藝文類聚》作"繾",牽纆,疑爲"繾牽"之倒。繾牽,馬繮繩。比喻世俗的牽絆。《戰國策·韓策三》:"馬,千里之馬也;服,千里之服也。而不能取千里,何也? 曰:子繾牽長。"《文選》張華《勵志詩》:"繾牽之長,實累千里。"李善注:"千里之馬,繫以長索,則爲累矣。"

[六]滄浪水:古水名。有漢水、漢水之別流、漢水之下流、夏水諸説。《尚書·禹貢》:"嶓冢導漾,東流爲漢。又東爲滄浪之水。"孔安國傳:"別流在荆州。"《水經注·夏水》:"劉澄之著《永初山川記》云:'夏水,古文以爲滄浪,漁父所歌也。'"《孟子·離婁上》:"有孺子歌曰:'滄浪之水清兮,可以濯我纓;滄浪之水濁兮,可以濯我足。'"曛黑:黄昏時。謝靈運《擬魏太子〈鄴中集〉·陳琳》:"夜聽極星闌,朝游窮曛黑。"

落日泛舟東溪

黝黝桑柘繁,芃芃麻麥盛[一]。交柯溪易陰,反景澄餘映[二]。吾生雖有待,樂天庶知命①[三]。不學《梁甫吟》,惟識《滄浪詠》[四]。田荒我有役,秩滿余謝病[五]。

【校 記】

①庶:信述堂本作"度"。今據《藝文類聚》《文苑英華》、張燮本、薈要本與《梁詩》改。

【箋 注】

[一]黝黝:林木茂盛貌。左思《魏都賦》:"黝黝桑柘,油油麻紵。"芃芃:茂盛貌。《詩·鄘風·載馳》:"我行其野,芃芃其麥。"毛傳:"麥芃芃然方盛長。"

[二]交柯:交錯的樹枝。反景:夕陽反照。《山海經·西山經》:"是神也,主司反景。"郭璞注:"日西入則景反東照。"

[三]有待:古代道家哲學用語,謂需要依賴一定的條件。莊子認爲世俗生活都是有待的,不自由的;而絶對的精神自由則是無待的。《莊子·逍遥游》:"夫列子御風而行,泠然善也,旬有五日而後反。彼於致福者,未數數然也。此雖免乎行,猶有所待者也。"郭象注:"非風則不得行,斯必有待也。唯無所不乘者,無待耳。"成玄英疏:"乘風輕舉,雖免步行,非風不進,猶有須待。……唯當順萬物之性,游變化之塗,而能無所不乘者,方盡逍遥之妙致者也。"樂天庶知命:樂從天道的安排,安守命運的分限。《易·繫辭上》:"樂天知命,故不憂。"孔穎達疏:"順天施化,是歡樂於天;識物始終,是自知性命。順天道之常數,知性命之始終,任自然之理,故不憂也。"

[四]《梁甫吟》:亦作"梁父吟"。樂府楚調曲名。梁甫,即梁父,山名,在泰山下。《梁甫吟》,蓋言人死葬此山,亦爲葬歌。今傳諸葛亮所作《梁甫吟》,述春秋齊相晏嬰二桃殺三士事。《三國志·蜀書·諸葛亮傳》:"亮躬耕隴畝,好爲《梁父吟》。"滄浪詠:見《泛長溪》詩注[六]。"不學"二句,言不像諸葛亮那樣雖然躬耕南畝卻還心掛世事,自己惟知吟誦《滄浪詠》,意謂真正歸隱,不牽俗世。

[五]有役:謂身有職位。秩滿:謂官吏任期屆滿。謝病:託病引退。《戰國策·秦三》:"應侯因謝病,請歸相印。"

濟浙江

昧旦乘輕風,江湖忽來往①[一]。或與歸波送②,乍逐翻流上③[二]。近岸無暇目④,遠峰更興想[三]。緑樹懸宿根,丹崖頹久壤[四]。

【校　記】

①湖:《文苑英華》作"湘"。
②與:《文苑英華》作"爲"。
③流:《文苑英華》作"江"。
④目:《文苑英華》作"日"。

【箋　注】

[一]昧旦:天將明未明之時,破曉。《詩·鄭風·女曰雞鳴》:"女曰:

‘雞鳴。’士曰：‘昧旦。’”輕風：輕捷的風。張協《雜詩》之四：“輕風摧勁草，凝霜竦高木。”

[二]歸波：東流。陶潛《閒情賦》：“迎清風以袪累，寄弱志於歸波。”

[三]近岸無暇目：言兩岸景物優美繁多，令人目不暇接。暇目，《世説新語·言語》：“王子敬云：從山陰道上行，山川自相映發，使人應接不暇。”

[四]宿根：隔年的樹根。丹崖頹久壤：岸邊多彩的巖壁多已崩頹成土石。丹崖，綺麗的巖壁。嵇康《琴賦》：“丹崖嶮巇，青壁萬尋。”

贈郭桐廬出谿口見候余既未至
郭仍進村維舟久之郭生方至

【題　解】

天監六年(五〇七)春，任昉出爲寧朔將軍、新安太守，途經新安郡屬縣桐廬時，縣令郭峙出縣相迎，任昉作詩以贈。

郭桐廬：《文選》李善注引《劉孝標集》曰：“郭桐廬，峙。”張銑注：“昉爲新安太守，郭峙爲桐廬令，故伺候也。”

　　朝發富春渚，蓄意忍相思[一]。涿令行春返①，冠盖溢川坻[二]。望久方來萃，悲懽不自持[三]。滄江路窮此，湍險方自茲[四]。疊嶂易成響，重以夜猿悲[五]。客心幸自弭，中道遇心期[六]。親好自斯絶，孤游從此辭[七]。

【校　記】

①涿：薈要本作“逐”，誤。

【箋　注】

[一]富春：縣名。《漢書·地理志》：“會稽郡富春縣。”渚：《文選》呂向注：“水曲也。”蓄意：有心，存心。

[二]涿令：《後漢書·滕撫傳》：“滕撫字叔輔，北海劇人也。初仕州郡，稍遷爲涿令，有文武才用。太守以其能，委任郡職，兼領六縣。風政修明，流愛于人，在事七年，道不拾遺。”此處代指郭峙。行春：謂官吏春日出巡。《後漢書·鄭弘傳》：“弘少爲鄉嗇夫，太守第五倫行春，見而深奇之，召署督郵，舉孝廉。”李賢注：“太守常以春行所主縣，勸人農桑，振救乏絶。”冠盖溢川坻：《文選》呂延濟注：“言冠盖盛多也。”冠盖，泛指官員的冠服和車乘。

冠,禮帽。盖,“蓋”的俗體字。車蓋。《史記·魏公子列傳》:“平原君使者冠蓋相屬於魏。”川坻,江岸。王粲《從軍詩》之一:“陳賞越丘山,酒肉踰川坻。”

[三]望久方來萃,悲懽不自持:《文選》李周翰注:“萃,聚會也。望久則悲,聚會則歡,應事而感,不能自執持也。”意謂盼望很久,不來時,不勝其悲;來相會後,則又不勝其歡。懽,同“歡”。

[四]滄江:江流,江水。以江水呈蒼色,故稱。湍險方自茲:《文選》劉良注:“湍險自此而多。”湍險,水勢急速險惡。

[五]疊嶂易成響,重以夜猿悲:《文選》劉良注:“疊嶂,重山也。山深易爲音響,更增猨啼而益悲也。”

[六]客心:旅人之情,游子之思。謝靈運《擬魏太子〈鄴中集〉·王粲》:“沮漳自可美,客心非外獎。”自弭:自息,自止。《楚辭·遠游》:“氾容與而遐舉兮,聊抑志而自弭。”中道:中途,半路。《古詩爲焦仲卿妻作》:“中道還兄門。”心期:知心,神交。陶潛《酬丁柴桑》詩:“實欣心期,方從我游。”“客心”二句,《文選》張銑注:“言我爲客之心幸而暫止者,爲遇心期也。心期,謂峙也。”

[七]親好:此指郭峙。鮑照《代邽街行》:“念我舍鄉俗,親好久乖違。”孤游:此言己。謝靈運《於南山往北山經湖瞻眺》:“不惜去人遠,但恨莫與同。孤游非情歎,賞廢理誰通。”從此辭:蘇武《古詩》之三:“參辰皆已没,去去從此辭。”

答何徵君

【題　解】

《南齊書·高逸傳》記載的與任昉同時的何姓隱士有何求、何點、何胤兄弟,《梁書·處士傳》記載的有何點、何胤。《梁書·處士傳·何點》:“豫章王嶷命駕造點,點從後門遁去。司徒竟陵王子良欲就見之,點時在法輪寺,子良乃往請,點角巾登席,子良欣悦無已,遺點嵇叔夜酒杯,徐景山酒鎗。……高祖與點有舊,及踐阼,手詔曰:‘昔因多暇,得訪逸軌,坐脩竹,臨清池,忘今語古,何其樂也。暫別丘園,十有四載,人事艱阻,亦何可言。’”據此可知,何點與竟陵王蕭子良有過交往。再者,蕭衍追述十四年前與何點的交游情況,蕭衍於天監元年(五〇二)踐阼,上推十四年爲永明六年(四八八)。當時任昉正游於蕭子良府,爲竟陵王文人集團核心成員,因此,他亦應與何點有所來往。再檢何求、何胤本傳,不見類似記載。可以推測,即使何求、何胤與任昉有所交往,當遠不及何點與任昉交往密切。據此判斷,何求、何點、何胤兄弟三人中與任昉關係密切的當是何點,《答何徵君》應爲答何點之作。

　　　散誕羈鞿外①,拘束名教裏[一]。得性千乘同,山林亦朝市②[二]。勿以耕蠶貴,空笑易農士③[三]。宿昔仰高山,超然絶塵軌[四]。傾壺已等樂,命管亦齊喜[五]。無爲嘆獨游,若終方同止④[六]。

【校　記】
①鞿:《文苑英華》作“靮”。
②亦:《藝文類聚》與《梁詩》作“無”。
③士:《藝文類聚》作“仕”,亦通。
④終:《文苑英華》作“路”。

【箋　注】
[一]散誕:放誕不羈,逍遥自在。陶弘景《題所居壁》:“夷甫任散誕,平叔坐談空。”羈鞿:即“鞿羈”。馬繮繩和馬籠頭。比喻束縛。《楚辭·離騷》:“余雖好脩姱以鞿羈兮,謇朝誶而夕替。”王逸注:“鞿羈,以馬自喻。韁在口曰鞿,革絡頭曰羈,言爲人所係累也。”朱熹集注:“言自繩束不放縱也。”拘束:束縛。名教:見《爲范始興求爲太宰立碑表》注[三七]。
[二]得性:《詩·小雅·魚藻》“魚在在藻”毛傳:“魚以依蒲藻爲得其性。”後以“得性”謂合其情性。謝靈運《道路憶山中》:“得性非外求,自己爲誰纂。”千乘:戰國時諸侯國,小者稱千乘,大者稱萬乘。《韓非子·孤憤》:“萬乘之患,大臣太重,千乘之患,左右太信,此人主之所公患也。”朝市:人口稠密的熱鬧之處。王康琚《反招隱詩》:“小隱隱陵藪,大隱隱朝市。”“得性”二句,言若得其性情,無論隱居山林,抑或爲官生活於朝市,都是一樣。
[三]耕蠶:猶耕桑。《宋書·文帝紀》:“耕蠶樹藝,各盡其力。”易農:見《爲范尚書讓吏部封侯表》注[五九]。“勿以”二句,意謂耕蠶與易農而仕,只要皆得其性,就不應貴此賤彼。
[四]宿昔:從前。仰高山:指仰慕隱居生活。超然:見《爲庾杲之與劉居士虯書》注[三]。塵軌:塵世的軌轍,猶言仕途。《文選》王僧達《答顔延年》“君子聳高駕,塵軌實爲林”李善注引何邵詩曰:“亮無風雲會,安能襲塵軌?”

　　[五]傾壺:謂以酒壺注酒。亦借指飲酒。陶潛《詠貧士》之二:"傾壺絕餘瀝,闚竈不見煙。"等樂:同樂。《宋書·何承天傳》載其上表曰:"内護老弱,外通官塗,朋曹素定,同憂等樂。"命管:命筆,下筆。此處指處理公文。管,指筆。齊喜:同喜。潘岳《弔孟嘗君文》:"樂則齊喜,哀則同悲。"

　　[六]獨游:指隱逸避世,寄情山林。夏侯湛《東方朔畫贊》:"跨世陵時,遠蹈獨游。"

贈　徐　徵　君　外編作吳均者非

【題　解】

　　《南齊書·高逸傳》《梁書·處士傳》所記徐姓隱逸之士惟徐伯珍一人。不知任昉此詩所贈是否此人。從詩中"早交傷晚別"推測,此詩當作於任昉晚年,約齊末梁初。

　　　　促生悲永路,早交傷晚別[一]。自我隔容徽,於焉徂歲月[二]。情非山河阻,意似江湖悦[三]。東皋有儒素,杳與榮名絶[四]。曾是遠賞心,曷用箴余缺[五]。眇焉追平生,塵書廢不閱[六]。信此伊能已,懷抱豈暫輟[七]。何以表相思,貞松擅嚴節[八]。

【箋　注】

　　[一]促生:短促的生命。《宋書·顧覬之傳》:"(顧覬之)乃以其意命弟子願著《定命論》,其辭曰:'……谷南、魯北,甘此促生。'"永路:長途,遠路。阮籍《詠懷》之十五:"出門臨永路,不見行車馬。"

　　[二]容徽:即"徽容"。美好的儀容。鮑照《數詩》:"九族共瞻遲,賓友仰徽容。"於焉:於是。《詩·小雅·白駒》:"所謂伊人,於焉逍遥。"徂:過去,逝。

　　[三]情非山河阻,意似江湖悦:意謂二人之間的感情非山河所能阻隔,因爲各自生活在適合自己的環境中,心情愉悦。意似江湖悦,語出《莊子·大宗師》:"泉涸,魚相與處於陸,相呴以濕,相濡以沫,不如相忘於江湖。與其譽堯而非桀也,不如兩忘而化其道。"

　　[四]東皋:見《爲范尚書讓吏部封侯表》注[一六]。儒素:宿儒,名儒。《晋書·儒林傳·徐邈》:"及孝武帝始覽典籍,招延儒學之士,邈既東州儒素,太傅謝安舉以應選。"榮名:《古詩十九首·回車駕言邁》:"人生非金石,豈能長壽考? 奄忽隨物化,榮名以爲寶。"

[五]賞心:心意歡樂。謝靈運《晚出西射堂》:"含情尚勞愛,如何離賞心?"箴:規勸,告誡。

[六]眇焉:悠遠貌。塵書:塵世之書。

[七]信此伊能已,懷抱豈暫輟。

[八]貞松:松耐嚴寒,常青不凋,故以喻堅貞不渝的節操。戴逵《貽仙城慧命禪師書》:"紫蓋貞松,仍麾上辯;洪崖神井,即瑩高心。"擅,壓倒、勝過。嚴節:指冬至節。《初學記》卷三引南朝梁元帝《纂要》:"冬曰玄英……節曰嚴節。""何以"二句,言自己對徐徵君的相思之情,猶如青松,即使在嚴冬也青翠不凋。

答劉孝綽

【題　解】

《梁書·劉孝綽傳》:"天監初,(孝綽)起家著作佐郎,爲《歸沐詩》以贈任昉,昉報章曰:'彼美洛陽子,投我懷秋作。詎慰耋嗟人,徒深老夫託。直史兼褒貶,轄司專疾惡。九折多美疢,匪報庶良藥。子其崇鋒穎,春耕勵秋獲。'"《南史·劉勔傳附孝綽》所記相同。據此,此詩作於天監初。

《梁書·劉孝綽傳》《南史·劉勔傳附孝綽》引作、託、惡、藥、獲五韻。《藝文類聚》《文苑英華》引塹、作、謔、索、託五韻。

　　孝綽①,繪之子。年十四,父黨沈約、任昉等聞其名,命駕造焉,昉尤相賞愛。天監初②,孝綽起家著作佐郎,爲《歸沐詩》贈昉③。昉報曰:

　　閟水既成瀾,藏舟遂移塹[一]。彼美洛陽子,投我懷秋作[二]。久敬類誠言,吹噓似嘲謔[三]。兼稱夏雲盡,復陳秋樹索[四]。詎慰耋嗟人,徒深老夫託[五]:"直史兼褒貶,轄司專疾惡[六]。九折多美疢,匪報庶良藥[七]。子其崇鋒穎,春耕勵秋獲[八]。"

【校　記】

①"孝"上,《梁詩》有"南史曰"字。

②"天"上,《梁詩》有"梁"字。

③"昉"上,《梁詩》有"任"字。

【箋　注】

〔一〕閲水：匯合水流。《文選》陸機《歎逝賦》：“川閲水以成川，水滔滔而日度。”呂延濟注：“閲，摠也。……摠衆水而成其川。”瀾：《爾雅》：“大波爲瀾。”藏舟遂移壑：《莊子・大宗師》：“夫藏舟於壑，藏山於澤，謂之固矣！然而夜半有力者負之而走，昧者不知也。”郭象注：“夫無力之力，莫大於變化者也。故乃揭天地以趨新，負山嶽以舍故。故不暫停，忽已涉新，則天地萬物無時而不移也。世皆新矣，而自以爲故；舟日易矣，而視之若舊；山日更矣，而視之若前。今交一臂而失之，皆在冥中去矣。故向者之我，非復今我也，我與今俱往，豈常守故哉！而世莫之覺，橫謂今之所遇，可係而在，豈不昧哉。”後用“藏舟”以比喻事物不斷變化，不可固守。“閲水”二句，意謂劉孝綽學習勤奮，其學識猶如匯聚衆水而成川，其未來成就也會不斷變化，不止於現在的水平。

〔二〕洛陽子：即“洛陽才子”。原指漢賈誼，因其是洛陽人，少年有才，故稱。後泛稱有文學才華的人。潘岳《西征賦》：“賈生，洛陽之才子。”懷秋作：指劉孝綽《歸沐呈任中丞昉詩》。

〔三〕誠言：裝出一副誠意樣子的話語。《荀子・大略》：“不足於行者説過，不足於信者誠言。”郝懿行曰：“貌言若誠。”吹噓：獎掖，汲引。《宋書・沈攸之傳》：“卵翼吹噓，得升官秩。”嘲謔：調笑戲謔。謝靈運《擬魏太子〈鄴中集〉・應瑒》：“調笑輒酬答，嘲謔無慚沮。”

〔四〕兼稱夏雲盡，復陳秋樹索：劉孝綽詩中有“白雲夏峯盡，青槐秋葉疏”句。

〔五〕詎：如果。《國語・晉語六》：“且唯聖人能無外患，又無内憂，詎非聖人，必偏而後可。”耋嗟：《易・離》：“日昃之離，不鼓缶而歌，則大耋之嗟，凶。”王弼注：“嗟，憂歎之辭也。處下離之終，明在將没，故曰‘日昃之離’也。明在將終，若不委之於人，養志無爲，則至於耋老有嗟，凶矣。”後因以謂年老而憂歎。“詎慰”二句，意謂你如果想安慰我這年邁之人，只要深記老夫我的囑託即可。後面六句即爲囑託之言。

〔六〕直史：秉筆直書的史臣。《左傳・襄公二十五年》：“南史氏聞大史盡死，執簡以往。聞既書矣，乃還。”杜預注：“傳言齊有直史，崔杼之罪所以聞。”褒貶：贊美與譏刺。《春秋繁露・威德所生》：“《春秋》采善不遺小，掇惡不遺大，諱而不隱，罪而不忽，□□以是非，正理以褒貶。”轄司：主管官吏。此處指著作佐郎。疾惡：憎恨。《後漢書・趙岐傳》：“仕州郡，以廉直疾惡見憚。”任昉作此詩時，劉孝綽起家著作佐郎。著作佐郎宋、齊以後掌國史，集注起居，任昉故有“直史兼褒貶，轄司專疾惡”之囑託，即希望劉孝綽要作秉筆直書的史臣,痛恨邪惡,敢於秉筆直書,并兼褒貶。《通典・職官八・諸卿中》“祕書監・著作郎”:“魏明帝太和中,始置著作郎官,隸中書省,專掌國史。晋元康二年……改隸祕書,後別自置省,而猶隸祕書。著作郎一人,謂之大著作,專掌史任。……魏氏又置佐著作郎,亦屬中書。……晋制,佐著作郎始到職,必撰名臣傳一人;宋初,以國朝始建,未有合撰者,其制遂廢矣。宋、齊以來,遂遷‘佐’於下,謂之著作佐郎,亦掌國史,集注起居。”

[七]九折:九折臂的省稱。九:泛指多次。折:斷。多次折斷胳膊,經過反復治療而熟知醫理。比喻閱歷多,經驗豐富。《楚辭・九章・惜誦》:“九折臂而成醫兮,吾至今而知其信然。”王逸注:“言人九折臂,更歷方藥,則成良醫,乃自知其病。”美疢:義同“美疢”。典出《左傳・襄公二十三年》:“臧孫曰:‘季孫之愛我,疾疢也;孟孫之惡我,藥石也。美疢不如惡石:夫石,猶生我;疢之美,其毒滋多。’”《宋書・袁顗傳》載宋明帝劉彧使朝士與袁顗書曰:“幸納惡石,以蠲美疢。”匪報:典出《詩・衛風・木瓜》:“投我以木瓜,報之以瓊琚。匪報也,永以爲好也!”用以指不圖回報的好友。

[八]其:在句中表示祈使語氣,相當於“可”“還是”。《左傳・成公十六年》:“子其勉之! 吾不復見子矣。”崇:增長。鋒穎:比喻卓越的才幹。《世説新語・排調》“頭責秦子羽云”劉孝標注引《張敏集・頭責子羽》文曰:“砥礪鋒穎,以榦王事。”春耕勵秋獲:意謂只要勤奮努力,將來必有收穫。

附:歸沐呈任中丞昉詩

劉孝綽

步出金華省,還望承明廬。壯哉宛洛地,佳麗實皇居。虹蜺拖飛閣,蘭芷覆清渠。圓淵倒荷芰,方鏡寫簪裾。白雲夏峯盡,青槐秋葉疏。自我從人爵,蟾兔屢盈虛。殺青徒已汗,司舉未云書。文昌愧通籍,臨邛幸第如。夫君多敬愛,蟠木濫吹噓。時時釋簿領,驂駕入吾廬。自唾誠礧砢,無以儷璠璵。但願長閒暇,酌醴薦焚魚。(《梁詩》卷十六)

答到建安餉杖

【題　解】

《南史・到彥之傳附溉》:“梁天監初,(任)昉出守義興,要(到)溉、洽之郡,爲山澤之游。昉還爲御史中丞,後進皆宗之。時有彭城劉孝綽、劉苞、劉孺、吳郡陸倕、張率，陳郡殷芸，沛國劉顯及溉、洽，車軌日至，號曰蘭臺聚。……時謂昉爲任君，比漢之三君，到則溉兄弟也。除尚書殿中郎。後爲建安太守……”到溉作有《餉任新安班竹杖因贈詩》，《答到建安餉杖》是任昉答謝到溉贈杖之詩，當時到溉任建安內史，任昉任新安太守。《梁書·任昉傳》：“(天監)六年春，出爲寧朔將軍、新安太守。……視事朞歲，卒於官舍，時年四十九。”據以上論述，可知此詩作於天監六年春至天監七年春之間。

到建安：到溉，字茂灌，彭城武原人。溉少孤貧，與弟洽俱聰敏有才學，早爲任昉所知，由是聲名益廣。起家王國左常侍，轉後軍法曹行參軍，歷殿中郎。出爲建安內史，遷中書郎，兼吏部，太子中庶子。湘東王蕭繹爲會稽太守，以溉爲輕車長史、行府郡事。除通直散騎常侍，御史中丞，太府卿，都官尚書，郢州長史、江夏太守，加招遠將軍，入爲左民尚書。溉身長八尺，美風儀，善容止，所蒞以清白自修。性又率儉，不好聲色，虛室單床，傍無姬侍。坐事左遷金紫光祿大夫，俄授散騎常侍、侍中、國子祭酒。後因疾失明，詔以金紫光祿大夫、散騎常侍，就第養疾。溉家門雍睦，兄弟特相友愛。卒，時年七十二。有集二十卷行於世。時以溉、洽兄弟比之二陸。

故人有所贈，稱以冒霜筠[一]。定是湘妃淚，潛灑遂璘彬①[二]。扶危復防咽，事歸薄暮人[三]。勞君尚齒意，矜此杖鄉辰[四]。復資後坐彥②，候余方欠伸[五]。獻君千里笑，紓我百憂嚬[六]。坐適雖有器，臥游苦無津[七]。何由乘此竹，直見平生親[八]。

【校　記】

①璘：《藝文類聚》、張燮本與薈要本作“鄰”。

②坐：《藝文類聚》作“生”。“坐”下，信述堂本、張燮本、薈要本與《梁詩》有“一作生”字。

【箋　注】

[一]故人：見《奏彈劉整》注[五八]。冒霜筠，經過霜打的竹子，愈加堅韌，適合做手杖。冒霜，《文選》左思《蜀都賦》：“綠葉翠莖，冒霜停雪。”李善注：“冒，犯也。”筠，竹子的別稱。稱以冒霜筠：到溉《餉任新安班竹杖因贈詩》有“復有冒霜筠”句。

[二]湘妃淚：《初學記》卷二八引張華《博物志》曰：“舜死，二妃淚下，染竹即斑。妃死爲湘水神，故曰湘妃竹。”璘彬：色彩絢麗。《文選》張衡《西京賦》：“珊瑚琳碧，瓀珉璘彬。”潛灑遂璘彬：到溉《餉任新安班竹杖因贈詩》

有"文彩既斑爛"句。

　　[三]扶危:輔助即將死去之人。任昉天監七年春卒於新安太守任上,時年四十九。任昉又常云自己年不至五十,故稱"扶危"。防咽:預防因年老走路氣喘而呼吸困難。薄暮:比喻人之將老,暮年。《文選》陸機《豫章行》:"前路既已多,後塗隨年侵。促促薄暮景,亹亹鮮克禁。"李善注:"景之薄暮,喻人之將老也。"

　　[四]尚齒:尊崇年長者。《禮記·祭義》:"是故朝廷同爵則尚齒。"鄭玄注:"同爵尚齒,老者在上也。"矜:自恃。《廣雅》:"矜,大也。"杖鄉:《禮記·王制》:"五十杖於家,六十杖於鄉。"謂六十歲可挂杖行於鄉里。辰:古同"晨"。

　　[五]欠伸:亦作"欠申"。打呵欠,伸懶腰。表示疲倦。《儀禮·士相見禮》:"凡侍坐於君子,君子欠伸,問日之早晏,以食具告。"鄭玄注:"志倦則欠,體倦則伸。"

　　[六]紓:解除,排除。《左傳·成公十六年》:"可以紓憂。"百憂:種種憂慮。《詩·王風·兔爰》:"我生之初,尚無造。我生之後,逢此百憂。"劉琨《答盧諶書》:"負杖行吟,則百憂俱至;塊然獨坐,則哀憤兩集。"嚬:同"顰"。

　　[七]卧游:謂欣賞山水畫以代游覽。《宋書·隱逸傳·宗炳》:"有疾還江陵,歎曰:'老疾俱至,名山恐難徧覩,唯當澄懷觀道,卧以游之。'凡所游履,皆圖之於室。"

　　[八]平生親:蘇武詩:"我有一罇酒,欲以贈遠人。願子留斟酌,慰此平生親。"

附:餉任新安班竹杖因贈詩

到　溉

邛竹藉舊聞,靈壽資前職。復有冒霜篍,寄生桂潭側。文彩既斑爛,質性甚綢直。所以夭天真,爲有乘危力。未嘗以過投,屢經芸苗植。(《梁詩》卷十七)

寄　到　溉

【題　解】

《南史·到彥之傳附溉》:"後爲建安太守,昉以詩贈之,求二衫段云……"此詩與上篇《答到建安餉杖》當同作於天監六年(五〇七)春至天監七年春之間。

到溉爲建安太守①，昉寄詩求二彩段。

鐵錢兩當一，百易代名實[一]。爲惠當及時，無待凉秋日[二]。

【校　記】

①“溉”上，《梁詩》無“到”字，有“南史曰時”字。

【箋　注】

[一]鐵錢兩當一：齊梁時期，姦詐圖利者翦鑿鐵錢周郭，致使分量不足，因此，有時此類錢以兩個充當一個。《南齊書·王敬則傳》記武帝時蕭子良上表曰：“東閒錢多翦鑿，鮮復完者，公家所受，必須員大，以兩代一，困於無所，鞭捶質繫，益致無聊。”《管城碩記》卷十九“《華陽國志》公孫述廢銅錢，置鐵錢，百姓貨賣不行”條按曰：“《通典》：梁普通中，乃議盡罷銅錢，更鑄鐵錢。人以鐵錢易得，盡皆私鑄。及大同以後，所在鐵錢遂如丘山，物價騰貴。任昉《贈到溉詩》云‘鐵錢兩當一，百易代名實’，蓋謂此也。”名實：見《爲蕭揚州作薦士表》注[一二]。

[二]爲惠當及時，無待凉秋日：意謂給人好處應當及時，因爲彩段做的衣服適合在炎熱的夏天穿，到凉爽的秋天就用不著了。凉，同“涼”。此二句暗用莊子借粟典。《莊子·外物》記載：莊周家貧，故往貸粟於監河侯。監河侯曰：“諾。我將得邑金，將貸子三百金，可乎？”莊周忿然作色曰：“周昨來，有中道而呼者，周顧視車轍，中有鮒魚焉。周問之曰：‘鮒魚來，子何爲者邪？’對曰：‘我，東海之波臣也。君豈有斗升之水而活我哉！’周曰：‘諾，我且南游吳越之王，激西江之水而迎子，可乎？’鮒魚忿然作色曰：‘吾失我常與，我無所處。吾得斗升之水然活耳。君乃言此，曾不如早索我於枯魚之肆！’”

附：答任昉詩

到　溉

《南史》曰：“溉爲建安太守，任昉寄詩求二衫段。溉答云。”

予衣本百結，閩中徒八蠶。假令金如粟，詎使廉夫貪。（《梁詩》卷十七）

別　蕭　諮　議

【題　解】

《南齊書·武十七王傳·隨郡王子隆》：“（永明）八年，代魚復侯子響爲使持節、都督荆雍梁寧南北秦六州、鎮西將軍、荆州刺史,給鼓吹一部。……
九年,親府州事。”《梁書·武帝紀上》:“累遷隨王鎮西諮議參軍。”梁武帝蕭
衍永明九年(四九一)隨蕭子隆赴荆州,任昉、宗夬、王融、虞羲、蕭琛等爲蕭
衍夜宴送行,作詩以贈,梁武帝作有《答任殿中宗記室王中書別詩》。

　　　離燭有窮輝,別念無終緒[一]。岐言未及申①,離目已先舉②[二]。
揆景巫衡阿③,臨風長楸浦④[三]。浮雲難嗣音,徘徊恨誰與[四]。儻
有關外驛,聊訪狎鷗渚⑤[五]。

【校　記】

①岐:《藝文類聚》與《梁詩》作“歧”。

②離目:《藝文類聚》作“離白”,亦通。離白,即離別的酒杯。白,酒杯
或罰酒的杯。《漢書·叙傳上》:“自大將軍薨後,富平、定陵侯張放、淳于長
等始愛幸,出爲微行,行則同輿執轡;入侍禁中,設宴飲之會,及趙、李諸侍中
皆引滿舉白,談笑大噱。”顏師古注引服虔曰:“舉滿桮,有餘白瀝者,罰之
也。”又引孟康曰:“舉白,見驗飲酒盡不也。”師古曰:“謂引取滿觴而飲,飲
訖,舉觴告白盡不也。一說,白者,罰爵之名也。飲有不盡者,則以此爵罰
之。魏文侯與大夫飲酒,令曰:‘不釂者,浮以大白。’於是公乘不仁舉白浮
君者也。”

③巫衡:《藝文類聚》作“衡無”。疑爲“蘅蕪”之誤。

④浦:《藝文類聚》作“渚”。

⑤渚:《藝文類聚》作“鷺”。

【箋　注】

[一]別念:離別的情思。庾肩吾《侍宴餞張孝總應令詩》:“別念動神
襟,華文切離眠。”終緒:終端。

[二]岐言:即“歧言”。離別之言。古人送行,常至歧路處分手,故稱分
別爲“歧別”,分別之言爲“歧言”。

[三]揆景:義同“揆日”。指看日影來計時。陸機《演連珠》之二八:
“是以望景揆日,盈數可期。”巫衡:巫山與衡山。臨風:迎風,當風。《楚
辭·九歌·少司命》:“望美人兮未來,臨風怳兮浩歌。”長楸:見《奉和登景
陽山》注[二]。

[四]浮雲:飄動的雲。《楚辭·九辯》:“塊獨守此無澤兮,仰浮雲而永
歎。”嗣音:連續傳寄音信。《詩·鄭風·子衿》:“縱我不往,子寧不嗣音。”

鄭玄箋:"嗣,續也。女曾不傳聲問我,以恩責其忘己。"朱熹集傳:"嗣音,繼續其聲聞也。"與:交往,交好。《莊子·大宗師》:"孰能相與於無相與,相爲於無相爲?"《經典釋文》:"崔云:猶親也。"

[五]儻:表示假設,相當於倘若、如果。《史記·伯夷列傳》:"儻所謂天道,是邪非邪?"狎鷗:《列子·黃帝》:"海上之人有好漚鳥者,每旦之海上,從漚鳥游,漚鳥之至者百住而不止。其父曰:'吾聞漚鳥皆從汝游,汝取來,吾玩之。'明日之海上,漚鳥舞而不下也。"漚,同"鷗"。後以"狎鷗"指隱逸。江淹《雜體三十首·孫廷尉雜述》:"亹亹玄思清,胸中去機巧。物我俱忘懷,可以狎鷗鳥。"

附:答任殿中宗記室王中書別詩

梁武帝蕭衍

武帝初仕齊,爲隨王鎮西諮議參軍。隨王鎮荆州,帝赴鎮時,同列以詩送別。

問我去何節,光風正悠悠。蘭華時未晏,舉袂徒離憂。緩客承別酒,鳴琴和好仇。清宵一已曙,藐爾泛長洲。眷言無歇緒,深情附還流。(《梁詩》卷一)

屬吏人講學①

【題　解】

《日知録》卷十七"通經爲吏"條:"梁任昉有《屬吏人講學》詩。然則昔之爲吏者,皆曾執經問業之徒,心術正而名節修,其舞文以害政者寡矣。"據此可知,此詩寫任昉任地方官時,激勵胥吏講習儒家經業之事。據《梁書》《南史》本傳,任昉分別於梁武帝天監二年(五〇三)、天監六年(五〇七)任義興太守、新安太守,但不知此詩作於任何郡太守時。

暮燭迫西榆,將落誠南畝[一]。曰余本疎惰,頹暮積榆柳[二]。踐境渴師臣,臨政欽益友②[三]。旰食願橫經,終朝思擁帚[四]。雖欣辨蘭艾,何用闢蒿荺[五]。

【校　記】

①人:《藝文類聚》作"民"。
②欽:《藝文類聚》作"飢"。

【箋　注】

[一]暮燭:比喻只要好學,永遠不晚。典出《説苑·建本》:"晋平公問於師曠曰:'吾年七十,欲學,恐已暮矣。'師曠曰:'暮何不炳燭乎?'平公曰:'安有爲人臣而戲其君乎?'師曠曰:'盲臣安敢戲其君?臣聞之,少而好學,如日出之陽;壯而好學,如日中之光;老而好學,如炳燭之明。炳燭之明,孰與昧行乎?'平公曰:'善哉!'"西榆:意同"桑榆"。日落時光照桑榆樹端,因以指日暮。《太平御覽》卷三引《淮南子》曰:"日西垂,景在樹端,謂之桑榆。"注曰:"言其光在桑榆樹上。"南畝:謂農田。南坡向陽,利於農作物生長,古人田土多向南開闢,故稱。《詩·小雅·大田》:"俶載南畝,播厥百穀。"

[二]疏惰:懶散不耐拘束。頹暮:衰老。謝靈運《永初三年七月十六日之郡初發都》:"辛苦誰爲情,游子值頹暮。"頹,下墜。《楚辭·九章·悲回風》:"歲曶曶其若頹兮,岂亦冉冉而將至。"積榆柳:指隱居。陶潛《歸園田居》之一:"榆柳蔭後簷,桃李羅堂前。"

[三]踐境:身臨其境。《晋書·唐彬傳》:"(唐彬)下教曰:'……踐境望風,虛心饑渴,思加延致,待以不臣之典。'"師臣:《白虎通·攷黜》引《韓詩内傳》曰:"師臣者帝,友臣者王,臣臣者伯,魯臣者亡。"臨政:親理政務。《左傳·襄公二十六年》:"夙興夜寐,朝夕臨政,此以知其恤民也。"益友:於己有益之友。語出《論語·季氏》:"益者三友……友直,友諒,友多聞,益矣。"《晏子春秋·内篇雜上第十二》:"聖賢之君,皆有益友,無偷樂之臣。"

[四]旰食:晚食,指事務繁忙不能按時吃飯。《左傳·昭公二十年》:"(伍)奢聞(伍)員不來,曰:'楚君大夫其旰食乎!'"横經、擁帚:見《弔劉文範文》注[七]。帚,同"箒"。終朝:整天。陸機《答士然詩》:"終朝理文案,薄暮不遑眠。"

[五]蘭艾:蘭草與艾草。蘭香艾臭,常用以比喻君子小人或貴賤美惡。《宋書·武帝紀中》:"公(劉裕)未至江陵,密使與之(韓延之)書曰:'……若大軍登道,交鋒接刃,蘭艾吾誠不分。'"蒿莠:比喻不肖之人。蒿,野草名,艾類。莠,俗稱狗尾草。此二句言即使能辨別賢愚,也不必排除愚者。取孔子有教無類之意。

苦　熱[①]

【題　解】

《藝文類聚》卷五載有梁簡文帝、任昉、何遜《苦熱詩》各一首,任昉詩與何遜詩皆收入《樂府詩集·雜曲歌辭》。任昉與何遜同時,但很難遽定二詩作於同一次賦詩活動。任昉此詩的創作時間也難以考定。

　　旭旦烟雲卷,烈景入東軒[一]。傾光望轉蕙,斜日照西垣[二]。既卷蕉梧葉,復傾葵藿根[三]。重簟無冷氣,挾石似懷温[四]。霡霂類珠綴②,喘嚇狀雷奔[五]。

【校　記】

①苦熱:《樂府詩集》作“苦熱行”。

②霂:信述堂本作“霜”,《文苑英華》作“霖”,薈要本、張燮本、《藝文類聚》《樂府詩集》作“霂”。結合詩意及用典,當作“霂”。

【箋　注】

[一]旭旦:初升的太陽。亦指日出時。烈景:烈日。東軒:指住房向陽的廊檐。《文選》陶潛《雜詩二首》其二:“嘯傲東軒下,聊復得此生。”吕向注:“軒,檐也。”

[二]轉蕙:《楚辭·招魂》:“光風轉蕙,泛崇蘭些。”王逸注:“轉,摇也。”西垣:猶西城。《南史·齊紀上·高帝》:“(高帝)乃索白虎幡,登西垣。”

[三]葵藿:葵與藿,均爲菜名。此處單指葵。“復傾葵藿根”言葵性向日,太陽炎熱,葵竭力向陽,以致葵根傾側。

[四]重簟:兩層竹席。

[五]霡霂:《詩·小雅·信南山》:“益之以霡霂,既優既渥。”毛傳:“小雨曰霡霂。”此處形容汗流如綴珠。喘嚇:急劇地喘氣。雷奔:如雷之奔行。形容速度之快。《文選》左思《蜀都賦》:“流漢湯湯,驚浪雷奔。”吕向注:“雷奔,水聲也。”李善注:“枚乘《七發》曰:‘波湧而濤起,横奔似雷行。’”據此詩原意及結合吕向、李善二家注,可知此處“雷奔”形容呼吸之速,聲音之大。

同謝朓花雪

【題　解】

《南史·梁本紀上·武帝紀上》:“(天監)五年……十二月癸卯,司徒謝朓薨。”由此,繫此詩於天監五年(五〇六)十二月謝朓去世之前。

　　土膏候年動,積雪表晨暮[一]。散葩似浮玉,飛英若總素[二]。東序皆白珩,西雕盡翔鷺①[三]。《山經》陋密榮,騷人貶瓊樹[四]。

【校　記】

①雕:《藝文類聚》作“澠”。

【箋　注】

[一]土膏:土地的膏澤、肥力。《國語·周語上》:“陽氣俱蒸,土膏其動。”韋昭注:“膏,土潤也。其動,潤澤欲行。”

[二]浮玉:《山海經·南山經》:“又東五百里,曰浮玉之山。”飛英:飄舞的雪花。總:聚合,匯集。

[三]東序:古代宮室的東廂房,爲藏圖書、秘籍之所。《尚書·顧命》:“大玉、夷玉、《天球》《河圖》在東序。”白珩:古代佩玉上部的橫玉。形似磬,或似半環。《國語·楚語下》:“趙簡子鳴玉以相,問於王孫圉曰:‘楚之白珩猶在乎?’”韋昭注:“珩,珮上之橫者。”西雕:古代天子設立的太學,位於西郊,有水圍繞,故名。《詩·周頌·振鷺》:“振鷺于飛,于彼西雕。”毛傳:“雕,澤也。”雕,古“雍”字。

[四]《山經》:《山海經》包括《山經》與《海經》。密榮:《山海經·西山經》:“又西北四百二十里,曰峚山。……丹水出焉,西流注于稷澤,其中多白玉,是有玉膏,其原沸沸湯湯,黃帝是食是饗。是生玄玉。玉膏所出,以灌丹木,丹木五歲,五色乃清,五味乃馨。黃帝乃取峚山之玉榮,而投於鍾山之陽。瑾瑜之玉爲良,堅粟精密,濁澤而有光。五色發作,以和柔剛。天地鬼神,是食是饗;君子服之,以禦不祥。”袁珂注:“郭璞云:‘(峚)音密。’郝懿行云:‘郭注《穆天子傳》及李善注《南都賦》《天台山賦》引此經俱作密山,蓋峚、密古字通也。’”騷人:屈原。瓊樹:《楚辭·離騷》:“溘吾游此春宮兮,折瓊枝以繼佩。”洪興祖補注:“瓊,玉之美者。《傳》曰:南方有鳥,其名爲鳳,天爲生樹,名曰瓊枝,高百二十仞,大三十圍,以琳琅爲實。”此二句順序應爲“陋《山經》密榮,貶騷人瓊樹”。

出郡傳舍哭范僕射三首①

【題　解】

《梁書·范雲傳》:“(天監)二年,卒,時年五十三。”同書《任昉傳》:“天監二年,出爲義興太守。”《文選》題下李善注:“劉璠《梁典》曰:天監二年,僕射范雲卒。任昉自義興貽沈約書曰：永念平生，忽爲疇昔。然此郡謂義興也。”據此可知，此詩作於天監二年(五〇三)。

郡：義興郡。傳舍：古時供行人休息住宿的處所。《文選》題下李善注：“劉熙《釋名》曰：傳，傳舍也，使人所止息而去，後人復來，轉相傳也。《風俗通》曰：諸有傳信，乃得舍於傳也。”《戰國策·魏四》：“令(管)鼻之入秦之傳舍，舍不足以舍之。”

范僕射：范雲時任尚書右僕射。《梁書》本傳：“其年(天監元年)，東宮建，雲以本官領太子中庶子，尋遷尚書右僕射，猶領吏部。頃之，坐違詔用人，免吏部，猶爲僕射。”

　　平生禮數絕，式瞻在國楨②[一]。一朝萬化盡，猶我故人情[二]。待時屬興運，王佐俟民英[三]。結懽三十載，生死一交情[四]。攜手遁衰孽，接景事休明[五]。運阻衡言革，時泰玉階平[六]。滄沖得茂彥，夫子值狂生[七]。伊人有涇渭，非余揚濁清[八]。將乖不忍別，欲以遣離情[九]。不忍一辰意，千齡萬恨生[一〇]。

【校　記】

①出郡傳舍哭范僕射三首：《藝文類聚》作“哭范僕射詩”，引其一前四句和其二六句。三：《文選》作“一”。

②楨：《藝文類聚》作“禎”。亦通。

【箋　注】

[一]平生禮數絕：意謂范雲生時朝廷對其禮數猶爲獨特，言范雲官階品級之高。《文選》李周翰注“謂交道相得，雖品命有異，不爲禮數”，從任昉與范雲交情詮釋，實誤。禮數，古代按名位而分的禮儀等級制度，亦指官階品級。《左傳·莊公十八年》：“王命諸侯，名位不同，禮亦異數，不以禮假人。”孔穎達疏：“《周禮》：王之三公八命，侯伯七命，是其名位不同也。其禮各以命數爲節，是禮亦異數也。”《抱朴子·外篇·行品》：“構棟宇以去鳥獸之群，制禮數以異等威之品。”式瞻：敬仰，景慕。張華《女史箴》：“肅慎爾儀，式瞻清懿。”國楨：謂范雲也。《詩·大雅·文王》：“思皇多士，生此王國。王國克生，惟周之楨。”毛傳：“楨，幹也。”“式瞻在國楨”句，《文選》李周翰注：“式，法也。范雲之德，天下以爲法則而瞻仰之，實爲國家楨幹。”

[二]一朝：一時，一旦。《論語·顏淵》：“一朝之忿，忘其身，以及其親，非惑與?”萬化：萬物變化。《莊子·大宗師》：“若人之形者，萬化而未始有

極也。”此處指死亡。故人情：《史記·范雎蔡澤列傳》記范雎謂須賈曰：“然公之所以得無死者，以綈袍戀戀，有故人之意，故釋公。”“一朝”二句，《文選》吕向注：“一朝死矣，萬事人道化盡，然我故人之情何時忘也。”

[三]待時：等待時機。《易·繫辭下》：“君子藏器於身，待時而動。”屬：恰好遇到。興運：時運昌隆。王佐：帝王的輔佐。《漢書·董仲舒傳贊》：“劉向稱‘董仲舒有王佐之材，雖伊吕亡以加，筦晏之屬，伯者之佐，殆不及也。’”民英：民衆中的英才。《文選》李善注引袁子《正書》曰：“立德蹈禮謂之英。子産、季札，人之英也。”“待時”二句，《文選》劉良注：“待時，謂不仕於齊也。屬興運，謂梁也。言范雲爲人之英，王佐之任，故可待而任也。”

[四]結懽：《左傳·昭公四年》：“寡人願結驩於二三君，使舉請問。”驩，通“懽”。生死一交情：《史記·汲鄭列傳》：“翟公乃大署其門曰：‘一死一生，乃知交情。一貧一富，乃知交態。一貴一賤，交情乃見。’”“結懽”二句，《文選》張銑注：“結交之情，生死如一，不復變也。”

[五]攜手遁：《漢書·叙傳下》：“張、陳之交，斿如父子，攜手遂秦，拊翼俱起。”顏師古注：“應劭曰：‘遂，逃也。’師古曰：‘遂，古遯字也。’”遯，同“遁”。逃避。衰孽：《文選》李善注：“東昏侯也。”衰，頹廢、澆薄。孽，災難。接景：《文選》李善注引《抱朴子》曰：“攜手而游，接景而處。”謂影子相接。休明：用以贊美明君。此處指梁武帝。《左傳·宣公三年》：“商紂暴虐，鼎遷于周。德之休明，雖小，重也。”“攜手”二句，言自己與范雲一起逃避東昏侯之災，又一起輔佐清明美好的梁武帝蕭衍。

[六]運阻衡言革：《大戴禮記·曾子制言下》：“天下有道，則君子訢然以交同；天下無道，則衡言不革。”《文選》李善注：“孔安國《尚書傳》曰：衡，平也。言平常之言也。彼言不革，此言革，言亂之甚也。”革，變也。時泰：時運太平。玉階：指朝廷。張衡《思玄賦》：“勔自强而不息兮，蹈玉階之嶢崢。”舊注：“玉階，天子階也。”“運阻”二句，意謂東昏侯時，時運艱阻，范雲平常言應變革；梁武帝踐祚後，輔佐武帝至時運太平，朝廷安寧。

[七]濬沖：西晉王戎。沖，同“冲”。《晉書·王戎傳》：“王戎字濬冲，琅邪臨沂人也。……遷光禄勳、吏部尚書，以母憂去職。……楊駿執政，拜太子太傅。駿誅之後……轉中書令，加光禄大夫，給恩信五十人。遷尚書左僕射，領吏部。”茂彦：李茂彦。《藝文類聚》卷三十一載潘尼《贈汲郡太守李茂彦詩》。《太平御覽》卷二百五十九載潘尼《贈二李郎詩序》曰：“元康六年，尚書吏部郎汝南李光彦遷汲郡太守，都亭侯江夏李茂曾遷平陽太守。”李光彦，當爲李茂彦之誤。宋黄庭堅《賦“未見君子憂心靡樂”八韻寄李師

載》之六云“河南李茂彥，內藴邁俗心。濬沖有涇渭，一顧重千金”，正用王戎、李茂彥典。因此，潘尼所贈之李茂彥，即王戎所提拔之李茂彥。據上所述，可知李茂彥大致情況：汝南人，曾任吏部郎、汲郡太守，曾與潘尼相唱和。夫子：指范雲。狂生：不拘小節之人。《史記·酈生陸賈列傳》：“酈生食其者，陳留高陽人也。好讀書，家貧落魄，無以爲衣食業，爲里監門吏。然縣中賢豪不敢役，縣中皆謂之狂生。”“濬沖”二句，《文選》吕向注：“王戎字濬沖，爲吏部尚書，得李茂彥爲吏部郎，戎以禮待之；范雲時爲吏部尚書，彥昇亦爲吏部郎，與濬沖、茂彥相類，故云‘夫子值狂生’自比，謙也。”

[八]伊人：此處指范雲。涇渭：涇水和渭水。《詩·邶風·谷風》：“涇以渭濁，湜湜其沚。”毛傳：“涇渭相入而清濁異。”古人謂涇濁渭清（實爲涇清渭濁），因常用“涇渭”喻人品的優劣清濁，事物的真僞是非。《晋書·外戚傳·王濛》：“濛致牋於（王）導曰：‘……夫軍國殊用，文武異容，豈可令涇渭混流，虧清穆之風，以允答具瞻，儀形海内！’”揚濁清：曹植《贈丁儀王粲》：“山峯高無極，涇渭揚濁清。”“伊人”二句，《文選》李善注：“吏部之職，本以激濁揚清爲務，言雲自有分别，殊其源流，非我所能揚也。……綜核人物，涇渭殊流，非余狂生能揚清激濁也。”

[九]“將乖”二句，《文選》李善注：“言將乖之初，不忍便訣，欲留少頃，以遣離曠之情也。”

[一〇]“不忍”二句，《文選》李善注：“言昔日將乖，不忍一辰之意，況今千齡永隔，萬恨俱生者乎！”萬恨，應璩《與計子俊書》：“前別倉卒，情意不悉，追懷萬恨。”

　　　　已矣平生事，詠歌盈篋笥[一一]。兼復相嘲謔，常與虚舟值[一二]。
何時見范侯，還叙平生意[一三]。

【箋　注】

[一一]詠歌：《文選》劉良注：“詠歌，謂平生所述文章也。”篋笥：《文選》劉良注：“盛書器。”李善注引《新序》曰：“孫叔敖曰：筐篋之橐簡書。”

[一二]嘲謔：調笑戲謔。《文選》李善注：“《蒼頡篇》曰：啁，調也。《字書》曰：嘲，亦啁也。《毛詩》曰：善戲謔兮。”虚舟：無人駕馭的船。比喻胸懷恬淡曠達。《莊子·山木》：“方舟而濟於河，有虚舩來觸舟，雖有褊心之人不怒。”“兼復”二句，《文選》吕向注：“方舟濟河，有虚舟來觸，雖有褊心之人不怒也。言平生相謂嘲謔，雖有相陵，亦如虚舟值觸，謂嘲謔之類也。”

[一三]范侯：范雲因輔佐梁武帝稱帝有功，被封爲霄城縣侯，故稱。

《梁書・范雲傳》：“天監元年，高祖受禪，柴燎於南郊，雲以侍中參乘。禮畢，高祖升輦，謂雲曰：‘朕之今日，所謂懍乎若朽索之馭六馬。’雲對曰：‘願陛下日慎一日。’高祖善之。是日，遷散騎常侍、吏部尚書；以佐命功封霄城縣侯，邑千户。雲以舊恩見拔，超居佐命。”

　　與子別幾辰，經塗不盈旬^[一四]。弗覩朱顏改，徒想平生人^[一五]。寧知安歌日，非君撤瑟辰^[一六]。已矣余何歎，輟舂哀國均^[一七]。

【箋　注】

　　[一四]“與子”二句，《文選》李周翰注：“別後經行塗路，不盈一旬。”天監二年（五○三）任昉出爲義興太守，赴任前與范雲當面告別，赴任塗中聞聽范雲去世消息，故云。

　　[一五]朱顏：紅潤美好的容顏。《楚辭・大招》：“嫣目宜笑，娥眉曼只。榮則秀雅，穉朱顏只。”王夫之通釋：“穉朱顏者，肌肉滑潤，如嬰穉也。”

　　[一六]安歌：神態安詳地歌唱。《楚辭・九歌・東皇太一》：“揚枹兮拊鼓，疏緩節兮安歌。”王夫之通釋：“安歌，聲出自然。”撤瑟：本謂撤去琴瑟，使病者安靜，且示敬意。《儀禮・既夕禮》：“有疾，疾者齊，養者皆齊，徹琴瑟。”徹，同“撤”。後用以稱疾病危篤或死亡。“寧知”二句，《文選》劉良注：“君子有疾，撤琴瑟。寧知安然歌樂之日，非君疾病之晨也。”

　　[一七]已矣：哀歎之甚。輟舂：古代舂筑時，以歌相和，以杵聲相送，用以自勸。里中有喪，則舂筑者不相杵。《禮記・曲禮上》：“鄰有喪，舂不相。里有殯，不巷歌。”《史記・商君列傳》：“五羖大夫死，秦國男女流涕，童子不歌謠，舂者不相杵。”後以“輟舂”表示對死者的哀悼。國均：國家重臣。《詩・小雅・節南山》：“尹氏大師，維周之氏。秉國之均，四方是維。”毛傳：“均，平也。”

嚴　陵　瀨

【題　解】

　　《梁書・任昉傳》：“（天監）六年春，出爲寧朔將軍、新安太守。”赴任塗中經新安郡屬縣桐廬時，作《贈郭桐廬出谿口見候余既未至郭仍進村維舟久之郭生方至》；又游覽嚴陵瀨，作《嚴陵瀨》詩。因此，此詩作於天監六年（五○七）春。

　　嚴陵瀨：在浙江桐廬縣南，爲東漢嚴光隱居垂釣處。《後漢書・逸民傳》：“（嚴光）除爲諫議大夫，不屈，乃耕於富春山，後人名其釣處爲嚴陵瀨焉。”酈道元《水經注·漸江水》：“自（桐廬）縣至於潛，凡十有六瀨，第二是嚴陵瀨，瀨帶山，山下有一石室，漢光武帝時，嚴子陵之所居也。故山及瀨，皆即人姓名之。”

群峰此峻極，參差百重嶂①[一]。清淺既漣漪②，激石復奔壯[二]。神物徒有造，終然莫能狀③[三]。

【校　記】
①重：《文苑英華》作“里”。
②漣：《文苑英華》作“連”。
③狀：《藝文類聚》作“仗”。

【箋　注】
[一]峻極：《禮記·中庸》：“大哉，聖人之道！洋洋乎發育萬物，峻極于天。”鄭玄注：“峻，高大也。”孔穎達疏：“言聖人之道高大，與山相似，上極于天。”後以“峻極”謂極高。《晉書·虞溥傳》記虞溥作誥獎訓文學諸生：“積一勺以成江河，累微塵以崇峻極，匪志匪勤，理無由濟也。”參差：見《劉先生夫人墓誌銘》注[一〇]。重嶂：形容山嶺重重叠叠，連綿不斷。

[二]清淺：謂清澈不深。謝靈運《從斤竹澗越嶺溪行》詩：“蘋萍泛沈深，菰蒲冒清淺。”

[三]神物：神靈、怪異之物。《易·繫辭上》：“探賾索隱，鈎深致遠，以定天下之吉凶，成天下之亹亹者，莫大乎蓍龜。是故天生神物，聖人則之。”狀：描繪。《文心雕龍》：“灼灼狀桃花之鮮，依依盡楊柳之貌。”

詠　池　邊　桃

【題　解】
此詩應爲聚會同題之作，具體時間難以考證。

已謝西王苑，復揖綏山枝[一]。聊逢賞者愛，棲趾傍蓮池[二]。開紅春灼灼，結實夏離離[三]。

【箋 注】

[一]西王苑:西王母的桃苑,盛産蟠桃。西王,西王母的簡稱,中國古代神話中的女仙人。舊時以爲長生不老的象徵。《山海經·西山經》:"又西三百五十里,曰玉山,是西王母所居也。"郭璞云:"此山多玉石,因以名云。《穆天子傳》謂之群玉之山。"揖:此處指揖别,拜别。綏山:即綏山桃,古代傳説的仙桃。《列仙傳·葛由》:"葛由者,羌人也。周成王時,好刻木羊賣之。一旦,騎羊而入西蜀,蜀中王侯貴人追之,上綏山,在峨媚山西南,高無極也。隨之者不復還,皆得仙道。故里諺曰:'得綏山一桃,雖不得仙,亦足以豪。'"

[二]棲趾:猶託足。鮑照《登廬山望石門》:"明發振雲冠,升嶠遠棲趾。"

"已謝"四句,意謂池邊桃樹經過西王苑、綏山都没有停駐,只因來在此處,遇到賞者之愛,才姑且駐足。極言桃樹之非凡脱俗。

[三]灼灼:鮮明貌。《詩·周南·桃夭》:"桃之夭夭,灼灼其華。"離離:盛多貌。《詩·小雅·湛露》:"其桐其椅,其實離離。"毛傳:"離離,垂也。"鄭玄箋:"其實離離,喻其薦俎禮物多於諸侯也。"孔穎達疏:"言二樹當秋成之時,其子實離離然垂而蕃多,以興其杞也、其宋也,二君於王燕之時,其薦俎衆多……"

清暑殿聯句柏梁體

【題 解】

此聯句爲梁武帝君臣效仿漢武帝君臣聯句賦詩而作,具體創作時間可由聯句者當時所任官職及其詩句内容推斷。一、任昉於天監六年(五〇七)春至天監七年(五〇八)春出爲寧朔將軍、新安太守。二、徐勉任侍中應在在天監四年(五〇五)至天監六年。《梁書·徐勉傳》:"天監二年,除給事黄門侍郎、尚書吏部郎,參掌大選。遷侍中。時王師北伐……六年,除給事中、五兵尚書,遷吏部尚書。"此處没有明述徐勉遷侍中的時間,但據其他記載可知。《梁書·袁昂傳》:"天監二年……俄除給事黄門侍郎。其年遷侍中。明年,出爲尋陽太守,行江州事。"天監二年(五〇三)時侍中爲袁昂,三年(五〇四)去職。本傳所云"時王師北伐",當指天監四年"冬十月丙午,北伐"(《梁書·武帝紀中》)事。《梁書·太祖五王傳·臨川王宏》亦有北伐記載:"(天監)四年,高祖詔北伐。"據上述推測,徐勉當於天監三年袁昂卸任侍中後、至六年之間任侍中之職。從其聯句"至德無垠愧違弼",可看出他此時位任侍中這一要職。三、《梁書·謝朓傳附弟子覽》記載：謝覽天監元年（五〇二）爲中書侍郎，掌吏部事，後以母憂去職，服闋，除中庶子，又掌吏部郎事，尋除吏部郎，遷侍中。後又遷明威將軍、新安太守。這極有可能是接任任昉，在天監七年。因此謝覽任吏部郎中當在天監四年至天監七年之間。"清通簡要"則是當時對吏部官員任職標準的贊美，"清通簡要臣豈汨"則表明謝覽此時正任吏部官。四、陸杲於天監五年（五〇六）遷御史中丞，六年，遷秘書監。五、陸倕天監初爲右軍安成王外兵參軍，轉主簿，後遷驃騎臨川王東曹掾。據《梁書·太祖五王傳·臨川王宏》，蕭宏六年夏遷驃騎將軍。則六年春時陸倕仍任主簿。"嗣以書記臣敢匹"，也點明陸倕此時任主簿之職。六、其他參與聯句者，除《梁書》記載張卷卒於天監初外，其他六人任所署官職時間不能確定，尤其是張卷，《梁書·張稷傳》記其天監初卒於都官尚書任上，這與可考的五人任職時間牴牾。這可以有兩點解釋：或許是《梁書》記誤，或許聯句者張卷另有其人。總之，這一點並不影響從可考的五人任職時間推斷此次聯句賦詩活動發生的時間，即天監六年春。原因如下：其一，任昉天監六年春出爲寧朔將軍、新安太守，此次聯句賦詩活動極有可能發生在他離開京城赴任前的一次聚會上，這次聚會的主角應是任昉，這從任昉緊隨梁武帝賦詩即可看出；又，任昉聯句"言慙輻輳政無術"，正好表達了即將赴任地方、主政一方的謙虛。其二，徐勉、陸杲、陸倕都是天監六年由所署官職遷爲他官，尤其是陸倕的遷官時間更爲明確，即六年夏遷驃騎將軍臨川王東曹掾，因此從此三人所署官職看，此次聯句賦詩活動，只能發生在六年春，并且這年春天，發生了一次規模較大的任命官員活動。

柏梁體：《三輔黄圖·臺榭》："柏梁臺，武帝元鼎二年春起。此臺在長安城中北闕内。《三輔舊事》云：'以香柏爲梁也，帝嘗置酒其上，詔群臣和詩，能七言詩者乃得上。太初中臺災。'"後人因稱這種七言聯句形式的詩爲柏梁臺，又稱柏梁臺體、柏梁臺詩。

　　居中負扆寄纓綏梁武帝，言慙輻輳政無術[1]新安太守任昉[一]。至德無垠愧達彌侍中徐勉，爕贊京河豈微物丹陽丞劉況。竊侍兩宫慙樞密黄門侍郎柳惲，清通簡要臣豈汨吏部郎中謝覽。出入帷扆濫榮秩侍中張卷，複道龍樓歌棫實太子中庶子王峻。空班獨坐慙羊質御史中丞陸杲，嗣以書記臣敢匹右軍主簿陸倕。謬參和鼎講畫一司徒主簿劉洽，鼎味參和臣多匱司徒左西屬江蒨。

【校　記】

①輳:《藝文類聚》與《梁詩》作"湊"。

【箋　注】

[一]輻輳:見《天監三年策秀才文三首》注[三四]。

補　編

爲齊宣德皇后令

西詔至[一]，帝憲章前代，敬禪神器于梁。明可臨軒遣使[二]，恭授璽綬，未亡人便歸于別宮[三]。

【箋　注】

[一]西詔：《資治通鑑》卷第一百四十五"宣德太后令曰：'西詔至……'"胡三省注："齊和帝雖已至姑孰，其地猶在建康之西，故曰'西詔'。"

[二]憲章：效法。《禮記·中庸》："仲尼祖述堯舜，憲章文武。"敬禪神器：見《禪梁册》注[五一]。明：明天早晨。臨軒：皇帝不坐正殿而御前殿。殿前堂陛之間近簷處兩邊有檻楯，如車之軒，故稱。

[三]璽綬：見《禪梁璽書》注[六六]。未亡人：見《爲宣德太后重敦勸梁王令》注[一八]。

爲梁武帝設㛢達枉令①

【題　解】

此篇載《文館詞林》卷第六百九十五，署名任昉，故輯入《任昉集》中。

《梁書·武帝紀中》："（天監元年夏四月）癸酉，詔曰：'商俗甫移，遺風尚熾，下不上達，由來遠矣。升中馭索，增其懷然。可於公車府謗木肺石傍各置一函。若肉食莫言，山阿欲有橫議，投謗木函。若從我江、漢，功在可策，犀兕徒弊，龍蛇方縣；次身才高妙，擯壓莫通，懷傅、吕之術，抱屈、賈之歎，其理有曠然，受困包甌；夫大政侵小，豪門陵賤，四民已窮，九重莫達。若欲自申，並可投肺石函。'"再從此令"自永元昏侈""今舊邦惟新"等語推斷，此令當作於梁武帝蕭衍踐祚不久，即天監元年（五〇二）。

㛢：古同"榜"。

令：自永元昏侈，君子道消[一]，肺石之傍，窮冤不一[二]。今舊邦惟新，日昃思乂^[三]，淫刑濫賦，雖就刊革^[四]，幽枉未理，豈無其人^[五]。可設牓通衢，普加啓告^[六]：其有抱理未暢者，可齎辭指詣公車，言其枉直^[七]。

【校　記】

①《爲梁武帝設牓達枉令》《爲梁武帝檢尚書衆曹昏朝滯事令》《爲梁武帝集墳籍令》《爲梁武帝斷華侈令》《爲梁武帝掩骼埋胔令》與《爲梁武帝葬戰亡者令》等六篇，系任昉代梁武帝所擬詔令，《文館詞林》題目中“梁”上原皆無“爲”字，今依據通例，此六篇題目中“梁”上均加一“爲”字。

【箋　注】

[一]永元：見《爲齊帝禪位梁王詔》注[七]。昏侈：昏昧放縱。君子道消：《易·泰》：“內陰而外陽，內柔而外剛，內小人而外君子。小人道長，君子道消也。”

[二]肺石，古時設於朝廷門外的赤石。民有不平，得擊石鳴冤。石形如肺，故名。《周禮·秋官·大司寇》：“以肺石達窮民，凡遠近惸獨老幼之欲有復於上而其長弗達者，立於肺石，三日，士聽其辭，以告於上而罪其長。”鄭玄注：“肺石，赤石也。窮民，天民之窮而無告者。”賈公彥疏：“云‘肺石赤石也’者，陰陽療疾法，肺屬南方，火，火色赤，肺亦赤，故知名肺石是赤石也。必使之坐赤石者，使之赤心不妄告也。”窮冤：《周禮·夏官·太僕》：“建路鼓于大寢之門外，而掌其政，以待達窮者與遽令。聞鼓聲，則速逆御僕與御庶子。”鄭玄注：“鄭司農云：窮，謂窮冤失職則來擊此鼓以達於王……”

[三]舊邦惟新：《詩·大雅·文王》：“文王在上，於昭于天。周雖舊邦，其命維新。”維，同“惟”。日昃：見《求薦士詔》注[七]。思乂：思治，想望安定太平。乂，治也。《尚書·堯典》：“下民其咨，有能俾乂。”

[四]淫刑：濫用刑罰。《左傳·僖公二十三年》：“淫刑以逞，誰則無罪？”濫賦：不當的賦稅。刊革：刪改。《宋書·羊玄保傳》：“而占山封水，漸染復滋，更相因仍，便成先業，一朝頓去，易致嗟怨。今更刊革，立制五條。”

[五]幽枉：猶冤屈。《後漢書·明帝紀論》：“明帝善刑理，法令分明。日晏坐朝，幽枉必達。”

[六]設牓通衢：意謂在四通八達的大道陳設告示。通衢，四通八達的大道。班昭《東征賦》：“遵通衢之大道兮，求捷徑欲從誰。”啓告：通知，告知。《三國志·蜀書·董和傳》：“事有不至，至於十反，來相啓告。”

［七］抱理:有理而負屈。齎:攜帶。《漢書・食貨志》:"行者齎,居者送。"顏師古注:"謂將衣食之具以自隨也。"辭指:同"辭旨"。此處指訟辭。公車:即公車府。官署名,爲衛尉的下屬機構,自漢代設立,設公車令,掌管宫殿司馬門的警衛。天下上事及徵召等事宜,經由此處受理。《史記・滑稽列傳》:"(東方)朔初入長安,至公車上書,凡用三千奏牘。"《漢書・丁鴻傳》:"賜御衣及綬,稟食公車,與博士同禮。"李賢注:"公車,署名。公車所在,因以名。"《資治通鑒・梁紀十七》"景據公車府"胡三省注:"蕭子顯《齊志》:公車令,屬領軍,以受天下章奏。梁制,公車令屬衛尉,其署舍在臺城門外……府者,署舍之通稱。"枉直:曲與直。比喻是非、好壞。《後漢書・西域傳・大秦》:"常使一人持囊隨王車,人有言事者,即以書投囊中,王至宫發省,理其枉直。"

爲梁武帝檢尚書衆曹昏朝滯事令

【題　解】

此篇載《梁書・武帝紀上》,嚴可均據以輯入《全梁文》武帝文中。又載《文館詞林》卷第六百九十五,署名任昉,據此知此令爲任昉所草,今輯入《任昉集》中。

《梁書・武帝紀上》:"(永元三年)三月……乙巳,南康王即帝位於江陵,改永元三年爲中興元年,遥廢東昏爲涪陵王。以高祖爲尚書左僕射……十二月……己卯,高祖入屯閲武堂。……下令曰……又曰:'永元之季,乾維落紐……'"據此可知,此令作於齊和帝中興元年(五〇一)十二月己卯日。

令:永元之季,乾維落紐[一]。政實多門,有殊衛文之日①[二];權移於下,實等曹恭之時②[三]。閹尹有翁媪之稱③,高安有法堯之旨[四]。鬻獄販官,錮山護澤④[五]。開塞之機,奏成小醜[六];直道正議⑤,擁抑彌年[七]。懷冤抱理,莫知誰訴[八];奸吏因之,筆削自己[九]。豈直賈生流涕,許伯哭時而已哉[一〇]。今理運惟新,政刑得所,矯革流弊,實在兹日[一一]。可通檢尚書衆曹[一二]:昏時諸爭訟失理及主者淹停不時施行者⑥[一三],精加詳辨⑦,依事議奏⑧。便施行。

【校　記】

①日:《梁書》作"代"。

②實:《梁書》作"事"。

③"閽"上,《梁書》有"遂使"字。

④錮:《文館詞林》作"固",今據《梁書》改。

⑤議:《梁書》作"義"。

⑥"昏"上,《梁書》有"東"字。爭:《梁書》作"諍"。"主"下,《文館詞林》無"者"字,今據《梁書》補。

⑦詳:《梁書》作"訊"。

⑧"奏"下,《梁書》無"便施行"字。

【箋　注】

[一]永元:見《爲齊帝禪位梁王詔》注[七]。季:末。此處指一個朝代之末。《國語·晋語一》:"今晋寡德而安俘女,又增其寵,雖當三季之王,不亦可乎?"韋昭注:"季,末也。三季王,桀、紂、幽王也。"乾維:即"乾綱"。天之綱維、君權。《晋書·劉琨祖逖傳論》:"及金行中毀,乾維失統。"落紐:即"絶紐"。范甯《春秋穀梁傳序》:"昔周道衰陵,乾綱絶紐。"紐,見《爲齊帝禪位梁王詔》注[一六]。

[二]政實多門:語本《左傳·成公十六年》:"魯之有季孟,猶晋之有欒範也,政令於是乎成。今其謀曰:'晋政多門,不可從也。'"有殊衛文之日:《詩·鄘風·相鼠》《毛詩序》:"《相鼠》,刺無禮也。衛文公能正其群臣,而刺在位承先君之化無禮儀也。"衛文,即衛文公(?—前六三五)。姬姓,衛氏,初名辟疆,後改名毁,春秋時期衛國第二十任國君。在位初期,減輕賦税,慎用刑罰,發展農耕;重視手工業和文化教育事業;任用有能力者爲官;與中原各諸侯國結交會盟;發展軍事勢力,出兵滅亡邢國。

[三]權移於下,實等曹恭之時:《詩·曹風·候人》《毛詩序》:"《候人》,刺近小人也。共公遠君子而好近小人焉。"《史記·管蔡世家》:"余尋曹共公之不用僖負羈,乃乘軒者三百人,知唯德之不建。"曹恭公,即曹共公。姬姓,曹氏,名襄,春秋時期曹國第十六任君主。

"政實"四句,指東昏侯在位時,政權由"六貴"執掌。《南齊書·江祏傳》:"永元元年,領太子詹事。劉暄遷散騎常侍,右衛將軍。祏兄弟與暄及始安王遥光、尚書令徐孝嗣、領軍蕭坦之六人,更日帖敕,時呼爲'六貴'。"

[四]閽尹有翁媪之稱:《後漢書·宦者傳·張讓》:"(漢靈)帝……常云:'張常侍是我公,趙常侍是我母。'"閽尹,管領太監的官。《禮記·月令》:"是月也,命奄尹申宫令,審門閭,謹房室,必重閉。"鄭玄注:"奄尹,主領奄豎之官也。"奄,同"閹"。翁媪,年老的父母。高安有法堯之旨:《漢

書・佞倖傳・董賢》：“上（漢哀帝）有酒所，從容視賢笑，曰：‘吾欲法堯禪舜，何如？’”高安，董賢被漢哀帝封爲高安侯。《漢書・佞倖傳・董賢》：“上（漢哀帝）欲侯賢而未有緣。會待詔孫寵、息夫躬等告東平王雲后謁祠祀祝詛，下有司治，皆伏其辜。上於是令躬、寵爲因賢告東平事者，乃以其功下詔封賢爲高安侯，躬宜陵侯，寵方陽侯，食邑各千户。”法堯，指取法堯禪位於舜之事。“闍尹”二句，意謂東昏侯寵信倖臣茹法珍、梅蟲兒等人，敗壞朝綱。《南齊書・東昏侯紀》：“性重澀少言，不與朝士接，唯親信閹人及左右御刀應敕等……所寵群小黨羽三十一人，黄門十人。初任新蔡人徐世標爲直閣驍騎將軍，凡有殺戮，皆其用命。殺徐孝嗣後，封爲臨汝縣子。陳顯達事起，加輔國將軍。雖用護軍崔慧景爲都督，而兵權實在世標。……世標亦知帝昏縱，密謂其黨茹法珍、梅蟲兒曰：‘何世天子無要人，但阿儂貨主惡耳。’法珍等爭權，以白帝。帝稍惡其凶強，以二年正月，遣禁兵殺之，世標拒戰而死。自是法珍、蟲兒用事，並爲外監，口稱詔敕；中書舍人王咺之與相唇齒，專掌文翰。其餘二十餘人，皆有勢力。崔慧景平後，法珍封餘干縣男，蟲兒封竟陵縣男。”

［五］鬻獄：受賄而枉斷官司。《左傳・昭公十四年》：“鮒也鬻獄，邢侯專殺，其罪一也。”販官：買賣官爵。《鹽鐵論・刺復》：“富者買爵販官，免刑除罪，公用彌多而爲者徇私，上下無求，百姓不堪。”錮山護澤：義同“封山占水”“封錮山澤”。指將山林川澤封錮起來，據爲己有，禁止百姓進入漁樵。

［六］開塞：开启和阻塞。引申指兴革、取舍。《逸周书・文傳》：“不明开塞禁捨者，其如天下何？”小醜：地位低賤者或不重要的人物。《國語・周語上》：“王猶不堪，況爾小醜乎！”醜，類。“開塞”二句，意謂朝政出於地位低賤者。

［七］直道正議：此處指正直之人與秉正發表言論之人。直道，見《與沈約書》注［三］。正議，公正的言論。《左傳・昭公三年》：：“二子曰：‘吾不可以正議而自與也。’”擁抑：遏制，壓制。謝靈運《山居賦》：“衆流灌溉以環近，諸堤擁抑以接遠。”彌年：經年，終年。《後漢書・李固傳》：“永和中，荆州盜賊起，彌年不定，乃以固爲荆州刺史。”

［八］抱理：見《爲梁武帝設牓達枉令》注［七］。

［九］奸吏：枉法營私的官吏。《管子・七法》：“奸吏傷官法，奸民傷俗教。”筆削：意謂刪改皆由己意。筆削，古代無紙，書寫於竹簡木札之上，遇有訛誤，則以刀削去，并用筆改正之。“奸吏”二句，意謂枉法營私的官吏，隨己意刪改“懷冤抱理”者所上訴狀。

［一〇］賈生流涕：《漢書・賈誼傳》載賈誼《治安策》曰：“臣竊惟事勢，

可爲痛哭者一,可爲流涕者二,可爲長太息者六。"許伯哭時:謝承《後漢書·許慶傳》:"許慶,字子伯。……慶嘗與友人談論漢無統嗣,幸臣專勢,世俗衰薄,賢者放退,慨然據地悲哭。時人稱'許子伯哭世'。"

[一一]理運惟新:見《爲武帝追封丞相長沙王詔》注[六]。惟,同"維"。政刑:政令和刑罰。《左傳·隱公十一年》:"君子謂鄭莊公失政刑矣。政以治民,刑以正邪。"得所:語出《詩·魏風·碩鼠》:"樂土樂土,爰得我所。"《漢書·王莽傳上》:"四海輻湊,靡不得所。"矯革:矯正改變。《後漢書·徐防傳》:"五經各取上第六人,《論語》不宜射策。雖所失或久,差可矯革。"流弊:相沿而成的弊病。《三國志·魏書·杜恕傳》:"今之學者,師商韓而上法術,競以儒家爲迂闊,不周世用,此最風俗之流弊,創業者之所致慎也。"

[一二]通檢:普遍檢查。尚書衆曹:《通典·職官四·尚書上》"歷代尚書":"秦尚書四人。漢成帝初置尚書五人,其一人爲僕射,四人分爲四曹:常侍曹,二千石曹,民曹,客曹。後又置三公曹,是爲五曹。後漢尚書五曹,六人,其三公曹尚書二人。吏曹、二千石曹、民曹、客曹,兩梁冠,納言幘。或說有六曹。魏有吏部、左民、客曹、五兵、度支,凡五尚書。晋初有吏部、三公、客曹、駕部、屯田、度支六曹。太康有吏部、殿中、五兵、田曹、度支、左民,爲六曹尚書。及渡江,有吏部、祠部、五兵、左民、度支五尚書。宋有吏部、祠部、度支、左民、都官、五兵六尚書。齊梁與宋同,亦別有起部,而不常置也。"曹,古代分科辦事的官署或部門。

[一三]爭訟:見《奏彈劉整》注[五五]。失理:違背道理或事理。《莊子·至樂》:"莊子之楚,見空髑髏,髐然有形。撠以馬捶,因而問之,曰:'夫子貪生失理而爲此乎?……'"主者:見《王文憲集序》注[一二七]。淹停:停輟。

爲梁武帝集墳籍令

【題　解】

此篇載《文館詞林》卷第六百九十五,署名任昉。從令中"聖人有作""百度草創"等語推測,此令當作於蕭衍立齊和帝不久,與上篇基本同時。

令:近災起柏梁,遂延渠閣[一],青編素簡,一同煨燼[二],緗囊緹帙,蕩然無餘[三],故以痛深秦末,悲甚漢季[四]。求之天道,昭然有徵[五],豈不以昏嗣作蘖,禮樂崩壞[六]?及聖人有作,更俟茲辰[七]。

今雖百度草創，日不暇給[八]，而下車所務，非此孰先[九]？便宜選陳
農之才，采河閒之闕[一〇]，懷鈆握素，汗簡殺青[一一]，依祕閣舊録，速
加繕寫[一二]。便施行。

【箋　注】

[一]"近災"二句：《南齊書·五行志》："永元二年八月，宮内火，燒西
齋璿儀殿及昭陽、顯陽等殿，北至華林牆，西及祕閣，凡屋三千餘閒。《京房
易傳》曰：'君不思道，厥妖火燒宮。'祕閣與《春秋》宣榭火同，天意若曰，既
無紀綱，何用典文爲也。"此文所言火災即指永元二年八月宮内大火。柏
梁，見《清暑殿聯句柏梁體》題解。此處借指宮廷。渠閣，石渠閣之省稱，西
漢皇室藏書之處。此處指上引《南齊書·五行志》中的"祕閣"。《三輔黄
圖》卷六《閣》："石渠閣，蕭何造，其下礲礳石爲渠，以導水，若今御溝，因爲
閣名。所藏入關所得秦之圖籍；至於成帝，又於此藏秘書焉。"石渠閣後成
爲宮廷藏書處之代稱。

[二]青編素簡：泛指書籍。《南齊書·文惠太子傳》："時襄陽有盜發古
塚者，相傳云是楚王塚，大獲寶物玉屐、玉屏風、竹簡書、青絲編。簡廣數分，
長二尺，皮節如新。盜以把火自照，後人有得十餘簡，以示撫軍王僧虔，僧虔
云是科斗書《考工記》，《周官》所闕文也。"素簡，《風俗通》曰："光武車駕徙
都洛陽，載素簡紙經凡二千兩。"煨燼：經焚燒而化爲灰燼。

[三]緗囊緹帙：書的代稱。緗囊，淺黄色的書套。緹帙，紅布書套。

[四]痛深秦末：《史記·秦始皇本紀》載：始皇三十四年，博士淳于越主
張效法古制，分封諸侯，李斯堅決反對，并建議："史官非秦記皆燒之。非博
士官所職，天下敢有藏《詩》《書》、百家語者，悉詣守、尉雜燒之。有敢偶語
《詩》《書》者棄市。以古非今者族。吏見知不舉者與同罪。令下三十日不
燒，黥爲城旦。所不去者，醫藥卜筮種樹之書。若欲有學法令，以吏爲師。"
制曰："可。"悲甚漢季：漢朝宮室藏書發生兩次大規模焚毀事件，一是西漢
末年，《後漢書·儒林傳》："昔王莽、更始之際，天下散亂，禮樂分崩，典文殘
落。"《隋書·牛弘傳》載牛弘《請開獻書之路表》曰："及王莽之末，長安兵
起，宮室圖書，並從焚燼。"《隋書·經籍志》謂《七略》所載"大凡三萬三千
九十卷，王莽之末，又被焚燒"。二是東漢末年，《後漢書·儒林傳》："及董
卓移都之際，吏民擾亂，自辟雍、東觀、蘭臺、石室、宣明、鴻都諸藏典策文章，
競共剖散，其縑帛圖書，大則連爲帷蓋，小乃制爲滕囊。及王允所收而西者，
裁七十餘乘，道路艱遠，復棄其半矣。後長安之亂，一時焚蕩，莫不泯
盡焉。"

［五］天道:見《爲卞彬謝修卞忠貞墓啓》注［二］。有徵:有依據。《左傳・昭公八年》:“君子之言,信而有徵,故怨遠於其身。”

［六］昏嗣:指東昏侯蕭寶卷。作蘖:作亂,作惡。蘖:同“孽”。禮樂崩壞:即“禮壞樂崩”。《漢書・武帝紀》:“蓋聞導民以禮,風之以樂,今禮壞樂崩,朕甚閔焉。”

［七］聖人:君主時代對帝王的尊稱。《禮記・大傳》:“聖人南面而治天下,必自人道始矣。”

［八］百度草創:見《天監三年策秀才文三首》注［八］。日不暇給:《史記・封禪書》:“雖受命而功不至,至梁父矣而德不洽,洽矣而日有不暇給,是以即事用希。”《漢書・高帝紀下》:“雖日不暇給,規摹弘遠矣。”顏師古注:“給,足也。日不暇足,言衆事繁多,常汲汲也。”

［九］下車:見《齊竟陵文宣王行狀》注［四七］。

［一〇］陳農之才、河間之閒:見《齊竟陵文宣王行狀》注［九］。

［一一］懷鉛握素:指勤於寫作校勘。《北史・儒林傳上》:“握素懷鉛,重席解頤之士,間出於朝廷。”懷鉛、握素,見《爲范始興求爲太宰立碑表》注［二三］。汗簡殺青:此處指書册。《後漢書・吳祐傳》:“(吳)祐欲殺青簡以寫經書。”李賢注:“殺青者,以火炙簡令汗,取其青易書,復不蠹,謂之殺青,亦謂汗簡。”後泛指書籍寫定。

［一二］祕閣:古代宮中收藏珍貴圖書之處。陸機《弔魏武帝文》:“機始以臺郎出補著作,游乎祕閣而見魏武帝遺令。”舊録:原先的目録。繕寫:編録。劉向《戰國策序》:“其事繼春秋以後,訖楚漢之起,二百四十五年間之事皆定,以殺青,書可繕寫。”

爲梁武帝斷華侈令

【題　解】

此篇載《梁書・武帝紀上》,嚴可均據以輯入《全梁文》武帝文中。又載《文館詞林》,署名任昉,據此知此令爲任昉所草,今輯入《任昉集》中。

《梁書・武帝紀上》:“(中興)二年正月……高祖下令曰:‘夫在上化下,草偃風從……’”據此可知,此令作於中興二年(五〇二)正月。

令:夫在上化下,草偃風從[一],俗之澆淳,恒由此作[二]。自永元失德,書契未紀[三],窮昏極悖,焉可勝言[四]。既而璇室外搆,傾宮内積[五],奇伎異服,實所未見[六],上慢下暴,淫侈競馳[七],國命朝權,政移近習[八]，販官鬻爵，賄貨公行[九]，並甲第康衢，漸臺廣夏[一〇]，長袖低昂，等和戎之錫；珍羞百品，同伐冰之家[一一]。愚人因之，浸以成俗[一二]，憍豔競爽，夸麗相高[一三]。至乃市井之家，貂狐在御[一四]；工商之子，緹繡是襲[一五]。日入之次，夜艾未反；昧爽之朝，期之清旭[一六]。今聖明肇運，屬精惟始[一七]，雖曰纘戎，殆同創革[一八]。且淫費之後，繼以興師[一九]，巨橋鹿臺，彤罄不一[二〇]。孤忝荷寵任，務在澄清[二一]，思所以仰贊皇朝大帛之旨，俯屬微躬黜衰之義[二二]，解而更張，斲雕爲樸[二三]，自非可以奉粢盛，修綏冕[二四]，習禮樂之容，繕甲兵之備[二五]，此外衆費，一皆禁絶[二六]。御府中署，量宜罷省[二七]，掖廷備御妾之數，大予絶鄭衛之音[二八]，仰度朝旨，闇同此意[二九]。其中有可以率先卿士，準的庶萌，菲食薄衣，請自孤始[三〇]。加以群才並軌，九官咸事[三一]，若能人務退食，競存約己，移風易俗，庶暮月有成[三二]。昔毛玠在朝，士大夫不敢靡衣愉食，魏武歎曰："孤之法不如毛尚書。"[三三]孤雖德謝往賢，任重先達，實望多士，得其此心。外可詳爲條格，以時施行[三四]。

【箋　注】

［一］夫在上化下，草偃風從：比喻在上者能以德化民，則民之向化，猶風吹草仆，相率從善。《論語·顏淵》："君子之德風，小人之德草，草上之風，必偃。"《詩·周南·關雎》《毛詩序》："上以風化下，下以風刺上。"

［二］澆淳：謂使淳樸的社會風氣變得浮薄。《漢書·循吏傳·黄霸》記張敞奏表曰："澆淳散樸，並行僞貌，有名亡實，傾摇解怠，甚者爲妖。"顏師古注："不雜爲淳。以水澆之，則味漓薄。"澆，使减薄、浮薄。《淮南子·齊俗訓》："衰世之俗……澆天下之淳，析天下之樸……"高誘注："澆，薄也。淳，厚也。"恒由此作：張衡《兩都賦》："政之興衰，恒由此作。"

［三］永元：見《爲齊帝禪位梁王詔》注［七］。失德：過錯，罪過。《詩·小雅·伐木》："民之失德，乾餱以愆。"書契：指文字。《易·繫辭下》："上古結繩而治，後世聖人易之以書契。"

［四］窮昏極悖：極度昏昧，違反禮法。窮，終極。

［五］琁室：美玉裝飾之室。《新論·琴道》："文王之時，紂無道，爛金爲格，溢酒爲池，宮中相殘，骨肉成泥，琁室瑶臺，藹云翳風，鍾聲雷起，疾動天地。"琁，同"璇"。搆：古同"構"。《説文》："搆，蓋也。"傾宮：見《爲宣德太后重敦勸梁王令》注［一二］。"既而"二句，言東昏侯大興土木，極盡雕飾。《南齊書·東昏侯紀》："後宮遭火之後，更起仙華、神仙、玉壽諸殿，刻畫雕

綵，青莊金口帶，麝香塗壁，錦幔珠簾，窮極綺麗。繫役工匠，自夜達曉，猶不副速，乃剔取諸寺佛刹殿藻井仙人騎獸以充足之。世祖興光樓上施青漆，世謂之‘青樓’。帝曰：‘武帝不巧，何不純用琉璃。’……（永元）三年夏，於閱武堂起芳樂苑，山石皆塗以五采，跨池水立紫閣諸樓觀，壁上畫男女私褻之像。”

　　[六]奇伎異服：《禮記·王制》：“作淫聲、異服、奇技、奇器以疑衆，殺。”鄭玄注：“異服，若聚鷸冠、瓊弁也。奇技、奇器，若公輸般請以機窆。”陳澔集説：“異服，非先王之服也。”奇伎，同“奇技”。新異的技藝及製成品。《尚書·泰誓下》：“今商王受……作奇技淫巧，以悦婦人。”《新語·懷慮》：“楚靈王居千里之地，享百邑之國，不先仁義而尚道德，懷奇伎……”異服，不合禮制的服飾、奇異的服裝。“奇伎”二句，言東昏侯嗜好奇技淫巧、奇裝異服。《南齊書·東昏侯紀》：“自江祐、始安王遥光誅後，漸便騎馬。日夜於後堂戲馬，與親近閹人倡伎鼓叫。……高鄣之内，設部伍羽儀，復有數部，皆奏鼓吹羌胡伎，鼓角橫吹。夜出晝反，火光照天。拜愛姬潘氏爲貴妃，乘卧輿，帝騎馬從後。著織成袴褶，金薄帽，執七寶縛槊，戎服急裝，不變寒暑，陵冒雨雪，不避坑阱，馳騁渴乏，輒下馬解取腰邊蠱器酌水飲之，復上馬馳去。馬乘具用錦繡處，患爲雨所沾濕，纖雜綵珠爲覆蒙，備諸雕巧。……置射雉場二百九十六處，罻中帷帳及步鄣，皆袷以綠紅錦，金銀鏤弩牙，玳瑁帖箭。……潘氏服御，極選珍寶，主衣庫舊物，不復周用，貴市民閒金銀寶物，價皆數倍。虎魄釧一隻，直百七十萬。京邑酒租，皆折使輸金，以爲金塗。猶不能足，下揚、南徐二州橋桁塘埭丁計功爲直，欲取見錢，供太樂主衣雜費。由是所在塘瀆，多有隳廢。又訂出雉頭鶴氅白鷺縗……又於（芳樂）苑中立市，太官每旦進酒肉雜肴，使宫人屠酤，潘氏爲市令，帝爲市魁，執罰，爭者就潘氏決判。帝有膂力，能擔白虎橦，自製雜色錦伎衣，綴以金花玉鏡衆寶，逞諸意態。”

　　[七]上慢下暴：《易·繫辭上》：“小人而乘君子之器，盗思奪之矣。上慢下暴，盗思伐之矣。”高亨注：“國家如君上驕惰，下民强暴，則盗寇思伐之矣。”淫侈：過度奢侈。《晏子春秋·内篇雜上第五》：“吾託國于晏子也。以其家貨養寡人，不欲其淫侈也，而況與寡人謀國乎！”競馳：爭逐。左思《蜀都賦》：“孔翠群翔，犀象競馳。”

　　[八]國命：國家政權。《論語·季氏》：“陪臣執國命，三世希不失矣。”近習：指君主寵愛親信的人。《禮記·月令》：“（仲冬之月）省婦事，毋得淫，雖有貴戚近習，毋有不禁。”《後漢書·皇甫規傳》：“（孝順皇帝）後遭姦僞，威分近習，畜貨聚馬，戲謔是聞。”李賢注：“近習，諸佞倖親近小人也。”

　　[九]販官鬻爵:《魏書·僭晋司馬睿傳》載王恭表曰:"兵食資儲,斂爲私積;販官鬻爵,威恣百城。"販官,見《爲梁武帝檢尚書衆曹昏朝滯事令》注[五]。賄貨公行:因請托而送給别人錢財。

　　[一〇]甲第:旧时豪门贵族的宅第。《史记·孝武本纪》:"賜列侯甲第,僮千人。"裴駰集解引《汉书音义》:"有甲乙第次,故曰第。"康衢:四通八達的大路。《列子·仲尼》:"堯乃微服游於康衢。"漸臺:臺名。《三輔黄圖·臺榭》:"漸臺,在未央宫太液池中,高十丈。漸,浸也,言爲池水所漸。又一説:'漸臺',星名,法星以爲臺名。未央宫有滄池,池中有漸臺,王莽死於此。"此處泛指臺榭樓閣。廣夏:即"廣廈"。王褒《九懷·陶壅》:"息陽城兮廣夏,衰色罔兮中息。"

　　[一一]"長袖"四句:極言東昏侯服飾飲食之奢靡。長袖低昂,等和戎之錫:《左傳·襄公四年》:無終子嘉父派孟樂到晋國,通過魏絳送給晋國虎豹之皮,想請求晋國同各戎族建立和睦關係。晋悼公卻想征伐他們。魏絳曰:"和戎有五利焉:戎狄荐居,貴貨易土,土可賈焉,一也。邊鄙不聳,民狎其野,穡人成功,二也。戎狄事晋,四鄰振動,諸侯威懷,三也。以德綏戎,師徒不勤,甲兵不頓,四也。鑒于后羿,而用德度,遠至邇安,五也。君其圖之。"公説,使魏絳盟諸戎。到魯襄公十二年(前562),短短的八年時間内,和戎政策取得了晋國與戎狄和睦相處的局面。悼公大説,將鄭國贈送的樂師、樂器,女樂的一半賜給魏絳,曰:"子教寡人和諸戎狄以正諸華,八年之中,九合諸侯,如樂之和,無所不諧。請與子樂之。"長袖低昂,代指女樂。和戎,指中原王朝與外族、外國修好。錫,賜。伐冰之家,見《奏彈蕭穎達》注[三]。

　　[一二]浸:逐漸。

　　[一三]憍豔:同"驕艷"。以艷麗爲驕矜。競爽:爭勝。夸麗:華麗。

　　[一四]御:進用,使用。

　　[一五]緹繡:赤繒與文繡。指珍貴絲織品。《後漢書·宦者傳序》:"狗馬飾雕文,土木被緹繡。"襲:穿衣。

　　[一六]夜艾:夜深。昧爽:拂曉,黎明。《尚書·牧誓》:"時甲子昧爽,王朝至于商郊牧野,乃誓。"清旭:清晨。郭璞《江賦》:"爾乃隸雺褹於清旭,覘五兩之動静。"

　　[一七]肇運:創始國運。厲精:振奮精神。《漢書·平帝紀》:"令士厲精鄉進,不以小疵妨大材。"

　　[一八]纘戎:《詩·大雅·韓奕》:"王親命之:纘戎祖考,無廢朕命。"孔穎達疏:"王身親自命之云:汝當紹繼光大其祖考之舊職,復爲侯伯以繼

先祖,無得棄我之教命而不用之。"後以"纘戎"指繼承帝業。創革:創立變革。《後漢書・張純傳》:"竊以經義所紀,人事衆心,雖實同創革,而名爲中興,宜奉先帝,恭承祭祀者也。"

　　[一九]淫費:指東昏侯時期的過度花費。《後漢書・皇后紀序》:"自武、元之後,世增淫費,至乃掖庭三千,增級十四。"

　　[二〇]巨橋:古代糧倉名。故址在古衡漳東岸,因水上有大橋得名。今屬河北省曲周縣。《尚書・武成》:"散鹿臺之財,發鉅橋之粟。"鹿臺:見《爲宣德太后重敦勸梁王令》注[一二]。彫罄:意謂國庫糧倉的物資糧食被東昏侯浪費殆盡。

　　[二一]忝荷:有愧擔任。《後漢書・史弼傳》:"弼大怒曰:'太守忝荷重任,當選士報國,爾何人而僞詐無狀!'"寵任:《三國志・魏書・劉放傳》:"明帝即位,尤見寵任,同加散騎常侍。"澄清:使混濁變爲清明。比喻肅清混亂局面。《後漢書・黨錮傳・范滂》:"滂登車攬轡,慨然有澄清天下之志。"

　　[二二]仰贊:指輔助在上者謀劃。王儉《褚淵碑文》:"公實仰贊宏規,參聞神筭。"大帛:《左傳・閔公二年》:"衛文公大布之衣,大帛之冠。"杜預注:"大帛,厚繒。"俯屬:指自己勉勵從事。《宋書・武帝紀上》載劉裕上盧循言曰:"昔天禍皇室,巨狡縱簒,臣等義惟舊隸,豫蒙國恩,仰契信順之符,俯屬人臣之憤,雖社稷之靈,抑亦事由衆濟。"纇衰:最重的一種喪服。《新書・六術》:"故復有纇衰、齊衰、大紅、細紅、緦麻,備六,各服其所當服。"纇,粗白麻步。衰,音崔。喪服。此處指儉樸的衣服。"仰贊"二句,意謂上輔佐皇帝推行儉樸之旨,下躬身踐履儉樸之行。

　　[二三]解而更張:董仲舒《賢良策》:"琴瑟不調,解而更張;爲政不行,變而更化。"原意爲如果琴彈出來的音律不協調,就要拆開重新上弦。喻如果政令無法推行,就要加以改變。斲雕爲樸:斲理雕弊之俗,使返質樸。語出《史記・酷吏列傳》:"漢興,破觚而爲圜,斲雕而爲朴。"司馬貞索引引晋灼云:"凋,弊也。斲理凋弊之俗,使反質樸也。"斲,同"斮"。凋,同"雕"。

　　[二四]粢盛:古代盛在祭器內以供祭祀的穀物。《國語・周語上》:"夫民之大事在農,上帝之粢盛於是乎出……"韋昭注:"器實曰粢,在器曰盛。"紱冕:古時繫官印的絲帶及大夫以上的禮冠。引申爲官服、禮服。《列子・楊朱》:"禹……受舜禪,卑宮室,美紱冕,戚戚然以至於死。""奉粢盛"二句,意謂恢復祭祀冠服等禮制。

　　[二五]禮樂之容:朱昭之《難顧道士〈夷夏論〉》:"東國貴華,則爲袞冕之服,禮樂之容。"繕:整治軍備。《左傳・隱公元年》:"繕甲兵,具卒乘。"

　　[二六]衆費:諸項費用。《宋書・庾悦傳》載劉毅上表曰:"且屬縣凋

散,亦有所存,而役調送迎,不得休止,亦謂應隨宜並減,以簡衆費。”

[二七]御府:帝王的府庫。《史記·平準書》:“胡降者皆衣食縣官,縣官不給,天子乃損膳,解乘輿駟,出御府禁藏以贍之。”中署:宮廷内府。《後漢書·宦者傳·吕强》:“每郡國貢獻,先輸中署,名爲‘導行貨’。”李賢注:“中署,内署也。”量宜:根據情況適時度量。曹丕《至廣陵於馬上作》:“量宜運權略,六軍咸悦康。”罷省:省免,廢除。《漢書·翼奉傳》:“罷省不急之用,振救困貧,賦醫藥,賜棺錢,恩澤甚厚。”

[二八]掖廷:亦作“掖庭”。宮中旁舍,妃嬪居住的地方。《後漢書·班彪傳上》“後宮則有掖庭椒房,后妃之室”李賢注引《漢官儀》曰:“婕妤以下皆居掖庭。”備御妾之數:《太平御覽·皇親部》引蔡邕《月令章句》曰:“后妃率九嬪御:御者,天子適妻也;妃命也,嬪婦也,御妾也。《周禮》:天子一后、三妃、九嬪、二十七世婦、八十一御妻,以應外朝公卿大夫之數。”大予:官名。原爲樂名。西漢時,稱《大樂》,因稱掌樂官爲“大樂令”。至東漢明帝時改稱《大予》,亦稱《大予樂》,掌樂官稱“大予樂令”,秩六百石。此官統掌伎樂。凡國有祭祀,則掌請奏樂,及大饗用樂之次序。鄭衛之音:指春秋戰國時鄭、衛等國的民間音樂。《禮記·樂記》:“魏文侯問于子夏曰:‘吾端冕而聽古樂,則惟恐卧;聽鄭衛之音,則不知倦。敢問古樂之如彼,何也?新樂之如此,何也?’”後泛指淫靡的音樂。《後漢書·循吏傳序》:“(光武)身衣大練,色無重綵,耳不聽鄭衛之音,手不持珠玉之玩。”

[二九]闇同:猶暗合。《世説新語·文學》“了不異人意”劉孝標注引晉孫盛《晋陽秋》:“昔未讀此書,意嘗謂至理如此。今見之,正與人意暗同。”

[三〇]準的:作爲……的準則,以爲……的標準。庶萌:衆人,庶民。萌,通“氓”。顔延之《三月三日曲水詩序》:“思對上靈之心,以惠庶萌之願。”菲食:粗劣的飲食。陸機《辨亡論下》:“卑宮菲食,豐功臣之賞。”

[三一]群才並軌:見《爲武帝初封功臣詔》注[三]。九官:見《求薦士詔》注[五]“九工”。咸事:人盡其職之意。

[三二]退食:語出《詩·召南·羔羊》:“退食自公,委蛇委蛇。”鄭玄箋:“退食,謂減膳也。自,從也;從於公,謂正直順於事也。”後因以指官吏節儉奉公。約己:約束自己。《後漢書·應奉傳》:“和帝時爲河南尹、將作大匠,公廉約己,明達政事。”移風易俗:改變舊的風俗習慣。《荀子·樂論》:“樂者,聖人之所樂也,而可以善民心,其感人深,其移風易俗,故先王導之以禮樂而民和睦。”庶:或許。朞月有成:《論語·子路》:“子曰:‘苟有用我者,朞月而已可也,三年有成。’”朞月,一週年。

[三三]“昔毛玠”三句:《晋書·傅玄傳附子咸》載傅咸以世俗奢侈,上

書曰：“……昔毛玠爲吏部尚書，時無敢好衣美食者。魏武帝歎曰：‘孤之法
不如毛尚書。’令使諸部用心，各如毛玠，風俗之移，在不難矣。”靡衣愉食，
即傅咸上書所言“好衣美食”。

[三四]外可詳爲條格，以時施行：意爲命令相關部門制定詳細的法規
條文，即時施行。

爲梁武帝掩骼埋胔令

【題　解】

此篇載《梁書·武帝紀上》，嚴可均據以輯入《全梁文》武帝文中。又載
《文館詞林》卷第六百九十五，署名任昉，據此知此令爲任昉所草，今輯入
《任昉集》。

《梁書·武帝紀上》：“（永元三年）三月……乙巳，南康王即帝位於江
陵，改永元三年爲中興元年，遥廢東昏爲涪陵王。以高祖爲尚書左僕射……
十二月……己卯，高祖入屯閱武堂。……又下令，以義師臨陣致命及疾病死
亡者，並加葬斂，收恤遺孤。又令曰：‘朱爵之捷，逆徒送死者……’”據此可
知，此令作於齊和帝中興元年（五〇一）十二月己卯日。

令：近朱雀之捷①，義勇爭奮②[一]，離心之衆，敢距王師[二]。鉦
鉞一臨，望塵奔陷[三]，睢水不流，隻輪莫反[四]。求之政刑，允兹孥
戮[五]。但于時白旗未懸，凶威猶壯[六]，驅逼所至，非有禍心[七]。凡
厥逆徒於陣送死者③，可特使家人收葬④[八]。若無親⑤，或有貧苦無
以斂骸⑥，二縣長尉即爲埋掩⑦[九]。仁及枯骨，非所敢慕[一〇]，尚或
瘞之，庶幾可勉[一一]。凡建康城内諸不逆天命自取淪亡者⑧，亦同此
科[一二]。便可施行⑨。

【校　記】

①雀：《梁書》作“爵”，音義同。
②“奮”下，《梁書》無“離心之衆敢距王師鉦鉞一臨望塵奔陷睢水不流
隻輪莫反求之政刑允兹孥戮但于時白旗未懸凶威猶壯驅逼所至非有禍心凡
厥”字。
③“送”上，《梁書》無“於陣”字。
④可特使：《梁書》作“特許”。“收”：《梁書》作“殯”。
⑤“親”下：《梁書》有“屬”字。

⑥"苦"下,《梁書》無"無以斂骸"字。

⑦"掩"下,《梁書》無"仁及枯骨非所敢慕尚或墐之庶幾可勉凡"字。

⑧諸不逆天命自取淪亡者:《梁書》作"不達天命自取淪滅"。

⑨便可施行:《梁書》無此四字。

【箋　注】

[一]朱雀之捷:齊和帝中興元年(東昏侯永元三年,五〇一)冬十月,蕭衍義軍與東昏侯軍隊戰於朱雀航,大勝。《梁書·武帝紀上》記載:"十月……東昏又遣征虜將軍王珍國率軍主胡虎牙等列陣於航南大路,悉配精手利器,尚十餘萬人。閹人王㑉子持白虎幡督率諸軍,又開航背水,以絶歸路。王茂、曹景宗等挎角奔之,將士皆殊死戰,無不一當百,鼓噪震天地。珍國之衆,一時土崩,投淮死者,積尸與航等,後至者乘之以濟,於是朱爵諸軍望之皆潰。"朱雀,即朱雀航,又名朱雀桁,是六朝時期建康南城門朱雀門外的浮橋,橫跨淮水(今秦淮河)上。三國吳時稱南津橋,晋改名"朱雀桁"。爲連船而成,長九十步,廣六丈。因在臺城南,又稱"南航"。淮水上二十四航,此爲最大,又稱"大航"。許嵩《建康實録》卷第七"朱雀橋"下注引《地志》曰:"本吳南津大吳橋也。王敦作亂,温嶠燒絶之,遂權以浮航往來。至是,始議用杜預河橋法作之。長九十步,廣六丈,冬夏隨水高下也。"義勇:見《奏彈曹景宗》注[一六]。爭奮:競相奮發。《史記·司馬穰苴列傳》:"病者皆求行,爭奮出爲之赴戰。"

[二]離心之衆:見《爲范尚書讓吏部封侯表》注[二三]。王師:見《奏彈曹景宗》注[一〇]。

[三]鉦鉞:蔡邕《黄鉞銘》:"作兹鉦鉞軍鼓,陳之東階。"鉦,古樂器名。形似鍾而狹長,有長柄,用時口朝上,以槌敲擊。行軍時用以節止步伐。《詩·小雅·采芑》:"方叔率止,鉦人伐鼓。"鉞,古兵器,用於斫殺,狀如大斧。《尚書·顧命》:"一人冕執鉞,立于西堂。"望塵奔陷:義同"望塵奔潰"。指只看見敵方軍馬揚起的塵土便奔逃潰散。形容軍無鬥志。

[四]睢水不流:形容潰敗。《史記·項羽本紀》:"漢卒十餘萬人皆入睢水,睢水爲之不流。"隻輪莫反:連戰車的一隻輪子都未能返回。比喻全軍覆没。反,通"返"。《春秋公羊傳·僖公三十三年》:"然而晋人與姜戎要之殽而擊之,(秦師)匹馬隻輪無反者。"

[五]政刑:政令和刑罰。《左傳·隱公十一年》:"君子謂鄭莊公失政刑矣。政以治民,刑以正邪。"允:確實。孥戮:誅及子孫。《尚書·甘誓》:"予則孥戮汝。"孔安國傳:"孥,子也。非但止汝身,辱及汝子,言恥累也。"多用

爲殺戮之意。

[六]白旗:《史記·周本紀》:"武王持大白旗以麾諸侯,諸侯畢拜武王,武王乃揖諸侯,諸侯畢從。"《尚書·牧誓》"右秉白旄以麾"孔安國注:"右手把旄,示有事於教。"孔穎達疏:"'右手把旄,示有事於教。'其意言惟教軍人不誅殺也。把旄何以白旄?用白者,取其易見也。"凶威:見《奏彈曹景宗》注[二七]。

[七]驅逼:驅使逼迫。《晉書·殷仲文傳》載殷仲文表曰:"昔桓玄之代,誠復驅逼者衆。"禍心:爲禍之心,作惡的念頭。《左傳·昭公元年》:"將恃大國之安靖己,而無乃包藏禍心以圖之。""于時"四句,言當時梁武帝尚未開始討伐東昏侯,東昏侯威勢凶猛,其廣大士兵迫於淫威,不得已而戰,並非真有爲禍之心。

[八]收葬:收殮埋葬。《三國志·魏書·王修傳》:"(王修)遂詣太祖,乞收葬(袁)譚屍。"

[九]斂骸:收斂尸骸。

[一〇]仁及枯骨:《呂氏春秋·孟冬紀·異用》:"周文王使人抇池,得死人之骸,吏以聞於文王,文王曰:'更葬之。'吏曰:'此無主矣。'文王曰:'有天下者,天下之主也。有一國者,一國之主也。今我非其主也?'遂令吏以衣棺更葬之。天下聞之曰:'文王賢矣,澤及髊骨,又況於人乎!'"許維遹注曰:"骨有肉曰髊,無曰枯。"

[一一]尚或墐之:《詩·小雅·小弁》:"行有死人,尚或墐之。"墐,音進。毛傳:"路塚也。"即就路掩埋之意。庶幾:或許可以,表示希望或推測。《史記·秦始皇本紀》:"寡人以爲善,庶幾息兵革。"勉:盡力,用盡所有力量。《左傳·昭公二十年》:"爾其勉之。"杜預注:"謂努力。"

[一二]逆天命:《尚書·呂刑》:"爾尚敬逆天命,以奉我一人!"淪亡:喪亡。科:法令。《太玄·玄離》:"三儀同科。"

爲梁武帝葬戰亡者令

【題　解】

此篇載《文館詞林》卷第六百九十五,署名任昉,故輯入《任昉集》。

《梁書·武帝紀上》:"(永元三年)三月……乙巳,南康王即帝位於江陵,改永元三年爲中興元年,遙廢東昏爲涪陵王。以高祖爲尚書左僕射……十二月……己卯,高祖入屯閱武堂。……又下令,以義師臨陣致命及疾病死亡者,並加葬斂,收恤遺孤。"因此,此令亦作於齊和帝中興元年(五〇一)十二月己卯日。

　　　令:近義師鞠旅,士卒爭奮[一],數千之塗,載離寒暑[二]。輟西歸之思,厲必死之節[三]。兵凶戰危,零落者衆[四]。加以風寒霜露,夭其天年[五],同彼艱辰,異此慶日[六]。興言既往,惻愴深懷[七]。凡諸臨陣致節及疾病喪亡者,並宜厚加葬斂,收恤遺孤[八]。庶足微慰忠魂,少疇誠烈[九]。

【箋　注】

[一]義師:見《禪梁册》注[四二]。鞠旅:見《宣德太后再敦勸梁王令》注[二四]。爭奮:見《爲梁武帝掩骼埋胔令》注[一]。士卒:甲士和步卒。後泛指士兵。《管子·立政》:“兼愛之説勝,則士卒不戰。”

[二]數千之塗:形容路塗遥遠。載離寒暑:經歷冬寒夏暑。《詩·小雅·小明》:“明明上天,照臨下土。我征徂西,至于艽野。二月初吉,載離寒暑。心之憂矣,其毒大苦。念彼共人,涕零如雨。豈不懷歸?畏此罪罟!”離,經歷。

[三]輟西歸之思:永元二年(五〇〇),蕭衍起義兵於襄陽,士兵多爲西方荆州一帶人,故云。西歸,《詩·桧風·匪風》:“誰將西歸,懷之好音。”厲:砥礪,磨練。

[四]兵凶戰危:晁錯《言兵事疏》:“雖然,兵,凶器;戰,危事也。故以大爲小,以彊爲弱,在俛仰之間耳。”後以“兵凶戰危”謂戰事凶險可怕。零落:喻死亡。《管子·輕重己》:“宜穫而不穫,風雨將作,五穀以削,士民零落。不穫之害也。”

[五]夭其天年:《莊子·人間世》:“故不終其天年而中道夭,自掊擊於世俗者也。”天年,自然的壽數。

[六]“同彼”二句:意謂戰亡者生前與活下來的將士共經艱難,但不能與之歡度吉慶之時。

[七]興言:指告諭。左思《魏都賦》:“聖武興言,將曜威靈。”既往:死的諱稱。王儉《褚淵碑文》:“晏嬰既往,齊侯超車而行哭。”惻愴:哀傷。荀悦《漢紀·文帝紀論》:“夫賈誼過湘水,弔屈原,惻愴慟懷,豈徒忿怨而已哉!”

[八]臨陣:謂身臨戰陣。舊題李陵《答蘇武書》:“單于臨陣,親自合圍。”致節:此處指爲國事而犧牲。《三國志·魏書·臧洪傳》:“聞其言者,雖卒伍厮養,莫不激揚,人思致節。”葬斂:埋葬入殮。收恤:收容救濟。《戰

國策·趙三》:"其社稷之不能恤,安能收恤繭、離石、祁乎?"遺孤:死者遺留下來的孤兒。《三國志·魏書·崔琰傳》:"及琰友人公孫方、宋階早卒,琰撫其遺孤,恩若己子。"

[九]庶足:尚可。《後漢書·西域傳》載尚書陳忠上疏曰:"庶足折沖萬里,震怖匈奴。"忠魂:忠烈者的英魂。疇:通"酬"。酬答。《文選》潘岳《西征賦》:"疇匹婦其已泰,胡厥夫之謬官。"李善注:"疇,猶酬也。"誠烈:指忠誠剛烈之士。《魏書·景穆十二王傳·文宣王澄》:"(魏)高祖(北魏孝文帝拓跋宏)曰:'……比干、嵇紹皆是古之誠烈,而朕務濃於比干,禮略於嵇紹,情有愧然。'"

轉送亡軍士教

【題　解】

此篇載《文館詞林》卷第六百九十九《教四》,署名任昉,故輯入《任昉集》。

齊朝、梁朝都與北魏發生過戰爭,齊朝最終大敗,而梁朝在任昉任職京城期間取得了較大勝利,此令中"胡馬北徂"應非虛語,因此,此令應是作於梁朝時。《梁書·武帝紀中》:"(天監二年)冬十月,魏寇司州。(天監三年)二月,魏陷梁州。八月,魏陷司州……(天監四年)冬十月丙午,北伐,以中軍將軍、揚州刺史臨川王宏都督北討諸軍事,尚書右僕射柳惔爲副。……(天監五年)三月……癸未,魏宣武帝從弟翼率其諸弟來降。輔國將軍劉思效破魏青州刺史元繫於膠水。丁亥,陳伯之自壽陽率衆歸降。……五月辛未,太子左衛率張惠紹克魏宿預城。乙亥,臨川王宏前軍克梁城。辛巳,豫州刺史韋叡克合肥城。丁亥,廬江太守裴邃克羊石城;庚寅,又克霍丘城。……六月庚子,青、冀二州刺史桓和前軍克朐山城。……冬十一月甲子,京師地震。乙丑,以師出淹時,大赦天下。……(六年)夏四月……丁巳,以中軍將軍、揚州刺史臨川王宏爲驃騎將軍、開府儀同三司……"又,同書《太祖五王傳·臨川王宏》:"(天監)四年,高祖詔北伐,以宏爲都督南北兗北徐青冀豫司霍八州北討諸軍事。……軍次洛口,宏前軍剋梁城,斬魏將晁清。會征役久,有詔班師。六年夏,遷驃騎將軍、開府儀同三司,侍中如故。"臨川王蕭宏遷驃騎將軍、開府儀同三司應是在班師回京以後,因此梁武帝下詔班師應在天監五年(五〇六)夏四月前,梁朝軍隊獲得了一定勝利之後。自天監四年(五〇五)冬十月至天監六年(五〇七)春,任昉正在京城任職。此令中提到"今春所上人丁將吏,身隕戰場,或命離災疾",而任昉於天監六年春出任寧朔將軍、新安太守,因此,任昉作此令的時間極有可能是天監五年春至年末。

　　　府州國綱紀[一]:隆死甄節,著自《周經》[二];加等明勳,陳之魯
册[三]。近獫狁侵邊,鋒鏑關甸[四],元戎啓伐,胡馬北徂[五]。今春所
上人丁將吏,身殞戰場,或命離災疾[六],瞻言朔野,良以愴情[七]。可
使沿流分明標瘞,即付所瞻,迎致還本[八]。餘孤遺老,宜存拯異[九]。
其將吏在軍,身經戰陣,薄有尤劇者,賜之緩假[一〇]。

【箋　注】

[一]綱紀:古代公府及州郡主簿。《文選》傅亮《爲宋公修張良廟教》:
"綱紀:夫盛德不泯,義存祀典;微管之歎,撫事彌深。"李善注:"綱紀,謂主
簿也。教,主簿宣之,故曰綱紀,猶今詔書稱門下也。"

[二]甄節:審查記載。《周易乾鑿度》:"始倉甄節,五七受命。"鄭玄
注:"伏羲、文王,皆倉精也。始次言易之法度,而五七三十五,君位在後,爻
受文,始甄紀也。"以"甄紀"釋"甄節",可知二詞同義。《周經》,即《周易乾
鑿度》。然"隆死甄節"所指爲誰則不詳。

[三]加等明勳,陳之魯册:通過提高死者葬禮級別以表彰其功績,《春秋》
即有記載。《左傳·僖公四年》:"許穆公卒于師,葬之以侯,禮也。凡諸侯薨于
朝會,加一等;死王事,加二等。"明勳,表彰功績。魯册,指《春秋》。《晋書·列
女傳序》:"振高情而獨秀,魯册於是飛華;挺峻節而孤標,周篇於焉騰茂。"

[四]獫狁侵邊:指北魏進入梁朝境内。參見《奏彈曹景宗》注[九]與
本文題解。鋒鏑:刀刃和箭鏃。借指兵器、戰爭。《史記·秦漢之際月表》:
"墮壞名城,銷鋒鏑,鉏豪桀,維萬世之安。"關甸:指邊境。甸,古時都城的
郭外稱郊,郊外稱甸。《尚書·禹貢》:"五百里甸服。"

[五]元戎啓伐:參見《奏彈曹景宗》注[一〇]與本文題解。元戎,大
軍。《史記·三王世家》:"虚御府之藏以賞元戎,開禁倉以振貧窮。"啓伐,
開始征伐。陸雲《南征賦》:"長角哀叫以命旅,金鼓隱訇而啓伐。"胡馬,此
處指北魏的軍隊。徂,此處意爲逃跑。

[六]人丁:古稱能服役的成年男子。離:通"罹"。遭受。災疾:疾病。
《後漢書·襄楷傳》"其言以陰陽五行爲家,而多巫覡雜語"李賢注引《太平
經》曰:"其呪有可使神爲除災疾,用之所向無不愈也。"

[七]瞻言:瞻望。言,語助詞。朔野:北方荒野之地。班固《幽通賦》:
"繇凱風而蟬蜕兮,雄朔野以颺聲。"良:誠然,的確。愴情:傷懷。

[八]"可使"三句:可讓沿淮河兩岸之人,據墳塋上的標識辨明埋葬者

的家鄉故里,即刻發付給上面所標地方官府,讓其迎歸。沿流,此處指沿淮河。分明,辨明。標瘞:墳塋上的標識。干寶《搜神記》:"埋我,以竹杖柱於瘞上,若杖折,掘出我。"迎致,猶迎接。《三國志・吳書・諸葛恪傳》:"故遣中臺近官,迎致犒賜。"還本:還歸本土。《宋書・孝武帝紀》載孝武帝詔曰:"在朕受命之前,凡以罪徙放,悉聽還本。"

[九]餘孤:即"遺孤"。見《爲梁武帝葬戰亡者令》注[八]。遺老:此處指死亡軍士的父母。拯異:意謂根據各自情況進行救助。

[一〇]其將吏在軍,身經戰陣,薄有尤劇者:指在軍中時間特別長、參加陣仗特別多者。薄,語頭。劇,甚。

朝堂諱榜議

【題　解】

《南齊書・孝義傳・朱謙之》:"永明中……时吳郡太守王慈……"同書《王慈傳》:"王慈……司空僧虔子也。……父憂去官。起爲建武將軍、吳郡太守。"同書《王僧虔傳》:"永明三年,薨。"王慈守孝三年,"起爲建武將軍、吳郡太守",當在永明六年(四八八)。《南齊書》本傳在叙述"起爲建武將軍、吳郡太守"後,接以"遷寧朔將軍,大司馬長史,重除侍中,領步兵校尉。慈以朝堂諱榜,非古舊制,上表曰……博士李撝議……太常丞王偘之議……儀曹郎任昉議……"據此可知,任昉此議當作於永明六年之後。又《南齊書・王慈傳》記王慈"永明九年,卒",因此,此議所作不晚於永明九年(四九一)王慈卒之前。綜上所述,任昉此議作於永明六年至九年之間。

王慈認爲朝堂諱榜非古制,上表齊武帝請求廢除。齊武帝下詔命群臣議論廢存,任昉遂作此議,建議保存朝堂諱榜。

撝取證明之文,偘之即情惟允[一]。直班諱之典,爰自漢世[二],降及有晋,歷代無爽。今之諱榜,兼明義訓,"邦"之字"國",實爲前事之徵[三]。名諱之重,情敬斯極,故懸諸朝堂,搢紳所聚[四],將使起伏晨昏[五],不違耳目,禁避之道,昭然易從。此乃敬恭之深旨,何情典之或廢?尊稱霍氏,理例乖方[六]。居下以名,故以不名爲重;在上必諱,故以班諱爲尊。因心則理無不安,即事則習行已久[七],謂宜式遵,無所創革。

【箋　注】

[一]攝取證明之文,儞之即情惟允:指博士李攝引據《周禮》,認爲朝廷若頒布避諱之令,則必懸之於王宮;太常丞王儞之認爲,若將避諱之令懸於王宮,人人可以目見,但不可口言,時日一長,人們會忘了應諱之字,反而更多地觸犯應諱之字。

[二]直班諱之典,爰自漢世:意謂頒布避諱法令,始自漢代。《漢書·宣帝紀》記宣帝曰:"今百姓多上書觸諱以犯罪者,朕甚憐之。其更諱詢。諸觸諱在令前者,赦之。"由"諸觸諱在令前者"推測,宣帝在此之前當下詔頒布過避諱之典。因此,任昉曰"班諱之典,爰自漢世"。班,後作"頒"。頒布。

[三]義訓:訓釋詞義。"邦"之字"國":《漢書·高帝紀》"高祖"顏師古注引荀悅曰:"諱邦,字季。邦之字曰國。"師古曰:"邦之字曰國者,臣下所避以相代也。"

[四]搢紳:同"縉紳"。見《府僚重請牋》注[三]。

[五]起伏晨昏:《禮記·曲禮上》:"凡爲人子之禮,冬溫而夏清,昏定而晨省。"鄭玄注:"安定其牀衽也,省問其安否何如。"

[六]尊稱霍氏:王慈原議有"子孟應圖,稱題霍氏"句。子孟,西漢霍光字。《漢書·霍光傳》載:武帝年老,欲立少子弗陵爲嗣,命大臣輔之。察群臣唯霍光可屬社稷。乃使黃門畫者畫周公負成王朝諸侯以賜光,曰:"立少子,君行周公之事。"然"尊稱霍氏",即王慈所云"稱題霍氏"。理例:常規。乖方:違背法度,失常。

[七]"因心"二句:意謂就人心而言,合情合理;就事論事,班諱之典,習行已久。

附:朝堂諱榜表

王　慈

夫帝后之德,綢繆天地,君人之亮,蟬聯日月。至於名族不著,昭自方策,號謐聿宣,載伊篇籍。所以魏臣據中以建議,晉主依經以下詔。朝堂榜誌,諱字懸露,義非綿古,事殷中世,空失資敬之情,徒乖嚴配之道。若乃式功鼎臣,贊庸元吏,或以勳崇,或由姓表。故孔悝見銘,謂標叔舅,子孟應圖,稱題霍氏。況以處一之重,列尊名以止仁;無二之貴,黃沖文而止敬。昔東平即世,孝章巡宮而灑泣;新野云終,和熹見似而流涕。感循舊類,尚或深心;矧觀徽迹,能無惻隱?今扃禁嶔邃,動延車蓋,若使鑾駕紆覽,四時臨閱,豈不重增聖慮,用感宸衷?愚謂空彪簡第,無益於匪躬;直述朝堂,寧虧於夕惕。伏惟陛下保合萬國,齊聖群生,當刪前基之弊軌,啓皇齊之孝則。

朝堂諱榜議

李　撝

據《周禮》,凡有新令,必奮鐸以警衆,乃退以憲之于王宫。注"憲,表懸之也"。

朝堂諱榜議

王儉之

尊極之名,宜率土同諱。目可得覩,口不可言。口不可言,則知之者絶,知之者絶,則犯觸必衆。(《南齊書》卷四十六《王慈傳》)

小桂郡刺史鄧阿魯記

【題　解】

本文載宋吴曾《能改齋漫録》卷七《事實》:齊《任昉集》有《小桂郡刺史鄧阿魯記》云:……乃知《唐書·蘇廷碩傳》所載:"明皇平内難,書詔填委。獨廷碩在太極後閣,口所占授,功狀百緒,輕重無所差,書吏白曰:'匀公徐之,不然,手腕脱矣!'"祖任昉語也。

　　時京師臺閣文帙遭火無遺,詔郡國悉上民間所藏。阿魯爲郡小吏,差送圖籍至京,奏乞書吏二百人[一],口占分授,并自布籌[二],敏速如飛。吏曰:"告公緩之,腕將脱矣!"

【箋　注】

[一]書吏:承辦文書的吏員。《漢書·游俠傳·陳遵》:"遵馮幾,口占書吏,且省官事。"

[二]口占:口授其辭。布籌:布置籌劃。

按:此段文字又載宋李劉《四六標準》卷十二,文字略有出入。原題及原文如下:

　　覺脱腕之頗勞腕,烏貫切。

　　齊《任昉集》:時京師臺閣文帙遭火無遺,詔郡國悉上民間所藏。

鄧阿魯爲郡小吏,差送圖籍至京,奏乞書吏二百人,口占分授,并自布籌,敏速如飛。吏曰:"告公緩之,腕將脱矣!"《新唐書·蘇頲傳》:"頲字廷碩。元宗平内難,書詔填委,獨頲在太極後閣,口所占授,功狀萬緒,輕重無所差。書吏白曰:'丐公徐之! 不然,手腕脱矣!'"

佚　句

寒灰可煙,枯株復蔚[一],鍛翮奮飛,奔蹄且驟[二]。

按:《文鏡秘府論·西卷·文二十八種病》曰:任昉《爲范雲讓吏部表》云云。《四聲指歸定本箋》:"彦昇《爲范雲讓吏部第一表》載於《文選》,此蓋其《續讓表》中語也。嚴氏未輯。"

【箋　注】

[一]寒灰可煙:《三國志·魏書·劉廙傳》:"揚湯止沸,使不燋爛,起煙於寒灰之上,生華於已枯之木。"寒灰,猶死灰。枯株:《焦氏易林·蒙之兑》:"霜冷蓬室,更爲枯株。"

[二]鍛翮:《世説新語·言語》:"支公好鶴……有人遺其雙鶴,少時翅長欲飛。支意惜之,乃鍛其翮,鶴軒翥不復能飛。"奔蹄:漢武帝《求茂才異等詔》:"馬或奔踶而致千里,士或有負俗之累而立功名。"踶,同"蹄"。驟:《説文》:"馬疾步也。"

詎念耄嗟人,方深老夫託。

按:《梁書·謝舉傳》:"謝舉字言揚……掌東宮管記,深爲昭明太子賞接。祕書監任昉出爲新安郡,别舉詩云:'詎念耄嗟人,方深老夫託。'其屬意如此。"《全梁詩》認爲此詩與《答劉孝綽》詩乃同一首詩。實際任昉贈劉孝綽和謝舉的詩,應是不同的兩首詩,只是其中有些詩句相同或相近。宋黄徹《鞏溪詩話》:"任昉《别謝言揚》詩云:'詎念耄嗟人,方深老夫託。'《報劉孝綽》曰:'詎慰耄嗟人,徒深老夫託。'略改一兩字,豈以會意處欲常用之耶?"

存　　疑

　　趙翼《廿二史劄記》卷七《三國志　晋書》“九錫文”條：“蕭衍九錫文，據《任昉傳》，禪讓文誥多昉所作；又《沈約傳》，武帝與約謀禪代，命約草其事，約即出懷中詔書，帝初無所改；又《丘遲傳》梁初勸進及殊禮皆遲文，則九錫文總不外此三人。”“每制書草，沈約輒求同署。嘗被急召，昉出而約在，是後文筆，約參制焉。”嚴可均於《封梁公詔》後曰：“案《任昉傳》，梁臺建，禪讓文誥多昉所具。《丘遲傳》，時勸進梁王及殊禮，皆遲文也。《沈約傳》，高祖命草其事，約乃出懷中詔書，並諸選置，高祖初無所改。今據之，以禪讓文誥編入昉集中。”按，嚴可均明知其時“禪讓文誥”出自任昉、沈約、丘遲三人之手，任昉所作爲多，仍將此類文皆歸入任昉集中，應是避免重複之權宜之計。“禪讓文誥”，應指代齊之文，非勸進梁公、梁王之文；“勸進梁王及殊禮”之文，應不包括勸進梁公及代齊之文。沈約勸蕭衍早圖大業，第一步是封梁公，因此，沈約所出懷中詔書當是封蕭衍爲公之詔書草稿。《資治通鑒·梁紀一》：“大司馬內有受禪之志，沈約微扣其端，大司馬不應。他日，又進曰……大司馬召（范）雲入，嘆約才智縱橫，且曰：‘我起兵於今三年矣，功臣諸將實有其勞，然成帝業者，卿二人也。’甲寅，詔進大司馬位相國，總百揆，揚州牧，封十郡爲梁公，備九錫之禮，置梁百司，去録尚書之號，驃騎大將軍如故。二月，辛酉，梁公始受命。”因此，此時沈約“即出懷中詔書”，極有可能即這篇《封梁公詔》，即任昉、丘遲、沈約三人中，沈約作此詔的可能性最大。

　　據上所論，《爲齊帝禪位梁王詔》《禪梁璽書》《禪梁册》《爲齊宣德皇后答梁王令》《宣德太后再敦勸梁王令》《爲宣德太后重敦勸梁王令》等禪讓文誥繫於任昉名下，《封梁公詔》《進梁公爵爲王詔》《册梁公九錫文》三篇則歸存疑。

封　梁　公　詔

　　夫日月麗天，高明所以表德；山岳題地，柔博所以成功。故能庶物出而資始，河海振而不洩。二象貞觀，代之者人。是以七輔、四叔，致無爲於軒、昊，韋、彭、齊、晋，靖衰亂於殷、周。

大司馬攸縱自天，體茲齊聖，文洽九功，武苞七德。欽惟厥始，徽猷早樹，誠著艱難，功參帷幄，錫賦開壤，式表厥庸。建武升歷，邊隙屢啓。公釋書輟講，經營四方。司、豫懸切，樊、漢危殆，覆强寇於沔濱，僵胡馬於鄧汭。永元肇號，難結群醜，專威擅虐，毒被含靈，溥天惽惽，命懸晷刻。否終有期，神謨載挺，首建大策，惟新鼎祚。投袂勤王，沿流電舉，魯城雲撤，夏汭霧披，加湖群盜，一鼓殄拔，姑孰連旐，倏焉冰泮。取新壘其如拾芥，撲朱爵其猶掃塵。霆電外駭，省闥内傾，餘醜纖蠹，蚳蝝必盡。援彼已溺，解此倒懸，塗歠里抶，自近及遠。畿甸夷穆，方外肅寧，解茲虐網，被以寬政。積弊窮昏，一朝載廓，聲教遐漸，無思不被。雖伊尹之執茲壹德，姬旦之光于四海，方斯蔑如也。

昔呂望翼佐聖君，猶享四履之命；文侯立功平后，尚荷二弓之錫，況於盛德元勳，超邁自古。黔首慄慄，待以爲命，救其已然，拯其方斷，式閭表墓，未或能比；而大輅渠門，輟而莫授，眷言前訓，無忘終食。便宜敬升大典，式允群望。其進位相國，總百揆，揚州刺史；封十郡爲梁公，備九錫之禮，加璽紱遠游冠，位在諸王上，加相國綠綟綬，其驃騎大將軍如故。依舊置梁百司。

（《梁書》卷一《武帝紀上》，《全梁文》卷四十一）

進梁公爵爲王詔

嵩高惟岳，配天所以流稱；大啓南陽，霸德所以光闡。忠誠簡帝，番君膺上爵之尊；勤勞王室，姬公增附庸之地。前王令典，布諸方策，長祚字甿，罔不由此。

相國梁公，體茲上哲，齊聖廣淵。文教内洽，武功外暢。推轂作藩，則威懷被於殊俗；治兵教戰，則霆雷赫於萬里。道喪時昏，讒邪孔熾。豈徒宗社如綴、神器莫主而已哉！至於兆庶殲亡，衣冠殄滅，餘類殘喘，指命崇朝，含生業業，投足無所，遂乃山川反覆，草木塗地。與夫仁被行葦之時，信及豚魚之日，何其遼夐相去之遠歟！公命師鞠旅，指景長鶩。而本朝危切，樊、鄧遐遠，凶徒盤據，水陸相望，爰自姑孰，屆于夏首，嚴城勁卒，憑川爲固。公沿漢浮江，電激風掃，舟徒水覆，地險雲傾，藉茲義勇，前無强陣，拯危京邑，清我帝畿，撲既燎於原火，免將誅於比屋。悠悠兆庶，命不在天；茫茫六合，咸受其賜。匡俗正本，民不失職。仁信並行，禮樂同暢。伊、周未足方軌，桓、文遠有慙德。而爵後藩牧，地終秦、楚，非所以式酬光烈，允答元勳。寔由公履謙爲本，形於造次，嘉數未申，晦朔增佇。便宜崇斯禮秩，允副遐邇之望。可進梁公爵爲王。以豫州之南譙廬江、江州之尋陽、郢州之武昌西陽、南徐州之南琅邪南東海晉陵、揚州之臨海永嘉十郡,益梁國,並前爲二十郡。其相國、揚州牧、驃騎大將軍如故。(《梁書》卷一《武帝紀上》,《全梁文》卷四十一)

册梁公九錫文

二儀寂寞,由寒暑而代行,三才並用,資立人以爲寶,故能流形品物,仰代天工。允茲元輔,應期挺秀,裁成天地之功,幽協神明之德。撥亂反正,濟世寧民,盛烈光於有道,大勳振於無外,雖伊陟之保乂王家,姬公之有此丕訓,方之蔑如也。今將授公典策,其敬聽朕命:

上天不造,難鍾皇室,世祖以休明早崩,世宗以仁德不嗣,高宗襲統,宸居弗永,雖夙夜劬勞,而隆平不洽。嗣君昏暴,書契弗覩。朝權國柄,委之群孽。剿戮忠賢,誅殘台輔,含冤抱痛,噍類靡餘。寔繁非一,並專國命。嚬笑致災,睚眦及禍。嚴科毒賦,載離比屋,溥天熬熬,置身無所。冤頸引決,道樹相望,無近無遠,號天靡告。公藉昏明之期,因兆民之願,援帥群后,翊成中興,宗社之危已固,天人之望允塞,此實公紐我絶綱,大造皇家者也。

永明季年,邊隙大啓,荆河連率,招引戎荒,江、淮擾逼,勢同履虎。公受言本朝,輕兵赴襲,麾以長算,制之環中。排危冒險,强柔遞用,坦然一方,還成藩服。此又公之功也。在昔隆昌,洪基已謝,高宗慮深社稷,將行權道。公定策帷帳,激揚大節,廢帝立王,謀猷深著。此又公之功也。建武闢業,厥猷雖遠,戎狄内侵,憑陵關塞,司部危逼,淪陷指期。公治兵外討,卷甲長騖,接距交綏,電激風掃,摧堅覆鋭,咽水塗原,執俘象魏,獻馘海渚,焚廬毀帳,號哭言歸。此又公之功也。樊、漢阽切,羽書續至。公星言鞠旅,稟命徂征,而軍機戎統,事非己出,善策嘉謀,抑而莫允。鄧城之役,胡馬卒至,元帥潛及,不相告報,棄甲捐師,餌之虎口。公南收散卒,北禦雕騎,全衆方軌,案路徐歸,拯我邊危,重獲安堵。此又公之功也。漢南迥弱,咫尺勍寇,兵糧盡闕,器甲靡遺。公作藩爰始,因資靡託,整兵訓卒,蒐狩有序,俾我危城,飜爲强鎮。此又公之功也。永元紀號,瞻烏已及,雖廢昏有典,而伊、霍稱難。公首建大策,爰立明聖,義踰邑綸,勳高代入,易亂以化,俾昏作明。此又公之功也。文王之風,雖被江、漢,京邑蠢動,湮爲洪流,句吳、於越,巢幕匪喻。公投袂萬里,事惟拯溺,義聲所罩,無思不虁。此又公之功也。魯城、夏汭,梗據中流,乘山置壘,縈川自固。公御此烏集,陵茲地險,頓兵坐甲,寒往暑移,我行永久,士忘歸願,經以遠圖,御以長策,費無遺矢,戰未窮兵,踐華之固,相望俱拔。此又公之功也。惟此群凶,同惡相濟,緣江負險,蟻聚加湖。水陸盤據,規援夏首,桴艪一臨,應時褫潰。此又公之功也。姦孽震皇,復懷舉斧,蓄兵九派,用擬勤王。公稜威直指,勢踰風電,旌斾小臨,全州稽服。此又公之功也。姑孰衝要,密邇京畿,凶徒熾聚,斷塞津路。公偏師啓塗,排方繼及,兵威所震,望旗自駭,焚舟委壁,卷甲宵遁。此又公之功也。群豎猖狂,志在借一,豕突淮涘,武騎如雲。公爰命英勇,因機騁銳,氣冠版泉,勢踰洹水,追奔逐北,奄有通津,熊耳比峻,未足云擬,睢水不流,曷其能及。此又公之功也。琅邪、石首,襟帶岨固,新壘、束埔,金湯是埒。憑險作守,兵食兼資,風激電駭,莫不震疊,城復于隍,於是乎在。此又公之功也。獨夫昏很,憑城靡懼,鼓鍾鞉鞈,憿若有餘。狎是邪孽,忌斯冠冕,凶狡因之,將逞孥戮。公奇謨密運,盛略潛通,忠勇之徒,得申厥劾,白旗宣室,未之或比。此又公之功也。

　　公有拯億兆之勳,重之以明德,爰初屬志,服道儒門,濯纓來仕,清猷映代。時運艱難,宗社危殆,崐崗已燎,玉石同焚。驅率貔貅,抑揚霆電,義等南巢,功齊牧野。若夫禹功寂漠,微管誰嗣,拯其將魚,驅其被髮,解玆亂網,理此棼絲,復禮衽席,反樂河海。永平故事,聞之者歎息;司隸舊章,見之者隕涕。請我民命,還之斗極。憫憫搢紳,重荷戴天之慶;哀哀黔首,復蒙履地之恩。德踰嵩、岱,功鄰造物,超哉邈矣,越無得而言焉。

　　朕又聞之:疇庸命德,建侯作屛,咸用剋固四維,永隆萬葉。是以《二南》流化,九伯斯征,王道淳洽,刑措罔用。覆政弗興,歷玆永久,如燧既及,晉、鄭靡依。惟公經綸天地,寧濟區夏,道冠乎伊、稷,賞薄於桓、文,豈所以憲章齊、魯,長轡宇宙。敬惟前烈,朕甚懼焉。今進授相國,改揚州刺史爲牧,以豫州之梁郡歷陽、南徐州之義興、揚州之淮南宣城吳吳興會稽新安東陽十郡,封公爲梁公。錫玆白土,苴以白茅,爰定爾邦,用建冢社。在昔旦、奭,入居保佑,逮于畢、毛,亦作卿士,任兼內外,禮實宜之。今命使持節兼太尉王亮授相國揚州牧印綬,梁公璽紱;使持節兼司空王志授梁公茅土,金虎符第一至第五左,竹使符第一至第十左。相國位冠群后,任總百司,恒典彝數,宜與事革。其以相國總百揆,去錄尚書之號,上所假節、侍中貂蟬、中書監印、中外都督大司馬印綬,建安公印策,驃騎大將軍如故。又加公九錫,其敬聽後命:以公禮律兼修,刑德備舉,哀矜折獄,罔不用情,是用錫公大輅、戎輅各一,玄牡二駟。公勞心稼穡,念在民天,丕崇本務,惟穀是寶,是用錫公袞冕之服,赤舄副焉。公鎔鈞所被,變風以雅,易俗陶民,載和邦國,是用錫公軒懸之樂,六佾之舞。公文德廣覃,義聲遠洽,椎髻鬇首,夷歌請吏,是用錫公朱戶以居。公揚清抑濁,官方有序,多士聿興,《棫樸》流詠,是用錫公納陛以登。公正色御下,以身軌物,式遏不虞,折衝惟遠,是用錫公虎賁之士三百人。公威同夏日,志清姦宄,放命圮族,刑玆罔赦,是用錫公鈇、鉞各一。

公跨躡嵩溟，陵厲區宇，譬諸日月，容光必至，是用錫公彤弓一，彤矢百；盧弓
十，盧矢千。公永言惟孝，至感通神，恭嚴祀典，祭有餘敬，是用錫公秬鬯一
卣，圭瓚副焉。梁國置丞相以下，一遵舊式。欽哉！其敬循往策，祗服大禮，
對揚天眷，用膺多福，以弘我太祖之休命！（《梁書》卷一《武帝紀上》，《全梁文》
卷四十一）

辨　僞

桓　宣　城　碑

君器量高濬，神氣披朗，商略雅俗，隱括真僞，擢奇取異，不軌常流，固以準的當時，擬議郭、許矣。處身立朝，不峻功名，俯仰顯默之際，優游可否之間，迹卑而道不汙，身屈而志不屑矣。銘曰：

於穆我后，稟茲純爽。虛豁高暢，蕭條邁上。風任外舒，卓鑒内朗。神棲沖慎，形同俯仰。將登槐棘，宏振綱網。令儀早徂，德音永響。

按：張燮本、張溥本及《全梁文》任昉文中皆據《藝文類聚》卷五十録入《桓宣城碑》，然《藝文類聚》只是在“梁任昉《爲齊竟陵王世子臨會稽郡教》”一文後面接以“【碑】《桓宣城碑》曰”，不能據此即定《桓宣城碑》爲任昉之作。原因有三：其一，《藝文類聚》在先後引述同一作者的兩篇作品時，體例是“某作者某某作品曰……又某某作品曰”，如卷五十“臨川王《解揚州表》曰……又《爲鄱陽嗣王初讓雍州表》曰……”而《桓宣城碑》曰”前無“又”字。其二，《文選》傅亮《爲宋公修張良廟教》李善注曰：“孫綽《桓玄城碑》曰：俯仰顯默之際，優游可否之間。”引文與《桓宣城碑》相同，只是題目爲“桓玄城碑”。但據引文推斷，《桓玄城碑》極有可能就是《桓宣城碑》。其三，自晋初禁立碑，齊時尚未解禁，更難説齊梁時的任昉爲晋朝的桓彝撰寫碑文。據上述三點，故以《桓宣城碑》當爲晋朝孫綽所作，自《任昉集》中刪去。

賦得觀潮滿

雲容雜浪起，楚水漫吳流。漸看遥樹没，稍見碧天浮。漁人迷舊浦，海鳥失前洲。不測滄溟曠，輕鮮幸自游。

按：此詩各本不收。《文苑英華》卷一百六十二繫於任昉名下，并於題目中“潮”字下注曰：“《類聚》作‘濤。’”然《藝文類聚》卷九《水

部下》曰"梁徐昉《賦得觀濤詩》曰"云云,則此詩應爲徐昉所作。逯
欽立《先秦漢魏晉南北朝詩·梁詩》輯録此詩於徐防名下,應是誤
"昉"作"防"。

附録一　序　　跋

任中丞集題詞

（明）張　溥

王僧孺之傳任敬子也，曰："少孺速而未工，長卿工而未速，孟堅辭不逮理，平子意不及文，孔璋傷於健，仲宣病於弱，集論《尚書》，窮文質之敏，駐馬停信，極壘壘之功，莫尚斯焉。"異哉，貶前修而昂任君，其東海之溢美乎！江南文勝，古學日微，方軌詞苑，代有名人，大抵采死翟之毛，抉焚象之齒，生意盡矣。居今之世，爲今之言，違時抗往，則聲華不立；投俗取妍，則爾雅中絕。求其儷體，行文無傷逸氣者，江文通、任彥昇庶幾近之，然後知僧孺所稱非盡謬也。彥昇在齊朝，紆意梅蟲兒，捷入中書；既委誠梁武，專典禪讓文誥，諤諤之節，豈彼任哉。然服官清儉，兒妾食麥，卒于新安，浣衣斂體，有足多者。齊臺初建，褚彥回、王仲寶首稱翊運，身没皆無餘財。論人當日，其大者，死生去就爾，廉名非所難也。昭明《文選》載彥昇令、表、序、狀、彈文，生平筆長，可悉推見。輜軿擊轊，坐客恒滿，有以夫！

婁東張溥題

重纂任中丞集引

（明）張　燮

任彥昇衿契龍潛提挈之旨，善謔不渝風雲之感，幸矣。翊戴興運，禪讓文多出其手，而半生勳舊，靡列要津，豈素淡榮利、樂爲親臣，而不覬爲重臣，故帝亦不復以肩鉅相苦耶？觀其典郡清貧，兒僅食麥，身不能具裙衫，帝詎不堪以尚方餘瀝稍爲濡沫，則猶之山巨源，欲者無多，與者忘少耳。龍門書啓，饒所獎拔，至今憶蘭臺聚，尚令人神骨奮飛焉。一片素心，元匪責報于後嗣之津梁。自孝標註論悼世，王河汾反歸罪任君之不知人，此中較量，不幾於市心哉。彥昇文三十三卷，今存者無多，滿覺流暉蔭宇，較世本微有增益云爾。

甲子暮春下弦日紹和張燮書于舫齋

跋任彦昇集後

（明）吕兆禧

　　彦昇發迹齊朝，逮事梁祖，勛庸翰藻，與右率並駈一時，流譽北庭，爲邢、魏宗。下雖優劣，互有詆非，要之脛頸不齊，修短各適，文辭具在，可與知者衡之。近檇李特哀沈文，不及任集，慕古者闕焉。爰蒐載集，得詩若文七十有奇，篇次爲六卷，庶使後之品二君子者有所質云。

　　萬曆庚寅季夏廿九日河東吕兆禧跋

任彦昇集箋注序

（清）俞　樾

　　吳縣蔣君敬臣曾注《王子安集》，余已爲序其端矣。光緒庚辰冬，君訪余於吳下春在堂，又以所注《任彦昇集》求序。時余適爲孫兒陛雲納婦，未遑暇也。明年春，自蘇至杭，乃於舟中讀之。其每事必求其所自出，不苟從類書鈔撮，以貽稗販之譏，蓋與注《王集》體例無異。然余謂《任集》之難注，有甚於《王集》者：夫王子安爲唐初人，其所徵引之書，至今已十亡其六七，若任則前乎王者又百有餘年矣。李善注《文選》，於任文多有未詳，如《爲范尚書讓吏部表》“金章有盈笥之談，華貂深不足之歎”、《王文憲集序》“挂服捐駒，前良取則”，皆二事並舉，李知其一，而不知其一，是在唐人已不知其所徵引矣，況在今日乎。君此注，實事求是，不務穿鑿，無稽勿言，不知蓋闕，誠善讀古書者也。然古書傳世既久，不無亥豕之訛。集中《齊明帝謚議》云“大足協律”，“大足”二字不得其解，余疑“大足”當作“大疋”。《説文·疋部》：“疋，或曰胥字。”蓋“胥”字本從“疋”得聲，故古文或以“疋”爲之，亦猶以“哥”爲“歌”、以“臤”爲“賢”之比耳。“大疋”即“大胥”，《禮記·王制》篇注：“大胥、小胥，皆樂官屬也。”故曰“大胥協律”作“疋”者，古文作“足”者，誤字，雖無他證，而所見似塙。故因君求序而及之，以此而推，或有可資啓發者乎。（俞樾《春在堂襍文三編》卷三）

附　録　二

文　章　緣　起

【題　解】

　　《文章緣起》是文體學著作,是一部在當時及後世都産生了較大影響的文學理論著述。《文章緣起》初名《文章始》,最早見録于《隋書·經籍志》,附於"《文章始》一卷,姚察撰"之下:"梁有《文章始》一卷……亡。"《舊唐書·經籍志下》則云:"《文章始》一卷,任昉撰,張績補。《續文章始》一卷,姚察撰。"可見,魏徵等編撰《隋書》時尚未見該書,後晉劉昫編撰《舊唐書》時得以目見,且是經唐張績所補的本子。自後晉以後,或稱《文章始》,或稱《文章緣起》,都認爲是任昉所撰,如《通志》《玉海》皆著録爲"任昉《文章始》",《玉海》還指出:"雜家任昉《文章始》一卷。姚察《續文章始》一卷,張績補。《書目》昉《文章緣起》一卷,凡八十五題。"但後世更多稱該書爲"文章緣起"。最早稱該名的當屬北宋王得臣。王得臣《麈史》卷二云:"梁任昉集秦漢以來文章,名之始,目曰'文章緣起'。自詩、賦、《離騷》至於《藝》,約八十五題,可謂博矣。"《欽定四庫全書簡明目録》據此推斷該書並非僞書,應是張績所補本:"《文章緣起》一卷,舊本題梁任昉撰。考昉書,《隋志》稱已佚,不應至今復出。然宋王得臣《麈史》所稱與此本相合,又非近人所僞撰。疑即《唐志》所載張績書也,共注爲明陳懋仁作。"晁公武《郡齋讀書志》云:"《文章緣起》一卷,右梁太常卿任昉彥昇所集也。自秦漢以來聖君賢士所爲文章,名之所始,備見於中。"尤袤《遂初堂書目》則將之歸於文史類。章俊卿《群書考索》收録《文章緣起》,書末附洪适跋,都認定該書爲任昉所作,且當時任昉著述"獨是書僅存"。洪适、婁機、晁公武、尤袤基本生活於同一時代,四人同時稱"文章緣起",可見當時該書較爲流行常見。元代刻《群書考索》一仍其舊,並無異議。明代《夷門廣牘》本也無異議,題署"梁樂安任昉彥昇撰";陳懋仁爲該書作注,也認定是任昉所作。清代有方熊爲之補注。直到清乾隆年間,四庫館臣始"疑爲依託"。現在學界已通認該書確爲任昉所作①。

---

① 　參見吳承學、李曉紅撰:《任昉〈文章緣起〉考論》一文,載《文學遺産》二〇〇七年第四期;楊賽著:《任昉研究》,上海師範大學二〇〇六年博士畢業論文,第一百零二——百零九頁。

　　本書所據爲上海涵芬樓景明萬曆刻、明嘉禾周履靖與秀水吳顯科同校、金陵荊山書林梓行《夷門廣牘》本,個別文字據學海本校補。

　　《六經》素有歌、詩、誄、箴、銘之類:《尚書》帝庸作《歌》,《毛詩》三百篇,《左傳》叔向《詒子産書》、魯哀公《孔子誄》、孔悝《鼎銘》、虞人《箴》。此等自秦漢以來,聖君賢士沿著爲文章,名之"始",故因暇録之,凡八十四題,聊以新好事者之目云爾。

　　三言詩,晋散騎常侍夏侯湛所作。

　　四言詩,前漢楚王傅韋孟《諫楚夷王戊詩》。

　　五言詩,漢騎都尉李陵《與蘇武詩》。

　　六言詩,漢大司農谷永作。

　　七言詩,漢武帝《柏梁殿連句》。

　　九言詩,魏高貴鄉公所作。

　　賦,楚大夫宋玉所作。

　　歌,荆軻作《易水歌》。

　　《離騷》,楚屈原所作。

　　詔,起秦時璽文秦始皇《傳國璽》。

　　策文,漢武帝《封三王策文》。

　　表,淮南王安《諫伐閩表》。

　　讓表,漢東平王蒼《上表讓驃騎將軍》。

　　上書,秦丞相李斯《上始皇書》。

　　書,漢太史令司馬遷《報任少卿書》。

　　對賢良策,漢太子家令晁錯。

　　上疏,漢中大夫東方朔。

　　啓,晋吏部郎山濤作《選啓》。

　　奏記,漢江都相董仲舒《詣公孫弘奏記》。

　　牋,漢護軍班固《説東平王牋》。

　　謝恩,漢丞相魏相《詣公車謝恩》。

　　令,淮南王有《謝群公令》。

　　奏,漢枚乘《奏書諫吳王濞》。

　　駮,漢侍中吾丘壽王《駮公孫弘禁民不得挾弓弩議》①。

　　論,漢王褒《四子講德論》。

---

① 侍:《夷門廣牘》本原爲墨丁,今據學海本補。

議,漢韋玄成《奏罷郡國廟議》。

反騷,漢揚雄作。

彈文,晉冀州刺史王深集雜彈文。

薦,後漢雲陽令朱雲《薦伏湛》。

教,漢京兆尹王尊《出教告屬縣》。

封事,漢魏相《奏霍氏專權封事》。

白事,漢孔融主簿作《白事書》。

移書,漢劉歆《移書讓太學博士》,論《左氏春秋》。

銘,秦始皇登會稽山刻石銘。

箴,漢揚雄《九州百官箴》。

封禪書,漢文園令司馬相如。

贊,司馬相如作《荆軻贊》。

頌,漢王褒《聖主得賢臣頌》。

序,漢沛郡太守作《鄧后序》。

引,《琴操》有《箜篌引》。

志録,揚雄作。

記,揚雄作《蜀記》。

碑,漢惠帝《四皓碑》。

碣,晉潘尼作《潘黄門碣》。

誥,漢司隸從事馮衍作。

誓,漢蔡邕作《艱誓》。

露布,漢賈弘爲馬超伐曹操作。

檄,漢丞相祭酒陳琳作《檄曹操文》。

明文,漢泰山太守應劭作。

樂府,古詩也。

對問,宋玉《對楚王問》。

傳,漢東方朔作《非有先生傳》。

上章,孔融《上章謝太中大夫》。

解嘲,揚雄作。

訓,漢丞相主簿繁欽《祠其先主訓》。

辭,漢武帝《秋風辭》。

旨,後漢崔駰作《達旨》。

勸進,魏尚書令荀攸《勸魏王進文》。

喻難,漢司馬相如《喻巴蜀》并《難蜀父老文》。

誡,後漢杜篤作《女誡》。

弔文,賈誼《弔屈原文》。

告,魏阮瑀《爲文帝作舒告》。

傳贊,漢劉歆作《列女傳贊》。

謁文,後漢別部司馬張超《謁孔子文》。

祈文,後漢傅毅作《高闕祈文》。

祝文,董仲舒《祝日蝕文》。

行狀,漢丞相倉曹傅朝幹作《楊元伯行狀》。

哀策,漢樂安相李尤作《和帝哀策》。

哀頌,漢會稽東郡尉張紘作《陶侯哀頌》。

墓誌,晉東陽太守殷仲文作《從弟墓誌》。

誄,漢武帝《公孫弘誄》。

悲文,蔡邕作《悲溫舒文》。

祭文,後漢車騎郎杜篤作《祭延鍾文》。

哀詞,漢班固《梁氏哀詞》。

挽詞,魏光禄勳繆襲作。

七發,漢枚乘作《七發》。

離合詩,孔融作《四言離合詩》。

連珠,揚雄作。

篇,漢司馬相如作《凡將篇》。

歌詩,漢枚皋作《麗人歌詩》。

遺命,晉散騎常侍江統作。

圖,漢河間相張人作《玄圖》。

勢,漢濟北相崔瑗作《草書勢》。

約,漢王褒作《僮約》。

洪适跋

　　右《文章緣起》一卷,梁新安太守任公書也。按《隋經籍志》,公《文章緣始》一卷,有録無書。郡之爲郡且千歲,守將不知幾人,獨公至今有名字,並城四十里曰村、曰溪,皆以任著,旁有僧坊,亦借公爲重,則遺愛在人,蓋與古循吏比。後公六百年,而适爲州,嘗欲會梓遺文,刻識木石,以慰邦人無窮之思而不可得。三館有集六卷,悉見蕭氏、歐陽氏類書中,疑後人掇拾傳著,於所傳無益,獨是書僅存世。所傳墓誌,皆漢人大隸。此云始於晉日,蓋丘中之刻,當其時未露見也。洪适題。

四庫全書總目·文章緣起提要

舊本題梁任昉撰。考《隋書·經籍志》載任昉《文章始》一卷,稱有録無書。是其書在隋已亡。《唐書·藝文志》載任昉《文章始》一卷,注曰張績補。績不知何許人,然在唐已補其亡,則唐無是書可知矣。宋人修《太平御覽》,所引書一千六百九十種,摯虞《文章流別》、李充《翰林論》之類,無不備收,亦無此名。今檢其所列,引據頗疎。如以表與讓表分爲二類,騷與反騷別立兩體,挽歌云起繆襲,不知《薤露》之在前。《玉篇》云起《凡將》,不知蒼頡之更古。崔駰《達旨》,即揚雄《解嘲》之類,而別立旨之一名。崔瑗《草書勢》乃論草書之筆勢,而强標勢之一目,皆不足據爲典要。至於謝恩曰章,《文心雕龍》載有明釋,乃直以"謝恩"兩字爲文章之名,尤屬未協,疑爲依託。並書末洪适一跋,亦疑從《盤洲集》中鈔入。然王得臣爲嘉祐中人,而所作《麈史》有曰:"梁任昉集秦漢以來文章,名之始,目曰'文章緣起',自詩、賦、《離騷》至於勢、約,凡八十五題,可謂博矣。既載相如《喻蜀》,不録揚雄《劇秦美新》;録《解嘲》,而不收韓非《説難》;取劉向《列女傳》,而遺陳壽《三國志評》。"又曰"任昉以三言詩起晋夏侯湛,唐劉存以爲始'鷺于飛''醉言歸'。任以頌起漢之王褒,劉以始於周公《時邁》。任以檄起漢陳琳《檄曹操》,劉以始於張儀《檄楚》。任以碑起於漢惠帝作《四皓碑》,劉以《管子》謂無懷氏封太山刻石紀功爲碑。任以銘起於秦始皇登會稽山,劉以爲蔡邕《銘論》'黄帝有《巾機之銘》'"云云。所説一一與此本合,知北宋已有此本。其殆張績所補,後人誤以爲昉本書歟? 明陳懋仁嘗爲之注。

附　録　三

述　異　記

【題　解】

《述異記》不見《梁書》《南史》之《任昉傳》，北宋《太平御覽·經史圖書綱目》著録該書云："任昉《述異記》。"《太平御覽》稱引該書內容達二十八條，皆云"任昉《述異記》"。此後該書多見録於目録書。最早的當屬《崇文總目》，該書卷三《小説類下》著録："《述異記》二卷，任昉撰。"錢侗按語："《玉海》引《崇文目》同。《隋志》《唐志》《通志略》並十卷，祖沖之撰。"①書前有無名氏序，云任昉"家藏書三萬卷，故多異聞，采於秘書，撰《新述異記》上、下兩卷"。晁公武《郡齋讀書志》卷十三下著録該書云："《述異記》二卷。右梁任昉撰。昉家藏書三萬，采前世異聞成書。"尤袤《遂初堂書目》著録爲"任昉《述異記》"。《宋史·藝文志五》著録爲"任昉《述異記》二卷"。宋後著述引用該書也皆稱"任昉《述異記》"，這些著述涉及經、史、子、集四部，共五十餘種，無人懷疑該書真僞。直到清乾隆年間編修《四庫全書》時四庫館臣才懷疑該書爲僞書。當今學界基本認同任昉《述異記》洵非僞書，確系任昉所作②。

任昉《述異記》自宋後版本甚夥，主要有：明萬曆程榮刻《漢魏叢書》程榮校本、明商濬輯《稗海》本、清王謨輯《增訂漢魏叢書》王軼群校本、清張氏昧經書屋影宋鈔本、清《四庫全書薈要》本（該本依《稗海》本繕録，據明陶宗儀、程榮及清朝何允中諸本校）、清徐乃昌影刊《隨菴徐氏叢書》本、清葉石君手校本（葉氏手校本所據底本爲"臨安府太廟前經籍鋪尹家刊行"本，所據校本不知爲何本）、《格致叢書》本、《龍威秘書》本、明重刊宋陳思本、百名

---

① 王堯臣等編次，錢東垣等輯釋：《崇文總目附補遺》卷三，《叢書集成初編》本，第一五七頁。

② 除李劍國、石昌渝外，寧稼雨、程毅中等也基本肯定任昉確曾撰寫過《述異記》，詳見寧稼雨撰：《中國文言小説總目提要》，齊魯書社一九九六年版，第二〇頁。按：考諸程毅中《古小説簡目》，程氏並未贊同館臣之論，而是認爲"或後人輯其佚文成此書"；引用范甯先生之論，只是羅列一種觀點，程氏並未置詞首肯。程氏這種觀點從其著録《述異記》撰者"梁·任昉(?)撰"這一形式即可明瞭。詳見程毅中著：《古小説簡目》，中華書局一九八一年版，第三六頁。又見朱一玄、寧稼雨、陳桂聲編著：《中國古代小説總目提要》，人民文學出版社二〇〇五年版，第四〇頁。

家書本、《説郛》本、《子書百種》本、鈔本、《説庫》本、光緒元年湖北崇文局本、涵芬樓藏鈔本。其中，《漢魏叢書》本、《隨菴叢書》本前後皆有無名氏序、跋。《隨菴叢書》本題“梁記室參軍任昉撰”，考《梁書》《南史》本傳，任昉任驃騎將軍蕭衍記室參軍是在齊末，尚未入梁，故誤。本書以明萬曆二十年(一五九二)新安程氏刊《漢魏叢書》本爲底本，以《四庫全書薈要本》(簡稱“薈要本”)、《隨菴叢書》本爲通校本，以葉石君手校本(簡稱“手校本”)爲參校本。又，傅增湘校輯明萬曆程榮刻《漢魏叢書》本，從《太平御覽》中輯得佚文一卷四十餘條。然據筆者檢閲，傅氏乃見有“述異記”三字者，皆歸於任昉《述異記》，實爲不允，因爲這些條目也可能出自祖沖之《述異記》，故本書不予收録。

述異記序

　　按《梁史》云①：昉，字彦昇。舉兗州秀才，拜太學博士，爲齊竟陵王記室參軍，專主文翰。洎梁武踐祚②，給事黄門侍郎，又爲吏部郎，遷中書舍人，轉御史中丞、秘書監，出爲新安太守。卒於官，年四十八③。追贈太常，謐曰敬。大梁天監二年，昉遷中書舍人，家書三萬卷④，故多異聞，采於秘書，撰《新述異記》上下兩卷，皆得所未聞，將以資後來刀筆之士、好奇之流，文詞怪丽之端，抑亦博物之意者也。

述異記卷上

　　昔盤古氏之死也，頭爲四岳，目爲日月，脂膏爲江海，毛髮爲草木。秦漢間俗説：盤古氏頭爲東岳，腹爲中岳，左臂爲南岳，右臂爲北岳，足爲西岳。先儒説：盤古氏泣爲江河，氣爲風，聲爲雷，目瞳爲電。古説：盤古氏喜爲晴，怒爲陰。吳楚間説：盤古氏夫妻，陰陽之始也。今南海有盤古氏墓，亘三百餘里，俗云後人追葬盤古之魂也。桂林有盤古氏廟，今人祝祀。

　　南海中盤古國，今人皆以盤古爲姓。昉按，盤古氏，天地萬物之祖也，然則生物始於盤古。

---

① 手校本作“梁書”，誤。按：此序所叙任昉仕歷，與姚思廉《梁書》有異，據此知《梁史》當非《梁書》。《隋書·經籍志二》載：“《梁史》五十三卷。陳領軍、大著作郎許亨撰。《陳書·文學傳·許亨》：“(陳)高祖受禪，授中散大夫，領羽林監。遷太中大夫，領大著作，知梁史事。……後撰《梁史》，成者五十八卷。”不知此序所引《梁史》是否即爲許亨所撰。

② 踐：手校本作“登”。

③ 《梁書》《南史》本傳皆云年四十九。

④ “書”上，《隨菴叢書》本有“藏”字。

南海小虞山中有鬼母，能産天地。鬼一産十鬼，朝産之，暮食之。今蒼梧有鬼姑神，是也。虎頭，龍足，蟒目，蛟眉。蟒蛇目圓，蛟眉連生。今吳越間防風廟，土木作其形，龍首，牛耳，連眉，一目。

昔禹會塗山執玉帛者，萬國防風氏後至，禹誅之。其長三丈，其骨頭專車。今南中民有姓防風氏，即其後也，皆長大。越俗祭防風神，奏《防風古樂》，截竹長三尺，吹之如嘷，三人披髮而舞。

軒轅之初立也，有蚩尤氏兄弟七十二人，銅頭鐵額，食鐵石，軒轅誅之於涿鹿之野。蚩尤能作雲霧。涿鹿今在冀州，有蚩尤神，俗云人身，牛蹄，四目，六手。今冀州人掘地得髑髏如銅鐵者，即蚩尤之骨也。今有蚩尤齒，長二寸，堅不可碎。秦漢間説蚩尤氏耳鬢如劍戟，頭有角，與軒轅鬪，以角抵人，人不能向。今冀州有樂，名"蚩尤戲"，其民兩兩三三，頭戴牛角而相抵。漢造角抵戲，蓋其遺製也。

太原村落間祭蚩尤神不用牛頭。今冀州有蚩尤川，即涿鹿之野。漢武時，太原有蚩尤神，晝見，龜足蛇首，首疫，其俗遂爲立祠。

堯使鯀治洪水，不勝其任，遂誅鯀於羽山，化爲黃熊奴來反，入于羽泉。今會稽祭禹廟不用熊，曰"黃能"，即黃熊也。陸居曰"熊"，水居曰"能"。昉按，今江淮中有鮫，名熊，熊蛇之精，至冬化爲雉，至夏復爲蛇。今吳中不食雉，毒故也。

揚州有蛇市，市人鬻珠玉而雜貨蛟布。蛟人，即泉先也，又名泉客。

南海出蛟綃紗，泉先潛織。一名龍紗，其價百餘金，以爲服，入水不濡。

南海有龍綃宮，泉先織綃之處。綃有白之如霜者。

鬱林郡有珊瑚市、海先市。珊瑚樹碧色，生海底，一株十枝，枝間無葉。大者高五六尺，至小者尺餘。蛟人云海上有珊瑚宮。漢元封二年，鬱林郡獻瑞珊瑚。

光武時，南海獻珊瑚婦人，帝命植於殿前，謂之女珊瑚。一旦，柯葉甚茂。至靈帝時，樹死，咸以謂漢室將亡之徵也。

凡珠有龍珠，龍所吐者；蛇珠，蛇所吐者。南海俗諺云："蛇珠千枚，不及玫瑰。"言蛇珠賤也。玫瑰，亦是美珠也。越人諺云："種千畝木奴，不如一龍珠。"

越俗以珠爲上寶，生女謂之珠娘，生男謂之珠兒。吳越間俗説"明珠一斛貴如玉"者。合浦有珠市。

昔炎帝女溺死東海中，化爲精衛，其名自呼，每銜西山木石填東海。偶海燕而生子，生雌，狀如精衛；生雄，如海燕。今東海精衛誓水處，曾溺於此川，誓不飲其水。一名鳥誓，一名冤禽，又名志鳥，俗呼帝女雀。

東海島龍川,穆天子養八駿處也。島中有草,名龍芻,馬食之,一日千里。古語云:"一株龍芻,化爲龍駒。"

陶唐之世,越常國獻千歲神龜,方三尺餘,背上有文,科斗書,記開闢已來。帝命録之,謂之"龜曆"。伏滔《述帝功德銘》曰:"胡書龜曆之文。"

夏桀宫中有女子化爲龍,不可近。俄而,復爲婦人,甚麗,而食人。桀命爲蛟妾,告桀吉凶。

桀時,泰山山走石泣。先儒説:"桀之将亡,泰山三日泣。"今泰山山石遠望之若人泣,蓋是也。周武謂周公曰:"桀爲不道,走山泣石。"

堯爲仁君,一日十瑞:宫中芻化爲禾,鳳凰止於庭,神龍見於宫沼,曆草生堦,宫禽五色,烏化白,神木生蓮莄,蒲生厨,景星耀於天,甘露降於地。是爲十瑞。

東海畔有孤竹焉,斬而復生,中有管。周武王時,孤竹之國獻瑞筍一株。

空桑生大野山中,爲琴瑟之最者,空桑也。

周成王元年,貝多國人獻舞雀,周公命返之。南海中有軒轅丘,鸞自歌,鳳自舞,古云天帝樂也。崆峒山中有堯碑、禹碣,皆籀文焉。伏滔《述帝功德銘》曰:"堯碑禹碣,歷古不昧。"

會稽山有虞舜巡狩臺,臺下有望陵祠。帝舜南巡,葬於九疑,民思之,立祠曰"望陵祠"。

帝舜都郭門古宫存焉,宫前有堯臺、舜館,銘記古文,莫有識者。

湘水去岸三十里許,有相思宫、望帝臺。昔舜南巡而葬於蒼梧之野,堯之二女娥皇、女英追之不及,相與慟哭,淚下沾竹,竹文上爲之班班然。

昔戰國時,魏國苦秦之難,有以民從征戍秦,久不返,妻思而卒。既葬,家上生木,枝葉皆向夫所在而傾,因謂之相思木。今秦趙間有相思草,狀如石竹而節節相續。一名斷腸草,又名愁婦草,亦名霜草,人呼寮莎,蓋相思之流也。

在南有懶婦魚,俗云:昔楊氏家婦爲姑所溺而死,化爲魚焉。其脂膏可燃燈燭,以之照鳴琴、博奕,則爛然有光,及照紡績,則不復明焉。

水虺五百年化爲蛟,蛟千年化爲龍,龍五百年爲角龍,千年爲應龍。

沮、渙二水波文皆若五色,彼人多文章,故一名繢水。灌、汜之間離別亭,古送別處。漢、沔會流處,岸上有石銘,云:"下至水府三十一里。"皆傳云李斯刻此石。

鹿千年化爲蒼,又五百年化爲白,又五百年化爲玄。漢成帝時,山中人得玄鹿,烹而視之,骨皆黑色。仙者説:"玄鹿,爲脯食之,壽二千歲。"

餘干縣有白鹿,土人皆傳千年矣。晉成帝遣捕,得銅牌在角後,書云:

“漢元鼎二年,臨江所獻白鹿。”

淮水中黃雀至秋化爲蛤,春復爲黃雀。雀五百年化爲蜃蛤。梓樹之精化爲青羊,生百年而紅,五百年而黃,又五百年而色蒼,又五百年而色白。

龜千年生毛,龜壽五千年謂之神龜,萬年曰靈龜。

海魚千歲爲劍魚,一名琵琶,形如琵琶而善鳴,因以名焉。

漢中山有虎生角。道家云:“虎千年則牙蛻而角生。”

漢宣城郡守封邵,一旦化爲虎,食郡民,呼之曰“封使君”,因去,不復來。故時語曰:“無作封使君,生來治民死食民。”夫人無德而壽,則爲虎,虎不食人,人化虎,則食人。蓋恥其類而惡之。

猰之爲獸,狀如虎豹而小,始生,還食其母,故曰“梟猰”。

濟陽山麻姑登仙處,俗說山上千年金鷄鳴,玉犬吠。

閶闔夫人墓中,周迴八里,別館洞房,迤邐相屬,漆燈照爛如日月焉。尤異者,金蠶、玉燕各千餘雙。

吳王夫差築姑蘇之臺,三年乃成。周旋詰屈,橫亘五里,崇飾土木,殫耗人力。宮妓數千人,上別立春宵宮,爲長夜之飲,造千石酒鍾。夫差作天池,池中造青龍舟,舟中盛陳妓樂,日與西施爲水嬉。吳王於宮中作海靈館、館娃閣,銅溝玉檻,宮之楹檻,珠玉飾之。

吳既滅越,棲勾踐於會稽之上,地方千里。勾踐得范蠡之謀,乃示民以耕桑,延四方之士,作臺于外而館賢士。今會稽山有越王臺。今交州麻林一名絇林,勾踐種麻,將以弦弓。交州糠頭山,勾踐貯米於其上,春積糠爲山。今會稽之上有越王鑄劍洲、箭鏃洲,往往有得古箭鏃,蓋古制也。

廣州東界有大夫文種之墓,墓下有石爲華表柱石,鶴一隻。種,即越王勾踐之謀臣也。

洞庭湖中有釣洲。昔范蠡乘扁舟至此,遇風,止,釣于洲上,刻石記焉。有一陂,陂中有范蠡魚。昔范蠡釣得大魚,烹食之;小者放於陂中。陂邊有范蠡石牀、石硯、鈷鏴。范蠡宅在湖中,多桑絇、英果,有海杏大如拳,苦菜①,甘柚林。石壁上鑿兵書十篇。菰蒋川,皆范蠡手植之。定陶有范蠡千斛魚陂、木桃園、酸棗林。梧桐宮在句容縣,傳云:吳別館有楸梧成林焉。梧子可食,古樂府云“梧宮秋,吳王愁”是也。

閶闔墓中石銘云:“吳王之夜室也。嗚呼,平吾君王,棄吾之邦,遷於重崗,維崗之陽,吾王之邦。”

---

① 菜:《漢魏叢書》本原作“年楸”,今從薈要本、《隨菴叢書》本與手校本改。“菜”下至“千年楸”,《漢魏叢書》本原闕,今據薈要本、《隨菴叢書》本與手校本補。

今宜都有吳王射亭、木棠苑。木棠,果名,似梨而甜。宜都七里溪吳王射堂,堂之柱礎皆如伏黿。袁宏《宮賦》曰“海黿之礎”是也。

蒼頡墓在北海,呼爲藏書臺。周末發冢,得方玉石,上刻文八十字,當時莫識,遂藏之書府。至秦時,李斯識八字,云“上天作命,皇辟迭王”。至叔孫通,識十二字。

瀨鄉石堂有老子篆書《道德經》五千字,蔡邕於其旁以隸書證之。

番禺有酸柿、甜梅。李尤《果賦》:“生物賦偏,梅甜柿酸。”

漢章帝三年,子母筍生白虎殿前,時謂爲“孝竹”。群臣獻《孝竹頌》。

越多橘柚園,越人咸多橘稅,謂“橙橘户”。《吳書》闞尚表“請除臣之橘籍”是也。

越中有王氏之橘園、胡氏之梅山、賀氏之竹丘,吳中有陸家白蓮、顧家斑竹,趙有韓氏之酸棗。

中山有楸户,掌楸木者。楸子爲竹器。《漢書·貨殖志》:“千年楸。”

邯鄲有故宮,基存焉。中有趙王之果園,梅李至冬而花,春得而食。

鄴中銅駞鄉魏武帝陵下,銅駞、石犬各二。古詩云:“石犬不可吠,銅駞徒爾爲。”

一說香水在并州,其水香潔,浴之去病。吳故宮亦有香水溪,俗云西施浴處,人呼爲“脂粉塘”。吳王宮人濯妝於此溪,上源至今馨香。古詩云:“安得香水泉,濯郎衣上塵。”俗說魏武帝陵中亦有泉,謂之香水。

饒州俗傳軒轅氏鑄鏡於湖邊,今有軒轅磨鏡石,石上常潔,不生蔓草。

桂林東南邊海有裸川,桓譚《新論》云:“呈衣冠於裸川。”海上有裸人鄉。

丹陽大姑陵,陵下有石麟二枚,不知年代,傳曰秦漢間公卿墓,則以石麒麟鎮之。虞氏縣有盧君古冢,冢旁柏二株,枝條蔭茂二百餘步,樹文隱起,皆如黿甲,根勁如銅石。

盧府君墓在館陶縣南二十里,不知何代銘曰:“盧府君歸真之室。”

盧陵郡有董氏之宅,前有董家祠。昔有董氏語其鄉人曰:“吾當盡室作神。”及死,家人老幼皆卒。鄉人往往見之,稱“吾於地下作盧陵侯”[1]。鄉人因爲立祠,能致風雨。

安定西隴道,其谷中有彈箏之聲,行人過聞之,謂之“彈箏谷”。

粉水出房陵永清谷,取其水以漬粉,即鮮潔有異於常,謂之“粉水”。

漢水西山有九井,井中常出五色煙,高數丈,傳云:“昔有人縋入,得數

---

① 盧:《漢魏叢書》本作“盧”,今從薈要本與《隨菴叢書》本。

斛空青。"①

西海外有鵠國,人長七寸,日行千里,百獸不犯,惟畏海鵠,鵠見必吞之,在鵠腹中不死。鵠一舉亦千里。

吐綬鳥,其身大如鸜,五色,出巴東山中。毛色可愛,若天晴淑景,即吐綬,長一尺。須臾,還吞之。陰滯,即不吐。

陽泉在天餘山北,清流數十步,所涵草木,皆化爲石,精明堅勁。其水所經之處,物皆漬爲石。

却塵犀,海獸也。然其角,辟塵。致之於座,塵埃不入。

羊山上有燃石,其色黃而文理踈,以水沃之,便如煎沸其上,可炊烹。稍冷,即復以水沃之。

獤貐,獸中最大者,龍頭,馬尾,虎爪,長四百尺,善走,以人爲食。遇有道君,即隱藏;無道君,即出食人②。

辟寒香丹,丹國所出。漢武時入貢。每至大寒,於室焚之,暖氣翕然,自外而入,人皆減衣。

迷穀出招搖山,亦名鵲山。其樹如穀,又如楮。其花四照,名曰"迷穀"。如佩之,令人不迷。

南康樗都縣西,沿江有石室,名夢口穴。嘗有船人遇一人,通身黃衣,擔兩籠黃瓜,求寄載過。至岸,下。此人唾盤上,徑下崖,直入石穴中。船主初甚忿之,見其人入石,始知異,視盤上唾,悉是金矣。

噲糸養母至孝。曾有玄鶴爲戎人所射,窮而歸糸,糸收養療治,瘡愈,放之。後鶴夜到門外,糸秉燭視鶴,雌雄雙至,各銜明月珠以置糸家。

炎洲在南海中,上有風生獸,似豹,青色,大如貍。網取之,積薪數車燒之,不燃。鐵鎚鍛頭數十下,乃死。以口向風,須臾便活。以石上菖蒲塞鼻,即真死。取其腦,和菊花服之,可壽五百歲。

南方有灾火山,四月生火,十二月火滅。火滅之後,草木皆生枝條,至火生,草木葉落,如中國寒時也。取此木以爲薪,燃之不爐。以其皮績之爲火浣布。

蘭陵山有井,異鳥巢其中,金翅而身黑。此鳥見,即大水。井不可窺,窺者盈歲輒死。

玉門西南有一國,國中有山石磠子林切千枚,名爲"霹靂磠"。從春雷而磠減,至秋磠盡,雷收復生,年年如此。

---

① 有人:《漢魏叢書》本二字倒,今據薈要本與《隨菴叢書》本改。
② "人"下,薈要本有"獤乙八反貐翼乳反"八字。

宣城蓋山有舒姑泉。俗傳有舒氏女，與父析薪，女坐泉處，忽牽挽不動，父遽告家。及再至，其地惟見清泉湛然。其母曰："女好音樂。"乃作弦歌，泉乃湧流。

搗衣山，一名靈山，在瑯琊郡。山南絕險，巖有方石，昔有神女於此搗衣，其石明瑩，謂之"玉女搗練碪"。

汋鄉西津有玉女岡，天當雨，輒先湧五色氣於石間，俗謂"玉女披衣"。

嵊州去玉門三千里，地寒，多雪，着木石之上，皆融而甘，可以爲果。嵊，邱廉反。

八方之荒有石鼓，其徑千里。撞之，其音即成雷也。天之申威於此。

秦始皇作石橋於海上，欲過海觀日出處，有神人驅石，去不速，神人鞭之，皆流血。今石橋其色猶赤。

員嶠，山名。還丘東有雲石，廣五百里。有蠶，長七寸，黑色，有鱗角，以霜雪覆之，然後作繭，長一尺，其色五采，織爲文錦，入水不濡。

園客者，濟陰人。貌美色，人多欲妻之，客終不娶。常種五色香草，積十餘年，服食其實。忽有五色蛾集香草上，客薦之以布，生華蠶焉。至蠶時，有一女自來，助養蠶，以香草食之，得繭一百二十枚。繭大如甕，每一繭繰六七日，絲方盡。繰訖，此女與客俱神仙去。

并州妬女泉，婦人不得艷妝彩服，至其地，必興雲雨。一名是介推妹。

齊桓公北征孤竹，見人長尺，具衣冠，左袪，而走於馬前。管仲曰："此山之神也，名曰'俞兒'。霸王去聲之君興，則見也。"

和州歷陽淪爲湖。昔有書生，遇一老姥，姥待之厚。生謂姥曰："此縣門石龜眼血出，此地當陷爲湖。"姥後數往視之，門吏問姥，姥具答之。吏以硃點龜眼，姥見，遂走，上北山，顧城，遂陷焉。今湖中有明府魚、奴魚、婢魚。

信安郡石室山，晋時王質伐木至，見童子數人棋而歌，質因聽之。童子以一物與質，如棗核，質含之，不覺饑。俄頃，童子謂曰："何不去？"質起，視斧柯，爛盡。既歸，無復時人。

螺亭在南康郡。昔有正女采螺爲業，曾宿此亭，夜聞空中風雨聲，乃見衆螺張口而至，便亂唼其肉。明日，惟有骨存焉，故號此亭爲"螺亭"。

北方有七尺之棗，南方有三尺之梨，凡人不得見，或見而食之，即爲地仙。

荀瓌，字叔偉。潛棲卻粒①。嘗東游，憩江夏黃鶴樓上，望西南有物飄然降自霄漢，俄頃，已至，乃駕鶴之賓也。鶴止户側，仙者就席，羽衣虹裳，賓

----

① 卻粒：《漢魏叢書》本與《隨菴叢書》本作"即粒"，今從薈要本。

主歡對。已而，辭去，跨鶴騰空而滅。

晉安郡有一書生謝端，爲性介潔，不染聲色。嘗於海岸觀濤，得一大螺，大如一石米斛。割之，中有美女，曰："予天漢中白水素女，天帝矜卿純正，令爲君作婦。"端以爲妖，呵責遣之，女嘆息升雲而去。

東陽郡永康縣，吴時有人入山，逢大龜，擔之，未至家，遇夜，纜舟於岸，見老桑呼龜曰："元緒，汝當死矣。"龜呼桑樹曰："子明無苦也。雖然，盡南山之樵，不能潰我。"對曰："諸葛恪明敏，禍必及於予。"明日，其人將龜獻吴王，命煮之，三日三夜不死，遂問諸葛恪，恪曰："此龜有精，須得多載老桑爲薪，煮之立爛。"遂命老桑斫之爲薪，既燃即爛。

漢武帝幸甘泉，長平阪道中有虫，赤如肝，頭目口齒悉具，人莫知也。時東方朔曰："此古秦獄地也，積憂所致。"上使按圖，果秦獄地。朔曰："夫積憂者，得酒而解。"乃取虫置酒中，立消。

洞庭山有宫，五門，東通林屋，西達蛾眉，南接羅浮，北連岱岳。東有石樓，樓下兩石，扣之清越，所謂神鉦。昔有青童秉燭，飈飛輪之車至此，其迹存焉。上有天帝壇山，山有金牛穴。吴孫權時，令人掘金，金化爲牛，走上山，其迹存焉，故號爲"金牛穴"。

范文，本日南奴也。爲奴時牧羊於澗中，得兩鯉魚，欲私食之。郎知，詰文，詐云："將礪石。"還，非魚也。郎至魚所，果見兩石，文異之。石有鐵，文因入山中，就冶作兩刀，因舉刀向鄣。鄣，即蕃，中山地名也。咒曰："鯉魚變化冶成刀，斫石鄣破者，是有神靈，文當治此國。"遂斫破之，衆遂推爲君。

宋武帝微時，伐荻於新洲，見一大蛇，長數丈，遂射之，傷。明日，復往觀之，聞杵臼聲，覘見數青衣童子搗藥，問其故，答曰："我王爲劉寄奴所射，今合藥傅之。"帝曰："何神也?"童子不答，帝叱之，皆散，收得藥人，因名此草爲"劉寄奴"。

西域有鼠國，大者如犬，中者如兔，小者如常鼠，頭悉白。商賈有經過其國者，若不祈祀，則嚙人衣裳。

周成王時，東夷送六角牛。

磅磄山去扶桑五萬里，日所不及，其地甚寒。有桃樹千圍，萬年一實。一説，日本國有金桃，其實重一斤。

吴王闔閭葬於吴縣。三月，有白虎居其上，號曰"虎丘"。

晉太康中，會稽縣蟛蜞及羊皆化爲鼠。蟛始變者有毛而無肉，大食新稻。

周穆王時，天下連雨三月。穆王乃吹笛，其雨遂止。

漢武帝時，西方有日支國獻活人草，三莖。有人死者，將草覆面，即活之矣。

封微山中有怒毛獸,若不嗔,毛短三寸;若嗔,毛長三尺。

南金山有師子獸,其毛黃赤而光鮮,耳小。若鳴時,地動石裂也。

崑崙山有玉桃,光明洞澈而堅瑩,須以玉井泉洗之,便軟可食。

北方荒外有石湖,方十里,中有橫公魚,夜即化爲人,刺之,不入;煮之,不死。若以烏梅二七箇煮之,即熟,可治邪病。

東海郡尉于台有杏一株,花雜五色,六出,號"六仙人杏"①。

晋時,晋陵薛願家有虹飲其釜中,水須臾而竭。願因以酒祝而益之,虹復飲盡,吐金滿釜而去。願家遂至大富。

顧渚山有報春鳥,春至則鳴,秋分亦鳴,似鸜鵒之類也。

龍肝瓜長一尺,花紅,葉素,生於冰谷,所謂"冰谷素葉之瓜"。

越俗説:會稽山夏禹廟中有梅梁,忽一春而生枝葉。

漢成帝嘗與趙飛燕游太液池,以沙棠木爲舟。其木出崑崙山,人食其實,入水不溺。詩曰:"安得沙棠木,剡以爲舟船。"

巴東有真香茗,其花白色,如薔薇。煎服,令人不眠,能誦無忘。

伺潮鷄,潮水上則鳴。孫綽《望海賦》曰"石鷄清響而應潮"是也。

聚窟州有返魂樹,伐其根心,於玉釜中煮,取汁,又熬之,令可丸,名曰"驚精香",或名"震靈丸",或名"反生香",或名"卻死香"。死尸在地,聞氣即活。

岑華山在西海之西,有蔓竹,爲簫管,吹之,若群鳳之鳴。

魏興,錫義山多生微蘅草,有風不偃,無風獨搖。

黃金山有楠樹,一年,東邊榮,西邊枯;後年,西邊榮,東邊枯,年年如此。張華云"交讓樹"也。

石勒嘗備於臨水,爲游軍所囚。會有群鹿傍道,軍人競逐之,勒乃獲免。俄而,又見一老父,謂勒曰:"向來群鹿者,我也。君應爲列國主,故相救耳。"

大食王國在西海中,有一方石,石上多樹,幹赤,葉青,枝上總生小兒,長六七寸,見人皆笑。動其手足,頭著樹枝,使摘一枝,小兒便死。

獬豸者,一角之羊也,性知人有罪。皋陶治獄,其罪疑者,令羊觸之。

取鳥之未生毛者,以丹和牛肉,使吞,至長羽毛,皆赤,殺之,陰乾,杵服,壽五百歲。

鄧通以櫂船爲黃頭郎,曰:"土勝水,其色黃。"故刺船郎皆著黃帽。

---

① 六:薈要本與《隨菴叢書》本作"云"。

漢元和元年,大雨。有一青龍墮於宮中,帝命烹之,賜群臣龍羹各一杯。故李尤《七命》曰:"味兼龍羹。"七命,即文章名也。

案消山有石樓樹。吳太皇元年,郡吏伍曜於海際得之,枝莖紫色,有光。南越謂之"石連理"也。

南海有明珠,即鯨魚目瞳。鯨死而目皆無精,可以鑒,謂之"夜光"。

千年木精爲青牛。

猿五百歲化爲玃,玃千歲化爲老人。

鵠生五百年而紅,五百年而黃,又五百年而蒼,又五百年而白,壽三千歲。

燕之千年生胡髯。

虎魚老者爲蛟。

江中魚化爲蝗而食五穀者,百歲爲鼠。

蛟羊似羊而無角,啖之,毒。

古人説:羊一名"胡髯郎",又名"青鳥"。

周穆王之犬,日走千里,食虎豹。

闔閭構水精宮,尤極珍怪,皆出自水府。

瀨鄉老子祠有紫石榴、紅縹李,一李二色。

勾漏縣有白橘、青柑、縹杏。

南中生子母竹,今之慈竹也。

漢章帝元年,上虞縣獻二蒂瓜,一實二蒂,及玉色橘。

趙王故城,俗呼爲"麋鹿城"。

梁孝王築平臺,臺至今存。有兼葭洲、鳧藻洲。梳洗潭中有望秦山,商人望鄉之處。

貝宮夫人廟在太一山下,云懷元年夫人也,廟即其基也。

當陽南有龍川、鳳川,云漢武帝時,八龍五鳳常見於此。亦呼爲"五鳳州"。

魏文帝甄后陵在鄴中。臨漳東北至今有甄后神。

殷紂時太龜生毛,而兔生角,是甲兵將興之兆。

述異記卷下

周幽王時,牛化爲虎,羊化爲狼。洛南有避狼城,云:幽王時,群羊爲狼,食人,故築城避之。今洛中有狼村,是其處也。

關中有金魚神,云:周平二年,十旬不雨,遣祭天神,俄而,生湧泉,金魚躍出而雨降。

楚莊王時,宮人一旦而化爲野蛾,飛去。

秦始皇帝至東海,海神捧珠獻於帝前。今海畔有秦皇受珠臺。

東海上有蒲臺,秦始皇至此臺下,縈蒲繫馬。蒲至今縈紆。

始皇二十六年,童謡云:"阿房阿房亡始皇。"

古説:雍州雨魚,長八尺寸許。

先儒説:夏禹時,天雨金三日。古詩云"安得天雨金,使金賤如土"是也。

周成王時,咸陽雨金。今咸陽有雨金原。

王莽時,未央宫中雨五銖錢,既而至地,悉爲龜兒。

漢世,翁仲孺家人貧力作,居渭川,一旦,天雨金十斛於其家。

漢惠帝二年,宫中雨黄金、黑錫。

吕后三年,天雨粟。

漢宣帝時,江淮饑饉,人相食,雨穀三日①。秦魏地亡穀二十頃。

漢武帝時,廣陽縣雨麥。

河間有雨錢城。漢世,天雨鉛錫於此。

周時,成陽雨錢,終日而絶。

秦二世元年,宫中雨金,既而,頃刻皆化爲石。

漢成帝末年,宫中雨一蒼鹿,殺而食之,其味甚美。

大禹時,天雨稻。古詩云:"安得天雨稻,飼我天下民。"

漢世,潁川民家雨金銖錢。

魏武帝末年,鄴中雨五色石。

吴桓王時,金陵雨五穀於貧民家,富者則不雨矣。

魏時,河間王子元家雨中有小兒八九枚墮於庭前,長六七寸許,自言:"家在河東南,爲風所飄而至於君庭。"與之言,甚有所知,如史傳所述。

魏世,河内冬雨棗。

耆舊説:周秦間,河南雨酸棗,遂生野棗。今酸棗縣是也。

魏文帝安陽殿前,天降朱李八枚,啖一枚,數日不食。今李種有安陽李,大而有甘者,即其種也。

漢末,陽氏家園中産神樗三株。

武陵源在吴中,山無他木,盡生桃李,俗呼爲"桃李源"。源上有石洞,洞中有乳水。世傳秦末喪亂,吴中人於此避難,食桃李實者,皆得仙。

杜陵有金李,李大者,謂之夏李;尤小者,呼爲鼠李;桃之大者,爲木桃。《詩》云"投我以木桃"是也。

房陵定山有朱仲李園三十六所,潘岳《閒居賦》云"防陵朱仲之李"、李

① "三"下,《漢魏叢書》本無"日"字,今據薈要本與《隨菴叢書》本補。

尤《果賦》云"三十六園朱李"是也。中山有縹李,大如拳者,呼仙李。李尤《果賦》曰:"如拳之李。"陸士衡《果賦》曰:"中山之縹李。"又云:"仙李縹而神李紅。"

豫樟之爲木,豫樟,即木名也,生七年而後與衆木有異。

漢武帝寶鼎二年,立豫樟宫於昆明池中,作豫樟水殿。

袁紹在冀州時,滿市黄金而無斗粟,餓者相食,人爲之語曰:"虎豹之口,不如饑人。"劉備在荆州時,粟與金同價。

永嘉之亂,洛中饑荒。懷帝遣人觀市,珠玉金銀闐委市中,而無粟麥。袁宏表云"田畝由是丘墟,都市化爲珠玉"是也。

漢末,大饑,江淮間童謡云:"太岳如市,人死如林。持金易粟,貴於黄金。"

洛中童謡曰:"雖有千黄金,無如我斗粟。斗粟自可飽,千金何所直?"

耆舊説:桓靈之世,汝潁間桑麻爲蒿莠,桃李不實,花而復落,落而復花,而官倉有朽粟。

晋永嘉中,梁州雨七旬,麥化爲飛蛾。

晋末,荆州久雨,粟化爲蠱虫害民。《春秋》云"穀之飛爲蠱",蓋是也。中郎王義興表奏曰:"臣聞堯生神木,而晋有蠱粟,陛下自以聖德何如?"帝有慙色。

宋高祖之初年,當晋饑饉之後,即位以來,江表二千餘里,野粟生焉。

古説淮南諸山石生穀。袁安云:"石穀,藥名,穗之尤小者。"

漢世古諺曰:"雖有神藥,不如少年。雖有珠玉,不如金錢。"

太原神金岡中有神農嘗藥之鼎存焉。

成陽山中有神農鞭藥處,一名神農原、藥草山。山上紫陽觀,世傳神農於此辨百藥,中有千年龍腦。

冀州鵠山,傳龍千年則於山中蜕骨。今有龍岡,岡中出龍腦,是也。

今藥中有禹餘糧者,世傳昔禹治水,棄其所餘糧於江中,生爲藥也。

仙藥紫鳳腦,千年髑髏是也。

龜甲香,即桂香之善者。

紫述香,一名紅蘭香,一名金桂香,亦名麝香草,出蒼梧、桂林上郡界。今吴中有麝香草,香似紅藍而甚芳香①。

南海山出千步香,佩之,香聞於千步也。今海崦有千步草,是其種也,葉

---

① "似"上,薈要本與《隨菴叢書》本無"香"字。"藍",薈要本與《隨菴叢書》本作"蘭"。

似杜若而紅碧間雜①。《貢籍》曰：“南郡貢千步香。”

日南有香市，商人交易諸香處。

漢雍仲子進南海香物，拜爲涪陽尉，時謂之“香尉”。日南有千畞林，名香出其中②。

香洲在朱崖郡，洲中出諸異香，往往不知名焉。千年松香聞於十里，亦謂之十里香。

杏園洲在南海中，洲中多杏，海上人云：“仙人種杏處。”漢時嘗有人舟行遇風，泊此洲五六日，食杏，故免死。云：“洲中別有冬杏。”

木蘭川在潯陽江中，多木蘭樹。昔吳王闔閭植木蘭於此，用構宮殿也。七里洲中有魯班刻木蘭爲舟，舟至今在洲中。詩家云“木蘭舟”出於此。

天姥山南峯，昔魯班刻木爲鶴，一飛七百里。後放於北山西峯上。漢武帝使人往取之，遂飛上南峯。往往天將雨，則翼翅動摇，若將飛奮。

魯班刻石爲《禹九州圖》，今在洛城石室山。

東北巖海畔有大石龜，俗云魯班所作。夏則入海，冬復止於山上。陸機詩云：“石龜尚懷海，我寧亡故鄉。”

上虞縣有石馳。步，水際謂之步。

瓜步在吳中，吳人賣瓜於江畔，因以名焉。

吳江中又有魚步、龜步，湘中有靈妃步。昉按，吳楚間謂浦爲步，語之訛耳。

公主山在華山中。漢末，王莽秉政，南陽公主避亂奔入此峯，學道後得升仙，至今嶺上有一雙朱履，傳云：公主既於山中得道，駙馬王咸追之不及，故留二履以示之。潘安仁有《公主峯記》。

晋永嘉亂既已，至江，諸公主不得隨去。安陽公主、平城公主奔入兩河界，悉爲民家妻，常怏怏不悦，有故鄉之思。村民感之，共築一臺以居之，謂之“公主望鄉之館”。至今歸然。王朗《懷舊賦》云：“將軍出塞之臺，公主望鄉之館。”漢成帝遣將軍王潰戍邊，及帝崩，王莽篡逆，潰與莽有隙，遂留不敢歸，因逃入胡中，士卒相率築臺，爲望鄉之處。

曲阜縣南十里有孔子春秋臺。曲阜古城有顔回墓，墓上石楠縣樹二株，可三四十圍。土人云顔回手植。

晋末，群盜蜂起，義陽公主自洛中出奔至洛南，士卒二千餘人留守不去，以衛京都。劉曜攻破之，主有殊色，曜將逼之，主手刃曜，不中，遂自刃。曜

---

① 似：《漢魏叢書》本與《隨菴叢書》本皆作“是”，今從薈要本。

② 此條，《漢魏叢書》本與上條合爲一條，今從薈要本與《隨菴叢書》本另作一條。

奇其正節，遣葬之，立義陽公主。鄰民憐之，爲立廟，今義陽神是也。

符堅既爲姚萇所殺於新平佛寺中①，後寺主摩訶蘭常夢堅曰：“可爲吾作宮。”既而，寺左右民家死疫相繼，巫者常見堅怒曰：“不吾宮，將盡殺新平民。”②因共改寺爲廟，遂無復灾疾。每年正月二日，民競祀以太牢。新平寺，今符家神也。

今烏江長亭亭下有駐馬塘，即當時烏江亭長艤舟待項羽處。今陰陵故城九曲澤澤中有項王村，即項籍迷失路處。項王失路於澤中，周回九曲，後人因以爲澤名。

燕昭王爲郭隗築臺，今在幽州燕王故城中，土人呼爲“賢士臺”，亦謂之“招賢臺”。

漢武帝於湖中牧馬處，至今野草皆有嚼嚙之狀，湖中呼爲“馬澤”。澤中有武帝彈碁方石，石上勒銘存焉。

葳蕤草，一名麗草，又呼爲女草，江浙中呼娃草，美女曰“娃”，故以爲名。

懸腸草，一名思子蔓，南中呼爲離別草。

苔，謂之澤葵③又名重錢，亦呼爲宣蘚，南人呼爲姤草。

萱草，一名紫萱，又呼爲忘憂草，吳中書生呼爲療愁花。嵇中散《養生論》云：“萱草忘憂。”

桂林有睡草，見之則令人睡。一名醉草，亦呼爲懶婦箴。又出《海南地記》。

楚中有宮人草，狀如金燈，而甚氛氳，花色紅翠。俗説楚靈王時，宮人數千，皆多愁曠，有囚死於宮中者，葬之後，墓上悉生此花。

舜草，今之孝草也。

蓆茛草，一名塞路，生北方胡地。古詩云：“千里蓆茛草。”

紅蘭花，一名大草。

莪葵，本胡中葵，似葵而大者。

寡草，特生而不叢。

洛陽有支茜園，《漢官儀》云“染園出芝茜，供染御服”，是其處也。

紅綬花，蔓生，如綬一般，有文采，因名焉。

甘泉宮有木園，武帝時園也，今俗呼爲仙草園。出《漢魏宮志》。

蒬園在定陵，《漢官儀》曰：“蒬園，供染緑紋綬。小藍曰蒬。”蒬音稷。

---

① 符：薈要本與《隨菴叢書》本作“苻”。本條下同。
② 不吾宮：《漢魏叢書》本與薈要本作“吾不宮”，《隨菴叢書》本作“不吾宮”，意爲“不給我建造宮室”，合乎上下文意，故從之。
③ 謂：《漢魏叢書》本原作“爲”，今據薈要本與《隨菴叢書》本改。

芙蓉園在洛陽,漢家置之。長沙定王故宮有蓼園,真定王故園也。

張騫苜蓿園,今在洛中。苜蓿本胡中菜也,張騫始於西戎得之。

衛有淇園,出竹,在淇水之上。《詩》云"瞻彼淇澳,綠竹猗猗"是也。

梧桐園在吳宮,本吳王夫差舊園也。一名鳴琴川。

南中有楓子鬼,楓木之老者爲人形,亦呼爲"靈楓"①。

後漢季子長爲政,欲知囚情,以梧桐木爲之像,囚形,穿地爲坎,臥木囚於其中,祝之:"罪正者,不動;冤者,木囚動,出。"時以爲精誠所應。子長時爲大理卿。

漢武宴於未央宮,忽聞人語云:"老臣負自訴。"不見其形。良久,見架上一老翁,長八九寸,面皺鬚白,拄杖僂步至前。帝問曰:"叟何姓名?所訴者何?"翁緣柱放杖,叩頭不言,因仰視屋,俯視帝腳,忽不見。帝駭懼,問東方朔,朔曰:"其名爲藻兼,水木之精也。陛下頃來頻興宮室,斬伐其居,故來訴耳。仰頭看屋,而後視陛下腳足者,願陛下宮室足於此,不欲更造。"帝乃息役。後帝幸瓠子河,聞水底有弦歌之聲,置肴饍芬芳於帝前,前梁上翁及數人年少,絳衣紫帶,佩綬,皆長八寸,一人最長,長尺餘,凌波而出,衣不沾濕,或挾樂器。帝問之曰:"向所聞樂,是公等奏耶?"對曰:"臣前昧死歸訴,蒙陛下息斤斧,得全其居,故相慶樂耳。"遂奏樂,獻帝洞穴珠一枚,遂隱不見。帝問方朔:"何謂洞穴珠?"朔曰:"河底有一穴,深數百丈,中有赤蟆,蟆生此珠,徑寸,明耀絕世矣。"帝遂寶愛此珠,置於內庫。

燕昭王種長春樹,葉如蓮花,樹身似桂樹,花隨四時之色:春生碧花,春盡則落;夏生紅花,夏末則凋;秋生白花,秋殘則萎;冬生紫花,遇雪則謝。故號爲"長春樹"。

澄永泉在滄州九視山,山下出泉,闊百餘步,亦名流永渠。雖泛金石,終不沉,故州人欲渡此泉,以瓦鐵爲船舫。

地生毛,京房以爲人勞之應。北齊武成河清年中,徐州及長安地生毛,長七尺,時北築長城,內築三臺,人苦勞役之應也。

神泉,出高密瑯琊郡。人或禱祈求之,則飛泉湧出,清冷而味甘。人或污之,則便竭。

鹽田在河東郡。有一大澤,澤中產鹽,引水沃之,則自成,號曰"鹽田"。取之無盡。不沃,則無也。又,張掖有鹽池,自然生鹽,其鹽多少,隨月增減。

甜溪水,其味如蜜。東方朔得以獻武帝,帝乃投於陰井中,井水遂甜而寒,洗浴則肌理柔滑。

---

① "楓"下,薈要本與《隨菴叢書》本有"焉"字。

　　日林國有神藥數千種，其西南有石鏡，方數百里，光明瑩徹，可鑒五藏六府，亦名仙人鏡。國中人若有疾，輒照其形，遂知病起何藏府，即采神藥餌之，無不愈。其國人壽三千歲，亦有長生者。

　　列禦冠，鄭人。御風而行，常以立春日歸乎八荒，立秋日游于風穴①。是風至，即草木皆生；去，則草木皆落，謂之“離合風”。

　　秦繆公時，陳倉人掘地得物，若羊非羊，似豬非豬。繆公道中逢二童子，云：“此名蝹《史記》作媦，在地中食死人腦。若以松柏穿其首，則死。”故今種柏在墓上，以防其害也。

　　辰州嵩溪有丹青樹，枝葉直上籠雲，下無枝條，上有五色葉，圓如華蓋，故號“丹青樹”，俗謂之“五采樹”。今在辰陽縣。

　　城陽縣城南有堯慶都墓，廟前一池，魚頭間有印文，謂之“印頰魚”。若非祀者，捕而不得。

　　奇肱國，其國人機巧，能爲飛車，從風遠行。湯時，西風吹奇肱人乘車東至豫州界。後十年，而風後至，使遣歸。國去玉門四萬里。

　　東海有牛魚，其形如牛。海人采捕，剝其皮，懸之，潮水至則尾起，潮水落則尾伏。

　　顧渚山有欜汝耿反子樹，其木如玉色。渚人采之以爲杖。

　　蛇一首兩身者，名曰“肥遺”，西華山中有也。見則大旱。

　　南海有水虫，名曰“箹蚌”，蛤之類也。其小蟹大如榆莢，箹開甲食，則蟹亦出食；箹合甲，蟹亦還入。爲箹取食以終始，生死不相離。

　　西蜀石門山有樹，名曰“桄榔”。皮裏出屑如麵，用作餅，食之，與麵相似，因謂之“桄榔麵”焉。

　　漢武帝元鼎元年，起招靈閣，有一神女留一玉釵與帝，帝以賜趙婕好。至昭帝元鳳中，宮人見此釵，光瑩甚異，共謀欲碎之。明視釵匣，唯見白燕直升天去。後宮人常作玉釵，因名“玉燕釵”。

　　三國時，昆明國貢魏瀨金鳥。鳥形，如雀色，常翱翔海上，吐金屑如粟。至冬，此鳥即畏霜雪，魏帝乃起温室以處之，名曰“辟寒臺”，故謂吐此金爲辟寒金也。

　　漢末，關中大亂。有發漢時宮人冢者，宮人猶活，既出，平復如故。魏郭后愛念之，録爲宮人②，常置左右。問漢時宮中事，説之皆有次第。郭后崩，因哭泣過度，遂死。

周昭王時,塗修國獻青鳳、丹鵠各一雌一雄。

吳郡魚城城下水中有石首魚,至秋化爲鳧,鳧項中尚有石。

南康郡有君山,高秀重疊,有類臺榭,名曰"女媧宮"。有獸名格,似猩猩之形,自知吉凶。人無機愛之,則可馴狎;欲執害之,則去不來。

桂陽郡有銀井,鑿之轉深。漢有村人焦先,於半道見三老人,褊身皓白,云:"逐我太苦,今往他所。"先知是怪,以刀斫之,三翁各以杖受刀,忽不見。視其斷杖,是銀。其井後遂不生銀也。

儋耳郡明山有二石,如人形,云昔有兄弟二人,向海捕魚,因化爲石,因號"兄弟石"。

貞山在毘陵郡。梁時有村人韓文秀,見一鹿産一女子在地,遂收養之。及長,與凡女有異,遂爲女冠。梁武帝爲別立一觀,號曰"鹿娘"。後死入棺,武帝致祭,開棺視之,但聞異香,不見骸骨,蓋尸解也。遂葬棺於毘陵,因號其葬處爲"貞山"。

江陰北有子英廟。子英,即野人也。善入水,捕魚,得一赤鯉,將著家池中養之。後長,徑一丈,有角翅,謂子英曰:"我迎汝身,汝上我背。"遂昇於天爲神仙。晉時人。

璅蛣,似小蚌,有一小蟹在腹中,出求食,故淮海之人呼爲"蟹奴"①。

鶴骭故解反,刺骱德宅反耳則聽響遠,露眼赤精則眹遠,大毛落,茸毛生,其色如雪。又云高腳疎節,則多跛也。若百六十年變,止不食生物,千六百年形定,飲而不食,與鳳爲群。

松有兩鬣、三鬣、七鬣者,言如馬鬣形也。言粒者,非矣。

人間三十六洞天,知名者十耳,餘二十六天,出《九微志》,不行於世也。

鯉魚滿三百六十鱗,蛟龍輒率而飛去。一年置一神守之,則不能去矣。神則黿也。

王僧辨嘗爲荆南,得橘,一蒂三十子,以獻梁元帝。

吳太皇時,朱休之家犬歌曰:"言我不能歌,聽我歌梅花。今年故復可,明年當奈何?"休遂殺其犬。明年,休家人並死。

哀牢夷,西蜀國名也。其先有婦人捕魚水中,觸沉木,育生男子十人。沉木爲龍,出水上,九男驚走,一兒不去,背龍,因舐之。後諸兒推爲哀牢主。

涿光山下囂水多鰼鰼之魚,如鵲而十翼。捕之,可以禦火。

吳桓王時,會稽生五色瓜,吳中有五色瓜,歲充貢,伏獻。

東南有桃都山,上有大樹,名曰"桃都",枝相去三千里。上有天雞,日

初出照此木，天鷄則鳴，天下鷄皆隨之鳴。

合塗國去王都七萬里，人善服鳥獸，鷄犬皆使能言。

林屋洞爲左神幽虛之天，即天后真君之便闕。中有白芝、紫泉，皆此洞所出①，乃神仙之飲餌，非常人所能得之。

日南郡出果下牛，高三尺。漢樂浪郡有果下馬，並高三尺。

盧陵有木客鳥，大如鵲，千百爲群，不與衆鳥相厠，俗云是古之木客花化作。盧陵，即今吉州也。

後魏孝昌年中，有洛子淵，自云洛中人，戍於彭城。同營人樊元寶還，子淵附書至洛，書上題云："宅上靈臺，南延洛水。"既至洛，忽逢一老翁，曰："吾兒書也。"引入門，館甚盛。呼坐，命酒，酒至，色赤，甚香美。寶告退，老翁出送，但見高岸對水，無復人家。及還彭城，子淵已失。元寶與子淵同戍三年，不知是水神也。

彭城郡，古徐國也。昔徐君宮人生一大卵，棄於野。徐有犬名后倉，銜歸，溫之，卵開，内有一兒，有筋而無骨。後爲徐君，號曰"偃王"，爲政而行仁義。

相州栖霞谷，昔有橋順二子於此得仙，服飛龍一丸，十年不饑，故魏文詩曰："西山有僊童，不飲亦不食。"即此也。

河澗郡有聖姑祠。姓郝，字女君。魏青龍二年四月十日，與鄰女樵采於浤、深二水處，忽有數婦人從水而出，若今之青衣，至女君前曰："東海使聘爲婦，故遣相迎。"因敷茵於水上②，請女君於上坐，青衣者侍側，順流而下。其家大小奔到岸側，惟泣望而已。女君怡然曰："今幸得爲水仙，願勿憂憶。"語訖，風起，而没於水。鄉人因爲立祠，又置東海公像於聖姑側，呼爲"姑夫"。

大翮山、小翮山在嬀州。昔有王次仲，年少入學而家遠，常先到，其師怪之，謂其不歸，使人候之，又實歸。在其家，同學者常見仲捉一小木，長三尺餘，至則著屋間。欲共取之，輒尋不見。及年弱冠，變蒼頡舊書，今爲隸書。秦始皇遣使徵之，不至，始皇怒，檻車囚之赴國。路次化爲大鳥，出車而飛去，至西山乃落。二翮一大一小，遂名其落處爲"大、小翮山"。嬀州，即今幽薊之地。

利州義成郡葭萌縣有玉女房，蓋是一大石穴也。昔有玉女入此石穴，前有竹數莖，下有青石壇，每因風自掃此壇。玉女每遇明月夜，即出於壇上，開

---

① 此：《漢魏叢書》本作"所"，今從薈要本與《隨菴叢書》本。

② 敷：《漢魏叢書》本原作"數"，今據薈要本與《隨菴叢書》本改。

步徘徊，復入此房。

龍巢山下有丹水，水中有丹魚。欲捕其魚，伺魚之浮出水，有赤光如火，網取，割其血塗足，可涉水如履平地。

宋武帝大明五年，廣郡獻白孔雀，以爲中瑞。

秦惠王獻五美女於蜀王，王遣五丁迎女，乃見大蛇入山穴中，五丁曳蛇，山崩，五女上山，皆化爲石。

一説少空山有貝多樹，與衆木有異，一年三放花，其花白色香美。俗云漢世野人將子種於此。

武都大夫化爲女子，顏色美麗，蓋山之精也。蜀王娶以爲妻，無幾，物故，遂葬於成都郭中，以石鏡一枚長二丈、高五尺同葬之。

衡州九疑山有舜廟。郡守至官，常致敬修祀，則空中如有弦歌之聲。一説九疑山隔湘江，跨蒼梧，野連營道縣界，九山相似，行者望之，有疑，因名曰“九疑山”。

漢惠帝七年夏，雷震，南山林木皆自火，燃至根，其地悉皆燋黃。後其雨迅過，人就其間得龍骨一具。

晋世顏含嫂病，須與蚺蛇膽療之則愈，既不能得，含憂歎累日。忽有一童子持青囊授含，乃曰：“真蛇膽也。”童子遂化爲青鳥飛去。

陽羨縣小吏吳龕家在溪南。偶一日，以掘頭船過水，溪内忽見一五色浮石，龕遂取歸，置於牀頭。至夜，化爲一女子，至曙，仍是石。後復投於本溪。

南海中有鮫人室。水居如魚，不廢機織，其眼能泣則出珠①。晋木玄虛《海賦》云：“天琛水怪，鮫人之室。”②

興安縣水邊有平石，其上有石櫛、石履各一具。俗云越王渡溪，脱履墮櫛於此。

荆州清溪、秀壁諸山，山洞往往有乳窟，窟中多玉泉交流，中有白蝙蝠，大如鴉。按《仙經》云：“蝙蝠一名仙鼠，千歲之後，體白如銀。棲即倒懸，蓋飲乳水而長生也。”

夜郎縣者，西南遠夷國名也。其先有女子浣紗，忽三節竹流入足間，聞其中有號聲，剖竹視之，得一男，歸而養之。及長，有武畧，自立爲夜郎侯，以竹爲姓。漢武帝元鼎六年，征西南夷，改爲牂柯郡。夜郎侯迎降，天子賜以玉印綬。後卒。夷獠盛，以竹王非血氣所生，衆爲立廟。今夜郎縣有竹王神，是也。

---

① “泣”上，薈要本無“能”字。
② “琛”下，手校本有“丑林反”字。

述異記後序

夫述者,著撰之名;異者,未聞之事。然而,簡諜紛委,百氏駢繁,始業文者患於少書,莫得以備見。務廣覽者,失於精究,鮮克以周記。非夫博物君子,鴻儒碩彥,家藏逸典,日獵菁英,則何以詮次成書,以資後學?近閱梁世任昉《述異記》上下兩卷,嘉其纂集,愛不能釋,研玩之際,奇粹間出,辭典而有據,事怪而不俚,綽有條緒,焕然非誣。且異夫成式《酉陽》之編,但浮華而靡信;子横《洞冥》之誌,多談妄以不經。彼皆憑虚,此盡摭實。若造鬻珍之市,列金璧以交輝;如觀作繪之坊,絢丹青而溢目。誠可以助緣情之綺靡,爲摛翰之華苑者矣。惜其湮墜於世,人所罕見,因命工摹鏤,以永流布,與我同志,足以知彥昇之博識云爾。時皇宋慶曆四禩中秋既望日序。

葉石君跋

壬寅夏借從兄林宗藏本,校具書。系抄本,向爲寒山趙氏所藏,趙靈均殁後,圖籍星散,此書爲吾兄構得。今因錢遵王廣搜小説,遂撿此本示之。還時,便取以校,並補録數十字。洞庭東山清遠堂主人石君葉樹廉記。

王謨跋

右任昉《述異記》二卷。晁氏云:"昉家藏書三萬卷,天監中采集前世之事,纂述新異,爲此記,皆時所未聞,特以資後來屬文之用,亦博物之意。《唐志》以爲祖沖所作,非也。"今考《隋》《唐志》,並載祖沖之《述異記》十卷,無任昉《記》,而《藝文類聚》《太平御覽》等書所引祖《記》,又往往今本任《記》所無,無妨任、祖二人當時各自有《記》,而《隋》《唐志》或偶失載也。《南史》本傳亦載"昉撰《雜傳》二百四十七卷",不及此《記》,豈即在《雜傳》中歟?今《叢書》本較《稗海》本又不全,中多唐時州名,則此書又經唐人改竄,非原本也。汝上王謨識。

附録四　傳　記

梁書·任昉傳

　　任昉字彥昇，樂安博昌人，漢御史大夫敖之後也。父遙，齊中散大夫。遙妻裴氏，嘗晝寢，夢有彩旗蓋四角懸鈴，自天而墜，其一鈴落入裴懷中，心悸動，既而有娠，生昉。身長七尺五寸。幼而好學，早知名。宋丹陽尹劉秉辟爲主簿。時昉年十六，以氣忤秉子。久之，爲奉朝請，舉兗州秀才，拜太常博士，遷征北行參軍。

　　永明初，衛將軍王儉領丹陽尹，復引爲主簿。儉雅欽重昉，以爲當時無輩。遷司徒刑獄參軍事，入爲尚書殿中郎，轉司徒竟陵王記室參軍，以父憂去職。性至孝，居喪盡禮。服闋，續遭母憂，常廬于墓側，哭泣之地，草爲不生。服除，拜太子步兵校尉、管東宮書記。

　　初，齊明帝既廢鬱林王，始爲侍中、中書監、驃騎大將軍、開府儀同三司、揚州刺史、録尚書事，封宣城郡公，加兵五千，使昉具表草。其辭曰："臣本庸才，智力淺短。太祖高皇帝篤猶子之愛，降家人之慈；世祖武皇帝情等布衣，寄深同氣。武皇大漸，實奉詔言。雖自見之明，庸近所蔽，愚夫一至，偶識量己，實不忍自固於綴衣之辰，拒違於玉几之側，遂荷顧託，導揚末命。雖嗣君棄常，獲罪宣德，王室不造，職臣之由。何者？親則東牟，任惟博陸，徒懷子孟社稷之對，何救昌邑爭臣之譏。四海之議，於何逃責。陵土未乾，訓誓在耳，家國之事，一至於斯，非臣之尤，誰任其咎！將何以蕭拜高寢，虔奉武園？悼心失圖，泣血待旦。寧容復微榮於家恥，宴安於國危。驃騎上將之元勳，神州儀刑之列岳，尚書是稱司會，中書實管王言。且虛飾寵章，委成禦侮，臣知不愜，物誰謂宜。但命輕鴻毛，責重山岳，存没同歸，毀譽一貫。辭一官不減身累，增一職已黷朝經。便當自同體國，不爲飾讓。至於功均一匡，賞同千室，光宅近旬，奄有全邦，殞越爲期，不敢聞命，亦願曲留降鑒，即垂聽許。鉅平之懇誠必固，永昌之丹慊獲申，乃知君臣之道，綽有餘裕，苟曰易昭，敢守難奪。"帝惡其辭斥，甚愠，昉由是終建武中，位不過列校。

　　昉雅善屬文，尤長載筆，才思無窮，當世王公表奏，莫不請焉。昉起草即成,不加點竄。沈約一代詞宗,深所推挹。明帝崩,遷中書侍郎。永元末,爲司徒右長史。

高祖克京邑,霸府初開,以昉爲驃騎記室參軍。始高祖與昉遇竟陵王西邸,從容謂昉曰:"我登三府,當以卿爲記室。"昉亦戲高祖曰:"我若登三事,當以卿爲騎兵。"謂高祖善騎也。至是,故引昉符昔言焉。昉奉牋曰:"伏承以今月令辰,蕭膺典策,德顯功高,光副四海,含生之倫,庇身有地;況昉受教君子,將二十年,咳唾爲恩,眄睞成飾,小人懷惠,顧知死所。昔承清宴,屬有緒言,提挈之旨,形乎善謔,豈謂多幸,斯言不渝。雖情謬先覺,而迹淪驕餌,湯沐具而非弔,大廈構而相驅。明公道冠二儀,勳超邃古,將使伊周奉轡,桓文扶轂,神功無紀,化物何稱。府朝初建,俊賢驥首,惟此魚目,唐突璵璠。顧己循涯,寔知塵忝,千載一逢,再造難答。雖則殞越,且知非報。"

梁臺建,禪讓文誥,多昉所具。高祖踐阼,拜黃門侍郎,遷吏部郎中,尋以本官掌著作。

天監二年,出爲義興太守。在任清潔,兒妾食麥而已。友人彭城到溉,溉弟洽,從昉共爲山澤游。及被代登舟,止有米五斛。既至無衣,鎮軍將軍沈約遣裙衫迎之。重除吏部郎中,參掌大選,居職不稱。尋轉御史中丞,祕書監,領前軍將軍。自齊永元以來,祕閣四部,篇卷紛雜,昉手自讎校,由是篇目定焉。

六年春,出爲寧朔將軍、新安太守。在郡不事邊幅,率然曳杖,徒行邑郭,民通辭訟者,就路決焉。爲政清省,吏民便之。視事朞歲,卒於官舍,時年四十九。闔境痛惜,百姓共立祠堂於城南。高祖聞問,即日舉哀,哭之甚慟。追贈太常卿,謚曰敬子。

昉好交結,獎進士友,得其延譽者,率多升擢,故衣冠貴游,莫不爭與交好,坐上賓客,恒有數十。時人慕之,號曰任君,言如漢之三君也。陳郡殷芸與建安太守到溉書曰:"哲人云亡,儀表長謝。元龜何寄?指南誰託?"其爲士友所推如此。昉不治生產,至乃居無室宅。世或譏其多乞貸,亦隨復散之親故。昉常歎曰:"知我亦以叔則,不知我亦以叔則。"昉墳籍無所不見,家雖貧,聚書至萬餘卷,率多異本。昉卒後,高祖使學士賀縱共沈約勘其書目,官所無者,就昉家取之。昉所著文章數十萬言,盛行於世。

初,昉立於士大夫間,多所汲引,有善己者則厚其聲名。及卒,諸子皆幼,人罕贍卹之。平原劉孝標爲著論曰:

客問主人曰:"朱公叔《絕交論》,爲是乎?爲非乎?"主人曰:"客奚此之問?"客曰:"夫草蟲鳴則阜螽躍,雕虎嘯而清風起。故絪縕相感,霧湧雲蒸;

嚶鳴相召，星流電激。是以王陽登則貢公喜，牟生逝而國子悲。且心同琴瑟，言鬱郁於蘭茝，道叶膠漆，志婉孌於塤篪。聖賢以此鏤金版而鐫盤盂，書玉牒而刻鍾鼎。若匠人輟成風之妙巧，伯牙息流波之雅引。范、張款款於下泉，尹、班陶陶於永夕。駱驛縱橫，煙霏雨散，皆巧曆所不知，心計莫能測。而朱益州汩彝叙，越謨訓，捶直切，絕交游，視黔首以鷹鸇，媲人倫於豺虎。蒙有猜焉，請辨其惑。”

主人听然曰：“客所謂撫絃徽音，未達燥濕變響；張羅沮澤，不覩鵠雁高飛。蓋聖人握金鏡，闡風烈，龍驤蠖屈，從道汙隆。日月聯璧，歎賮膏之弘致；雲飛電薄，顯棣華之微旨。若五音之變化，濟九成之妙曲。此朱生得玄珠於赤水，謨神睿而爲言。至夫組織仁義，琢磨道德，驪其愉樂，恤其陵夷。寄通靈臺之下，遺迹江湖之上，風雨急而不輟其音，霜雪零而不渝其色，斯賢達之素交，歷萬古而一遇。逮叔世民訛，狙詐飇起，谿谷不能踰其險，鬼神無以究其變，競毛羽之輕，趨錐刀之末。於是素交盡，利交興，天下蚩蚩，鳥驚雷駭。然利交同源，派流則異，較言其略，有五術焉：

“若其寵鈞董、石，權壓梁、竇。雕刻百工，鑪錘萬物，吐漱興雲雨，呼吸下霜露，九域聳其風塵，四海疊其燻灼。靡不望影星奔，藉響川鶩，雞人始唱，鶴蓋成陰，高門旦開，流水接軫。皆願摩頂至踵，鑢膽抽腸，約同要離焚妻子，誓徇荆卿湛七族。是曰勢交，其流一也。

“富埒陶、白，貲巨程、羅，山擅銅陵，家藏金穴，出平原而聯騎，居里閈而鳴鐘。則有窮巷之賓，繩樞之士，冀宵燭之末光，邀潤屋之微澤，魚貫鳧躍，颯沓鱗萃，分雁鶩之稻粱，沾玉斝之餘瀝。銜恩遇，進款誠，援青松以示心，指白水而旌信。是曰賄交，其流二也。

“陸大夫燕喜西都，郭有道人倫東國，公卿貴其籍甚，搢紳羨其登仙。加以頤頤蹙頞，涕唾流沫，騁黃馬之劇談，縱碧雞之雄辯，叙温燠則寒谷成暄，論嚴枯則春叢零葉，飛沉出其顧指，榮辱定其一言。於是弱冠王孫，綺紈公子，道不緤於通人，聲未遒於雲閣，攀其鱗翼，丐其餘論，附驥驤之髦端，軼歸鴻於碣石。是曰談交，其流三也。

“陽舒陰慘，生民大情，憂合讙離，品物恒性。故魚以泉涸而呴沫，鳥因將死而悲鳴。同病相憐，綴河上之悲曲；恐懼置懷，昭《谷風》之盛典。斯則斷金由於湫隘，刎頸起於苫蓋。是以伍員濯溉於宰嚭，張王撫翼於陳相。是曰窮交，其流四也。

“馳騖之俗，澆薄之倫，無不操權衡，秉纖纊。衡所以揣其輕重，纊所以屬其鼻息。若衡不能舉，纊不能飛，雖顏、冉龍翰鳳鶵，曾、史蘭熏雪白，舒、向金玉淵海，卿、雲黼黻河漢，視若游塵，遇同土梗，莫肯費其半菽，罕有落其一毛。若衡重錙銖，纊微影撇，雖共工之蒐慝，讙兜之掩義，南荊之跋扈，東陵之巨猾，皆爲匍匐委蛇，折枝舐痔，金膏翠羽將其意，脂韋便辟導其誠。故輪蓋所游，必非夷、惠之室；苞苴所入，實行張、霍之家。謀而後動，芒毫寡忒。是曰量交，其流五也。

"凡斯五交，義同賈鬻，故桓譚譬之於闤闠，林回喻之於甘醴。夫寒暑遞進，盛衰相襲，或前榮而後瘁，或始富而終貧，或初存而末亡，或古約而今泰，循環翻覆，迅若波瀾。此則徇利之情未嘗異，變化之道不得一。由是觀之，張、陳所以凶終，蕭、朱所以隙末，斷焉可知矣。而翟公方規規然勒門以箴客，何所見之晚乎？

"然因此五交，是生三釁：敗德殄義，禽獸相若，一釁也；難固易攜，讎訟所聚，二釁也；名陷饕餮，貞介所羞，三釁也。古人知三釁之爲梗，懼五交之速尤。故王丹威子以檟楚，朱穆昌言而示絶，有旨哉！

"近世有樂安任昉，海内髦傑，早縮銀黄，夙招民譽。逎文麗藻，方駕曹、王；英特儁邁，聯衡許、郭。類田文之愛客，同鄭莊之好賢。見一善則盱衡扼腕，遇一才則揚眉抵掌。雌黄出其脣吻，朱紫由其月旦。於是冠蓋輻湊，衣裳雲合，輜軿擊轊，坐客恒滿。蹈其閫閾，若升闕里之堂；入其奥隅，謂登龍門之坂。至於顧盼增其倍價，翦拂使其長鳴，珥組雲臺者摩肩，趨走丹墀者疊迹。莫不締恩狎，結綢繆，想惠、莊之清塵，庶羊、左之徽烈。及瞑目東越，歸骸雉浦，總帳猶懸，門罕漬酒之彦；墳未宿草，野絶動輪之賓。藐爾諸孤，朝不謀夕，流離大海之南，寄命瘴癘之地。自昔把臂之英，金蘭之友，曾無羊舌下泣之仁，寧慕邴成分宅之德。嗚呼！世路險巇，一至於此！太行孟門，寧云嶄絶。是以耿介之士，疾其若斯，裂裳裹足，棄之長鶩。獨立高山之頂，歟與麋鹿同群，皦皦然絶其雰濁，誠恥之也，誠畏之也。"

昉撰《雜傳》二百四十七卷，《地記》二百五十二卷，文章三十三卷。

昉第四子東里，頗有父風，官至尚書外兵郎。

陳吏部尚書姚察曰：觀夫二漢求賢，率先經術；近世取人，多由文史。二子之作，辭藻壯麗，允値其時。淹能沉静，昉持内行，並以名位終始，宜哉。江非先覺，任無舊恩，則上秩顯贈，亦末由也已。（姚察撰《梁書》卷十四，中華書局一九七三年點校本）

南史·任昉傳

任昉字彦昇，樂安博昌人也。父遥，齊中散大夫。遥兄遐字景遠，少敦學業,家行甚謹,位御史中丞、金紫光禄大夫。永明中,遇以罪將徙荒裔,遥懷名請訴,言淚交下,齊武帝聞而哀之,竟得免。

遥妻河東裴氏,高明有德行,嘗晝臥,夢有五色采旗蓋四角懸鈴,自天而墜,其一鈴落入懷中,心悸因而有娠。占者曰:"必生才子。"及生昉,身長七尺五寸,幼而聰敏,早稱神悟。四歲誦詩數十篇,八歲能屬文,自製《月儀》,辭義甚美。褚彦回嘗謂遥曰:"聞卿有令子,相爲喜之。所謂百不爲多,一不爲少。"由是聞聲藉甚。年十二,從叔暠有知人之量,見而稱其小名曰:"阿堆,吾家千里駒也。"昉孝友純至,每侍親疾,衣不解帶,言與淚並,湯藥飲食必先經口。

初爲奉朝請,舉兖州秀才,拜太學博士。永明初,衛將軍王儉領丹陽尹,復引爲主簿。儉每見其文,必三復殷勤,以爲當時無輩,曰:"自傅季友以來,始復見於任子。若孔門是用,其入室升堂。"於是令昉作一文,及見,曰:"正得吾腹中之欲。"乃出自作文,令昉點正,昉因定數字。儉拊几歎曰:"後世誰知子定吾文!"其見知如此。

後爲司徒竟陵王記室參軍。時琅邪王融有才儁,自謂無對當時,見昉之文,怳然自失。以父喪去官,泣血三年,杖而後起。齊武帝謂昉伯遐曰:"聞昉哀瘠過禮,使人憂之,非直亡卿之寶,亦時才可惜。宜深相全譬。"遐使進飲食,當時勉勵,回即歐出。昉父遥本性重檳榔,以爲常餌,臨終嘗求之,剖百許口,不得好者,昉亦所嗜好,深以爲恨,遂終身不嘗檳榔。遭繼母憂,昉先以毀瘠,每一慟絶,良久乃蘇,因廬於墓側,以終喪禮。哭泣之地,草爲不生。昉素强壯,腰帶甚充,服闋後不復可識。

齊明帝深加器異,欲大相擢引,爲愛憎所白,乃除太子步兵校尉,掌東宫書記。齊明帝廢鬱林王,始爲侍中、中書監、驃騎大將軍、開府儀同三司、揚州刺史、録尚書事,封宣城郡公,使昉具草。帝惡其辭斥,甚愠,昉亦由是終建武中位不過列校。

昉尤長爲筆,頗慕傅亮才思無窮,當時王公表奏無不請焉。昉起草即成,不加點竄。沈約一代辭宗,深所推挹。永元中,紆意於梅蟲兒,東昏中旨用爲中書郎。謝尚書令王亮,亮曰:"卿宜謝梅,那忽謝我。"昉憖而退。末爲司徒右長史。

梁武帝剋建鄴,霸府初開,以爲驃騎記室參軍,專主文翰。每制書草,沈約輒求同署。嘗被急召,昉出而約在,是後文筆,約參製焉。

始梁武與昉遇竟陵王西邸,從容謂昉曰:"我登三府,當以卿爲記室。"昉亦戲帝曰:"我若登三事,當以卿爲騎兵。"以帝善騎也。至是引昉符昔言焉。昉奉牋云:"昔承清宴,屬有緒言,提挈之旨,形乎善謔。豈謂多幸,斯言不渝。"蓋爲此也。梁臺建,禪讓文誥,多昉所具。

奉世叔父母不異嚴親,事兄嫂恭謹。外氏貧闕,恒營奉供養。禄奉所收,四方餉遺,皆班之親戚,即日便盡。性通脱,不事儀形,喜愠未嘗形於色,車服亦不鮮明。

武帝踐阼,歷給事黄門侍郎,吏部郎。出爲義興太守。歲荒民散,以私奉米豆爲粥,活三千餘人。時産子者不舉,昉嚴其制,罪同殺人。孕者供其資費,濟者千室。在郡所得公田奉秩八百餘石,昉五分督一,餘者悉原,兒妾食麥而已。友人彭城到溉、溉弟洽從昉共爲山澤游。及被代登舟,止有絹七匹,米五石。至都無衣,鎮軍將軍沈約遣裙衫迎之。

重除吏部郎,參掌大選,居職不稱。尋轉御史中丞、祕書監。自齊永元以來,祕閣四部,篇卷紛雜,昉手自讎校,由是篇目定焉。

出爲新安太守,在郡不事邊幅,率然曳杖,徒行邑郭。人通辭訟者,就路決焉。爲政清省,吏人便之。卒於官,唯有桃花米二十石,無以爲斂。遺言不許以新安一物還都,雜木爲棺,浣衣爲斂。闔境痛惜,百姓共立祠堂於城南,歲時祠之。武帝聞問,方食西苑緑沈瓜,投之於盤,悲不自勝。因屈指曰:"昉少時常恐不滿五十,今四十九,可謂知命。"即日舉哀,哭之甚慟。追贈太常,謚曰敬子。

昉好交結,獎進士友,不附之者亦不稱述,得其延譽者多見升擢,故衣冠貴游莫不多與交好,坐上客恒有數十。時人慕之,號曰任君,言如漢之三君也。在郡尤以清潔著名,百姓年八十以上者,遣户曹掾訪其寒温。嘗欲營佛齋,調楓香二石,始入三斗,便出教長斷,曰:"與奪自己,不欲貽之後人。"郡有蜜嶺及楊梅,舊爲太守所采,昉以冒險多物故,即時停絶,吏人咸以百餘年未之有也。爲《家誡》,殷勤甚有條貫。陳郡殷芸與建安太守到溉書曰:"哲人云亡,儀表長謝。元龜何寄,指南何託?"其爲士友所推如此。

昉不事生産,至乃居無室宅。時或譏其多乞貸,亦隨復散之親故,常自欺曰:"知我者亦以叔則,不知我者亦以叔則。"既以文才見知,時人云"任筆沈詩"。昉聞甚以爲病。晚節轉好著詩,欲以傾沈,用事過多,屬辭不得流便,自爾都下士子慕之,轉爲穿鑿,於是有才盡之談矣。博學,於書無所不見,家雖貧,聚書至萬餘卷,率多異本。及卒後,武帝使學士賀縱共沈約勘其書目,官無者就其家取之。所著文章數十萬言,盛行於時。東海王僧孺嘗論之,以爲"過於董生、揚子。昉樂人之樂,憂人之憂,虚往實歸,忘貧去吝,行可以屬風俗,義可以厚人倫,能使貪夫不取,懦夫有立"。其見重如此。

有子東里、西華、南容、北叟，並無術業，墜其家聲。兄弟流離不能自振，生平舊交莫有收卹。西華冬月著葛帔練裙，道逢平原劉孝標，泫然矜之，謂曰："我當爲卿作計。"乃著《廣絕交論》以譏其舊交曰（原文見《梁書》本傳）。到溉見其論，抵几於地，終身恨之。

昉撰雜傳二百四十七卷，《地記》二百五十二卷，文章三十三卷。東里位尚書外兵郎。

論曰：二漢求士，率先經術，近代取人，多由文史。觀江、任之所以効用，蓋亦會其時焉。而淹實先覺，加之以沈靜；昉乃舊恩，持之以內行。其所以名位自畢，各其宜乎。（李延壽撰《南史》卷五十九，中華書局一九七五年點校本）

太常卿任昉墓誌銘[①]

（南朝梁）沈　約

天才俊逸，文雅弘備，心爲學府，辭同錦肆，含華振藻，鬱焉高政（汪紹楹校《藝文類聚》按曰：據用韻，疑當作"致"），川谿望歸，岩阿待闕，幽光忽斷，窮燈黯滅，爾有令問，蘭薰無絶。（《藝文類聚》卷四十九《職官五》）

太常敬子任府君傳

（南朝梁）王僧孺

恥一物之不知，惜寸陰之徒靡，下帷閉戶，投斧想梁，雖玄晏書淫，文勝經溢，康成之忽忘所往，公叔之顛墜硎岸，無以異也。若夫天才卓爾，動稱絕妙，辭賦極其清深，筆記尤盡典實。若問金石，似注河海，少孺速而未工，長卿工而未速，孟堅辭不逮理，平子意不及文，孔璋傷於健，仲宣病於弱。其有集論借書，窮文質之敏；駐馬停信，極亹亹之功，莫尚於斯焉。君職等曹、張，聲高左、陸，時乃高辟雪宮，廣開雲殿，秋窗春户，冬煥夏清，九醖斯浮，百羞並薦，雲銷月朗，聿茲游客，朋來旅見，辭人才子，辯囿學林，莫不含毫咀思，爭高競敏。乃整袂端襟，翰飛紙落，豪人貴仕，先達後進，莫不心服貌慹，神氣將軍。顧余不敏，厠夫君子之末，可稱冥契，是爲神交，二三君子，唯以從游日暮，亭號昭仁，庶子雲咫尺，康成斯在，借此嘉

---

① 銘：原作"諮"。

言,將無絕乎千載。(《藝文類聚》卷四十九《職官五》)

梁新安太守任公祠堂記

(宋)羅 願

　　任彥昇在南朝以學問文章與沈約齊名,而行義過之,尤樂題品人物,有許、郭之鑒,凡經甄藻,必致聞達,故當時士友所宗,號曰"任君",與漢"三君"爲比。其見推仰如此。聞其風者猶復慨然興慕,況吾州常辱鎮臨,遺愛在焉。德政之思,何時而斁?城北四十里有溪,舊號"昉溪";其旁有村,號"昉村":實皆以公得名。公梁天監中出守新安,常因行春,愛富資水,累日不返,即此地也。事見《圖經》,與夫故老所傳,而乃以名斥之,此何理哉?昔郢州有亭名曰"浩然",鄭誠易之曰"孟亭";商山有驛名"陽城",元稹易之曰"避賢驛":是特心所歸重,故不忍斥其名爾。荆人之思羊祜也,屋室皆以門稱,且易戶曹爲辭曹:則雖嫌名猶避之。如彥昇者,實吾州之羊祜也。以昉名地,有愧荆人多矣。唐大中九年,刺史盧公始改是溪曰"任公溪",村曰"任公村",鄉閭習熟其舊,未能盡革。介其間有精舍,尚號"昉寺"。寺之建,莫詳其始,中廢日久。國朝祥符初,僧如泰請于州,即舊址起廢以承舊額。元豐元年,縣移文命易之,揭號"任公",遵大中之教也。其後相繼增葺,寺寖以興,爲屋數百楹,其前爲飛閣,尤雄。凡所以隆其師、安其徒者,種種悉備,顧獨未知爲公祠,其有待於後人邪?初,公之爲始興,捐俸以活饑人,而境無流民,給資以濟孕婦,而俗無棄子,圭賦五取其一,餘悉蠲貸,政績固已異矣。其守是邦,計不減始興時,而清省之政僅有傳者。然觀其寢調香之擾,捐采蜜之利,父老八十以上遺掾屬訪寒溫,至於曳杖徒行,詞訟就決於途,慈祥之風,藹然可想。比其亡也,止餘桃花米二十斛,且戒家人毋以新安物還都。嗚呼!何其賢哉!吾州之人百世祠之,不爲過也。本傳稱嘗立祠城南,無復存矣。誠能即此遺躅追而復之,少慰邦人之思,不亦善乎?他日以諷主僧行迪,領可惟謹。歸而相視,得屋於法堂之右,恢拓除治,稍加丹雘,爲公像置其中,凤夕奉之,且議歲時致享,可嘉也已。嘗觀《甘棠》三章,實美召伯之詩,思其"所茇""所憩""所説",戒以"勿伐""勿敗""勿拜",蓋懷想若人,思其甘棠。今此地亦云公舊游,而肖像儼然,如侍燕坐,如接誨語,典型所寄,不猶愈於蔽芾之木乎?先是行迪與其仲行遵議,欲書公事迹,置之寺庭,使訪古者有考焉。居士許君德準贊成其事,且願施金刻石,因與教授俞君舜凱求文於予,許之。既而祠成,乃爲論著本末以爲之記,庶後人益知嚴奉,永永不懈。若夫斥小而大,革敝以新,内外繕修之功,僧子忠爲最,推原所自,不可略也。忠之後,靜方繼之,至行進而大成焉。進與迪、遵受業於方,視忠爲祖云。(程敏政編《新安文獻志》卷十一,文淵閣《四庫全書》本)

附録五　集　評

贈 任 昉 詩

（南朝梁）陸　倕

《南史》曰:昉爲御史中丞,後進皆宗之。時有彭城劉孝綽、劉苞、劉孺,吳郡陸倕、張率,陳郡殷芸,沛國劉顯及到溉、到洽,車軌日至,號曰"蘭臺聚"。

和風雜美氣,下有真人游。壯矣荀文若,賢哉陳太丘。今則蘭臺聚,方古信爲儔。任君本達識,張子復清修。既有絶塵到,復見黄中劉。（李延壽撰《南史》卷二十五《到彦之傳附溉》,中華書局一九七五年點校本）

贈任黄門二首

（南朝梁）吳　均

其　一

相如體英彦,左右生容暉。已紆漢帝組,復解梁王衣。經過雲母扇,出入千門扉。連洲茂芳杜(《文苑英華》作"杜若",注云:《類聚》作"芳杜"),長山鬱翠微。欲言終未敢,徒然獨依依。(《艺文类聚》卷三十一《人部十五》,《文苑英華》卷二百四十七《詩九十七·寄贈一》)

其　二

紛吾少馳騁,自來乏(《文苑英華》作"之",注云:疑作"乏")名德。白玉鏤衢鞍,黄金馬瑙勒。射鵰靈丘下,驅馬(一作"虜")雁門北。慇懃盡日華,留連窮景黑。歲暮竟無成,憂來坐默默。(《文苑英華》卷二百四十七《詩九十七·寄贈一》)

贈　任　昉八章

（南朝梁）到　洽

獸生文蔚，鳳亦五色。絢彩火然，豈由畫飾。猗歟若人，不扶自直。數仞難窺，萬頃誰測。其一

四教必修，九德斯備。往行前言，多識罔匱。一見口傳，蹔聞心記。生知之敏，昔淪今至。其二

藝不兼游，擇其從善。苞羅載籍，絶妙蟲篆。該綜名實，憲章朝典。不體良才，孰營心辯。其三

在昔未遘，迺睠伊人。余未倒屣，先枉清塵。顧慙菲薄，徒招好仁。傾蓋已舊，久敬彌親。其四

范張交好，升堂拜母。亦蒙吾賢，此眷之厚。恩猶弟兄，義實朋友。豈云德招，信茲善誘。其五

欣遇以來，四載斯日。運謝如流，時焉歲聿。月次既窮，星迴已畢。玄象晝昏，明庶曉疾。其六

妍拙不齊，方員各取。子登王朝，爲代規矩。余棲一丘，臥痾靜處。同盡性分，殊途默語。其七

得於神遇，相忘道術。若水之淡，乃同膠漆。豈寄呴濡，方申綢密。在心爲志，非詩奚述。其八（《文館詞林彙刻》卷一百五十八，楊氏佚存古逸及新出鈔本）

讀任彦昇碑

（唐）李商隱

任昉當年有美名，可憐才調最縱橫。梁臺初建應惆悵，不得蕭公作騎兵。（李商隱撰《李義山詩集》卷六，《四部叢刊》景明嘉靖本）

題到氏田舍到氏查林田舍，到洽、到漑兄弟所居

（宋）蔣之奇

六朝冠蓋俱塵土，到氏今無苗裔存。當時任昉過田舍，野老猶記查林村。（厲鶚撰《宋詩紀事》卷十一，文淵閣《四庫全書》本）

孝詩·任昉

（宋）林　同

父遥性重檳榔，昉終身不嘗。曾晳嗜羊棗，而曾子不忍食。

晳常嗜羊棗，遥亦重檳榔。參至不忍食，昉寧能獨嘗。（陳思編，陳世隆補《兩宋名賢小集》卷二百三十九，文淵閣《四庫全書》本）

任　彦　昇

（宋）鄧　林

鈐縣四角五采旗，分明天産真英奇。阿堆文章妙一時，士林往往推元龜。楊梅密領仁且慈，桃菜麥飯清堪師。何愁不得中書爲，半生紆意梅蟲兒。（陳起編《江湖小集》卷十三，文淵閣《四庫全書》本）

嘲　任　昉

（宋）文　同

幸自文章亦可憐，不消一事已爲賢。何如卻逐蟲兒去，忍恥更來王亮前。（文同撰《丹淵集》卷十二，文淵閣《四庫全書》本）

滿　庭　芳

（宋）葛勝仲

任昉嘗爲新安太守，風流名迹，圖經史牒具載，感今懷古作。

百不爲多，一不爲少，阿誰昔仕吾邦。共推任筆，洪鼎力能扛。不爲桃花禄米，讎書倦，一葦橫江。招尋處，徒行曳杖，曾不擁麾幢。　山川，真大好，魚磯無恙，密嶺難雙。聽訟訴，多就樵塢僧窻。歲月音容遠矣，風流在，遐想心降。雲煙路，搜奇弔古，時爲酹空缸。（葛勝仲撰《丹陽集》卷二十三，文淵閣《四庫全書》本）

過任彥昇釣臺

（元）馬　治

寂寂山水郡，依依今古名。斯人同化盡，繫纜舊臺傾。汀樹煙中没，寒禽沙際鳴。無人坐垂釣，永念彼平生任有《出宜興郡哭范僕射詩》，序云“永念平生”。（周砥、馬治撰《荆南唱和詩集》，文淵閣《四庫全書》本）

過任彥昇釣臺

（元）周　砥

雪樹參差短，寒山迢遞明。春流釣臺没，殘照夕嵐輕。萬化同漸盡，孤名如水清。誰悲范僕射，千載見交情。（周砥、馬治撰《荆南唱和詩集》，文淵閣《四庫全書》本）

分題賦得任公釣臺送王允剛歸義興任昉字彥昇，蕭梁時嘗爲義興守

（明）虞　堪

任公有釣臺，陽羨西門道。六朝去已遠，一守稱絶倒。無事每蕭閒，於焉事幽討。惠政實已多，昔民仰蒼昊。至今釣游處，水清山亦好。雲天日爲旗，野樹春如葆。魚鳥識風流，江山見文藻。王孫遠游歸，悽迷思芳草。壯氣溢前修，我當論懷抱。出處可探奇，有志莫易老。（虞堪撰《希澹園詩集》卷一，文淵閣《四庫全書》本）

咏史·任昉

（清）吴　綺

賓客蘭臺一代稀，桃花載米亦空歸。而今茂灌尋常見，不負西華有葛衣。（吴綺撰《林蕙堂全集》卷二十二，康熙三十九年刻本）

夜　半　樂

（清）陳維崧

春夜觀小伶演葛衣劇任西華故事也。

　　當時江左才調，樂安任昉，風麗推無偶。記驃騎，陪軒秘書，把袖青宮好士。朱門結客，更聞出入宮輦，翱翔苑囿。奈玉樹，人世偏難久。　諸郎憔悴，至此西華東里，南容北叟。漫細數，平生密親懿友，葛帔誰嗟練裙。疇惜可憐，野鮮動輪，門稀漬酒。想此事，將毋古今有。　閱此不覺，滿瀉瓊舟，狂斟玉斗。我論交絕，君信否？倘然疑，君再聽當筵紅豆。算蘭簿，何必籌身後。清歌且喜、簾垂繡。（孫默編《十五家詞》卷三十五，文淵閣《四庫全書》本）

讀《任彥昇傳》

（清）田　雯

　　浣衣食麥苦當時，才並江淹瑋瑰辭。捷入中書腸內熱，可憐俛首謝蟲兒。（田雯撰《古歡堂集》卷十五，文淵閣《四庫全書》本）

青社先賢詠·任昉博昌人，今屬博興

（清）安　箕

　　彩鈴夢墜懷，占謂生才子。阿堆千里駒，神悟無與齒。千年海岱奇，鍾靈爲斯士。君恩綠沉瓜，臣節桃花米。古今最勝流，不愧三君比。（盧見曾纂《國朝山左詩鈔》卷四十五，《山東文獻集成》第一輯第四一冊）

讀《任昉傳》

（清）錢大昕

　　太行何崔嵬，世路更嶄絕。樂安任公子，海內之髦傑。騎兵呼天子，文筆冠同列。咄嗟起風雲，朱紫出脣舌。冠蓋紛相望，坐上皆名哲。人稱龍門游，並集蘭臺轍。清譚劇夜分，開樽酒同啜。刻燭賦詩成，擊缽響隨滅。數子皆南金，能令公喜悅。盛衰會有時，風花隨轉瞥。一麾新安守，高朋成永訣。投盡綠沈瓜，滿坐爲哽咽。門庭鳥雀羅，琴書蠹魚齧。白楊冷蕭蕭，藐孤走霜雪。傷哉匹練裙，朔風凜以冽。當時把臂友，驕馬嘶金埒。揮手長揖去，夷然若不屑。嗚呼市道交，何異劍首映！所以朱公叔，長與故人別。（錢大昕撰，吳友仁校點《潛研堂集·潛研堂詩集》卷一，上海古籍出版社二〇〇九年版）

過任公釣臺

（清）任源祥

舟行曲曲入山來，指點遺丘古釣臺。坐繞雲屏青嶂列，影涵天鏡碧溪回。村村陶穴浮春樹，處處樵歌長石苔。太守風流千載下，不勝憑弔首重回。（任源祥撰《鳴鶴堂詩集》卷九，《清代詩文集彙編》第六二冊）

桃 花 米

（清）譚 瑩

活三千人妾食麥，死膌桃花米廿石。浣衣爲歛雜木棺，不以一物煩新安。才子循吏兼最難，綠沉瓜合投於盤。吁嗟乎！指南何託，元龜何寄？西華冬月，練裙葛帔。儀表長謝，哲人云亡。孝標著論，孟門太行。（譚瑩撰《樂志堂詩集》卷四，《清代詩文集彙編》第六〇六冊）

詠史·任昉

（清）祝德麟

騎兵未礙屈蕭公，善謔猶存豪士風。刀敕紛紛諸鬼嘯，如何曲意結梅蟲。（祝德麟撰《悅親樓詩集》卷二十九，清嘉慶二年姑蘇刻本）

讀《任昉傳》有感

（清）路 德

任君延譽競攀鱗，死後諸郎葛帔貧。莫怪憐才今日少，才人中有負恩人。（路德撰《檉華館詩集》卷三，清光緒七年解梁刻本）

任 昉

（清）羅惇衍

字彥昇，樂安人。齊司徒右長史。武帝即位，累拜祕書監。出爲新安太守，卒於官，年四十九。諡曰敬子。

　　千里神駒號阿堆，旗鈴懷墜果爲才。篇傳宗匠文章訂，筆代朝臣表奏裁。不食檳榔因父嗜，私分米豆爲民災。西華葛帔饗風雪，可有衫裙友寄來。（羅惇衍撰《集義軒詠史詩鈔》卷三十，《清代詩文集彙編》第六五七册）

主要徵引文獻

（魏）王弼、（晉）韓康伯注，（唐）孔穎達等正義：《周易正義》，（清）阮元校刻《十三經注疏》本，藝文印書館二〇一一年版。

（漢）孔安國傳，（唐）孔穎達等正義：《尚書正義》，（清）阮元校刻《十三經注疏》本，藝文印書館二〇一一年版。

（漢）毛公傳，（漢）鄭玄箋，（唐）孔穎達等正義：《毛詩正義》，（清）阮元校刻《十三經注疏》本，藝文印書館二〇一一年版。

（漢）鄭玄注，（唐）賈公彥疏：《周禮注疏》，（清）阮元校刻《十三經注疏》本，藝文印書館二〇一一年版。

（漢）鄭玄注，（唐）賈公彥疏：《儀禮注疏》，（清）阮元校刻《十三經注疏》本，藝文印書館二〇一一年版。

（漢）鄭玄注，（唐）孔穎達等正義：《禮記正義》，（清）阮元校刻《十三經注疏》本，藝文印書館二〇一一年版。

（晉）杜預注，（唐）孔穎達等正義：《春秋左傳正義》，（清）阮元校刻《十三經注疏》本，藝文印書館二〇一一年版。

（漢）何休注，（唐）徐彥疏：《春秋公羊傳注疏》，（清）阮元校刻《十三經注疏》本，藝文印書館二〇一一年版。

（晉）范甯注，（唐）楊士勛疏：《春秋穀梁傳注疏》，（清）阮元校刻《十三經注疏》本，藝文印書館二〇一一年版。

（魏）何晏等注，（宋）邢昺疏：《論語注疏》，（清）阮元校刻《十三經注疏》本，藝文印書館二〇一一年版。

（唐）玄宗明皇帝注，（宋）邢昺疏：《孝經注疏》，（清）阮元校刻《十三經注疏》本，藝文印書館二〇一一年版。

（晉）郭璞注，（宋）邢昺疏：《爾雅注疏》，（清）阮元校刻《十三經注疏》本，藝文印書館二〇一一年版。

（漢）趙岐注，（宋）孫奭疏：《孟子注疏》，（清）阮元校刻《十三經注疏》本，藝文印書館二〇一一年版。

（清）皮希瑞撰：《尚書大傳疏證》，清光緒丙申（一八九六）師伏堂刊本。

（漢）韓嬰撰，許維遹校釋：《韓詩外傳集釋》，中華書局一九八〇年版。

（南宋）朱熹撰：《詩集傳》，上海古籍出版社一九八七年版。

（清）陳奐撰：《詩毛氏傳疏》，吳門南園掃葉山莊陳氏藏板。

（清）王聘珍撰，王文錦點校：《大戴禮記解詁》，中華書局一九八三年版。

（清）趙在翰輯，鍾肇鵬、蕭文郁點校：《七緯（附論語讖）》，中華書局二〇一二年版。

(清)孫毅編:《古微書》,叢書集成初編本。

楊伯峻編注:《春秋左傳注(修訂本)》,中華書局一九九〇年版。

(漢)司馬遷撰,(宋)裴駰集解,(唐)司馬貞索隱,(唐)張守節正義:《史記》,中華書局二〇一三年版。

(漢)班固撰,(唐)顏師古注:《漢書》,中華書局一九六二年版。

(南朝宋)范曄撰,(唐)李賢等注:《後漢書》,中華書局一九六五年版。

(晉)陳壽撰,(南朝宋)裴松之注:《三國志》,中華書局一九八二年版。

(唐)房玄齡等撰:《晉書》,中華書局一九七四年版。

(南朝梁)沈約撰:《宋書》,中華書局一九七四年版。

(南朝梁)蕭子顯撰:《南齊書》,中華書局一九七二年版。

(唐)姚思廉撰:《梁書》,中華書局一九七三年版。

(唐)李延壽撰:《南史》,中華書局一九七五年版。

(北齊)魏收撰:《魏書》,中華書局一九七四年版。

(宋)司馬光編著,(元)胡三省音注,"標點資治通鑒小組"校點:《資治通鑒》,中華書局一九五六年版。

徐元誥撰,王樹民、沈長雲點校:《國語集解》,中華書局二〇〇二年版。

(東漢)袁康、吳平輯錄,樂祖謀點校:《越絶書》,上海古籍出版社一九八五年版。

(清)朱右曾撰:《逸周書集訓校釋》,光緒三年(一八七七)湖北崇文書局刻本。

(東漢)劉珍等撰,吳樹平校注:《東觀漢記校注》,中華書局二〇〇八年版。

(漢)劉向撰:《古列女傳》,中華書局一九八五年版。

(漢)荀悅、(晉)袁宏著,張烈點校:《漢紀 後漢紀》,中華書局二〇〇二年版。

(清)湯球輯:《漢晉春秋輯本》,叢書集成初編本。

袁珂校注:《山海經校注》,上海古籍出版社一九八〇年版。

《穆天子傳》,漢魏叢書本。

《西京雜記》,漢魏叢書本。

(晉)皇甫謐撰:《高士傳》,四部備要本。

(晉)王嘉撰,(南朝梁)蕭綺錄,齊治平校注:《拾遺記》,中華書局一九八一年版。

(宋)何法盛撰:《晉中興書》,清光緒廣雅叢書本。

(宋)何法盛撰:《晉諸公別傳》,清光緒廣雅叢書本。

王叔岷撰:《列仙傳校箋》,中華書局二〇〇七年版。

周生春撰:《吳越春秋輯校匯考》,上海古籍出版社一九九七年版。

(宋)劉敬叔撰,范甯校點:《異苑》,中華書局一九九六年版。

(梁)沈約注,(明)范欽訂:《竹書紀年》,明嘉靖中鄞范氏刊本。

(唐)杜佑撰,王文錦、王永興、劉俊文、徐庭雲、謝方點校:《通典》,中華書局一九八八年版。

(清)顧炎武撰,(清)黃汝成集釋,欒保群、呂宗力校點:《日知錄集釋(全校本)》,上海古籍出版社二〇〇六年版。

（清）趙翼撰：《陔餘叢考》，清乾隆五十五年（一七九○）湛貽堂刊本。

（三國魏）王肅注：《孔子家語》，《四部叢刊》影印明翻宋本。

（清）王先謙撰，沈嘯寰、王星賢點校：《荀子集解》，中華書局一九八八年版。

陳鼓應撰：《老子注譯及評介》，中華書局一九八四年版。

（晋）郭象注，（唐）成玄英疏，曹礎基、黃蘭發點校：《南華真經注疏》，中華書局一九九八年版。

楊伯峻撰：《列子集釋》，中華書局一九七九年版。

（周）辛鈃撰：《文子》，摛藻堂《四庫全書薈要》本。

（舊本題周）關尹喜撰：《關尹子》，摛藻堂《四庫全書薈要》本。

（戰國）慎到撰，（明）慎懋賞校：《慎子内外篇（附逸文校勘記）》，四部叢刊本。

（舊題春秋）程叔本撰：《子華子》，諸子百家叢書本，上海古籍出版社一九九○年版。

黎翔鳳撰，梁運華整理：《管子校注》，中華書局二○○四年版。

吳則虞撰：《晏子春秋集釋》，中華書局一九六二年版。

（清）孫詒讓撰，孫啓志點校：《墨子閒詁》，中華書局二○○一年版。

蔣禮鴻撰：《商君書錐指》，中華書局一九八六年版。

（戰國）韓非著，陳奇猷校注：《韓非子新校注》，上海古籍出版社二○○○年版。

許維遹撰，梁運華整理：《吕氏春秋集釋》，中華書局二○○九年版。

王利器撰：《新語校注》，中華書局一九八六年版。

陳茂仁撰：《新序校證》，花木蘭文化出版社二○○七年版。

（漢）賈誼撰，閻振益、鍾夏校注：《新書校注》，中華書局二○○二年版。

（漢）劉向撰，向宗魯校證：《説苑校證》，中華書局一九八七年版。

（漢）董仲舒撰，袁長江等注：《董仲舒集》，學苑出版社二○○三年版。

（清）蘇輿撰，鍾哲點校：《春秋繁露義證》，中華書局一九九二年版。

何寧撰：《淮南子集釋》，中華書局一九九八年版。

（漢）王符撰，（清）汪繼培箋，彭鐸校正：《潛夫論箋校正》，中華書局一九八五年版。

汪榮寶撰，陳仲夫點校：《法言義疏》，中華書局一九八七年版。

（清）陳立撰，吳則虞點校：《白虎通疏證》，中華書局一九九四年版。

黃暉撰：《論衡校釋（附劉盼遂集解）》，中華書局一九九○年版。

王利器校注：《鹽鐵論校注（定本）》，中華書局一九九二年版。

（漢）桓譚撰，朱謙之校輯：《新輯本桓譚新論》，中華書局二○○九年版。

（漢）趙岐撰：《三輔決録》，關中從書本。

（漢）應劭撰，王利器校注：《風俗通義校注》，中華書局一九八一年版。

《六韜》，四部叢刊本。

《吳子》，四部叢刊本。

（春秋）孫武撰，（三國）曹操等注，楊丙安校理：《十一家注孫子校理》，中華書局一九九九年版。

（戰國）尉繚子撰：《武經七書之尉繚子》，日本早稻田大學圖書館藏本。

王明撰：《抱朴子内篇校釋（增訂本）》，中華書局一九八五年版。

楊明照撰：《抱朴子外篇校箋（上）》，中華書局一九九一年版。

楊明照撰：《抱朴子外篇校箋（下）》，中華書局一九九七年版。

王利器撰：《顔氏家訓集解（增補本）》，中華書局一九九三年版。

（南朝宋）劉義慶撰，（南朝梁）劉孝標注，余嘉錫箋疏，周祖謨、余淑宜、周士琦整理：《世説新語箋疏（修訂本）》，上海古籍出版社一九九三年版。

（晋）干寶撰，汪紹楹校注：《搜神記》，中華書局一九七三年版。

（唐）徐堅等撰：《初學記》，中華書局一九六二年版。

（漢）馬融撰，（漢）鄭玄注：《忠經》，漢魏叢書本。

（南朝梁）蕭繹撰，許逸民校箋：《金樓子校箋》，中華書局二〇一一年版。

（宋）洪興祖撰，白化文等點校：《楚辭補註（重印修訂本）》，中華書局一九八三年版。

（清）嚴可均校輯：《全上古三代秦漢三國六朝文（附索引）》，中華書局一九五八年版。

逯欽立輯校：《先秦漢魏晋南北朝詩》，中華書局一九八三年版。

（唐）歐陽詢撰：《藝文類聚》，上海古籍出版社二〇一三年景印宋紹興刻本。

（宋）李昉等撰：《太平御覽》，中華書局一九六〇年版。

周勛初纂輯：《唐鈔文選集註匯存》，上海古籍出版社二〇〇〇年版。

（南朝梁）蕭統編選，（唐）吕延濟、劉良、吕向、李周翰、李善注：《日本足利學校藏宋刊明州本六臣注文選》，人民文學出版社二〇〇八年版。

（南朝梁）蕭統編，（唐）李善注：《文選》，上海古籍出版社一九八六年版。

（南朝梁）蕭統選編，（唐）吕延濟、劉良、吕向、李周翰、李善注，俞紹初、劉群棟、王翠紅點校：《新校訂六家注文選》，鄭州大學出版社二〇一三年版。

张连科、管淑珍校注：《諸葛亮集校注》，天津古籍出版社二〇〇八年版。

袁行霈撰：《陶淵明集箋注》，中華書局二〇〇三年版。

（南朝梁）劉勰撰，范文瀾注：《文心雕龍注》，人民文學出版社一九五八年版。

（南朝梁）劉勰撰，詹鍈義證：《文心雕龍義證》，上海古籍出版社一九八九年版。

（明）胡之驥注：《江文通集匯注》，中華書局一九八四年版。

（明）吴訥撰，于北山校點：《文章辨體序説》；（明）徐師曾著，羅根澤校點：《文體明辨序説》，人民文學出版社一九六二年版。

錢鍾書撰：《管錐編》，中華書局一九八七年版。

褚斌杰撰：《中國古代文體概論（增訂本）》，北京大學出版社一九九〇年版。

劉躍進撰：《門閥士族與永明文學》，生活·讀書·新知三聯書店一九九六年版。

劉躍進、范子燁編：《六朝作家年譜輯要》（上），黑龍江教育出版社一九九九年版。

曹道衡、劉躍進撰：《南北朝文學編年史》，人民文學出版社二〇〇〇年版。

楊賽撰：《任昉與南朝士風》，上海古籍出版社二〇一二年版。

李兆禄撰:《任昉研究》,中國社會科學出版社二〇一四年版。

張金平撰:《南朝學者任昉研究》,中國社會科學出版社二〇一五年版。

熊清元撰:《任昉詩文繫年考證》,《黄岡師專學報》一九九二年第二期。

曹道衡撰:《論任昉在文學史上的地位》,《齊魯學刊》一九九三年第三期。

周勛初撰:《〈文選〉所載〈奏彈劉整〉一文諸注本之分析》,《文學遺産》一九九六年第二期。

唐梓彬撰:《論鍾嶸〈詩品〉對任昉詩歌的評價》,《許昌學院學報》二〇一〇年第一期。

蘇利海撰:《"文"的自覺與"士"的自覺——以〈詩品〉爲例》,《文學評論》二〇一八年第二期。

後　　記

　　與任昉結緣始於二〇〇七年。當時学校黄河三角洲文化研究所所長李靖莉教授組織一部分老師申報學校重大項目"黄河三角洲文化名人研究"，讓我負責任昉研究。在撰寫《任昉研究》过程中，我發現學界尚無箋注任昉全集的專著，於是不揣譾陋，開始箋注任昉全集的工作。二〇一四年，向我的博士後合作導師杜澤遜先生匯報此項工作，他説：多年前我曾有箋注任昉全集的計劃，并且抄録了任昉的全部作品；但由於各種原因，未能實現。二〇一五年，已調任我校科研處處長的李靖莉教授鼓勵我以"任昉集箋注"爲題目申報國家社科基金後期資助項目，我又拿著部分箋注樣稿向杜澤遜先生請教，他對我説：搞箋注工作，要想讓別人明白，首先得自己明白。二〇一五年九月，我到中國社科院文學所做高級訪問學者，又受到合作導師劉躍進先生的指導，他看了部分箋注樣稿説：一定要力求簡潔。在本書的撰寫過程中，我始終銘記兩位先生的教導，并貫徹到箋注過程始終。攻讀碩士學位、博士學位以來，我的授業恩師王志民先生一直關心我的工作、生活，經常給予諄諄告誡和指導。

　　《任昉集箋注》在國家社科基金後期資助項目立項、結項時，通訊評審專家、鑒定專家都提了一些很好的建議。結項後，書稿交由人民出版社出版，該書責任編輯劉暢博士和我多次微信交流，提出了許多寶貴意見，爲本書的出版付出了辛勤勞動。

　　自二〇〇一年我攻讀碩士學位至今，我的妻子劉玲玲幾乎承擔了所有家務。她的全心付出，使我能夠專注於學術研究。她的温婉堅忍，使我消解了塵世煩惱。

　　我的同事王立東和邢培順兩位老師，爲本書一些典故的出處、詞語的解釋，提供了有益建議。

　　本書的順利出版，得益於上面提及以及未提及的許多師友專家及家人的關心、幫助和支持，在此一並表示誠摯的感謝！在撰寫修改過程中，我始終懷著敬畏感激之心，希望通過努力，不致辜負他們的心意。但自知素乏才植，功底淺陋，本書一定有不少疏漏舛誤之處，誠心希望先進同人指正。聯係電話:13465089023(微信同號)。

　　　　　　　　　　　　　　　　　　　　　　筆　者
　　　　　　　　　　　　　　　　　　　　二〇二〇年十一月